Svea Linn Eklund
Nordlichtherzen

PIPER

Zu diesem Buch

Dreizehn Tage bis Weihnachten. Für die beiden isländischen Schwestern Hekla und Unnur ist es eine schwere Zeit, denn vor einem Jahr ist ihre Mutter Helga gestorben. Doch auch dieses Jahr sollen die Vorbereitungen genauso ablaufen, wie es Helga gewollt hätte. Dazu gehört, dass sich die Schwestern in der Tradition der dreizehn Weihnachtstrolle gegenseitig ihre Schuhe befüllen. Hekla hat allerdings wenig übrig für diesen »Kinderkram« und arbeitet überdies viel zu viel. Denn die Ethnologin ist rund um die Uhr mit der Recherche zu einem Hügel beschäftigt, der beim Bau einer neu geplanten Straße stört. Als Unnur erfährt, dass unter dem Hügel angeblich Elfen wohnen, ist sie so angetan, dass sie am liebsten selbst Kontakt zu den Wesen aufnehmen will. Doch nicht nur die Elfen bringen die Weihnachtspläne der Familie durcheinander, sondern auch die Gäste, die sich wegen des Elfen-Hypes in der Pension einmieten …

Svea Linn Eklund ist nahe der dänischen Grenze aufgewachsen. Heute lebt sie mit ihrer Familie und Hund in Hamburg, schreibt Drehbücher und Romane, unter anderem als Mia Löw.

Svea Linn Eklund

NORDLICHT HERZEN

Roman

PIPER

Mehr über unsere Autoren und Bücher:
www.piper.de

Von Svea Linn Eklund als Mia Löw liegen im Piper Verlag vor:
Das Haus der verlorenen Wünsche
Das Haus des vergessenen Glücks
Das Haus der geheimen Träume
Das Geheimnis der Villa di Rossi

Das Gedicht von Heinrich Heine entstammt folgender Quelle:
Neue Gedichte. Herausgegeben von Heinrich Heine. Hoffmann und Campe, Hamburg 1844.

FSC
www.fsc.org
MIX
Papier aus verantwortungsvollen Quellen
FSC® C083411

Originalausgabe
ISBN 978-3-492-31229-5
November 2017

Umschlaggestaltung: zero-media.net, München
Umschlagabbildung: FinePic®, München
Satz: Satz für Satz, Wangen im Allgäu
Gesetzt aus der Joanna MT
Druck und Bindung: CPI books GmbH, Leck
Printed in the EU

Durch den Wald, im Mondenscheine,
Sah ich jüngst die Elfen reuten;
Ihre Hörner hört ich klingen,
Ihre Glöckchen hört ich läuten.

Ihre weißen Rößlein trugen
Güldnes Hirschgeweih und flogen
Rasch dahin, wie wilde Schwäne
Kam es durch die Luft gezogen.

Lächelnd nickte mir die Königin,
Lächelnd, im Vorüberreuten.
Galt das meiner neuen Liebe,
Oder soll es Tod bedeuten?

Heinrich Heine

1

Dreizehn Weihnachtskerle

Hekla Gunnarsdóttir staunte, als sie ihren Blick aus dem Küchenfenster über die schneebedeckten Lavafelder, die vom fahlen Licht des Vollmonds angestrahlt wurden, bis zu den weißen Gipfeln der Berge schweifen ließ. Am Tag zuvor hatte ihre Schwester Unnur noch beklagt, dass der Winter dieses Jahr im Südwesten Islands sehr launisch wäre und es kein einziges Mal richtig geschneit hätte. Nun war alles mit einer glitzernden Schicht überzogen, als hätte jemand nachts Tonnen an Puderzucker über die Landschaft gestreut.

Seit dem Tod ihrer Mutter Helga war es Hekla, die morgens als Erste aus dem Bett kam. So fiel ihr auch Helgas Aufgabe zu, das Frühstück für die Familie zu machen. Auf dem Hof lebten drei Generationen unter einem Dach: außer Hekla ihre jüngere Schwester Unnur, ihr Vater Gunnar und Amma Martha, ihre Großmutter. Das gemeinsame Frühstück sowie das Abendessen an dem großen Holztisch in der geräumigen Küche war eine alte Familientradition.

Hekla wurde immer, wenn sie an ihre Mutter dachte und daran, wie schmerzhaft ihr die gute Seele fehlte, wehmütig und wütend zugleich. Dass sie bei einem derart dummen Unfall ums Leben gekommen war, hielt Hekla auch ein Jahr danach noch für eine maßlose Ungerechtigkeit des Schicksals. Wer starb schon, weil er am St. Thorlakur's Tag, dem 23. Dezember, beim Schmücken des Weihnachtsbaums von einer Leiter fiel?

Und nur, weil sie mit dem Kopf so ungeschickt auf den sündhaft teuren Werkzeugkasten, der festlich verpackt für ihren Mann Gunnar unter dem Tannenbaum gelegen hatte, aufgeschlagen war, dass sie sich das Genick gebrochen hatte. Energisch schob Hekla die Gedanken an den Tod fort, denn in so einem Augenblick war auch die Erinnerung an Dagur nicht weit. Doch Hekla hatte eine Methode entwickelt, die Verzweiflung nicht an sich herankommen zu lassen: Sie hielt die Luft an und zählte rückwärts beginnend bei zehn. Bei zwei hatten sich die aufkeimenden Bilder vom schrecklichsten Tag ihres Lebens in diffuse Schatten verwandelt.

Jedenfalls war im vergangenen Jahr das Weihnachtsfest ausgefallen. Ihr Vater hatte sogar den Tannenbaum, den er eigens in einer der raren Pflanzungen auf diesem sonst baumlosen Flecken Erde geschlagen hatte, in seinem Schmerz wie einen Delinquenten zur Hinrichtung gezerrt, um ihn dort anzuzünden, bis nichts mehr von ihm übrig geblieben war als ein paar Holzkohlestücke in einem grauen Aschehaufen.

Hekla konnte sich also kaum vorstellen, wie man nun in diesem Jahr fröhlich feiern sollte, doch Unnur hatte darauf bestanden, das Fest genau so zu begehen, wie Helga es gewollt hätte. Gunnar war Weihnachten nie besonders wichtig gewesen, aber er stimmte Unnur uneingeschränkt zu, dass alles im Sinn seiner verstorbenen Frau abzulaufen habe. Hekla vermutete, dass das seinem schlechten Gewissen geschuldet war, weil er Helgas unermüdlichen Einsatz für die Familie all die Jahre als selbstverständlich hingenommen hatte. Dass er sie, wenngleich auf seine spezielle Weise, geliebt hatte, daran zweifelte Hekla nicht. Aber er schien zu bedauern, dass er seinen Gefühlen allenfalls dann Ausdruck verliehen hatte, wenn er einen über den Durst getrunken hatte, was seine Frau gar nicht gut hatte leiden können. Hekla argwöhnte, dass er sein Versäumnis wiedergutmachen wollte, indem er die Weihnachtsrituale seiner Frau, die ihr stets so viel bedeutet hatten, nach ihrem Tod zu den seinen machte.

Seufzend wandte sich Hekla den zwei einzelnen Schuhen zu, die auf dem Fenstersims standen. Ihr eigener grober Wanderschuh wirkte merkwürdig deplatziert neben Unnurs elegantem Schaftstiefel. Hekla hatte am Tag zuvor vergeblich versucht, ihre Schwester zu überreden, sie wenigstens mit diesem Weihnachtsbrauch für Kinder zu verschonen. Es war nämlich ebenfalls ihrer Mutter zu verdanken, dass zwei erwachsene Frauen ihre Schuhe immer noch dreizehn Tage lang bis zum Heiligen Abend auf die Fensterbank stellten. Helga hatte darauf bestanden, ihren Töchtern der Tradition entsprechend in der Vorweihnachtszeit kleine Geschenke in den Schuh zu stecken. Solange wir unter einem Dach wohnen, seid ihr beiden meine kleinen Mädchen; und zu denen kommen auch die dreizehn Weihnachtskerle, hatte sie in ihrer bestimmenden Art angeordnet. Auch so eine Tradition, die man komplett in den Dienst des Konsumweihnachtens gestellt hat, ging es Hekla durch den Kopf. Als Volkskundlerin kannte sie die ursprüngliche Bedeutung der Weihnachtskerle nur allzu gut. Eigentlich waren die Burschen der Legende nach freche Trollkinder, die nur einmal im Jahr Ausgang aus der Höhle ihrer garstigen Mutter hatten und diese Freiheit dazu nutzten, den Menschen böse Streiche zu spielen. Wie der erste, Stekkjastaur, der sich angeblich aufmachte, um die Schafe in den Ställen zu ärgern und sich dann an ihrem erschrockenen Blöken zu erfreuen. Im Laufe der Zeit waren die hinterlistigen Kerle jedoch zu lieben Weihnachtsmännern geworden, deren größte Gemeinheit darin bestand, ungezogenen Kindern eine Kartoffel in den Schuh zu packen.

Widerwillig griff Hekla in ihren Schuh, denn Unnur erwartete mit Sicherheit, dass sie sich über das Geschenk des ersten Weihnachtsmanns Stekkjastaur auch gebührend freute. Und so wollte sie sich lieber mental auf das vorbereiten, was sie gleich aus dem Schuh ziehen würde, wenn ihre Schwester in der Küche auftauchte. Damit ihr nicht dasselbe widerfuhr wie vor zwei Jahren beim Anblick des Miniplüschelchs mit blinkenden

Augen. Da war ihr nämlich vor Entsetzen ein ›O mein Gott!‹ herausgerutscht. Unnur hatte darüber zwar kein Wort verloren, aber ihren betroffenen Blick würde Hekla nicht so schnell vergessen. Also fasste sie in das Innere ihres Wanderstiefels und fühlte bereits ein kleines Paket in ihrer Hand, als ihr siedend heiß einfiel, dass sie schlichtweg vergessen hatte, etwas in Unnurs Schuh zu stecken. Hektisch blickte sich Hekla in der Küche um. Wie sollte sie bloß auf die Schnelle etwas Brauchbares auftreiben? Ihr Blick wanderte zu der Obstschale, aber eine Apfelsine und ein Apfel entsprachen mit Sicherheit nicht den Anforderungen ihrer Schwester. Da fiel Hekla die Dose mit dem Laufabrauð ein, das ihre Mutter noch kurz vor ihrem Tod gebacken hatte und das in der Weihnachtszeit in keinem isländischen Haushalt fehlen durfte. In den Teig aus Weizenmehl, den man vor dem Frittieren hauchdünn ausrollte, wurden kleine Muster geschnitzt. Bei ihrer Mutter waren es in uralter Familientradition die Sterne von Bethlehem gewesen, die den Teig in ein kleines Kunstwerk verwandelten. Allerdings hatte im vergangenen Jahr keiner die Lust verspürt, davon zu probieren. Aber weggeworfen hatten sie das Backwerk aus Pietätsgründen auch nicht.

Hektisch holte Hekla die Dose hervor, schnappte sich Unnurs Stiefel, in den sie so viele Kekse schaufelte, bis er ganz gefüllt war. Nachdem sie ihn auf die Fensterbank zurückgestellt hatte, griff sie erneut in ihren Wanderschuh und zog ein liebevoll verpacktes Geschenk heraus. Wie bei ihrer Schwester nicht anders zu erwarten, war es in Papier gewickelt, auf dem kleine weihnachtliche Elfen abgebildet waren. Denn Elfen waren nun einmal Unnurs Passion. Nicht nur, dass sie mit dem Malen von Elfenbildern mehr schlecht als recht ein bisschen Geld verdiente, nein, sie hatte eine ganz besondere Beziehung zu ihnen. Sie war nämlich fest davon überzeugt, dass sie die Elfen als kleines Kind tatsächlich hatte sehen und mit ihnen sprechen können. Was hatte ihre Schwester nicht schon alles angestellt, um den vermeintlichen persönlichen Kontakt mit ihnen wieder zu beleben! Ein vergebliches Unterfangen, das Hekla mit einer gewissen Skepsis erfüllte. Auch sie hatte zwar etwas mit dem Huldufólk, dem unsichtbaren Volk, zu dem auch die Elfen gehörten, zu schaffen, aber ihr Interesse war eher wissenschaftlicher Natur. Für sie als Volkskundlerin waren diese Wesen schlichtweg ein wichtiger Teil der isländischen Kultur und ein permanentes Forschungsobjekt.

Als Hekla schließlich eine Tüte Noa Pipar Perlur, ihren Lieblingsschokoladenkugeln mit Lakritz, in der Hand hielt, bereute sie ihre spontane Keksaktion bereits und fragte sich, ob es nicht besser gewesen wäre, ihr Versäumnis offen zuzugeben und Unnur nachher etwas Schönes aus Reykjavík mitzubringen. Aber nun war es zu spät, denn die magische Stille war vorüber. In der oberen Etage rumorte es. Knarrende Stufen und Dielen erfüllten das Holzhaus. Jeden Augenblick konnte jemand die Küche betreten und dann womöglich vermuten, Hekla hätte voller kindlicher Ungeduld vorab im Schuh geschnüffelt. Hastig wollte Hekla ihr Geschenk in den Schuh zurückbefördern, als ein Zettel, der offensichtlich zur Schokolade gehörte, zu Boden fiel. Hekla hob das Papier auf. Während sie die Botschaft las, runzelte sie die Stirn. Typisch Unnur, dachte sie. *Sei offen für ein Wunder, das dein Leben verändern und reicher machen wird*, stand dort in der schön geschwungenen Künstlerschrift ihrer Schwester geschrieben.

Hekla hielt nichts von solchen Sinnsprüchen, die ihrer Ansicht nach auf alles und nichts passten. Wenn nur ein Wunder geschähe, um Unnurs Geschenk auf die Schnelle etwas netter zu gestalten, dachte sie. Ihr Blick fiel nun auf einen Notizblock, der sie auf den Gedanken brachte, es ebenfalls mit einem persönlichen Ratschlag aufzuwerten. Nur fiel Hekla in der Hektik nichts Passendes ein. Am glücklichsten würde sie ihre Schwester sicherlich mit einem Hinweis darauf machen, dass ihr Traummann nun wirklich zum Greifen nahe wäre. Auf diesen

Augenblick wartete Unnur nämlich bereits seit geraumer Zeit, nachdem ihr eine Wahrsagerin den richtigen Mann noch vor ihrem dreißigsten Geburtstag vorausgesagt hatte, und der war am ersten Januar. Dass ihre Schwester so unmittelbar vor Ablauf der Frist zunehmend nervöser wurde, war unübersehbar. Doch würde Hekla mit einer solchen Botschaft die Schwester nicht noch unglücklicher machen? Denn dass diese Vorhersage Humbug war, daran hegte Hekla keinen Zweifel. Nein, das sollte sie nicht schüren, entschied sie und überlegte fieberhaft, ob ihr nicht eher etwas einfiel, womit sie Unnur diese fixe Idee austreiben könnte. Schritte auf dem Flur kamen näher. Sie musste sich beeilen. Und schon flog der Stift über das Papier, doch das, was Hekla da aus der Feder geflossen war, war nicht gerade der große Wurf, aber immerhin ein Zeichen, dass das Geschenk im Schuh eine persönliche Note besaß und nicht allein aus vertrockneten Keksen bestand. Hekla überflog den Text noch einmal flüchtig und lächelte leise in sich hinein. Diese Botschaft machte gute Laune, zumindest Hekla.

Hastig stopfte sie den Zettel in den Stiefel zu den Keksen und wandte sich dem Zubereiten des morgendlichen Haferbreis zu. Gerade noch rechtzeitig, bevor die Tür aufging und ein undefinierbares Brummen ertönte, aus dem Hekla so etwas wie ein »Morgen!« herauszuhören glaubte.

Ihr Vater war immer schon wortkarg gewesen, aber seit dem Tod seiner Frau sprach er noch weniger. Stumm setzte er sich auf seinen Platz. Bei Tisch gab es eine strenge Sitzordnung, die auch nach dem Tod der Mutter nicht verändert worden war, nur dass Helgas Platz nun frei blieb.

»Guten Morgen, Vater, hast du gut geschlafen?«

»Hm!«

Zeitgleich betraten Unnur und Amma Martha die Küche, in ein angeregtes Gespräch vertieft, unterbrochen durch fröhliches Lachen der beiden. Aus den Augenwinkeln nahm Hekla die gequälte Miene ihres Vaters angesichts dieser geballten Zurschaustellung guter Laune wahr. Er war schon vor dem Tod seiner Frau alles andere als eine Stimmungskanone gewesen, aber seit dem 23. Dezember vergangenen Jahres hatte Hekla ihn kein einziges Mal mehr lachen hören.

Hekla aber freute es zumindest sehr, dass ihre Großmutter bester Stimmung war und dabei Isländisch sprach. Letzteres tat sie zwar in der Regel, aber seit geraumer Zeit verfiel sie gelegentlich urplötzlich kichernd ins Deutsche. Und das war kein gutes Zeichen und konnte übergangslos von einer Sekunde zur nächsten geschehen. Martha hatte sich zunächst mit Händen und Füßen dagegen gewehrt, deswegen mit Hekla zu einem Spezialisten in die Stadt zu fahren, und hielt die Diagnose bis heute für großen Humbug. Doch Hekla wusste seitdem, was das Ganze zu bedeuten hatte: In solchen Momenten erlitt Amma Martha einen dementen Schub. Hekla war die Einzige in der Familie, die verstand, in welche längst vergangene Welt ihre Großmutter dann umnachtet abtauchte, weil sie nämlich Deutsch konnte. Auf Nachfrage ihrer Familie behauptete Hekla allerdings stets, die alte Dame würde über Banalitäten wie das Wetter reden, denn sie liebte die Großmutter zu sehr, um den wahren Inhalt ihrer Worte preiszugeben. Hekla war jedenfalls heilfroh, dass ihr Vater sich eher hätte foltern lassen, bevor er Deutsch gelernt hätte. Es nervte ihn schon, dass seine Mutter keine gebürtige Isländerin war. Amma Martha war eine deutsche Kriegswaise, die sich im Jahr 1949 auf eine Anzeige in den *Lübecker Nachrichten* gemeldet hatte, in der ledige und kräftige, junge Frauen als Haushaltshilfen nach Island angeworben wurden. Die meisten von ihnen hatten dort früher oder später einen Isländer geheiratet. So wie Martha, die sich in Gunnars Vater, damals ein junger Pferdezüchter, verliebt hatte, was uneingeschränkt auf Gegenseitigkeit beruht hatte. Diese Verbindung hatte bei seiner Familie große Widerstände hervorgerufen, aber Martha hatte alles darangesetzt, eine waschechte Isländerin zu werden. Als ehemalige Schauspielschülerin war es eine ihrer leichtesten Übungen, die Rolle der perfekten Schwiegertochter zu spielen, und weil sie die isländische Sprache bald so gut wie ihre Muttersprache beherrschte, hatte man Marthas wahre Herkunft in Hafnarfjörður schließlich mehr oder weniger verdrängt. Umso empörter hatte Gunnar auf Heklas Entscheidung reagiert, in der Schule Deutsch zu lernen, um nach dem Abitur für ein Jahr als Au-pair-Mädchen nach Hamburg zu gehen. Unterstützung bei ihrem Plan hatte Hekla damals nicht nur von Amma Martha erfahren, sondern auch von ihrer Mutter, die insgeheim bereute, niemals über die Grenzen Islands hinausgekommen zu sein. Sie fand, dass ihre Tochter wenigstens einmal im Leben woanders gelebt haben sollte.

Unnurs beinahe kindliche Freude über den vielen Schnee riss Hekla aus ihren Gedanken. Ihre Schwester muss ja auch nicht gleich mit dem Wagen durch das Schneechaos nach Reykjavík fahren, dachte sie und freute sich wie jedes Mal, wenn der Weg vom Gehöft bis hin zur Straße Nummer 41 verschneit war, darüber, dass sie beim Kauf ihres Geländewagens mit Allradantrieb nicht geknausert hatte. Damit kam sie auch bis zur Hauptstraße, sobald sie die Garage freigeschaufelt hatte. Das bedeutete allerdings harte körperliche Arbeit. Solche praktischen Gedanken pflegte sich Unnur in der Regel nicht zu machen. Und da sie keinen Arbeitsweg hatte, weil sie ein Atelier im Obergeschoss des Wohnhauses besaß und sich auch die Pension, die sie nebenbei bewirtschaftete, auf dem Hof in einem ehemaligen Stallgebäude befand, kamen ihr die praktischen Nachteile des plötzlichen Wintermärchens gar nicht erst in den Sinn. Verschneite Zufahrtswege aber würden auch keine Gäste für die Pension bringen, fiel Hekla besorgt ein. Seit ihr Vater bei der großen Finanzkrise erhebliche Verluste erlitten hatte, war er eigentlich auf das Nebengeschäft angewiesen, das seine Frau bis zu ihrem Tod betrieben hatte. Zu Helgas Lebzeiten hatten die Zimmer auch im Winter selten leer gestanden, aber das hatte vor allem an den Stammgästen gelegen, die allein ihretwegen regelmäßig gekommen waren. Sie hatte es verstanden, den Gästen eine urgemütliche Atmosphäre und eine familiäre Stimmung zu bieten. Allein die Tradition, dass man sich abends von der Wirtin in der großen Küche bekochen ließ und das Essen mit der Familie teilte, das liebten die Leute. Nur deshalb nahmen sie auch den grummeligen Gunnar in Kauf, der es partout nicht leiden konnte, Fremde im Haus zu haben und daraus keinerlei Hehl machte. Nach Helgas Tod befürchteten die Gäste, dass er ohne seine Frau keinen guten Pensionswirt abgeben würde. Dass er die Verantwortung längst auf Unnur übertragen hatte und diese alles unternahm, um ihrer Mutter eine würdige Nachfolgerin zu sein, hatte sich noch nicht herumgesprochen. Jedenfalls hatten sie sich zu Helgas Lebzeiten nie besonders anstrengen müssen, um mit ausgefallenen Werbemitteln neue Gäste anzulocken. Immerhin hatte Hekla ihre Mutter davon überzeugen können, eine Webseite einrichten zu lassen, aber die war so behäbig und altmodisch geraten, dass Hekla sich davon keine besonderen Werbeeffekte versprach. Und die wären zur Zeit dringend nötig, um Gäste in diesen abgelegenen Flecken Erde südöstlich von Hafnarfjörður zu locken.

»Vater, du solltest endlich das Schild, das auf unsere Pension hinweist, an der Abzweigung aufrichten. Das ist neulich wegen Altersschwäche umgekippt. Sonst findet uns kein Mensch«, sagte Hekla nachdrücklich.

»Ist auch besser so«, brummte Gunnar. »Ich will hier keine Leute.«

»Vater! Die Leute, wie du sie nennst, bringen uns Geld. Du weißt doch selbst, dass wir mit deinen paar Pferden nicht über die Runden kommen. Und glaube mir, es reisen neuerdings auch etliche Touristen zu Weihnachten an, sodass die guten Unterkünfte in der Stadt schon fast alle ausgebucht sind. Aber wenn keiner weiß, dass es uns gibt, buchen sie auch nicht bei uns. Wir müssen unbedingt etwas unternehmen. Die Webseite ist eine einzige Katastrophe …« Letzteres ging an Unnurs Adresse, die verträumt in die Gegend guckte und den Eindruck machte, als wären die Worte ihrer Schwester ungehört an ihr vorbeigezogen, doch dann schlug sie begeistert vor, man könne ja ein Fest auf dem Hof veranstalten, ein Fest für die Elfen.

»Die Pension Álfradrottning, die Elfenkönigin, lädt zum Tanz ein. Das wird die Gäste magisch anziehen«, schwärmte Unnur.

Hekla unterbrach ihre Schwester ungeduldig. »Tja, ein Fest könnte man vielleicht für nächsten Sommer planen, aber wenn wir vor Weihnachten noch Gäste wollen, dann müssen zumindest die Wege freigeschaufelt sein!«

»Ja, ja, ich frage Magnus, ob er später mit seinem neuen Spielzeug bei uns vorbeikommt«, knurrte Gunnar. Magnus hatte sich neulich einen Schneepflug für seinen schweren Geländewagen geleistet.

»Schade, ich liebe es, wenn wir von der Welt abgeschnitten sind. Es herrscht dann eine magische Stille, in der man das Lachen der Elfen hören könnte, wenn es einem vergönnt wäre, Kontakt zu ihnen aufzunehmen«, warf Unnur wie aus einer anderen Galaxie ein, was Hekla zu der spontanen und wenig netten Erwiderung »Aber wie soll denn dann dein Herzensmann zu dir finden? Mit dem Schneepflug? Oder ist es etwa doch Magnus?« herausforderte.

Unnur blickte ihre Schwester wie ein waidwundes Rentier an, sodass sich sofort Heklas schlechtes Gewissen meldete.

»Schau doch mal in deinen Schuh, Schwesterherz«, versuchte Hekla von ihrer kleinen Gemeinheit abzulenken, denn Magnus vom Einarsson-Hof, der gutmütige Bär, wäre wohl der letzte Mann auf Erden, in den sich Unnur verlieben könnte, obwohl er ihr schon seit Kindertagen hinterherlief.

Widerwillig erhob sich Unnur von ihrem Stuhl und griff nach ihrem Stiefel. Konsterniert starrte sie auf die alten Kekse in ihrem Schuh.

»Das sind doch die, die unsere Helga noch gebacken hat!«, posaunte Amma Martha lautstark heraus.

Ungläubig nahm Unnur einen davon in die Hand, der ihr sofort unter den Fingern zerbröselte.

»Ja, ich, ich dachte, du würdest dich besonders darüber freuen, ein Andenken an unsere Mutter vorzufinden«, erklärte Hekla eifrig, um die Peinlichkeit, ihrer Schwester vertrocknetes Gebäck in den Schuh gestopft zu haben, zu überspielen.

Unnur zog es vor, diese offensichtliche Ausrede unkommentiert zu lassen, und vertiefte sich in die Botschaft auf dem Zettel. Ein verkniffenes Lächeln umspielte ihre Lippen.

»Lies doch mal laut vor, Kind. Wir wollen doch alle hören, was dir Stekkjastaur geschrieben hat«, bat Amma Martha ihre Enkelin.

»*Singlesein heißt nicht, dass dich keiner will, sondern dass dich keiner bekommt!*« Unnurs säuerliche Miene verriet, was sie von dem Ratschlag ihrer Schwester hielt.

Amma Martha aber fing an zu kichern. »Was ihr jungen Mädchen euch so traut. Herrlich!«, juchzte sie.

Hekla fühlte sich gar nicht wohl in ihrer Haut. Sie hatte Unnur keineswegs verletzen, sondern nur ein wenig von der fixen Idee, dass ihr Traummann im Anmarsch war, abbringen wollen. Und nun hatte sie offenbar das Gegenteil erreicht und den Finger erst recht in die Wunde gelegt. Sie nahm sich fest vor, das morgige Präsent für ihre Schwester etwas überlegter anzugehen.

Am liebsten würde sie auf der Stelle in die Stadt aufbrechen, bevor sie Unnur noch mehr zusetzte.

Sie blickte hektisch auf ihre Uhr. »Oh, ihr Lieben, ich muss dann mal los, die Garage freischaufeln.«

»Willst du denn gar nicht sehen, was dir der Weihnachtskerl gebracht hat?«, fragte Unnur in beleidigtem Ton.

»Doch, natürlich, gern«, erwiderte Hekla und holte hastig die hellbraune Tüte aus dem Schuh.

»Du hast das ja schon aufgemacht ohne uns«, kommentierte Unnur das ausgepackte Geschenk vorwurfsvoll.

Hekla lachte gequält. »Du kennst mich doch. Ich bin so schrecklich ungeduldig, dass ich schon mal einen kleinen Blick riskiert habe. So süß vom Weihnachtskerl! Meine Lieblingsschokolade.«

»Und hast du auch die Botschaft gelesen?«, hakte Unnur nach.

»Botschaft? Welche Botschaft?«, schwindelte Hekla, denn wenn sie zugab, den Zettel zu kennen, lag es förmlich auf der Hand, dass sie Unnur nur deshalb eine persönliche Botschaft beigelegt hatte, weil ihre Schwester das auch getan hatte.

»Ich glaube, da wurde auch eine Nachricht für dich abgegeben«, insistierte Unnur.

Hekla tat nun so, als ob sie wirklich danach suchen musste, bevor sie unter dem zerknüllten Elfenpapier den Zettel hervorkramte.

»Lies vor!«, verlangte Amma Martha.

Hekla heuchelte Überraschung und trug den Text mit dem entsprechenden Pathos vor. »*Sei offen für ein Wunder, das dein Leben verändern und reicher machen wird!*«

»Du musst nur daran glauben, Schwesterherz, dann passieren Dinge in deinem Leben, die du niemals für möglich gehalten hättest«, bemerkte Unnur eifrig.

Hekla stieß einen tiefen Seufzer aus und nahm sich fest vor, jetzt bloß nichts Falsches zu sagen, doch da war ihr bereits herausgerutscht: »Genau, vielleicht hat ein guter Geist inzwischen die Garage freigeschaufelt.« Garantiert nicht die richtigen Worte, um ihre Schwester zu versöhnen. Das war schon seit jeher ihr Dilemma gewesen, dass sie mit ihren unüberlegten Bemerkungen Unnurs zartes Gemüt verletzte. Hekla selbst besaß ein dickes Fell und war nicht so schnell zu beleidigen, während ihre Schwester jedes Wort auf die Goldwaage legte und alles gleich als Angriff wertete.

»Oder du triffst endlich eine neue Liebe!«, mischte sich die Großmutter begeistert ein.

»Amma! Ich brauche keinen Mann«, entgegnete Hekla energisch.

»Lass dich doch einfach mal auf das ein, was das Leben dir bringt«, bat Unnur ihre Schwester eindringlich.

»Guckt mal, wer da ist«, ertönte nun Gunnars Stimme, und er deutete auf das Küchenfenster. Im Dunkeln des Wintermorgens tauchten Scheinwerfer auf, und dann hörten sie auch schon das Motorengeräusch. Keine Frage, Magnus war bereits von sich aus auf den Gedanken gekommen, seinen neuen Schneepflug zum Einsatz zu bringen.

»Den schickt der Himmel!«, stieß Hekla erfreut hervor und rieb sich die Hände bei dem Gedanken, dass sie an diesem Morgen nicht selbst die Schaufel in die Hand nehmen musste.

»Das Wunder ist geschehen, genau so, wie es Hekla sich gewünscht hat!«, rief Amma Martha triumphierend aus.

»Nein, ihr irrt euch. Magnus Einarsson ist bestimmt nicht das angekündigte Wunder. Ich kann nur sagen, es ist bereits auf dem Weg zu dir, Schwesterherz«, widersprach Unnur energisch.

»Das klingt ja fast wie eine Drohung«, lachte Hekla.

»Was hast du nur immer gegen Magnus?«, fuhr Gunnar seine jüngere Tochter an. »Er ist der einzige Mann, den ich mir jemals als Schwiegersohn gewünscht habe, aber den Gefallen wolltest du mir ja nicht tun. Ich gehe jetzt raus, ihn begrüßen.«

»Das waren ja glatt zwei zusammenhängende Sätze«, prustete Hekla los und zwinkerte ihrer Schwester zu, nachdem ihr Vater die Küche verlassen hatte.

Unnur fasste sich an den Kopf. »Wenn es um Magnus geht, wird unser Vater redselig. Er hat mir gerade neulich wieder einen Vortrag gehalten, was für ein außerordentlich zuverlässiger und treuer Mann Magnus Einarsson sei und dass die Frau, die ihn mal bekomme, sich glücklich schätzen dürfe.«

»Sei froh, dass wir im 21. Jahrhundert leben. Sonst hätte er dich garantiert längst mit ihm verheiratet.«

»Ich weiß gar nicht, was ihr habt. Magnus ist stattlich und nicht arm. Du müsstest doch langsam wissen, dass die Jungen aus der Stadt keinesfalls eine bessere Wahl sind«, sinnierte Amma Martha.

Unnur rollte mit den Augen. Sie wusste genau, worauf ihre Großmutter anspielte. Die meisten ihrer männlichen Exenttäuschungen lebten in Reykjavík und waren echte Stadtmenschen, und sie hatten Unnur allesamt kein Glück gebracht.

»Ich muss los«, Hekla strich ihrer Schwester im Vorbeigehen liebevoll über das Haar. »Ich verstehe das mit den Stadtmännern, auch wenn ich alles andere als eine Expertin in Sachen Liebe bin«, raunte sie ihr zu.

»Na ja, nun, dein Dagur war ja auch ein besonders attraktives und einzigartiges Exemplar aus Reykjavík …«, kicherte die Großmutter.

»Amma!«, riefen Hekla und Unnur gleichzeitig mit empörter Stimme.

Amma Martha hob theatralisch die Hände. »Ich weiß, ich weiß, diesen Namen darf ich nicht in den Mund nehmen, aber behandelt mich doch nicht immer so, als wäre ich nicht bei Verstand. Ich weiß noch genau, dass er pechschwarze Locken hatte und …«

»Amma!«

Nachdem ihre Enkelinnen ihr erneut ins Wort gefallen waren, zog die Großmutter es vor, zu schweigen.

»Versprich mir, dass du dich auf die Worte einlässt«, bat Unnur Hekla zum Abschied inständig. Hekla nickte eifrig und war froh, dass sich die angespannte Stimmung zwischen ihnen etwas aufgelockert hatte, denn sie liebte ihre Schwester über alles, auch wenn sie ihr manchmal mächtig auf die Nerven ging. Sie würde nie vergessen, wie sie das winzige Wesen zum ersten Mal auf dem Arm ihrer Mutter bestaunt hatte. Unnur hatte ausgesehen wie ein kleines Elfenkind aus ihrem Bilderbuch. Sie war dürr, fast spittelig und hatte dunkles dünnes Haar, das ihr wild vom Kopf abstand. Heute hatte sie schwarzes langes glattes Haar, das mehr an das Märchen vom Schneewittchen erinnerte. Aber sie war immer so zart geblieben. Als große Schwester wollte Hekla sie stets beschützen. Das war wohl auch das, was viele Männer zunächst an ihrer Schwester faszinierte, doch dieser Instinkt wich dann früher oder später einem Fluchtimpuls, wenn Unnur ihnen ihr kleines empfindsames Herz scheunentorartig öffnete und zu Füßen legte.

Draußen vor der Tür traf Hekla auf Magnus, der ihr gleich voller Stolz den nagelneuen Schneepflug präsentierte.

»Danke, dass du die Garage freigeschaufelt hast.«

»Ich bin froh, dass das Ding zum Einsatz kommt«, lachte er. »Habe schon befürchtet, ich müsste ihn zurückgeben, weil es bei uns nur noch regnet statt schneit.«

Hekla schenkte ihm ein Lächeln. Sie mochte den Burschen wirklich gern. Er strahlte etwas angenehm Zuverlässiges und Bodenständiges aus, und manchmal ertappte sie sich bei dem Gedanken, sich zu fragen, ob er nicht tatsächlich der Richtige wäre, um Unnur die Geborgenheit zu geben, die sie so verzweifelt suchte. Doch sie würde sich hüten, das gegenüber ihrer Schwester offen zuzugeben. Beim Thema Magnus konnte ihre herzallerliebste Schwester schnell zur Furie werden. Manchmal fragte sich Hekla, warum Unnur diesem gutmütigen Kerl so schrecklich Unrecht tat. In Heklas Augen hatte er jedenfalls mehr zu bieten als all jene Burschen zusammen, die Unnur in der Vergangenheit das Herz gebrochen hatten.

2

Der Schneemann

›Possibly Maybe‹ in voller Lautstärke zu hören, gehörte zu Heklas täglichem Ritual. Jeden Morgen auf dem Weg nach Reykjavík sang sie mit Björk um die Wette. Diesen Song hatte sie damals gesungen. In einer der angesagtesten Karaoke-Bars der isländischen Hauptstadt. Und dann war es geschehen … Hekla konnte nichts dagegen tun. Ihre Gedanken schweiften zurück in die Vergangenheit.

Sie war gerade im ersten Semester gewesen und hatte in einem Studentenwohnheim in Reykjavík gewohnt. Nach der Freiheit, die sie gleich nach ihrem Schulabschluss in der Zeit als Au-pair-Mädchen in Hamburg genossen hatte, hatte sie sich nicht vorstellen können, wieder bei ihren Eltern auf dem Hof zu leben. Nein, damals hätte sie jeden Eid geschworen, niemals mehr dorthin zurückzukehren. In ihrer Studienzeit hatte Hekla auch entdeckt, dass sie sehr musikalisch war und hatte Gitarre gelernt. Nach Dagurs Tod hatte sie sich wochenlang zurückgezogen und wunderschöne Liebeslieder komponiert, die sie aber nur einem einzigen Menschen auf dieser Welt präsentierte: Unnur, die ihr nun bereits seit vielen Jahren in den Ohren lag, damit endlich öffentlich aufzutreten, was für Hekla gar nicht infrage kam. Nicht, dass sie Angst hatte, sich vor Publikum zu präsentieren. Im Gegenteil, sie hielt ja auch Vorlesungen und Vorträge, aber sie wollte diese Songs, die sie ihrem Liebsten gewidmet hatte, mit keinem anderen teilen als mit ihrer Schwester.

Lampenfieber kannte sie jedenfalls nicht. Sie war damals der heimliche Star in der Karaoke-Bar gewesen. Und dort hatte Dagur sie auf der Bühne bewundert. Heiße Blicke. Abend für Abend, bis er endlich die Initiative ergriffen hatte. Das war bei dem Song ›Possibly Maybe‹ gewesen. Er war zu ihr auf die Bühne gekommen und hatte einfach mitgesungen. Björk im gemischten Chor. Der Applaus war rauschend gewesen, und dann hatten sie sich geküsst, ohne vorher je ein einziges Wort gewechselt zu haben. Der Kuss hatte mehr gesagt als tausend Worte. Und dann war plötzlich alles still geworden, als schließlich der Letzte in der überfüllten Bar gemerkt hatte, dass das da vorne keine Bühnenshow mehr war …

Hekla hatte sich zuvor nie viele Gedanken um Männer gemacht und das Gerede ihrer Schwester von der großen Liebe stets belächelt. Aber in dem Augenblick, als Dagur sie auf der Bühne zum ersten Mal geküsst hatte, wusste sie: Das ist sie, die wahre Liebe.

Kein Mensch – nicht einmal ihre Schwester – sollte je erfahren, dass sie immer noch jeden Morgen ihren Song hörte und dass kein Tag verging, an dem sie nicht an Dagur dachte. Nein, nach außen war das Kapitel abgeschlossen, und jedem, der es auch nur im Entferntesten wagte, seinen Namen zu erwähnen, fuhr Hekla schroff über den Mund. Hekla war felsenfest davon überzeugt, dass einem die Liebe auf den ersten Blick, bei der sich der Verstand binnen Sekunden offline schaltete, nur einmal im Leben begegnete. Dass man sich auch anders verlieben könnte als mit einem Knall, darüber hatte Hekla noch nie nachgedacht. Nein, sie war sich ganz sicher: Auf ihre Bühne würde kein Mann mehr treten, um mit ihr um die Wette zu singen.

Sie sang gerade aus voller Kehle den Refrain ›Possibly maybe, probably love‹, als sie im Scheinwerferlicht einen Schatten, der plötzlich aus dem Nichts auf die Straße lief, wahrnahm. Erschrocken trat sie auf die Bremse und kam gerade noch zum Stehen. Sie wollte ihren Augen nicht trauen. Vor ihr stand ein wild winkender Schneemann. Er war sehr groß und über und über mit Schnee bedeckt.

Heklas Herz klopfte bis zum Hals. Beinahe hätte sie ihn überfahren. Noch nie zuvor war ihr auf dieser einsamen Straße am Morgen ein Mensch begegnet und schon gar nicht zu Fuß.

Idiot, dachte sie, und schon war sie aus dem Wagen gesprungen. »Sind Sie nicht ganz bei Trost?«, brüllte sie. »Wenn Sie sich umbringen wollen, dann nicht mit meinem Wagen!«

Zu ihrer großen Überraschung grinste der Schneemann nur breit, schüttelte sich den Schnee vom Anorak und streckte ihr die Hand entgegen.

»Sorry, ich wusste mir nicht anders zu helfen. Habe schon befürchtet, hier draußen keiner Menschenseele zu begegnen«, sagte er freundlich.

Hekla zog es vor, seine Hand zu ignorieren. Er sprach ziemlich gutes Isländisch mit einem leichten Akzent, den sie nicht sofort zuordnen konnte, aber wenn er ein Landsmann wäre, würde er ihr wohl kaum am frühen Morgen in dieser Gegend vor den Wagen springen.

»Sind Sie Tourist und haben sich zu einer Nachtwanderung aufgemacht oder was treiben Sie um diese Zeit hier?«, fragte sie unwirsch.

»Ja, so was Ähnliches. Ich bin Däne«, lachte er.

»Däne? Aber Sie sprechen perfekt Isländisch«, gab Hekla verwundert zurück.

»Wenn Sie mir helfen, dann verrate ich Ihnen vielleicht den Grund«, lachte er, aber seine Augen lachten nicht mit.

»Okay, dann steigen Sie meinetwegen ein«, knurrte Hekla. »Ich nehme Sie mit in die Stadt. Hat Ihnen keiner gesagt, dass Sie hier nicht in Disneyland sind und es gefährlich sein kann, wenn Sie sich verirren?«

»Das ist überaus freundlich von Ihnen, dass Sie mich mitnehmen wollen, aber ich bin nicht allein.«

Hekla sah ihn empört an. »Sagen Sie bloß, Sie sind mit der ganzen Familie losgezogen?«

Er lächelte immer noch, was Hekla zutiefst verunsicherte, denn er wirkte äußerst sympathisch unter der tief ins Gesicht gezogenen Kapuze.

»Nein, ich bin mit dem Wagen gekommen«, erwiderte er.

»Mit dem Wagen? Und wo steht der jetzt?«

Der Fremde wand sich. »Das ist ja das Problem. Ich bräuchte da mal eben ein wenig Hilfe.«

Hekla sah sich suchend nach seinem Auto um. Nicht, dass sie wirklich Sorge hatte, er könnte ein Verbrecher sein und sie in eine Falle locken wollen. So etwas passierte in Island so gut wie nie, sondern nur in den einheimischen Thrillerserien. Aber seit es in der Gegend tatsächlich jüngst einen Mord gegeben hatte, war eine gewisse Vorsicht geboten.

Der Fremde zeigte in Richtung einer gesperrten Straße. Auf diesem Weg konnte man im Sommer eine Abkürzung nehmen, wenn man ein entsprechendes Fahrzeug besaß, denn er führte durch einen kleinen Fluss. Im Winter nahmen selbst Einheimische davon Abstand, weil die Gefahr bestand, in das Eis einzubrechen, das sich unter dem Schnee gebildet hatte. Außerdem wies ein nicht gerade kleines Schild darauf hin, dass diese Straße bei Schnee unpassierbar war.

»Wollen Sie etwa behaupten, dass Sie trotz der Warnschilder die gesperrte Straße entlanggefahren sind?«

Er nickte schuldbewusst und schob dabei die Kapuze aus dem Gesicht. »Na ja, ich habe mir den besten Wagen gemietet, den ich bekommen konnte, und da dachte ich …«

»Mannomann!«, schimpfte Hekla, während sie den Blick kaum von ihm abwenden konnte, denn seine grünen Augen, deren Iris von einem braunen Kranz umgeben war, strahlten so viel Wärme aus, dass sie ihm intuitiv vertraute. Trotzdem ärgerte sie sich maßlos darüber, weil er sich offenbar komplett überschätzt hatte und nun ihre Zeit stahl. Ein Blick auf die Uhr zeigte ihr, dass sie ohnehin schon spät dran war. Und auf ihrem Schreibtisch wartete eine Menge unerledigter Dinge.

»Ich bin noch nie stecken geblieben, und ich fahre immer bei Eis und Schnee«, versicherte er ihr mit Nachdruck.

»Das mag in Dänemark funktionieren, aber hier gelten andere Regeln«, konterte sie. »Und nun führen Sie mich schon zu Ihrem Wagen!«, fügte sie ungeduldig hinzu.

»Wollen Sie Ihren gar nicht zur Seite fahren und abschließen?«, fragte er mit einem Blick auf ihr Auto, das mitten auf der verschneiten Straße stand.

»Ich schließe mein Auto nie ab«, erwiderte sie energisch. »Und um diese Zeit fährt hier kein Mensch. Aber das Anhalten mitten auf der Straße darf nur ich. Für Touristen ist das verboten.«

Wohin er wohl um diese Zeit wollte, fragte sich Hekla, aber sie unterdrückte ihre Neugier. Eigentlich führte der Weg nur zu ihrem Hof und weiter zu dem Gehöft von Magnus. Dahinter wurde er dann zu einer Schotterpiste, die am Fuße des Berges Helgafell endete. Doch dann erinnerte sie sich: Diesen Weg wollte man nun zu einer Straße umbauen, die am Fuße des Berges vorbeiführen und südlich auf die 42 münden sollte. Ein Projekt, dem sie äußerst skeptisch gegenüberstand. Ihrer Meinung nach war diese neue Trasse völlig überflüssig.

Aber die Lokalpolitiker machten sich mächtig stark für dieses Projekt. Man munkelte, dass es um viel Geld ging. Allerdings war man vor Ort nur auf Gerüchte angewiesen, weil über allem der Nebel des Schweigens lag …

Aber was sollte der Fremde auf der Baustelle wollen? Bei diesem Schneefall wurde dort sicher nicht gearbeitet. Es war schon merkwürdig genug, dass überhaupt im Winter gebaut wurde, aber es hieß unter vorgehaltener Hand, dass die zuständigen Politiker ganz schnell Fakten schaffen wollten.

Schweigend stiefelten Hekla und der Mann den verschneiten Weg entlang, als Hekla etwas dunkel Glänzendes, das aus dem Schnee aufragte, entdeckte. Ihr schwante Übles. Der Wagen stand komplett schräg, weil er bis zur Fahrertür im Schnee verschwunden war.

»Es war überhaupt kein Problem, auf der Straße zu fahren, denn so hoch ist der Schnee ja nun wirklich nicht, aber plötzlich hing ich drin«, erklärte ihr der Fremde nun sichtlich aufgeregt.

»Kein Wunder, Sie sind ins Eis eingebrochen«, stöhnte Hekla und betrachtete das Malheur kopfschüttelnd.

»Und könnten Sie mich vielleicht da rausziehen?«, fragte er zaghaft.

»Tut mir leid, ich bin schon viel zu spät. Ich muss zur Arbeit. Außerdem habe ich kein Abschleppwerkzeug im Wagen«, entgegnete sie prompt.

»Ach so«, murmelte der Fremde so enttäuscht, dass Hekla beinahe Mitleid mit ihm bekam. Ein Blick in seine hilflose Miene machte das auch nicht eben besser.

»Hören Sie, ich kann Sie mit nach Reykjavík nehmen und bei Ihrer Autovermietung absetzen. Aber die werden nicht erfreut sein, dass Sie auf einer gesperrten Straße gefahren sind.«

»Danke. Sie machen mir wirklich Mut«, bemerkte er und wirkte plötzlich gar nicht mehr so bemitleidenswert, sondern eher angriffslustig. »Hören Sie, ich muss dringend weiter.«

Wieder fragte sich Hekla, was der Däne wohl in dieser Gegend suchte, aber sie konnte sich gerade noch beherrschen, ihm persönliche Fragen zu stellen. Was ging sie dieser Typ an? Außerdem drängte die Zeit. Um zehn hatte sie eine Besprechung mit ihren Kollegen über ein Forschungsprojekt, das ihr der Chef vor seiner Abreise nach Australien aufs Auge gedrückt hatte. Ingvar wollte, dass sie über den höfischen Dichter Snorri Sturluson recherchierte und die Frage klärte, ob er tatsächlich der Verfasser der Jüngeren Edda, einem Handbuch für höfische mittelalterliche Dichter Skandinaviens, war. Sehr zu ihrem Ärger, denn sie befasste sich gerade intensiv mit Odins ungeliebter Tochter Thalia. Aber das kannte sie schon. Immer wenn sie ein eigenes Forschungsziel im Sinn hatte, versorgte Ingvar sie mit Extraaufgaben.

»Gut, dann schicke ich Ihnen jemanden, der Sie da rauszieht«, seufzte sie.

Seine Miene erhellte sich. »Und ich dachte schon, Sie hätten ein Herz aus Eis und würden mich lieber erfrieren lassen, als mir zu helfen.«

Der glaubt wohl, ihm kann keine Frau widerstehen, dachte Hekla grimmig, holte ihr Telefon hervor und entfernte sich ein paar Schritte von dem Fremden, um unbeobachtet sprechen zu können. Sie hatte Glück, als sie zu Hause anrief. Magnus saß noch neben ihrem Vater am Küchentisch.

»Magnus, pass auf, so ein dänischer Rambofahrer hat die gesperrte Straße genommen und ist dort mit seinem Wagen eingebrochen. Könntest du wohl eben herkommen und ihn rausziehen?«

Nachdem Magnus ein paar deftige Schimpftiraden über den Deppen, wie er ihn wortwörtlich nannte, abgelassen hatte, erklärte er sich bereit, umgehend zu starten.

»Es kommt gleich Hilfe«, versprach sie dem Fremden knapp und wollte sich schnellstens auf den Weg zu ihrem Wagen machen, doch er folgte ihr schnaufend.

»Sie wollen mich hier doch nicht etwa allein zurücklassen?«

Hekla blieb abrupt stehen und wandte sich amüsiert zu ihm um. »Sagen Sie bloß, Sie haben Angst im Dunkeln? Aber keine Sorge, es dämmert schon.« Sie deutete zum Horizont, an dem es langsam heller wurde. Schon an dem tiefen Rot war zu erkennen, dass es ein klarer sonniger Tag werden würde, wie so oft, wenn es in der Nacht geschneit hatte. Na ja, dachte sie, Tag war übertrieben, denn zur Zeit blieb es lediglich vier Stunden lang hell, bevor die lange Dämmerung wieder einsetzte. Aber diese paar Stunden würden heute anscheinend wunderschön werden, ein Gedanke, der Hekla das erste Lächeln auf das Gesicht zauberte.

»Es steht Ihnen gut, wenn Sie lächeln.«

»Was wird das? Versuchen Sie etwa, mit mir zu flirten?«, entgegnete Hekla ungerührt, wenngleich es sie nicht völlig kalt ließ, denn dass ein Mann ihr ein Kompliment gemacht hatte, war schon ziemlich lange her. Wenn sie sich recht erinnerte, war es Frodo gewesen, der als neuer wissenschaftlicher Mitarbeiter vor vier Jahren am Institut angefangen hatte. Und er hatte es auch nur einmal zaghaft versucht, hatte sie ihm doch unmissverständlich zu verstehen gegeben, dass sie ausschließlich zum Arbeiten am Institut war. Allerdings musste sie insgeheim zugeben, dass Frodo auch nicht halbwegs so attraktiv war wie dieser Schneemann. Auch wenn sie sich einbildete, keinerlei Interesse mehr an Männern zu haben, so konnte sie doch immerhin noch beurteilen, dass der blonde Däne mit den ausdrucksstarken Augen nicht nur gut aussah, sondern etwas an sich hatte, dem sie sich nicht so ohne Weiteres entziehen konnte. Kaum hatte Hekla diesen Gedanken zugelassen, korrigierte sie sich verärgert. Ach Unsinn, dachte sie entschieden, er ist ein Blender, der meint, Regeln würden für alle anderen gelten, nur nicht für ihn, und auf so einen falle ich bestimmt nicht herein.

»Mit Ihnen flirten? Das würde ich mich im Leben nicht trauen. Aber ich muss doch zumindest wissen, wie meine Retterin heißt und wie ich mich für die Hilfe erkenntlich zeigen kann.« Hekla meinte, einen ironischen Unterton herauszuhören.

Sie rang sich erneut zu einem Lächeln durch und winkte ab. »Das habe ich doch gern getan. Ein schlichtes Dankeschön würde mir genügen.«

»Ich hatte da eher an ein gemeinsames Essen gedacht.«

»Ist wirklich nicht nötig.«

»Gut, dann herzlichen Dank. Ich begleite Sie noch zum Wagen und warte dort auf den Helfer.« Das klang so kühl, dass Hekla fast ein wenig bereute, sich nicht ein bisschen charmanter verhalten zu haben, aber das ließ sie sich nicht anmerken, sondern sie beschleunigte stattdessen ihren Schritt.

Bei ihrem Auto angekommen, blieb sie noch einmal stehen. »Der Mann heißt Magnus, und es wäre nett, wenn Sie sich bei ihm gebührend bedanken würden, falls er es schafft, Ihr Auto aus dem Schnee zu ziehen. Laden Sie *ihn* doch zum Essen ein.«

»Wird gemacht, Chef!«, sagte der Däne spöttisch.

»Gut, dann viel Erfolg«, murmelte Hekla und stieg, ohne ihn eines weiteren Blickes zu würdigen, in ihren Wagen und fuhr davon.

Sie war noch keine hundert Meter gefahren, als sie bereute, sich dermaßen steif verhalten zu haben. Er muss ja denken, dass ich zum Lachen in den Keller gehe, ging es ihr durch den Kopf. Ein Gedanke, der sie maßlos aufregte, war sie doch sonst eher für ihren hintergründigen Humor bekannt. Aber was sie noch mehr ärgerte, war die Tatsache, dass sie sich überhaupt den Kopf darüber zerbrach, was ein wildfremder Mann von ihr denken könnte. Das Schlimmste daran war, dass ihr ein diffuses Gefühl signalisierte, dass zwischen dem Schneemann und ihr irgendetwas gewesen war. Genervt versuchte sie diese merkwürdige Emotion abzuschütteln. Was sollte da schon gewesen sein, wenn sie es nicht einmal benennen konnte? Eines jedenfalls schloss sie rigoros aus: Verliebt hatte sie sich nicht in den Kerl. Das nämlich ging anders. Mit Tusch und Knall! Und doch bereitete es ihr extrem schlechte Laune, dass es ihr messerscharfer Verstand partout nicht schaffte, dem »Irgendetwas« einen Namen zu geben.

Wie gut, dass ich ihn nie wiedersehe, dachte Hekla energisch, um hilflos miterleben zu müssen, wie ihr diese Aussicht tief im Herzen ganz und gar nicht behagte.

3

Traummann prophezeit

Unnur war vor einer potenziellen Begegnung mit Magnus in ihr Atelier geflüchtet, denn es war so sicher wie das Amen in der Kirche, dass ihr Vater ihn noch auf einen extrasüßen Kaffee einladen würde. Mit seinem ergebenen Hundeblick verfolgte Magnus Unnur bereits seit Schulzeiten, was sie nicht in jeder Verfassung ertrug. Und heute war so ein Morgen, an dem sie ganz bestimmt nicht vom falschen Mann angehimmelt werden wollte. Nicht heute, nachdem Heklas Zettel im Schuh sie in erhebliche Zweifel gestürzt hatte, ob sie nicht tatsächlich einer Wunschvorstellung hinterherlief, wenn sie weiter an die Prophezeiung glaubte.

Sie erinnerte sich noch an jedes Detail des schicksalhaften Zusammentreffens mit der alterslosen Kartenlegerin, der das feuerrot gefärbte Haar vom Kopf abstand, so wie Unnur es gern auf ihren Elfenbildern malte. Es war im Huldokona, dem Laden von Unnurs Freundin Birta, gewesen. Dort hatte die fremde Frau hinter geheimnisvoll drapierten Tüchern gesessen und den Kunden angeboten, ihnen anhand von Tarotkarten die Zukunft vorauszusagen. Ein Angebot, das Unnur magisch angezogen hatte, wenngleich sie Birta an dem Tag eigentlich nur ein paar neue Elfenbilder vorbeibringen wollte, die im Huldokona verkauft wurden, und über die Provision verhandeln wollte. Denn fünfzig Prozent Provision für die Ladeninhaberin abzudrücken, fand Unnur doch ganz schön happig. … Das kleine Geschäft ihrer Freundin Birta befand sich an der Strandgata in einem himmelblau gestrichenen Holzhaus. Es zog mit seinem winzigen, aber schillernd bunt dekorierten Schaufenster die neugierigen Blicke der vorbeikommenden Touristen auf sich. Der Laden hatte über die Grenzen Hafnarfjörðurs hinaus einen gewissen Bekanntheitsgrad erreicht. Schließlich galt die ganze Stadt als heimliche Hauptstadt der Elfen, war sie auf einem Lavaberg, der Sage nach einem Elfenhügel, errichtet worden. Im Huldokona gab es ein reichliches Angebot an Elfen- und Trollzubehör, wie Elfenposter, Porzellanelfen, Lesezeichen in Form von Elfenflügeln, und Trolle aus Stein sowie sämtliche Bücher zu dem Thema. Neuerdings aber war es die Chefin selbst, die die Aufmerksamkeit auf sich zog. Sie hatte nämlich erst kürzlich ihre Gabe, mit den Elfen zu kommunizieren, entdeckt und tat das überall lautstark kund. Davon abgesehen, dass Unnur diese schrille Zurschaustellung zuwider war und sie eine solche Fähigkeit, wenn sie diese besäße, still und leise genießen würde, ohne sie an die große Glocke zu hängen, beneidete sie Birta glühend um diese magische Gabe. Sie meinte sich nämlich dunkel zu erinnern, dass sie als kleines Mädchen auch in der Lage gewesen war, mit den Elfen zu kommunizieren. Sie sah sich zusammen mit ihrer Mutter hinter dem Haus ein kleines Elfenschloss bauen, damit heimatlose Elfen ein Dach über dem Kopf hatten. Jeden Abend hatte sie ihre Mutter dorthin begleitet, um den Elfen etwas zum Essen zu bringen, um dann stets am nächsten Morgen festzustellen, dass die kleine Schüssel leer war. Unnur musste damals drei oder vier Jahre alt gewesen sein, und sie sah heute noch vor ihrem inneren Auge, wie sich die Wesen, die nicht größer waren als sie, eines Tages bei ihr bedankt hatten. Hekla hatte Unnurs Erlebnis damals mit den Worten kommentiert: »Das hast du nur geträumt, Unnur, die Elfen reden doch nicht mit jedem und die Schüssel, die hat doch Flóki ausgeleckt.« Flóki war ein gefräßiger Familienhund gewesen, den Unnur über alles liebte und dem sie eine solche

Gemeinheit nicht zutraute. Und auch ihre Mutter hatte sich auf ihre Seite gestellt und behauptet, Flóki fresse zwar sonst alles, aber bestimmt nichts, was für die Elfen bestimmt wäre.

Beim Gedanken an ihre Mutter kamen Unnur unwillkürlich die Tränen. Helga war die Einzige in der Familie, die ihren Hang zum Übersinnlichen geteilt hatte. Ihre Mutter hatte sich nicht wie Hekla über sie lustig gemacht, als sie ihr von ihrem Erlebnis mit der Kartenlegerin erzählt hatte. Im Gegenteil, sie hatte sogar gemutmaßt, dass der Mann vielleicht schon ganz in der Nähe wäre und Unnur ihn bislang einfach nur übersehen hätte. Unnur hatte sich zunächst noch verstanden gefühlt, doch als ihre Mutter hatte durchblicken lassen, dass sie dabei an einen ganz bestimmten Mann dachte, hatte sie verschnupft reagiert. So verschieden ihre Eltern auch immer waren, in ihrer Hoffnung auf den Nachbarn vom Einarsson-Hof als potenziellen Schwiegersohn waren sie sich völlig einig gewesen.

Unnur besaß einen sanftmütigen Charakter, und es lag ihr fern, über andere Menschen bösartig zu reden, doch wenn es um Magnus ging, nahm sie kein Blatt vor den Mund. Er war in ihren Augen ein übergewichtiger Bauernbursche, zu dem allenfalls ein properes Landmädel passte, und selbst die Tatsache, dass Magnus den einfachen Hof seiner Eltern in einen erfolgreichen Betrieb für die Herstellung von Skyr aus Schafmilch umgewandelt hatte, machte ihn in Unnurs Augen nicht attraktiver. Warum er ausgerechnet in sie verknallt war, und das bereits seit Kindertagen, war ihr ein Rätsel. Was hatte sie nicht schon alles versucht, um die Klette, wie sie ihn insgeheim nannte, loszuwerden. Sogar den Schneeball, den sie ihm einst auf dem Schulhof versehentlich an den Kopf geworfen und der ihn regelrecht ausgeknockt hatte, hatte ihr Magnus großmütig verziehen, ganz zu schweigen von den geschätzten einhundert Körben, die sie ihm auf Kino, Konzert und Esseneinladungen gegeben hatte.

Ihr Bild von einem Mann unterschied sich von Magnus' Erscheinung mindestens so wesentlich voneinander wie eine Elfe von einem Troll. Im Grunde genommen träumte sie von einem Kerl wie Dagur, der großen Liebe ihrer Schwester. Nicht, dass sie damals in ihn verliebt gewesen wäre. Nein, er war schließlich Heklas Ehemann gewesen und wäre heute immer noch ihr Schwager, wenn er damals nicht verunglückt wäre. Trotzdem hatte er, abgesehen von seinem umwerfenden Charme und seiner Weltgewandtheit, noch ein paar unverkennbare Merkmale besessen, die sie sich bei ihrem Traummann wünschte: die Einmeterzweiundneunzig, die dunklen Locken, die kein Friseur Islands bändigen konnte, den Humor, die warmherzige Ausstrahlung und die raue wohlklingende Stimme.

Leider hatte sich die Kartenlegerin damals nicht festlegen wollen, wie diese einzigartige und große Liebe, der Unnur angeblich noch vor ihrem dreißigsten Geburtstag begegnen sollte, aussah. So hielt Unnur an ihrem Bild fest, das sie von ihrem Traummann besaß, und das waren große Männer vom Typ Dagurs. Seit der Prophezeiung waren ihr bereits zwei solcher Exemplare begegnet. Mit dem Urteil hatte sie allerdings allein dagestanden. Hekla hatte nur mit der Nase gerümpft und Unnur geraten, sich doch mal eine Brille zuzulegen. Und beide Male war Unnur bitter getäuscht worden.

Und nun, dreizehn Tage vor Weihnachten, war es quasi eine Minute vor zwölf. Es gab wenig Hoffnung, dass sie das große Silvesterfeuerwerk in Reykjavík im Arm des prophezeiten Traummannes erleben würde. Es sah eher danach aus, dass sie wieder als Single in ihren Geburtstag hineinfeiern musste. Sie war nämlich ein Neujahrskind, und die prophezeite Deadline kam gnadenlos näher, dass selbst so eine positiv denkende Person wie sie ins Zweifeln geriet. Wie gern hätte sie sich noch einmal die Karten legen lassen, um Konkreteres zu erfahren, aber die Wahrsagerin war nie wieder im Huldokona aufgetaucht.

Mit einem tiefen Seufzer machte sich Unnur daran, das

wirre Haar ihrer neuesten Elfenkönigin auf die Leinwand zu bringen. Sie malte am liebsten mit bunten Ölfarben, was ihren Elfen eine lebenslustige Ausstrahlung verlieh. Leider konnte sie von dem Verkauf der Bilder nicht leben. Zwar fanden die Poster ihrer Elfen im Huldokona etliche Abnehmerinnen, aber bei einer Provision von fünfzig Prozent blieb nicht viel übrig für Unnur. Wie oft hatte sie sich vorgenommen, endlich mehr herauszuhandeln, aber Birta war äußerst geschickt darin, für ihren eigenen Vorteil zu kämpfen. Deshalb führte Unnur seit dem Tod ihrer Mutter auch die Pension. Ihr war natürlich bewusst, dass nicht mehr genügend Gäste kamen und sie mehr Werbung über das Internet schalten sollte, aber sie hatte eine Abneigung gegen das Arbeiten am Bildschirm. Sie begriff sich als Künstlerin, die sinnlich mit der Materie umgehen wollte. Insgeheim war Unnur der Meinung, dass Hekla viel besser geeignet wäre, die Pension zu führen, aber die gehörte zu den wenigen jungen Isländerinnen, die mit ihrer Arbeit als wissenschaftliche Angestellte so viel verdiente, dass sie keine Jobs nebenher benötigte. Ja, sie konnte der Familie sogar noch Geld zustecken, wenn es einmal wieder knapp war. Unnur wusste also ganz genau, dass sie sich schnellstens etwas einfallen lassen musste, um Gäste in die Álfadrottning zu locken, wenn die Pension diesen Winter überstehen sollte. Aber ihr wollte partout nichts einfallen, womit sie Werbung machen konnte, ohne sich an den Computer zu setzen. Deshalb hatte sie sich vorerst darangemacht, die Zimmer zu verschönern. Wenn jedes Zimmer seine eigene Elfenkönigin bekam, wäre die Attraktivität der Álfadrottning mit Sicherheit schon einmal erhöht. Und wenn sich erst herumsprach, dass in jedem der vier Fremdenzimmer ein Gemälde der Wirtin hing, und dass die Gäste der Malerin bei der Arbeit zugucken und sogar ihre Bilder kaufen durften … Ihrer Schwester hatte sie noch nichts von dieser Verschönerungsmaßnahme erzählt. Sie fürchtete, dass Hekla dann wieder so skeptisch ihre Mundwinkel hochziehen würde. Ihre pragmatische Schwester vermochte sich bestimmt nicht einmal annähernd vorzustellen, dass man allein mittels der Energie, die durch das Malen dieser Kunstwerke freigesetzt wurde, neue Pensionsgäste gewinnen konnte. Deshalb hatte Unnur einfach still und heimlich für jedes Zimmer eine Elfenkönigin gemalt und wollte nun zügig die Elfe für das vierte Zimmer fertigstellen.

Nur leider konnte sich Unnur an diesem Vormittag kaum auf ihr Kunstwerk konzentrieren, weil ihre Gedanken immer wieder zur Prophezeiung abschweiften. Sie wünschte sich so sehr einen Partner, der bei ihr blieb. Bislang hatte nämlich jeder ihrer vermeintlichen Traummänner früher oder später mit ihr Schluss gemacht. Dabei hatte sie in jede neue Beziehung so unendlich viel Herzblut gelegt und auch den Männern gegenüber nicht mit ihrer Begeisterung hinter dem Berg gehalten. Im Gegenteil, sie hatte selten mit Superlativen gespart. Sie konnte partout nicht verstehen, warum sich die meisten Männer nach einer leidenschaftlichen gemeinsamen Zeit rargemacht hatten. Ihre Freundin Birta meinte, man müsse einen Mann am langen Arm verhungern lassen, dann würde er einem die Bude einrennen. Aber ihm beim zweiten Date zu verraten, dass er nicht nur der Mann ihres Lebens wäre, sondern auch der potenzielle Vater ihrer Kinder, wäre der Liebeskiller schlechthin. Doch so etwas konnte Unnur in ihrer Euphorie durchaus passieren. Wenn sie sich verliebte, dann mit Haut und Haaren, und dann wäre es doch unehrlich, mit dem Mann blöde Spiele zu veranstalten. Birta sah das allerdings wesentlich pragmatischer. Männer wären immer noch nichts anderes als Jäger und Sammler, pflegte sie zu behaupten, und es würde ihnen den Spaß verderben, wenn sich ihnen die Schneehühner freiwillig vor die Füße legten. Unnur stand Birtas Ansichten über die Liebe äußerst skeptisch gegenüber. Davon abgesehen, dass sie nicht mit einem Schneehuhn verglichen werden wollte, fand Unnur es unnatürlich, mit Tricks und präzisem Zeitplan an die Liebe heranzugehen. Birta hingegen schwor darauf. Timing wäre alles in der Liebe. Nein, Unnur konnte sich in Liebesdingen beim besten Willen nicht an ihrer Freundin orientieren. Und auch ihre Schwester war denkbar ungeeignet, ihr Ratschläge in Sachen Beziehung zu erteilen. Deshalb fühlte sie sich mit ihrem Problem auch ziemlich allein gelassen und spürte die Anspannung in jeder Pore.

Unwirsch legte sie den Pinsel beiseite, als sie feststellen musste, dass sie der Elfe aus Versehen ein runzeliges Trollgesicht verpasst hatte. Da half nur noch eine Meditation, damit sie nicht gänzlich resignierte. Ich muss nur daran glauben, redete sie sich ein, während sie sich auf ihr Meditationskissen setzte und die Augen schloss. Der Mann meines Lebens ist auf dem Weg zu mir, sagte sie sich beim Einatmen, alle Zweifel gehen jetzt, beim Ausatmen. Nach ein paar Minuten wurde sie ruhiger und gab sich ganz der Entspannung hin. Als sie die Augen wieder öffnete, glaubte sie für den Bruchteil einer Sekunde tatsächlich wieder fest daran, dass sich die Prophezeiung erfüllen würde, doch kaum hatte sie einen Blick auf das verhunzte Gemälde geworfen, das sie nun noch einmal neu malen musste, meldeten sich erneut die Zweifel, ob das tatsächlich eintreten würde, und sie fragte sich, ob der Fehler vielleicht bei ihr lag. Mindestens so sehr, wie sie sich einen Prinzen wünschte und mit den Elfen zu sprechen, wünschte sie sich, dass sie von ihrer künstlerischen Begabung würde leben können. Aber solange sie darauf angewiesen war, ihre Originalbilder und die Poster in Birtas Laden zu verkaufen, würde das wohl ein frommer Wunsch bleiben.

Entschieden tauchte sie den Pinsel in die Farbe und versuchte sich erneut an der letzten Elfenkönigin. Dabei dachte sie an Hekla. Wie Unnur nicht anders erwartet hatte, war ihre Schwester heute früh nicht gerade begeistert von dem angekündigten Wunder gewesen. Dabei handelte es sich gar nicht um einen frommen Spruch, wie es ihre Familie irrtümlich annahm, sondern um ein Ereignis, das unweigerlich in Heklas Leben treten würde. Unnur hatte ihre Schwester nämlich ganz offiziell zu einem großen Songwriterwettbewerb angemeldet, der am zweiten Weihnachtstag in Reykjavík stattfand. Die Einladungen sollten spätestens diese Woche an die von der Jury zugelassenen Künstler herausgehen, in diesem Fall an Unnur, die sich als Agentin ihrer Schwester ausgegeben hatte. Und da man Unnur bereits am Telefon versichert hatte, dass ihre Schwester nach dem Demomaterial, das sie der Jury von Heklas Können geschickt hatte, ganz sicher im Rennen war, fehlte nur noch die formale Bestätigung, die sie Hekla dann im Namen eines Weihnachtskerls in den Schuh legen würde. Die Bedenken, dass ihre Schwester von einer Teilnahme an dem Wettbewerb alles andere als begeistert sein würde, hatte Unnur bislang beiseitegeschoben. Doch jetzt, als die Sache näher kam, wurde ihr ein wenig mulmig zumute. Einmal davon abgesehen, dass Hekla es hasste, wenn sie bevormundet wurde, hatte sie stets voller Überzeugung eine öffentliche Präsentation ihrer Songs ausgeschlossen. Dabei wäre es ein Trauerspiel, wenn Hekla ihre wunderbaren Songs bis ans Lebensende nur im stillen Kämmerlein zum Besten geben würde … Ob sich ihre Schwester mit einem Hinweis auf Unnurs beste Absichten beschwichtigen lassen würde?

Darüber hinaus war Unnur fest davon überzeugt, dass sich in Heklas Leben dringend etwas ändern musste, damit sie sich nicht länger auf dem Gehöft ihres Vaters verkroch. Seit sie nach Dagurs Tod wieder unter das heimische Dach zurückgekehrt war, konnte man die Male, an denen sie sich in das pralle Nachtleben der Hauptstadt gestürzt hatte, an einer Hand abzählen. Unnur selbst war jeden Samstag tanzen, Hekla hingegen ging sehr selten ins Kino, Theater, zum Essen oder in ein Konzert. Kurz, Hekla musste unter Menschen, und zwar dorthin, wo auch Männer herumliefen, und das war bei diesen Wettbewerben allemal gegeben. Obwohl Hekla stets vollmundig betonte, dass Dagurs Tod gar nichts mit ihrer ablehnenden Haltung gegenüber Männern zu tun hatte, war sich Unnur sicher, dass sie ihn noch immer nicht verwunden hatte und sich nun hinter der Fassade der autarken Frau verschanzte, die keinen Mann in ihrem Leben benötigte. Abrupt hielt Unnur beim Malen inne und betrachtete das entstandene Werk. Sie schüttelte sich beim Anblick der schrill bunten Elfe. Ich sollte sie dem Punkmuseum stiften, dachte sie selbstkritisch, als ihr Blick an einem Kohlestift hängen blieb. Damit hatte sie einst das Zeichnen begonnen. Damals in der Schule. Sie erinnerte sich noch gut, wie sich ihr Lehrer vor Begeisterung überschlagen hatte, dass kein anderer mit so wenigen Strichen so viel Gefühl ausdrücken konnte. Unnur allerdings war das bloße Schwarz-Weiß irgendwann zu öde gewesen, und sie hatte begonnen, mit Farben zu experimentieren. Damit war sie immer noch die Klassenbeste in Kunst gewesen, aber der Lehrer hatte damals mit leichtem Bedauern in der Stimme erklärt: »Mit den Ölfarben bist du so gut wie das Licht auf unserer Insel an einem Sonnentag, mit Kohle bist du so genial wie das Licht an einem scheinbar trüben Tag, wenn sich die Sonne kleine Löcher durch die grauen Wolken bahnt. Das ist dann Magie!«

Zögernd legte sie ihr Ölgemälde beiseite und skizzierte mit dem Kohlestift ein neues Bild in einer Schlichtheit, mit der sie einst zu malen begonnen hatte. Während des Zeichnens durchströmten sie warme Energieschübe, ein sicheres Zeichen, dass sie wieder mehr in dieser Technik arbeiten sollte. Trotz der fehlenden Farben schien ihr diese Elfe besonders gelungen. Sie hatte nur den Kopf gezeichnet, und der Gesichtsausdruck war von einer solchen Intensität, dass er die bunten Ölgemälde schlichtweg in den Schatten stellte. Voller Begeisterung betrachtete sie das fertige Werk und wurde den Eindruck nicht los, sich selbst gezeichnet zu haben. Und zwar nicht ihre meist freundliche unbeschwerte Benutzeroberfläche, sondern das, was an Tiefe in ihr schlummerte.

Und nun?, fragte sie sich ergriffen. Kommen nun wirklich neue Gäste, weil ich mich eben gerade selbst übertroffen habe? Nein, ich muss auch bekannt machen, dass die Wirtin der Pension eine Künstlerin ist, dachte Unnur entschlossen. Und das funktionierte nur mittels schnöder Technik.

Daran, dass Unnur dazu in der Lage war, eine Webseite professionell umzugestalten und ins Netz zu stellen, gab es keinen Zweifel, denn sie hatte schließlich nach dem Abschluss der Schule eine Ausbildung zur Grafikdesignerin begonnen, die sie aber bald abgebrochen hatte, weil sie ihr Leben nicht am Computer verbringen wollte. Doch nun würde sie ihren alten Laptop hervorholen, auf dem ihre Webdesign-Programme gespeichert waren.

Unnur fotografierte zunächst einmal ihr neuestes Werk ab, um es auf die Webseite der Álfadrottning zu stellen. Mit wachsender Begeisterung lud sie überdies neue Fotos vom Gehöft und den Zimmern hoch, die sie neulich erst gemacht hatte, und schrieb eifrig einen Werbetext. Nachdem sie den potenziellen Gästen die Vorzüge der Pension nahegebracht und besonders herausgestellt hatte, dass sie im Haus einer Malerin leben würden, deren Werke man auch kaufen konnte, brachte sie auch noch die künstlerische Ader ihrer Schwester ins Spiel. Sie kündigte an, dass es in der Álfadrottning hin und wieder Gesangsabende mit der bekannten isländischen Songwriterin Hekla geben würde. In ihrer Euphorie schob Unnur den unangenehmen Gedanken beiseite, dass ihre Schwester diese Ankündigung auf der Webseite womöglich als schweren Verrat und Übergriff werten könnte. Ach was, redete sich Unnur die Sache schön, was war denn schon dabei, vor den Gästen mal einen Song oder auch zwei zu präsentieren?

Unnur war jedenfalls hellauf begeistert von ihrer Präsentation, während sie ihr Werk noch einmal auf mögliche Fehler überprüfte, aber sie fand keinen. Im Gegenteil, sie war der Meinung, sie hatte sich selbst übertroffen. *Eine geheimnisvolle Elfen-*

pension voll gelebter isländischer Kultur. Dieser Satz gefiel ihr besonders. Stolz stellte sie ihren Werbetext für die Álfadrottning online.

4

Odin muss warten

Das Büro von Hekla Gunnarsdóttir befand sich in einem modernen und seelenlos wirkenden Neubau der Háskóli Íslands, der ältesten Universität Islands. Einst am Stadtrand Reykjavíks gebaut, war die Hochschule inzwischen fast in die Ortsmitte gerückt. Das imposante Hauptgebäude war von dem isländischen Architekten Guðjón Samúelsson geplant worden, doch der Platz dort reichte schon lange nicht mehr aus, um den Zuwachs an Studierenden zu bewältigen. Deshalb waren um das architektonisch beeindruckende Gebäude jene schlichten Betonklötze entstanden, in denen sich auch das Institut für Volkskunde befand.

Wenn es nach Hekla gegangen wäre, hätte es weder den Nippes auf ihrem Schreibtisch noch in den Regalen gegeben. Alles, was sich an Deko in dem Raum befand, wie der silberne Bilderrahmen mit einem alten Familienfoto, das immergrüne Moosgewächs, die Lampe aus Lavastein und die getöpferte Nachbildung des längst verblichenen Familienhundes Flóki, hatte Unnur ihr aufgedrängt. Immer mit einem leicht mitleidigen Gesichtsausdruck, nach dem Motto: In so kalter Atmosphäre kann doch kein Mensch arbeiten. Deshalb hatte sie ihr gerade neulich erst ein selbst gemaltes Ölbild geschenkt, das eine Elfe zeigte und das Unnur so schön fand, dass sie es als Poster hatte vervielfältigen lassen, um es in Birtas Laden zu verkaufen. Hekla hätte nie zu fragen gewagt, ob es tatsächlich potenzielle Interessentinnen für diese geschmackliche Entgleisung gab, für die Hekla nur ein einziges Wort einfiel: Kitsch! Doch das würde sie Unnur gegenüber natürlich niemals verlauten lassen. Wenn es um Elfen ging, verstand ihre Schwester nämlich keinen Spaß. Schon als Kind hatte sie nie genug von den Elfenmärchen bekommen können, während Hekla die Trolle und andere Vertreter des verborgenen Volkes stets nähergelegen hatten als die Elfen. Gebannt hatte sie an den Lippen ihrer Mutter gehangen, wenn sie ihnen am prasselnden Kamin die etwas unheimlicheren Geschichten vorgelesen hatte.

Heklas Lieblingssage war die von den Afturganga, den sogenannten Wiedergängern, gewesen. Das waren Verstorbene, die nach ihrem Tod ihr Unwesen trieben, indem sie andere Menschen töteten oder sie nachts durch offene Gräber in die Hölle schleppten. Von Märchen dieser Art hatte die kleine Hekla gar nicht genug bekommen können. Unnur hingegen hatte diese Gruselgeschichten gehasst und sich meist die Ohren zugehalten, wenn die Mutter zu Heklas wachsender Begeisterung das Gesicht wie ein Monster verzogen hatte. Die kleine Unnur verlangte dann in der Regel, dass Helga extra für sie vor dem Schlafengehen noch einmal die Sage von dem Elfenschloss Hamarinn erzählte, in dem eine weiß gekleidete Frau mit Silbergürtel und von königlichem Blut lebte.

Ein Klopfen an der Tür riss Hekla aus ihren Gedanken an die ferne Kindheit. Das werden die Kollegen sein, dachte sie, nachdem sie einen flüchtigen Blick auf ihre Armbanduhr geworfen hatte. Trotz der Begegnung mit dem Schneemann war sie pünktlich im Büro gewesen.

Ihre Lieblingskollegin Liv wedelte zur Begrüßung mit der Morgenzeitung vor Heklas Nase herum.

»Wo sind die anderen?«, fragte Hekla ungeduldig. »Ich habe mich so beeilt und würde jetzt gern anfangen.«

»Wir müssen unseren Termin verschieben. Ein Journalist hat sich zu einem Interview angekündigt. Er will dich dazu befragen. Er wartet schon auf dich. Lies das bitte vorher!«, erklärte sie und legte die Zeitung auf den Schreibtisch.

Missmutig überflog Hekla den Artikel im heutigen Morgenblatt.

Hafnarfjörður, 11. Dezember

Es gibt ein massives Problem beim Bau der neuen Straße, die südöstlich von Hafnarfjörður am Fuße des Helgafells vorbeiführen soll. Wie erst heute bekannt wird, liegt es nicht allein am Wetter, dass die Arbeiten langsamer vorangehen als von der Baufirma geplant war, sondern daran, dass auf der Baustelle schon seit Wochen seltsame Dinge vorgehen. Erst vor ein paar Wochen ist ein Baufahrzeug nachts angesprungen und führerlos auf das Lavafeld geirrt. Was scherzhaft unter den Bauarbeitern die Runde machte, und schließlich dazu führte, dass die isländische Firma sich weigerte, die Straße weiterzubauen, und das Projekt von einem dänischen Unternehmen übernommen wurde, scheint nun zur Gewissheit geworden zu sein: Unter einem großen Hügel, der wegen der Verbreiterung entfernt werden soll, wohnen angeblich Elfen, die sich gegen den Abriss ihrer Wohnstätte wehren. Das jedenfalls verkündete gestern Morgen die ›Elfenflüsterin‹ Birta Johannsdóttir in großem Stil über die sozialen Medien. Die Elfenmutter soll sich ihren Angaben nach an sie gewandt haben, um gegen den Ausbau der Straße zu protestieren. Birta Johannsdóttir ist bislang noch nicht als Elfensprecherin in Erscheinung getreten. Die Betreiberin eines esoterischen Buchladens bezeichnet sich als Medium und habe, wie sie angibt, erst kürzlich ihre Gabe entdeckt, mit den Vertretern des Huldufólks zu kommunizieren.

Seit sich Birta Johannsdóttir öffentlich damit gebrüstet hat, dass die betroffene Elfenmutter sie zu ihrer Anwältin gewählt hat, ist der Fall nun auch international bekannt geworden. Vertreter der zuständigen Behörden waren in dieser Sache noch nicht zu sprechen, aber es liegt durchaus im Bereich des Möglichen, dass der Ausbau der Straße vorerst gestoppt wird, bis die Angelegenheit geklärt ist. Der Geschäftsführer der dänischen Baufirma weist einen Baustopp allerdings weit von sich. Wegen so einer ›Spinnerin‹ würde er keinen Abstand vom Projekt nehmen. Es bleibt abzuwarten, wie sich die hiesigen Be-

hörden zu dem Fall äußern. Sollte ein Gutachten eingeholt werden und dieses zum Ergebnis kommen, dass der Hügel zum isländischen Kulturgut gehört, wird man das jedenfalls nicht ignorieren können. Dies zu beurteilen fällt in den Kompetenzbereich von Professor Ingvar Björnson, dem Leiter des Instituts für Volkskunde an der Háskóli.

»Auch das noch«, stöhnte Hekla, nachdem sie den Artikel zu Ende gelesen hatte.

Liv aber nickte ihr aufmunternd zu. »Auf jeden Fall hat das wohl Priorität vor unseren sonstigen Projekten.«

»Das befürchte ich auch«, pflichtete ihr Hekla kopfschüttelnd bei.

»Kann ich den jungen Mann dann hereinbitten?«

Hekla nickte. Da Ingvar erst in vier Wochen aus Australien zurückkehrte, fiel nun ihr als seiner Vertreterin die Aufgabe zu, herauszufinden, ob sich um den entsprechenden Hügel bereits irgendwelche Mythen rankten. Wenn ihre Recherchen ergaben, dass er zum isländischen Kulturgut gehörte und sie das in einem Gutachten bestätigte, würde das Straßenbauamt dies bei seiner Entscheidung auf jeden Fall berücksichtigen.

»Da wird sich der Chef aber ärgern, dass er nicht vor Ort ist. Er liebt es doch, wenn die Presse was von ihm will«, lachte Liv.

»Und ich kann das nicht leiden«, knurrte Hekla. »Ich werde das ganz schnell hinter mich bringen.«

Nachdem Liv das Büro verlassen hatte, klopfte es erneut.

»Herein«, sagte sie mit leicht genervter Stimme, denn sie befürchtete, der Journalist würde von ihr ein druckreifes Statement zu den Vorfällen an der Baustelle erwarten.

Sympathische Ausstrahlung, war ihr erster Gedanke, als der mittelgroße dunkelhaarige Journalist lächelnd ihr Büro betrat.

»Góðan daginn!«, begrüßte er sie freundlich. »Aber das ist auch fast alles, was ich auf Isländisch sagen kann«, fügte er hastig auf Englisch hinzu.

»Das ist doch besser als gar nichts«, erwiderte sie und bot ihm den Platz auf dem Besucherstuhl an. »Wenn Sie mögen, können wir auch in die Cafeteria gehen, aber da haben wir nicht so viel Ruhe wie hier. Und einen Kaffee gibt es auch bei mir.«

»Das Angebot würde ich annehmen.«

Hekla stand auf und ging zu ihrer Kaffeemaschine, einem Gerät, das in keinem isländischen Büro fehlen durfte. Sie stellte die Kanne, zwei Becher, ein Milchgefäß und Würfelzucker auf den Schreibtisch. Nachdem sie den Kaffee eingegossen hatte, nahm sie ein Stück Würfelzucker in den Mund und trank einen Schluck von ihrem schwarzen Kaffee, was er mit Erstaunen beobachtete.

»Sie müssen wissen, wir Isländer trinken Kaffee in jeder Lebenslage, und zwar gern mit einem Stück Zuckerwürfel im Mund. Wenn Sie mögen, können Sie es auch mal versuchen.«

Der Journalist verzog das Gesicht.

»Sie müssen es mir nicht gleichtun«, lachte sie. »Aber ich wüsste jetzt gern, von welcher Zeitung Sie kommen. Offenbar hat sich die Nachricht von den Vorfällen an der Straßenbaustelle bereits in internationalen Kreisen herumgesprochen. Aber Engländer sind Sie nicht. Das hört man. Kommen Sie von der schwedischen Presse?« Hekla sah ihn herausfordernd an.

Er lächelte geheimnisvoll. »Welche Frage soll ich Ihnen zuerst beantworten? Also, um es vorab zu sagen: Ich komme nicht wegen des Elfenhügels, ich bin eher zufällig vor Ort. Ich bin freier Journalist und recherchiere für einen Artikel über die Isländer, ihren Alltag und natürlich auch ihr Verhältnis zum Huldufólk. Insofern kommt mir dieser Vorfall, von dem ich heute Morgen in der Zeitung las, als aktueller Aufhänger sehr entgegen …«

Hekla musterte ihn aufmerksam, dann erhellte sich ihre Miene. »Jetzt kann ich es, glaube ich, heraushören. Sie sind aus Deutschland, wenn mich nicht alles täuscht.«

»Volltreffer. Und ich habe mir sagen lassen, dass Sie, Frau Doktor Gunnarsdóttir, die kompetente Fachfrau auf dem Gebiet des isländischen Volksglaubens sind.«

»Das hört sich ja furchtbar an. Doktor und Gunnarsdóttir. Also, wenn Sie mögen, dürfen Sie mich Hekla nennen. Man wird hier selten mit dem Nachnamen angesprochen«, erklärte sie ihm in fehlerfreiem Deutsch.

»Sie sprechen Deutsch?«, bemerkte er sichtlich begeistert. »Warum?« Er wollte sein Aufnahmegerät anschalten, als Hekla abwinkte.

»Das habe ich nicht so gern. Könnten Sie vielleicht ganz vorsintflutlich mitschreiben?«

»Aber sicher«, erklärte der Journalist eifrig und zückte einen Block. »So, nun verraten Sie mir mal. Warum sprechen Sie so gut Deutsch?«

Hekla musste lächeln. Obwohl der Journalist ihr eine Spur zu forsch war, mochte sie ihn irgendwie.

»Das ist eine sehr persönliche Geschichte, die Ihre Leser wohl kaum interessieren würde«, erklärte sie ausweichend.

»Okay, okay, Sie wollen geheimnisvoll bleiben.« Er zwinkerte ihr verschwörerisch zu. »Das erlebe ich in Island nicht zum ersten Mal, dass man mir freundlich zu verstehen gibt, dass meine Fragen zu persönlich sind. Dabei will ich ja genau das: dem isländischen Wesen auf den Grund gehen.«

»Der Grund, warum ich Ihre Sprache beherrsche, ist nicht typisch für meine Landsleute. Die wenigsten haben eine deutsche Großmutter«, sagte sie nun und verfiel dabei wieder ins Englische.

»Oh bitte, sprechen Sie weiter Deutsch mit mir. Ihr Akzent ist einfach bezaubernd.« Er lächelte sie gewinnend an.

So ein Charmebolzen, dachte sie amüsiert. Trotzdem blickte sie demonstrativ auf die Uhr. »Mehr als zehn Minuten meiner Zeit kann ich Ihnen leider nicht gewähren.«

»Natürlich, Hekla. Also, ich heiße Max. Bei uns interessiert man sich brennend für Ihr Land und Ihre Kultur. Und das nicht erst seit der legendären Europameisterschaft und dem isländischen Schlachtruf, der ganz Europa verzaubert hat.«

»Gut, dann schießen Sie mal los, Max. Was genau wollen Sie wissen?«

»Glauben Sie an die Existenz von Elfen und Trollen, Hekla?«

Hekla verdrehte die Augen. »Max, ich glaube, es interessiert Ihre Leser nicht, was eine isländische Volkskundlerin glaubt.«

Max lachte. »Okay, dann will ich es anders ausdrücken. Ist es richtig, dass alle Isländer an Elfen und Trolle glauben?«

»Moment, dazu haben wir eine Umfrage gemacht und diese gerade erst ausgewertet.«

Eifrig suchte Hekla nach dem Ergebnis der neuesten statistischen Erhebungen in ihrem Computer. »Hier haben wir sie. Nur etwa zehn Prozent meiner befragten Landsleute haben auf diese Frage geantwortet, dass sie *nicht* daran glauben. Dabei handelt es sich vorwiegend um junge Menschen aus der Hauptstadt, die diesen Glauben als nicht mehr zeitgemäß empfinden. Weitere zehn Prozent bekennen sich eindeutig zu ihrem Glauben an das verborgene Volk. Der Rest sagt diplomatisch, man schließe deren Existenz nicht aus, was aber nicht gleichbedeutend mit dem Bekenntnis zu Elfen und Trollen ist. Fakt ist, dass wir Isländer ungern zu diesem Thema Stellung nehmen. Der Glaube ist viel zu tief in unserer Gesellschaft verwurzelt, als dass wir offen mit den Traditionen brechen wollen, doch auf der anderen Seite wollen wir nicht als sonderbar gelten.«

»Und Sie sind eine dieser Diplomatinnen?«, hakte er prompt nach.

»Ich denke, meine persönliche Meinung tut wenig zur Sache«, konterte sie grinsend.

»Gut, ich merke schon, es wird schwer, Sie zu überlisten«, seufzte er. »Aber es ist doch kein Gerücht, dass man im hiesigen Straßen- und Häuserbau sehr wohl Rücksicht auf die Wohnstätten möglicher Elfen und Trolle nimmt, wie auch der aktuelle Fall beweist, oder?«

»Vergessen Sie die Zwerge nicht«, unterbrach ihn Hekla. »Wenn, dann wollen wir schon genau sein, wer in Island zum Huldufólk, dem verborgenen Volk, gehört. Ihnen werden nicht nur Elfen und Trolle zugerechnet, sondern auch Gnome und Zwerge.«

»Und was ist der Unterschied zwischen den beiden?«

»Gnome werden angeblich nur an die zwölf Zentimeter groß, während Zwerge die Größe von Kleinkindern erreichen. Aber jetzt mal ganz im Ernst, es ist kein Wunder, dass der alte Glaube sich bis heute gehalten hat. Sehen Sie, wir leben in einem sonderbaren Land, in dem nichts konstant ist. Unsere Insel liegt halb auf der eurasischen und halb auf der amerikanischen Kontinentalplatte mit dem Ergebnis, dass es bei uns überall brodelt und kocht. Hier kann alles passieren. Denken Sie nur an den Ausbruch des Eyjafjallajökull im Jahr 2010. Diese Urgewalten der Natur haben auch unsere Mentalität geprägt. An Geschichten aus der verborgenen Welt mangelt es nicht. Es gibt jede Menge Sagen und Legenden, die sich um unsere einzigartigen Naturerscheinungen ranken. Nehmen wir nur einige der bizarren erkalteten Lavaformationen. Man braucht nicht viel Fantasie, um in diesen Gebilden einen zu Stein gewordenen Troll zu erkennen.«

»Warten Sie, so schnell kann ich gar nicht mitschreiben«, stöhnte Max. Als er fertig war, musterte er sie eindringlich. »Hekla, ich komme jetzt auf meine eigentliche Frage zurück, ob auf diese unsichtbaren Wesen beim Straßenbau Rücksicht genommen wird. Aber eigentlich kann ich sie mir selbst beantworten. Ich bin nämlich gestern erst die Álfhólsvegur zwischen Reykjavík und Kópavogur gefahren, die um einen Hügel herum gebaut wurde, in dem einer Überlieferung nach ebenfalls Elfen hausen sollen.«

»Das kommt durchaus vor«, pflichtete Hekla ihm bei.

»Dann stimmt es also auch, dass es eine offizielle Elfenbeauftragte gibt, die von Amts wegen bei diesen Fragen eingeschaltet wird, oder?«

Hekla runzelte die Stirn. »Nein, das ist ein weit verbreiteter Irrtum, der aufgrund von wohlmeinenden Veröffentlichungen eines Ihrer deutschen Autorenkollegen in den neunziger Jahren aufgekommen ist. Er hatte einige Interviews mit der bekannten Autorin Erla Stefánsdóttir, einer Klavierlehrerin aus Hafnarfjörður, geführt, die von sich sagte, dass sie hellsichtige Fähigkeiten …«

»Genau, die Dame hätte ich natürlich gern interviewt«, unterbrach er sie bedauernd.

»Tja, die hätte Ihnen wirklich viel Interessantes erzählen können, aber Erla ist ja leider inzwischen verstorben.«

»Ich weiß. Deshalb werde ich wohl mit dieser Birta Johannsdóttir vorliebnehmen müssen, obwohl mir der Name gar nichts gesagt hat, bevor ich den Artikel vorhin in der Zeitung gelesen habe.«

»Das liegt daran, dass Birta bislang nur lautstark behauptet hat, mit den Elfen sprechen zu können, und sich noch nie öffentlich über die Inhalte dieser Konversationen mit ihnen ausgelassen hat«, rutschte es Hekla erbost heraus, was sie sogleich bereute.

»Kann das sein, dass Sie die Dame kennen und überdies nicht mögen?«, fragte er lauernd.

»Birta ist zufälligerweise eine Freundin meiner Schwester«, sagte sie ausweichend. Und ich mag sie wirklich nicht, fügte Hekla in Gedanken hinzu. Das lag weniger an ihrem besonderen Verhältnis zu den Elfen als vielmehr an der Art, wie sie die gutmütige Unnur dominierte. Jedenfalls störte Hekla, wie grenzenlos Unnur die Freundin bewunderte, die zum Dank eine unverschämt hohe Provision für jedes in ihrem Laden verkaufte Elfenbild von ihr verlangte.

»Ob Sie vielleicht den Kontakt zu ihr herstellen könnten?« fragte Max vorsichtig.

»Fahren Sie nach Hafnarfjörður in die Strandgata. In dem himmelblau gestrichenen Holzhaus befindet sich ihr Laden.«

Eifrig notierte Max diese Informationen. »Aber nun zurück zur Elfenbeauftragten. Sie sagten, so eine Stelle gab es nie. Wie kam es denn nun zu dem Gerücht?«

»Erla hatte niemals eine offizielle Funktion inne, Ihr Kollege hatte nur nach einer passenden Beschreibung ihrer Tätigkeit gesucht und sie in einem Artikel als ›Elfenbeauftragte‹ bezeichnet. Das hatte einen unglaublichen Medienrummel zur Folge, mit dem Ergebnis, dass man sie in nachfolgenden Veröffentlichungen sogar fälschlicherweise zur ›Elfenministerin‹ kürte.«

»Wenn ich Sie recht verstehe, hat Erla also nicht bei offiziellen Bauprojekten beratend mitgewirkt«, fragte er sichtlich verunsichert nach.

»Das will ich damit nicht sagen. Sehen Sie, es gehört zum isländischen Baugenehmigungsverfahren, zu prüfen, ob durch ein Bauvorhaben Kulturgut beschädigt wird. Zu den Kulturgütern zählen auch Geländeformationen wie große Steine, Hügel oder Felsen, die als ›von Elfen bewohnt‹ angesehen werden. Das ist dann der Fall, wenn zum Beispiel alte Märchen oder Sagen existieren, die dort angesiedelt sind. In solchen Fällen wird manchmal auch ein externes Gutachten von einer Person eingeholt, die als elfenkundig betrachtet wird. Zu diesem Personenkreis gehörte Erla. Sie wurde von Bauämtern hin und wieder mit der Erstellung solcher Gutachten beauftragt. Sie war aber nicht hauptamtlich als Gutachterin tätig, und es gab auch niemals eine Amtsfunktion dafür.«

»Aber es gibt eine offizielle Elfenkarte, wie ich gehört habe«, insistierte Max.

»Ja, es gibt eine Karte, die Sie bei der Touristeninformation in Hafnarfjörður bekommen. Erla hat darin eingezeichnet, an welchen Stellen sie die verborgenen Wesen in Aktion erlebt hat.«

Max holte eine Karte hervor und faltete sie auf. »Die habe ich mir bereits besorgt. Und Sie glauben tatsächlich, dass hier …« Er deutete auf eine Zeichnung. »… Elfen, Gnome und Zwerge friedlich nebeneinander leben?« Er musterte sie durchdringend.

»So jedenfalls hat Erla das gesehen«, entgegnete Hekla.

»Und wird diesen Job von Erla in Zukunft die Freundin Ihrer Schwester übernehmen?«

»Keine Ahnung.«

Max grinste triumphierend. »Sie glauben aber nicht im Ernst daran, dass diese Erla diese Wesen wirklich gesehen hat, oder?«

»Erla war eine hochgeschätzte und anerkannte Person, keine überkandidelte Spinnerin. Und unter uns. Gibt es nicht auch bei Ihnen in Deutschland hellsichtige Frauen, die Auren und Engelswesen erkennen?«, erwiderte sie in strengem Ton.

»Apropos Engel. Angeblich hat ja Hafnarfjörður einen eigenen Schutzgeist in flaschengrünen und tiefblauen Farbtönen.«

»Vielleicht!«

»Hekla, Sie sind wirklich eine Meisterin der Diplomatie«, lachte er.

»Und Sie ein sensationslüsterner Schreiberling«, konterte sie augenzwinkernd.

»Darf ich das schreiben?«

»In Gottes Namen, ja, das dürfen Sie. Solange Sie nicht behaupten, die Volkskundlerin Dr. Hekla Gunnarsdóttir wäre stolz darauf, dass sie mit den Elfen sprechen kann, denn diese Gabe ist mir nicht in die Wiege gelegt«, erklärte sie energisch.

Max sah sie mit gespielter Empörung an. »Das trauen Sie mir doch nicht etwa zu, oder?«

»Max, Sie stehlen mir gerade wertvolle Zeit. Sind wir denn hiermit durch?«

Max nickte. »Aber nur, wenn Sie mir erlauben, dass ich Sie zum Dank heute Abend zu einem Essen einladen darf. Ich habe mir sagen lassen, im Lækjarbrekka soll sogar der fermentierte Hai schmecken.«

Hekla musterte Max mit einem Blick, als würde sie an seinem Verstand zweifeln. Und das nicht nur, weil er zu den Inselbesuchern gehörte, die freiwillig danach gierten, diese stinkende Scheußlichkeit zu probieren, sondern weil er sie ganz offensichtlich zum Essen einladen wollte. Sie konnte sich schwerlich vorstellen, dass der attraktive Journalist an ihr ein Interesse besaß, das über dieses Interview hinausging. Hekla ging zwar mit ihren vierunddreißig Jahren glatt noch als Mittzwanzigerin durch, aber sie war eine burschikose Frau mit kurzem struppigem Blondhaar, die sich morgens weder schminkte noch aufwendig frisierte, sondern nach dem Duschen in ihre Lieblingsjeans und gleich ob Sommer oder Winter in einen Islandpullover schlüpfte. Männer als potenzielle Flirtpartner existierten in ihrem Lebensentwurf nicht – oder besser nicht mehr.

»Entschuldigen Sie, ich wollte Ihnen nicht zu nahe treten. Sie tragen keinen Ring, und da dachte ich …«

Dieser Max wollte tatsächlich mit ihr ausgehen? Nein, dachte sie entschieden, ich habe weder etwas Passendes zum Anziehen für ein feines Restaurant noch wüsste ich, was ich privat mit ihm reden sollte. Sie war sonst wirklich nicht auf den Mund gefallen, aber wenn sie sich vorstellte, sie sollte ihm schöne Augen machen, kam sie allein bei dem Gedanken ins Schwitzen. Ich sollte im Büro keine Wolle tragen, ging es ihr genervt durch den Kopf, doch dann gewann sie ihre Contenance zurück und blickte ihn direkt an. Und überhaupt, was war das für ein merkwürdiger Tag, denn er war bereits der zweite Mann, der versuchte, sich mit ihr zu verabreden. Bei dem Gedanken an die ungewöhnlichen Augen des Dänen von heute Morgen beschleunigte sich ihr Herzschlag so sehr, dass sie es selbst bemerkte. Wie gut, dass ich den Mann nicht wiedersehe, dachte sie befriedigt, als sie Max noch einmal sagen hörte: »Ich würde Sie wirklich gern als Dankeschön für dieses Interview einladen.«

»Das ist nett von Ihnen, aber ich bin heute Abend bereits verabredet«, erwiderte sie knapp.

»Schade«, sagte er, und das klang wirklich bedauernd. »Ich mag natürliche Frauen«, fügte er lächelnd hinzu.

Natürliche Frauen, was sollte das denn heißen?, fragte sie sich verärgert. Waren das Frauen, die auf ihr Äußeres pfiffen und deren Haar wie ein wild gewordener Handfeger vom Kopf abstand?

»Ich glaube, Sie wissen gar nicht, wie attraktiv Sie sind«, raunte er immer noch lächelnd.

»Hören Sie, Max, ich fühle mich durchaus geschmeichelt, aber auch wenn ich keinen Ring trage, bin ich natürlich vergeben«, stieß sie, ohne groß zu überlegen, hervor und fragte sich, kaum dass sie das ausgesprochen hatte, ob sie noch zu retten war. Warum erfand sie bloß einen Partner? Hatte sie Angst, er könnte in ihr jene schrullige Einzelgängerin erkennen, zu der sie tatsächlich geworden war?

»Entschuldigen Sie, das konnte ich ja nicht ahnen«, entgegnete er sichtlich erschrocken. »Aber wenn Sie erlauben, würde ich Sie unter Umständen noch ein zweites Mal aufsuchen, falls ich bei meiner Recherche auf etwas stoße, wozu ich Ihre Fachmeinung bräuchte.«

»Wenn das unbedingt sein muss«, gab sie wenig charmant zurück und fragte sich insgeheim, was Unnur wohl dazu sagen würde, wenn sie von dem sprödem Auftreten ihrer Schwester erfahren würde. Wahrscheinlich wäre sie total entsetzt, wie man einen derart attraktiven Kerl so vor den Kopf stoßen konnte, mutmaßte Hekla, erhob sich von ihrem Platz und streckte ihm förmlich die Hand entgegen. »Ich hoffe, ich habe Ihnen bei Ihren Recherchen helfen können«, sagte sie bemüht freundlich und begleitete ihn zur Tür. Dort drehte er sich noch einmal um.

»Sagen Sie, noch eine ganz andere Frage. Ich suche dringend ein Hotel. In meinem waren nur zwei Nächte frei, und da musste ich vorhin raus. Hätten Sie da vielleicht einen Tipp, aber nicht für tausend Euro die Nacht? Die kann ich mir nicht leisten. Ich dachte da an etwas Erschwingliches, weil ich auf jeden Fall noch bis zum großen Silvesterfeuerwerk bleiben möchte. Sobald ich fertig recherchiert habe, mache ich einfach mal Urlaub. Ich muss doch noch den Gullfoss und den Strokkur sehen, wenn ich schon mal in Island bin. Da ist glatt noch ein Landschaftsartikel drin.«

Hekla stutzte und rechnete insgeheim, wie viele Tage er noch bleiben wollte. Das waren fast drei Wochen, und wenn sie statt der sechzig Euro, die Helga stets genommen hatte, ein bisschen was draufschlug … nein, die einmalige Gelegenheit, den Mann in die Álfadrottning zu schicken, konnte sie sich nicht entgehen lassen.

»Für achtzig Euro die Nacht?«, hörte sie sich da bereits zugewandt fragen.

»Ja, super, und wo wäre das Hotel?«

»Es ist eine kleine Pension, die etwas außerhalb von Hafnarfjörður gar nicht weit entfernt von dem umstrittenen Elfenhügel liegt. Da wären Sie sozusagen direkt an der Quelle«, lachte sie. »Hier ist die Adresse.« Sie reichte ihm einen Zettel.

»Perfekt. Und Sie meinen, da gibt es noch Zimmer?«

»Sicher, aber Sie müssten mir einen kleinen Gefallen tun.«

»Und der wäre?«

»Verraten Sie vor Ort bitte nicht, wer Ihnen den Tipp gegeben hat, und machen Sie doch einfach ein kleines Interview mit der Besitzerin. Sie weiß auch so einiges über Elfen.«

Max musterte Hekla irritiert. »Und wie heißt die Dame?«

»Unnur. Sie hat dort ihr Atelier und malt wunderschöne Elfenbilder.«

»Gut, wenn Sie meinen. Und eine Künstlerin zu Wort kommen zu lassen, ist vielleicht gar nicht so schlecht.«

»Und noch etwas. Sollte ich Ihnen dort über den Weg laufen, tun Sie bitte so, als würden wir uns nicht kennen. Und es wäre charmant, wenn Sie fallen lassen würden, dass Sie schon von Unnur als Künstlerin gehört haben.«

»Das wird ja immer mysteriöser, aber für ein bezahlbares Dach über dem Kopf mache ich alles«, verkündete Max grinsend. »Und Sie wollen heute Abend wirklich nicht mit mir ...?« Als er ihren Blick sah, hob er entschuldigend die Hände und verließ gut gelaunt ihr Büro.

Hekla kehrte an ihren Schreibtisch zurück und war sichtlich zufrieden mit ihrem guten Werk. Darin, ihn zur Pension zu schicken, sah sie eine Art Wiedergutmachung für ihr liebloses Präsent heute Morgen. Sie nahm sich fest vor, nach der Arbeit beim Bäcker eine Packung frisches Weihnachtsgebäck zu besorgen und sich einen netteren Spruch für ihre Schwester auszudenken. Bevor sie den Gedanken zu Ende geführt hatte, klingelte ihr Telefon. Am Apparat war Kristian, der neue Leiter des örtlichen Straßenbauamts. Man hatte ihn gerade erst nach dem Regierungswechsel ins Amt gehoben und dafür den alten und sehr beliebten Chef der Abteilung, Eric Arnison, aus dem Amt geworfen. Den Fortgang seines Vorgängers bedauerten viele, nicht nur Hekla. Schon an Kristians nervösem Schnaufen konnte Hekla erkennen, dass er mächtig im Stress war, und sie ahnte auch, warum.

»Pass auf, Hekla, ich komme gleich zur Sache. Es geht um den Elfenhügel. Es wäre wünschenswert, wenn du nichts im Archiv findest, was darauf hinweisen würde, dass dieses Ding ein schützenswertes Kulturgut sein könnte. Die Firma aus Kopenhagen macht nämlich mächtig Druck. Es wäre also das Beste, wir würden die Sache nicht so hoch hängen. Ich hoffe, diese Elfentante gibt jetzt Ruhe und das Ganze verläuft im Sand.«

Hekla war fassungslos, wie dreist er sie zu beeinflussen versuchte, aber wenn sie ihm das in ihrer direkten Art an den Kopf werfen würde, würde sie nie erfahren, wie er überhaupt dazu kam, derart fordernd aufzutreten. Hekla stieß einen tiefen Seufzer aus. »Ich befürchte, das wird nichts. So wie ich Birta kenne, wird sie Himmel und Hölle in Bewegung setzen, dass der Hügel bleibt. Und sie ist ganz sicher nicht die Art von Person, die sich still und leise zurückzieht. Aber ich könnte sie mal fragen, ob das Ganze wirklich Hand und Fuß hat …«

»Das würdest du tun?«

»Ich werde auf jeden Fall versuchen, herauszubekommen, ob sie sich jetzt als die Anwältin der Elfen begreift und ob wir sie wirklich ernst nehmen müssen«, erklärte Hekla. Sie hatte zwar keine allzu große Lust, Unnurs Freundin aufzusuchen, aber wenn sie für Unnurs Trollpräsente vorgefertigte Wunschkärtchen besorgen wollte, die Unnur garantiert mehr Vergnügen bereiteten als das, was aus Heklas spitzer Feder floss, kam sie gar nicht umhin, Birtas Laden einen Besuch abzustatten.

»Ich fahre nach der Arbeit mal eben rüber.«

»Könntest du das eventuell gleich machen?«

»Nein, aber ich werde meine Mittagspause dafür opfern.«

»Du bist ein Schatz.«

»Freu dich nicht zu früh. Ich habe das dumpfe Gefühl, dass Birta jetzt erst richtig aufdreht, wenn sich die Presse für sie interessiert und sie ihre Chance wittert, Erlas Nachfolge anzutreten.«

»Das kann sehr gut sein. Ich habe nämlich schon mit dem *Morgenblatt* telefoniert. Die bleiben auf jeden Fall dran. Morgen gibt es ein Exklusiv-Interview mit der Tante.«

»Kristian, mal abgesehen von den Elfen, hältst du die neue Umgehungsstraße eigentlich für eine gute Idee?«

»Das ist jetzt nicht das Thema.«

Keine Frage, ging es Hekla durch den Kopf, der Mann war sichtlich nervös. Und sie kannte ihn nicht erst seit gestern.

Sie waren zusammen zur Schule gegangen, und er war immer schon ein Opportunist gewesen, der sein Fähnchen nach dem Wind gehängt hatte. Aber dass er es wagte, sie dazu aufzufordern, ihren Job in seinem Sinn zu erledigen, erstaunte sie dann doch sehr. Er müsste eigentlich wissen, dass sie unbestechlich war.

»Stimmen denn die Gerüchte, dass es im Hintergrund um finanzielle Interessen gehen soll?«, hakte sie nach.

»Das ist alles Unsinn. Nur so viel: Solltest du in deinen Archiven keine Hinweise dafür finden, dass dieser blöde Hügel in der Vergangenheit schon einmal mit Elfen in Verbindung gebracht worden ist, wird sich der Investor sicherlich erkenntlich zeigen.« Kristian hatte bei seinen Worten die Stimme gesenkt, so als hätte er Sorge, sein unmoralisches Angebot könnte noch jemand mit anhören.

Hekla war sichtlich geschockt über diese Dreistigkeit, aber sie war zu klug, um ihm gleich zu sagen, was sie von seinem kleinen Bestechungsversuch hielt. Dann nämlich würde er alles abstreiten. Wie damals in der Schule. Keiner konnte so gut die Unschuld vor den Lehrern spielen wie Kristian Bjarkison …

»Ich werde tun, was ich kann«, flötete sie.

Hekla rieb sich die Hände, nachdem sie aufgelegt hatte. Was würde sie darum geben, wenn sie im Archiv fündig würde und das ehrgeizige Bauprojekt damit stoppen könnte. Sollte sich auch nur der geringste Hinweis finden, dass dieser Felsen schon einmal Erwähnung in Sagen und Legenden gefunden hatte, würde sie das Ergebnis ganz sicher nicht unterschlagen, so wie Kristian Bjarkison es ihr eben nahegelegt hatte. Wenn der Hügel amtlich zum isländischen Kulturgut gehörte, dann würde sie das auch öffentlich machen. Aber das festzustellen, bedeutete eine Menge Arbeit, denn dazu musste sie gründlich das Archiv durchforsten. Die ersten Geschichten und Mythen fanden sich bereits in Überlieferungen aus dem 12. Jahrhundert. Im frühen 18. Jahrhundert ließ der isländische Handschriftensammler Árni Magnússon in größerem Stil Sagen und Märchen aufzeichnen. Gut hundert Jahre später trugen Magnús Grimsson und Jón Árnason nach dem Vorbild der deutschen Brüder Grimm zusammen, was sich die Leute so zu erzählen wussten. Und das waren nur einige wenige Quellen.

Hekla stöhnte laut auf bei dem Gedanken, dass die neuesten Forschungen zu den nordgermanischen Mythen damit zunächst auf Eis gelegt waren. Ein kleiner Hügel, in dem angeblich Elfen wohnten, hatten den mächtigen Odin und seine ungeliebte Göttertochter Thalia in die zweite Reihe verbannt!

5

Lovelove

Unnur hatte den ganzen Vormittag über gearbeitet, unter anderem ihre neue Kohlezeichnung gerahmt und im Zimmer 2 der Pension aufgehängt. Nun benötigte sie eine kleine Pause. Mittags pflegte Amma Martha in der Regel eine Kleinigkeit zu kochen, denn erst am Abend wurde richtig gegessen. Der unverkennbare Geruch einer deftigen Fleischsuppe stieg ihr in die Nase, als sie die Treppe hinunterging. Im oberen Stockwerk befanden sich Unnurs und Amma Marthas Zimmer sowie der Schlafraum ihres Vaters. Im Erdgeschoss war die riesige Küche mit einem durch eine Schiebetür abgetrennten Wohnraum, um dessen Kamin sich die Familie an Winterabenden zu versammeln pflegte. Die gute Stube wurde seit dem Tod der Mutter allerdings von der ganzen Familie gemieden. Bis dahin hatte die Tür immer offen gestanden, aber nun blieb sie verschlossen wie eine stumme Mauer, hinter der das Grauen lauerte.

Die Pension mit den vier Zimmern lag in einem der beiden Nebengebäude, in denen sich früher Ställe befunden hatten, denn schon Gunnars Vater hatte eine lukrative Pferdezucht betrieben. Eine der wenigen im unfruchtbaren Südwesten der Insel, weil es viel zu mühsam war, die kargen Lavawüsten zu bewirtschaften. Die großen Gestüte gab es eher im Osten der Insel, wo genügend Weideflächen für die Tiere waren.

Inzwischen besaß Gunnar nur noch zwölf Pferde, mit denen keine großen Zuchterfolge zu erzielen waren. Vor der Wirtschaftskrise waren es wesentlich mehr Tiere gewesen, aber Gunnar hatte einen Großteil verkaufen müssen. Einen der beiden Ställe hatte Gunnar schon vor vielen Jahren mithilfe von Magnus in Eigenarbeit zur Pension umgebaut, der andere gehörte Hekla. Sie war nach Dagurs Tod nur unter der Bedingung wieder auf den Hof gezogen, dass sie ihr eigenes Reich bekam. Sie hatte damals ein kleines Vermögen von Dagur geerbt, das sie teils in die Pension und teils in den Ausbau ihrer Wohnung gesteckt hatte. Von außen war es ein alter schmuckloser Stall geblieben, aber drinnen hatte sich Hekla ihre Wohnträume erfüllt.

Unnur beneidete ihre Schwester glühend um die Freiheit einer eigenen Wohnung. Sie selbst lebte noch immer in ihrem Mädchenzimmer, aber immerhin hatte sie dem Vater nach Helgas Tod deren Nähzimmer abgeschwatzt und es äußerst provisorisch zu einem Atelier umfunktioniert. Unnur aber würde lieber heute als morgen den Hof samt Pension verlassen, um endlich ihr eigenes Leben zu führen, weit weg von ihrem Vater, der ihr immer fremder wurde. Sie war schon immer ein Mutterkind gewesen und hatte nie viel mit Gunnars ruppiger Art anfangen können.

Sie versuchte, den Gedanken abzuschütteln und sich auf das zu konzentrieren, was sie gerade alles geschafft hatte. Nicht nur das schöne Elfenbild kam ihr freudig in den Sinn, sondern auch die perfekt gestaltete Webseite. Sie war gespannt, was Hekla zu ihrem beherzten Vorstoß in Sachen Werbung sagen würde.

Gut gelaunt betrat Unnur die Küche und zuckte zurück, als sie ihren Vater und Magnus am Tisch in ein angeregtes Gespräch vertieft sitzen sah. Auf Amma Marthas Platz stand ein leerer Teller. Offenbar hatte sie sich schon zu ihrer täglichen Mittagsstunde zurückgezogen. Aber wieso hockte Magnus immer noch bei ihrem Vater? Eigentlich war er doch, seit er seinen eigenen Betrieb aufgebaut hatte, in seiner Firma unabkömmlich.

Am liebsten wäre Unnur rückwärts wieder aus der Tür gegangen. »Immer noch hier? Musst du gar nicht arbeiten?«, fragte sie Magnus stattdessen mit leisem Vorwurf in der Stimme.

Magnus, der mit dem Rücken zu ihr saß, drehte sich um, ohne die Miene zu verziehen. Kein bewundernder Blick, kein Lächeln, nichts …

»Dein Vater hat mich heute Morgen zum Mittagessen eingeladen. Keine Sorge, ich war zwischendurch arbeiten«, erwiderte er knapp, bevor er sich wieder Gunnar zuwandte.

Merkwürdig, ging es Unnur durch den Kopf, wieso schmachtete er sie heute nicht an wie ein Hund, wenn er um ein Leckerli bettelte? Das machte er doch sonst immer.

Unnur füllte sich einen Teller Suppe auf, aber die Männer schienen sie gar nicht wahrzunehmen. So tat sie so, als würde sie sich auf das Essen konzentrieren, während sie dem Gespräch der beiden lauschte. Sie stutzte, als Magnus Gunnar etwas von einer Frau aus Reykjavík vorschwärmte. Aus den Augenwinkeln warf sie ihrem Dauerverehrer einen verstohlenen Blick zu, und erst jetzt bemerkte sie die Veränderung. Sein stets etwas ungepflegtes längeres Haar war einer modischen Kurzhaarfrisur gewichen. Sie überlegte fieberhaft, wie lange sie ihn schon nicht mehr gesehen hatte. Das war bestimmt ein paar Wochen her, denn in der Regel ergriff sie die Flucht, wenn Magnus im Anmarsch war.

»Mein Junge, da kann ich dir nur alles Gute wünschen, obwohl ich rein gar nichts von diesen Frauen aus dem Internet halte«, hörte sie ihren Vater sagen.

»Gunnar, wie soll ich hier draußen eine Frau kennenlernen? Glaubst du, die kommen einfach mal so beim Einarsson-Hof vorbei, um mich zu finden?«, lachte Magnus.

»Nö, die Frauen, die infrage kommen, wissen ja nicht, dass das Gute so nahe liegt.« Keine Frage, das ging an Unnurs Adresse, obwohl ihr Vater nicht einmal in ihre Richtung blickte.

Magnus war so höflich, den offenkundigen Seitenhieb gegen Unnur zu ignorieren.

»Das machen heutzutage alle, Gunnar. Man lernt sich nicht mehr beim Pferdabtrieb kennen. Und das ist schön praktisch. Einfach bei *Lovelove* anmelden und dann geht alles von selbst. Das solltest du auch mal versuchen«, schlug er vor.

Gunnar tippte sich gegen die Stirn. »Das fehlt mir gerade noch«, brummte er.

Unnur aber wollte ihren Ohren nicht trauen. Magnus Einarsson hatte sich bei *Lovelove* angemeldet? Unnur hatte alle ihre Fehlversuche auf dieser Kontaktbörse kennengelernt, aber über ihren Nachbarn war sie dabei nicht gestolpert. Zum Glück, fügte sie leicht verärgert hinzu. Sosehr sie sein schmachtender Hundeblick auch stets genervt hatte, in diesem Augenblick ärgerte sie die Tatsache, dass er sie gar nicht mehr zu bemerken schien. Sie schluckte ihren Ärger hinunter und tat völlig desinteressiert an dem Gespräch, indem sie sich geräuschvoll Suppe nachlöffelte. Doch auch das erregte mitnichten seine Aufmerksamkeit.

»Und wie heißt die Dame?«, erkundigte sich Gunnar höflich.

»Solveigh heißt meine Favoritin aus Reykjavík.«

Es kostete Unnur einige Überwindung, ihm nicht augenblicklich mit ein paar vernichtenden Worten seine Begeisterung für Internetbekanntschaften auszutreiben, aber das missdeutete er dann womöglich als Eifersucht. Eigentlich sollte sie ja erleichtert sein, dass Magnus eingesehen hatte, dass es zwecklos war, ihr weiterhin hinterherzulaufen, doch Freude wollte bei ihr nicht aufkommen. Überdies ärgerte sie sich, dass ihr Vater mit Magnus überhaupt über dieses Thema redete. Niemals hätte sie ihm so offen erzählt, dass sie auf einem Internet-Portal Männer suchte. Eigentlich müsste sie sagen, gesucht hatte, denn nach dem letzten missglückten Versuch, ihrem Schicksal etwas nachzuhelfen, hatte sie sich enttäuscht abgemeldet.

»Ich will sie heute Mittag zu unserem zweiten Date ins Lækkjarbrakka einladen. Ich hoffe, das ist die richtige Wahl. Sie hat nämlich ein Faible für feines Essen, obwohl man das gar nicht bei ihr denken würde, denn sie ist ausgesprochen schlank«, fuhr Magnus fort, von seiner Solveigh zu schwärmen.

Magnus und das Lækkjarbrakka, eines der ersten Adressen in der Stadt, das war doch lächerlich, ging es Unnur durch den Kopf.

»Ich denke, dein Lieblingslokal ist diese Fish-and-Chips-Bude in Grindavík. Wie hieß sie noch gleich? Ach ja, *Papas Fischstube*«, hörte sie sich da bereits lästern. Dorthin waren sie manchmal als Schüler gegangen, nachdem sie in der Blauen Lagune baden gewesen waren.

Magnus warf ihr einen irritierten Blick zu. »Das kann ich nicht bringen. Solveigh ist Anwältin und geht ständig mit Geschäftspartnern aus. Ich glaube, das passt nicht zu ihr.«

»Und woher weißt du, dass sie dich überhaupt noch einmal treffen möchte?«, hakte Unnur in lauerndem Ton nach.

Ein verzücktes Lächeln umspielte seine Lippen. »Sie hat es mir zum Abschied gesagt, nachdem wir beim ersten Mal gemeinsam in der Oper waren.«

»Du und Oper?«, bemerkte Unnur bissig.

»Ich muss dann mal«, sagte Magnus, während er Unnur verstört musterte und aufstand. Täuschte sich Unnur oder hatte er mächtig abgenommen? Und überhaupt, wie war er angezogen? Sie kannte ihn nur mit einem Blaumann unter seiner Steppjacke. Doch heute trug er eine Jeans und einen modischen Pullover. Und erst in diesem Augenblick fiel ihr die größte Veränderung auf: Sein ganzer Stolz, der dunkle Wikinger-Vollbart, den er seit Urzeiten trug, war einem Männergesicht gewichen, das durchaus Konturen besaß. Es hatte so gar nichts mehr von den kindlichen Pausbäckchen seiner Kindertage an sich. Trotzdem wirkte er in ihren Augen immer noch wie ein großer tapsiger Bär.

»Na, dann mal viel Glück, mein Junge«, sagte Gunnar, doch kaum war sein Gast aus der Küchentür, wandte er sich erbost seiner Tochter zu.

»Sag mal, musste das sein?«

»Ich weiß nicht, was du meinst«, flötete Unnur.

»Du wolltest den Jungen nicht, jetzt gönn ihm sein Glück. Der braucht endlich mal eine zum Heiraten!«

Unnur gab einen zischelnden Unmutslaut von sich. »Du glaubst doch nicht im Ernst, dass diese Frau sich wirklich mit ihm einlässt. Wahrscheinlich ist die ein einziger Fake.«

»Wie Fake?«

»Dass sie weder Anwältin noch eine feine Dame ist, sondern nur Gunnars Geld will.«

»Wie kommst du denn auf so was?«

»Hast du dich nie gefragt, wo ich meine letzten beiden Freunde kennengelernt habe?«, fragte sie provozierend.

Ihr Vater hob abwehrend die Hände. »Geh mir bloß weg mit diesen Kerlen. Das hat man denen doch gleich angesehen, dass sie das nicht ernst meinen. Modefotograf, was ist das überhaupt für ein Beruf?«, redete sich Gunnar in Rage.

»Den habe ich genau über das Portal kennengelernt, auf dem Magnus nun unterwegs ist.«

Gunnar erhob sich ächzend von seinem Stuhl. »So wird das nie was mit Enkelkindern. Hekla benimmt sich wie ein Kerl, seit Dagur tot ist, und du hast Rosinen im Kopf von dem Mann, der da irgendwoher vom Himmel fallen soll.«

»Woher weißt du davon?«, fragte Unnur in scharfem Ton, denn die Prophezeiung hatte sie ihrem Vater gegenüber mit keinem Wort je erwähnt.

»Glaubst du, deine Mutter und ich haben uns nie über euch unterhalten? Ich habe ihr gleich gesagt, dass das ein Unsinn sei, Männer fallen nicht vom Himmel. Du solltest endlich vernünftig werden und Magnus nehmen, aber nun ist auch der Zug abgefahren«, brummte er im Hinausgehen.

Unnur schnappte nach Luft und fragte sich, was in aller Welt sie davon abhielt, sich endlich eine eigene Wohnung zu nehmen, während sich die Antwort bereits aufdrängte. Das konnte sie sich schlichtweg nicht leisten. Dazu müsste der Verkauf ihrer Bilder wesentlich mehr einbringen! Schweren Herzens unterdrückte sie das, was ihr auf der Zunge lag, nämlich dass ihr Vater der letzte Mann auf Erden wäre, der dazu geeignet war, über die Liebe zu sprechen. Sie musste ja nur daran denken, wie ihre Mutter zeitlebens unter seiner sturen Schweigsamkeit gelitten hatte.

Erbost griff sie nach dem *Morgenblatt* und überflog unkonzentriert die neuesten Nachrichten, bis sie an einer hängen blieb, die sie nahezu verschlang. Birta hatte mit den Elfen Kontakt aufgenommen, oder umgekehrt, und jetzt hatte sie das, wie es ihre Art war, laut in alle Welt hinausposaunt. Da war es nur noch eine Frage der Zeit, wann Touristenbusse an ihrem einsamen Gehöft vorbeibrettern würden, um sich von Birta den Hügel zeigen zu lassen. Unnur schüttelte sich. Dann war es vorbei mit der himmlischen Ruhe in ihrem abgeschiedenen Tal – und auch für die armen Elfen.

Und überhaupt, tolle Freundin, dachte Unnur zornig, sie hat es wieder getan und mir nicht einmal Bescheid gegeben. Sie spürte, dass ihre Wangen vor lauter Wut zu glühen begannen. Und dann waren es nicht mal die Elfen von Hafnarfjörður, die sich Birta offenbart hatten, sondern Elfen, die in Unnurs Nähe wohnten, sozusagen ihre Nachbarn. Die Schotterpiste war keine fünf Minuten von hier entfernt. Unnur war dermaßen aufgebracht, dass keine Meditation der Welt sie wieder auf den Teppich bringen würde. Sie nahm sich fest vor, schnellstens einen Ausflug zum Ort des Geschehens zu machen. Vielleicht waren die Elfen ja jetzt, wo sie die Unterstützung der Menschen brauchten, bereit, auch mit ihr zu kommunizieren. Einen Versuch war das allemal wert.

In diesem Augenblick betrat eine etwas verschlafene Amma

Martha die Küche, blieb jedoch abrupt stehen und musterte ihre Enkelin neugierig.

»Was ist dir denn für eine Laus über die Leber gelaufen?«

Unnur schob ihr wortlos die Zeitung hin, doch die Großmutter winkte ab. »Ich habe die Lesebrille oben liegen gelassen. Was ärgert dich so?«

»Birta hat wieder mal mit den Elfen geredet und macht sich jetzt damit wichtig«, brummte sie.

Amma Martha machte eine wegwerfende Handbewegung. »Und das nimmst du ihr wirklich ab?«

Unnur nickte eifrig. »Na sicher, aber ich finde, sie hätte es erst mir sagen müssen, bevor sie das öffentlich breittritt.«

In diesem Augenblick kehrte Gunnar mit finsterer Miene in die Küche zurück. »Der Zug ist abgefahren«, knurrte er.

Unnur war keine Person, die leicht aus der Haut fuhr, aber nun hatte sie langsam genug von dem Gerede ihres Vaters.

»Na und? Magnus hat jetzt seine feine Dame und damit ist das Thema hoffentlich auch für dich ein für alle Mal durch. Nerv mich nicht damit!«

»Wie? Magnus hat eine Dame? Und ich dachte, der wird dich bis ins Grab verehren«, mischte sich Amma Martha neugierig ein.

»Nein, er hat eine Flamme, und Vater ist sauer, weil er nun keine kleinen Magnussons und -dóttirs bekommt. Aber keine Sorge, ich werde noch eine Familie gründen, allein, um endlich meine eigene Wohnung zu haben«, zischte Unnur.

Gunnar gab lediglich einen Unmutslaut von sich.

»Ach, das finde ich aber schön, dass er eine Dame hat«, fuhr Amma fort. »Ich mag ihn wirklich. Weißt du, an wen er mich erinnert? Er sieht aus wie der Schauspieler aus dieser Serie, wo er den Dorfpolizisten spielt. Wo sie eingeschneit sind und lauter Morde geschehen. Ja, auch so ein stattlicher Kerl, sieht man von dem schrecklichen Bart ab. Anri …«

»Amma, Magnus sieht nicht aus wie ein Schauspieler!«

»Jetzt habe ich es: Ólafur Darri Ólafsson. Vielleicht kannst du Magnus doch noch bezirzen. Überleg doch mal, Kind, besser ein halbes Brot als alles verloren.«

Unnur verdrehte die Augen. Sie verspürte nicht mehr die geringste Lust, mit ihrer Familie am Tisch zu sitzen. Jetzt war auch noch die Großmutter gegen sie. Was hatten sie nur alle mit Magnus? Er war ein tapsiger Bär, der aussah, als hätte man ihn gerade vom Trecker gezogen … na ja, davon war er heute weit entfernt gewesen, musste sich Unnur insgeheim korrigieren, denn äußerlich hatte er vorhin wirklich etwas hergemacht. Sie hätte nie gedacht, was für ein Potenzial in ihm steckte.

»Ich brauche frische Luft«, zischte sie und verließ, ohne sich noch einmal umzudrehen, die Küche. Draußen vor der Tür lehnte sie sich, erschrocken über ihren eigenen Ausbruch, gegen die Wand. Was ist bloß in mich gefahren?, fragte sie sich. War es die Anspannung, dass ihr Traummann auf sich warten ließ und möglicherweise eine Chimäre blieb oder war es die reinste Missgunst, dass eine Fremde sich den einzigen Mann, der ihr je ganz und gar ergeben gewesen war, gegriffen hatte? Blödsinn, sagte sie sich entschieden, das interessiert mich doch nicht die Bohne, dass Magnus jetzt von einer anderen schwärmt.

Sie benötigte dringend einen kleinen Abstand zum Magnus-Fanclub, zu dem ja jetzt offensichtlich auch ihre Großmutter gehörte.

6

Besuch bei der Elfenflüsterin

Heklas Laune war nicht die allerbeste, als sie das Institut in der Mittagspause hektisch verließ, um zu Birta zu fahren. Im Grunde war das überhaupt nicht ihr Job, der Elfenflüsterin auf den Zahn zu fühlen. Für ihren Geschmack war sie in die ganze Geschichte schon viel zu sehr involviert. Ständig hatte das Telefon geklingelt, und man hatte sie mit Fragen zu dem Hügel bombardiert. Sogar ein TV-Team hatte um ein Interview gebeten, das sie aber mit der Begründung abgelehnt hatte, sie können zurzeit noch gar nichts zu dem Vorfall sagen, weil man erst prüfen müsste, ob der Hügel schon einmal in einer isländischen Sage erwähnt worden wäre. Zu diesem Zweck hatte sie ihre Mitarbeiter zu einer Besprechung gebeten und alle angehalten, das Archivmaterial auf diesen Ort hin zu durchforsten. Der einzige Lichtblick bei ihrem kleinen Ausflug war die Tatsache, dass die Sonne den unwirtlichen Campus in ein geradezu magisches Licht tauchte und die Schneekristalle wie tausend Sterne funkeln ließ.

Aber es gab noch etwas, über das sie sich ärgerte. Sie hatte sich tagsüber des Öfteren dabei ertappt, dass sie an ihre morgendliche Begegnung mit dem Schneemann hatte denken müssen. Und auch jetzt, als sie bei dem schönen Sonnenschein über den Parkplatz zu ihrem Wagen ging, fragte sie sich, was der Mann wohl dort draußen gesucht hatte.

Das geht dich gar nichts an, Hekla, sagte sie sich streng,

während sie in ihren Wagen stieg. Was sie versöhnte, war der strahlend blaue Himmel. Sollte noch einmal jemand behaupten, in Island herrschte ewige Dunkelheit. Auch wenn die Dämmerung wiederkam, glitzerten überall helle Weihnachtssterne, und selbst die Friedhöfe erstrahlten in buntem Lichterglanz.

Hekla parkte auf dem Parkplatz bei der Kirche, um sich wenigstens noch auf dem Weg zur Strandgata die Füße zu vertreten. Am liebsten wäre sie ein bisschen durch das örtliche Einkaufszentrum geschlendert, um ein paar Weihnachtsgeschenke zu kaufen, denn sonst würde sie wieder nicht dazu kommen und am Abend zuvor hektisch durch Reykjavík rennen, um noch etwas Passendes zu finden.

Als sie die Ladentür des Huldokona öffnete, hätte sie das Geschäft am liebsten wieder rückwärts verlassen, denn es herrschte dort ein Hochbetrieb, als gäbe es morgen nichts mehr zu kaufen. Hekla atmete tief durch, bevor sie den Laden betrat. Es dauerte ein paar Sekunden, bis sie begriff, dass Birta gerade dabei war, eine flammende Rede zu halten, wie Hekla aus den glühenden Wangen der ansonsten eher blassen ätherischen Schönheit und ihrer emotional aufgeladenen Stimme entnehmen konnte. Wie nicht anders erwartet, ging es um die Botschaft der Elfen. Hekla ließ ihren Blick über die andächtig lauschenden Zuhörer schweifen und stellte fest, dass es ausschließlich Frauen waren, die an Birtas Lippen hingen, und wenn sie sich nicht täuschte, waren viele Touristinnen unter ihnen.

Hekla wollte gerade den Rückzug antreten, als sie Birta sagen hörte: »Vielen Dank, dass ihr alle gekommen seid und bei der Sitzblockade mitmacht, falls die Baufirma ihre Drohung wahr macht und weiterbaut. Damit müssen wir rechnen, denn der Wetterbericht sagt schon Tauwetter voraus.«

Nun ertönte jubelnder Applaus. Hekla runzelte die Stirn. Das hörte sich definitiv nach Protest an. Sie überlegte noch, ob sie sich nicht lieber diskret zurückziehen sollte, aber dann fielen ihr die Wunschkärtchen für Unnur ein.

Zögernd ging Hekla auf die Freundin ihrer Schwester zu »Hallo Birta, hier ist ja mächtig Betrieb.«

»Wir haben gerade eine Liga für die Rechte der Elfen gegründet und planen eine Sitzblockade vor dem Hügel, falls die Baufirma mit den Baggern anrückt, um ihn plattzumachen. Aber was treibt dich in meinen Laden?«

»Ich suche so kleine Wunschkärtchen, am besten mit Elfen drauf«, erwiderte Hekla, die nun mit eigenen Augen gesehen hatte, wie Birta sich in der Aufmerksamkeit sonnte, die ihr nach Bekanntwerden der Elfenkontakte zuteilwurde.

Birta musterte Hekla verwundert. »Ach, du meinst wohl unsere Affirmationskarten für jeden Tag im Jahr? Ich glaube, da habe ich noch welche.« Birta zog aus einem Regal eine kleine Schachtel hervor. »Meinst du die?«

»Darf ich mal reinschauen?«, fragte Hekla.

»Aber sicher. Ich zeige dir mal, wie das funktioniert. Du musst dir eine Frage stellen, und dann ziehst du eine der Karten. Die geben dir dann die Antwort.« Birta öffnete die Schachtel und zog vorsichtig, als würde sie ein rohes Ei anfassen, einen Stapel kleiner Kärtchen hervor und breitete sie fächerartig auf dem Verkaufstresen aus. Mit der Antwort nach unten und den kleinen Elfenbildern nach oben.

»Hast du die Frage gestellt?«

Hekla schüttelte den Kopf.

»Du darfst da nicht so verkopft rangehen. Nimm das, was dir spontan in den Sinn kommt!«

Hekla erschrak zutiefst, als sie sich ihren ersten Gedanken bewusst machte. Die Frage hieß nämlich, ob sie dem Dänen wohl noch einmal begegnen würde. Sie wollte das sofort beiseiteschieben und auf eine vernünftigere Frage warten, als Birta säuselte: »Nicht überlegen. Folge deiner Intuition. Dein höheres Selbst hat dir längst eine Frage diktiert, oder?«

Hekla fühlte sich durchschaut, und das verunsicherte sie. Birta war die Letzte, der sie Einblicke in ihre Seele geben wollte. Das lag nicht nur daran, dass sie Unnurs Bewunderung für diese Frau nicht teilte, sondern auch, weil sie in Heklas Augen etwas Unaufrichtiges besaß. So, als würde sie ihren spirituellen Sanftmut nur spielen. Ganz im Gegensatz zu Unnur, die tatsächlich aus tiefstem Herzen so war. Auch in diesem Augenblick traute sie der Frau nicht über den Weg. Ihre Stimme war weich wie ein in der Sonne gelagerter Käse, aber ihr Blick hatte etwas Lauerndes. Hekla spielte erneut mit dem Gedanken, den Laden unverrichteter Dinge zu verlassen.

»Hab keine Angst«, ermunterte Birta sie nun mit sanfter Stimme, was Hekla aber nur noch nervöser machte. Allerdings wollte sie sich nicht lächerlich machen und vor einer blöden Karte die Flucht ergreifen. Ohne weiter zu überlegen, griff sie nun beherzt zu und zögerte auch nicht, sich dem Text zu stellen. *Reiße die Mauern ein, und du wirst ein Paradies entdecken.* Hekla grinste breit. Nein, das konnte sie beim besten Willen nicht ernst nehmen.

»Na? Was sagt die Karte?«, fragte Birta wieder in diesem weichgespülten Tonfall, der Hekla einfach nur aggressiv machte.

»Ich werde dem Mann meines Lebens begegnen, reich und glücklich mit einer Kinderschar …«, Hekla imitierte dabei den aufgesetzten Säuselton Birtas.

»Hekla, so geht das aber nicht«, fuhr Birta sie an und hatte dabei so gar nichts Sanftmütiges an sich, zumal sie ihr die Karte aus der Hand riss und den Text studierte.

»Kein Wunder, dass du das nicht aushalten kannst. Aber wenn du dich über meine Waren lustig machen willst, verkaufe ich dir das nicht.« Wütend raffte sie die Karten zusammen.

»Die Karte ist nicht für mich, sondern für meine Schwester«, stöhnte Hekla. »Ich nehme den Kasten mit und suche mir die passenden Karten raus, die ich ihr dann in den Schuh stecke.«

An Birtas genervtem Blick konnte Hekla unschwer erkennen, was sie von diesem eigenwilligen Umgang mit den Karten hielt, aber sie schloss den Kasten hastig und reichte ihn ihr.

»6025 Kronen macht das.«

»Das ist ja Wucher«, schimpfte Hekla und zückte ihre Geldbörse.

Befriedigt nahm Birta das Geld. »Kann ich sonst noch was für dich tun? Brauchst du vielleicht irgendetwas gegen Stress?«

Hekla atmete tief durch. Sie wusste, dass es falsch wäre, sich mit Birta anzulegen. Dann konnte sie ein Gespräch über den Elfenhügel gleich vergessen.

»Darf ich dich mal was fragen?« Heklas Ton war einschmeichelnd. Ohne eine Antwort abzuwarten, fuhr sie fort. »Wie kam es eigentlich dazu, dass du zu dieser Baustelle gegangen bist? Ich meine, da gibt es doch sonst nicht viel zu sehen, oder?«

Hekla hatte den Eindruck, dass Birta diese Frage eiskalt erwischt hatte.

»Wie meinst du, was ich da gemacht habe?«, entgegnete sie unwirsch. »Was macht man da draußen in der Einöde? Man wandert auf den Helgafell! Was sonst?«

»Ich wusste gar nicht, dass du so gern wanderst«, konterte Hekla.

»Du kennst mich eben nicht. Ich gehe oft in die Natur, wenn ich wichtige Fragen zu klären habe. Und wenn ich spüre, dass ich dort die Antworten bekomme.«

»Ja, und dann? Bist du zufällig an dem Hügel vorbeigekommen, und dann hat sich dir die Elfe in den Weg gestellt und …«

»Hekla, dein Tonfall gefällt mir nicht. Ich weiß doch, dass du das alles nicht glaubst …«

»Vorsicht, das kannst du gar nicht wissen«, widersprach Hekla ihr in scharfem Ton.

»Du vergisst, dass ich Unnurs Freundin bin, und sie hat sich schon manchmal bei mir beklagt, dass nach dem Tod eurer Mutter keiner in der Familie mehr einen Draht zu den Dingen zwischen Himmel und Erde hat, die man nicht sehen kann.«

»Wieso, die man nicht sehen kann? Ich denke, du *hast* die Elfen gesehen. War das eigentlich eine einzige oder eine ganze Familie?«

»Die Mutter, aber das habe ich doch alles schon öffentlich erklärt. Ich glaube nicht, dass dich das wirklich interessiert. Du bist doch bloß hier, weil dich jemand vom Amt geschickt hat, um mir mal auf den Zahn zu fühlen. Oder kommst du etwa im Auftrag der Baufirma?«

Vehement protestierte Hekla gegen diese Beschuldigung. »Du weißt genau, dass ich nicht gegen die Elfen bin. Ich werde alles tun, um herauszufinden, ob der Hügel schon einmal in einer Sage erwähnt wurde.«

»Das könnte euch so passen«, zischte Birta. »Wenn ich sage, unter diesem Hügel ist eine Elfenkirche, benötigen wir kein Gutachten mehr. Dann muss das Amt in Zukunft nur mich als Expertin holen, und die alten Sagen und Geschichten sind hinfällig«, fügte sie mit Nachdruck hinzu.

Hekla wollte kaum ihren Ohren trauen. Birta gab offen zu, dass es ihr allein darum ging, als Expertin anerkannt zu werden. Und überhaupt, hatte sie gerade *Kirche* gesagt?

»Ich denke, es geht um ein Elfen*haus*«, bemerkte Hekla süffisant.

»Habe ich doch gesagt.«

»Nein, du hast *Kirche* gesagt.«

»Unsinn. Du hast dich verhört.«

Hekla lag eine Erwiderung auf der Zunge, aber sie schluckte sie hinunter. Was hatte sie davon, wenn sie Birta vor Augen führte, dass sie sich in Widersprüche verstrickte? Denn selbst wenn, was wollte sie damit erreichen? War das ihre Aufgabe, Birta zu beweisen, dass sie sich das Gespräch mit den Elfen nur ausgedacht hatte, um sich als anerkannte Elfenflüsterin wichtigzumachen? Nein, sagte sich Hekla entschieden, ich mache nur meinen Job. Auf keinen Fall wollte sie vor den Karren der Baufirma gespannt werden, um deren wirtschaftliche Interessen zu schützen, davon abgesehen, dass sie dem Bau der neuen Straße aus persönlichen Gründen skeptisch gegenüberstand. Was für eine gruselige Vorstellung, dass dann womöglich eine Armada von Touristenbussen in Hörweite an ihrem Hof vorbeiratterte und die Gäste des neuen Hotelresorts in Scharen in die unberührte Landschaft um den Helgafell einfielen.

Ich sollte aufhören, Birta in die Enge zu treiben, nur weil ich sie nicht leiden kann, dachte Hekla entschlossen.

»Ach, sag mal, war der Journalist schon bei dir?«, erkundigte sie sich nun, um geschickt das Thema zu wechseln.

Birta zog die Augenbrauen hoch. »Welchen meinst du? Die Schreiber geben sich bei mir die Klinke in die Hand.«

Der überhebliche Ton, in dem Birta das äußerte, brachte Hekla erneut derart in Rage, dass sie das Bedürfnis verspürte, der Frau auf der Stelle Hochstapelei nachzuweisen. Aber die vernünftigen Gründe, sich nicht weiter um die Frage zu kümmern, ob Birtas Geschichte stimmte oder nicht, überwogen.

»Der Journalist aus Hamburg. Dem habe ich heute deine Adresse gegeben«, entgegnete sie so kühl, wie es ihr nur möglich war.

»Den treffe ich morgen. Der hat vorhin angerufen, aber ich habe ihn vertröstet. Gut, dass du mich daran erinnerst. Ich muss ihm noch Bescheid sagen, dass er später kommen soll, denn mir ist ein TV-Interview dazwischengekommen.«

Hekla hatte angesichts Birtas überdimensionierter Eitelkeit große Mühe, ruhig zu bleiben, aber sollte sie kleingeistig damit kontern, dass sie ebenfalls zu dieser Sendung eingeladen worden war und abgesagt hatte? Nein, nein, ich gehe ihr in Zukunft am besten aus dem Weg, beschloss Hekla.

»Kann ich sonst noch was für dich tun?«, fragte Birta und war nun wieder in ihren professionellen Säuselton verfallen.

»Nein, alles gut«, sagte Hekla, steckte das Kästchen mit den Elfenkarten in ihre Tasche und verließ eilig den Laden.

Auf dem Weg zu ihrem Wagen kaufte sie beim Bäcker noch eine Tüte mit frisch gebackenem Laufabrauð und stellte sich Unnurs kindliche Freude vor, wenn sie morgen früh etwas Netteres in ihrem Schuh vorfand als heute früh. Und überhaupt nahm sie sich fest vor, die Schwester in den Vorweihnachtstagen nach Kräften zu unterstützen. Es gab so unendlich viel zu tun, um ein Weihnachtsfest vorzubereiten, das annähernd so viel Glamour besaß, wie es ihre Mutter so geliebt hatte.

7

Ein Pensionsgast kommt selten allein

Mehr als jede Meditation half Unnur gegen alle Kümmernisse ein Ausritt mit Álfagjölf, ihrer dunkelbraunen Stute. Gunnar hatte ihr diese geschenkt, als er seine Zucht noch im großen Rahmen betrieben hatte. Es war Liebe auf den ersten Blick gewesen. Sie hatte der Stute den Namen Álfagjölf, was so viel hieß wie ›Geschenk der Elfen‹ gegeben. Unnur ritt schon von Kindesbeinen an und hatte mit ihrem Pferd manchen Reitwettbewerb gewonnen. Im Sommer ließ sie die Kinder der Pensionsgäste auf ihrem Pferd reiten und gab ihnen Unterricht.

Álfagjölf war außer sich vor Freude, als Unnur mit dem Zaumzeug in der Hand an den Zaun trat. Die Pferde waren auch im Winter draußen. Es gab zwar einen Offenstall, aber dort wurden sie nur bei extremen Wetterlagen untergebracht. Die Stute zeigte ihre Freude, indem sie versuchte, Unnur mit dem Kopf anzustupsen. Unnur strich ihr liebevoll durch die rotbraune Mähne, die mittlerweile schon von ein paar grauen Strähnen durchzogen war, was der Stute die Ausstrahlung einer alternden Diva gab.

»Na komm, mein Mädchen«, flüsterte Unnur, während sie ihr das Zaumzeug anlegte. Einen Sattel aber benutzte Unnur grundsätzlich nicht.

Kaum saß sie auf ihrem Pferd, flogen die Sorgen davon, und sie genoss die wilde Natur in jeder Pore. Es war ein herrlicher sonniger Tag. Überall glitzerten die Schneekristalle. Sie schlug den Weg ein, der zu dem Elfenhügel führte. Gerade als sie auf der Höhe des Einarsson-Gehöfts war, fuhr Magnus in seinem Geländewagen vom Hof. Sie beschloss, ihn zu ignorieren, aber er hielt an, stieg aus dem Auto und winkte ihr eifrig zu. Ihr blieb gar nichts anderes übrig, als Álfagjölf zum Stehen zu bringen und abzusteigen.

»Ist das nicht ein wunderschöner Tag?«, begrüßte er sie lächelnd. »Wohin reitet ihr?« Vertraut tätschelte er ihrem Pferd den Hals, was dieses ganz offensichtlich genoss. Verräterin, schoss es ihr verärgert durch den Kopf.

»Zur Baustelle«, erwiderte sie knapp und musterte ihn prüfend von Kopf bis Fuß. Er trug eine dunkle Jeans und einen schlichten Rollkragenpullover unter einem eleganten Tweedsakko. Noch nie hatte sie Magnus in einem Jackett gesehen, und sie konnte nicht leugnen, dass er eine sehr gute Figur darin machte. Er hatte zwar immer noch die Statur eines Bären, und der Bauch war auch nicht völlig weg, aber er hatte dennoch etwas überaus Attraktives an sich, wie Unnur insgeheim zugeben musste, obwohl ihr der Gedanke gar nicht behagte. Magnus sollte in ihrer Vorstellung lieber das übergewichtige linkische Landei bleiben, dem sie bisher mehr als einen Korb gegeben hatte. Offensichtlich war er auf dem Weg zu seinem Date, aber Unnur konnte sich gerade noch beherrschen, ihn darauf anzusprechen. Sie hatte ihr Kontingent an Taktlosigkeiten gegen ihn bereits am Vormittag verschossen.

»Unnur, ich möchte, dass wir Freunde bleiben«, sagte er mit fester Stimme, als könnte er ihr das schlechte Gewissen förmlich ansehen.

»Wie kommst du jetzt darauf?«, gab sie schroff zurück.

»Ich werde nicht schlau aus dir. Nun renne ich dir seit Kindesbeinen hinterher und habe endlich begriffen, dass ich keine Chance bei dir habe … und du hast nichts als spitze Bemerkungen für mich übrig.«

»Ich tue doch gar nichts«, versuchte sie sich zu verteidigen.

»Also, das mit der Fish-and-Chips-Bude war nicht gerade nett. Aber ich wollte mich nicht mit dir anlegen, vor allem nicht vor Gunnar. Deshalb bin ich lieber gegangen. Was passt dir nicht? Freu dich doch, dass ich jetzt eine nette Frau kennengelernt habe.«

»Ach, Magnus, ich habe es wirklich nicht böse gemeint. Es ist nur so: Ich habe selber lange auf *Lovelove* gesucht und konnte dir schlecht vor meinem Vater berichten, dass ich dort nur Enttäuschungen erlebt habe. Die Prinzen entpuppten sich früher oder später alle als Frösche.«

Seine Miene verfinsterte sich, während er sie intensiv musterte. »Ich möchte dir ungern zu nahe treten, aber wenn man solche Prinzen im Kopf hat wie du, dann kann das nichts werden. Und das hat gar nichts mit dem Internet zu tun. Weißt du noch, wie du unseren Klassenschönling, den dunkelgelockten Emil, immer hast abschreiben lassen? Und hat er es dir gedankt? Nein, er ist stattdessen mit Birta abgezogen …«

»Gleich kommst du mir noch mit dem Kindergarten«, unterbrach sie ihn wütend.

»Jetzt, wo du es sagst, wer hat dich da immer vor den Rabauken beschützt? Dein Schwarm, der hübsche Baldur, oder …?«

»Was hat das mit *Lovelove* zu tun? Ich wollte dir nur einen guten Rat geben. Dort kriegst du nie das, was du dir wünschst«, zischte sie.

»Stimmt. Gewünscht habe ich mir eine Frau wie dich! Für mich hat es nie ein schöneres Mädchen gegeben als dich. Und nun ist Solveigh in mein Leben getreten, und das fühlt sich, oh Wunder, gut an. Auch du solltest dich mal für Veränderungen öffnen. Die Klassenschönlinge sind ja, wie du selbst schon festgestellt hast, oftmals nichts als Schummelpackungen.«

Unnur stieß einen verächtlichen Zischlaut aus, obwohl sie insgeheim zugeben musste, dass ihr noch kein Mann jemals ein so bezauberndes Kompliment gemacht hatte. Doch sein anschließender in ihren Augen altväterlicher Beziehungstipp brachte sie so in Rage, dass sie das gar nicht würdigen konnte und wollte.

»Ist doch schön für dich«, giftete sie.

Magnus rollte genervt mit den Augen.

»Ich glaube, du solltest dir überhaupt erst einmal klar werden, was dir an einem Mann wirklich wichtig ist. Verpackung oder Inhalt? Trau, schau, wem!«

Unnur schnappte nach Luft. Was fiel ihm eigentlich ein, sich ihr gegenüber als Beziehungsexperte aufzuspielen? Sie suchte noch nach einer passenden Antwort, als er ihr einen freundschaftlichen Kuss auf die Wange gab, bevor er ohne weitere Abschiedsworte in seinen Wagen stieg und davonfuhr.

Sie sah ihm fassungslos hinterher und konnte keinen klaren Gedanken mehr fassen. Wie betäubt stieg sie zurück auf Álfagjölfs Rücken und trieb ihre Stute zum Galopp an. Sie war völlig durcheinander. Weniger wegen des brüderlichen Kusses als vielmehr wegen seiner Worte, die ihr nicht aus den Sinn gehen wollten. Das Schlimme war, dass sie sie direkt ins Herz getroffen hatten, weil sie das Körnchen Wahrheit enthielten. Ja, sie hatte in jedem der bestechend attraktiven Männer einen Prinzen gesehen und es ihnen auch mit Verve zu verstehen gegeben, ohne hinzuschauen, mit wem sie es wirklich zu tun hatte.

Sie war so in Gedanken versunken, dass sie beinahe an dem Hügel vorbeigeritten wäre. Immer noch verärgert, stieg sie von ihrem Pferd und machte erst ein paar Atemübungen, um Magnus' Auftritt als frischgebackenen Beziehungsexperten aus dem Sinn zu bekommen.

Es gelang ihr halbwegs, sich nun auf die magische Erhebung zu konzentrieren. Der Hügel selbst sah auf den ersten Blick aus wie ein beliebiger Schneehaufen, aber dann meinte sie, die Magie des Ortes zu spüren.

Andächtig blieb sie davor stehen und wünschte sich nichts sehnlicher, als dass eine Elfe aus dem Inneren in den Schnee hinaustrat und sie begrüßte. Doch hier draußen herrschte nichts als Stille.

Schließlich wurde sie ungeduldig und wollte dem Schicksal etwas nachhelfen. »Wenn ihr unter dem Hügel wohnt, liebe Elfen, dann redet mit mir oder sagt mir zumindest, warum ihr Birta euer Leid klagt und nicht mir.«

»Entschuldigen Sie, mit wem sprechen Sie da?«, ertönte eine männliche Stimme. Erschrocken fuhr Unnur herum und blickte in ein Paar grüner Augen, deren Iris von einem braunen Strahlenkranz angestrahlt wurde.

»Ich, äh, mit niemandem. Ich habe Selbstgespräche geführt.«

»Aha, und Sie haben nicht zufällig versucht, mit den Elfen ins Gespräch zu kommen?«, fragte er amüsiert.

So aufrichtig Unnur auch an die Existenz des Huldufólks glaubte, sie würde ihren Herzenswunsch, mit den Elfen zu kommunizieren, bestimmt keinem Fremden verraten, der sie dafür womöglich noch auslachte.

»Nein, das kann nicht jeder: Es gibt nur ganz wenige, die über diese Gabe verfügen«, erklärte sie mit Nachdruck.

»Das beruhigt mich«, entgegnete er verschmitzt lächelnd. »Dann wissen Sie wohl gar nichts Näheres über den Stein des Anstoßes, oder?«

»Natürlich weiß ich, dass das hier der Elfenhügel ist, und ich bin mir sicher, dass diese Straße so nicht gebaut werden kann, weil sie die Elfen vertreiben würde.«

»Und wegen der Elfen sollen die Bauarbeiten eingestellt werden?«

Unnur nickte eifrig.

»Und wenn das der Baufirma nicht gefällt?«

Unnur zuckte die Schultern. »Dann müssen sich die Idioten was einfallen lassen. Man kann ja nicht einfach eine Elfenbehausung plattmachen. Aber was interessiert Sie das eigentlich und wer sind Sie?«

Unnur legte den Kopf schief und musterte den Fremden neugierig. Er war ohne Frage ein attraktives Exemplar eines Nordmannes. Groß, mit einem blonden Wuschelkopf und interessanten Augen, aus denen er sie seinerseits prüfend taxierte. Plötzlich schoss ihr ein aufregender Gedanke durch den Kopf. Was, wenn das der Mann war, den die Kartenlegerin ihr prophezeit hatte? Ansehnlich war er in der Tat, wenngleich er mit seinem hellen Schopf nicht wirklich dem Bild ihres Traummanns entsprach, aber hatte Magnus sie eben nicht genau davor gewarnt? Dass sie sich nicht von reinen Äußerlichkeiten blenden lassen sollte?

»Sind Sie aus der Gegend? Dann könnten Sie mir vielleicht sagen, wie ich am besten zu der Pension Álfadrottning komme, die hier in der Nähe sein soll?«

Auch wenn sein Blondschopf nicht in ihr Beuteschema passte, seine sonore Stimme tat dies dafür umso mehr. Und dann wollte er auch noch zu ihr. Konnte das ein Zufall sein?

»Und was wollen Sie dort? Suchen Sie ein Zimmer?«

»Genau, ich beabsichtige, mich ein paar Tage dort einzumieten«, erwiderte er.

Unnur fiel es schwer, ihn nicht gleich mit der guten Nachricht zu überraschen, dass sie ihm sogar das schönste aller Zimmer geben würde. Doch auf eine merkwürdige Weise hatten sich ihr Magnus' Worte nachhaltig eingeprägt. *Trau, schau, wem!* So leichtfertig würde sie sich keinem mehr an den Hals werfen, wenngleich sie sich fragte, ob er wohl dieser Mann sein konnte, der vom Himmel gefallen war. Suchend drehte sie sich um. Nirgendwo war ein Wagen zu sehen.

»Ob Sie mir noch verraten, wer Sie sind und was Sie hier draußen so allein machen? Zufällig sind Sie bestimmt nicht an diesem Ort, oder? Sind Sie von der Presse? Was allerdings immer noch nicht die Frage beantworten würde, wie Sie hergekommen sind«, hakte sie neugierig nach.

»Tja, nun, mein Mietwagen steht auf einem Hof in der

Nähe. Der Mann, der dort wohnt, hat ihn aus einer Schneewehe gezogen und abgeschleppt, nachdem ich leichtsinnigerweise eine Abkürzung genommen hatte und ins Eis eingebrochen bin. Und nun springt der Wagen nicht mehr an und die Autovermietung muss ihn holen.«

»Aha, aber das erklärt noch nicht, was Sie in unsere Gegend verschlagen hat. Sie können ruhig zugeben, dass Sie von der Zeitung sind und den Elfenhügel mit eigenen Augen sehen wollten.«

»Sie glauben doch nicht etwa, dass sich unter dem Hügel wirklich ein Elfenhaus befindet, wie es diese Dame behauptet?«

»Wo denken Sie hin? Erstens ist Birta keine Dame, sondern eine Frau mit übersinnlichen Fähigkeiten, und zweitens hat sie sich das doch nicht ausgedacht. Sie kann sehr wohl mit den Elfen kommunizieren«, versicherte Unnur. Mit einem Blick in seine skeptische Miene fügte sie mit Nachdruck hinzu: »Das können Sie ruhig schreiben.«

»Ich, äh, muss mir erst einmal ein umfassendes Bild der Lage machen. Deshalb suche ich ja auch die Pension, die mir der Mann empfohlen hat. Er meinte, die wäre gut zu Fuß zu erreichen, aber ich wollte erst einmal den Hügel begutachten.«

»Da gehen Sie einfach etwa zwanzig Minuten wieder zurück, bis Sie linker Hand ein rot gestrichenes Haus sehen.«

»Und Sie sind sicher, dass es dort noch Zimmer gibt? Ich könnte mir vorstellen, dass die Entdeckung der übersinnlichen Frau viele Schaulustige und noch mehr Presse anlockt.«

»Ich bürge dafür«, lachte Unnur. »Aber Sie haben mir immer noch nicht verraten, von welcher Zeitung Sie sind. Ich schätze mal vom *Morgenblatt*, oder?«

»Nein, nein, ich komme von einer dänischen Zeitung«, erwiderte er ausweichend.

»Ich habe mich schon über Ihren leichten Akzent gewundert. Das erklärt alles. Dann sind Sie also Däne?«

Der Fremde nickte, während er ihr die Hand hinstreckte. »Henrik Nielsen.«

»Und wieso sprechen Sie so gut Isländisch?«

Henriks Miene verfinsterte sich merklich. »Das ist eine lange Geschichte, und Sie wollen sie bestimmt nicht hören, denn sie ist sehr traurig.«

»Ich wollte Ihnen nicht zu nahe treten«, entgegnete Unnur entschuldigend, da es dem Dänen sichtlich anzumerken war, dass er nur ungern daran dachte.

»Nein, das ist schon in Ordnung. Sie haben mir sehr geholfen. Und vielleicht sieht man sich mal wieder in der Gegend«, sagte er und rang sich zu einem Lächeln durch.

»Kann gut sein«, lachte Unnur, stieg auf ihr Pferd und ritt davon. Sie grinste auf dem ganzen Weg in sich hinein und stellte sich vor, was für Augen er machen würde, wenn sie ihn gleich in der Pension als neuen Gast willkommen heißen würde. Doch dazu musste sie schnell noch das schönste und größte Zimmer für ihn vorbereiten. Eigentlich waren sie ja alle ähnlich eingerichtet. Sehr nordisch in Weiß gehalten mit Holzmöbeln, wobei ihre Mutter Helga alte und neue Dinge geschmackvoll kombiniert hatte. Sie hatte einst wunderschöne Möbel von ihren Eltern geerbt, aber da Gunnar lieber in der Einrichtung seiner Familie leben wollte, hatte sie diese über die Gästezimmer verteilt, und in einem stand die stilvolle Kommode, Unnurs Lieblingsstück. Das Zimmer lag übereck und besaß große Fenster, von denen man zur einen Seite über die Lavafelder und auf der anderen bis zu den schneebedeckten Gipfeln im Westen blicken konnte. Im Winter konnte man von hier aus ganz besonders gut das Nordlicht am Himmel bewundern, wenn es zu Hochform auflief und die grünen Schleier märchenhafte Lichtertänze vollführten. Oftmals wurden die Lichter am Himmel allerdings nur grau und weiß wahrgenommen, was schon so manchen Gast bitter enttäuscht hatte. Und manchmal blieb das Nordlicht ganz aus, wie in diesem Winter.

Seit es überraschend im Oktober für wahre Lichtshows am Himmel gesorgt hatte, war es nicht an den Himmel zurückgekehrt, jedenfalls nicht über dem Gehöft.

Unnur sprühte nun vor guter Laune, als sie mit dem geschmackvollsten Bettzeug, das sie im Schrank finden konnte unter dem Arm das Zimmer Nummer 3 betrat, doch dann erstarrte sie. Ein dunkelhaariger Mann in Jeans von eher kleinerer Statur und mit einem bloßen Oberkörper stand vor ihr und blickte sie irritiert an.

»Was machen Sie denn hier? Wer sind Sie?«, zischte sie, wobei ihrem Kennerblick keinesfalls entging, dass er an Armen und Bauch sehr gut durchtrainiert zu sein schien.

»Ich wollte eigentlich gerade duschen gehen. Die Wirtin sagte, es gäbe nur ein Bad für alle am Ende des Flurs«, erklärte er ihr auf Englisch.

»Welche Wirtin?«

»Eine ältere Dame mit grauem krausem Haar und ziemlich vielen Lachfalten im Gesicht, die mich im Hof begrüßte. Als ich ihr sagte, dass ich aus Deutschland komme und ein Zimmer suchen würde, führte sie mich direkt hierher. Und ganz plötzlich fragte sie mich in verstellter Jungmädchenstimme auf Deutsch, wann ich denn wieder an die Front müsste, und bat mich inständig, noch zu bleiben, weil die Braunhemden, diese ungehobelten Kerle, die sich nicht mal bei einer Filmpremiere einen richtigen Anzug anziehen würden, ihr nachstellten …« Er unterbrach sich grinsend. »Sie sind ja ganz blass geworden. Ist Ihnen nicht gut?«

»Das ist echt krass. Hat sie wirklich *Front* gesagt?«

»Ostfront, um es genau zu sagen. Offensichtlich hat sie mich für einen Verehrer gehalten, denn sie hat sich dann bei mir untergehakt, um mit mir *die Champagnerbar aufzusuchen*«, lachte er.

»Oh, wie peinlich!« Unnur wollte im Erdboden versinken. Das war also der Unsinn, den Amma manchmal aus heiterem Himmel auf Deutsch von sich gab, und der Grund, weshalb

Hekla ihr jedes Mal den Mund verbieten wollte und behauptete, Amma rede übers Wetter. Unnur sah sich bemüßigt, das befremdliche Verhalten ihrer Großmutter zu entschuldigen.

»Das tut mir wirklich aufrichtig leid«, stöhnte Unnur.

»Ich fand das amüsant. Sie war richtig in Fahrt. Und wenn nicht dieser brummige Herr mittleren Alters hinzugekommen wäre …«

»O nein«, murmelte Unnur fassungslos in sich hinein. »Und was hat er gesagt?«

»Der Brummbär hat mich völlig ignoriert und stattdessen die alte Dame ausgeschimpft. Ich konnte zwar nichts verstehen, aber ich glaube, der war sauer, dass sie mich überhaupt in das Zimmer geführt hat. Sie ist jedenfalls ziemlich beleidigt verschwunden, aber immerhin hat sie mir in der Tür noch einmal zugezwinkert. Er hat mich dann auf Englisch gefragt, was ich hier zu suchen hätte. Selten so ein schlechtes Englisch in Island gehört. Jedenfalls hat er mir dann recht widerwillig dieses Zimmer überlassen und gesagt, alles Weitere würde seine Tochter regeln. Aber jetzt habe ich Ihnen meine ganze Lebensgeschichte erzählt. Und wer sind Sie?«

Sie streckte ihm seufzend ihre Hand entgegen. »Ich bin Unnur, die Enkelin der runzeligen alten verwirrten Dame und Tochter des Brummbären.«

»Oh, Sie sind Unnur, wie schön!«, erwiderte der Gast und schüttelte ihr die Hand.

»Sie tun ja gerade so, als würden Sie mich kennen«, entgegnete sie erstaunt.

»Natürlich habe ich von der begabten Malerin gehört, die dieses Hotel betreibt«, säuselte er.

Unnur, die eben noch ernsthaft in Erwägung gezogen hatte, ihn zu bitten, in die Nummer 2 zu wechseln, beschloss nun entzückt, ihm das schönste Zimmer zu lassen.

Ein Lächeln erhellte ihr Gesicht, während sich ihr Blick an

seinem Waschbrettbauch festsog. Er hatte wirklich schon von ihr gehört? Das schmeichelte ihr ungemein.

Doch dann schossen ihr ganz andere Gedanken durch den Kopf. Was sollte sie bloß davon halten? Wie aus dem Nichts waren zwei attraktive Männer in die Pension geschneit, und jeder von ihnen besaß einzelne Attribute, die zu ihrem Traummann passten. Der Däne die Einmeterzweiundneunzig und dieser sportliche Typ die schwarzen Locken. Das hat auf jeden Fall etwas zu bedeuten, mutmaßte Unnur. Die Frage war nur was.

In dem Augenblick griff er sich entschuldigend ein Hemd, das zerknüllt auf dem Bett lag. »Warten Sie, ich ziehe mich erst mal richtig an. Tut mir leid, ich konnte ja nicht ahnen, dass ich Damenbesuch bekomme.«

Unnur wollte sich rasch zurückziehen, aber der Fremde winkte ab. »Bleiben Sie ruhig.«

»Gut, aber dann verraten Sie mir doch, wer Sie sind, und vor allem, wer Ihnen von mir erzählt hat.«

»Ich heiße Max Reher, ich bin ein freier Journalist aus Deutschland ...«

»Noch einer, der wegen des Hügels gekommen ist«, seufzte sie.

»Nein, ich bin wegen einer längeren Recherche in Island. Das mit dem Hügel habe ich gestern zufällig in der Zeitung gelesen ... natürlich kommt das jetzt auch in meinem Artikel vor.«

»Und wie stehen Sie dazu? Sind Sie auch so ein Skeptiker, der Birta Johannsdóttir für eine Spinnerin hält?«

»Äh, ich weiß nicht. Ich muss sie erst interviewen, bevor ich mir eine Meinung bilden kann. Aber Sie gehören anscheinend zu den zehn Prozent Isländern, die sich ganz offen ...« Er unterbrach sich hastig. »Das waren nur so Zahlen, die ich mal gelesen habe. Aber bevor ich Birta Johannsdóttir treffe, würde ich gern ein Interview mit Ihnen machen.«

»Mit mir? Warum? Ich kann die Elfen nicht sehen. Leider!«

»Wegen Ihrer Bilder. Sie sollen ja so schöne …« Er deutete mit großer Geste auf die Kohlezeichnung, stutzte und pfiff anerkennend durch die Zähne. »Wow! Das ist wirklich gelungen!«

Unnur meinte, ein gewisses Erstaunen aus seinen Worten herauszuhören.

»Danke. Aber woher wissen Sie von mir?«

»Das weiß man eben, wenn man sich informiert«, erwiderte er hastig.

»Sagen Sie, haben Sie vielleicht unsere neue Webseite gesehen? Aber die ist erst seit heute Morgen online.«

Er nickte eifrig. »Genau, die Webseite. Die ist mir ins Auge gestochen. Dass ich nicht gleich darauf gekommen bin. Da habe ich mich umgehend aufgemacht, die Pension aufzusuchen.«

Ein stolzes Lächeln erhellte Unnurs Gesicht, doch dann entsann sie sich des anderen Gastes, der jeden Augenblick eintreffen musste. Sie wollte unbedingt vermeiden, dass der dänische Journalist ihrem Vater oder gar ihrer Großmutter in die Arme lief. So wie es schien, war Amma mal wieder in eine andere Welt abgetaucht.

»Wir sehen uns zum Essen. Das gibt es um neunzehn Uhr in der Küche im Haupthaus, und dann besprechen wir alles Weitere«, erklärte sie hastig und eilte nach draußen. Gerade noch rechtzeitig, denn Henrik Nielsen hatte bereits den Hof betreten und blickte sich suchend um.

»Die Zimmer sind hier!«, rief sie ihm zu.

Er drehte sich nach ihr um und staunte nicht schlecht, als er in ihr seine Zufallsbekanntschaft vom Elfenhügel erkannte.

»Sie? Wollen Sie mir etwa das Zimmer vor der Nase wegschnappen?«, scherzte er.

»Nein, ich will es Ihnen vermieten. Ich bin die Wirtin.

Kommen Sie. Leider ist unser Prunkzimmer schon belegt, aber die Nummer 2 ist auch ganz bezaubernd. Wollen Sie das Zimmer sehen, bevor Sie einchecken?«

»Gern, Frau Wirtin«, Henrik schenkte ihr ein Lächeln und folgte ihr. Im Raum angekommen, sah er sich interessiert um, bis sein Blick an einem schrillen Elfengemälde hängen blieb, das er äußerst skeptisch betrachtete.

»Gefällt es Ihnen? Dann können Sie es kaufen«, bemerkte Unnur voller Stolz.

Er machte eine abwehrende Handbewegung. »Vielleicht später, ich muss erst einmal ankommen und mit der Autovermietung telefonieren. Ich brauche dringend einen Ersatzwagen.«

»Gut, wenn Sie das Zimmer nehmen, sehen wir uns um neunzehn Uhr zum Abendessen. Dann können Sie sich gleich bei Tisch mit Ihrem Journalistenkollegen austauschen.«

Täuschte sich Unnur oder waren ihm bei ihren Worten die Gesichtszüge entgleist? »Tut mir leid, dass Sie nicht der Erste vor Ort waren. Die Konkurrenz schläft nicht, aber keine Sorge, Ihr Kollege kommt aus Deutschland«, fügte sie hinzu.

»Also, wenn ich ehrlich bin, lege ich keinen Wert auf Gesellschaft. Ich ziehe es vor, für mich allein zu sein.«

»Aber wir bieten nur Halbpension an, und es ist doch sicher ganz spannend für Sie, sich mit einem Kollegen auszutauschen.«

»Kein Interesse!« Das sagte er in einem derart harschen Ton, der Unnur frösteln und ihr Interesse an ihm auf den Nullpunkt schrumpfen ließ. »Könnten Sie mir das Essen bitte aufs Zimmer bringen lassen? Ich hätte gern Wasser und einen trockenen Weißwein dazu, wenn Sie haben«, fügte er versöhnlicher hinzu. »Ich zahle die Getränke auch extra, wenn die nicht im Preis inbegriffen sind. Was kostet der Spaß denn?«

Unnur überlegte fieberhaft, ob sie ihm wirklich den Preis nennen sollte, den Helga stets verlangt hatte. Bislang waren die sechzig Euro pro Nacht wie ein ungeschriebenes Gesetz gewesen. Aber wenn der Gast solche Extrawünsche hatte, sollte er ruhig einen anständigen Preis zahlen.

»Achtzig Euro pro Nacht und die Getränke sind inbegriffen, sofern Sie unseren Weinvorrat nicht an einem Abend aufbrauchen«, erwiderte sie höflich. »Und dürfte ich Sie vielleicht um Ihren Ausweis bitten? Dann müssten Sie mich jetzt auch nicht zum Haupthaus begleiten.«

»Danke, das wäre nett von Ihnen.« Mit diesen Worten reichte er ihr seinen Ausweis, bevor er aus seiner Tasche einen Laptop hervorholte und ihn konzentriert in Betrieb nahm.

Unnur verließ sein Zimmer ohne einen weiteren Gruß. Sie konnte sich nicht helfen. Sein Benehmen befremdete sie zutiefst und entsprach überhaupt nicht ihrem Bild von einem neugierigen Journalisten, der doch jede Chance wahrnehmen müsste, sich mit Kollegen, die bereits am Ort des Geschehens waren, auszutauschen.

Auf dem Flur begegnete ihr Max, der aus Richtung der Waschräume kam und ihr gewinnend zulächelte.

»Ob Sie so freundlich wären, gleich mit Ihrem Ausweis in der Küche vorbeizukommen? Ich muss ja noch die Formalien mit Ihnen klären«, sagte sie mit zuckersüßer Stimme, denn im Gegensatz zu dem eigenbrötlerischen Dänen gewann Max in ihren Augen gerade zunehmend an Ausstrahlung.

8

Männergrippe

Als Hekla auf dem Heimweg die Kreuzung zur gesperrten Straße passierte, musste sie kurz an ihre Begegnung mit dem Schneemann, wie sie den Fremden insgeheim getauft hatte, denken, aber sie fegte den Gedanken energisch beiseite.

Überrascht stellte sie fest, dass das Gehöft schon von Weitem in ungewohntem Lichterglanz erstrahlte. Offenbar hatte ihr Vater sich inzwischen durchgerungen, Helgas Außenlichterketten anzubringen. Hekla wurde ganz schwer ums Herz, während sie auf den bunt erleuchteten Hof fuhr. Helgas Illuminationen waren wirklich einzigartig, aber was war das festliche Lichtermeer ohne ihre Mutter? Sie hegte immer noch erhebliche Zweifel daran, dass man das Weihnachtsfest wirklich so feiern konnte, wie man es zu Helgas Lebzeiten getan hatte. Die glänzenden Äußerlichkeiten würden doch niemals über den dunklen Schatten hinwegtäuschen können, der über dem diesjährigen Weihnachtsfest lag.

Seufzend stieg Hekla aus ihrem Wagen und war froh, dass ihr keine Menschenseele begegnete, denn ihr liefen Tränen über die Wange. Und das sollte keiner sehen – auch nicht Unnur, der sie im vergangenen Jahr stets eine Schulter zum Trost geboten hatte. Ihre eigene Trauer hatte sie nie vor den anderen gezeigt.

Hastig wischte sie sich mit dem Ärmel über die Augen, um die verräterischen Spuren zu beseitigen, und blieb einen

Augenblick lang wie verzaubert vor dem Lichterglanz stehen. Plötzlich hörte sie Schritte. Sie fuhr herum. Es war ihr Vater.

»Das ist wunderschön«, sagte sie und drückte ihm gerührt die Hand. Sie war rau, und man konnte fühlen, dass dieser Mann zeitlebens mit den Händen gearbeitet hatte. So eine Annäherung zwischen Tochter und Vater hatte es seit Helgas Beerdigung nicht mehr gegeben. Am Grab, da hatte sie zum letzten Mal seine Hand gestreichelt, doch danach hatte er sich wie eine Auster verschlossen.

»Meinst du, sie kann das sehen von da oben?«, fragte er leise.

»Wenn ich das wüsste, aber ich glaube schon«, erwiderte sie.

In diesem Augenblick huschte ein blaugrüner Schleier über den sternenklaren Nachthimmel, der so schnell verschwunden war wie er aufgetaucht war, aber sie hatten ihn beide wahrgenommen.

»Das Nordlicht ist wieder da«, entfuhr es Hekla aufgeregt.

»Nein, das war ein kleiner Gruß von eurer Mutter«, seufzte Gunnar ergriffen. »Du weißt doch, dass sie immer das letzte Wort haben muss.«

Hekla wurde ganz warm ums Herz bei dem Gedanken, dass ihr verschlossener Vater zu solchen Gefühlsäußerungen in der Lage war. Das hatte ihre Mutter immer schon behauptet, wenn Gunnar in seiner schroffen Kritik seine Töchter allzu hart angegangen war. »Hunde, die bellen, die beißen nicht. Euer Vater hat ein gutes Herz unter seiner rauen Schale.«

Schweigend hielten sich Vater und Tochter noch eine Weile an der Hand und bestaunten das Lichtermeer.

Heklas Blick fiel nun auf die erleuchteten Fenster der Pension, und sie lächelte in sich hinein. Max Reher hatte also ihren Rat befolgt und sich tatsächlich in die Álfadrottning eingemietet.

»Oh, ich sehe, wir haben einen Gast«, bemerkte Hekla scheinbar überrascht.

Unwirsch entzog Gunnar seiner Tochter die Hand. »Ich weiß auch nicht, was hier los ist. Ständig klingelt das Telefon. Unnur kommt gar nicht zum Kochen. Mir missfällt das sehr wenn Leute kommen.«

»Vater«, seufzte Hekla. »Wir brauchen das Geld der Leute.«

»Ja, aber der Gast ist ein Deutscher, und das ist gar nicht gut für Mutter, wenn sie diese Sprache hört. Sie hat gleich versucht, auf ihn einzureden …«

»Amma hat Deutsch mit ihm gesprochen? Oje. Das kann peinlich werden.«

»Was erzählt sie denn dem Mann? Ich meine, ich verstehe kein Wort, aber er hat so komisch gegrinst.«

»Vater, nichts Besonderes. Amma redet dann einfach wirr daher, aber keine Sorge, das kläre ich mit dem Gast in aller Ruhe.«

»Mir gehen diese fremden Leute einfach auf die Nerven«, schimpfte er.

Hekla rollte genervt mit den Augen. Ihr Vater war einfach unbelehrbar, aber sie sollte ihm lieber zu einem späteren Zeitpunkt und nicht hier draußen in der Kälte schonend beibringen, dass der deutsche Journalist beabsichtigte, fast drei Wochen zu bleiben und damit auch über die geheiligten Weihnachtstage …

»Ich schaue mal in der Küche nach dem Rechten, und zur Not bereite ich heute das Essen zu«, schlug Hekla vor, was ihr Vater mit einem Schulterzucken quittierte. Nein, er war wirklich keine Hilfe, wenn es darum ging, den wirtschaftlichen Realitäten ins Auge zu blicken.

Hekla war verwundert, als sie die Küche betrat, denn ihre Schwester saß mit geröteten Wangen und einem Telefon in der Hand am Tisch.

»Nein, ich sage doch, es ist alles belegt. Wie haben keine freien Zimmer mehr«, erklärte sie mit Nachdruck.

Hekla wollte das kaum glauben. Sie hatte gedacht, ihr Vater

würde maßlos übertreiben, weil ihm persönlich schon der eine Gast viel zu viel war.

Stöhnend beendete Unnur das Telefonat und wischte sich den Schweiß von der Stirn. »Kannst du mir wohl beim Abendessenmachen helfen?«, bat sie ihre Schwester.

»Na klar, was soll es denn geben?«

»Plokkfiskur. Die Kartoffeln und der Fisch sind schon fertig. Wenn du nur die Mehlschwitze zubereitest, das Ganze zerkleinerst und die Hollandaise hinzugibst.«

Hekla liebte dieses isländische Fischgericht sehr und machte sich mit Feuereifer an die Arbeit. Kochen war nicht gerade ihre Stärke, aber Plokkfiskur, den konnte sie blind zubereiten.

»Sag mal, ist das wirklich wahr, dass alle Zimmer belegt sind?«, fragte Hekla ihre Schwester ungläubig.

Unnur nickte eifrig. »Ja, stell dir vor, es sind schon zwei Journalisten da, und für morgen haben zwei japanische Touristenpaare reserviert.«

»Und das alles wegen des Elfenhügels?«, sinnierte Hekla.

Unnur lächelte versonnen in sich hinein. Sie hatte noch eine andere Erklärung für den Andrang. Offenbar hatte die Webseite wie ein Blitz eingeschlagen, nur hielt sie es für keinen günstigen Zeitpunkt, ihrer Schwester zwischen Tür und Angel zu berichten, dass die eine Japanerin bei der Reservierung gleich einen Musikabend mit Hekla hatte buchen wollen. Unnur hatte zwar behauptet, die Künstlerin wäre bereits ausgebucht, aber diese Anfrage hatte ihr deutlich vor Augen geführt, dass das keine gute Idee gewesen war, ihre Schwester als bekannte Künstlerin anzupreisen. Im Gegenteil, sie befürchtete, es wäre ihrer fragilen Schwesterbeziehung nicht gerade förderlich, wenn Hekla davon erführe. Also würde sie die Webseite vorerst lieber mit keinem Wort erwähnen.

Während Hekla den überbackenen Kabeljau zubereitete, deckte Unnur den Tisch.

»Hast du nicht gesagt, es sind schon zwei Gäste da?«, fragte Hekla. »Du hast nur für fünf gedeckt.«

Unnur machte eine abwehrende Handbewegung. »Der andere Typ ist ein Einsiedler, der das Essen auf das Zimmer serviert haben möchte. Ein dänischer Schreiberling. Merkwürdiger Kerl, dabei sieht er gar nicht schlecht aus und spricht perfekt Isländisch …«

Heklas Herz klopfte bei Unnurs Worten bis zum Hals. Ein dänischer Journalist, der Isländisch sprach? Ihr fiel sofort der Schneemann ein.

»Wie sieht er denn aus?«, erkundigte sich Hekla und versuchte, nicht allzu neugierig zu klingen.

Unnur warf ihr einen erstaunten Blick zu. »Du fragst nach dem Aussehen eines Mannes? Habe ich da was verpasst?«

Hekla machte eine wegwerfende Handbewegung. »Das war nur so dahergesagt. Natürlich interessiert es mich nicht, wie unsere Pensionsgäste aussehen.«

»Aber der Kerl sieht wirklich blendend aus, wenn man auf blonde Nordmänner steht. Ist groß, schlank und hat beeindruckende Augen …«

Genau, einen braunen Kranz um die Iris, dachte Hekla und ärgerte sich in demselben Augenblick maßlos, dass sie das nicht völlig kalt ließ.

»Die sind grün, aber um die Iris hat er einen braunen Kranz«, fuhr Unnur ungerührt fort, nichtsahnend, was diese Nachricht bei ihrer Schwester auslöste. »Aber er ist irgendwie merkwürdig. Ich meine, welcher Journalist verkriecht sich in seinem Zimmer? Max ist da ganz anders. Der sprüht vor Neugier und will alles wissen. Er macht sogar mit mir ein Interview.«

Hekla aber hörte kaum zu. Die Vorstellung, dass der Schneemann so unverhofft in ihrer Nähe war, machte sie schrecklich nervös. Doch als das Essen fertig war und Unnur einen Teller für den scheuen Gast abfüllte, hatte Hekla eine Entscheidung getroffen. Sie würde ihm nicht aus dem Weg gehen, sondern sich mit seiner Gegenwart konfrontieren in der Hoffnung, dass sich ihr Interesse an ihm damit verflüchtigen würde.

»Lass mal, ich mache das schon. Welches Zimmer hat der Typ denn?«, sagte Hekla, was ihr einen verblüfften Blick ihrer Schwester einbrachte.

»Die Nummer 2.« Sie reichte Hekla verwundert ein Tablett, auf dem der Teller mit dem Plokkfiskur, eine Flasche Wasser, eine Flasche Weißwein und ein Glas standen.

»Sag ihm bitte, dass es unter dem Schreibtisch einen kleinen Kühlschrank gibt, in dem er den Rest Wein lagern kann!«, rief ihr Unnur hinterher.

Auf dem Weg vom Haus bereute Hekla ihren eigenen Mut, doch als sie vor seiner Tür angekommen war, rief sie forsch: »Zimmerservice!«, weil sie mit dem Tablett in der Hand nicht klopfen konnte.

Es dauerte einen Augenblick, bis er öffnete. Er war barfuß, trug einen gestreiften Schlafanzug, sein Haar war verstrubbelt, und er sah völlig verschlafen aus.

»Sie?«, fragte er und starrte sie an wie einen Geist.

»Ja, ich bringe Ihnen Ihr Abendessen.« Sie musterte ihn amüsiert von Kopf bis Fuß. »Gehen Sie immer so früh schlafen?«

»Ich, äh, nein, ich, mir ging es nicht gut. Ich glaube, ich habe mich bei meinem kleinen Abenteuer dort draußen verkühlt. Das hat ja doch einige Zeit gedauert, bis der Retter mich aus der Pfütze gezogen hat.« Er hustete demonstrativ.

»Wollen Sie damit etwa behaupten, ich wäre schuld an Ihrer Erkältung?«, fragte sie lauernd.

»Nun kommen Sie doch erst mal rein und stellen das Tablett ab«, schlug er vor.

»Ich wollte das eigentlich nur abgeben«, entgegnete sie, während sie zögernd das Zimmer betrat.

»Sind Sie hier angestellt?«

»So könnte man das auch nennen. Meine Schwester betreibt

die Pension, und nach meiner eigentlichen Arbeit helfe ich manchmal ein wenig aus, weil ich auf dem Gehöft lebe.«

»Die junge Frau, die ich vorhin dabei ertappt habe, wie sie auf den Schneehügel eingeredet hat? Dass sie beide Schwestern sind. Diese zarte Person und …«

»… und diese Walküre. Sprechen Sie es ruhig aus«, ergänzte Hekla spöttisch.

Er musterte sie kopfschüttelnd. »Fishing for compliments. Ich verstehe. Gut, dann versichere ich Ihnen, Sie sehen eher aus wie die schöne Helga aus einer isländischen Volkssage, die am Berg Kiduvallafjall spielt.«

Hekla musterte ihn erstaunt.

»Ich kenne die Geschichte. Der Knecht Jón verliebt sich gegen den Willen ihrer Eltern in die Tochter des Hauses. Aber woher kennen Sie unsere Sagen?«

Er zuckte mit den Achseln, und seine Miene wirkte plötzlich sehr verschlossen.

Hekla stellte das Tablett auf dem Tisch vor dem Fenster ab.

»Lassen Sie es sich schmecken. Ich muss wieder zurück. Mein Essen wartet.«

»Wenn ich gewusst hätte, dass Sie hier wohnen, dann hätte ich doch am gemeinsamen Abendessen teilgenommen«, erklärte er bedauernd, bevor ihn eine Niesattacke überfiel. Hekla hörte bei sieben zu zählen auf.

»Oje, es hat Sie wirklich erwischt. Sie gehören ins Bett. Darf ich?« Hekla legte die Hand auf seine Stirn, um zu fühlen, ob er Fieber hatte. Erschrocken zuckte sie zurück. »Sie glühen ja regelrecht. Legen Sie sich bloß hin.«

Das ließ der Schneemann sich nicht zweimal sagen. Er schlüpfte unter die Decke und stöhnte laut auf. »Haben Sie vielleicht Grippemittel im Haus?«

»Natürlich, aber wollen Sie nicht erst mal etwas essen?«

Er blickte sie aus glasigen Augen an. »Ich haben keinen Hunger. Das tut mir so leid, aber ich kriege keinen Bissen runter.«

»Soll ich es wieder mit in die Küche nehmen und es für Sie warm halten? Oder möchten Sie vielleicht einen Tee?«

»Lieber Tee. Das würden Sie wirklich für mich tun? Ich erkenne Sie gar nicht wieder. Heute Morgen hielt ich Sie für eine Kratzbürste, und jetzt entpuppen Sie sich als wahrer Engel.«

»Nun übertreiben Sie mal nicht. Aber Sie haben sich auch mächtig verändert«, erwiderte sie grinsend.

»Das ist allerdings wieder typisch für Sie. Dass Sie sich über einen hilflosen, schwer kranken Mann lustig machen.« Er sah mit einem leichten Grinsen an sich hinunter. »Ich weiß, dass das kein schöner Anblick ist, aber dass Sie in der Wunde, Ihnen in einem derart desolaten Zustand wiederzubegegnen, herumstochern, ist nicht nett. Aber mit einem Tee könnten Sie das wiedergutmachen. Allerdings würde ich Sie lieber auf einen Wein einladen, wenn ich nicht so hinfällig wäre.«

»Sie haben jetzt aber nicht zufällig die Männergrippe, oder?«

»Was darf ich darunter verstehen?«

»Die Symptome unterscheiden sich mitnichten von der normalen Grippe, nur dass Männer sich bei Schnupfen bereits mit einem Fuß im Grab wähnen.«

»Ja, Schwester, ich leide und brauche Sie dringend. Wie heißen Sie eigentlich?«

»Hekla.«

»Ich bin Henrik.«

»Gut, Henrik, dann will ich Sie mal nicht länger stören.« Entschieden nahm Hekla das Wasser und den Wein vom Tablett, stellte die beiden Flaschen auf dem Tisch ab und ging mit dem halbleeren Tablett zur Tür, denn das Geplänkel mit dem Mann machte sie nervös. Offenbar flirtete er mit ihr, und was noch bedenklicher war, ihr gefiel das außerordentlich gut. Wie ihr überhaupt der kränkelnde Schneemann absolut sympathisch war. Und nicht nur das, trotz seiner Erkältung war er selbst im Schlafanzug durchaus keine unattraktive Erscheinung.

»Sie kommen aber gleich wieder, oder?«

Hekla drehte sich noch einmal um. Das hätte sie nicht tun sollen, denn der flehende Blick aus seinen grünen Augen traf sie mitten ins Herz. Darin lag plötzlich so viel Empfindsamkeit und Verletzlichkeit. War das das ›Etwas‹, vor dem sie sich gefürchtet hatte? Hekla wurde von einer warmen Welle Zuneigung erfasst, was ihr überhaupt nicht behagte.

»Ja, ja, es kommt schon jemand mit dem Tee. Wenn ich es nicht schaffe, schicke ich meine Schwester.«

»So grausam können Sie gar nicht sein.« Er fasste sich theatralisch an die Stirn. »Ich glaube, Sie haben recht, das ist die Männergrippe. Und ohne Sie geht es zu Ende mit mir!«

Hekla konnte ihr Schmunzeln nicht unterdrücken. »Mal sehen, was sich da machen lässt.« Mit diesen Worten verließ sie das Gästezimmer und eilte seltsam beschwingt durch den Schnee zum Haupthaus hinüber.

9

Lauter kleine Lügen

Unnur unterbrach ihr angeregtes Gespräch mit Max, als Hekla die Küche betrat. Die beiden saßen mit Amma Martha beim Essen.

»Wieso bringst du den Fisch wieder mit? Mag der scheue Herr den etwa nicht?«

»Der scheue Herr ist krank und möchte nur noch einen Tee«, erwiderte Hekla, nachdem sie das Tablett abgestellt und sich an den Tisch zu den anderen gesetzt hatte.

»O Gott, was hat er denn? Braucht er einen Arzt? Vielleicht war er deshalb so merkwürdig. Soll ich den Tee machen? Ich bin ja schon fertig mit Essen«, bot Unnur ihrer Schwester eifrig an.

»Nein, nein, das ist nicht nötig. Ich habe ihm versprochen, dass ich das nach dem Essen erledige.« Hekla blickte sich suchend um. »Wo ist Vater?«

»Er wollte auch auf dem Zimmer essen. Du weißt doch …« Unnur deutete diskret mit dem Kopf in Max' Richtung.

Der stand in diesem Augenblick auf und reichte Hekla die Hand. »Ich bin Gast in der Pension. Mein Name ist Max Reher, und wer sind Sie?«

Hekla fand, dass er seine Show maßlos übertrieb, aber sie hatte keine andere Wahl als auf das Theater, dass sie einander noch nie gesehen hatten, einzugehen. Schließlich hatte sie ihn dazu verdonnert, ihre Schwester ein wenig zu beschwindeln.

»Stell dir vor, er ist Journalist, und er wird über den Elfenhügel berichten. Er würde supergern den Kollegen aus Dänemark kennenlernen. Meinst du, er könnte ihn mal besuchen?«, mischte sich Unnur aufgeregt ein.

Offenbar hatte es ihr der deutsche Journalist angetan. Unnur war nämlich ein offenes Buch, wenn es darum ging, ihre Zuneigung zu einem Mann zu zeigen. So, wie ihre Wangen glühten, schien sie entflammt für Max. Normalerweise hätte Hekla das eher genervt, aber wenn der attraktive Deutsche ihre Schwester von dem Humbug mit der Prophezeiung ablenkte, umso besser. Sollte sie doch ruhig mit dem Mann flirten, aber sich bloß nicht in den Gedanken verrennen, dass er der Richtige sein könnte. Die Entfernung Hamburg Reykjavík schien ja wohl keine geeignete Distanz, um eine potenzielle Familienplanung anzugehen. Und dass Unnur diese Verbindlichkeit anstrebte, daran gab es keinen Zweifel.

»Träumst du? Ich habe dich was gefragt. Max würde gern den Kollegen kennenlernen …«

»Das halte ich für keine gute Idee«, unterbrach Hekla sie heftig. »Er hat Fieber, aber ich frage ihn mal, ob es ihm an einem anderen Tag passen würde.« Jetzt erst nahm sie die Hand wahr, die Max ihr immer noch zur Begrüßung hingestreckt hielt. Sie schüttelte sie kurz. »Ich bin Hekla, Unnurs Schwester.«

»Ach, das ist ja interessant. Sind Sie nicht die berühmte Songwriterin?«

Hekla musterte ihn, als wäre er von Sinnen. »Ich weiß nicht, woher Sie den Unsinn haben. Ich arbeite an der Universität in der Forschung«, gab sie unwirsch zurück. Warum musste der Mann bloß derart überziehen? Das grenzte schon an Schmierentheater.

Max blickte ehrlich verwirrt zwischen den Schwestern hin und her.

»Möchte noch jemand Fisch? Großmutter, du vielleicht?«, fragte Unnur hektisch und mochte sich in diesem Augenblick gar nicht vorstellen, wie Hekla reagieren würde, wenn sie auf diese Weise von der Ankündigung ihrer Sangeskünste auf der Webseite erfuhr. Warum musste Max ihre Schwester auch gleich damit begrüßen?

»Nein danke, das schmeckt komisch. Ich habe so was noch nie gegessen«, erwiderte Amma Martha auf Deutsch. Hekla zuckte erschrocken zusammen. Nicht, dass Amma ausgerechnet jetzt einen Schub bekam, wo noch jemand am Tisch sie verstehen konnte.

Auf Isländisch erklärte sie ihrer Großmutter in harschen Worten, dass sie Plokkfiskur bereits Hunderte Male gegessen hatte und dass sie geradezu wild nach dem mit Käse überbackenen Brei aus Kartoffeln und Fisch wäre.

Amma verschränkte trotzig die Arme vor der Brust und wandte sich empört an Max. »Ich verstehe kein Wort von dem, was die Dame da sagt. Was meinen Sie, würden Sie ein Tänzchen mit mir wagen?« Sie schmiegte sich bei diesen Worten eng an ihn. »Sie sind wirklich der netteste Kavalier in diesem Saal. Wann müssen Sie zurück an die Front?«

Hekla warf ihrer Großmutter einen scharfen Blick zu. »Der nette Offizier ist leider mit mir verheiratet. Da müssen Sie sich wohl einen anderen Tanzpartner suchen!«

Amma Martha blickte sie verschreckt an. »Hekla? Was ist das für ein barscher Ton?«, aber dann entspannte sie sich. »Kinder, ich ziehe mich zurück. Ich brauche meinen Schönheitsschlaf«, sagte sie auf Isländisch und schien wieder ganz im Hier und Jetzt zu sein. Die Ausfälle kamen so plötzlich, wie sie gingen. Wenn ihre Großmutter die Orientierung verlor, wähnte sie sich immer nur mal ganz flüchtig auf dieser Filmpremiere im Jahr 1943, auf die sie als siebzehnjährige Schauspielschülerin eine Einladung ergattert hatte. Das Szenario bekam nur durch Max' Anwesenheit eine andere Dimension, aber Amma Martha schien jetzt wieder völlig normal. Sie winkte flüchtig in die Runde, bevor sie die Küche verließ.

»Ich hoffe, das verschreckt Sie nicht, wenn meine Großmutter manchmal glaubt, sie wäre in Deutschland und zu allem Übel noch in der Nazizeit«, versuchte Hekla Max das merkwürdige Verhalten ihrer Großmutter zu erklären. Sie sprach mit ihm Deutsch und merkte erst an Unnurs genervter Miene, dass ihrer Schwester das außerordentlich missfiel.

»Wir sollten lieber wieder Englisch sprechen«, sagte sie ihm auf Deutsch. »Aber es wäre schön, wenn Sie mit dem Songwriterunsinn aufhören würden!«

»Wieso Unsinn?«, fragte er verdattert auf Englisch. »Das habe ich doch selber gelesen, dass Sie Gesangsabende für die Gäste geben.«

»Ich gebe was?«, erwiderte Hekla empört.

»Das hat er doch nur so dahergesagt«, versuchte Unnur das Unheil noch abzuwenden, und sie warf Max einen warnenden Blick zu, aber der war zu verdutzt über Heklas heftige Reaktion.

»Nein, nein, das meine ich völlig ernst. Ich bin doch nicht bescheuert, und lesen kann ich auch«, bemerkte er mit Nachdruck.

»Möchte noch jemand von dem Fisch?«, wiederholte Unnur in gekünstelt sanftem Ton.

»Nein danke«, entgegnete Hekla und musterte Unnur durchdringend. Diesen komischen Ton schlug ihre Schwester in der Regel nur an, wenn sie etwas zu verbergen hatte. In diesem Punkt kam Unnur ganz nach Helga, die auch dazu geneigt hatte, bei drohenden Unannehmlichkeiten so übertrieben abzuwiegeln, dass man gar nicht anders konnte, als misstrauisch zu werden.

»Wie kommen Sie auf so einen Blödsinn, Max?« Hekla hatte jetzt wieder absichtlich Deutsch gesprochen, damit Unnur ihrem Gespräch nicht folgen konnte.

»Das stand doch auf der Webseite, über die ich auf diese Pension aufmerksam geworden bin, da wurden die Bilder Ihrer Schwester und …«, erwiderte er auf Englisch.

»Es gibt noch Dessert«, unterbrach Unnur ihn lautstark.

»Ich kenne unsere Webseite besser als Sie. Da steht nichts von Hausmusik. Und schon gar nicht, dass ich hier Konzerte gebe«, widersprach Hekla dem deutschen Journalisten vehement.

»Ich habe mir die Webseite doch eben gerade erst angeseh-, ich meine, noch einmal angeschaut.« Max griff demonstrativ in seine Computertasche, die er neben seinem Stuhl deponiert hatte.

»Lassen Sie bloß Ihren Rechner stecken. Wir sind doch noch gar nicht fertig mit Essen«, flehte ihn Unnur an.

»Zeigen Sie mal her!«, verlangte Hekla ungerührt.

Max rief nun die Webseite der Álfadrottning auf und schob Hekla den Rechner vor die Nase, während Unnur laut zu stöhnen anfing und zu einer Beichte ansetzte: »Sorry, das kann ich auch wieder entfernen. Ich war heute Morgen so in Fahrt, und da sind die Pferde mit mir durchgegangen …«

Hekla aber hatte sich bereits in den Text vertieft und begann beim Lesen wütend zu schnauben. »Bist du noch ganz zu retten? Wie kannst du es wagen, so was auf der Webseite anzukündigen, obwohl du ganz genau weißt, dass ich niemals öffentlich singen würde!«

Unnur hob beschwichtigend die Hand. »Sorry, ich lösche das sofort. Das hätte ich nicht tun dürfen. Aber ich finde wirklich, du könntest dein Talent annehmen. Du hast eine großartige Stimme, deine Texte …«

»Ob Sie mir das eben mal übersetzen könnten? Die Damen sind im Eifer des Gefechts ins Isländische abgeglitten«, versuchte Max zu scherzen.

»Sie halten sich da jetzt raus!«, schnauzte Hekla ihn auf Deutsch an.

»Aber ich habe es wirklich nur gut gemeint. Ich dachte, du brauchst nur mal einen kleinen Anstoß …«, versuchte Unnur sich zu verteidigen.

Hekla tippte sich gegen die Stirn. »Du hast das ohne Absprache mit mir veröffentlicht. Das hätte ich nicht von dir gedacht. Ich habe geglaubt, wir wären immer ehrlich miteinander.«

»Aber ich wollte dir doch nur einen Anstoß geben. Dass du endlich mal wieder rausgehst und dich hier nicht verkriechst« stieß Unnur verzweifelt hervor.

Hekla aber besänftigte dieser emotionale Ausbruch ihrer Schwester in keiner Weise. Sie fühlte sich verraten und bereute zutiefst, Unnur jemals in ihr Geheimnis eingeweiht zu haben.

»Ich habe es doch nur gut gemeint«, jammerte Unnur.

»Gut gemeint ist nicht immer gut gemacht!«, zischte Hekla

»Hekla, bitte, lass uns das doch nicht vor unserem Gast austragen«, bat Unnur ihre Schwester und sprach nun wieder Englisch. »Freu dich doch lieber, dass Max über die Webseite auf uns aufmerksam geworden ist. Das hast du doch gewollt, und nun kannst du nicht mal anerkennen, was für eine Mühe ich mir gegeben habe.«

Hekla fasste sich an den Kopf. »Aber du kannst mich doch nicht so hintergehen und mich hinter meinem Rücken als Sängerin verkaufen! Und wenn du es genau wissen willst, er da …« Sie zeigte auf Max. »… ist gar nicht wegen der Webseite hier. Ich habe ihn hergeschickt.«

Unnur wurde noch blasser als sie es ohnehin war. »Aber Sie haben doch gesagt, dass Sie durch die Webseite auf unsere Pension gestoßen sind.« Sie warf Max einen anklagenden Blick zu.

»Ja schon, aber das hat mir Ihre Schwester doch quasi in den Mund gelegt, ich also …«, stammelte er.

»Sagt mir sofort, was hier gespielt wird!« Unnurs blasse Gesichtsfarbe hatte sich ins Rötliche verfärbt.

»Vielleicht sollten Sie das Ihrer Schwester lieber selber erklären, Hekla«, stöhnte Max.

Als pragmatischer Mensch wusste Hekla, dass an dieser Stelle Ausflüchte und Ablenkungsmanöver nicht mehr fruchten würden. »Gut, Max war heute Morgen im Büro, um mich zu interviewen, und hat mich im Anschluss nach einer Unterkunft gefragt, und da habe ich ihn zu dir geschickt.«

»Und warum dieses Theater? Dass er schon von mir gehört hat und dieser ganze Unsinn?«, hakte Unnur erbost nach.

»Ich wollte dir nicht das Gefühl geben, dass ich die Sache in die Hand nehme, sondern, ach, ich dachte, es wäre besser, wenn er sagt, dass er schon von dir gehört hat und überhaupt«, stieß Hekla gequält hervor.

»Du hast von ihm verlangt, dass er sich unter falschen Voraussetzungen hier einmietet? Und du pochst auf Ehrlichkeit? Das ist ja so was von verlogen!«, schimpfte Unnur und sprang wutentbrannt auf. Mehr noch als die Tatsache, dass Max sie ganz offensichtlich beschwindelt hatte, ärgerte sie sich darüber, dass er es auf Heklas Anordnung hin tatsächlich getan hatte. Und darüber, dass sie so dumm gewesen war, zu glauben, dass er schon vor ihr als Künstlerin gehört hatte. Was sie aber am meisten schmerzte, war, dass es ihr so unendlich geschmeichelt hatte und sie mit dem Gedanken gespielt hatte, ob er wohl der prophezeite Mann sein könnte. Und das konnte sie nun vergessen, denn dass der Traummann ihr von Hekla ins Haus geschickt wurde, hielt sie für ausgeschlossen.

»So eine Gemeinheit!«, schimpfte Unnur.

»Ich habe es doch nur gut gemeint«, erklärte Hekla bedauernd.

»Gut gemeint ist aber nicht immer gut gemacht«, zitierte Unnur ihre Schwester. »Und danke, ich brauche keine Almosen.« Unnur stürzte zur Tür.

»Bitte bleiben Sie doch. Wir wollten doch noch das Interview machen!«, rief Max ihr hinterher.

Unnur drehte sich blitzartig um und funkelte ihn zornig an. »Nein danke, es ist nicht mehr nötig, dass Sie Interesse für mich heucheln. Denn diese Idee stammt doch sicherlich auch von meinem Schwesterherz, weil Sie zuvor bestimmt keinen

Schimmer hatten, wer ich bin.« Mit diesen Worten verschwand Unnur und knallte die Tür zu.

»Das haben Sie ja toll gemacht«, stieß Max verärgert hervor. »Jetzt wird sie bestimmt kein Interview mit mir machen. Dabei sind ihre Bilder wirklich großartig.«

»Großartig?«, murmelte Hekla irritiert, denn dass er auf quietschbunte Elfen stand, hätte sie nicht von ihm gedacht.

»Was mache ich denn jetzt bloß, um ihr Vertrauen zurückzugewinnen? Sie muss mich doch für einen ausgekochten Lügner halten.«

»Gehen Sie ihr hinterher, versichern Sie ihr, dass ich an allem schuld bin. Jede Wette, Sie schaffen es, sie zu besänftigen. Ja, gucken Sie mich nicht so an. Ich weiß, dass das blöd war. Aber nicht zu vergleichen mit diesem Mist, den meine Schwester auf der Webseite verzapft hat!«

Max erhob sich rasch. »Ich glaube, das Missverständnis zwischen Ihrer Schwester und Ihnen ist, dass Sie beide voneinander glauben, zu wissen, was für die jeweils andere das Beste ist.«

Obwohl Hekla insgeheim anerkennend feststellen musste, dass er in der Sache recht haben mochte, nervte es sie, dass er ihren Zwist überhaupt so hautnah miterlebt hatte. Das war ihr ganz und gar nicht angenehm. Auch wenn sie ihn für einen netten Kerl hielt, der Mann war Journalist und recherchierte über Land und Leute. Konnte sie sicher sein, dass er das nicht irgendwo einarbeitete?

»Sie sollten ihr lieber schnell folgen, als den Therapeuten zu geben«, fauchte sie. »Das Atelier ist eine Treppe hoch und dann die letzte Tür links. Dort wird sie sein, denn sie malt gern, wenn sie wütend ist. Und jetzt, wo Ihnen ihre Bilder wirklich so gut gefallen, steht einer Versöhnung nichts im Weg.« Schon während sie das aussprach, bemerkte sie ihren spöttischen Unterton.

»Sie sagen das so, als würden Sie die Bilder Ihrer Schwester nicht mögen«, bemerkte er prompt.

»Oh doch, ich liebe Elfengemälde mit feuerrotem Haar und knallblauen Kulleraugen«, konterte Hekla bissig.

Max tippte sich gegen die Stirn. »Also, ich weiß ja nicht, welches Problem Sie mit Ihrer Schwester haben, aber offenbar kennen Sie nicht einmal ihre Bilder.« Mit diesen Worten verließ Max kopfschüttelnd die Küche.

10

Schlaflied für den Schneemann

Hekla blieb verunsichert in der Küche zurück. Wovon redete dieser Mann? Wenn jemand die Bilder ihrer Schwester kannte dann war sie es. Und überhaupt, warum rannte Unnur immer gleich weg, wenn es schwierig wurde? Immerhin hatte sie hinter ihrem Rücken so einen Mist veröffentlicht, obwohl sie genau wusste, dass Hekla diese Lieder, die sie in ihrem unvorstellbaren Schmerz nach Dagurs Tod verfasst hatte, niemals öffentlich darbieten wollte. Kein Mensch sollte wissen, dass sie eine poetische Ader besaß. Sie war eine bodenständige Wissenschaftlerin und keine versponnene Künstlerin. So wie ihre Schwester, fügte sie verärgert hinzu. Je mehr sie darüber nachgrübelte, desto bitterer stieß ihr Unnurs Verrat auf. Und sie fand, der wäre überhaupt nicht zu vergleichen mit ihrer freundlich gemeinten Bitte an Max, Unnur vorzuschwindeln, er wäre in der Pension gelandet, weil er von der begabten Malerin gehört hätte. Das war wirklich nur in bester Absicht geschehen, Unnurs Selbstbewusstsein etwas aufzupolieren. Aber darin, dass Unnur sie als bekannte Songwriterin verkaufte, konnte Hekla in diesem Augenblick so ganz und gar nichts Zugewandtes erkennen.

Sie steigerte sich regelrecht in den Gedanken hinein, dass sie Unnur nie wieder etwas vorspielen und vorsingen würde. Wütend räumte sie den Tisch ab und stellte das Geschirr in die Spülmaschine. Als sie in einer Schüssel noch eine gekochte

Kartoffel entdeckte, kam ihr eine spontane Idee, wie sie ihrem Ärger Luft machen konnte. Steckten die Weihnachtskerle unartigen Kindern nicht eine Kartoffel in den Schuh? Entschieden holte sie einen von Unnurs Schuhen aus dem Flur, stopfte die Kartoffel hinein und stellte den Schuh befriedigt auf das Fensterbrett. Danach suchte sie die Grippemittel aus der Medikamentenschublade zusammen und verstaute sie in einem Korb, packte vorsichtshalber noch ein Fieberthermometer dazu und brühte einen Erkältungstee auf.

Es behagte ihr zwar gar nicht, den Dänen in diesem Zustand noch einmal aufzusuchen, schon gar nicht in ihrer augenblicklichen Stimmung, aber es wäre unfair, ihn so hilflos seinem Schicksal zu überlassen. Auf dem Weg zu den Pensionszimmern fiel ihr das Laufabrauð ein, das sie für Unnur besorgt hatte, um sie gnädig zu stimmen. Sie beschloss, es dem Schneemann als kleine Stärkung mitzubringen. Sie machte einen Umweg über ihre Wohnung, um die Tüte mit dem Gebäck zu holen. Ihr Blick fiel dabei auf ihre Gitarre. Der Gedanke, ihre Lieder in Zukunft nicht einmal mehr Unnur vorzuspielen, machte sie ein wenig traurig. Es war doch immer schön gewesen, wenn sie ihrer Schwester die Songs präsentiert hatte, aber vielleicht war das auch ein Zeichen, dass sie ganz damit aufhören sollte, ihre alten Lieder wieder hervorzukramen, ging es ihr bekümmert durch den Kopf.

Henrik strahlte über das ganze Gesicht, als er ihr wenig später die Tür aufmachte und sie ihm den Becher Tee, das Gebäck und die Medikamente überreichte. Er hatte sich ganz offensichtlich rasiert und das Haar gekämmt. Außerdem trug er einen eleganten Morgenmantel. Hekla musste sich ein Grinsen verbeißen, weil er sich offensichtlich extra für ihren Besuch so fein gemacht hatte. Sie bedauerte ein wenig, dass sie immer noch in ihrer normalen Bürokleidung herumlief. Jeans, Wollpullover und derbe Stiefel.

Er machte auf den ersten Blick einen beinahe schon gesunden Eindruck, sodass Hekla fast der Verdacht kam, er hätte vorhin womöglich etwas übertrieben. Doch kaum hatte er den Tee auf dem Tisch abgestellt, wurde er von einem krampfartigen Hustenanfall geschüttelt. Er war nach wenigen Sekunden so krebsrot im Gesicht, dass sie richtig Angst um ihn bekam. Als es endlich aufhörte, atmete sie regelrecht auf.

»Jetzt aber marsch zurück ins Bett!«, befahl sie ihm, was er ohne Widerspruch befolgte, doch kaum dass er lag, lächelte er sie an.

»Schön, dass Sie noch einmal gekommen sind, Schwester Hekla. Ich befürchte nämlich, dass ich Fieber habe.« Seine Stimme klang jetzt wie ein altes Reibeisen.

»Das werden wir ja gleich sehen«, erwiderte sie sachlich und reichte ihm das Thermometer. »Stecken Sie es unter die Zunge.«

Während er das Fieberthermometer im Mund hatte, blieb Heklas Blick an einem Gemälde hängen, das in Übergröße an der Wand hing und das sie noch nie zuvor in diesem Zimmer gesehen hatte. Zweifelsohne stammte es aus Unnurs Tuschkasten. Seit wann ziert sie damit die Gästezimmer?, fragte sich Hekla. Diese Elfe war besonders farbenfroh geraten und erinnerte sie eher an einen kunterbunten Papagei als an ein Wesen des verborgenen Volkes. Henrik war ihrem Blick gefolgt und zog trotz des Thermometers in seinem Mund eine Fratze, die keinen Zweifel ließ, was er von dem Kunstwerk hielt.

Hekla aber dachte nicht daran, vor Dritten über die Gemälde ihrer Schwester zu lästern. »Es strahlt so unendlich viel Lebensfreude aus«, lobte sie das Bild fast überschwänglich. Henrik sah sie mit großen Augen an, aber er konnte seinem Erstaunen über ihren seltsamen Geschmack keinen Ausdruck verleihen, jedenfalls nicht, solange das Fieberthermometer unter seiner Zunge klemmte.

Und als er es schließlich in die Hand nahm, um den Wert abzulesen, hatte er offenbar andere Sorgen, als die künstlerische

Geschmacksverirrung an der Wand seines Pensionszimmers zu kommentieren. Jedenfalls war ihm der Rest von halbwegs gesunder Farbe aus dem Gesicht gewichen.

»Ich glaube, ich brauche eine Brille«, stöhnte er und reichte ihr das Thermometer. Auch Hekla erschrak, als sie sah, dass der Mann 38,9 Grad Fieber hatte. Sie wusste von ihrem Hausarzt Bjarni, dass man ab 39 Grad etwas Fiebersenkendes verabreichen sollte. Henrik war nur ganz knapp unter diesem Grenzwert.

»Soll ich nicht doch lieber unseren Arzt kommen lassen?«, erkundigte sie sich besorgt.

Henrik winkte ab. »Nein, noch nicht. Wenn es morgen nicht besser wird, dann sehen wir weiter, aber ich kenne das schon. Das Fieber geht schnell wieder runter. Ich würde viel lieber ein bisschen mit Ihnen plaudern.«

Hekla stöhnte auf. »Sie brauchen Ruhe!«

»Nein, ich brauche Ihre Gesellschaft, und wenn Sie mir die verweigern, dann verschlimmert sich mein Zustand sofort.«

»Sie sind unmöglich. Wissen Sie das? Aber gut, ich werde Ihnen erst einmal ein paar Mittelchen einflößen.«

Hekla nahm diverse Kapseln aus den Packungen und reichte ihm diese mit einem Glas Wasser. Als er danach griff, berührten sich ihre Hände, und sie spürte, dass auch seine Finger förmlich glühten. Nachdem er die Mittel eingenommen hatte, ließ er sich erschöpft in die Kissen zurückfallen.

»Bitte setzen Sie sich doch neben mich auf den Stuhl, bis ich den Tee getrunken habe«, bat er sie.

Sosehr Hekla innerlich gegen die Vorstellung rebellierte, sich neben sein Bett zu hocken, sie brachte es nicht übers Herz, ihm diesen Wunsch abzuschlagen. Also rückte sie einen der Stühle ans Bett, nachdem sie ihm den Becher mit dem Tee gereicht hatte.

»Was machen Sie beruflich, Hekla, wenn Sie nicht meine Krankenschwester sind oder Ihrer Schwester in der Pension helfen?«

»Ich arbeite an der Universität«, entgegnete sie ausweichend, denn sie befürchtete, dass er sie, wenn er wüsste, wen er hier vor sich hatte, um ein Interview bitten würde, sobald er genesen war, und das würde sie nur unnötig Zeit kosten. Sie musste nur an die vielen telefonischen Anfragen von Journalisten denken, die sie heute immer wieder während ihrer Arbeit erhalten hatten. Es war sehr angenehm, dass er sie nicht mit Fragen zum Elfenglauben löcherte.

»Welcher Fachbereich? Nein, lassen Sie mich raten. Sie sind Medizinerin?«

Hekla nickte, um das kleine Beruferaten zu beenden, bevor sie sich doch noch verriet, denn eigentlich lagen ihr Schwindeleien überhaupt nicht, und sie fand, dass sie ihr Kontingent vorerst erfüllt hatte, indem sie Max angestiftet hatte, nicht ganz bei der Wahrheit zu bleiben.

»Was brauche ich dann noch einen Hausarzt? Ich begebe mich ganz in Ihre heilenden Hände«, lachte er.

»Ich arbeite in der Forschung.«

»Das macht gar nichts. Ich stelle mich gern als Ihr Objekt in Sachen Männergrippe zur Verfügung.«

In diesem Augenblick unterbrach das Klingeln seines Telefons ihr Geplänkel.

»Bitte, können Sie mir das Telefon aus meiner Umhängetasche reichen? Es ist im vorderen Fach.«

Hekla griff in seine Tasche und hatte das Gerät sofort in der Hand.

»Hier bitte. Soll ich lieber gehen?«, fragte sie, bevor er das Gespräch annahm.

»Nein, nein, auf keinen Fall, sonst kommen Sie nicht wieder. Bitte bleiben Sie. Es geht bestimmt ganz schnell.«

Hekla entfernte sich höflich und schlenderte ans Fenster, um ihm zu signalisieren, dass er ungestört telefonieren konnte. Und sie war tatsächlich abgelenkt, als sie ihre Schwester und Max Reher im Hof entdeckte. Es war unübersehbar, dass Unnur ihn anhimmelte. Ja, das konnte keine Frau so perfekt wie ihre Schwester, diesen schräg gelegten Kopf und den bewundernden Blick. Offenbar hatte Unnur ihm bereits verziehen, dass er sie ein bisschen angeschwindelt hatte. Hekla fragte sich, ob Unnur wohl wirklich so naiv sein konnte, zu glauben, dass dieser Mann ein ernsthaftes Interesse an ihr besaß. Wenn sie nicht gerade im Streit liegen würden, hätte sie ihr sofort zur Vorsicht geraten. Wenn sie sich recht erinnerte, hatte er heute Morgen im Büro noch versucht, sie anzubaggern. Und das würde sie Unnur unter anderen Umständen auf jeden Fall stecken. Aber so?

In dem Augenblick riss sie der genervte Ton, mit dem Henrik jetzt in sein Telefon krächzte, aus ihren Gedanken. Er sprach Isländisch, und zwar fast akzentfrei, wie Hekla anerkennend bemerkte.

»Das Treffen kann stattfinden, sobald ich wieder auf den Beinen bin. Wenn ich dir sage, ich kann nicht, dann ist das so. Ja, ich weiß, wie wichtig das Projekt für euch ist …« Henrik unterbrach sich irritiert, als er bemerkte, dass Hekla interessiert in seine Richtung blickte. »… Wir können nichts erzwingen, okay? Ich muss jetzt auflegen. Bis dann.«

Hastig beendete er das Gespräch. »Das war meine Redaktion. Die sind gar nicht erfreut, dass ich für ein paar Tage ausfalle«, erklärte er ihr und legte das Telefon neben sich auf den Nachttisch.

Hekla stutzte. Wieso redete er mit seiner Redaktion nicht Dänisch? Doch noch bevor sie sich weiter über dieses seltsame Telefonat den Kopf zerbrechen konnte, stellte sie mit einem besorgten Blick auf Henrik fest, dass es seiner Genesung jedenfalls nicht gerade förderlich gewesen war. Er war nämlich röchelnd in die Kissen zurückgesunken und blickte sie fast flehend an.

»Ob Sie mir noch so eine Tablette geben könnten? Ich muss schnellstens wieder gesund werden«, krächzte er heiser. Seine

Stimme hatte durch das anstrengende Telefonat mächtig gelitten.

»Nein, eine Überdosis wird den Genesungsprozess bestimmt nicht vorantreiben. Außerdem haben Sie mehr als eine kleine Erkältung. Ich befürchte, das könnte eine echte Grippe sein. Bei dem Fieber.«

»Schon gut, Frau Doktor, ich vertraue mich Ihnen an«, stöhnte er. »Aber ich habe doch gar keinen Schnupfen.«

»Wieder ein Zeichen, dass es mehr als eine bloße Erkältung ist.« Hekla musterte ihn eindringlich. Seine Augen glänzten fiebrig, und seine Wangen wirkten plötzlich eingefallen. Sie spielte mit dem Gedanken, doch noch den Hausarzt zurate zu ziehen, aber sie entschied schließlich, noch eine Nacht abzuwarten und ihn jetzt lieber schlafen zu lassen. Nur was, wenn sich sein Zustand entgegen seiner eigenen Einschätzung verschlechterte?

»Wollen Sie vorsichtshalber meine Nummer in Ihr Telefon einspeichern, falls Sie heute Nacht Hilfe brauchen?«, schlug sie ihm zögernd vor.

»Eine gute Idee«, erwiderte er, worauf sie ihm die Zahlen diktierte. Hekla sah dem mit gemischten Gefühlen zu. Es war ihr gar nicht recht, dass sie sich plötzlich in der Rolle der Krankenschwester wiederfand. Obwohl er sie in diesem Zustand nicht vorrangig durch seine attraktive virile Ausstrahlung bestach, hatte er immer noch etwas an sich, dem sie sich nicht entziehen konnte. Niemals würde sie Unnur diesen Job abtreten, wenngleich sie ihre Schwester morgen, bevor sie in ihr Büro fuhr, unbedingt von dem desolaten Zustand des Gastes in Kenntnis setzen musste. Wenn er nicht wieder gesund war, würde Unnur sich um ihn kümmern müssen.

Stöhnend legte Henrik sein Telefon auf dem Nachttisch ab. »Ich werde Sie bestimmt nicht aus dem Schlaf holen, denn ich bin fest entschlossen, morgen wieder aufzustehen. Ich werde dringend gebraucht.«

Als er prompt die Augen schloss, nahm Hekla dies zum Anlass, sich zurückzuziehen. »Schlafen Sie gut, Henrik, morgen sieht die Welt sicher schon anders aus, aber dass Sie zeitnah aufstehen können, halte ich für ein Gerücht.« Ohne zu überlegen, strich sie ihm eine blonde Strähne aus seinem Gesicht.

Er hielt zwar immer noch die Augen geschlossen, aber Hekla konnte ihm förmlich ansehen, dass er diese Berührung genoss. Plötzlich griff er nach ihrer Hand. »Tun Sie mir noch einen Gefallen?«

»Wenn ich kann.«

»Würden Sie mir was vorsingen?«

Hekla zuckte zusammen. Was für ein merkwürdiges Ansinnen war das denn? Was sollte sie dazu sagen?

»Kennen Sie *Sofou unga astin min?*«

Und wie Hekla dieses Schlaflied kannte. Ihre Mutter hatte es jeden Abend vorgesungen, bis sie dagegen protestiert hatte, wie ein Baby in den Schlaf gesungen zu werden.

»Klar, welcher Isländer kennt es nicht?«

Henrik schlug die Augen auf und lächelte sie an. »Halten Sie mich bitte nicht für bekloppt, aber ich glaube, wenn Sie mir das jetzt vorsingen könnten, würde ich problemlos einschlafen.«

Zu Heklas großem Entsetzen füllten sich seine Augen mit Tränen. »Ich weiß, das muss für Sie sehr befremdlich klingen, aber das hat meine Frau immer unserer kleinen Tochter vorgesungen, wenn sie krank war, und ich würde es so gern noch einmal hören.«

Hekla hielt den Atem an. Noch einmal hören? Was hieß das? Hatte seine Frau ihn verlassen? Oder war seine Tochter inzwischen aus dem Alter raus? Stell ja keine neugierigen Fragen, ermahnte sie sich. Er wirkte so bedürftig, dass sie ihm diese Bitte auf keinen Fall abschlagen konnte. Obwohl das ein in der Tat seltsames Ansinnen war, wirkte er keineswegs verrückt. Im Gegenteil, Hekla spürte tief im Herzen, dass der Mann an einem seelischen Schmerz litt. So etwas konnte man ihrer Meinung nach nur erkennen, wenn man selbst einmal einen furchtbaren Schicksalsschlag erlitten hatte. Auch wenn es wirklich abgedreht war, einem erwachsenen Mann mit hohem Fieber ein Kinderlied zum Einschlafen vorzusingen, ihr Bauch signalisierte ihr, ihm diesen Gefallen zu tun.

»Okay«, seufzte sie. »Aber nur, wenn Sie wirklich versuchen, sich gesund zu schlafen.«

»Ich verspreche es«, krächzte er und blickte sie dankbar an, wovon sich Hekla seltsam berührt fühlte. Wenn sie es nicht besser wüsste, könnte man meinen, dass sie dabei war, sich in diesen Mann zu verlieben, aber Liebe trat ihrer Erfahrung nach mit einem großen Feuerwerk auf die Bühne des Lebens. Und schon erschien er vor ihrem inneren Auge: der attraktive Dagur, wie er sie in dem Karaoke-Club vor allen Leuten geküsst hatte … Ja, er war ein unwiderstehlicher Draufgänger gewesen, dem die Frauenherzen nur so zugeflogen waren. Es war unter anderem die explosive Mischung seiner Wurzeln gewesen, die ihn so unglaublich attraktiv gemacht hatte: seine Mutter eine feurige Italienerin, sein Vater ein Sportler aus Reykjavík.

»Woran denken Sie? Oder besser an wen? Sie schauen so entrückt, verträumt und sehnsuchtsvoll«, hörte sie Henrik aus der Ferne fragen. Seine heisere Stimme holte sie wieder auf den Boden der Realität zurück. Hekla fühlte sich ertappt. Und schon spürte sie seine heiße Hand auf ihrer. »Was auch immer es war, Sie haben ein großes Herz unter Ihrer rauen Oberfläche«, flüsterte er.

Hastig, als könnte sie das mit dieser Geste ungeschehen machen, entzog sie ihm ihre Hand. Diese weiche Seite ihrer Persönlichkeit zeigte sie anderen ungern, zumindest seit Dagurs Tod.

Die Gegenwart dieses Mannes wirkte wie ein Schlüssel zu ihren tief verschlossenen Emotionen, auch zu denen, die sie mit aller Macht zu verdrängen suchte, denn mit einem Mal hatte sie die schlimmste Nacht ihres Lebens vor Augen. Die Nacht, in der die Polizei ihr die Nachricht überbracht hatte, dass ihr Mann bei einem Unfall ums Leben gekommen war und man sie gebeten hatte, seine Leiche zu identifizieren. An diesem Tag hatte er seine Eltern an der Ostküste besuchen wollen. Und nur, weil Hekla gerade erst ihre Stellung an der Háskóli angefangen hatte, war sie nicht mitgefahren. Auf einer der vielen Brücken, die nur von einem Fahrzeug befahren werden konnten, war ihm ein voll besetzter Touristenwagen ungebremst entgegengekommen und hatte ihn von der Straße gedrängt. Nicht der Sturz des Wagens in die Tiefe hatte ihn umgebracht, sondern die Tatsache, dass sein Wagen kopfüber in einem Fluss gelandet war und Dagur sich unter Wasser nicht rechtzeitig aus dem Auto befreien konnte. Am schlimmsten waren für sie die qualvollen Minuten in der Pathologie gewesen, als man ihn aus dem Kühlfach gezogen hatte. »Er friert doch!«, hatte sie so lange geschrien, bis ein Arzt ihr eine Beruhigungsspritze verabreicht hatte.

»Entschuldigen Sie, Hekla, bin ich Ihnen schon wieder zu nahe getreten? Sie starren vor sich hin, als würden Sie einen Geist sehen. Das wollte ich ganz bestimmt nicht. Schieben Sie es darauf, dass die Krankheit mein Gehirn vernebelt.«

Hekla schreckte aus ihren Gedanken. Wie lange hatte sie sich nicht mehr erlaubt, an die schrecklichsten Minuten ihres Lebens zu denken. Merkwürdig, dachte sie, dass ich das in der Gegenwart dieses Fremden zulasse. Gern hätte sie den Grund erfahren, warum er sich von ihr ein Schlaflied vorsingen lassen wollte, aber der Schmerz, der in diesem Moment aus seinen glasigen Augen sprach, hielt sie davon ab. Er litt genau wie sie an einer grausamen Erinnerung. So viel konnte sie erkennen, ohne ihm auch nur eine indiskrete Frage zu stellen. Traumatisierte Menschen ziehen einander an, hatte der Therapeut, zu dem sie über Jahre gegangen war, einmal gesagt. War das vielleicht der Grund, warum dieser Fremde sie mehr berührte als irgendein anderer Mann? Sie zögerte noch, doch dann erfüllte sie ihm seinen Wunsch.

Die erste Strophe sang Hekla eher verhalten. Sie traute sich nicht, das ganze Volumen ihrer vollen rauen Stimme zu entfalten.

Henrik schloss erneut die Augen und seine Gesichtszüge schienen sich ein wenig zu entspannen. »Bitte machen Sie weiter. Sie glauben gar nicht, wie gut das tut. Und bitte, bitte gehen Sie erst, wenn ich eingeschlafen bin«, bat er sie und griff erneut nach ihrer Hand. Dieses Mal hielt er sie so fest, dass sie sie ihm nicht so ohne Weiteres entziehen konnte. »Sie haben eine wundervolle Stimme«, fügte er wie in Trance hinzu.

Hekla räusperte sich verlegen und stimmte nun etwas mutiger die zweite Strophe an.

»Vieles weiß die Dunkelheit. Schwer ist mein Gemüt. Oft habe ich gesehen, wie der schwarze Sand die grünen Wiesen versengt hat …«

Sie legte eine kleine Pause ein, um sich die Träne fortzuwischen, die während des Singens über ihre Wange gekullert war. Henrik atmete nun gleichmäßig, doch bei jedem Atemzug rasselte es in seinem Brustkorb.

»Bitte weiter«, raunte er schwach und drückte zärtlich ihre Hand.

Nachdem der letzte Ton verklungen war, musste Hekla kräftig schlucken, um nicht ungehemmt aufzuschluchzen. Am liebsten hätte sie dieses Zimmer auf der Stelle verlassen, weil seine Gegenwart sie völlig durchlässig und weich werden ließ. Vorsichtig entzog sie ihm ihre Hand, was er gar nicht zu merken schien. Sie stand leise auf, doch dann fiel ihr Blick noch einmal auf sein Gesicht, und sie erschrak, weil es so entsetzlich gequält wirkte. Für Hekla ein weiterer Beweis, dass ihn ein schwerer seelischer Kummer peinigen musste.

Auf jeden Fall war er so weit fort, dass sie sich nun auf Zehenspitzen von seinem Bett entfernen konnte. In dem Augenblick ertönte das Geräusch einer eingehenden Nachricht auf seinem Telefon. Hekla blieb abrupt stehen und hielt den Atem an, aber der Mann schien fest zu schlafen. Ihr Blick fiel auf den leeren Teebecher auf seinem Nachtschrank, und sie schlich die paar Schritte zurück, um ihn abzuräumen und ihm stattdessen ein Glas frisches Wasser neben das Bett zu stellen. Sie wusste auch nicht, warum, aber als sie die Nachricht auf seinem Display entdeckte, reckte sie den Hals, um sie zu studieren.

Alter Junge, du darfst nicht ausfallen. Wir brauchen dich und ...

Mehr war von dieser WhatsApp nicht zu lesen, weil man das Telefon erst hätte entsperren müssen, um die Nachricht in Gänze lesen zu können. Trotzdem war Hekla ganz blass geworden. Das lag weniger an den dürren isländischen Worten als vielmehr an dem Absender, der auf dem Display zu lesen war. Kristian Bjarkison, ihr alter Schulfreund. Was in Teufels Namen hatte Henrik mit Kristian zu tun, und warum brauchte Kristian ihn? Ob die dänische Presse die Interessen der Baufirma vertrat? Bevor Hekla weiter über die Absichten des Dänen spekulieren konnte, ließ ein Schrei, der vom Bett herkam, sie bis ins Mark erzittern. »Nein, Salkia, nicht!«, schrie Henrik im Schlaf. Die Augen fest geschlossen, schlug er wild um sich, als wollte er etwas Bedrohliches von sich abwehren.

Sie blieb einen Augenblick regungslos stehen und hielt die Luft an, doch Henrik drehte sich auf die Seite und schlief einfach weiter.

Als Hekla wenig später die Tür zu seinem Zimmer hinter sich schloss, zitterte sie am ganzen Körper. Nachdem sie sich ein wenig beruhigt hatte, steuerte sie ihren Wohntrakt an. Sie schaltete das Licht an, und ihr erster Blick fiel auf die Gitarre. Sie konnte sich dem Instrument nicht entziehen. Also setzte sie sich auf ihr Sofa und klimperte ein wenig darauf herum, doch dann wurde aus den zufällig aneinandergereihten Akkorden eine Melodie, die sich ihr spontan einprägte. Hekla konnte keine Noten lesen, brauchte aber einen Song nur ein einziges Mal zu hören und konnte ihn schon fehlerfrei nachsingen. Sie spürte plötzlich einen Anflug von diesem kreativen Schaffensdrang, der sie damals nach Dagurs Tod wie ein Fieberschub überfallen hatte. Binnen vierzehn Tagen hatte sie weit über zehn Lieder getextet und komponiert. Und dies geschah nicht wie bei ihrer sonstigen Arbeit über den Verstand, sondern die Worte flossen gerade so aus ihr heraus, als wären sie in ihrem Herzen sicher aufbewahrt gewesen und strebten endlich ans Licht. Es hatte etwas Eruptives wie der Ausbruch eines Vulkans oder das Hochschießen eines Geysirs. Hekla hatte manchmal gar nicht so schnell aufschreiben können, was für tiefe Empfindungen sich Ausdruck verschafften. Und diesen Zustand hatte sie niemals wieder empfunden – bis jetzt. Wie aus dem Nichts bildeten sich Wörter und Sätze ganz wie von selbst. Sie legte die Gitarre aufgeregt beiseite und notierte ihre Kreation. Ein bisschen unheimlich war ihr das schon, als sie begriff, dass kein Geringerer als Henrik sie zu diesem Song inspiriert hatte. Staunend über ihr eigenes Werk las sie, was sie zu Papier gebracht hatte: Die Begegnung mit dem ›Schneemann‹, der ihr in beinahe unheimlicher Art und Weise vertraut war, weil ihr seine traurigen Augen ihren eigenen tiefen Schmerz widerspiegelten. Als sie den Song wenig später mit viel Gefühl das erste Mal sang, war sie stolz und traurig zugleich. Traurig, weil sie wusste, dass dieses Lied bis in alle Ewigkeit in diesen Räumen eingesperrt bleiben würde.

Bei dem Gedanken an Unnur und ihre unsensible Übergriffigkeit verflog Heklas melancholisch kreative Stimmung wie im Flug. Sie stellte die Gitarre unwirsch an ihren Platz zurück und ging zielstrebig zu ihrem Schreibtisch, um sich mit eigenen Augen davon zu überzeugen, dass Unnur das Versprechen, den Text auf der Webseite umgehend zu löschen, gehalten hatte.

Erst dann wäre Hekla bereit, an Versöhnung zu denken. Sie rief die Seite im Internet auf und sah, dass die Information noch immer online war.

Wütend wandte sich Hekla vom Bildschirm ab und nahm sich vor, ihrer Schwester gleich am nächsten Morgen Feuer zu machen, damit sie diesen Unsinn umgehend entfernte.

11

Schwesternzwist

Seit Tagen gingen sich Unnur und Hekla bereits mehr oder weniger aus dem Weg, die Schuhe blieben morgens leer und keine von ihnen gab auch nur einen Millimeter nach. Unnur nahm Hekla wahnsinnig übel, dass sie ihr eine gekochte Kartoffel in den Schuh gesteckt hatte. Mehr noch als die Tatsache, dass sie das überhaupt gemacht hatte, war es ungeheuer peinlich gewesen, dass Unnur dieses zermatschte Zeug in der Gegenwart von Max aus dem Schuh geholt hatte und der mit einem nicht enden wollenden Lachkrampf auf das Geschenk des zweiten Weihnachtskerls, Giljagaur, reagiert hatte. Sich immer noch schüttelnd vor Lachen, hatte er die Geschichte der dreizehn Weihnachtsmänner gleich in seiner Kladde notiert.

Unnur fand Heklas Verhalten jedenfalls völlig übertrieben. Als wäre die Kartoffelarie noch nicht ausreichend, war sie wie eine Furie über sie hergefallen, nur weil sie die Webseite nicht sofort aktualisiert hatte.

Mit Max hatte Unnur die Sache noch am selben Abend aus dem Weg geschafft. Er hatte ihr glaubhaft versichert, dass es ihm unendlich leidtat, sich auf Heklas Anordnung hin unter falschen Voraussetzungen in die Pension eingeschlichen zu haben.

Unnur lächelte leise in sich hinein. Max und sie hatten seither jeden Abend miteinander verbracht. Und was er ihr neulich im Atelier gesagt hatte, wollte ihr einfach nicht aus dem

Kopf gehen. »Mit der Ölfarbe malst du gut, aber mit dem Kohlestift bist du ein Genie.«

Was sie allerdings zunehmend nervte, war Max' übereifriges Interesse an Birta. Er hatte sie inzwischen ausführlich interviewt und wollte noch ein weiteres Gespräch mit ihr führen. Und so wie sie Birta kannte, flirtete sie ihn mit Sicherheit nach allen Regeln der Kunst an. Ob das der Grund war, dass er noch keinerlei Anstalten gemacht hatte, Unnur näherzukommen? Kein Kuss, keine Umarmung … So legte Unnur all ihre Hoffnungen, dass sich etwas bewegte, in die heutige Kinoverabredung. Max wollte unbedingt den isländischen Film ›Der Eid‹ sehen, den er in Hamburg verpasst hatte. Für einen Abend zu zweit mit Max nahm Unnur auch einen Thriller in Kauf. Allerdings wäre ihr ein Liebesfilm wesentlich lieber gewesen! Dass Max der Mann war, dessen Erscheinen ihr einst die Kartenlegerin prophezeit hatte, wurde in ihren Augen immer wahrscheinlicher. Max war zwar rein äußerlich nicht der Mann ihrer Träume, denn er war nicht einmal einen Kopf größer als sie, aber das störte sie überhaupt nicht mehr. Dafür verstanden sie sich ausgesprochen gut. Noch nie zuvor hatte ein Mann ein derart intensives Interesse an ihrer persönlichen Geschichte gezeigt. Sie hatte ihm sogar verraten, dass sie davon träumte, wie früher als Kind wieder in Kontakt mit den Elfen zu treten. Es nervte sie zwar ein wenig, dass er sich bei ihren Gesprächen ständig Notizen machte, aber er hatte ihr hoch und heilig versprochen, ihr persönliches Verhältnis zum Huldufólk nicht journalistisch auszuschlachten. Das empfand sie nämlich als reine Privatsache. Und heute Abend würde sie darauf bestehen, dass der Notizblock in der Pension blieb …

»Amma, du sollst still sitzen, sonst kann ich dich nicht zeichnen!«, fuhr sie nun ihre Großmutter an. Eigentlich hatte sie sich nach Max' Lobeshymnen für ihre Kohlezeichnungen vorgenommen, Portraitzeichnungen eines jeden Familienmitglieds anzufertigen und jedem sein eigenes Bild zu Weihnachten zu schenken. Doch von diesem Plan musste sie wohl Abstand nehmen, da sich ihr Vater weigerte, ihr Modell zu sitzen und sie Hekla noch gar nicht gefragt hatte. Das einzige fertige Bild aus dieser Serie stellte Max dar. Er hatte gestern Abend brav in einer Position ausgeharrt, aber gezeigt hatte sie ihm das Portrait noch nicht, denn wenn sie ehrlich war, war es sogar nach ihrem Geschmack zu vorteilhaft geraten. Natürlich freute sie sich riesig, dass er das Weihnachtsfest mit ihrer Familie verbringen würde. Allerdings hatte sie sich noch nicht getraut, mit ihrem Vater darüber zu sprechen. Der hatte sich in den letzten Tagen nahezu unsichtbar gemacht und war, so hatte er angekündigt, erst bereit, seine Höhle wieder zu verlassen, sobald die japanische Invasion vorüber wäre.

Die zwei jungen Paare aus Tokyo hatten die vergangenen zwei Nächte in der Pension verbracht und konnten gar nicht oft genug betonen, wie exotisch diese Tage auf dem Bauernhof gewesen waren. Trotzdem wollten sie ihren Aufenthalt unbedingt um ein paar Tage verkürzen, um in die Stadt zurückzukehren. Sie hatten Unnur sogar ein Ausfallhonorar angeboten, das sie bei ihrer Abreise jedoch leider versäumt hatte zu kassieren. Sie hoffte sehr, dass nun zeitnah neue Gäste kamen.

»Sind wir bald fertig?«, erkundigte sich Amma Martha ungeduldig.

»Noch ein paar Striche, dann bist du perfekt«, seufzte Unnur.

»Sag mal, wann wollt ihr beide euch eigentlich wieder vertragen?«, wollte ihre Großmutter nun wissen.

»Das musst du Hekla fragen. Ich habe alles getan, was sie wollte. Aber sie musste mir ja unbedingt eine Matschkartoffel in den Schuh legen!«

»Sie hat doch längst eingesehen, dass das Kinderkram war. Ich finde das nicht in Ordnung von euch beiden. Das hätte eure Mutter nicht gewollt, dass ihr euch ausgerechnet so kurz vor Weihnachten erzürnt.«

»Mutter bekommt glücklicherweise nicht mit, wie unversöhnlich Hekla ist. Sie redet ja nicht mal mehr wirklich mit mir. Und zum gemeinsamen Abendessen kommt sie auch nicht mehr in die Küche. Wie soll man sich da vertragen?«

Ein wissendes Lächeln huschte über das Gesicht ihrer Großmutter. »Deine Schwester hat eben gerade Wichtigeres zu tun.«

»Wie meinst du das?«

»Na, weißt du wirklicht nicht, wo sie abends ist?«

»In ihrer Burg, nehme ich mal an!«, erwiderte Unnur unwirsch.

»Ist dir nicht aufgefallen, dass der kranke Gast ziemlich üppige Portionen verspeist?«, raunte Amma Martha verschwörerisch.

Unnur unterbrach ihr künstlerisches Werk und musterte die Großmutter irritiert. »Ich weiß nur, dass er Unmengen an Tabletten verkonsumiert. Ich war heute schon wieder für ihn in der Apotheke. Dass er so viel isst, habe ich noch nicht gemerkt. Sag bloß, da läuft was zwischen den beiden!«

Amma Martha hob abwehrend die Hände. »Ich will nichts gesagt haben. Du kennst doch deine Schwester.«

»Allerdings. Und deshalb kann ich mir auch nicht vorstellen, dass sie etwas an diesem Kerl findet. Aber vielleicht tut er ihr leid.«

Die Großmutter lachte laut auf. »Dass deine Schwester aus Mitleid ihre Zeit mit einem Mann verbringt, das halte ich für ausgeschlossen.«

»Woher weißt du denn, dass sie ihn besucht? Vielleicht isst er ja allein«, entgegnete Unnur kopfschüttelnd. Diesen Mann brachte sie partout nicht mit ihrer Schwester in Verbindung. Hekla machte schon einen Riesenbogen um gesunde Männer. Warum sollte sie die Nähe eines blonden Hünen mit keuchendem Husten suchen? Gut, er war nicht unattraktiv, aber ein Dagur? Nein, in dem Punkt musste sich Amma Martha irren.

Wahrscheinlich war ihr mal wieder die Fantasie durchgegangen.

Ein Klopfen an der Ateliertür unterbrach Unnurs Gedanken.

Als Max seinen dunklen Lockenkopf zur Tür hereinsteckte, erhellte ein seliges Lächeln Amma Marthas Gesicht. Sie sprang von ihrem Stuhl auf und schwebte ihm strahlend entgegen.

»Ach, wie schön, dass Sie doch noch gekommen sind. Doch verraten Sie mir …« Die Großmutter sprach Deutsch und hakte sich vertraulich bei ihm unter, »… wo haben Sie denn Ihren schönen Anzug gelassen?«

Max ging formvollendet auf Amma Marthas Avancen ein. »Ich werde Sie gleich zu Ihrem Zimmer geleiten …«

Die Großmutter kicherte. »Ich kann mich doch darauf verlassen, dass Sie ein Kavalier sind, oder?«

»Aber selbstverständlich, gnädige Frau.«

»Sie müssen aber vorher mit mir tanzen, und zwar einen Walzer, wenn ich bitten darf«, flötete Amma Martha und hatte die Stimme eines jungen Mädchens angenommen.

Unnur beobachtete die Metamorphose einer achtzigjährigen Dame in ein junges Mädchen mit einer Mischung aus Faszination und peinlicher Berührtheit, zumal sie ja inzwischen wusste, dass ihre Großmutter mit Max nicht über das Wetter plauderte.

»Leider muss ich mich gleich verabschieden, aber nicht, ohne Sie zu Ihrem Zimmer zu bringen«, versprach Max.

»Ach, ich verstehe. Sie müssen zur Front. Aber bitte geben Sie acht auf sich«, seufzte Amma Martha. »Ich bete, dass dieser schreckliche Krieg bald vorüber ist. Und dass es endlich eine neue Regierung …« Sie hielt inne und sah sich lauernd nach allen Seiten um. »Sie wissen schon, was ich sagen will. Man weiß ja nie, wer in diesen Zeiten lauscht.« Amma Martha bedachte ihre Enkelin mit einem skeptischen Blick.

»Die Dame dort ist eine von uns. Sie wird uns nicht denunzieren«, erwiderte Max immer noch auf Deutsch und verließ Arm in Arm mit ihr Unnurs Atelier.

Unnurs Gedanken galten aber weniger dem dementen Schub ihrer Großmutter, weil sie sich langsam an diese Ausfälle gewöhnt hatte, als vielmehr der Frage, ob Hekla wirklich bei dem Dänen ein und aus ging. Das ließ ihr keine Ruhe, sodass sie beschloss, ihm später unter dem Vorwand von frisch gebrühtem Tee einen Besuch abzustatten.

Im Flur begegnete ihr der Vater. »Magnus fragt, ob wir für ein paar Tage ein Zimmer freihaben. Die 2 müsste doch noch frei sein. Wir haben diese Japaner im Haus und diesen Deutschen in der 3, oder?«, erkundigte er sich so interessiert, dass es Unnur stutzig machte.

»Seit wann interessiert dich die Belegung unserer Zimmer? In der 2 liegt ein vergrippter Däne, den du, weil er krank ist, noch nicht zu Gesicht bekommen hast.«

»Gott sei Dank. Dem möchte ich auf keinen Fall begegnen. Ich werde nie vergessen, dass die Dänen den letzten katholischen Bischof von Nordisland enthauptet haben, um die Vorherrschaft über unser Land zu erlangen. Und sie glauben ja heute noch, dass wir eine Kolonie Dänemarks sind.«

»Vater, das war im Jahr 1550, und ich würde sagen, das ist inzwischen verjährt. Außerdem ist unsere Familie seit Generationen protestantisch und Island ein souveräner Staat.«

»Aber wir haben über viele Jahrzehnte in einer Realunion zu Dänemark gestanden ... Also, geh mir weg mit dänischen Pensionsgästen, die bekommen es fertig und okkupieren das ganze Haus.«

»Vater, bitte«, stöhnte Unnur. »Außerdem betreut Hekla diesen Gast jetzt ganz exklusiv.« Schon in dem Augenblick, als Unnur das rausgerutscht war, bedauerte sie es zutiefst. So groß ihr momentaner Ärger auf ihre Schwester auch war, den Vater mit seiner Dänen-Phobie auf sie anzusetzen, war gemein. »Die Japaner sind vorzeitig abgereist!«, sagte sie hastig, um ihrem

Vater gar nicht erst die Gelegenheit zu geben, nachzufragen Außerdem freute sie sich, so schnell wieder eines der Zimmer belegen zu können. »Das Zimmer für Magnus trage ich gleich ein.«

»Du kannst es auf den Namen Solveigh notieren.« Über das Gesicht ihres Vaters huschte ein verschmitztes Lächeln, ein Anblick, der Unnur schier die Sprache verschlug. Sie fragte sich, wann sie ihren Vater das letzte Mal derart hatte lächeln sehen.

»Er quartiert seine Freundin bei uns ein? Ist in seiner Hütte nicht Platz genug?«, rutschte es Unnur unwirsch heraus, was sie sogleich bereute. Es sollte ihr doch völlig egal sein, wer für das Zimmer zahlte.

»Magnus ist eben ein gut erzogener junger Mann, der die Dame seines Herzens zwar in sein Haus einlädt, aber sie dort nicht sofort übernachten lässt.«

»Aber hattest du nicht gesagt, die feine Dame wohne in Reykjavík? Da kann man doch wohl hin- und herfahren. Das macht Hekla jeden Tag«, erwiderte Unnur.

»Sie hat sich offenbar gerade eine Wohnung in einem dieser Hochhäuser am Hafen gekauft, und die wird nun vor Neujahr nicht mehr fertig. Sie müsste also auch in der Stadt in ein Hotel ziehen, und da dachte Magnus, das wäre doch eine günstige Gelegenheit, sich über Weihnachten etwas näher kennenzulernen.«

»Wie bitte? Heißt das, sie bleibt über Weihnachten?«

»Ja, ich habe Magnus bereits vorgeschlagen, dass wir dieses Jahr wieder zusammen feiern, also wenn ihr nichts dagegen habt ... Er gehört ja nach dem Tod seiner Eltern quasi zur Familie und hat jedes Weihnachtsfest mit uns verbracht.«

»Dann wären wir ja schon acht Personen«, stellte Unnur kopfschüttelnd fest.

Ihr Vater überlegte kurz. »Rechnen war noch nie deine Stärke. Wir sind sechs. Amma und ich, Unnur und du, Magnus und seine Dame.«

»Du vergisst Max«, entgegnete sie in süffisantem Ton.

»Wer ist Max?«

»Unser Gast aus Zimmer Nummer 3. Der deutsche Journalist.«

»Auf keinen Fall. Heiligabend will ich nur Familie unterm Baum sehen! Die Gäste können auf ihren Zimmern bleiben.«

»Magnus und seine Dame sind auch nicht Familie!«

Gunnar raufte sich das schüttere Haar. »Und wer ist der Achte?«

»Der Däne. Ich habe keinen Schimmer, wie lange er bleibt, aber das bekomme ich rechtzeitig raus. Das verspreche ich dir.«

Gunnar drehte sich kopfschüttelnd auf dem Absatz um und schlurfte davon. »Ihr macht ja doch, was ihr wollt. Möchte nicht wissen, was eure Mutter dazu sagen würde. Ein Däne unter ihrem Tannenbaum …«, schimpfte er.

Und was Mutter erst dazu sagen würde, dass eine wildfremde Frau mit unter ihrem Baum hockt, fügte Unnur in Gedanken finster hinzu und ärgerte sich in demselben Augenblick maßlos darüber, dass der bloße Gedanke an Magnus' Flamme ihr Gemüt derart in Wallung brachte.

12

Geheime Wünsche

Auf Heklas Büroschreibtisch stapelten sich die Sammlungen an Märchen und Sagen aus dem Archiv. Sie hatte sich die Recherche mit ihren Kollegen geteilt, wobei sie zutiefst bedauerte, dass die Quellen nach Verfassernamen und nicht nach Orten abgelegt worden waren. Immerhin war sie dem Ort des Elfenhügels schon sehr nahe gekommen und beschäftigte sich zurzeit mit den spärlichen Sagen rund um den Berg Helgafell. Und zwar *ihren* Helgafell. Es gab nämlich einen zweiten, viel berühmteren Berg, der ebenfalls Helgafell hieß und um den sich wesentlich mehr Sagen rankten als um jene Vulkanerhebung, an dessen Fuß sich der Hügel befand.

Einige Sagen kannte Hekla noch aus Kinderzeiten, weil ihre Mutter sie ihnen vorgelesen hatte. Wie jene Legende, wonach derjenige, der den Berg bestieg, drei Wünsche frei hatte. Dazu durfte man sie auf keinen Fall beim Aufstieg aussprechen, sondern erst am Gipfel, und zwar gegen Osten gewandt. Das hatte Unnur als Kind immer wieder versucht, aber Hekla hatte ihre Schwester jedes Mal zum Ausplaudern der Wünsche überreden können.

Allerdings wusste Hekla seit ihrem Studium der Volkskunde, dass die Legende über die Magie des Helgafells in Wirklichkeit seinem Namensvetter auf der Halbinsel Snæfellsnes zuzuordnen war, doch Hekla hatte es nicht übers Herz gebracht, ihrer Mutter die Illusion zu nehmen, dass ihr Hausberg lange nicht mit den Mythen des nordischen Bruders mithalten konnte. Noch heute glaubte ihre Schwester, dass ihr Helgafell der magische Berg der Wunder war.

Immer wieder schweiften Heklas Gedanken auch zu Henrik ab, der sich in den letzten Tagen als überaus interessanter Gesprächspartner entpuppt hatte. Vor allem in Sachen isländischer Musik kannte er sich mindestens so gut aus wie Hekla. Immer wenn sie einen Titel oder eine Band nannte, waren ihm diese sofort ein Begriff. Hekla war ein paarmal versucht, ihn zu fragen, woher er dieses Wissen hatte, aber sie spürte intuitiv, dass genau an der Stelle ein großes Problem lag. Ihn schien etwas aus seiner Vergangenheit schwer zu belasten und das – dessen war sich Hekla sicher – hatte mit seiner ganz persönlichen Verbindung zu Island zu tun. Sie vermutete eine Frau dahinter, aber sie traute sich nicht, nachzuhaken.

Mit Unnur hatte Hekla kaum mehr als drei Worte gewechselt. Ihre Entschuldigung wegen der Kartoffel hatte Unnur jedenfalls geflissentlich überhört. Mehr Bedauern hatte Hekla allerdings auch nicht übrig, war es doch schließlich Unnur gewesen, die den Geheimnisverrat begangen hatte. Eigentlich wäre sie dran, sich in aller Form zu entschuldigen.

Trotzdem konnte es so nicht weitergehen, dachte Hekla, denn Weihnachten nahte, und zum Fest der Liebe sollten sie sich doch allein Helgas wegen wieder versöhnt haben.

Das Klingeln ihres Telefons riss sie aus ihren Grübeleien. Am anderen Ende war Kristian, der sie mit einem Vorwurf begrüßte.

»Du hast mich gar nicht mehr angerufen. Warst du überhaupt bei dieser Tante?«

»Wenn du Birta Johannsdóttir meinst, dann ja, die habe ich gleich nach unserem Anruf aufgesucht.«

»Und? Was hast du herausgefunden? Kann man der irgendwie an den Karren fahren?«

»Ich bin kein Spitzel, lieber Kristian. Aber es sieht nicht so aus, als ob sie die Angelegenheit aufgeben würde. Sie hat sogar einen kleinen Widerstand organisiert.«

»Wirklich? Ach super. Danke, du hast uns damit echt geholfen.« Die Ironie war nicht zu überhören.

»Ist noch was? Ich bin schwer beschäftigt, das Archiv nach Hinweisen zu durchforsten, ob der Hügel schon einmal irgendwo Erwähnung fand«, konterte sie.

»Du wirst nichts finden«, bellte er in den Hörer.

»Wenn du meinst, aber jetzt lass mich bitte weiterarbeiten!«, sagte sie mit Nachdruck.

»Deshalb rufe ich an. Um dir einen Arbeitstermin durchzugeben. Morgen Mittag. Laugavegur 12. Im Bistro. Zwölf Uhr. Im Hinterzimmer haben wir einen separaten Tisch.«

»Wieso sollte ich mit dir Essen gehen?«, fragte Hekla verwundert. »Kristian, vielleicht habe ich das bei deinem ersten Anruf nicht deutlich genug ausgedrückt, aber ich werde meinen Job erledigen, und wenn ich etwas Einschlägiges finde, wirst du das berücksichtigen müssen bei deiner Entscheidung, die Straße bauen zu lassen. Mal abgesehen von den Elfen, notwendig wäre die Verbindung zur 42 nicht. Ich wohne dort nämlich in der Gegend, wie du weißt, und wir Anwohner haben gar nichts von dieser Straße. Also wenn ich was finde, was den Unsinn verhindert, ich bin dabei.«

»Das würde ich mir an deiner Stelle aber noch mal sehr gut überlegen. Morgen musst du jedenfalls bei diesem Gespräch anwesend sein.«

»Und warum?«

»Damit du mal aus dem Mund von Fachleuten erfährst, wie wichtig der Ausbau der Straße für unsere Gemeinde ist. Der Bürgermeister und der Chef der Baufirma werden dabei sein. Aber wenn du die offizielle Begründung willst: Wir sind verpflichtet, einen fachkundigen Menschen einzuladen, und das bist in diesem Fall du, solange du Ingvar vertrittst. Und du kannst sicher sein, der wäre mir als Gesprächspartner wesentlich lieber gewesen. Du warst schon in der Schule eine Obermoralistin!«

»Danke, Kristian, dann ist ja alles gesagt. Ach nein, ich vergaß zu erwähnen, dass du immer schon dein Fähnchen nach dem Wind gehängt hast.«

»Ich warne dich, meine Liebe, da stehst du völlig allein mit deiner Meinung!«

Hekla legte auf, ohne sich von ihm zu verabschieden. Das wollen wir ja mal sehen, ob ich damit allein bin, dachte Hekla kämpferisch und rief ganz spontan ihren guten Freund Eric Arnison, Kristians Vorgänger im Bauamt, an. Die beiden hatten schon länger vor, sich einmal privat zu treffen, und so war er äußerst angetan von ihrem Vorschlag, gemeinsam Mittagessen zu gehen. Sie erwähnte mit keinem Wort den Grund, warum sie ihn spontan treffen wollte, konnte sich aber lebhaft seinen verächtlichen Blick vorstellen, wenn sie ihm später bei ihrem Treffen von Kristians Bestechungsversuch berichtete.

Als Hekla das Restaurant Askur, in dem es ein köstliches Mittagsbuffet gab, betrat, sah sie seinen roten Schopf schon von Weitem leuchten. Eric sah aus wie die Klischeefassung eines echten Wikingers. Sein Bart war ebenso lang und zottelig wie sein Haar.

Sie umarmten einander herzlich zur Begrüßung, und Hekla fragte sich, warum sie sich nicht schon längst einmal zum Lunch getroffen hatten. Schließlich war ihm bereits vor Monaten gekündigt worden, nachdem er in einem Interview offen kundgetan hatte, dass keiner einen neuen Regierungschef wolle, der so wie sein Vorgänger mit den Panama Papers in Verbindung gebracht würde und entgegen aller Erklärungen sehr wohl in Offshore-Geschäfte verwickelt wäre. Die Sympathien der Bevölkerung waren Eric nur so zugeflogen, aber das hatte ihm beruflich nichts genützt. Hekla hatte zu denjenigen gehört, die gegen seine Entlassung heftig protestiert hatten. Da sich auf dieser Unterschriftenliste ausnahmslos ihre ganze Fakultät eingetragen hatte, auch ihr Chef Ingvar, hatte man gegen seine Unterstützer nichts weiter unternehmen können.

»Du siehst blendend aus«, bemerkte Eric, nachdem er Hekla wohlwollend gemustert hatte.

»Das macht der olle Pullover«, scherzte sie.

»Haha, der hat sicher schon bessere Zeiten gesehen, aber was für ein Strahlen. Mädchen, wenn ich es nicht besser wüsste, müsste ich annehmen, es gäbe einen Mann in deinem Leben.«

Hekla tippte sich gegen die Stirn. »Blödsinn!«

»Das will ich hoffen, denn wenn du dich doch noch mal der Männerwelt öffnen solltest, wäre ich der Erste, der um dich werben würde«, lachte Eric. Hekla fiel in das Lachen ein, denn dies war seit Jahren ein Running Gag zwischen ihnen, war Eric doch glücklich verheiratet mit einer Ärztin, auf die Hekla sowohl fachlich als auch privat große Stücke hielt.

»Wie geht es Viktoría?«, fragte sie, während sie sich ihm gegenübersetzte.

»Sie arbeitet viel. Sie vernachlässigt mich sträflich, aber ich muss es stumm ertragen, denn schließlich ernährt sie mich.« Er sagte das scherzhaft, aber in seinem Blick konnte Hekla sehr wohl noch den Schmerz darüber lesen, dass er seinen geliebten Job verloren hatte.

Hekla nahm seine kräftige Pranke und drückte sie. »Wir vermissen dich schmerzlich. Mit dir war die Zusammenarbeit immer angenehm«, seufzte sie.

»Weißt du noch, wie wir zusammen mit Erla dafür gesorgt haben, dass der Felsen bei Reykjanes von den Bauarbeitern ganz vorsichtig versetzt wurde?«

»Wie könnte ich das je vergessen, aber jetzt gibt es weder Erla noch dich, um die Elfenangelegenheiten mit Augenmaß zu erledigen«, stöhnte sie.

»Dir liegen der Elfenhügel und Birta Johannsdóttir auf der Seele, oder?«, fragte er mitfühlend.

»Birta ist das kleinere Problem. Nein, Bauchschmerzen bereitet mir dein Nachfolger.«

»Na komm, erzähl mir alles, aber vorher sollten wir erst einmal was essen. Es könnte sein, dass mir von den Geschichten der Appetit vergeht«, schlug Eric vor und guckte so säuerlich, als hätte er auf eine Zitrone gebissen.

»Stimmt, darüber sollten wir nicht beim Essen reden«, pflichtete Hekla ihm bei, während sie aufstand.

Sie bedienten sich reichlich am Buffet und genossen das Lamm, die Salate und den Fisch. Während des Essens tauschten sie sich über unverfängliche Themen aus wie das Wetter. In den vergangenen Tagen war es sehr kalt gewesen, aber es hatte nicht mehr geschneit. Dort, wo der Schnee liegen geblieben war, war er gefroren, was zu einigen Unfällen mit Glatteis geführt hatte.

Bei einem anschließenden Kaffee kam Hekla endlich zum Zug. In knappen und klaren Worten schilderte sie Eric die beiden Telefonate mit Kristian und berichtete ihm auch von dem bevorstehenden Gespräch mit den Entscheidungsträgern, bei dem ihre Anwesenheit dringend erwünscht war.

»Auf jeden Fall gehst du da hin. Du vertrittst Ingvar, und wir haben bei solchen Angelegenheiten immer eure Fachmeinung eingeholt. Mir sind Gerüchte zu Ohren gekommen, dass die Straße lediglich gebaut werden soll, weil die Chinesen eine Zufahrt zu einem geplanten Ferien-Resort brauchen. Aber ich frage mich die ganze Zeit, ob das Areal, das bebaut werden soll, nicht im Naturschutzgebiet liegt. Das sollte ich auf jeden Fall abchecken, denn dort eine legale Baugenehmigung zu bekommen, ist so gut wie ausgeschlossen. Leider komme ich nicht mehr ohne Weiteres an die entsprechenden Unterlagen.«

»Schade! Das würde das Projekt sicher kippen. Aber wenn, dann haben unsere lieben Freunde die Unterlagen eh längst verschwinden lassen. Ein Leichtes für Kristian. Der sitzt doch an der Quelle. Ach, es wäre einfach das Beste, wenn ich eine Sage ausgraben könnte, die diesem bescheuerten Vorhaben einen Strich durch die Rechnung macht. Aber das Ganze frisst meine Zeit. Ich komme zu nichts anderem mehr.«

»Brauchst du Hilfe? Ich habe bereits das ganze Haus renoviert, und bevor ich noch aus lauter Langeweile die Armaturen im Bad auswechsele, könnte ich mich etwas nützlich machen.«

»Das würdest du tun?«

»Klaro, und wenn ich Kristians ehrgeizige Pläne damit zum Scheitern bringen könnte, nichts lieber als das.«

»Am liebsten würde ich ihn wegen versuchter Bestechung hinhängen, aber der ist nicht so blöd, das unter Zeugen zu wiederholen«, stieß Hekla genervt aus.

»Das lässt du schön bleiben. Damit läufst du ins Leere. Besser ist, du setzt ein Pokerface auf und hörst dir erst mal an, was die Herren bei dem Termin so von sich geben. Aber vielleicht solltest du sie ärgern und Birta Johannsdóttir mitbringen.«

Hekla rollte mit den Augen. »Und wenn ich dir verrate, dass ich ihr Gerede für reine Wichtigtuerei halte?«

»Dann müsste ich dir in der Sache recht geben. Viktoría hat viele Patientinnen aus Hafnarfjörður, die selber ganz dicke mit den Elfen sind und alle auf Birta schimpfen, weil sie so lärmend mit ihren angeblichen Kontakten zum Huldufólk hausieren geht. Aber ich denke mal, es würde die Herrenriege verunsichern, wenn du mit der Elfenflüsterin dort auftauchst.«

»Du meinst wirklich, ich sollte sie mitnehmen, nur um Kristian zu verunsichern?« Hekla war gar nicht begeistert von der Idee. »Nachher nehmen die Typen sie derart in die Mangel, dass sie unglaubwürdig rüberkommt. Ich meine, wenn ich ihr schon nicht über den Weg traue … Und dann brauche ich gar nicht länger nach einem Beweis dafür zu suchen, dass der Hügel als Kulturgut schützenswert ist. Dann ist die Sache vom Tisch, und die Straße wird gebaut. Was meinst du, wie das die Ruhe in unserem schönen Tal beeinträchtigen würde, wenn da täglich Reisebusse vorbeibrettern?«

»Ich bin in der Sache ganz auf deiner Seite, aber ich glaube kaum, dass die Frau so leicht zu verunsichern ist. So selbstsicher, wie sie sich vor der Presse gibt. Und dann wäret ihr immerhin schon zwei, die sich gegen den Bau der Straße aussprächen, was du dir natürlich nicht anmerken lassen dürftest. Ich denke, das könnte die Runde auf jeden Fall aufmischen.«

»Und Birta Johannsdóttir wäre am Ziel ihrer Träume, dass man sie als Anwältin der Elfen ernst nimmt«, stöhnte Hekla.

Eric zuckte mit den Schultern. »Es gibt Schlimmeres. Aber sie hat nicht die Macht, dass man allein ihretwegen den Bau der Straße stoppen könnte. Viel wichtiger ist es, dass wir einen handfesten Beweis im Archiv finden. Also ich bin dabei.«

»Und wenn wir nichts finden?«, hakte Hekla nach.

»Ich habe so ein Gefühl, dass wir fündig werden«, verkündete Eric im Brustton der Überzeugung und klopfte ihr aufmunternd auf die Schulter. »Die guten Geister sind mit uns.«

Hekla umarmte den Wikinger herzlich. »Du fehlst mir!«

»Und wenn alle Stricke reißen, wandern wir auf den Helgafell und wünschen uns was.«

»Du kennst die Legende?«, fragte Hekla erstaunt.

»Mädchen, meine Oma kommt aus Garðabær.«

»Aber du weißt auch, dass Wünsche, die ausgeplaudert werden, nicht in Erfüllung gehen, oder?«

»Glaubst du, ich verrate dir, was ich mir wünsche? Und außerdem müssen wir schweigen, wenn wir den Berg erklimmen. Damit hätte ich ja keine Probleme«, lachte er.

Sie gab ihm einen liebevollen Stoß in die Seite.

»Aber dass diese Legende gar nicht unserem Helgafell zuzuordnen ist, sondern dem auf der Halbinsel Snæfellsnes, das weißt du schon, oder?«

Eric sah sie an, als wäre sie von Sinnen. »Nein, die gehört zu unserem Berg«, widersprach er ihr energisch.

»Hat dir das auch deine Oma erzählt?«, fragte sie schmunzelnd.

Er nickte eifrig.

»Gut, dann gibt es diese Sage eben doppelt«, lachte sie. »Über Magie lässt sich nicht streiten.«

Als Hekla nach ihrem Essen mit Eric wenig später in die klirrende Kälte hinaustrat, spürte sie, wie müde sie war. Gestern Abend war es doch sehr spät geworden. Erst kurz vor Mitternacht war sie aus Henriks Zimmer geschlichen. Stundenlang hatten sie nach ihrem anregenden Gespräch über Musik Schach gespielt, worin sie Henrik schließlich besiegt hatte. Dazu hatten sie eine Flasche Wein geöffnet, die Hekla fast allein ausgetrunken hatte, weil Henrik sich den ganzen Abend an einem Glas festgehalten hatte. Er hatte mehrfach betont, dass das allein seinem angeschlagenen Zustand geschuldet wäre. Trotzdem fragte sie sich insgeheim, ob er sie jetzt nicht für eine haltlose Säuferin halten musste.

Hekla kämpfte mit sich, ob sie, so erschöpft wie sie war, wirklich ins Büro zurückkehren oder den restlichen Tag freinehmen sollte. Letztlich gab das Wissen, dass sie ab morgen Eric als Verstärkung haben würden, den Ausschlag, blauzumachen, etwas, das sich Hekla noch niemals zuvor gegönnt hatte.

Als sie ihren Wagen in Richtung des Stadtzentrums steuerte, meldete sich ihr schlechtes Gewissen, aber sie konnte es verscheuchen, indem sie intensiv an den vergangenen Abend dachte und daran, dass es beinahe zu einem Kuss gekommen wäre. Henrik hatte sie zum Abschied küssen wollen, aber noch während sein Mund sich ihrem genähert hatte, war Hekla ihm ausgewichen und hektisch aufgesprungen. Das Schlimmste war, dass sie es im Grunde ihres Herzens bereute, seine Annäherung nicht zugelassen zu haben. Dabei hatte sie während des Schachspielens ständig daran denken müssen, wie es wohl wäre, wenn sie sich näherkommen würden. Henrik hatte am vergangenen Abend besonders anziehend auf sie gewirkt. Er hatte in seiner Jeans und dem eleganten Pullover eine wirklich gute Figur gemacht. So sehr, dass Hekla sich ein bisschen für ihr immer gleiches Outfit geniert hatte, aber ihr Kleiderschrank bot diesbezüglich keine allzu große Abwechslung.

In diesem Augenblick fällte sie den Entschluss, ein wenig durch die schönen Geschäfte in der Innenstadt zu bummeln, von denen sie bislang nur die Schaufenster von draußen kannte. Sie kaufte nämlich alles in ihrem Lieblingsladen, der weitab der touristischen Rennstrecke lag und auf einheimische Wollprodukte und klassische Jeans spezialisiert war. Diese praktische nachhaltige Kleidung hatte ihr stets genügt. Bin ich eigentlich verrückt, fragte sie sich empört, nachdem sie sich in ihrer Fantasie in einem Kleid gesehen hatte. Energisch schüttelte sie sich, um diese innere Fata Morgana loszuwerden. Vielleicht würde sie sich einen modischen Pullover zulegen, aber mehr würde sie sich mit Sicherheit verbieten. Diesen Gefallen hatte sie ja nicht einmal ihrer großen Liebe getan. Jedenfalls nicht, solange er gelebt hatte! Dagur hatte sie angefleht, wenigstens zur Hochzeit ein Kleid zu tragen, aber zu mehr als einem Kompromiss in Form eines Hosenanzugs hatte sie sich nicht durchringen können. Erst zu seiner Beerdigung hat sie ihm zu Ehren ein schwarzes Kleid getragen …

Hekla fand einen Parkplatz in einer Parallelstraße zur Laugavegur. Bei strahlend blauem Himmel schlenderte sie durch die schneidende Kälte die Hauptstraße entlang, bis sie zögernd vor einer Boutique stehen blieb. Sie atmete einmal tief durch, während sie skeptisch die Auslage taxierte. Ein schwarzer Pullover fand schließlich Gnade vor ihrem kritischen Auge.

Sie atmete noch einmal tief durch, bevor sie den Laden betrat. Sofort fragte eine Verkäuferin nach ihren Wünschen. Hekla schätzte, dass sie ungefähr in ihrem Alter war, aber sie wirkte in ihrem geschmackvollen Outfit, als wäre sie aus einer anderen Welt.

»Ich würde gern mal den schwarzen Pullover aus dem Fenster anprobieren«, verlangte Hekla in burschikosem Ton.

»Aber natürlich gern. Sie können schon in die Kabine gehen«, sagte die Verkäuferin und brachte ihr ein Exemplar dieses guten Stücks. Hekla wunderte sich, dass die Verkäuferin ihre Größe richtig eingeschätzt hat, obwohl sie in ihrem Pullover und der wattierten Jacke bestimmt doppelt so breit wirkte. Wie einen Schatz nahm sie das weiche Teil zur Hand und zog es über. Sie war etwas perplex, wie gut der schwarze Pullover mit dem großen weiten Ausschnitt zu ihrem weißblonden Haar passte. Er harmonisierte auch mit der Jeans, aber als Hekla an sich hinuntersah, stellte sie fest, dass die Hose auch schon bessere Zeiten gesehen hatte. Also verließ sie die Kabine, um sich nach einer neuen umzusehen.

Als die Verkäuferin sie in dem Pullover erblickte, stieß sie einen anerkennenden Pfiff aus. »Wie für Sie gemacht!«, rief sie begeistert aus und zauberte in demselben Augenblick einen Wollrock hinter ihrem Rücken hervor. Er war etwas ausgestellt und besaß braune und schwarze Längsstreifen.

Hekla betrachtete das Kleidungsstück äußerst kritisch.

»Sie müssen ihn angezogen sehen!«

Hekla schüttelte den Kopf.

»Bei mir herrscht kein Kaufzwang. Nur mal unverbindlich anprobieren«, insistierte die Verkäuferin.

Hekla zögerte, doch dann griff sie nach dem Rock und zog ihn lieblos über die Jeans. Obwohl das keine gelungene Kombination war, gefiel ihr der Rock zusammen mit dem Pullover außerordentlich gut, aber was sollte sie an den Beinen tragen, wenn keine Jeans? Ratlos wandte sie sich an die Verkäuferin, die sich mit Komplimenten nahezu überschlug.

»Und was zieht man drunter an?« Hekla deutete auf ihre Beine.

»Da haben wir was ganz Tolles. Nehmen Sie eine blickdichte Strumpfhose. Die haben wir ganz neu reinbekommen.«

»Eine Strumpfhose?«

Das war der Augenblick, in dem Hekla am liebsten einen Rückzieher gemacht und den Laden verlassen hätte. Gereizt betrachtete sie ihr Spiegelbild. Warum tue ich das?, fragte sie sich, obwohl sie die Antwort bereits kannte. Sie wollte Henrik heute Abend schlichtweg gefallen.

In dem Moment reichte die Verkäuferin ihr eine Packung in die Kabine. Missmutig griff sie danach, befreite sich von ihrer Jeans und zog die Strumpfhose an. Das war gar nicht so einfach, aber Hekla gab nicht auf und betrachtete sich, als sie es endlich geschafft hatte, wie eine Fremde im Spiegel.

Ach, was soll's, ich nehme den Kram mit, und dann kann ich immer noch gucken, ob ich ihn wirklich anziehe. Und wenn ich es nur zu Weihnachten trage, dachte Hekla und wollte schon wieder alles ausziehen, als die Verkäuferin fragte, ob sie denn auch die passenden Schuhe besaß. Hekla kam ins Schwitzen. Was hieß jetzt, die richtigen Schuhe? Sie hatte grobes Schuhwerk in allen Farben und für den Sommer eine nicht gerade kleine Sammlung an Turnschuhen. Sie blickte ratlos an sich hinunter. Ob die dazu passten, das wagte Hekla zu bezweifeln.

»Haben Sie denn auch Schuhe?«, fragte sie mehr aus Spaß, und schon reichte ihr die Verkäuferin ein Paar schwarzer Stiefeletten in die Garderobe, als hätte sie damit vor der Kabine gelauert. Woher kennt sie meine Schuhgröße?, wunderte sich Hekla, während sie die Schuhe anzog, die wie angegossen passten.

In diesem Look trat Hekla aus der Kabine. »Wahnsinn!«, rief die Verkäuferin und klatschte vor Freude in die Hände. »Das ist perfekt. Sie sollten für meine Kollektion Werbung machen«, fügte sie euphorisch hinzu.

»Sie haben das alles selbst designt?«, erkundigte sich Hekla staunend. In diesem Licht wurden die Kleidungsstücke in ihren Augen zu mehr als bloßem Mode-Schnickschnack und gewannen an Wertigkeit.

»Die Schuhe natürlich nicht«, entgegnete die Besitzerin bescheiden. »Aber wir haben die Sachen ins Sortiment genommen, weil wir es unseren Kunden so praktisch wie möglich machen wollen. Kaufen und losgehen!« Sie lachte herzlich. »Und wie gefallen Sie sich?«, fragte sie nun.

Hekla sah unschlüssig an sich hinunter. »Ich würde gern einen Haken finden, aber ich fühle mich wohl darin. Trotzdem ziehe ich das jetzt alles aus. Meine Familie fällt in Ohnmacht, wenn ich so zu Hause auftauche«, bemerkte sie selbstironisch

»Heißt das, Sie nehmen das Outfit?«

Hekla nickte. »Kann ich das alles zurückbringen, sollte es ein Jahr ungebraucht in meinem Schrank liegen bleiben?«

Die Modedesignerin reichte ihr die Hand. »Dieses Risiko gehe ich ein. Deal!«

Beschwingt schlenderte sie wenig später mit ihrer Tüte in der Hand die Laugavegur entlang und ertappte sich bei dem Gedanken, dass ein Mitbringsel für den kranken Mann doch eine nette Geste wäre. Als sie im Schaufenster eines Musikladens eine CD mit den Island Songs von Ólafur Arnalds entdeckte, über die sie sich gerade gestern Abend ausgetauscht hatten, gab es für sie kein Halten mehr.

Ihr war plötzlich so versöhnlich zumute, dass sie den Gedanken zuließ, Unnur habe sie auf der Webseite bestimmt nicht als Sängerin präsentiert, um sie zu ärgern. Wahrscheinlich wünschte sie ihr tatsächlich von Herzen ein größeres Publikum. Als sie Unnurs gute Absicht erkannte, verwandelte sich ihr Zorn in ein warmes schwesterliches Gefühl.

Im Übrigen war sie die Ältere. In dieser Rolle würde sie ein Zeichen setzen und Unnur heute Nacht wieder etwas in den Schuh stecken. Und dieses Mal würde sie das Geschenk mit Bedacht aussuchen und es mit der passenden Elfenkarte versehen. Der Weihnachtskerl Pottaskefill wird seinen Job heute Nacht gut machen, dachte sie befriedigt.

13

Komplizen in Sachen Glück

Mit einer frisch aufgebrühten Kanne Tee in der Hand machte sich Unnur zu Henriks Zimmer auf. Die Antwort auf die Frage, was Hekla mit dem Dänen verband, ließ ihr keine Ruhe.

Als sie gerade das Pensionsgebäude betreten wollte, kam das Postauto auf den Hof gefahren, und Unnur wartete, bis Baldur ausgestiegen war. Er winkte ihr eifrig zu und übergab ihr einen Brief für Hekla. Unnur erkannte auf den ersten Blick, dass dies die offizielle Einladung zum Wettbewerb war. Ihr Herz klopfte bis zum Hals. Was sollte sie nur tun? Den Brief einfach verschwinden lassen, ihr letztes Geld abschreiben oder sich mit Hekla vertragen und sie doch noch davon überzeugen, dass dieser Wettbewerb eine einzigartige Chance für sie wäre?

Im Flur der Pension stellte sie die Teekanne auf einer Fensterbank ab und riss den Umschlag auf. Immer wieder las sie den knappen Text durch.

Hallo Hekla,
nun ist es so weit. Die Jury hat dich unter Dutzenden von Bewerbern ausgesucht. Du wirst an unserem Wettbewerb am zweiten Weihnachtstag teilnehmen. Sechs Sänger und Sängerinnen haben es insgesamt geschafft. Du kannst so viele Songs präsentieren, wie du möchtest, aber du solltest insgesamt nicht länger als zwanzig Minuten performen. Wenn du noch Fragen hast, ruf uns an. Wir freuen uns auf dich.
Emma

Unnur geriet mächtig ins Schwitzen, obwohl die Jury sich genau an ihre Wünsche gehalten hatte, nämlich den Brief ganz persönlich an Hekla zu richten und sie, die ›Agentin‹, mit keinem Wort zu erwähnen. Nur leider hatte sich die Situation inzwischen zugespitzt. Durch ihre Gedankenlosigkeit, Hekla auf der Webseite als Gesangsstar zu verkaufen, waren Unnurs Chancen, sie zu einer Teilnahme am Wettbewerb zu überreden, nicht gerade gestiegen. Aber sie konnte den Brief doch unmöglich einfach wegwerfen. Der Jury reinen Wein einschenken? Wenn sie rechtzeitig absagte, konnte Heklas Platz vielleicht noch von einer Sängerin belegt werden, die die Jury im ersten Anlauf nicht mehr hatte berücksichtigen können. Aber sollte sie wirklich aufgeben, ohne wenigstens einen Versuch gestartet zu haben, Hekla zur Teilnahme zu überreden? Nein, dachte Unnur entschieden, sie würde es riskieren, ihr den Brief in den Schuh stecken und dann auf sich zukommen lassen, was Hekla damit anstellte. Immerhin ging aus den Zeilen nicht hervor, dass Unnur sie dort angemeldet hatte. Vielleicht konnte sie Hekla weismachen, dass die Jury von sich aus auf ihre Schwester aufmerksam geworden war. Wenn Hekla sich über die Einladung mehr aufregte als freute, dann konnte Unnur immer noch bei der Jury anrufen und unter Umständen sogar versuchen, ihre Anmeldegebühr zurückzubekommen. Hastig stopfte sie den Brief in die Tasche ihrer groben Strickjacke und steuerte auf das Zimmer Nummer 2 zu.

»Herein!« Henriks Stimme klang schon wesentlich kräftiger als in den vergangenen Tagen, in denen er meist nicht mehr als ein erbarmungswürdiges Krächzen herausgebracht hatte.

Unnur betrat sein Zimmer und konnte nicht umhin, ihn prüfend zu mustern. Dabei versuchte sie, sich in ihre Schwester hineinzuversetzen. Sollte dieser Mann das Herz der Eisprinzessin, wie Unnur ihre Schwester insgeheim immer dann nannte, wenn sie Ärger mit ihr hatte, zum Schmelzen gebracht haben? Mit Dagur hatte er auf jeden Fall keine Gemeinsamkeiten. Außer seiner Größe, die aber bei dem im Bett liegenden Kranken nicht besonders zur Geltung kam. Daran, dass er trotzdem eine gewisse Attraktivität besaß, wenn man auf kantige Nordmänner stand, hatte es für Unnur von Anfang an keinen Zweifel gegeben. Seine männlichen Züge waren in den vergangenen Tagen zwar ein wenig von seiner Krankheit überschattet worden, aber so, wie er jetzt gerade aufrecht im Bett saß und ein gewisser Glanz aus seinen Augen strahlte, erinnerte er Unnur wieder an den interessanten Mann ihrer ersten Begegnung.

»Sie sehen ja richtig gesund aus«, begrüßte ihn Unnur, ihm zugewandt.

»Ich fühle mich auch schon wesentlich besser. Das habe ich alles nur der Pflege Ihrer Schwester zu verdanken.« Unnur beobachtete jede seiner Regungen überaus aufmerksam. Sie meinte, ein leichtes Leuchten in seinem Gesicht zu erkennen, aber sie nahm sich vor, ihn ganz vorsichtig auszuhorchen und sich ihre brennende Neugier nicht anmerken zu lassen. Offenbar fühlte er sich dennoch beobachtet und fügte hastig hinzu: »Natürlich habe ich das auch Ihrer Pflege zu verdanken.«

Dieser ungeschickte Nachklapp brachte Unnur zum Lächeln. Wie süß, dachte sie, er versucht vor mir zu verbergen, dass er einen Narren an meiner Schwester gefressen hat.

Nachdem Unnur ihm einen Becher Tee eingeschenkt hatte, setzte sie sich auf den Stuhl, der dicht neben seinem Bett stand. »Da wird sich meine Schwester aber freuen, dass ihre Pflege Sie wieder so gesund gemacht hat«, bemerkte Unnur lauernd. »Und ich freue mich natürlich auch«, fügte sie grinsend hinzu.

»Ja, Ihr Tee und die abendlichen Besuche Ihrer Schwester waren meiner Genesung wirklich förderlich«, sagte er, bevor er sich vertraulich zu ihr hinüberbeugte und die Stimme senkte: »Wissen Sie vielleicht, womit ich Ihrer Schwester eine Freude machen könnte? Ich würde mich sehr gern erkenntlich zeigen. Es war bestimmt nicht besonders erbaulich für sie, jeden Abend an meinem Krankenbett zu hocken.«

»Was hatten Sie sich denn vorgestellt? Blumen, Pralinen?«

Henrik schüttelte energisch den Kopf. »Nein, es muss etwas Besonderes sein. Etwas Persönliches. Ich hatte da an eine CD von Ólafur Arnalds gedacht. Wissen Sie zufällig, ob sie die Island Songs schon hat?«

»Musik? Wie kommen Sie denn darauf?«, fragte Unnur wie aus der Pistole geschossen.

Henrik zögerte kurz, bevor er Unnur verriet, dass Hekla ihm neulich ein Schlaflied vorgesungen hatte und er völlig fasziniert von ihrer Stimme gewesen war. Und am Tag darauf hatten sie angefangen, über die isländische Musikszene zu sprechen.

»Hat sie Ihnen auch erzählt, dass sie selbst eine hervorragende Songwriterin und Sängerin ist?«, rutschte es Unnur heraus. »O nein, sorry, das war nicht für Ihre Ohren bestimmt« fügte sie rasch hinzu.

»Nein, aber das ist ja hochinteressant. Wo kann man sie denn mal bewundern?«

Unnur wand sich verlegen. Nun hatte sie es schon wieder getan und Heklas Geheimnis ausgeplaudert. Eigentlich sollte sie jetzt behaupten, dass das nur ein Spaß gewesen war, aber das brachte sie nicht über sich. Nein, plötzlich hatte sie einen, wie sie fand, genialen Einfall. Es musste doch eine Möglichkeit geben, diesen Mann in ihre Pläne, Hekla beim Songwriterwettbewerb antreten zu lassen, einzuspannen, ohne dass ihre Schwester Wind davon bekam.

»Sie mögen meine Schwester sehr, oder?«, fragte Unnur in mitfühlendem Ton.

Henrik nickte versonnen. »Sie verkörpert so eine wunderbare Mischung aus scharfem Verstand und großer Empathie ...«

Empathie? Hekla?, ging es Unnur irritiert durch den Kopf, doch dann wurde ihr klar, dass diese Skepsis allein ihrem Zorn geschuldet war. Sie musste sich doch nur daran erinnern, wie tröstend Hekla ihr nach Helgas Tod beigestanden hatte.

»Und als Frau?« Unnur hätte sich am liebsten die Zunge abgebissen für diese unverschämt direkte Frage, aber nun stand sie im Raum. Auch Henrik schien diese Offenheit mächtig zu verunsichern, denn er knabberte nervös auf seiner Unterlippe herum.

»Sagen wir mal so, Ihre Schwester erinnert mich an jemanden, der mir einmal sehr, sehr nahegestanden hat«, entgegnete er mit belegter Stimme.

»Entschuldigen Sie bitte, das geht mich gar nichts an«, bemerkte Unnur, obwohl sie dieser Ausrutscher schneller zum Ziel gebracht hatte, als sie zu hoffen gewagt hatte. Offenbar erinnerte Hekla den Mann an eine Verflossene, was ein Indiz dafür war, dass er an ihrer Schwester ernsthaft interessiert sein könnte. Und wenn er sie so gernhatte, wie es gerade den Anschein machte, würde sie ihn doch auch irgendwie zum Verbündeten gewinnen können.

»Sie könnten meiner Schwester einen Riesengefallen tun«, raunte Unnur ihm verschwörerisch zu.

»Und was muss ich dafür tun?«

»Sie könnten meine Schwester dazu animieren, Ihnen ihre eigenen Songs vorzutragen«, schlug Unnur ihm im Flüsterton vor. »Aber ohne zu erwähnen, dass ich Ihnen von ihren Liedern erzählt habe.«

Henrik zuckte die Schultern. »Was soll ihr das bringen? Und wie soll ich das anstellen? Ich kann sie schlecht auffordern, Lieder zu singen, deren Existenz sie mir bislang vorenthalten hat.«

Unnur musste zugeben, dass der Däne nicht ganz unrecht hatte. Wie sollte er Hekla zu etwas ermuntern, das sie niemals preisgeben würde? Ihr wurde abwechselnd heiß und kalt, als sie aus dem Augenwinkel feststellte, dass Henrik sie zweifelnd musterte.

»Ich weiß zwar nicht genau, was Sie von mir wollen, aber wenn ich Sie recht verstehe, soll ich Ihre Schwester zu einer

Präsentation ihres Könnens motivieren. Aber wenn sie mir ihr Talent vorführen wollte, dann würde sie es wohl tun. Ihre Schwester macht mir nämlich nicht den Eindruck, als wäre sie schüchtern.«

Unnur fühlte sich ertappt. Sie versuchte in der Tat, Henrik auf ziemlich ungeschickte Weise zu ihrem Komplizen in Sachen Wettbewerb zu machen. So würde sie wohl kaum Erfolg haben. Da half nur noch die Wahrheit. Vielleicht nicht gleich die ganze, fügte sie in Gedanken rasch hinzu.

Stöhnend holte Unnur den zerknitterten Brief aus ihrer Jackentasche und reichte sie dem Dänen mit den Worten: »Bitte lesen Sie!«

Henrik tat, was sie von ihm verlangte, und blickte sie, kaum dass er fertig gelesen hatte, sichtlich begeistert an.

»Das ist ja wunderbar. Bis dahin muss ich unbedingt bleiben und wieder ganz gesund sein. Das möchte ich mir doch nicht entgehen lassen. Ich bin sicher, sie wird gewinnen. Ihre Stimme kann einem schon eine wohlige Gänsehaut über den Körper jagen«, schwärmte er.

»Die Sache hat nur einen winzigen Haken«, gab Unnur kleinlaut zu bedenken.

Henrik dachte kurz nach, dann verdüsterte sich seine Miene. »Ich glaube, ich ahne, was das Problem ist. Ihre Schwester weiß nichts von ihrem Glück, oder?«

Unnur schüttelte schuldbewusst den Kopf.

»Und wenn ich Ihr Gesicht so sehe, dann will sie davon auch gar nichts wissen, oder?«

»Nein, schlimmer, es soll überhaupt kein Mensch von diesen wunderbaren Songs, die sie getextet und komponiert hat, erfahren, wenn es nach Hekla ginge.«

»Aber Sie scheinen sie ja zu kennen.«

»Das ist das Problem. Ich bin der einzige Mensch, der davon weiß. Und wenn sie erfährt, dass ich sie zu diesem Wettbewerb angemeldet habe, fühlt sie sich von mir verraten und dreht mir den Hals um. Ich habe ja auch, ach, das war dumm, aber wie hätte ich es anders schaffen können, heimlich eine Kamera installiert, einen Mitschnitt gefilmt und ihn der Jury als Demomaterial geschickt.«

»Autsch! Ich kenne Ihre Schwester zwar noch nicht sehr gut, aber dass sie es gar nicht ausstehen kann, wenn jemand, dem sie vertraut, heimliche Aufnahmen von ihr macht, auch wenn es in guter Absicht geschieht, das vermag ich mir bildlich vorzustellen.«

»Ich weiß«, stöhnte Unnur. »Aber dieses Wissen macht es nicht leichter. Ich habe nur keine Ahnung, wie ich aus der Nummer wieder herauskommen soll, mal ganz abgesehen von dem Geld, das ich dann nie wiedersehe. Wenn sie das Preisgeld nicht bekommt, ist das Startgeld verloren.«

Henrik legte den Kopf schief. »Sie haben das aber nicht des Geldes wegen getan, oder?«

»Natürlich nicht. Meine Schwester muss unter Leute kommen, und ihre Songs sind der Hammer. Die sind einfach zu schade für das einsame Kämmerlein.«

»Nun ja, vielleicht hat sie einfach keine Zeit neben ihrem Beruf. Medizinerin an der Uni zu sein, erfordert sicherlich ihre ganze Aufmerksamkeit«, sinnierte Henrik.

Medizinerin?, dachte Unnur verdattert. Sie wurde nicht mehr schlau aus ihrer Schwester. Warum band sie dem dänischen Journalisten so einen Bären auf? Doch das würde sie dem Mann gegenüber nicht richtigstellen, genauso wenig wie sie ihm von Heklas Schicksalsschlag berichten würde. Nein, Dagur sollte sie ganz bestimmt nicht diesem Fremden gegenüber erwähnen.

»Nein, nein, ihr Job ist nicht das Hindernis. Es ist vielmehr so, dass sie …« Unnur kam erneut ins Schwitzen. Es war gar nicht so einfach, sich einen vernünftigen Grund auszudenken, warum Hekla sich so vehement dagegen sträubte, öffentlich aufzutreten, wenn sie Heklas unsagbaren Schmerz über Dagurs

Tod aussparen wollte. Und damit Heklas unumstößliches Gesetz, dass diese Songs ihrem toten Mann gewidmet und niemals für Dritte bestimmt waren.

Henrik musterte sie derart durchdringend, dass Unnur sich schnell etwas einfallen lassen sollte, womit sie ihn auf ihre Seite ziehen konnte. »Sie werden es nicht glauben, aber meine Schwester traut ihrem Talent nicht. Nein, sie ahnt nicht einmal, wie brillant sie ist. Aber wenn jemand anderes ihr versichert, wie gut sie ist, und sie zu einem Auftritt ermutigen würde, dann …«

Zu ihrer großen Erleichterung quittierte Henrik ihr Gestammel mit einem breiten Grinsen.

»Und dieser Jemand sollte Ihrer Meinung nach ich sein?«

»Genau, Sie können doch einfach sagen, dass Sie Hekla gern singen hören würden«, schlug Unnur aufgeregt vor. Sie war sehr froh darüber, dass der Mann sie nicht eiskalt abblitzen ließ. Im Gegenteil, er schien gerade selbst darüber nachzugrübeln, wie er Hekla am besten dazu animieren konnte, ihm einen ihrer Songs preiszugeben.

»Unnur, ich befürchte, das wäre nicht so ganz der richtige Ansatz«, lachte er. »Aber Sie können sich auf mich verlassen. Ich habe da schon eine Idee, wie ich Hekla dazu bringen könnte, mir freiwillig einen ihrer Songs zu präsentieren«, fügte er geheimnisvoll hinzu.

»Und darf ich wissen, wie Sie das anstellen wollen?«

Henrik schüttelte den Kopf. »Lassen Sie mich mal machen, und wenn ich Ihrem Plan richtig folgen kann, sollte ich Ihre Schwester bei der Gelegenheit am besten gleich davon überzeugen, an diesem Wettbewerb teilzunehmen, oder?«

Unnur nickte eifrig. »Ja, ich dachte, ich stecke ihr den Brief morgen in den Schuh.«

»In den Schuh?«

»Na ja, wir haben hier bei uns die Tradition, bei der man dreizehn Tage vor Weihnachten seine Schuhe auf das Fenstersims stellen und warten muss, was die Weihnachtskerle hineinstecken.«

Henrik musterte sie amüsiert. »Kinder tun das in Island. Das weiß ich. Aber erwachsene Frauen? Das war mir bislang nicht bekannt, aber man lernt ja nie aus. Wenn ich mich recht entsinne, ist als nächster Pottaskefill am Werk. Der Weihnachtsgeselle, der die Töpfe ausschleckt.«

»Das weiß man in Dänemark?« Unnur war sichtlich erstaunt, dass Henrik sogar den Namen des nächsten Weihnachtskerls kannte.

»Das Lieblingsbuch meiner Tochter ist *Die 13 Weihnachtsmänner Islands* von Brian Pilkington. Und meine Frau lässt sie jedes Jahr nach isländischem Brauch …« Er unterbrach sich hastig. Die gequälte Miene, mit der er in diesem Moment ins Leere starrte, hielt Unnur davon ab, ihn auch nur mit einem Satz auf das anzusprechen, was er da eben von sich gegeben hatte. Da gab es, wollte man dem gesunden Menschenverstand folgen, nur eine Deutungsmöglichkeit: Obwohl er in Dänemark eine Familie hatte, flirtete er mit Hekla. Aber für eine Optimistin wie Unnur gab es immer Alternativen zu dem, was auf der Hand lag. Vielleicht war er geschieden und hatte nur aus Versehen in der Gegenwartsform von seiner Frau und der Tochter gesprochen?, überlegte Unnur. Jedenfalls wollte sie ihren potenziellen Verbündeten auf keinen Fall mit neugierigen Fragen verschrecken, aber ehe sie sich innerlich Zurückhaltung schwören konnte, hörte sie sich bereits fragen: »Sie haben eine Familie?«

»Wer hat das nicht?«, entgegnete er ausweichend, und es war ihm sichtlich anzumerken, dass er ihr diesbezüglich keine weiteren Auskünfte erteilen würde. »Also, ich bin dabei«, fügte er rasch hinzu. »Ich verspreche Ihnen, dass ich alles mir Mögliche versuche, Hekla dazu zu bewegen, an dem Wettbewerb teilzunehmen. Aber vielleicht warten Sie heute Abend noch grünes Licht von mir ab. Ich sollte die Chance bekommen, den

Widerstand Ihrer Schwester ein wenig aufzuweichen. Wenn alles gut geht, schicke ich Ihnen eine Nachricht. Dann wissen Sie, ob Sie den Schuh befüllen können oder ob ich noch einen weiteren Abend brauche.«

»Gut, einen Tag könnte ich noch abwarten, aber dann kann ich ihr das hier«, sie wedelte mit dem Brief, bevor sie ihn wieder in ihrer Jackentasche verschwinden ließ, »… nicht länger verheimlichen.«

Henrik reichte ihr die Hand. »Wir schaffen das. Schlagen Sie ein auf unseren Pakt!«

Unnur zögerte. »Warum tun Sie das?«

»Warum machen Sie es?«

Unnur fand es zwar nicht fair, dass er einer Antwort durch eine Gegenfrage auswich, aber da sie diese Komplizenschaft angezettelt hatte, war sie bereit, ihm ihre Beweggründe noch einmal zusammenfassend darzulegen.

»Meine Schwester ist nicht nur eine gute Sängerin, sie besitzt ein geradezu außergewöhnliches Talent. Und nicht nur ihre Stimme ist großartig, nein, auch ihre Texte sind besonders. Und was macht sie damit? Sie zieht sich aus dem gesellschaftlichen Leben zurück und verkriecht sich in unserem abgelegenen Tal. So wird sie diesen Schicksalsschlag niemals verwinden …« Letzteres hatte sie mehr zu sich selbst gesagt, aber Henrik war nicht taub. Ihm schien eine Frage auf der Zunge zu liegen, aber Unnur kam ihm zuvor. »Das ist mir gerade so rausgerutscht. Ich kann Ihnen nichts weiter sagen. Bitte, ich kann mich nicht noch tiefer in Schwierigkeiten bringen, fragen Sie nicht nach. Glauben Sie mir, wenn meine Schwester sich verraten fühlt, dann ist mit ihr nicht zu spaßen.« Unnur musterte ihn bei diesem Satz scharf, denn er war überdies auch als Warnung an ihn gedacht, nicht mit Heklas Gefühlen zu spielen. »Und jetzt sind Sie dran! Warum wollen Sie mir helfen, sie zu ihrem Glück zu zwingen?«

»Ich mag Ihre Schwester sehr, und es wäre schade, wenn sie

weiterhin nur im Geheimen singen würde. Und da ich ihr etwas Gutes tun möchte, glaube ich, dass sie, wenn sie ihre Zweifel erst überwunden hat, glücklich darüber sein wird, an diesem Wettbewerb teilgenommen zu haben. Ich weiß, es ist ein gewagtes Unternehmen, das, wenn es scheitert, mich in Ungnade bei Hekla fallen lässt, aber die Vorstellung, dass wir damit Erfolg haben könnten, ist das Risiko wert.«

Wie gern hätte Unnur ihm noch weiter auf den Zahn gefühlt, vor allem hätte sie gern herausbekommen, ob er nun wirklich eine Familie in Dänemark hatte oder bereits geschieden war, aber er setzte mit einem Mal eine ziemlich abweisende Miene auf, so als ob er ahnte, was ihr durch den Kopf ging.

»Danke für den Tee, aber ich müsste jetzt ein wenig schlafen, damit mein Fieber endlich ganz verschwindet. Schließlich bin ich nicht zum Spaß hier«, bemerkte er höflich und bestimmt.

Unnur sprang vom Stuhl auf und verabschiedete sich hastig, um ihn nicht trotz aller deutlichen Zeichen, dies unbedingt zu unterlassen, doch ganz direkt zu fragen, ob er immer noch verheiratet war. Dann drehte sie sich noch einmal um. »Und wir sind wirklich ein Team in Sachen Songwriterwettbewerb?«, erkundigte sie sich.

»Aber sicher. Sie können sich auf mich verlassen. Ich werde heute Abend mein Bestes geben. Ich bräuchte noch Ihre Telefonnummer, damit ich Ihnen eine Nachricht zukommen lassen kann, sobald ich wieder allein bin. Und ein gut gekühltes Fläschchen Weißwein bräuchte ich noch.«

»Aber gerne. Den Wein bringe ich Ihnen später«, versicherte sie und diktierte ihm ihre Nummer, bevor sie mit gemischten Gefühlen sein Zimmer verließ: Froh darüber, einen Komplizen gefunden zu haben, aber gleichzeitig unzufrieden, weil sie nicht mehr über seinen aktuellen Familienstand hatte herausbekommen können.

Als Unnur ins Freie trat, hingen die Wolken tief über den

Bergen. Trotz des bedeckten Himmels gab es in Richtung Süden ein paar größere Löcher in der Wolkendecke, die hin und wieder einen Sonnenstrahl zur Erde ließen. Das führte zu einem derart intensiven Licht, das kein Künstler je würde einfangen können, ohne dass man ihm unterstellte, die Farben verfälscht zu haben.

Diesen Henrik werde ich auch zeichnen, fiel Unnur in diesem Augenblick ein, und sie stellte sich Heklas große Augen vor, wenn sie ihr zu Weihnachten eine Kohlezeichnung von dem Dänen schenkte. Spätestens an ihrer Reaktion würde Unnur dann erkennen, was ihre Schwester für diesen Mann empfand. Sie mochte nämlich immer noch nicht so recht glauben, dass Heklas Herz tatsächlich für den Dänen entbrannt war. Doch warum sollte sie sonst Abend für Abend an seinem Bett sitzen? Die Rolle der Krankenschwester wollte zu ihrer Schwester jedenfalls partout nicht passen.

Schon bevor Unnur die Küchentür geöffnet hatte, hörte sie ein ihr entfernt bekanntes weibliches Lachen bis auf den Flur. Sie blieb abrupt stehen und überlegte, wem das Frauenlachen gehörte. Dann fiel Max in das Lachen ein, und Unnur hatte ihre Antwort. Sie öffnete die Tür und stellte fest, dass sie recht hatte. Es war keine Geringere als Birta, die sie aber gar nicht wahrnahm, weil sie nur Augen für Max hatte.

Erst als Unnur sich lauthals räusperte, fuhr die Freundin herum und winkte ihr gut gelaunt und derart ungezwungen zu, als wäre es das Normalste der Welt, dass sie bei Unnur in der Küche saß.

»Wolltest du zu mir?«, fragte Unnur erstaunt, nachdem sie Birta links und rechts mit Küsschen auf die Wange begrüßt hatte.

»Genau, aber Max …« Sie legte ihm vertraut die Hand auf den Unterarm, »… hat mir meine Frage bereits beantwortet.«

Unnur blickte fragend zwischen Birta und Max hin und her. Wieso konnte Max neuerdings Fragen beantworten, die für sie bestimmt waren? Max schien zu spüren, dass Unnur diese Eintracht zwischen Birta und ihm missfiel.

»Ich habe ihr verraten, dass noch zwei Zimmer in der Pension frei sind«, erklärte er eifrig.

»Wir haben nur noch ein freies Zimmer, weil das andere bereits wieder gebucht wurde, aber warum fragst du?«

»Ach, Unnur, das ist eine etwas komplizierte Geschichte. Die Elfen, weißt du …«

»Nein, das sagt mir in dem Zusammenhang gar nichts«, entgegnete Unnur griesgrämig. Der Grund für ihre Reaktion war weniger die Tatsache, dass Birta ein Pensionszimmer benötigte, weil es nicht das erste Mal war, dass sich ihre Freundin in die Álfadrottning einbuchte, und zwar immer mit dem Hinweis auf einen kleinen Rabatt, der ihrer Freundschaft geschuldet war, als vielmehr der gewisse Blick, mit dem sie Max förmlich auffraß. Oh, wie Unnur es hasste, wenn Birta interessante Männer wie ein Jäger sein Wild ins Visier nahm. Und sie wusste dann auch schon genau, wie die Chose weiterging. Der bewährte Dreisprung: Jagen, zögern, zicken … aber nicht mit Max, meine Liebe! Sie bemühte sich, ein Pokerface aufzusetzen.

»Und was haben nun die Elfen mit dem Zimmer zu tun?«, hakte sie säuselnd nach.

Birta setzte eine geheimnisvolle Miene auf. »Sie wollen, dass ich die nächste Zeit in ihrer Nähe bin. Und deshalb möchte ich mich gern bei dir einmieten.«

»Das haben die Elfen dir gesagt?«, fragte Unnur ungläubig.

Birta legte den Zeigefinger auf den Mund zum Zeichen, dass Unnur das nicht so laut verkünden sollte. Dann nickte sie verschwörerisch. »Sie brauchen meinen Schutz, weil sie befürchten, dass man sie vertreiben will.«

Unnur zog die Augenbrauen hoch. Unter diesen Umständen musste sie Birta das Zimmer wohl oder übel geben, auch wenn ihr das Bauchgefühl deutlich sagte, dass der Grund für Birtas Aufenthalt eher libidinöser Natur war.

»Die Nummer 4 ist noch frei«, murmelte Unnur.

»Aber ich hätte gern die Nummer 3.«

»Tut mir leid, die ist besetzt. Aber wenn dir das Zimmer nicht zusagt, komme doch einfach nach Weihnachten noch mal vorbei«, erklärte Unnur eifrig in der Hoffnung, ihr bliebe der Kampf um Max erspart.

»Nein, nein, ich nehme es. Das ist doch sehr praktisch. Dann kannst du mich jeden Tag für dein Radio-Feature interviewen«, bemerkte Birta an Max gewandt. »Vierzig Euro die Nacht?« Diese Frage galt Unnur.

»Nein, meine Liebe, achtzig«, zwitscherte Unnur. Sie imitierte dabei den Tonfall ihrer Freundin.

»Und was ist mit Rabatt?« Birtas Stimme klang nun eher burschikos fordernd als weiblich schmeichelnd.

»Den können wir leider nicht mehr gewähren«, gab Unnur mit Nachdruck zurück und war mächtig stolz darauf, dass sie sich dieses Mal nicht von Birta hatte überrumpeln lassen. Natürlich ahnte sie, woran das lag. Wäre Max nicht in der Nähe gewesen, hätte Birta alle Register gezogen, um ihren Willen durchzusetzen, und Unnur hätte schließlich entnervt nachgegeben. Dass Birta wohl aber die erste Gelegenheit unter vier Augen nutzen würde, um sie verbal in Grund und Boden zu rammen, war Unnur durchaus bewusst, aber in diesem Augenblick genoss sie den Sieg. Und dieser ermutigte sie, sich Max nicht einfach vor der Nase wegschnappen zu lassen. Kaum hatte sie diesen Vorsatz gefasst, hörte sie sich bereits säuseln: »Was meinst du, Max, wann wollen wir losfahren?«

»Wenn wir noch eine Kleinigkeit unterwegs essen wollen, dann sollten wir gegen sechs Uhr starten.«

»Ihr geht heute Abend aus und lasst mich allein hier in der Einöde zurück?«, fragte Birta vorwurfsvoll.

Unnur zuckte scheinbar bedauernd die Schultern. »Wir wussten ja nicht, dass du kommst, als wir die Kinokarten reserviert haben.«

»Was wollt ihr denn sehen?«, hakte Birta nach.

»Einen Baltasar-Kormákur-Film«, entgegnete Unnur in der Hoffnung, dass Birta den Namen des Regisseurs nicht kannte, weil sie sich überhaupt nicht für Kino interessierte.

»Ach, das ist ja spannend. Ich habe ja gerade eine Folge von ›Trapped‹ gesehen. Ganz schön düster«, hörte sie Birta da bereits sagen.

»Genau, ich weiß doch, dass du solche Filme nicht magst«, pflichtete Unnur ihr scheinbar freundschaftlich bei.

»Doch, und wie. Die sind doch gut gemacht und vor allem spannend. Welchen wollt ihr euch denn anschauen?«

»›Der Eid‹.« Unnur hatte die schlimme Befürchtung, dass Birta ihnen ihre Gesellschaft um jeden Preis aufdrängen wollte. Und schon durfte sie mitansehen, wie ihre Freundin Max strahlend fragte, ob er etwas dagegen hätte, wenn sie mitkäme.

Bevor er etwas sagen konnte, fuhr Unnur dazwischen. »Du wirst leider keine Karte mehr bekommen. Als ich reserviert habe, war das Kino schon fast ausgebucht. Tja, tut mir leid.«

Birta machte einen Schmollmund, auf den schon früher in der Schule der Klassenlehrer reingefallen war. Sie sah dann immer so aus, als würde sie gleich in Tränen ausbrechen, und das konnten viele Männer nur schwerlich ertragen.

»Versuch es wenigstens. Ruf doch schnell im Kino an. Eine einzelne Karte gibt es doch meistens noch«, schlug Max vor, dem es offenbar nicht das Geringste ausmachte, heute Abend nicht allein mit ihr auszugehen.

Das ließ sich Birta nicht zweimal sagen. Mit einem Lächeln auf den Lippen tippte sie die Nummer in ihr Handy.

Unnur wünschte sich von Herzen, dass es keinen einzigen freien Platz mehr gab, aber an Birtas triumphierender Miene konnte sie das Gegenteil ablesen.

Sie wandte sich an Unnur. »Sagst du mir mal eure Reservierungsnummer, dann schauen sie, ob es neben euch noch einen Platz gibt.«

»Die habe ich jetzt nicht hier, sondern oben in meinem Atelier«, erwiderte Unnur schroff. »Wir müssen doch nicht nebeneinandersitzen.«

»Warte, ich hole sie. Wo finde ich sie?«, bot sich Max eifrig an. Unnur hätte ihn würgen können. Merkte er denn überhaupt nicht, was hier gespielt wurde?

»Ich mach das schon«, zischte sie und verschwand wütend, um den Zettel mit der Reservierungsnummer zu holen. Obwohl der Abend nun eh schon verdorben war, hoffte sie zumindest, dass es keinen Platz neben ihnen geben würde.

Sie hatte Glück. Ihre Reihe war voll besetzt. Doch Unnurs Freude währte nur kurz, weil sich Max großzügig anbot, auf den Einzelplatz zu gehen, damit die Freundinnen nebeneinandersitzen konnten.

»Du bist ein Schatz«, zwitscherte Birta Max zu.

Und du bist eine falsche Schlange, ging es Unnur durch den Kopf, und sie erschrak ein wenig bei dem Gedanken. Was war bloß in sie gefahren, dass sie derart negative Energie verbreitete? Das widersprach doch völlig ihren Prinzipien von der universellen Liebe zu sämtlichen Lebewesen auf dieser Welt.

Es ist die Eifersucht, die mich zu einer solchen Furie werden lässt, dachte sie bekümmert, als sie in diesem Augenblick mitanhören musste, wie Birta Max noch mehr Honig um den Bart schmierte. Noch nie wäre sie einem derart hilfsbereiten Mann begegnet, war noch der harmloseste Schmus, den sie absonderte, mal abgesehen davon, dass Unnur das schon einmal aus dem Mund ihrer Freundin gehört hatte. Natürlich wollte sie nicht gemein sein und das gegen Birta verwenden, doch sie hatte das noch gar nicht zu Ende gedacht, als sie sich süffisant sagen hörte: »Lass das bloß nicht Snorre hören.«

Birta sah sie irritiert an. »Snorre? Wer soll das sein?«

»Silvester vor zig Jahren, großer Mann, dunkle Locken …«

»Wie kommst du denn jetzt auf den?«

Unnur rang sich zu einem Lächeln durch. »Dasselbe hast du

ihm damals gestanden, als er dir um Mitternacht beim Feuerwerk seine Jacke um die Schultern gelegt hat, weil du angeblich deinen Mantel drinnen vergessen hattest.«

Birtas Gesichtszüge entgleisten für den Bruchteil einer Sekunde, während Max Unnur amüsiert zuzwinkerte.

»Ich backe jetzt erst mal nach dem Rezept meiner Mutter Laufabrauð, eine isländische Weihnachtsspezialität. Magst du mitmachen?«, fragte Unnur ihn einladend.

»Gern ein anderes Mal, aber meine Arbeit ruft. Ich muss dringend an meinem Artikel schreiben«, sagte er entschuldigend, bevor er hastig die Küche verließ.

»Ich muss dann auch mal«, zwitscherte Birta und eilte ihm hinterher, aber nicht ohne ihrer Freundin einen triumphierenden Blick zuzuwerfen.

Missmutig machte sich Unnur an die Arbeit und bemerkte in ihrem heiligen Zorn nicht, dass sie das Salzfass mit dem Zuckerbehälter verwechselte, als sie den Teig zubereitete.

14

Zauberhaftes Duett

Der Hof erstrahlte in hellem Lichterglanz, als Hekla aus Reykjavík zurückkehrte. Sie hatte auf dem ganzen Rückweg Musik gehört, aber nicht ›Possibly Maybe‹ von Björk, sondern Ólafur Arnalds' ältere Songs. Schon interessant, dass Henrik einen Zugang zu diesem Musiker hat, dachte sie, obwohl der Künstler eine typische Stimme der isländischen Seele war. Zu gern würde sie mehr über Henriks Geheimnis und seine Herzensverbindung zu ihrem Land erfahren.

Sie war auf dem Rückweg noch an Birtas Laden vorbeigefahren und hatte für Unnurs Schuh eine Kette mit einem silbernen Elfenanhänger erstanden. Eigentlich hatte sie Birta bitten wollen, sie zu dem morgigen Termin mit Kristian und den anderen Herren ins Bistro zu begleiten, aber im Geschäft war lediglich eine Vertretung gewesen. Auf Heklas Nachfrage hatte ihr die junge Frau mitgeteilt, dass Birta ein paar Tage Urlaub genommen habe, die sie zusammen mit ihrem neuen Freund verbringen wollte. Das durchkreuzte Heklas Plan, die Elfenflüsterin für den folgenden Tag mit an den Konferenztisch zu bitten. Aber wenn sie es sich so richtig überlegte, war das ohnehin eine Schnapsidee gewesen.

Mit gemischten Gefühlen nahm Hekla die Tüte mit den Einkäufen aus dem Wagen und beschloss, dem Abendessen erneut fernzubleiben und Unnur stattdessen am Morgen mit der Kette zu überraschen.

Sie war froh, dass sie auf dem Weg in ihre Wohnung keinem Menschen begegnete. Auf dem Bett breitete sie ihre Schätze aus und fragte sich, ob sie die neuen Sachen wirklich anziehen wollte. Schließlich suchte sie nach einer geeigneten Elfenkarte für ihre Schwester. Neugierig durchblätterte sie die Karten, bis ihr Blick an einem Kärtchen hängen blieb, dessen Text sie faszinierte. *Du verzeihst einem geliebten Menschen.* Ja, das war die Elfenkarte, die sie ihrer Schwester zusammen mit der Kette, die sie sich von der Verkäuferin sogar in Elfenpapier hatte einwickeln lassen, in den Schuh stecken würde.

Ihr Blick fiel sehnsüchtig auf das neue Outfit. Sie zögerte kurz, doch dann war die Versuchung zu groß, es nicht noch einmal anzuprobieren. Gerade als sie fertig angezogen war, klopfte es an ihrer Tür.

Wer das wohl ist?, dachte sie, öffnete missmutig die Tür und erstarrte. Es war Henrik mit einer Flasche Wein in der Hand, der sie erstaunt musterte.

»Was machen Sie denn hier?«, fragte Hekla wenig charmant.

»Ich dachte, wir könnten ein Glas Wein zusammen trinken«, erwiderte er sichtlich verlegen.

»Dann kommen Sie herein«, bat sie ihn irritiert.

»Sie sehen bezaubernd aus«, sagte Henrik. »Ist das neu?« Er deutete auf ihr Outfit.

»Nein, das sind alte Sachen, die ich sonst nie trage«, erwiderte sie prompt.

»Steht Ihnen sehr gut. Sie sollten öfter Röcke tragen.«

Da bemerkte Hekla, dass sein Blick an der Tüte mit dem Firmenlogo hängen blieb, in der sie die Sachen transportiert hatte, und wie er seinen Mund zu einem Grinsen verzog. Sie wünschte sich, es würde sich ein Loch in der Erde auftun, um sie zu verschlingen. Jetzt dachte er bestimmt, dass sie die Sachen nur für ihn gekauft hatte.

»Ich wollte das gerade wieder ausziehen, um dann bei Ihnen vorbeizusehen«, erklärte sie in burschikosem Ton.

Henrik brach in lautes Gelächter aus. »Eine reizvolle Vorstellung, dass Sie mich ohne Kleidung besuchen wollten.«

Hekla wurde bewusst, was sie in ihrer Nervosität von sich gegeben hatte, aber sie war nicht auf den Mund gefallen.

»Ich hätte diese Sachen natürlich noch gegen meine Jeans und meinen Lieblingspullover ausgetauscht, bevor ich nach Ihnen gesehen hätte.« Sie musterte ihn nun ihrerseits von oben bis unten. Er sah gar nicht mehr krank aus, sondern eher danach, als würde er sie ausführen wollen. Er trug eine schwarze Jeans, dazu ein weißes Hemd und darüber ein Jackett. »Aber Sie haben mir immer noch nicht erklärt, warum Sie mir zuvorgekommen sind und mich aufgesucht haben«, hakte Hekla nach.

»Das war reine Neugier. Ich wollte mal sehen, wie Sie wohnen, und muss sagen, ich bin begeistert. Ich mag es, wenn alles in einem Raum ist. Und mir fiel die Decke auf den Kopf. Ich musste raus aus meinem Krankenzimmer.«

»Sind Sie denn wieder ganz gesund?« In Heklas Stimme schwang eine leichte Enttäuschung mit, denn wenn er wieder auf den Beinen war, konnte sie nicht mehr so zwanglos unter dem Vorwand eines Krankenbesuchs bei ihm aufkreuzen.

»Es geht. Aber morgen habe ich einen wichtigen Termin. Deshalb bin ich extra angereist, da gibt es keine Ausflüchte.«

»Ich wusste gar nicht, dass morgen eine Pressekonferenz stattfindet«, murmelte Hekla.

»Pressekonferenz?«, wiederholte er.

»Na ja, ich dachte, wenn Sie unbedingt dabei sein müssen, dann wird es wohl eine größere Veranstaltung sein.«

Doch Henrik hatte ihr offensichtlich gar nicht mehr zugehört, sondern sich voller Begeisterung auf ihre Gitarre gestürzt. »Spielen Sie etwa?«, fragte er.

»Haben Sie denn schon etwas gegessen?«, erkundigte sich Hekla, ohne auf die Frage einzugehen.

»Sie lenken ab. Verraten Sie mir, ob Sie selber spielen. Und haben Sie vielleicht einen Öffner für die Weinflasche?«

Hekla reichte ihm einen Korkenzieher und zwei Gläser. »Ich müsste aber erst etwas essen, bevor ich Wein trinke. Soll ich etwas aus der Küche holen?«

»Da werden Sie kein Glück haben. Ihre Schwester sagte mir vorhin, dass das Abendessen heute ausfällt und ich mich am Kühlschrank bedienen soll.«

»Es gab heute kein Essen?«

»Nein, Ihre Schwester deutete an, dass sie heute ausgehen würde.«

Mit Max, vermutete Hekla, was ihre Ahnung bestätigte, dass zwischen den beiden mehr lief. Es wurde höchste Zeit, dass sie endlich wieder mit ihrer Schwester kommunizierte.

»Gut, dann plündere ich mal den Kühlschrank. Wollen Sie so lange hierbleiben oder kommen Sie mit?«

»Ich begleite Sie. Ich kann jede Abwechslung gebrauchen«, seufzte Henrik und folgte ihr in den Hof. Doch dann blieb er vor der Haustür stehen und blickte sich für einen Moment staunend um. »Es ist traumhaft hier. Wissen Sie eigentlich, dass Sie hier im Paradies wohnen? Diese Ruhe, diese umwerfende Natur, die schneebedeckten Berge«, stieß er schwärmerisch aus.

»Ja, und ich hoffe, dass das auch so bleiben wird.«

»Warum sollte es nicht so bleiben?«

»Weil wir kein abgeschiedenes Tal mehr sein werden, wenn wirklich die neue Umgehungsstraße am Fuße des Helgafells gebaut wird«, stöhnte sie.

»Sie sind also gegen das Projekt?«, hakte er nach.

»Jetzt erkenne ich den Journalisten in Ihnen, aber ich werde mich der Presse gegenüber nicht dazu äußern, weil mir sonst womöglich noch unterstellt wird, dass ich persönliche Interessen mit meinem Job vermische.«

»Das müssen Sie mir erklären. Was hat Ihre Meinung zu der geplanten Straße mit Ihrer Forschung als Medizinerin zu tun?«

Mist, sie hatte ihm immer noch nicht die Wahrheit gesagt. Nun wurde es höchste Zeit, das richtigzustellen.

»Henrik, ich muss Ihnen was sagen …«

»Lassen Sie mich zuerst, mir liegt da etwas schwer auf dem Herzen«, sagte er zeitgleich.

In dem Augenblick näherten sich Schritte, und sie fuhren herum. Es war Gunnar, der fluchend über den Hof schlurfte.

»Hier macht doch jeder, was er will«, knurrte er, als er auf ihrer Höhe war.

»Vater, was passt dir denn nun schon wieder nicht?«, erkundigte sich Hekla genervt über die Störung im falschen Moment.

Gunnar blieb stehen und musterte Henrik abschätzig »Zwei Töchter und nichts als Ärger«, murmelte er etwas verwaschen, und in diesem Moment konnte Hekla seine Fahne riechen.

»Vater, geh bloß schnell ins Bett«, sagte sie in scharfem Ton. Er machte eine wegwerfende Handbewegung. »Von wo kommst du überhaupt her?«

Aus seiner gezischelten Antwort meinte sie so etwas wie »Magnus« herauszuhören.

»Du warst bei Magnus und hast dir mit ihm einen gezwitschert?«

»Wenn's hier nichts zu essen gibt, weil sich deine Schwester lieber in der Stadt mit diesem Fremden rumtreibt«, lallte er. »Und du bist auch nicht besser. Sie sind doch der Däne, oder? Was haben Sie sich eigentlich dabei gedacht, dem Bischof den Kopf abzuschlagen?«

Henrik blickte Gunnar fassungslos an.

»Vater, hör auf mit der alten Geschichte.« Sie wandte sich entschuldigend an Henrik. »Er spricht von der Ermordung des katholischen Bischofs im Jahre 1550.«

»So bekomme ich nie Enkelkinder«, brummte er.

Die Anspielung auf potenziellen Nachwuchs war Hekla äußerst unangenehm, zumal Henrik das zu amüsieren schien. Er lächelte Gunnar jedenfalls gewinnend an.

»Vater, du gehst jetzt schlafen, und morgen sieht die Welt schon ganz anders aus«, fauchte Hekla.

»Magnus liebt deine Schwester immer noch, verstehst du?«, nuschelte ihr Vater.

»Wenn er so viel getrunken hat wie du, dann kann ich das gut verstehen.« Hekla stöhnte laut auf. »Kommen Sie, wir machen Arbeitsteilung. Sie räumen den Kühlschrank aus, und ich bringe meinen Vater ins Bett.«

Mit diesen Worten hakte Hekla Gunnar ein und zog ihn in Richtung Haus. Er ließ sich widerstandslos von ihr in sein Zimmer bringen. Sie zog ihm Jacke und Schuhe aus und hievte ihn aufs Bett.

»Und was macht sie? Sie geht mit diesem Casanova aus, der nicht mal vor deiner Großmutter haltmacht«, beschwerte sich Gunnar, bevor er sich zur Seite rollte und sofort zu schnarchen begann.

Hekla deckte ihn zu und eilte in die Küche. Henrik war gerade damit beschäftigt, geräucherten Lachs auf einer Platte zu garnieren.

»Ihr Vater ist wirklich ein uriger Typ. Ich sollte mich unbedingt mal mit ihm unterhalten, wenn er nüchtern ist«, erwiderte Henrik.

»Ich weiß nicht, ob das so ein Vergnügen für Sie sein wird. Mit den Dänen hat es mein Vater nicht so. Er befürchtet immer noch, sie könnten uns wieder besetzen.«

»Ich denke, ich würde ihn schon davon überzeugen, dass ich keine territorialen Ansprüche auf das ganze Land erhebe, sondern mich mit einzelnen Islän-« Er unterbrach sich hastig. »Sind Sie mit meiner Auswahl einverstanden?« Er deutete auf die Platte, auf die er noch ein paar Kabeljaufilets drapiert hatte.

»Sehr schön machen Sie das. Dann nehme ich noch ein bisschen Roggenbrot und Butter mit.« Hekla tat die Sachen geschäftig in einen Korb, obwohl sie sehr wohl zu wissen glaubte, was Henrik eben eigentlich hatte sagen wollen.

Wenig später saßen Hekla und Henrik an dem Esstisch in ihrer Wohnung und ließen es sich schmecken. Zu dem Räucherfisch tranken sie den Weißwein, der Hekla hervorragend schmeckte, obwohl sie sich eigentlich vorgenommen hatte, heute Abend nüchtern zu bleiben. Aber zu ihrer großen Erleichterung musste sie feststellen, dass sie diese Flasche wohl gerecht mit Henrik teilen musste, denn er hatte einen guten Zug am Leib.

Nachdem sie die Platte restlos leer gegessen hatten, stand Hekla auf und holte die als Geschenk verpackte CD aus ihrer Handtasche und überreichte sie ihm.

»Für mich?«, fragte er überrascht.

Hekla nickte.

»Aber wofür? Sie haben ein Geschenk verdient dafür, dass Sie sich so rührend um mich gekümmert haben.«

»Es ist doch nur eine kleine Aufmerksamkeit. Jetzt packen Sie schon aus.«

Henrik wickelte die CD aus, und als er erkannte, dass es die Island Songs waren, blickte er sie mit großen staunenden Augen an.

»Wissen Sie, dass ich Ihnen dieselbe CD schenken wollte? Sie waren einfach schneller.«

In diesem Augenblick spürte Hekla, wie ein heißer Schauer durch ihren Körper rieselte. Nein, das konnte kein Zufall sein, dass sie beide denselben Einfall hatten. Sie konnte nicht länger leugnen, dass sie mit diesem Mann mehr verband, als sie jemals zugeben würde. Da war es also wieder, das ›Etwas‹, und langsam bekam es Konturen. Keine Frage, sie fühlte sich zu ihm hingezogen.

»Dann muss ich mir wohl etwas anderes einfallen lassen, womit ich Ihnen meine Dankbarkeit zeigen kann.« Mit diesen Worten stand er auf und steuerte auf die Gitarre zu.

»Darf ich sie mir mal kurz ausleihen?«, fragte er geheimnisvoll.

Hekla nickte überrascht.

Henrik setzte sich mit der Gitarre auf einen Stuhl, während Hekla aufs Sofa wechselte.

»Sind Sie bereit, mein Ständchen anzuhören?« Er strahlte dabei über das ganze Gesicht.

»Legen Sie los!« Hekla hatte große Mühe, zu verbergen, wie ihre Gefühle Kapriolen schlugen. Sie fühlte sich Henrik derart nahe und wünschte sich, er würde noch einmal versuchen, sie zu küssen, aber von diesem Gedanken schien er gerade meilenweit entfernt. Denn er hielt nun die Augen geschlossen und wirkte sehr konzentriert.

Als er die Augen wieder öffnete, strahlten sie so viel Wärme aus, dass Hekla erneut heiß wurde. Sie war heilfroh, dass sie nicht einen ihrer dicken alten Wollpullover trug.

»Ich habe dir einen Song, o Verzeihung, jetzt habe ich dich geduzt, ich meine, also, Sie, äh Ihnen …«, stammelte er verlegen.

»Henrik, da du so viel über unser Land weißt, dann sollte dir bekannt sein, dass wir unsere Mitmenschen am liebsten duzen.«

»Na klar weiß ich das, wir Dänen siezen auch nur die Königsfamilie und Senioren. Also, Hekla, ich habe dir heute Nachmittag ein Lied geschrieben, und das würde ich dir gerne vortragen.«

»Du hast mir ein Lied geschrieben?«, fragte sie fassungslos. Es war ja schon magisch genug, dass er ihr ein Ständchen bringen wollte, aber ein eigens für sie geschriebenes Werk? Allein die Vorstellung ließ ihr erneut wohlige Schauer durch den Körper rieseln.

»Bitte erwarte kein Meisterwerk. Ich bin auch noch nicht fertig, aber die ersten Strophen könnte ich schon mal vortragen.«

»Henrik, allein, dass du das für mich machst, ist …« Hekla stockte. Ihr hatte ein ›so süß von dir‹ auf der Zunge gelegen, aber das ging ihr doch zu weit, weil es gar nicht ihrem sonstigen Sprachduktus entsprach. »… das ist total nett von dir«, beendete sie ihren Satz, wobei sie es mehr als süß von ihm fand.

Schon als Henrik mit einem instrumentalen Vorspiel begann, staunte Hekla nicht schlecht. Er beherrschte das Instrument perfekt, doch beim Klang seiner Stimme klopfte ihr Herz bis zum Hals. Was für ein erotisches Timbre sie besaß. Hekla war schon von seiner Sprechstimme fasziniert, aber die Gesangsstimme … Sie war so überwältigt, dass sie sich gar nicht auf den Text konzentrieren konnte. Der lief an ihr vorbei wie ein Hintergrundrauschen. Die raue Klangfarbe seiner Stimme war wie ein Sog, in den sie sich willenlos hineinziehen ließ.

»Hekla, alles in Ordnung?«, hörte sie ihn plötzlich wie aus weiter Ferne fragen.

Das riss sie aus dem magischen Zauber. So sehr, dass sie nicht einmal gemerkt hatte, wie er sein Ständchen beendet hatte.

»Sorry, aber ich bin fasziniert von deiner Stimme. Du hast mich so überrascht, dass ich gar nicht richtig auf den Text geachtet habe. Ob du das noch einmal wiederholen könntest?«, fragte sie beseelt, ohne ihre eigenen Worte auf die Goldwaage zu legen und zu zensieren.

Er tat so, als müsste er überlegen. »Unter einer Bedingung. Jetzt bist du dran!«

»Wie kommst du denn darauf, dass ich Gitarre spielen kann?«

Henrik lächelte hintergründig und deutete auf das Instrument. »Wer sich eine Gitarre aus Akazienholz zulegt, macht das nicht, um sie sich als Deko hinzustellen.« Henrik drückte ihr die Gitarre in die Hand.

Hekla war ziemlich perplex, aber sie hielt das Instrument natürlich so wie jemand, der gewohnt war, darauf zu spielen. In ihrem Kopf arbeitete es fieberhaft. Sie beherrschte keine bekannten Songs, sondern nur ihre eigenen. Sollte sie kneifen oder ihm tatsächlich eines ihrer Lieder vorspielen? Sie musste sich ja nicht unbedingt als Texterin und Komponistin outen.

»Ach bitte, tu mir den Gefallen«, bat er.

»Okay, okay!« Und schon fing sie zu spielen an und präsentierte ihm ihren absoluten Lieblingssong von der großen Liebe, die über den Tod hinaus währte.

Als sie fertig war, schimmerte es feucht in Henriks Augen. Hekla wusste zwar, dass dieses Lied sehr gefühlvoll war, aber trotzdem erschreckte sie seine Reaktion ein wenig.

»Na ja, das war vielleicht ein bisschen zu sentimental«, erklärte sie hastig.

»Nein, Hekla, es war wunderbar. Besser könnte ich meine Gefühle nicht ausdrücken. Es war so, als hättest du mir ins Herz geblickt, meinen unendlichen Schmerz genommen und ihn in die richtigen Worte gefasst.«

Hekla biss sich auf die Lippen, um ihm nicht zu offenbaren, dass diesen Song überhaupt nur jemand verstehen würde, der einen geliebten Menschen verloren hatte. So gequält wie er jetzt aussah, konnte man fast meinen, er hätte einen ähnlichen Schicksalsschlag erlitten wie sie … Ihr wurde plötzlich ganz kalt, aber sie konnte ihn doch unmöglich fragen, ob …

»Du hast sicher noch keinen Menschen verloren, den du sehr geliebt hast, oder?«, hörte sie sich da bereits zögerlich fragen.

»Zwei Menschen, um genau zu sein«, entgegnete er mit heiserer Stimme.

Henrik war grau im Gesicht geworden und wirkte derart gealtert, dass Hekla der Schreck durch alle Glieder fuhr. Sie wusste überhaupt nicht, wie sie darauf adäquat reagieren sollte.

»Meine Frau wollte eine Beziehungspause, weil ich für unsere Kleine und sie nie Zeit hatte, denn ich habe nur für die Arbeit gelebt. Sie ist mit unserer dreijährigen Tochter nach Barcelona zu ihrer Schwester gefahren, um einen klaren Kopf zu bekommen. Auf dem Rückweg wollte sie eine Freundin in Düsseldorf besuchen. Und auf dem Flug dann …« Seine

Stimme wurde brüchig, er brach mitten im Satz ab und atmete ein paarmal tief durch.

Hekla war vor Entsetzen wie gelähmt. Sie wusste genau, was jetzt kommen würde, denn der Absturz dieser Maschine und die näheren Umstände hatten auch in der isländischen Presse für reichlich Empörung gesorgt.

»Tja, das Letzte, was ich von meiner Familie gehört und gesehen habe, war ein Selfie von Salkia und Jule, das sie am Flughafen gemacht hatten. Sie sahen so glücklich aus.«

Hekla griff spontan nach seiner Hand und drückte sie mitfühlend. »Wenn ich das geahnt hätte, hätte ich dir den Song niemals vorgespielt.«

Henrik blickte sie liebevoll an. »Ich kann dir gar nicht genug danken, dass du mir dieses Lied präsentiert hast. Das wird jeden Menschen zutiefst berühren, der einen geliebten Menschen verloren hat«, flüsterte er. »Und wer war es in deinem Leben? Sprichst du darüber?«, fügte er hinzu, während er nun seinerseits mit den Fingerspitzen der freien Hand zärtlich über ihren Handrücken strich.

»Meine große Liebe. Es geschah wenige Wochen nach unserer Hochzeit. Er wurde auf einer einspurigen Brücke von einem anderen Fahrzeug abgedrängt, sein Wagen stürzte in den Fluss, er konnte sich nicht aus eigener Kraft befreien und ist ertrunken, bevor die Helfer kamen. Er war erst sechsundzwanzig.«

Hekla hätte später nicht sagen können, wie es dazu gekommen war und wer den Anfang gemacht hatte, jedenfalls lagen sich Henrik und sie plötzlich schluchzend in den Armen. Sie hielten sich so fest, als wollten sie einander nie wieder loslassen, und küssten sich schließlich leidenschaftlich, bis Hekla wie aus einem Rausch erwachte und sich schroff aus seinen Armen wand.

»Sorry, ich weiß nicht, wie das passieren konnte, also, das tut mir leid, ich …«, stammelte sie.

»Ich bereue nichts«, erwiderte Henrik und rang sich zu einem Lächeln durch.

»Aber ich kann das nicht. Ich werde nie wieder einen anderen lieben, und ich möchte nicht, dass du das falsch verstehst …«

»Ich weiß, was du sagen willst. Ich hätte auch niemals für möglich gehalten, dass je wieder eine Frau mein Herz berühren könnte, bis du neulich morgens auf der verschneiten Straße aus deinem Wagen gestiegen bist«, flüsterte er.

Heklas Widerstand gegen ihre eigenen Emotionen schmolz dahin wie Schnee unter der gleißenden Sonne. Sie konnte dem Gefühl, dass die Liebe in ihr Leben getreten war, obwohl es keinen lauten Knall gegeben hatte, nichts mehr entgegensetzen.

»Spielst du mir deinen Song jetzt noch einmal vor?«, fragte sie Henrik mit belegter Stimme.

Er überlegte kurz, griff dann nach der Gitarre und wiederholte seine Präsentation, und erst beim zweiten Durchgang begriff Hekla, dass das Lied wirklich von ihr handelte. Er sang von einer Eisprinzessin, die im Schnee auftauchte und von der er gerettet werden wollte, die ihn jedoch abblitzen ließ.

»So hast du mich also gesehen?«, lachte sie. »Mit einem Herz aus Eis?«

»Ja, aber das ist nur die Hülle, weil darunter das Feuer brennt. Du hast mich sehr an Salkia erinnert, aber kein Wunder, sie war Isländerin.«

»Deine Frau?«

Henrik nickte. »Ich habe sie in einem Urlaub auf den Kanaren kennengelernt, tja, sie war gar nicht erfreut, sich in einen Dänen verliebt zu haben. Trotzdem ist sie mit mir nach Kopenhagen gegangen. Aber die Sehnsucht nach der Insel von Feuer und Eis hat sie nie losgelassen. Wir waren fast jeden Sommer hier. Salkia gehörte ein Ferienhaus in der Nähe der Strandarkirkja …« Er unterbrach sich und schien in Gedanken abzudriften, »… ich muss es unbedingt endlich verkaufen, solange ich in Island bin«, murmelte er mehr zu sich selbst. Dann sah er sie wieder aufmerksam an. »Ja, du ähnelst ihr, aber nur auf den ersten Blick.«

»Du hast gar keine Ähnlichkeit mit Dagur, außer der Größe vielleicht«, entfuhr es Hekla und sie erschrak über sich selbst. Warum verriet sie ihm das?

Er aber reagierte kein bisschen beleidigt, sondern zog sie erneut zu sich heran. »Ich möchte auch kein Klon deines Mannes sein«, raunte er, und ehe sie sich's versah, küsste er sie erneut.

Insgeheim musste Hekla zugeben, dass er noch etwas mit Dagur gemeinsam hatte: Er küsste wie ein junger Gott. Dieses Mal unterbrach Hekla den Kuss nicht. Nach einer halben Ewigkeit erst lösten sie die Lippen voneinander.

»Wäre es sehr unverschämt, wenn ich dich bitten würde, mir den Text deines Songs aufzuschreiben, damit wir ihn einmal im Duett singen könnten?«, fragte Henrik zaghaft.

In diesem Augenblick spürte Hekla den großen Knall, der ihr schier den Verstand rauben wollte, genauso intensiv wie damals mit Dagur. Das konnte doch kein Zufall sein, dass er ihr vorschlug, mit ihr im Duett zu singen. Ihr Herz klopfte bis zum Hals bei der Erkenntnis, dass es sie, die eher geglaubt hätte, von einer Gletscherspalte verschlungen zu werden, als noch einmal ihr Herz an einen Mann zu verlieren, mit Leib und Seele erwischt hatte. Und nicht nur das. Auch ihr Körper stand in Flammen.

»Warte.« Sie ging mit wackeligen Knien zu ihrem Schreibtisch und druckte den Text ihres Songs für ihn aus.

»Soll ich ihn dir noch einmal vorsingen?«, erkundigte sie sich fürsorglich.

Henrik schüttelte eifrig den Kopf. »Nein, nicht nötig. Ich kenne zwar keine Noten, habe aber ein absolutes Gehör«, erklärte er.

Hekla zuckte zusammen. Schon wieder eine Gemeinsamkeit, dachte sie berauscht vor Glück und nahm die Gitarre zur Hand. Henrik begann sehr leise und verhalten mitzusingen, doch dann drehte er auf, und sie sangen das Lied voller Herzblut gemeinsam.

»Danke«, hauchte Henrik, nachdem der letzte Ton verklungen war.

»Ich danke dir«, erwiderte Hekla ergriffen.

»Du solltest unbedingt öffentlich auftreten.«

Hekla, die gerade seine Hand nehmen wollte, zuckte zurück. »Warum? Das ist meine Privatsache«, widersprach sie ihm energisch.

»Ich meinte ja bloß. Es ist schade, der Song würde allen Menschen, die einmal einen schweren Schicksalsschlag erlitten haben, helfen. Es muss ja nicht immer gleich so dramatisch sein wie bei uns beiden, aber glaube mir, der Song spendet Trost. Du bist eine große Künstlerin. Du darfst nicht an deinem Talent zweifeln«, erklärte er in liebevollem Ton.

»An meinem Talent zweifeln? Wie kommst du denn darauf? Aber ich bin nun mal Wissenschaftlerin, keine Künstlerin«, brummte sie.

»Na ja, ich dachte auch nur. Es gibt ja auch Songwriterwettbewerbe, und da hättest du sicherlich ausgezeichnete Chancen.«

Hekla tippte sich an die Stirn. »Das kommt gar nicht infrage«, bellte sie entschlossen, bevor sie einen Blick auf ihre Armbanduhr warf. »Schon so spät! Leider habe ich morgen einen wichtigen Termin. Wir könnten ja am Wochenende mal nach Reykjavík in einen der Musikclubs gehen. Da bekommst du wenigstens echte Profis zu sehen«, fügte sie mit sanfter Stimme hinzu.

»Du hast recht. Ich sollte vernünftig sein«, seufzte Henrik und stand auf. »Aber was die Profis angeht, du stellst dein Licht mächtig unter den Scheffel. Du schreibst großartige Texte und deine Stimme ist sensationell«, schwärmte er.

»Das Kompliment kann ich dir zurückgeben. Nimm du doch an einem solchen Wettbewerb teil. Jede Wette, dass es die auch bei euch in Kopenhagen gibt.«

»Bestimmt«, stöhnt er. »Aber …« Er stockte.

»Was wolltest du sagen?«

»Ach, nichts. Wenn du das nicht möchtest, sollte ich dich nicht zu deinem Glück zwingen«, stieß er halbherzig hervor.

»Das würde eh keiner schaffen. Ich lasse mir ungern dreinreden«, lachte Hekla.

»Ach was?«, scherzte Henrik. »Das ist mir noch gar nicht aufgefallen.«

»Spinner!« Hekla gab ihm einen liebevollen Stoß in die Seite.

»Ich gehe jetzt, aber nur unter einer Bedingung.« Er musterte sie fordernd.

»Soll das eine Drohung sein?«, gab sie übermütig zurück.

»Ich komme wieder und dann, um bei dir zu bleiben«, entgegnete Henrik und nahm sie zärtlich in den Arm. »Ich möchte noch einen Kuss. Ich kann es nämlich immer noch nicht glauben, dass die Eisprinzessin wie eine Liebesgöttin küsst.«

Hekla wollte noch etwas kontern, doch da hatte Henrik ihr den Mund bereits mit einem Kuss verschlossen.

15

Pottaskefills Gaben

Hekla schwebte an diesem kalten Wintermorgen wie auf Wolken über den dunklen Hof von ihrer Wohnung zum Haupthaus. Der Gedanke an Henrik und an das, was am Abend zuvor zwischen ihnen geschehen war, verlieh ihr förmlich Flügel. Sie hatte wenig geschlafen in dieser Nacht, fühlte sich aber, als könnte sie Bäume ausreißen. Ein paarmal hatte sich auch ihr innerer Zensor gemeldet und sie in barschem Ton aufgefordert, diese Begegnung nicht mit Emotionen zu überfrachten. Ja, er hatte sie sogar wiederholt darauf hingewiesen, dass Henrik bald ins ferne Dänemark zurückkehren würde und sie es unbedingt bei dieser einen Annäherung belassen sollte. Doch die Stimme ihres Herzens hatte so überzeugend und mächtig dagegengehalten, dass sie es gar nicht mehr erwarten konnte, ihm wieder zu begegnen. Am liebsten gleich an diesem Morgen. Auch wenn sie nicht wirklich damit rechnete, dass er zum gemeinsamen Frühstück auftauchte, hatte sie sich vorsichtshalber ihr neues Outfit angezogen. Wenn sie an seinen bewundernden Blick dachte, mit dem er sie gestern gemustert hatte, fühlte sie sich darin äußerst begehrenswert. Dass sie damit womöglich in ihrem Büro einen Menschenauflauf provozieren würde, hatte sie in ihrer Euphorie nicht bedacht.

Übermütig vor sich hin summend und mit dem Geschenk in der Hand, das für Unnurs Schuh gedacht war, betrat sie die düstere Küche, nachdem sie sich im Flur einen Stiefel ihrer

Schwester gegriffen hatte, und knipste erst einmal das Licht an. Ihr erster Gang führte sie zur Fensterbank. Dort stand zu ihrer großen Überraschung bereits ein gefüllter Wanderschuh. Ein Umschlag lugte daraus hervor. Versonnen lächelte sie in sich hinein. Das war ein sicheres Zeichen dafür, dass auch Unnur beschlossen hatte, sich zu versöhnen.

Vorsichtig legte sie die Kette und das Kärtchen in Unnurs Stiefel und rieb sich befriedigt die Hände bei dem Gedanken, dass dieses Arrangement auf dem Fenstersims der gelungene Anfang vom Ende ihres dummen Streits war. Obwohl sie schier vor Neugier platzte, herauszufinden, was sich Unnur zur Versöhnung ausgedacht hatte, wollte sie geduldig warten, bis ihre Schwester kam.

Sie hatte den Frühstückstisch gerade fertig gedeckt, als die Tür hinter ihr aufging. Sie fuhr herum in der Hoffnung, dass sich Henrik zum gemeinsamen Frühstück einfinden würde. Verblüfft stellte sie fest, dass es Birta war, die in einem neckischen Morgenmantel und mit Winterboots an den Füßen in die Küche geschlichen kam.

»Was machst du denn hier?«, entfuhr es Hekla ein wenig enttäuscht.

»Ich wollte zwei Kaffee holen«, erwiderte sie ungerührt.

»Zwei Kaffee?«, wiederholte Hekla irritiert.

»Ja, für Max und für mich.«

»Du hast bei unserem Journalisten übernachtet?«, fragte Hekla fassungslos, während sich das Ganze zu einem Bild zusammenfügte. In dem Moment erinnerte sie sich an Birtas Mitarbeiterin, die gestern behauptet hatte, Birta wäre für ein paar Tage bei ihrem neuen Freund. Auf Max Reher wäre Hekla dabei nie im Leben gekommen. Arme Unnur …

Birta lächelte geheimnisvoll. »Wenn du es genau wissen willst, ich habe in meinem Zimmer geschlafen, aber ich möchte ihm eine Freude machen und ihn mit einem Kaffee wecken.«

»Habt ihr etwa was miteinander?«, hakte Hekla ziemlich unverblümt nach.

»*Noch* nicht«, flötete Birta. »Ich glaube, er will Unnur nicht vor den Kopf stoßen.«

»Das ist ja äußerst rücksichtsvoll. Wieso übernachtest du überhaupt in unserer Pension?«

»Die Elfen haben mich gebeten, in ihrer Nähe zu sein, solange das mit dem Ausbau der Straße nicht geklärt ist«, erwiderte Birta, während sie zwei Becher mit Kaffee füllte.

Hekla lag eine Erwiderung auf der Zunge, die sie aber noch rechtzeitig hinunterschlucken konnte. *Du bist auch um keine Ausrede verlegen, wenn du einen Typen haben willst*, würde sicherlich zu einer unschönen Diskussion mit der Elfenflüsterin führen, und das konnte Hekla an diesem eigentlich wunderschönen Morgen ganz bestimmt nicht gebrauchen.

»Dann solltest du mich vielleicht heute zu einem Termin begleiten. Dabei geht es um den Elfenhügel, und ich könnte deine Hilfe gebrauchen«, sagte sie stattdessen in sachlichem Ton.

»Ein Pressetermin? Gern, welche Medien erwartest du denn?«, erkundigte sich Birta geschmeichelt.

»Keine Presse. Es handelt sich um ein Treffen derjenigen, die direkt am Straßenbauprojekt beteiligt sind. Das Straßenbauamt, der Bürgermeister, die Baufirma …«

Birta gähnte demonstrativ. »Das bringt doch nichts.«

Hekla sah sie verwundert an. »Wieso bringt das nichts? Das sind die Entscheidungsträger, und wenn du ihnen glaubwürdig versicherst, was genau du erlebt hast, dann könntest du ihre Entscheidung beeinflussen. Aber verhaspele dich bloß nicht. Keine Elfenkirche.«

Birta wurde knallrot im Gesicht. »Ich lasse mich doch nicht von den Typen prüfen. Und überhaupt, seit wann gibst *du* etwas auf die Stimme der Elfen?«

Hekla wich erschrocken zurück. Sie wusste zwar nicht, womit sie Birta dermaßen in Rage versetzt hatte, aber dass sie das getan hatte, war schwerlich zu übersehen.

»Ich finde, dass du mit an den runden Tisch gehörst, wenn über den Bau der Straße verhandelt wird«, sagte sie mit Nachdruck.

»Und warum haben sie mich nicht selber eingeladen?«

»Kommst du jetzt mit oder nicht? Um zwölf Uhr, Bistro in der Laugavegur.«

»Tut mit leid, das fühlt sich ein Stück weit nicht richtig an«, bemerkte Birta in einem Betroffenheitston, der Hekla sofort aggressiv machte. Aber da Hekla ohnehin nicht besonders begeistert von Birtas Teilnahme an dem Gespräch war, winkte sie großzügig ab. »Dann schau doch mal, wie sich das später mit den Vibrations verhält.«

Ihr spöttischer Unterton war nicht zu überhören. Birta aber verzog nur verächtlich ihr Gesicht und ging mit einem Tablett in der Hand zur Tür. Dort stieß sie beinahe mit Unnur zusammen, die derart inquisitorisch auf die beiden Kaffeebecher starrte, dass Birta sich zu einer Rechtfertigung genötigt sah. »Ich dachte, ich bringe Max gleich mal einen Kaffee vorbei«, zwitscherte sie.

»Der wird wohl kalt. Max steht nämlich nie vor zwölf auf. Er ist Nachtarbeiter und hat gestern nach dem Kino noch lange an seinem Artikel geschrieben, bevor er ins Bett gegangen ist«, gab Unnur in scharfem Ton zurück.

Birta verließ daraufhin schnaufend die Küche. Hekla warf ihrer Schwester einen bewundernden Blick zu. »Wow, gut gebrüllt, Löwin!«

»Ist doch wahr«, schnaubte Unnur. »Du hättest sie gestern mal im Kino erleben sollen, wie sie um ihn herumscharwenzelt ist. *Möchtest du noch ein Bier oder Popcorn?* Sie denkt wohl, sie kann mir den Mann ausspannen, aber da hat sie sich getäuscht!«

»Habe ich was verpasst? Seid ihr beiden euch nähergekommen? Ich meine, Max und du?«

»Wie denn? Wenn Birta uns dermaßen ihre Gesellschaft aufdrängt!«, schimpfte Unnur.

»Und woher weißt du dann, wann der Herr gestern ins Bett gegangen ist?«

»Ich habe von meinem Fenster aus gesehen, wann er das Licht ausgemacht hat!« Unnurs finstere Miene erhellte sich, als ihr Blick auf das Fenstersims fiel. »Zwei Schwestern, ein Gedanke, tut mir so leid, dass ich in meiner Begeisterung für die Webseite über das Ziel hinausgeschossen bin«, fügte sie entschuldigend hinzu.

»Ist schon gut. Es war ja auch blöd von mir, von Max zu verlangen, dir was vorzuschwindeln. Aber mal ganz im Ernst. Läuft da was zwischen euch beiden?«

Unnur bekam einen verträumten Gesichtsausdruck. »Hekla, das ist kein Zufall, dass du Max in unsere Pension geschickt hast. Ich spüre das genau. Er muss der Mann sein, dessen Erscheinen die Kartenlegerin in den Karten gesehen hat …«

»Du weißt schon, dass er nur wegen der Arbeit hier ist und dann wieder gen Hamburg fliegt, oder?«, fragte Hekla zaghaft.

»Ach, Entfernung ist doch kein Hindernis, wenn es um die wahre Liebe geht.«

Diese in Heklas Augen naive Ansicht ihrer Schwester holte sie selbst unsanft von ihrer eigenen Wolke sieben auf den Boden der Tatsachen zurück. Ihr wurde schmerzhaft bewusst, dass sie ihr Herz auf keinen Fall an einen Mann hängen sollte, der bald wieder fort war. Hatte sie sich tatsächlich eingebildet, dass sie noch einmal einen Mann wie Dagur finden würde? In dem Moment, in dem die Stimme der Vernunft die Oberhand gewonnen hatte, meldete sich eine andere Stimme zu Wort, aber nicht schwach und weich, sondern mit enormer Kraft und sehr männlich. Es war Dagur, der in ihrem Inneren zu ihr sprach. *Hekla, jeder bekommt eine zweite Chance. Auch du! Hab Vertrauen!* Hekla spürte, wie ein leichtes Zittern durch ihren Körper ging. Natürlich war ihr sonnenklar, dass sie sich seine Stimme nur eingebildet hatte, aber …

»Ich habe mir sagen lassen, dass du unseren Mann aus der Nummer 2 wieder gesund gepflegt hast.« Damit riss Unnur Hekla aus ihren Gedanken.

»Ich habe ihm nur Tee und Tabletten gebracht. Das würde ich für jeden Gast tun, der mit einer Grippe flachliegt«, sagte sie mit belegter Stimme, obwohl sie schmerzhaft spürte, dass es die Unwahrheit war.

»Aha, und sonst seid ihr euch nicht nähergekommen?«, hakte Unnur vehement nach.

»Du kennst mich doch. Männer interessieren mich nicht«, entgegnete Hekla schroff, denn sie musste erst einmal selbst begreifen, was für ein Vulkan in ihrem Inneren tobte. Hektisch deutete sie auf die Schuhe. »Ich glaube, Pottaskefill war heute Nacht zu Besuch.«

Und ich glaube, du lenkst vom Thema ab, dachte Unnur und ärgerte sich ein wenig darüber, dass sie so plump nachgefragt hatte. Sie hätte sich doch denken können, dass Hekla nicht offen über ihre Gefühle sprechen würde. Unnur war sich jedenfalls sicher, dass gestern Nacht zwischen dem Dänen und ihrer Schwester etwas vorgefallen war. Sonst hätte Henrik ihr bestimmt nicht mitten in der Nacht per Handy-Botschaft die Komplizenschaft in Sachen Songwriterwettbewerb aufgekündigt, aus lauter Panik, Hekla könnte hinter ihr kleines Komplott kommen. Heklas Songs sind bezaubernd, mitreißend, zum Heulen schön, aber wir dürfen sie nicht zu ihrem Glück zwingen!, hatte er ihr weit nach Mitternacht geschrieben. Komm am besten zum Frühstück vorbei und bestärke sie, dass sie mitmachen soll, sobald sie den Brief in ihrem Schuh gelesen hat, hatte Unnur ihm daraufhin geantwortet. Zu ihrer großen Enttäuschung hatte er das Angebot unmissverständlich ausgeschlagen. Ich kann nicht. Sie vertraut mir und würde es mir sicher als Verrat auslegen, wenn sie jemals erfährt, dass wir diesbezüglich gemeinsame Sache gemacht haben. Sie gehört auf eine Bühne, keine Frage, und ich wünsche dir viel Erfolg dabei, sie zu diesem Schritt zu überzeugen, aber ich bin raus. Sorry!

Unnur hatte daraufhin kurz entschlossen eine große Tüte ihres frisch gebackenen Laufabrauðs, das sie noch nicht einmal selbst gekostet hatte, samt des Briefes der Jury in den Schuh gelegt, und nun gab es kein Zurück mehr.

»Soll ich zuerst?«, fragte Unnur.

»Ja bitte!«, erwiderte Hekla, und erst jetzt fiel Unnur auf, dass ihre Schwester völlig verändert aussah. Ihre Gesichtszüge waren weicher als sonst, und sie besaß rosige Wangen. Das waren nach Unnurs Einschätzung eindeutige Signale dafür, dass sie verliebt war. Unnur musterte die Schwester eindringlich, und plötzlich entdeckte sie eine eklatante Veränderung, die mehr verriet als tausend Worte.

»Wow, du trägst ja einen Rock!«, rief Unnur mit schriller Stimme aus. »Dass ich das noch erleben darf.«

Hekla fuhr erschrocken zusammen. »Ja, den hat mir gestern eine Verkäuferin aufgeschwatzt. Aber ich gehe mich gleich umziehen, wenn noch einer so hysterisch reagiert wie du«, bemerkte sie verärgert.

»Nein, bitte nicht! Du siehst umwerfend aus«, widersprach ihr Unnur heftig.

»Willst du nicht endlich nachsehen?« Hekla deutete auf den Schuh.

Unnur sah ein, dass sie keine Chance hatte, der Liebesangelegenheit weiter auf den Grund zu gehen, und tat, was Hekla verlangte. Mit großer Verwunderung holte sie erst das in Elfenpapier verpackte Geschenk hervor und dann das Kärtchen.

»*Du verzeihst einem geliebten Menschen!*«, las sie laut vor, bevor sie auf ihre Schwester zustürmte und sie liebevoll in die Arme nahm.

»Das ist das schönste Geschenk, das du mir machen konntest«, sagte sie gerührt.

»Ach, das ist ja nicht von mir, sondern von den Elfen.«

»Ich weiß, wo es diese Karten gibt. Sag bloß, du hast dich meinetwegen in Birtas Höhle gewagt?«

Hekla nickte schwach.

»Das schönste Geschenk ist, dass wir uns wieder vertragen haben«, seufzte Unnur und wickelte nun das Päckchen aus. Mit großen Kinderaugen hielt sie schließlich die Kette in der Hand und betrachtete sie von allen Seiten.

»Ist die schön«, stieß sie begeistert aus und bat ihre Schwester, sie ihr umzulegen.

»Die steht dir super«, schwärmte Hekla.

»Weißt du, dass ich schon so oft davorgestanden habe, aber dann jedes Mal gedacht habe, es wäre viel schöner, wenn sie mir jemand schenken würde«, seufzte Unnur.

»Wobei du bei diesem Jemand sicherlich weniger an deine Schwester gedacht hast«, lachte Hekla.

Unnur umarmte sie erneut übermütig und gab ihr einen Kuss. In diesem Augenblick bereute sie zutiefst, dass sie Hekla nicht auch irgendein unverfängliches Geschenk in den Schuh gesteckt hatte. Sie befürchtete, die harmonische Stimmung könnte in wenigen Augenblicken wieder in einen hässlichen Streit umkippen. Sie hielt die Luft an.

»Oh, was ist das?« Hekla holte die Tüte mit dem Laufabrauð hervor, öffnete sie und steckte ihre Nase hinein. »Das riecht köstlich. Und es sieht aus wie bei Mutter. Erlaubst du, dass ich es mit ins Büro nehme und meinen fleißigen Kollegen etwas abgebe?«

»Es gehört dir. Ich habe es selbst gebacken! Du kannst damit machen, was du willst«, sagte Unnur, während sie vor lauter Aufregung begann, an ihrem Fingernagel zu knabbern, als sie beobachtete, wie Hekla den Umschlag aus dem Schuh hervorzog.

»Ein Brief!«, rief Hekla aus. »Da bin ich mal gespannt, was mir der Weihnachtskerl heute zu sagen hat.«

Voller Anspannung beobachtete Unnur, wie ihre Schwester

den Umschlag in ihrer gewohnt ungeduldigen Art aufriss, das Schreiben zur Hand nahm und ihr dann beim Lesen merklich die Gesichtszüge entgleisten.

»Das kann doch nicht sein«, murmelte Hekla. »Erst gestern haben wir darüber … nein, nein, aber …« Sie suchte Unnurs Blick. »Weißt du, was da drinsteht?«

Unnur hätte am liebsten erwidert, nein, das wüsste ja nur der Weihnachtskerl, aber sie nickte.

»Wie kommt die Jury bloß auf mich? Ich habe doch nie öffentlich etwas vorgetragen …« Sie blickte ihre Schwester weiterhin erstaunt an, aber noch konnte Unnur keine dunklen Schatten in ihrem Blick erkennen. Offenbar hatte Hekla noch nicht begriffen, dass es nur einen einzigen Weg geben konnte, wie diese Jury dazu gekommen war, sie zum Wettbewerb einzuladen. Sie musste sofort ein Geständnis ablegen.

»Ich war es. Ich habe dich heimlich gefilmt und denen drei deiner Songs als Demoband geschickt. Ich habe mich als deine Agentin ausgegeben, aber nur, weil du so wunderbar bist und so …« Sie stutzte, denn statt ihren gefürchteten Killerblick aufzusetzen, verzog ihre Schwester das Gesicht zu einem Lachen und prustete laut los.

»Du bist ein raffiniertes Luder. Das hätte ich dir niemals zugetraut, aber es ist so süß gemeint.« Mit diesen Worten umarmte sie die Schwester übermütig. Unnur blieb vor Erstaunen der Mund offen stehen. Sie machte sich ganz steif, weil sie immer noch ein Donnerwetter erwartete.

»Du findest das nicht über-…, ich meine übergriffig?«, stammelte Unnur.

»Und wie übergriffig das ist, aber vielleicht brauchte ich an dem Punkt auch einen kleinen Schubs in die richtige Richtung …«

Es fiel Unnur äußerst schwer, sich zu entspannen, weil sie dem Frieden absolut nicht traute. In diesem Moment betrat Amma Martha die Küche. Sie strahlte.

»Endlich! Ihr beiden habt euch wieder vertragen. Das war ja kaum auszuhalten. Und ihr habt euch sogar gegenseitig etwas geschenkt.«

»Schau mal, Großmutter, das habe ich von Hekla.« Unnur zeigte ihrer Großmutter die Kette und auch das Kärtchen. Unnur war ganz froh über Amma Marthas Auftauchen, denn sollte Hekla doch noch einen Tobsuchtsanfall bekommen, so wäre sie nicht allein mit ihrer Schwester. Hekla machte jedoch nicht die geringsten Anstalten, einen Streit anzuzetteln. Im Gegenteil, sie reichte der Großmutter nur grinsend den Brief mit den Worten: »Schau mal, was Pottaskefill mir gebracht hat.«

Die Großmutter setzte ihre Lesebrille auf und studierte eifrig das Schreiben. »Aber Kind, ich wusste gar nicht, dass du …, ich meine, dass du Lieder schreibst und Gitarre spielst. Natürlich kommen wir alle mit zu deinem Vorsingen!«, rief sie begeistert aus, bevor sie neugierig in die Tüte mit dem Laufabrauð griff, um es zu probieren. Die Schwestern waren viel zu sehr miteinander beschäftigt, um wahrzunehmen, wie Amma Martha nach dem ersten Bissen erschrocken innehielt und mit hochrotem Kopf aus der Küche eilte.

»Ich denke trotzdem, dass ich da nicht mitmache …«, murmelte Hekla.

»Aber du hast dich eben doch so darüber gefreut.« Unnur war fassungslos.

»Ja, aber doch nur, weil mir klar geworden ist, dass ich mein Talent nicht wie ein Staatsgeheimnis vor aller Welt verbergen muss. Ich habe die Songs für Dagur geschrieben …« Hekla stockte. Sie wunderte sich, wie leicht ihr der Name ihres Mannes plötzlich über die Lippen ging. Dass sie sogar schon einen Song für Henrik komponiert hatte, wollte sie lieber für sich behalten. Mit einem Blick auf ihre sichtlich enttäuschte Schwester bekam sie beinahe ein schlechtes Gewissen, weil Unnurs Bemühungen damit ganz umsonst gewesen waren. Dabei hatten sie sehr wohl etwas in Hekla bewirkt. Sie hatten sie in ihrem

Gefühl bestätigt, dass sie sich mit ihren Songs nicht verstecken musste. Die Augen hatte ihr gestern Henrik geöffnet. Und sie hatte begriffen, dass es ihre Trauer nicht verfälschte, wenn sie ihre Lieder Dritten präsentierte. Im Gegenteil, sie konnten anderen sogar Trost spenden.

»Bitte, Hekla, trau dich. Du gehörst vor ein Publikum«, flehte Unnur sie an.

»Das lässt sich vielleicht sogar einrichten, im kleinsten Rahmen«, erwiderte Hekla verträumt. »Ich spiele nämlich mit dem Gedanken, euch an Weihnachten ein kleines Privatkonzert zu geben.«

»Aber dann wäre es doch ideal, wenn du das als Probekonzert siehst und zwei Tage darauf den Wettbewerb gewinnen würdest«, mischte sich Unnur eifrig ein.

Hekla stöhnte laut auf, weil sie selbst hin- und hergerissen war. Die Vorstellung, sie würde auf einer Bühne singen und Henrik würde sie aus der ersten Reihe bewundern, war so verheißungsvoll, dass ihre Vorsätze arg ins Wanken gerieten. Andererseits kam das alles viel zu plötzlich. Sie konnte unmöglich einen Schritt vor dem anderen machen. Erst einmal musste sie doch testen, wie sich das überhaupt anfühlte, wenn sie die Songs im engen Familienkreis präsentierte, bevor sie sich gleich einer großen Öffentlichkeit präsentierte.

»Ich weiß nicht, ich glaube, das passt nicht zusammen. Ich bin keine Künstlerin sondern Wissenschaftlerin«, erklärte Hekla halbherzig, denn dass man beides sein konnte, war gerade in ihrem Land nicht ungewöhnlich.

»Das ist doch kein Argument. Fast die Hälfte aller unserer Landsleute betätigt sich neben ihren Brotberufen künstlerisch«, erklärte Unnur mit Nachdruck.

Hekla konnte ihrer Schwester im Grunde genommen nur beipflichten. Und dann musste sie wieder mit einer gewissen Wehmut an die vielen berauschenden Abende denken, an denen sie die Karaoke-Bar aufgemischt hatte. Schon damals waren etliche Zuschauer nur dorthin gekommen, um sie singen zu hören. Was Henrik wohl dazu sagen wird, dass sie jetzt tatsächlich eine Einladung erhalten hatte, zu so einem Wettbewerb anzutreten, nachdem er das erst gestern vorgeschlagen hatte?, fragte sich Hekla. Ihre vehemente Abwehr begann zu bröckeln, und sie war fest entschlossen, ihn heute Abend um Rat zu fragen. Wenn er sie zur Teilnahme befeuerte, dann würde sie den Schritt vielleicht tatsächlich wagen.

Ihre Schwester sah sie derart flehend an, dass Hekla ihr versprach, ernsthaft über eine Teilnahme nachzudenken.

»Bitte lass mich noch eine Nacht darüber schlafen. Es kommt alles so überraschend. Ich muss Pro und Contra gegeneinander abwägen.«

Doch Unnur hatte nun nur noch Augen für Max, der verschlafen und mit einem Kaffeebecher in der Hand die Küche betrat. Seine Laune schien allerdings nicht die beste zu sein.

»Sagt mal, wer hat dieser Verrückten erlaubt, mitten in der Nacht bei mir anzuklopfen?«, schimpfte er.

Heklas und Unnurs Blicke trafen sich und beinahe hätten sie laut losgekichert. Doch stattdessen verkündete Hekla mit gespielt betroffener Miene, ihre Schwester hätte Birta noch ans Herz gelegt, dass sie Max bloß schlafen lassen möge, bevor sie die Küche fröhlich summend verließ und sich auf den Weg zur Arbeit machte.

»Danke«, hauchte Max und warf Unnur einen wohlwollenden Blick zu.

Sollte Max tatsächlich der erste Mann sein, der sich nicht von Birta einfangen ließ?, dachte Unnur mit einem Anflug von Schadenfreude. Am gestrigen Abend war sie sich nämlich nicht ganz sicher gewesen, ob er Birtas Charmeattacken standhalten würde. Sein Zorn darüber, dass Birta ihn aus dem Tiefschlaf geweckt hatte, sah jedoch nicht nach wilder Leidenschaft aus. Und das bereitete Unnur ausgesprochen gute Laune. Wenn

Hekla nun auch noch an dem Wettbewerb teilnehmen würde, könnte sich alles noch zum Guten wenden …

»Unnur, hast du heute Nachmittag Zeit für mich?«, fragte er in diesem Augenblick.

Unnur wollte gerade »Ja sicher!« rufen, als ihr noch im letzten Augenblick einfiel, dass sie sich vorgenommen hatte, ihre Begeisterung für einen Mann nicht mehr allzu offenkundig preiszugeben.

Sie tat so, als ob sie nachdenken müsste. »Ich bin schon ziemlich verplant. Wann hättest du gedacht, und für wie lange brauchst du mich?«

Max machte eine abwehrende Handbewegung. »Wenn es dir heute nicht passt, können wir es auch verschieben.«

Auf keinen Fall, dachte Unnur. »Ich denke, ich kann es irgendwie einrichten«, erwiderte sie gönnerhaft.

»So um vierzehn Uhr? Es sollte noch Tageslicht draußen sein. Und länger als eine Stunde brauchen wir nicht.«

Das hört sich nicht gerade nach einem geplanten Date an, mutmaßte Unnur verdrossen.

»Und was hast du vor?«

»Ich möchte ein paar Fotos von dir am Elfenhügel machen«, sagte er. »Denn du wirst in meinem Artikel etwas prominenter in Szene gesetzt. Sonst dreht sich alles nur um Birta. Und das ist mir zu dünn.«

Unnur nahm das mit gemischten Gefühlen auf. Natürlich schmeichelte es ihr, dass Max sie als Künstlerin ernst nahm und offenbar ausführlicher über sie berichten wollte. Dennoch hätte sie sich über eine rein private Verabredung sehr viel mehr gefreut.

Sie sah sich bereits in ihrem schönsten Kleid so lange vor Max posieren, bis er sie in seine starken Arme nahm, denn küssen konnte man sich schließlich auch bei einem Fototermin am Elfenhügel.

Unnur wurde jäh aus ihren Träumen gerissen, als Max mit

den Händen vor ihrem Gesicht herumwedelte und sich besorgt erkundigte, ob es ihr gut gehe.

»Ich war nur kurz mit meinen Gedanken woanders«, erwiderte sie rasch. Um ihre Verlegenheit zu überspielen, hielt sie ihm hastig eine Dose mit dem frisch gebackenem Laufabrauð hin. »Probier mal. Ich hoffe, sie schmecken wie bei meiner Mutter, aber du hast ja zum Glück keinen Vergleich«, lachte sie.

Max griff begierig nach einem Keks und biss herzhaft hinein, doch dann entgleisten seine Gesichtszüge. »O mein Gott!«, stöhnte er, hielt sich die Hand vor den Mund und rannte aus der Küche.

Unnur blieb irritiert zurück, und langsam beschlich sie ein gewisser Verdacht. Vorsichtig biss sie in ein Stück Laufabrauð. Es war tatsächlich komplett versalzen. Sie schaffte es noch zum Mülleimer, um das ungenießbare Weihnachtsgebäck auszuspucken. Ihr erster Gedanke galt der Frage, was Max jetzt wohl von ihr denken mochte. Der zweite galt Hekla, die fröhlich summend mit der Tüte in der Hand losgezogen war.

Ich muss sie warnen, schoss es Unnur durch den Kopf. Sie rannte in den Hof, doch die Garage war leer. Hekla war bereits losgefahren. Dafür entdeckte sie ihre laut kichernde Großmutter, wie sie sich vertraulich bei Max untergehakt hatte. Unnur näherte sich den beiden, und ihr schwante Übles, als ihre Großmutter in deutscher Sprache auf Max einredete.

»Amma, war erzählst du Max schon wieder für einen Unsinn?«, fragte sie in strengem Ton.

»Ich habe ihm nur verraten, dass die Köchin uns nicht vergiften wollte, sondern lediglich verliebt ist«, kicherte ihre Großmutter.

»Ich stehe eh nicht auf Hausmütterchen«, sagte Max und schenkte Unnur ein warmherziges Lächeln, das sie strahlend erwiderte.

16

Schlimmer Verdacht

Beinahe hätte Hekla vor lauter verträumten Gedanken an Henrik und besonders an seinen Abschiedskuss den Termin im Bistro vergessen, wenn ihr Kalender sie nicht daran erinnert hätte. Sie stand hastig auf und sah mit gemischten Gefühlen an sich herunter. Wenn sie gewusst hätte, dass ihre neue Kleidung an der altehrwürdigen Universität mehr Interesse erzeugt hätte als der Inhalt ihrer heutigen Vertretungsvorlesung für Ingvar, wäre sie lieber in ihrem ältesten Pullover vor den Studenten erschienen. Niemand aus dem Auditorium hatte auch nur eine Frage zu ihrem Vorlesungsthema, dem enormen Zulauf, den die Ásatrú-Glaubensgemeinschaft zurzeit in Island verzeichnete, gestellt. Dabei bezweifelte Hekla, dass alle ihre Studenten wussten, über was sie überhaupt doziert hatte und dass diese Glaubensgemeinschaft der Asen die alten germanischen Götter verehrte. Aber in der Pause war sie von einer Traube Studentinnen umlagert gewesen, die reges Interesse an ihrem Outfit bekundet und ihr sogar die Adresse der Designerin abgerungen hatten. Aus dem Modemuffel Hekla war über Nacht eine Stilikone geworden, und diese Rolle missfiel ihr außerordentlich.

Seit Ingvar von dem Hype um den Elfenhügel erfahren hatte, musste sie ihn mehrfach täglich per E-Mail auf den aktuellen Stand der Dinge bringen. Ihm war deutlich die Enttäuschung anzumerken, dass er nicht vor Ort war, um sich der Presse zu stellen. In einer Tour bombardierte er sie mit Ratschlägen, wie sie sich in dieser Sache zu äußern hatte. Dass er ihr diese im Ton einer Anordnung erteilte, schien er nicht zu bemerken. Hekla aber überflog seine episch breiten Ausführungen in der Regel nur flüchtig und hielt sie für völlig überflüssig. Schließlich hatte das Institut nicht mehr oder weniger zu tun, als letztlich ein beratendes Gutachten zu erstellen. Dazu musste man keine weltbewegenden Statements abgeben, auch nicht vor der Presse.

Hekla wollte gerade aufbrechen, als sie einen Anruf auf Skype erhielt. Mit einem flüchtigen Blick zur Uhr entschied sie sich, das Gespräch anzunehmen, obwohl es Ingvar war, der sie sprechen wollte. Wenn sie richtig rechnete, war es jetzt bei ihm in Sydney kurz nach zehn Uhr abends.

Sein Bild wurde an diesem Tag besonders verpixelt vom anderen Ende der Welt übertragen. Trotzdem konnte sie Ingvar ansehen, dass er gestresst war, denn seine Gesichtsfarbe leuchtete ungesund rotstichig über den Bildschirm.

»Hallo Hekla, ich komme gleich zur Sache. So geht das nicht«, bellte er.

Hekla stellte kurz entschlossen den Ton aus und wartete, bis sein cholerischer Ausbruch vorüber war.

»Sorry, Ingvar, es hat Probleme mit dem Ton gegeben. Ich habe kein Wort verstanden. Außerdem bin ich auf dem Sprung. Ich muss gleich zu einem Termin.«

»Genau deshalb rufe ich an!« Er brüllte schon wieder.

Hekla hob abwehrend die Hand. »Ingvar, wenn du so schreist, verstehe ich nichts. Jetzt geht der Ton nämlich wieder.«

Sie konnte förmlich sehen, wie seine Halsader anschwoll. Natürlich ahnte sie, was der Grund seines aufgeregten Anrufs war.

»Pass auf!«, zischte er jetzt. »Kristian hat mich angerufen und mir gesteckt, dass du dich vehement gegen den Ausbau der Straße ausgesprochen hast. Das kannst du nicht bringen. Und schon gar nicht öffentlich. Nicht dass die uns noch vorwerfen, nicht fachgerecht an die Sache heranzugehen. Hast du denn schon irgendetwas gefunden, was den Hügel als isländisches Kulturgut rechtfertigen könnte?«

»Wir sind noch dabei. Aber du weißt schon, dass Kristian mich bestechen wollte, damit ich nichts finde, oder?«

»Unsinn, Hekla, kannst du das denn beweisen?«

»Natürlich nicht!«, stöhnte sie.

»Dann hör mir mal gut zu. Solltest du dich auch nur einmal in irgendeiner Weise aus persönlichen Gründen gegen den Bau der Straße aussprechen, habe ich Kristian zugesagt, dass ich dich durch Frodo ersetze.«

Um Himmels willen, nicht den, dachte Hekla entsetzt. Frodo war in ihren Augen ein eitler Aufschneider, der die Elfensache allein zur Selbstdarstellung nutzen würde, weil er nicht die geringste Ahnung vom Huldufólk hatte. Und außerdem war sie dann völlig raus aus der Sache, weil Frodo und sie ein angespanntes Verhältnis besaßen, was darin begründet lag, dass Hekla ihn einst hatte abblitzen lassen. Und da Frodo sich für den attraktivsten Volkskundler unter der Sonne hielt, trug er ihr das bis zum heutigen Tag nach, obwohl das über vier Jahre her war, und Frodo inzwischen sämtliche andere Singlefrauen der Fakultät flachgelegt hatte. Bis auf Liv, die ihm auch einen Korb gegeben hatte und seitdem ebenfalls bei ihm in Ungnade gefallen war.

»Das geht gar nicht!«, protestierte Hekla energisch.

Ingvar grinste triumphierend in die Kamera. »Wusste ich doch, dass ich dir mit Frodo drohen kann, damit du dich etwas zurückhältst.«

»Du hast gewonnen, ich werde Kristian gegenüber nicht unsachlich. Das verspreche ich dir.«

»Gut, dann druck dir bitte aus, was ich dir jetzt zu dem Thema mailen werde. Und dann lies diese Richtlinien vor. Auf diese Weise gehst du auf Nummer sicher und kannst erst gar nicht in einen Fettnapf treten …«

Frechheit, dachte Hekla, ich bin doch nicht Ingvars Sekretärin. Denken und Sprechen schaffe ich schon allein. Nein, sie würde seine E-Mail nicht stumpf vortragen.

»Oh Mist, jetzt bist du weg. Ich glaube, der Kontakt bricht gerade ab«, schwindelte sie und drückte energisch den Knopf zum Beenden des Gesprächs.

Nun musste sie sich wirklich beeilen, um noch pünktlich zu kommen.

Als sie schließlich leicht verspätet auf das Bistro zueilte, entdeckte sie auf der anderen Straßenseite Kristian in ein angeregtes Gespräch mit zwei Chinesen vertieft. Hekla blieb abrupt stehen und beobachtete, wie die beiden ihre Daumen nach oben reckten, nachdem Kristian sich von ihnen verabschiedet hatte, so als wollten sie ihm viel Erfolg wünschen. Hekla konnte noch gerade hinter einer Häuserecke verschwinden, weil Kristian sich in diesem Augenblick zielstrebig von der anderen Seite dem Bistro näherte. Hekla war sich so gut wie sicher, dass die beiden Chinesen mit der geplanten Hotelanlage in Verbindung standen. Sie zögerte kurz, aber dann überquerte sie die Straße und holte die beiden Männer, die inzwischen weitergegangen waren, ein.

»Entschuldigen Sie bitte, dass ich Sie anspreche, aber ich bin eine Mitarbeiterin des Tourismusverbands«, stellte sie sich den Herren auf Englisch vor. »Ich wollte nur fragen, wann wir mit der Eröffnung des neuen Resorts rechnen dürfen.«

Die beiden Chinesen warfen einander sichtlich verunsicherte Blicke zu.

»Entschuldigen Sie, aber woher wissen Sie davon?«, fragte der Ältere.

»Ich bin eine gute Freundin von Kristian Bjarkison, und wir erzählen uns alles. Bei mir ist diese Information in vertrauensvollen Händen«, säuselte sie.

»Tut uns leid, wir können noch nicht darüber sprechen und möchten Sie ebenfalls auffordern, über dieses Projekt Stillschweigen zu bewahren«, entgegnete einer der beiden irritiert, verbeugte sich leicht, zischelte seinem Kollegen etwas auf Chinesisch zu, woraufhin die beiden ihren Weg überstürzt fortsetzten.

Hekla wurde ganz schwindlig bei dem Gedanken, dass ihr gewagter Auftritt sie in ihrem Verdacht bestätigt hatte. War sie bislang auf die Gerüchteküche angewiesen gewesen, hatte sie nun den Beweis, dass Kristian tatsächlich in Kontakt mit den Chinesen stand und dass diese wirklich vorhatten, an der geplanten Straße ein Resort zu bauen. Und dass das Ganze verdammt nach Lobbyismus roch. Heklas Eindruck, dass Kristian die Interessen der Chinesen vertrat und nicht die seines Landes, vertiefte sich. Ob er sogar Geld von ihnen bekommen hatte, um den Bau der Straße durchzupowern?, fragte sie sich, schob den Gedanken dann aber sofort weit von sich. Selbst wenn, dieser Verdacht durfte ihr auf keinen Fall öffentlich über die Lippen kommen, auch wenn Kristian sie noch so provozieren würde.

Als sie kurz darauf das Hinterzimmer des Bistros betrat, saßen bereits Kristian und ein ihr unbekannter korpulenter Mann am Tisch. Kristian begrüßte sie mit einem falschen Lächeln und stellte ihn ihr als Sigurður Jóhannesson, den neuen Bürgermeister von Hafnarfjörður, vor. Hekla verzog keine Miene, sondern verhielt sich höflich und professionell. Sie war nicht bereit, auf dicke Freundschaft zu machen, nachdem Kristian sich sogar bei Ingvar im entfernten Australien über sie beschwert hatte. Und das, indem er ihrem Chef Un- und Halbwahrheiten unterjubelte.

»Das ist unsere Fachfrau zum Thema Huldufólk, Doktor Hekla Gunnarsdóttir. Wir kennen uns noch aus der Schulzeit. Sie war schon immer sehr strebsam«, erklärte Kristian in scherzhaftem Ton.

Hekla versuchte indessen, sich von dem Bürgermeister ein Bild zu machen. Er wirkte auf den ersten Blick sehr sympathisch. Sie konnte sich kaum vorstellen, dass er Kristians Verhalten billigte und ebenfalls eine vorgefasste Meinung zu dem Elfenhügel hatte. Aber wissen konnte man es nicht. Wenn das Geld lockt, dann siegt die Gier, dachte Hekla bekümmert. Sie war jedenfalls sehr gespannt, wie er sich in der folgenden Diskussion positionieren würde.

In diesem Augenblick flog die Tür auf und jemand ließ sich schwer atmend auf dem Stuhl neben ihr nieder. Als sie sich zu ihm umsah, drohte ihr Herzschlag auszusetzen. Es war kein Geringerer als Henrik. Auch er schien um Fassung zu ringen, als er sie erkannte.

»Was machst du denn hier?«, raunte er.

»Das wollte ich dich auch gerade fragen«, entgegnete sie, doch da ergriff Kristian das Wort, nachdem er ihr kleines Geplänkel mit Argusaugen beobachtet hatte.

»Wie ich sehe, kennt ihr beiden euch schon. Dann muss ich euch einander wohl nicht vorstellen.« Das klang alles andere als begeistert. »Damit sind wir vollzählig und können beginnen. Schön, dass du es geschafft hast, Henrik. Ich hoffe, du bist wieder ganz gesund.«

»Ich hatte eine sehr gute Ärztin, die mich vollständig gesund gepflegt hat.« Er blickte Hekla durchdringend an. »Aber es ist ein Irrtum, dass ich die Dame da kenne. Du solltest sie mir schon vorstellen.«

»Das ist Doktor Hekla Gunnarsdóttir, die als Vertretung für unseren Volkskundeguru Ingvar Björnson da ist. Aber sie wird ihn würdig vertreten, hoffe ich jedenfalls«, sagte Kristian immer noch mit einem falschen Lächeln auf den Lippen.

»Schön, Sie kennenzulernen.« Der spöttische Unterton in Henriks Stimme war schwerlich zu überhören.

Hekla war überaus unangenehm, dass er jetzt glauben musste, sie hätte absichtlich gelogen. Dabei hatte sie ihm doch nur nicht widersprochen, als er sie für eine Medizinerin gehalten hatte, und schlichtweg vergessen, dieses Missverständnis auszuräumen. Aber die weitaus interessantere Frage war doch, was er als Journalist hier zu suchen hatte, durchfuhr es sie, verbunden mit einem unguten Gefühl im Magen.

Kristian deutete nun mit großer Geste auf den Bürgermeister. »Henrik, das ist unser Bürgermeister Sigurður Jóhannesson, und Sigurður, das ist Henrik Nielsen von der Firma Nielsen-Petersen Vejanlæg-ApS aus Kopenhagen. Sie baut unsere neue Straße …«

Das kann doch wohl nicht wahr sein, ging es Hekla empört durch den Kopf, Henrik der Chef der Baufirma! Warum hatte er sie die ganze Zeit über dreist belogen? Hatte er inkognito in der Pension herumschnüffeln wollen und dabei war ihm die Grippe dazwischengekommen? Oder hatte er sie beeinflussen wollen, weil er in Wirklichkeit längst wusste, wer sie war? Dagegen sprach die Tatsache, dass er ihr gegenüber den Elfenhügel nicht ein einziges Mal erwähnt hatte. Trotzdem hatte er sie angelogen! Von wegen Journalist. Sie warf ihm einen vernichtenden Blick zu.

In diesem Augenblick berührten sich versehentlich ihre Hände, und es durchzuckte Hekla wie ein Blitz. An der magischen Anziehung, die sie ihm gegenüber empfand, hatte sich nichts verändert, obwohl sie in diesem Augenblick wirklich wütend auf ihn war und befürchtete, dass sie sich in ihm getäuscht und ihr Herz an den falschen Mann verloren hatte.

»Dann können wir ja anfangen«, sagte Kristian in staatstragendem Ton. »Es handelt sich bei dieser kleinen Zusammenkunft um eine rein informative Veranstaltung, in der wir ganz frei unsere Meinungen zum Sachverhalt austauschen können, wobei mir die Haltungen von Sigurður und Henrik bereits bekannt sind. Und ich, daraus mache ich an dieser Stelle kein Geheimnis, teile die Meinung der beiden. Die geplante Straße ist so wichtig für uns, dass wir uns sehr gut überlegen sollten …«

An dieser Stelle unterbrach Hekla Kristians Vortrag schroff. »Wer ist *wir*, wenn ich mal fragen darf? Ich dachte, wir wären hier, um über mögliche Konsequenzen zu reden, die sich aus der Existenz des Elfenhügels ergeben könnten, und nicht, um uns von vorneherein gegen einen Baustopp auszusprechen.«

»Wir, das ist die Gemeinde Hafnarfjörður«, entgegnete Kristian in scharfem Ton. Das Lächeln war ihm ganz offensichtlich vergangen.

»Aber du wohnst doch in Reykjavík, wenn mich nicht alles täuscht, also ist es nicht deine Gemeinde«, konterte Hekla, um dann abfällig in Richtung ihres Sitznachbarn zu nicken. »Und dieser Herr kommt aus Kopenhagen, also nennen wir das Kind doch beim Namen. Er handelt im Interesse *seiner* Firma, bleibt also nur noch Sigurður. Und du bist also der Meinung, dass die geplante Straße so wichtig für uns ist, dass wir uns über alle Hürden hinwegsetzen sollten wie diesen Elfenhügel zum Beispiel?«, fragte sie ihn direkt. Der Bürgermeister lief rot an.

»Das konntest du immer schon, mit deiner Rhetorik andere in die Ecke drängen«, zischte Kristian.

»Ich glaube, das gehört nicht hierher, mein Lieber«, mischte sich Henrik ein. »Lass doch den Bürgermeister auf Heklas Frage antworten.«

Sigurður warf Kristian einen Hilfe suchenden Blick zu, so als müsse er ihn erst um Erlaubnis fragen.

»Ich, ja, ich bin erst ein paar Wochen im Amt, und mir scheint, also doch, also ganz wichtig diese neue Straße«, stammelte er.

Er kann einem ja fast leidtun, dachte Hekla, denn Sigurður stand bereits der Schweiß auf der Stirn. Doch darauf konnte sie jetzt keine Rücksicht nehmen, wenn sie herausbekommen wollte, ob er wie Kristian von den Chinesen geschmiert worden war, woran sie inzwischen nicht mehr den leisesten Zweifel hegte. Allerdings würde sie sich davor hüten, das offen in die Runde zu werfen, bevor sie keinen Beweis hatte.

»Und wie stellst du dir den Umgang mit dem Elfenhügel vor? Was, wenn er wirklich schützenswert ist? Willst du ihn dann trotzdem fortschaffen, die Straße ohne Rücksicht auf unser isländisches Kulturgut weiterbauen?«, hakte sie nach.

»Wir haben gar keine andere Wahl als weiterzubauen, denn an der Stelle ist es technisch unmöglich, um den Hügel herumzubauen«, bemerkte Henrik kühl.

»Danke, das ist ein technisches Problem, aber ich würde gern Sigurðurs Meinung zu dem inhaltlichen Umgang mit dem Elfenhügel hören«, erwiderte Hekla in spitzem Ton und wandte sich damit dem Bürgermeister zu, der nun noch heftiger schwitzte. Sein rundes Gesicht sah immer noch aus wie eine überreife Tomate kurz vorm Platzen.

»Also nein, das geht natürlich nicht. Wir haben ja gewisse Regeln zu befolgen. Also deshalb haben wir dich eingeladen«, verkündete er hektisch. Das brachte ihm einen strafenden Blick von Kristian ein.

»Hast du denn überhaupt schon etwas gefunden, das dem Weiterbau der Straße im Wege stehen könnte, Hekla?«, fragte Kristian lauernd.

»Noch nicht, aber die Suche ist auch noch gar nicht abgeschlossen. Im Übrigen war es ein Fehler, Birta nicht einzuladen«, erwiderte Hekla ruhig.

»Das habe ich an dich delegiert, ihre Glaubwürdigkeit zu überprüfen. Du hast dich doch damit gebrüstet, sie persönlich zu kennen. Und was hast du für einen Eindruck? Ist sie glaubwürdig?«

»Das gehört nicht zu meinem Job, über den Wahrheitsgehalt von Birtas Elfenkontakten zu urteilen. Es wäre besser gewesen, ihr hättet euch selbst einen eigenen Eindruck gemacht.«

»Das kann doch nicht dein Ernst sein, zu glauben, dass ein Bauvorhaben Rücksicht auf den *angeblichen* Elfenwillen nehmen könne«, erklärte Henrik kopfschüttelnd.

»Das kannst du als Däne gar nicht beurteilen. Da musst du

dich in dieser Frage schon nach unseren kulturellen Gepflogenheiten richten«, widersprach sie ihm schnippisch.

»Ach ja, ich vergaß. Wir sind ja immer noch die bösen Besatzer, wie dein Vater befürchtet.«

»Bevor du noch Schaum vor den Mund bekommst, liebe Hekla, ich habe die Elfenlady bereits für morgen Nachmittag zu einer offiziellen Befragung eingeladen«, mischte sich Kristian ein.

»Du hast Birta eingeladen? Warum sagst du das denn nicht gleich?«, entgegnete Hekla skeptisch.

»Ich sehe schon an deiner Miene, dass du mir nicht glaubst. Hier ist der Beweis. Diese E-Mail habe ich ihr geschrieben!« Er schob ihr seinen Rechner vor die Nase.

Hekla runzelte kritisch die Stirn, während sie den kurzen Text las, der im Befehlston an Birta verfasst war.

»Das hört sich aber mehr nach einer Inquisition an als nach einer Einladung. Darauf würde ich nicht reagieren«, bemerkte sie kritisch. Dabei befremdete es sie selbst am meisten, dass ausgerechnet sie nun zur Anwältin der Möchtegern-Elfenflüsterin mutierte.

»War ja klar, dass du auch daran wieder was zu meckern hast. Ich befürchte, du gehst überhaupt nicht mehr professionell an diese Sache heran«, schnaubte Kristian.

»Doch, das tue ich im Gegensatz zu dir, mein Lieber. Ich lasse mir jedenfalls nicht den Ausbau dieser hirnverbrannten Straße aufzwingen, nur weil die Chinesen dort ein Resort bauen wollen, für das viel Kohle an den entscheidenden Stellen geflossen ist!«, zischte Hekla und bereute noch, bevor sie das letzte Wort ausgesprochen hatte, dass sie sich zu diesem unsachlichen Statement hatte hinreißen lassen. Nun hatte sie es doch getan! Noch bevor sie überhaupt einen Gedanken daran verschwenden konnte, dass Kristian sie dafür in der Luft zerfetzen würde, war er bereits von seinem Stuhl aufgesprungen und fuchtelte wild mit seinem Finger in der Luft herum.

»Jetzt bist du zu weit gegangen. Du bist parteiisch. Ich werde dein Gutachten wegen Befangenheit ablehnen. Du bist hier nicht mehr erwünscht. Ingvar hat mir vorhin am Telefon zugesagt, dass du durch einen anderen Mitarbeiter ersetzt wirst, solltest du dich aus persönlichen Gründen gegen den Bau der Straße aussprechen. Mal abgesehen davon, dass du durch die Blume versuchst, Rufmord zu betreiben.«

Hekla verschränkte trotzig die Arme vor der Brust. »Sorry, das ist mir nur so rausgerutscht. Dafür entschuldige ich mich in aller Form«, erklärte Hekla in sachlichem Ton, während ihr vor lauter Zorn die Hitze in die Wangen schoss. »Ich werde mich in Zukunft auf meinen Job beschränken, herauszufinden, ob sich um den Elfenhügel Mythen und Sagen über das Huldufólk ranken oder nicht!«

»Oh nein, meine Liebe, du bist raus! Für den Fall habe ich vorsorglich eine Vereinbarung mit Ingvar getroffen. Wenn sich bewahrheitet, dass du parteiisch bist, wird ein anderer Ingvar vertreten.« Er blickte in die Runde. »Henrik, Sigurður, ihr seid meine Zeugen. Sie hat die geplante Straße ›hirnverbrannt‹ genannt!«

Der Bürgermeister nickte eifrig. Ihm war die Erleichterung, dass ihm damit weitere bohrende Fragen erspart blieben, sichtlich anzusehen.

Henrik zögerte. Sein Blick schwenkte nervös zwischen Kristian und Hekla hin und her.

»Nun sag schon!«, befahl Kristian. »Natürlich hast du es auch gehört. Ein Nicken reicht!«

»Du hast mir gar nichts zu befehlen!«, fauchte Henrik zurück, während sich seine Miene erhellte. »Es tut mir leid, aber ich habe eben gerade nicht zugehört. Ich hatte so einen entsetzlichen Niesreiz und war ausschließlich mit der Frage beschäftigt, wie ich es schaffe, diesen zu unterdrücken.«

Nun blickte er Hekla erwartungsvoll an, so als ob er Applaus dafür erwartete, dass er sie nicht in die Pfanne gehauen hatte.

Doch so einfach kam er aus der Nummer nicht heraus, dachte Hekla entschieden. Denn die entscheidende Frage war doch, ob er selbst mit in dem Chinesen-Sumpf steckte.

»Hekla, verdammt, nun gib doch zu, dass du das gesagt hast, und geh jetzt bitte!«, schnaubte Kristian.

»Du willst sie doch nicht etwa rauswerfen?«, mischte sich Henrik empört ein.

»Genau, wir sind zwei gegen zwei. Ich kann mich überhaupt nicht daran erinnern, mich so weit aus dem Fenster rausgelehnt zu haben, ich bin schließlich ein Profi. Was denkst du denn?«, erklärte Hekla mit einem Lächeln auf den Lippen. Auch wenn sie Henrik gerade in der Luft zerreißen könnte, irgendwie war es doch ganz süß, wie er sich ihretwegen mit Kristian anlegte.

»Es reicht!« Mit diesen Worten ließ Kristian dröhnend seine Faust auf den Tisch knallen, sodass die Tischplatte zitterte. »Ich rufe Ingvar jetzt an.« Damit beugte er sich über den Monitor seines Laptops.

»Du weißt schon, dass es in Sydney gleich dreiundzwanzig Uhr ist, oder?«

»Ich soll ihn jederzeit kontaktieren, wenn du ihn nicht adäquat vertrittst.«

»Kristian, ich bitte dich. Das ist doch Kinderkram. Wir leben in der Demokratie. Warum darf sie sich nicht offen gegen die Straße aussprechen? Mit ihrer Meinung kann sie unser Projekt doch nicht stoppen«, mischte sich erneut Henrik ein.

Hekla kämpfte mit sich. Am liebsten würde sie Henrik auf der Stelle fragen, ob er mit in dem Korruptionssumpf steckte. Und ihr würden Felsbrocken vom Herzen fallen, wenn er ihre Frage verneinen würde, aber diese Frage so offensiv zu stellen, traute sie sich nicht. »Aber wenn sie nun so lange gräbt, bis sie tatsächlich auf eine Elfenlegende stößt? Können wir nachprüfen, ob die echt ist? Nachher hat sie die selber verfasst und ins Archiv geschmuggelt!«, hörte sie nun Kristian zetern.

»Jetzt leidest du aber an Verfolgungswahn! Lass sie einfach ihre Arbeit machen. Wie wäre es, wenn wir ihr eine Frist setzen, bis wann wir einen möglichen Beweis und ein volkskundliches Gutachten vorliegen haben müssen«, ereiferte sich Henrik. Und wieder schenkte er Hekla einen Beifall heischenden Blick, der sie fast weich werden ließ, bis ihr Misstrauen wieder Oberhand gewann. Nein, auf einen Anwalt, der womöglich mit Kristian unter einer Decke steckte, konnte sie gut verzichten.

Kristian ignorierte Henriks Einwände und wählte Ingvars Nummer, der das Gespräch prompt annahm.

»Tut mir leid, dass wir stören, aber deine Vertretung hat die geplante Straße gerade ›hirnverbrannt‹ genannt. Ich glaube kaum, dass sie dich damit würdig vertritt. Du hast mir zugesagt, du tauschst sie aus, sobald sie sich noch einmal unprofessionell verhält.«

»Gib sie mir mal«, hörte Hekla Ingvar brüllen und setzte sich widerwillig auf Kristians Platz, den er mit einem triumphierenden Grinsen für sie frei machte.

»Ich frage dich jetzt nicht, ob das stimmt. Du wirst es eh leugnen. Hast du meine E-Mail vorgelesen? Ja oder nein?«

Hekla schüttelte stumm den Kopf.

»Pass bloß auf! Nicht dass das auf mich zurückfällt. Du setzt dich ab sofort wieder an Snorri Sturluson und hältst dich aus der Elfengeschichte raus. Diese Recherche übertrage ich Frodo.«

Hekla verließ den Platz am Rechner, ohne ein weiteres Wort an Ingvar zu richten, obwohl sie innerlich kochte. Nicht nur Kristian war unerträglich, sondern auch Ingvars Auftritt. Am härtesten traf sie allerdings bei allem immer noch die Vermutung, dass Henrik in diese Schweinerei verwickelt sein könnte.

Sie nahm ihre Jacke und ihre Tasche und verließ grußlos das Hinterzimmer. Vielleicht ist das gar keine Strafe, wenn ich mich jetzt wieder in aller Ruhe Odins ungeliebter Tochter Thalia widmen kann, ging es Hekla durch den Kopf. Und dass sie in ihrer Freizeit weiter nach Mythen und Sagen forschte, die zufälligerweise am Fuße des Berges Helgafell spielten, war ihre Privatsache!

Sie hatte das Lokal gerade verlassen, als sie hinter sich Henriks aufgeregte Stimme rufen hörte. Sie kämpfte mit sich, ob sie einfach weitergehen sollte, aber das kam ihr dann doch zu albern vor. Also blieb sie stehen, drehte sich jedoch nicht zu ihm um.

»Hekla, es tut mir leid, dass ich dich im Glauben gelassen habe, ich wäre Journalist, aber das war doch nur wegen deiner Schwester. Ich dachte, die würde mir kein Zimmer vermieten, wenn sie erführe, dass ich der Chef der Baufirma bin. Und da habe ich sie aus lauter Verlegenheit angeschwindelt. Ich wusste nicht, wie ich aus der Nummer wieder rauskommen sollte. Ehrlich gesagt habe ich auch gar nicht mehr daran gedacht, weil ich ja nicht im Traum darauf gekommen wäre, du könntest beruflich mit der Sache zu tun haben …« Henrik hielt schnaufend inne.

»Schon gut, es tut auch mir leid, dass ich das mit der Ärztin nicht richtiggestellt habe. Ich hatte keine Lust, mit einem weiteren Journalisten über die Frage zu diskutieren, wie wir Isländer zu dem verborgenen Volk stehen.«

Henriks Miene erhellte sich. »Dann sind wir also quitt?«, fragte er zuversichtlich.

Hekla tippte sich an die Stirn. »Nein, ich möchte, dass du nachher deine Sachen packst und dir eine andere Unterkunft suchst!«

»Das verstehe ich nicht. Wir haben beide aus durchaus verständlichen Gründen ein wenig geschwindelt.«

»Wie kannst du es wagen, das zu vergleichen?«, fuhr sie ihn wütend an.

Henrik zuckte mit den Schultern. »Na ja, wir habe beide einen falschen Beruf angegeben.«

»Mit dem kleinen Unterschied, dass du bis zum Hals in dieser miesen Sache mit drinsteckst und ohne Rücksicht auf Verluste diese Straße bauen willst. Nur weil ihr alle Geld daran verdienen wollt!«, fauchte sie.

»Natürlich wird das gut bezahlt, aber was ist denn daran verkehrt? Wir leisten ja auch gute Arbeit.«

»Du weißt schon, dass die isländische Vorgängerfirma das Projekt abgegeben hat, weil dort merkwürdige Dinge auf der Baustelle geschehen sind, oder?«

»Na und? Ich glaube nicht an den Spuk. Ich will nicht schon wieder über das Huldufólk streiten.«

»Warum *schon wieder*?«

»Das war ein Dauerbrenner zwischen Salkia und mir, aber wovon sprichst du eigentlich?«

»Erzähl mir doch nicht, du weißt von nichts. Die Nachricht neulich auf deinem Telefon von Kristian klang sehr vertraut. So schreibt man nicht unter Vertragspartnern!«

»Du hast meine Nachrichten gelesen? Hekla, das geht jetzt wirklich zu weit …«

»Unsinn, das war gerade auf dem Display sichtbar und … ach, jetzt lenk nicht ab. Er hat dich *alter Junge* genannt und dass du nicht ausfallen darfst. Wenn das nicht sehr vertraut klingt.«

Henrik machte eine wegwerfende Handbewegung. »Ach, das. So hat er mich schon immer genannt. Obwohl er vier Jahre jünger ist als ich.«

Hekla baute sich bedrohlich vor ihm auf. »Was heißt *schon immer*?«

»Na ja, wie lange ist das her? Ich war das erste Mal in Reykjavík zu Besuch, da war ich zweiundzwanzig. Und er achtzehn. Natürlich ist man sich nach so langer Zeit vertraut, wenngleich ich ihn das letzte Mal …« Er stockte und atmete einmal tief durch, bevor er fortfuhr, »… zur Beerdigung gesehen habe. Salkia hatte verfügt, dass sie in isländischer Erde begraben wird.«

Hekla lief ein eiskalter Schauer über den Rücken bei der Vorstellung, dass seine Frau und sein Kind womöglich auf demselben Friedhof lagen wie Dagur, doch diesen Gedanken an eine weitere schicksalhafte Gemeinsamkeit schob sie hastig beiseite und konzentrierte sich auf die Verbindung zwischen Kristian und Henrik. Langsam schwante ihr etwas.

»Sag bloß, Kristian ist der Bruder deiner Frau?«

Henrik nickte. »Kristian ist mein Schwager. So bin ich auch an den Auftrag gekommen. Kristian hat uns dieses Projekt völlig überraschend angeboten, und da wir im Winter sonst weniger zu tun haben, waren wir sehr froh über diesen Auftrag.«

»Aha, und habt ihr auch Schmiergeld von den Chinesen genommen?«

»Was redest du denn da immer? Was für Chinesen?«

»Du besitzt wirklich ein ausnehmend großes Schauspieltalent«, zischte Hekla. »Diese Straße wird nur gebaut, damit ein chinesisches Unternehmen dort ein großes Luxusresort bauen kann, das keiner braucht. Damit es eine Verkehrsanbindung an das Projekt gibt. Und dein Schwager hat Kohle bekommen, damit er das im Amt durchwinkt, und sicher noch einmal einen kleinen Aufschlag, um die Elfen-Hürde aus der Welt zu schaffen.«

Henrik musterte sie entgeistert. »Du weißt schon, was du da behauptest, oder? Das ist ein solch hanebüchener Schwachsinn. Es hat alles seine Ordnung«, schnaubte er.

»Und warum hat er dann versucht, mich zu bestechen? Damit ich keine Legende finde …«

»Bestechung? Hast du …«

»Jetzt frag nicht, ob ich Beweise habe. Und mit den beiden Chinesen habe ich ihn eben auch plaudern sehen. Aber ich habe keine Fotos geschossen! So, und jetzt lass mich in Ruhe. Und wenn ich nachher aus der Uni zurückkomme, bist du bitte ausgezogen.«

Ohne sich noch einmal nach ihm umzudrehen, stolzierte sie davon, damit er nicht Zeuge ihrer Tränen wurde, die sie nur mühsam zurückhalten konnte.

Sie wusste nicht, was sie mehr erschütterte. Die Tatsache, dass Henrik familiär mit Kristian verbunden war, dass sie ihren Verdacht gegen seinen Schwager ohne den geringsten Beweis lauthals verkündet hatte, dass sie ihr Herz an den falschen Mann gehängt hatte oder dass sie ihn niemals mehr wiedersehen würde.

Als sie sich weit genug vom Bistro entfernt hatte, drehte sie sich noch einmal vorsichtig um und ertappte sich bei dem Wunsch, er wäre ihr vielleicht gefolgt und könnte ihr nun glaubwürdig versichern, er hätte von alledem nichts gewusst. Aber er war weit und breit nicht zu sehen.

Als Hekla in ihrem Wagen saß, ließ sie ihren Tränen freien Lauf und rief, nachdem sie sich kräftig ausgeweint hatte, bei Eric an. Der hörte sofort am Klang ihrer Stimme, dass etwas nicht stimmte.

»Um Himmels willen, was ist passiert?«

Hekla schüttete ihrem väterlichen Freund das Herz aus und berichtete ihm von dem Desaster. Allerdings ohne den Grund ihrer persönlichen Betroffenheit zu verraten und ihr Verhältnis zum Chef der Baufirma zu erwähnen. Sie beschränkte sich bei ihrem Bericht auf Kristians mieses Spiel und die Tatsache, dass Ingvar ihm im fernen Sydney auf den Leim ging, weil er vor lauter Eitelkeit nicht erkannte, wer hier wen belog.

»Du machst mal gar nichts«, riet ihr Eric eindringlich. »Und tust ganz so, als würdest du Ingvars Anweisungen folgen, während wir im Untergrund weiterforschen.«

»Du meinst, wir finden Beweise für die Zusammenarbeit von Kristian und den Chinesen?«

»Das will ich schwer hoffen.«

»Eric, wir sind keine Detektive«, lachte Hekla, denn die herzliche und unkomplizierte Art des alten Freundes ließ sie für einen Augenblick vergessen, wie schwer ihr das Herz bei der Vorstellung war, Henrik nicht mehr wiederzusehen. Nur Henriks wegen hätte sie ernsthaft in Erwägung gezogen, der Einladung der Jury zum Wettbewerb zu folgen, denn das Bild, er würde im Publikum sitzen, war stärker als alle Gegenargumente zusammen gewesen. Und das war nun alles nicht mehr möglich. Nicht mit dem Schwager von Kristian, dem Chef der Baufirma!

»Was noch nicht ist …«, entgegnete, Eric begleitet von einem dröhnenden Lachen. »Ich habe sogar eine Idee, wo wir eine Sage herzaubern könnten, falls euer Archiv nichts hergibt. Rate mal, wo ich gerade bin?«

»Keine Ahnung.«

»In deinem Büro mit einem Haufen Unterlagen.«

»Du machst es aber spannend«, entgegnete Hekla.

»Komm erst mal wieder her. Dann werde ich dir alles Weitere verraten.«

Obwohl Hekla spürte, wie schwer ihr das Herz bei dem Gedanken wurde, sich in Henrik so dermaßen getäuscht zu haben, war sie sehr gespannt, was Eric sich wohl ausgedacht hatte.

Zurück im Institut herrschte eine nervöse Betriebsamkeit, aber keiner redete mit ihr. Im Gegenteil, Hekla hatte den Eindruck, die übrigen Mitarbeiter wären peinlich berührt, ihr zu begegnen, und Hekla ahnte auch, warum. Offenbar hatte es sich bereits herumgesprochen, dass Ingvar ihr seine Vertretung entzogen hatte.

Das bestätigte sich, als sie Liv traf, die nicht verlegen wegguckte, sondern Hekla am Arm packte und in eine Nische zog.

»Weißt du eigentlich, was hier los ist? Frodo läuft wie ein Gockel durch alle Zimmer und verlangt, dass wir geschlossen zu einer Pressekonferenz erscheinen, die er eben angesetzt hat.

Und er behauptet, dass er in Sachen Elfenhügel Ingvar ab sofort vertritt, weil du öffentlich bekundet hast, du würdest zur Not auch eine Sage fälschen, um den Bau der Straße zu verhindern …«

Hekla atmete einmal tief durch. Sie konnte sich lebhaft vorstellen, wie Frodo das, was ihm Ingvar am Telefon berichtet hatte, genüsslich zu ihren Ungunsten noch ein wenig ausgeschmückt hatte.

»Ingvar hat mich ausgetauscht, weil mir dem blöden Kristian gegenüber herausgerutscht ist, dass ich die geplante Straße hirnverbrannt finde. Der Rest ist der Fantasie unseres gemeinsamen Freundes Frodo entsprungen. Jeder, der mich kennt, weiß, dass ich meine Arbeit gewissenhaft erledige, und wenn es keine Sage gibt, dann würde ich das so und nicht anders in das Gutachten schreiben«, stöhnte Hekla.

Liv blickte sie entgeistert an. »Aber Frodo hat keine Ahnung von dem Huldufólk. Und überhaupt. Wieso gleich eine Pressekonferenz, nur weil nun ein anderer das Gutachten schreiben wird?«

»Das braucht er wohl für sein aufgeblasenes Ego.«

»Das befürchte ich auch«, entgegnete Liv, und kaum hatten sie ihre Nische verlassen, kam Frodo zielsicher auf die beiden zu. »Wenn man vom Teufel spricht«, zischte sie.

»Hekla, ich möchte umgehend einen Bericht zu deiner bisherigen Arbeit haben«, sagte Frodo im Befehlston.

Hekla zuckte mit den Schultern. »Tut mir leid. Ich bin nicht mehr für den Elfenhügel zuständig.«

»Und was bitte soll ich jetzt tun?«

»Recherchieren«, entgegnete Hekla.

»Ja, aber wo denn, ich meine, ich beschäftige mich sonst mit …«

»Das nennt sich Archiv und befindet sich im Keller«, entgegnete Liv prompt. Mit diesen Worten zog sie Hekla mit sich, und die beiden Frauen ließen ihn einfach stehen.

»Er kann einem fast leidtun«, prustete Hekla los, nachdem sie außer Sicht- und Hörweite waren.

»Aber auch nur fast. Er ist so von sich überzeugt, dass er mal einen Dämpfer braucht. Ich gehe jedenfalls nachher zu der Pressekonferenz, um das Debakel mitzuerleben. Ich meine, die Presse braucht auch ihren Vorlauf, aber das hat ihm keiner von uns verraten, als wir ihm deine Liste mit den Kontakten überlassen haben. Wir sind alle auf deiner Seite. Und unter uns, du wirst dranbleiben, oder?«

Hekla setzte eine übertriebene Unschuldsmiene auf. »Ich vertiefe mich jetzt in meine Recherchen zu Ingvars neuem Werk, wie er mir aufgetragen hat.«

»Ach, und deshalb sitzt der gute Eric bei dir im Büro und frisst sich durch alte Sagensammlungen?«

»Ertappt! Natürlich forsche ich weiter«, raunte Hekla verschwörerisch. »Aber nur, damit Frodo uns nicht blamiert. Aber woher weißt du das überhaupt? Das mit Eric, meine ich.«

»Frodo hat ihn in dein Büro gehen sehen und ihn sofort aufgefordert, unser Institut zu verlassen«, seufzte sie.

»Und was hat Eric getan?«

»Er hat Frodo genüsslich untergejubelt, dass er nicht nur mit dir, sondern auch mit Ingvar befreundet ist, und ihn sofort anrufen würde, um sich über Frodo zu beschweren«, entgegnete Liv grinsend.

Daraufhin berichtete Hekla ihr in allen Einzelheiten von dem Treffen im Hinterzimmer, den Chinesen und ihrem Verdacht, sie könnten Kristian bestochen haben. Auch ihr gegenüber ließ sie jedoch kein Wort über Henrik verlauten. Die Nachricht, dass sie ihr Herz an einen Kerl verschenkt hatte, würde nämlich alles andere in den Schatten stellen, denn wie oft hatte Liv ihr gepredigt, es wäre noch zu früh im Leben, der Männerwelt abzuschwören …

Liv hörte ihr aufmerksam zu und versicherte, dass sie jederzeit bereit wäre, das Rechercheteam zu verstärken, und schlug vor, erst einmal herauszufinden, in welchem Hotel die Chinesen wohnten.

Hekla empfand tiefe Dankbarkeit für die Unterstützung, die sie von allen Seiten erhielt, obwohl es sie belastete, dass sie keinen Menschen hatte, den sie zu Henrik und der Gewissensfrage Schuldig oder Nichtschuldig um Rat fragen konnte.

17

Wunder über Wunder

An diesem Tag aßen lediglich Unnur und ihr Vater von der Mittagssuppe, die Amma Martha für sie vorgekocht hatte. Ihre Großmutter hatte sich spontan entschieden, mit Max in die Stadt zu fahren, nachdem er eine Einladung zu Frodos Pressekonferenz bekommen und den Fototermin mit Unnur auf den folgenden Vormittag verschoben hatte. Auch Unnur hätte ihn gern nach Reykjavík begleitet, aber für den späten Nachmittag hatte sich Magnus' Flamme Solveigh in der Pension angekündigt. Unnur platzte vor Neugier, zu erfahren, wie eine Frau aussah, die sich auf Magnus einließ, und wollte ihr unbedingt selbst die Schlüssel für ihr Zimmer geben.

Unnur versuchte ihren Vater beim Mittagsessen erneut zu überreden, ihr für ein Portrait Modell zu sitzen. Er brachte allerhand Ausreden vor, warum das nicht ginge, aber gerade als sie ihn fast so weit hatte, klopfte es, und Henrik betrat etwas verlegen die Küche.

»Henrik, schön, dass du vorbeischaust. Willst du mitessen?«, fragte Unnur erfreut, während Gunnar den Dänen mit Missachtung strafte und sein Erscheinen nutzen wollte, um seiner Tochter zu entkommen. Unnur aber stellte sich ihm im letzten Augenblick in den Weg.

»Du musst mir erst versprechen, dass du heute Nachmittag in mein Atelier kommst.«

»Gut, ich komme, aber länger als dreißig Minuten hocke ich

da nicht untätig rum.« Mit diesen Worten schlurfte ihr Vater eilig von dannen.

»Da ist bestimmt noch einer froh, dass ich abreise«, bemerkte Henrik geknickt.

»Abreise?«

»Ja, ich bin hier, weil ich dich um das Ausstellen der Rechnung bitten möchte, während ich meinen Koffer packe.«

»Was ist geschehen? Warum hast du mir das nicht gestern schon gesagt, dass du im Aufbruch bist? Dann hätte ich das Zimmer doch anders verplant.«

»Kein Problem, ich zahle diese weitere Nacht«, erwiderte er. »Aber ich kann nicht bleiben. Deine Schwester möchte, dass ich weg bin, wenn sie aus der Uni kommt.«

»Hekla hat dich rausgeworfen?«

Henrik verdrehte die Augen. »Frag bitte nicht nach«, sagte er ausweichend.

Also doch, Hekla hatte herausbekommen, dass der Mann verheiratet war, mutmaßte Unnur.

»Schade, ich hatte gerade das Gefühl, ihr beiden wäret euch nähergekommen. Du hast in Sachen Songwriterwettbewerb bei ihr offenbar gute Vorarbeit geleistet. Hekla war heute Morgen super drauf und will es sich sogar überlegen, ob sie beim Contest mitmacht. Ich hatte den Eindruck, sie brannte nur darauf, das mit dir zu bereden. Deshalb verstehe ich deine überstürzte Abreise nicht so ganz.« Und ehe sie sich's versah, war ihr schon die Frage herausgerutscht, die ihr die ganze Zeit auf der Zunge lag. »Oder hast du doch eine Frau und fünf Kinder zu Hause? Und Hekla hat es herausbekommen?«

Henrik stieß einen tiefen Seufzer aus. »Nein, meine Frau und meine Tochter sind tot«, entgegnete er mit versteinerter Miene.

Unnur wünschte sich, die Erde würde sich auftun und sie verschlingen. »Oh, Verzeihung … Das tut mir leid.«

»Ich habe euch angeschwindelt«, sagte Henrik, so als hätte

er ihre Beileidsbekundungen gar nicht wahrgenommen. Er blickte sie aus fiebrigen Augen an, und Unnur fand, dass er mit einem Mal wieder sehr schlecht aussah, aber sie traute sich nicht, ihn darauf anzusprechen, weil er gerade etwas sehr Abweisendes an sich hatte. »Ich bin kein Journalist, sondern Chef der dänischen Baufirma, die eure neue Straße bauen soll«, fügte er hastig hinzu.

Unnur atmete einmal tief durch. Abgesehen davon, dass diese Tatsache sie ein wenig schockierte, warf sein Geständnis jede Menge Fragen auf.

»Und das hat Hekla herausbekommen? Ist das der Grund, warum sie dich rausgeworfen hat?«

Henrik nickte schwach. »Machst du mir bitte die Rechnung fertig? Ich möchte das so schnell wie möglich hinter mich bringen. Ich gehe dann zwischenzeitlich mein Zimmer räumen.«

»Wenn du dich schlecht fühlst und womöglich noch Fieber hast, bleib doch einfach noch eine Nacht. Ich nehme das auf meine Kappe, aber ich kann keinen kranken Menschen aus dem Haus werfen.«

Seine Antwort war ein schwerer Hustenanfall.

»Siehst du, du gehörst ins Bett!«

Henrik schüttelte energisch den Kopf. »Nein, nicht dass du meinetwegen Ärger kriegst. Außerdem möchte ich ihr nicht begegnen.«

»Sag mal, warum hast du das überhaupt getan? Ich meine, dich als Journalist ausgegeben?«

»Ich habe befürchtet, du gibst mir kein Zimmer, wenn du erfährst, wer ich bin. Du hast dich bei unserem Kennenlernen so stark für die Rechte der Elfen gemacht.« Er legte den Kopf schief. »Gib es zu. Wenn du gewusst hättest, dass ich der Chef dieser skrupellosen Baufirma bin, hättest du mich nicht in der Álfadrottning wohnen lassen, oder?«

»Kann schon sein«, erwiderte sie ausweichend. »Aber hast du es Hekla nicht genauso erklärt?«

»Habe ich, aber, ach, es ist noch viel mehr geschehen. Am besten fragst du sie selbst.«

»Mache ich und …« Unnur zögerte, ob sie ihn das, was ihr gerade auf der Zunge lag, wirklich fragen sollte, aber ihr Mundwerk war wieder einmal schneller. »Und jetzt, wo wir einander wahrscheinlich niemals wiedersehen … Verrätst du mir, was dir meine Schwester bedeutet?«

»Es hat mich erwischt. Leider«, murmelte er und musterte sie prüfend. »Das wirst du ihr sicher brühwarm erzählen, aber was soll's? Du hast recht. Ich werde sie nicht wiedersehen, so unversöhnlich, wie ich sie vorhin erlebt habe. Sie hat mir nicht mal die Chance gegeben, meine Sicht der Dinge zu erklären. Nein, sie hat mich eiskalt verurteilt.«

Unnur dachte fieberhaft nach, was sie dazu beitragen konnte, dass ihre Schwester und Henrik keinen unverzeihlichen Fehler machten, denn in diesem Augenblick begriff sie, was Hekla und diesen Mann verband. Liebe. Denn Hekla schlug nur wild um sich, wenn sie jemanden von Herzen mochte. Wäre er ihr gleichgültig, hätte sie ihn weiterhin in der Pension wohnen lassen, aber ignoriert. Das beherrschte keiner besser als ihre Schwester.

Aber Unnur konnte ihn doch auch nicht einfach so ziehen lassen, nur weil ihre Schwester an Sturheit nicht zu überbieten war. Plötzlich hatte sie einen – wie sie fand – genialen Einfall.

»Henrik, können wir eine Vereinbarung treffen?«

»Noch eine?« Er rang sich zu einem Lächeln durch.

»Ja bitte. Für den Fall, dass Hekla tatsächlich an dem Wettbewerb teilnimmt, würdest du wohl an dem Abend kommen, wenn ich dich über den Termin informiere und dir eine Karte besorge?«

»Nichts lieber als das, aber so, wie ich deine Schwester heute Mittag erleben durfte, wird sie mich von den Ordnern rauswerfen lassen. Und außerdem weiß ich gar nicht, ob ich überhaupt noch in Island bleiben werde. Am liebsten würde ich das Projekt hinwerfen und abhauen.«

»Das wäre natürlich das Beste für die Elfen«, lachte Unnur.

In diesem Augenblick bekam Henrik eine Nachricht auf seinem Telefon. »Darf ich mal eben?«, fragte er und warf einen Blick auf den Text. »Ich befürchte, so leicht kann ich mich nicht aus der Affäre ziehen«, murmelte er. »Außerdem würde ich zu gern ergründen, wie deine Schwester dazu kommt, meinem Schwager kriminelle Machenschaften zu unterstellen.«

»Und du willst mir wirklich nicht erzählen, was da zwischen euch vorgefallen ist?«, fragte Unnur mit einschmeichelnder Stimme.

Henrik schüttelte energisch den Kopf. »Nein, du solltest besser sie fragen, aber wenn das wirklich stimmt, was sich deine Schwester zusammengereimt hat, wäre sie einem handfesten Skandal auf der Spur. Mein Schwager ist zwar ein ziemlicher Schaumschläger, aber so eine Schweinerei? Nein! Dafür lege ich meine Hand ins Feuer.«

Unnur musste sich sehr beherrschen, um ihn nicht erneut mit neugierigen Fragen zu bombardieren, denn er sprach in Rätseln. Schwager? Schweinerei?

»Du kannst ihr einen schönen Gruß ausrichten! Man sollte den Angeklagten auf jeden Fall zu Wort kommen lassen, bevor man ihn zu Höchststrafen verurteilt. Das würde auch dem isländischen Rechtsempfinden entsprechen.«

»In dem Punkt ist meine Schwester wie eine Dampfwalze. Wenn sie sich betrogen fühlt, kann man sich nur noch in Sicherheit bringen. Das hat sie von unserem Vater geerbt. Aber wie du es überhaupt geschafft hast, dass sie derart emotional reagiert, alle Achtung! Das dauert bei ihr lange und ist ein Zeichen, dass sie dich sehr gern hat.«

Henrik zog verächtlich einen Mundwinkel hoch. »Soll ich das vielleicht als Kompliment werten?«

»Nein, das nicht, aber …« Unnur stockte, denn sie merkte

deutlich, dass sie ihn nicht versöhnlicher stimmte, indem sie ihm eine Gebrauchsanweisung für den Umgang mit Hekla präsentierte. »Wirst du ihr trotzdem noch eine Chance geben, indem du zum Wettbewerb erscheinst?«, fragte sie zaghaft.

»Okay, ich werde wohl doch noch so lange in Island bleiben müssen, bis ich herausgefunden habe, was da eigentlich gespielt wird. Aber ob das eine Chance ist, mich mit Hekla auszusöhnen, wage ich zu bezweifeln. Ich rechne mal mit dem Schlimmsten für den Fall, dass sie tatsächlich am Wettbewerb teilnehmen sollte und ich dort bin …«

»Tja, die Aussichten einer Teilnahme sind nach eurem Streit jedenfalls dramatisch gesunken. Ich glaube, wenn das, was heute zwischen euch vorgefallen ist, nicht geschehen wäre, dann wäre alles nach Plan gelaufen. Sie hätte dich um Rat gefragt, ob sie die Einladung annehmen soll oder nicht. Und du hättest ihr dann hoffentlich keine Wahl gelassen.«

»Doch, Unnur, das hätte ich, denn ich habe mich in diese störrische Person verliebt und hätte es nicht übers Herz gebracht, sie weiter zu manipulieren. Was meinst du, was ich gestern Nacht für ein schlechtes Gewissen hatte, nachdem ich sie zum Vorspielen eines Songs animiert hatte?«

»Wow, sie hat dir einen Song präsentiert? Das ist der Beweis. Sie liebt dich auch. Irre … Das könnt ihr nicht so einfach aufs Spiel setzen.«

Henrik nahm Unnur gerührt in den Arm. »Du hast das Herz am rechten Fleck. Der Mann, der dich erobert, hat wirklich Glück.«

Unnur wurde ganz verlegen. Ihre Gedanken schweiften kurz zu Max und der Frage ab, ob er wohl tatsächlich der Mann war, auf den sie so sehnsüchtig gewartet hatte. Merkwürdig, sie glaubte es zwar zu wissen, aber in ihrem Inneren brannte nicht das übliche Feuerwerk ab. Keine Schmetterlinge im Bauch und andere einschlägige Zeichen, die ansonsten stets ihre unsterbliche Verliebtheit in einen Kerl signalisierten.

Energisch schüttelte sie diese Zweifel ab und wandte sich mit einem gewinnenden Lächeln an Henrik.

»Jede Wette, wir beide sehen uns wieder. Hekla *muss* am Wettbewerb teilnehmen«, raunte sie beschwörend. »Ich mache dir jetzt die Rechnung fertig.«

»Ich habe noch ein paar Telefonate zu erledigen. Ist das okay, wenn ich in einer Stunde abreise? Und bitte rechne den heutigen Tag mit ab.«

»Nein, den stelle ich meiner Schwester in Rechnung«, lachte Unnur. »Und vergiss die blöde Straße. Sie bringt nur Unheil.«

»Das haben dir also die Elfen geflüstert«, entgegnete er grinsend. »Dann werde ich das wohl in meine Überlegungen miteinbeziehen müssen.«

Unnur blickte Henrik bekümmert hinterher und nahm sich vor, in der Stunde, bis Henrik zum Bezahlen zurückkehrte, einen kleinen Ausritt mit Álfagjölf zu machen, um einen freien Kopf zu bekommen. Doch vorher schrieb sie noch schnell die Rechnung und steckte sie in einen Umschlag.

In dem Moment klingelte es an der Haustür. Das war ein sehr ungewöhnliches Geräusch, weil sonst jeder einfach so ins Haus kam, denn die Tür war niemals abgeschlossen. Ein Fremder, mutmaßte Unnur und hoffte inständig auf einen neuen Pensionsgast, nachdem die Nummer 2 so überraschend frei geworden war.

Vor der Tür stand ein grau melierter älterer Herr in einem schwarzen Mantel und passendem Hut. Ihm war auf den ersten Blick der Künstler anzusehen.

»Guten Tag, was kann ich für Sie tun?«, erkundigte sich Unnur.

»Ich wollte zu Unnur«, erwiderte der Fremde.

»Ja, die bin ich«, erwiderte sie. »Sie wollen sicher ein Zimmer?«

»Nein, nein, ich wollte zu der Malerin«, entgegnete er und

lächelte sie so vertraut an, als wären sie alte Bekannte. »Ach, ich hätte Sie eigentlich sofort erkennen müssen, denn Sie sehen genauso aus wie auf Ihrem Foto.«

»Wollen Sie nicht reinkommen?«

»Ja, gern doch, am liebsten würde ich Ihr Atelier sehen.«

»Mein Atelier?«, wiederholte Unnur skeptisch. »Darf ich fragen, wer Sie sind und was Sie zu mir führt?«

»Natürlich, ich habe ganz vergessen, mich vorzustellen. Ich bin Hilmar Sindrison, Galerist aus Reykjavík.«

»*Der* Sindrison?«, entfuhr es Unnur entgeistert.

»Also wenn Sie den Inhaber der Sindrison-Galerie meinen, dann bin ich das«, lachte er dröhnend.

»Und Sie wollen wirklich zu mir?«, stieß Unnur ungläubig aus.

»Wenn Sie Malerin sind und eines Ihrer Werke auf der Webseite der Pension Álfadrottning abgebildet ist, dann ja. Und damit genug der Förmlichkeiten.« Er streckte ihr die Hand entgegen. »Ich bin Hilmar und würde gern weitere Arbeiten von dir sehen, bevor ich dir eine Ausstellung anbiete. Und so alt, dass du mich siezen musst, bin ich auch noch nicht.«

»Ausstellung?«, wiederholte Unnur fassungslos, doch dann gewann sie ihre Contenance zurück und bat ihn höflich ins Haus.

Doch schon auf der Treppe hinauf in ihr kleines Atelier fragte sie sich, ob sie ihm tatsächlich einen Einblick in ihr kreatives Chaos gewähren sollte oder ob er dann nicht umgehend einen Rückzieher machen würde. Abrupt blieb sie auf der Treppe stehen und wandte sich zu ihm um.

»Da fällt mir ein. Ich, ich kann gerade nicht in mein Atelier. Da wird gerade … äh … geputzt.«

Hilmar Sindrison musterte sie verblüfft. »Und nun? Ich wollte gern ein paar mehr Werke sehen, denn wenn wir die Ausstellung machen, brauche ich fünfzehn bis zwanzig Bilder von dir. Weißt du, das wird eine Werkschau von jungen Nachwuchstalenten, und jeder hat einen eigenen Raum. Das machen wir jedes Jahr.«

Als ob ich das nicht wüsste, dachte Unnur aufgeregt. Jeder angehende Künstler kannte die Werkschau in seiner Galerie. Jeder wusste, dass er ein engagierter Förderer von Nachwuchstalenten war und eine Ausstellung bei ihm schon manchen Künstlern den Weg zum Erfolg geebnet hatte. Und jeder träumte davon, seine Bilder im Rahmen seiner Werkschau auszustellen.

»Kein Problem. Ich hole Ihnen, äh, dir ein paar Werke aus dem Atelier. Und du wartest am besten in …« Sie wollte ihn gerade in die Küche zurückschicken, doch dann fiel ihr ein, dass der Wohnraum viel repräsentativer für einen Galeristen war. »Folge mir bitte.«

Also führte sie ihn ins Wohnzimmer, was sie bereits bereute, als ihr eine Wolke abgestandener Luft entgegenwehte. Hier war seit Weihnachten letzten Jahres weder gelüftet noch geputzt worden, aber nun war es zu spät, und die Entschuldigung, dass in diesem Raum vor fast einem Jahr ihre Mutter tödlich verunglückt war und seitdem keiner mehr das Zimmer betrat, wollte sie ihm auch nicht gleich auf die Nase binden.

Sie bot ihm einen Platz auf dem Sofa an und versprach, sofort wiederzukommen. Im Flur atmete sie ein paarmal tief durch und klatschte übermütig in die Hände. Hilmar Sindrison hatte ihr eine Ausstellung angeboten! Das war der blanke Wahnsinn. Unnur rannte die Treppen hinauf und nahm dabei zwei Stufen auf einmal.

Als sie ihr Atelier betrat, war sie heilfroh, dass sie den Galeristen nicht mitgenommen hatte. Der Raum hatte den Charme einer Rumpelkammer. Sie schnappte sich ihre neuesten Elfen in Öl und transportierte sie in einer großen Mappe ins Wohnzimmer.

»Ich hoffe, ich habe dich nicht zu lange warten lassen«, bemerkte sie entschuldigend und fragte ihn, ob er etwas trinken wollte. »Wasser, Kaffee, oder was hättest du gern?«

»Hast du einen Kaffee fertig? Ich habe nämlich noch etliche Termine.«

»Habe ich. Bin sofort zurück«, versicherte ihm Unnur und raste in die Küche.

»Dann zeig mal deine Schätze«, forderte sie der Galerist auf, nachdem er einen Schluck Kaffee genommen hatte.

Unnur öffnete die Mappe und zeigte ihm stolz eines ihrer so typischen Elfengemälde. Seine Gesichtszüge entgleisten förmlich. »Ich hatte da an die Kohlezeichnungen gedacht. Die Elfe ist zwar nett gemacht, aber sie ist es nicht, auf die ich angesprungen bin. Wie gesagt, sehr nett, aber nichts für die Ausstellung.«

Unnur ließ die knallbunte Elfe sinken. »Du willst, ich meine, du bist wegen meiner Kohlezeichnungen gekommen?« Sie hoffte, dass ihre Enttäuschung nicht zu sehr durchklang.

»Ja, die auf der Webseite, die ist eben außergewöhnlich.«

»Und davon brauchst du an die Zwanzig, wenn ich dich recht verstanden habe?«, fragte Unnur niedergedrückt, weil der Traum von der schönen Ausstellung so schnell wieder zerronnen war.

»Na ja, es müssen keine Elfen abgebildet sein. Ich nehme auch Portraits von Menschen …«

»Ach so! Davon habe ich natürlich ausreichend«, schwindelte Unnur prompt.

»Wunderbar! Kann ich sie sehen?«

»Im Moment nicht«, entgegnete Unnur, während sie noch nach einem triftigen Grund suchte, warum sie ihm diese Zeichnungen nicht präsentieren konnte. »Und wann ist die Ausstellung?«, hakte sie hektisch nach.

»Es geht gleich nach Neujahr los.« Der Galerist musterte sie kritisch. »Hast du die Zeichnungen bis dahin zurück, und wer hat sie überhaupt zurzeit ausgestellt? Wenn das ein Konkurrent in Reykjavík ist, muss ich leider passen. Ich nehme für die Werkschau nur Künstler, die dort noch keine Ausstellung hatten.«

»Keine Sorge, die Bilder sind, äh ... die sind ausgestellt, aber nicht in Island, sondern in, in Kopenhagen«, stammelte Unnur.

Der Galerist stieß einen anerkennenden Pfiff aus. »Wow, das können wir natürlich bei der Werbung ausschlachten. Das solltest du mir alles mailen. Tja, dann muss ich es wohl riskieren, dir eine Zusage zu geben, obwohl ich nur das eine Bild im Internet bewundert habe. Aber ein oder zwei Zeichnungen würde ich natürlich schon gern im Original sehen.« Er hob kritisch die Augenbrauen.

»Das ist gar kein Problem«, sagte sie rasch. »Ich habe noch ein Elfenbild in Kohle, das hängt in der Pension«, sagte Unnur und fragte sich in demselben Augenblick, ob sie diesem Wahnsinn nicht doch noch Einhalt gebieten sollte, weil das im Klartext hieße, dass sie noch an die siebzehn Bilder malen musste, wenn sie von der Elfe und den Portraits von Max und ihrer Großmutter absah. Aber die könnte sie ihm ja wenigstens zeigen.

»Und dann habe ich noch zwei weitere Bilder hier, die ich auch nicht in die Ausstellung gegeben habe.«

»Worauf wartest du? Hol die Zeichnungen her. Ich habe wirklich nicht ewig Zeit«, erwiderte er ungeduldig.

Unnur rannte erneut in ihr Atelier und holte die zwei fertigen Kohlezeichnungen. Der Galerist vertiefte sich lange und intensiv in das Portrait von Amma Martha.

»Das ist sagenhaft, was für Emotionen du mit wenigen Linien ausdrücken kannst. Das gefällt mir über die Maßen gut«, schwärmte er schließlich. Auch das Bild von Max kommentierte er wohlwollend, wobei es ihm die Zeichnung der Großmutter noch mehr angetan hatte.

»Ich würde mal sagen, zwanzig Zeichnungen bis zum dritten Januar, und du bist dabei!«

»Kein Problem«, versprach Unnur, während sie sich fragte, wie sie das bloß schaffen sollte, aber die Aussicht, in Sindrisons Galerie auszustellen, verlieh ihr Flügel. In ihrem unerschütterlichen Optimismus betete sie sich vor, dass nichts unmöglich war.

»Wenn du die Elfe von der Webseite im Original sehen möchtest, müsstest du mir kurz in eines der Gästezimmer folgen.«

»Keine Zeit.« Er erhob sich. »Die Presseunterlagen, also Kurzbio und Foto, mailst du meiner Mitarbeiterin bitte in den nächsten Tagen zusammen mit einer Gästeliste durch, denn wir sollten schon wissen, wen wir alles von deiner Seite zur Vernissage einladen müssen ...«

»Ich bringe dich noch ...«

»Ich finde schon allein raus«, unterbrach er sie. »Habe noch einiges zu erledigen heute.« Da war der Galerist bereits aus der Tür.

Unnur blieb wie betäubt auf dem Sofa sitzen. Ihr dröhnte der Kopf, denn nun meldeten sich erneut Zweifel, wie sie es noch bis zum dritten Januar schaffen sollte, siebzehn Zeichnungen zu zaubern, und das mitten in den Weihnachtsvorbereitungen.

Während sie noch fieberhaft überlegte, ob sie nicht doch einen Rückzieher machen sollte, steckte Henrik seinen Kopf durch die Verbindungstür und sah sich staunend um.

»Hier bist du also. So sieht es also in eurer guten Stube aus«, lachte er.

»Wir haben sie nach Mutters Tod nicht mehr betreten, aber da wir das Weihnachtsfest hier feiern wollen, muss nun gelüftet und geputzt werden«, entgegnete sie, war aber mit den Gedanken immer noch bei dem Galeristen und vor allem bei dem, was sie ihm so leichtfertig versprochen hatte. Aber konnte sie jetzt überhaupt noch einen Rückzieher machen? Und selbst wenn sie die Bilder bis Anfang Januar fertigstellte, welche dänische Galerie sollte sie in seiner Presseabteilung angeben? Eines war klar: Sie brauchte Lösungen, und zwar schnell.

»Ich würde dann gern aufbrechen.« Unnur konnte Henrik

förmlich ansehen, wie schwer ihm der Abschied fiel. Sie bat ihn in die Küche und wollte ihm gerade die Rechnung übergeben, als ihr einfiel, dass sie keinen Menschen mehr gehen lassen konnte, ohne ihn zu portraitieren. Und wenn sie Glück hatte, dann würde sie mit einem Bild von Henrik sogar ein wunderschönes Weihnachtsgeschenk für ihre Schwester haben …

»Henrik, würdest du mir noch einen Gefallen tun?« Sie schenkte ihm ihr bezauberndstes Lächeln.

»Wer kann diesem Lächeln widerstehen?«, stöhnte er.

»Komm mit. Es dauert auch nicht lange, versprochen.« Und schon hatte sie ihm seinen Rollkoffer aus der Hand genommen und ihn eifrig mit sich die Treppe nach oben gezogen.

Henrik blickte sich etwas verstört um, als sie Unnurs Atelier betraten. Dort bat sie ihn, auf dem Stuhl, der mitten im Raum stand, Platz zu nehmen.

»Was wird das?«, fragte er und deutete zur Staffelei hinüber. »Du willst mich doch nicht etwa zeichnen?«

»O doch, du musst mir bitte Modell sitzen. Ich verrate dir auch, warum das so wichtig ist.« Kaum dass er in der Position saß, in der sie ihn portraitieren wollte, vertraute sie ihm an, was sie soeben erlebt hatte.

»Du bist ja verrückt, Unnur«, sagte er kopfschüttelnd.

»Du sollst still sitzen«, befahl sie ihm und konzentrierte sich auf die Form seines Gesichts. Je intensiver sie ihn betrachtete, desto besser konnte sie verstehen, dass Hekla sich von ihm angezogen fühlte. Und auf ganz merkwürdige Weise erinnerte er sie plötzlich entfernt an Dagur, was sie auf den ersten Blick weit von sich gewiesen hatte. Es war die besondere Ausstrahlung.

Als Modell war Henrik ideal, denn er bewegte sich kaum, zog keine Fratzen und fragte nicht alle zwei Minuten, wann sie endlich fertig wären. Im Gegenteil, er schien seinen eigenen Gedanken nachzuhängen. Das Einzige, was dabei störte, war die tiefe Zornesfalte, die sich zunehmend zwischen seine

Augenbrauen grub. Aber die würde sie für die Zeichnung ein wenig glätten. Der ernste Gesichtsausdruck stand ihm sehr gut, und Unnur war hellauf begeistert von dem Ergebnis.

Henrik war so in Gedanken versunken, dass er gar nicht bemerkte, wie Unnur die Zeichnung fertiggestellt hatte.

»Henrik, du darfst dich jetzt rühren!«, rief sie ihm amüsiert zu.

Er zuckte regelrecht zusammen. »Schon fertig?«

»Ja, und mir gefällt es. Ich werde es ›Der Grübler‹ nennen.«

»So schlimm? Darf ich es sehen?«

Henrik stand auf und betrachtete die Zeichnung nachdenklich. »Du bist wirklich eine Künstlerin, weil du es schaffst, den Menschen abzubilden, ohne in bloßen Naturalismus abzugleiten«, bemerkte er bewundernd. »Aber habe ich wirklich so schwermütig ausgesehen?«

»Ich habe ein bisschen übertrieben. Danke, dass du dir die Zeit genommen hast. Jetzt fehlen nur noch sechzehn Zeichnungen. Gut, mein Vater und Hekla habe ich sicher, und ein paar Elfen und Trolle kann ich auch noch zeichnen, aber …«

»Ist jemand zu Hause?«, tönte eine schrille Stimme von unten.

»Birta! Die ist mir auch noch was schuldig«, freute sich Unnur.

»Ist das die Elfenflüsterin?«, erkundigte sich Henrik schmunzelnd.

»Genau die. Sie hat sich hier einquartiert, um mir Max auszuspannen, aber ich glaube, für sie sieht es schlecht aus …« Sie berichtete ihm kichernd von der missglückten Überraschung mit dem Morgenkaffee.

»Gut, dann wäre es mir lieb, wenn du ihr nicht auf die Nase bindest, wer ich bin. Die ganze Straßengeschichte stresst mich gerade ohnehin sehr. Man erwartet von mir, dass ich das Ding durchziehe ohne Rücksicht auf …«

»… die Elfen, ich weiß«, seufzte Unnur.

»Unter anderem«, erwiderte Henrik ausweichend.

Als sie in die Küche kamen, wartete Birta schon ungeduldig auf Unnur.

Bevor sich Unnur um die Freundin kümmern konnte, verabschiedete sie sich herzlich von Henrik.

»Wir sehen uns spätestens am zweiten Weihnachtstag!«, rief sie ihm hinterher.

»Wer war denn diese Sahneschnitte?«, erkundigte sich Birta grinsend.

»Ein alter Bekannter«, erwiderte Unnur. »Was hat das zu bedeuten?«, fügte sie mit Blick auf den Koffer, der neben Birta stand, hinzu.

»Ich checke aus«, sagte sie knapp.

»Jetzt schon? Ich dachte, du wirst hier gebraucht.«

Statt ihr eine Antwort zu geben, holte Birta ihr Telefon aus der Tasche und deutete verzückt auf eine Nachricht.

»Lies, dann verstehst du alles«, raunte sie schwärmerisch.

Unnur zögerte, denn die Nachricht begann mit

›Meine geliebte Seelenpartnerin Birta‹ …

»Nun lies schon«, verlangte Birta genervt.

Unnur hatte ein ungutes Gefühl, aber dann las sie widerwillig die Liebesbotschaft an ihre Freundin.

… ich gebe dieses Jahr wieder mein Weihnachtstantra-Seminar ›Vulkanfeuer‹ in Húsavík. Ich brauche noch eine Partnerin, bei der die Energien frei und ungehemmt fließen. Letztes Jahr musste ich das Feuer mit Elin ausleben, aber es fühlt sich gerade so an, als wärest du meine diesjährige Gefährtin. Wenn, dann komm sofort …

Es folgten zwei Fotos: das eine von seinem Gesicht, das andere von seinem besten Stück. Unnur reichte der Freundin irritiert das Telefon zurück. Nicht, dass sie der Anblick eines erigierten männlichen Penis schockte, aber sie empfand es als ausgesprochen geschmacklos, ihn als Fotoanhang zu verschicken.

Unnur zuckte mit den Schultern. »Wenn ich ehrlich bin, verstehe ich nicht so recht, warum du abreisen musst.«

»Weißt du, wem der gehört?«

»Ja, dem Gesicht dazu, aber trotzdem kapiere ich nicht, dass du wegen dem, äh, Seelenpartner hier alles stehen und liegen lässt.« Nicht, dass Unnur es besonders bedauern würde, wenn Birta das Feld räumen und sich dem ›Vulkanfeuer‹ hingeben würde, aber abgesehen von ihren persönlichen Wünschen, wurde Birta im Augenblick vor Ort dringend gebraucht, um den Elfenhügel vor der Zerstörung zu bewahren.

»Für diesen Mann würde ich morden. Unnur, das ist ein Guru, ein Sexgott, das ist der großartigste Tantrameister. Ich bewundere ihn seit Jahren, war in jedem seiner Seminare, aber ich kam nicht an ihn ran wegen seiner Freundin, dieser Elin. Die hat auf ihn aufgepasst wie ein Schießhund. Man, war die eifersüchtig. Und jetzt möchte er, dass ich zu ihm komme. Wahnsinn!« Sie verdrehte verzückt die Augen.

Unnur verstand die Welt nicht mehr. Noch nie hatte sie Birta wegen eines Mannes derart aus dem Häuschen erlebt.

»Aber predigst du nicht immer, den Fisch zappeln zu lassen, wenn man ihn an der Angel hat?«

»Das gilt für Normalsterbliche, aber doch nicht für ihn. Er besitzt eine göttliche Energie. Keiner kann die Chakren so öffnen wie er, und seine erotischen Massagen sind …«

»Ja, ja, das will ich gar nicht so genau wissen, aber trotzdem, du kannst die Elfen doch nicht einfach im Stich lassen«, entgegnete Unnur empört.

»Ach, Unnur, das verstehst du nicht«, erwiderte Birta nun in herablassendem Ton. »Was die Elfensache angeht, fühle ich mich momentan etwas überfordert.« Sie zog einen Umschlag hervor und legte ihn auf dem Küchentisch ab. »Könntest du den wohl deiner Schwester geben?«

Verunsichert nahm Unnur den Umschlag entgegen. »Gut, dann mache ich deine Rechnung fertig. Ich müsste dir aber den heutigen Tag berechnen.«

»Das ist aber wenig freundschaftlich von dir, meine Liebe«, schnaubte Birta.

»Ach, Birta, wir sind schon lange keine Freundinnen mehr, und wahrscheinlich sind wir auch nie welche gewesen. Ich habe dich bewundert. Das war alles!« Unnur wusste auch nicht, warum das derart eruptiv aus ihr hervorbrach, aber es tat verdammt gut. Erst in diesem Augenblick fiel Unnur mit Schrecken ein, dass sie Birta damit von ihrer Liste der potenziellen Modelle streichen musste. Ein herber Verlust, wenn sie bedachte, wie viele Zeichnungen sie noch benötigte, und trotzdem war es ein erhebender Gedanke, dass Birta dann auch nicht in der Galerie Sindrison hängen würde.

Birta musterte Unnur fassungslos, bevor sie ihr die Scheine passend auf den Tisch knallte und grußlos gen Tür eilte. Als Unnur das Geld nehmen wollte, fiel ihr Blick auf den Umschlag, den Birta auf dem Küchentisch abgelegt hatte, und plötzlich überfiel sie eine unbändige Lust, ihn zu öffnen. Vorsichtig nahm sie ihn zur Hand und beschloss, diesem Bedürfnis nachzugeben, aber so, dass es keiner merkte.

Während sie noch hin und her überlegte, ob sie ihn mit Wasserdampf öffnen und dann wieder zukleben sollte, vernahm sie ein Räuspern und blickte erschrocken auf. Vor ihr stand Magnus mit einem Blumenstrauß in der Hand.

»Sorry, ich wollte dich nicht erschrecken. Ich habe geklopft, aber es hat keiner geantwortet. Lies nur erst deine Post.«

Unnur aber legte den Umschlag energisch zur Seite. Magnus' überraschendes Erscheinen deutete sie als klares Zeichen, die Finger von diesem Brief zu lassen. Sie fühlte sich ertappt, obwohl er gar nicht ahnen konnte, was sie im Schilde geführt hatte.

»Was kann ich für dich tun? Deine Herzensdame ist noch nicht da.« Ihr Ton war barsch.

»Ich weiß. Sie kommt erst am späten Nachmittag, aber vielleicht könntest du ihr diesen kleinen Gruß von mir in ihr Zimmer stellen?«

Unnur warf einen prüfenden Blick auf den üppigen Strauß und fragte sich, was der wohl gekostet haben mochte. Es war lächerlich, was er für einen Zirkus um diese Tante machte.

»Ja, leg hin. Mache ich«, fuhr sie ihn unfreundlich an.

»Und stell bitte diese Karte dazu«, bat er sie.

»Gib her!«

Als sich bei der Übergabe zufällig Unnurs und Magnus' Hände berührten, bekam sie einen leichten Schlag. Was war das denn?

»Tut mir leid, das ist wohl dieses edle Plastikhemd, das Solveigh so an mir mag. Immer wenn ich das trage, bin ich elektrisch aufgeladen«, erklärte Magnus bedauernd, doch dann erhellte sich seine Miene. »Wie sehr ich mir das über all die Jahre gewünscht habe. Dass es endlich mal zwischen uns funkt«, lachte er.

Unnur fiel in sein Lachen ein und bemerkte zum ersten Mal, seit sie einander kannten, dass ihm seine Grübchen beim Lachen einen verschmitzten Gesichtsausdruck verliehen.

»Sag mal, war das eben nicht deine Busenfreundin Birta, die ziemlich sauer über den Hof zu ihrem Wagen gestapft ist?«

Unnur nickte eifrig. »Ich habe ihr spontan die Freundschaft gekündigt …«

Magnus schenkte ihr ein warmes Lächeln. »Herzlichen Glückwunsch, diese Frau ist vom Stamme ›Nimm‹. Ich habe nie verstanden, warum du dich so an sie gehängt hast. Schon in der Schule hatte sie nur an einer einzigen Person Interesse: an sich selbst!«

»Aber sie kann mit den Elfen reden, ich nicht. Das muss doch einen Grund haben«, seufzte Unnur.

Magnus musterte sie mit einer Spur von Mitgefühl. »Also ganz ehrlich, wenn sich die Elfen einen Menschen aussuchen würden, mit dem sie in Kontakt treten wollen, dann dich und nicht jemanden, der kein wirkliches Interesse an ihnen hat. Ich bezweifle, dass sie ausgerechnet Birta zu ihrer Botschafterin auserkoren haben.«

»Heißt das, du glaubst ihre Geschichte nicht?«

Magnus zuckte die Schultern. »Sagen wir mal so, sie befremdet mich ein wenig, aber trotzdem bin ich ihr dankbar, weil sie damit den Stein ins Rollen gebracht hat, diese überflüssige neue Straße zu verhindern.«

In diesem Augenblick sah Unnur ihren alten Verehrer plötzlich mit ganz anderen Augen. Warum hatte sie bloß immer derart gehässig über ihn gelästert? Komisch, jetzt, wo er aufgehört hatte, sie anzuhimmeln, konnte sie zum ersten Mal seine Vorzüge wertschätzen.

»Habe ich irgendetwas Falsches gesagt? Du siehst mich an wie einen Alien«, lachte er.

»Nein, nein, alles gut. Wenn du das sagst, klingt es irgendwie überzeugend. Meine Schwester hat auch schon was in der Art behauptet, aber das hat mich eher dazu gebracht, Birta wie eine Löwin zu verteidigen«, bemerkte Unnur nachdenklich.

»Tja, Hekla und du, ihr habt schon zwei Charaktere wie Tag und Nacht, aber eines habt ihr gemeinsam: euer großes Herz, das deine Schwester meisterhaft verbirgt, während du es auf der Zunge trägst.«

Unnur wurde bei seinen Worten ganz warm ums Herz. »Magnus, es tut mir leid, dass ich immer so hässlich zu dir war. Das war ungerecht.«

Magnus strich Unnur zärtlich über die Wange. »Du glaubst gar nicht, wie mich diese Worte freuen, aber jetzt …« Er zog hastig seine Hand fort, »… muss ich geschäftlich nach Eyrarbakki. Und wenn ich heute Abend zurück sein will, um Solveigh zu begrüßen, muss ich mich beeilen.«

In diesem Augenblick sah Unnur vor ihrem inneren Auge eine großartige Zeichnung von seinem Gesicht auftauchen.

»Magnus, kannst du mir in den nächsten Tagen vielleicht einen Gefallen tun?«, fragte sie zaghaft.

»Gern, was muss ich machen?«

»Kannst du mir Modell sitzen?«

»Ich?«

Unnur zögerte, doch dann berichtete sie ihm aufgeregt von dem Angebot des Galeristen.

»Das ist ja Wahnsinn!«, rief er begeistert, und ehe sich's Unnur versah, hatte er sie hochgehoben und in der Luft herumgewirbelt. »Ich wusste es doch, dass aus dir noch mal eine große Künstlerin wird. Natürlich unterstütze ich dich dabei.«

»Hilfe! Ich kriege keine Luft mehr«, japste sie.

Magnus setzte sie sanft auf dem Boden ab, strich ihr zum Abschied noch einmal über die Wange und eilte zur Tür. Dort blieb er noch einmal stehen und drehte sich um. »Und wenn Solveigh kommt, kannst du sie ja vielleicht auch bitten, ob sie dir Modell sitzt, um ihr ein wenig die Wartezeit zu vertreiben. Und einen Käufer für das Bild hast du dann auch schon sicher«, lachte er.

»Gute Idee«, erwiderte Unnur leise und blickte ihm wie vom Donner gerührt hinterher.

18

Erfolgreiche Schnüffler

Heklas Bürofenster war das einzige, das an diesem Abend zu fortgeschrittener Stunde noch hell erleuchtet war. Es gab viel zu tun. Eric hatte aus dem Archiv jede Menge einschlägige Quellen ausgegraben, die sie nun nach Hinweisen auf den Elfenhügel durchforsteten.

Da Frodo verfügt hatte, dass Hekla keine Materialen mehr zu diesem Fall ausgehändigt werden durften, hatten sie abwarten müssen, bis er das Institut verlassen hatte. Die Mitarbeiter des Archivs hatten ihr dann verschwörerisch den Schlüssel überlassen, sodass sie nun nach Herzenslust forschen konnten, während Liv sich in die Bar des ersten Hauses am Platz aufgemacht hatte, um den Chinesen ein paar entscheidende Informationen zu entlocken.

Hekla war mit Feuereifer bei der Sache, wenngleich sie zwischendurch immer wieder mit den Gedanken zu Henrik abschweifte und sich mit der Frage quälte, ob sie ihn nicht doch vorschnell verurteilt hatte.

»Kindchen, du guckst schon wieder so verträumt. Willst du mir nicht endlich verraten, was dich noch umtreibt?« Mit seiner donnernden Stimme riss Eric Hekla aus ihrer Grübelei, die sich ständig im Kreis drehte.

»Es ist nichts. Ich bin nur frustriert, dass wir immer noch nichts gefunden haben«, schwindelte sie.

»Wer es glaubt«, stöhnte Eric und warf einen Blick auf die

Uhr. »Es ist schon neun. Jetzt sollten wir uns mal einen Schluck genehmigen.« Ohne ihre Antwort abzuwarten, griff er in eine braune Tüte, aus der er eine Flasche Gin zog. »Ich war vorhin noch im Vínbúðin und habe uns Nervennahrung mitgebracht.«

Zu Heklas Überraschung holte er zwei Gläser mitsamt einer großen Flasche Tonic hervor und goss ihnen großzügig ein. Sie nahm das mit gemischten Gefühlen wahr. Natürlich konnte sie in dieser Lage gut einen Schluck vertragen, aber da Viktoría ihr neulich im Vertrauen gestanden hatte, dass sie sich Sorgen um ihren Mann machte, weil er in ihren Augen nach der Entlassung aus dem Bauamt zu viel trank, gab es ihr auch zu denken, dass er selbst in so einer Situation eine Flasche aus dem Hut zauberte. Aber es war der verkehrte Zeitpunkt, ihm eine Predigt zu halten, dachte sie und griff nach dem vollen Glas.

»Willst du mich betrunken machen?«, fragte sie, bevor sie mit ihm anstieß.

»Nein, ich möchte deine Zunge nur ein bisschen lockern. Daran, dass du mir etwas verheimlichst, habe ich keinen Zweifel«, lachte er und nahm einen kräftigen Schluck.

»Okay, okay, nicht dass du mich noch nötigst, den Rest auf ex zu trinken. Warte, ich habe noch ein bisschen Laufabrauð dabei. Das sollten wir essen, damit wir nicht gleich betrunken werden.«

Sie holte die Tüte hervor, die sie heute Morgen von Unnur geschenkt bekommen hatte.

»Ich liebe Laufabrauð«, schwärmte Eric, nahm einen großen Bissen und verzog angeekelt das Gesicht.

»Ist was?«, fragte Hekla besorgt, und bevor Eric sie warnen konnte, hatte sie ebenfalls probiert. Die beiden sprangen zugleich von ihren Stühlen und rannten um die Wette zu den Waschräumen, um das Salz wieder loszuwerden.

Zurück im Büro entsorgte Hekla Unnurs Backwerk hastig.

»Ich habe wohl geahnt, dass meine Schwester verliebt ist, aber so sehr?«, lachte sie.

»Da hilft nur ein kräftiger Schluck«, bemerkte Eric, der in einem Zug sein Glas leerte, um sich gleich ein zweites zu mixen. Nachdem er auch davon einen kräftigen Schluck genommen hatte, musterte er Hekla durchdringend.

»Was ist wirklich mit dir los?«, fragte er.

Hekla kämpfte mit sich. Warum sollte sie sich nicht wenigstens ihrem väterlichen Freund Eric anvertrauen?

»Gut, ich habe dir nicht alles erzählt, aber das gehört auch nicht hierher. Das ist viel zu persönlich«, begann sie zögernd.

»Ach ja? Und wer hat mir beigestanden, als Viktoría diese Krebsdiagnose bekam?«, fragte er.

»Das war wohl selbstverständlich, weil du meine Unterstützung gebraucht hast, aber …« Hekla stockte. Ihr guter Freund hatte wie meistens recht. In knappen Worten berichtete sie ihm nun von dem dänischen Gast, der sich als Journalist ausgegeben hatte und sich dann nicht nur als Chef der Baufirma, sondern als Kristians Schwager entpuppt hatte.

Eric hörte ihr aufmerksam zu. »Und du bist dir sicher, dass der Typ von Kristians Plänen weiß und den Ausbau der Straße deshalb ohne Rücksicht auf Verluste durchziehen wird?«

Hekla nickte eifrig, obwohl ja gerade diese Ungewissheit auf ihr lastete. Außerdem konnte sie Eric förmlich ansehen, dass er viel mehr hinter dieser Geschichte vermutete, als sie zugeben wollte.

»Schon dumm, dass sich unsere Eisprinzessin ausgerechnet in den Feind verliebt«, bemerkte er wie beiläufig, während er sich noch einmal nachschenkte.

»Ich habe mich nicht in den Typen verliebt«, widersprach sie energisch.

»Natürlich nicht! Aber trotzdem solltest du den Mann nicht ohne Beweise verurteilen.«

»Er baut die Straße, und er ist Kristians Schwager. Das reicht ja wohl«, schnaubte Hekla. »Und können wir jetzt das Thema wechseln? Ich habe dir noch gar nicht von Frodos Pressekonferenz berichtet.«

»Stimmt. Ich höre«, sagte Eric, wobei ihr der ironische Unterton seiner knappen Worte keinesfalls entging.

»Es waren nur drei Journalisten da. Und einer davon war der deutsche Journalist Max, der auch bei uns in der Pension wohnt.«

»Das war doch klar. Wen interessiert es schon, wer das Gutachten erstellt?«

Damit verebbte ihr Gespräch, und Hekla kannte den Grund. Eric war mit Sicherheit gekränkt, dass sie ihm das Wesentliche verheimlichte. Aber sie wusste doch selber nicht so recht, was sie davon halten sollte. Am liebsten würde sie alles ungeschehen machen und wieder zur unantastbaren Hekla werden. Sie sehnte sich in diesem Moment nach dem Zustand zurück, in dem sie vor ihrer Begegnung mit Henrik gewesen war: abgeklärt, klar und nicht anfechtbar durch männliche Reize. Und nun schmuggelte sich alle paar Sekunden der Kuss in ihre Gedanken.

Hekla atmete tief durch und versuchte, an Dagurs Küsse zu denken, doch das, was sie in den vergangenen Jahren stets hatte aufrufen können, lag nun im Nebel. Stattdessen tauchte Henrik auf.

»Eric, das war nicht alles«, hörte sie sich plötzlich wie von ferne und mit gesenktem Kopf sagen. »Ich habe mich tatsächlich in diesen Mann verliebt und will es selbst nicht wahrhaben.«

Hekla spürte, wie eine Hand sich liebevoll auf ihren Arm legte.

»Ich dachte schon, du würdest mir nicht vertrauen, Kindchen. Wie fühlt es sich an, dass du es über die Lippen gebracht hast? Wunderst du dich, dass sich die Welt noch dreht, obwohl du etwas derart Privates preisgegeben hast?«, fragte er mit einem verschmitzten Lächeln.

Hekla hob den Kopf und blickte Eric traurig an. »Aber es ist vorbei. Ich will den Mann nicht wiedersehen«, erklärte sie mit Nachdruck.

»Nun warte doch ab. Ich meine, es spricht einiges gegen ihn, aber eben nicht alles. Du solltest ihm noch eine Chance geben.«

»Zu spät. Ich habe ihn aufgefordert, die Pension zu verlassen. Und ich möchte ihn niemals wiedersehen. Verstehst du? Ich habe mich einfach geirrt. Es gibt nur einen Mann in meinem Leben, und das ist Dagur …«

»… der, wenn ich mich richtig entsinne, inzwischen zehn Jahre tot ist. Kindchen, und du bist noch lange keine vierzig. Du könntest sogar gut noch eine Familie gründen …«

»Hör auf!«, fauchte Hekla. »Es gibt nur einen Mann, mit dem ich mir so etwas hätte vorstellen können.«

Eric hob entschuldigend die Hände. »Es gibt nur den einen. Das habe ich verstanden. Dann ist es ja auch völlig gleichgültig, ob der Däne Geld von den Chinesen bekommen hat, damit er die Straße um jeden Preis baut. Ich meine, er ist Kristians Schwager. Da kann er ja nur ein bestechlicher Idiot sein.« Sein zynischer Unterton war unüberhörbar.

Hekla schnappte nach Luft. Sie bereute nun zutiefst, dass sie Eric ihr Herz ausgeschüttet hatte. Krampfhaft versuchte sie, sich an die schönen Momente mit Dagur zu erinnern, aber die Erinnerung an den Dänen schob sich wieder davor, als hätte er das Recht auf einen Platz in ihrem Herzen.

Hekla überlegte fieberhaft, wie sie die Ordnung in diesem inneren Chaos wiederherstellen konnte, als die Tür aufsprang und eine männermordend gestylte Liv ins Büro trat.

»Wow, du siehst scharf aus!«, kommentierte Eric ihren Minirock aus Leder und das eng anliegende Top.

»Das fand Mister Xiang auch.« Liv drehte sich einmal kokett im Kreis.

»Du hast die Chinesen wirklich getroffen?«, fragte Hekla.

»Na klar, die Herren saßen bereits an der Bar, als ich mich ihnen vorgestellt habe.« Liv grinste vielsagend.

»Und als was hast du dich präsentiert?«, fragte Hekla und musterte ihre Lieblingskollegin zweifelnd.

»Als persönliches Geschenk der isländischen Geschäftspartner«, flötete Liv.

»Du hast dich als Callgirl ausgegeben?«, fragte Hekla voller Bewunderung für Livs Mut.

»Du bist eine Wucht«, stieß Eric begeistert hervor.

»Und stellt euch vor. Mister Xiang hat zugegeben, dass er wegen des Resort-Projekts in Reykjavík ist und dass Mister Kristian sein Vertragspartner ist.«

»Das hat er wortwörtlich gesagt?«, fragte Hekla aufgeregt nach.

»Ja, nachdem ich ihm zu verstehen gegeben hatte, dass ich mit ihm aufs Zimmer gehe. Da hat er alle meine Fragen beantwortet, während er vergeblich versucht hat, sein Händchen unter meinen Rock zu schieben«, lachte Liv.

»Du bist super«, entfuhr es Eric begeistert.

»Er hat Unmengen an Flüssigem spendiert, was ich unauffällig in die Barpalme gegossen habe. Wie ihr wisst, fehlt den Asiaten ein Enzym, um den Alkohol abzubauen. Er hatte jedenfalls schon einen hochroten Kopf«, kicherte Liv. »Und mit jedem Glas hat er mehr geplaudert. Von einem Resort in Island, für das extra eine Straße gebaut wird. Natürlich habe ich naiv nachgefragt, ob die Ämter bereits alles abgenickt haben. Und da hat er voller Stolz damit angegeben, dass sie dem Chef des Straßenbauamts viel Geld dafür gegeben haben, dass er das Projekt möglich macht.«

»Und wie bist du aus der Nummer wieder rausgekommen? Du hättest ja im Bett von Mister Xiang landen können«, fragte Hekla, die das Ganze mit gemischten Gefühlen aufnahm. Natürlich freute sie sich darüber, dass sich ihr Verdacht auf der ganzen Linie bestätigt hatte, aber sie dachte auch an Henriks

Rolle in dem Ganzen. Was würde sie darum geben, wenn sich herausstellen würde, dass er gar nichts mit dem Bestechungsskandal seines Schwagers zu tun hatte.

»Das war Glück, denn gerade als der Kerl zudringlich wurde, kam Kristian in Begleitung in die Bar. Ich kenne ihn ja nur vom Sehen, aber ich denke, er weiß nicht, wer ich bin. Da habe ich mich unauffällig an den Nachbartisch verzogen und Mäuschen gespielt.«

Hekla stockte der Atem. Wer war Kristians Begleitung?

»Kristian hatte eine Frau dabei?«, fragte sie, obwohl sie bereits ahnte, um wen es sich bei dem Unbekannten handelte, was Liv prompt bestätigte.

»Nein, das war ein Typ. Sehr attraktiv. Großer Nordmann mit unglaublichen Augen. So was habe ich noch nie gesehen, grün mit einem braunen Kranz um die Iris.«

Hekla hielt die Luft an. Was hatte sie nur für naive Wünsche gehegt? Idiotisch, auch nur einen Gedanken daran zu verschwenden, dass Henrik in der Sache nicht mit drinhing, dachte sie aufgebracht.

»Hekla, ist dir nicht gut?«, fragte Liv besorgt.

»Doch, doch, alles gut! Ich brauche nur mal ein bisschen Luft. Bin gleich wieder da«, sagte sie und sprang, bevor die beiden anderen etwas sagen konnten, von ihrem Stuhl auf, griff sich ihre Jacke und verließ das Büro.

Draußen angekommen, atmete sie begierig die kalte Luft ein. Es war eine klare Nacht, in der man die Sterne am Himmel sehen konnte und in der es förmlich nach Schnee roch. Das muss sofort aufhören, dass Henrik mein Denken bestimmt, dachte sie entschlossen. Nur hatte sie nicht die leiseste Ahnung, wie sie sich diesen Mann aus dem Herzen reißen sollte. Selbst das Schwinden der letzten Hoffnung genügte nicht, um die Gedanken an ihn zu vertreiben. Immer wieder tauchte vor ihrem inneren Auge seine ergriffene Miene auf, mit der er ihrem Song gelauscht hatte. Um sich auszutricksen, zwang sie sich, an den Wettbewerb zu denken. Heute morgen, als die Welt noch in Ordnung gewesen war, hatte sie ernsthaft in Erwägung gezogen, daran teilzunehmen, aber jetzt, wo ihr perfekt strukturiertes Leben derart aus den Fugen geraten war, konnte sie sich das partout nicht mehr vorstellen.

Während sie darüber nachdachte, war sie ein Stück gegangen. Als sie wahrnahm, dass sie gerade dabei war, das Universitätsgelände zu verlassen, drehte sie um und kehrte eiligen Schrittes in ihr Büro zurück.

Sie fand Eric allein vor.

»Wo ist Liv?«

»Sie zieht sich gerade um.« Eric musterte sie prüfend. »Was war los?«, fragte er ganz direkt.

»Mir war nicht gut«, schwindelte sie.

»Hekla! Jetzt hör aber damit auf, die starke Frau zu mimen. Du bist autark und stärker als viele andere, aber gerade im Augenblick ist das nur Fassade. Darunter leidest du ganz furchtbar. Wir kennen uns zu gut, als dass du das vor mir verheimlichen könntest.«

»Ja, ja, du hast ja recht. Als Liv den Begleiter von Kristian beschrieb, wusste ich natürlich, wer es war. Und da konnte ich mir nicht länger Illusionen darüber machen, dass Henrik die Unschuld in Person ist.«

Über Erics Gesicht huschte ein breites Grinsen, was Hekla in diesem Augenblick ziemlich daneben fand.

»Was ist denn daran lustig?«, blaffte sie ihn an.

»Dass du dich irrst, was bei der unfehlbaren Hekla eigentlich nicht vorkommen dürfte«, entgegnete er immer noch grinsend.

»Sorry, aber ich verstehe gerade gar nichts. Und mein Sinn für Humor ist kurzfristig auf Eis gelegt. Also, warum grinst du so blöd und sprichst in Rätseln?«

In diesem Augenblick kehrte Liv in Jeans und Pullover zurück.

»Kannst du Hekla mal schildern, was genau sich am Tisch der Chinesen zugetragen hat?«

»Ja, Kristians Begleitung hat sich zunächst geweigert, sich zu Mister Xiang und seinem Kollegen zu setzen. Offenbar kannte er die Leute nicht, denn er hat Kristian etwas zugeflüstert, was ich nicht genau verstehen konnte. Aber aus der Mimik war zu schließen, dass er mit den Typen nichts zu tun haben wollte …«

»Verstehst du jetzt?«, fragte Eric Hekla.

»Ja, vielleicht war ich doch zu voreilig«, gab sie zerknirscht zu. »Aber das ist jetzt auch egal. Die Sache ist so oder so erledigt.«

»Klärt ihr mich mal auf? Worum geht es?«, fragte Liv neugierig.

Eric deutete auf Hekla. »Lass dir das von ihr erzählen.«

»Es ist nichts«, knurrte Hekla.

»Ja, das sehe ich«, gab Liv zurück. »Du müsstest mal in den Spiegel gucken. Finster wäre eine glatte Untertreibung für deine momentane Miene!«

»Okay, okay, ich kenne den Mann, der Kristian begleitet hat, privat und habe ihm, ohne Beweise zu haben, an den Kopf geknallt, dass er mit ihm unter einer Decke steckt. Der Mann ist der Chef der Straßenbaufirma«, murmelte Hekla.

»Du kennst einen attraktiven Mann privat? Seit wann?«, lachte Liv.

»Vorsicht, ihren Sinn für Humor hat sie gerade an der Garderobe abgegeben«, raunte Eric.

»Woher kennst du diesen Herrn, den ich gern unter anderen Umständen getroffen hätte, denn seinetwegen hätte ich mich ganz bestimmt nicht aus dem Staub gemacht?«, säuselte Liv.

»Er war Gast in unserer Pension«, erwiderte sie knapp.

»Nur?«, fragte Liv enttäuscht.

»Nein, wir sind uns ein wenig nähergekommen …«

»Wie ist er so? Er sieht aus, als könnte er wunderbar küssen. Irre, dann hat sich deine eiserne Abwehr gegen die Avancen der Männerwelt doch ausgezahlt. Aufbewahrt für so ein Prachtexemplar! Das nenne ich Glück.«

»Dann schnapp ihn dir doch, denn ich habe kein Interesse mehr an ihm«, schnaubte Hekla.

Eric und Liv warfen einander einen wissenden Blick zu. Es bedurfte keiner allzu großen Fantasie Heklas, um ihn richtig zu deuten. Die beiden glaubten ihr kein Wort, und wenn sie ganz ehrlich war, glaubte sie sich selbst am allerwenigsten.

19

Elfenträume

Unnur saß senkrecht und am ganzen Körper bebend in ihrem Bett und versuchte, sich an den Traum zu erinnern, aus dem sie gerade hochgeschreckt war. Nur das Ende, das war ihr noch bewusst, weil man sie verfolgt hatte … aber wer und warum?

Es war ein Mann ohne Gesicht gewesen, fiel ihr nun wieder ein. Und damit drang auch der restliche Traum nach und nach in ihr Bewusstsein: Es ist Sommer und Unnur steht in einem bunten Sommerkleid, das sie früher als Kind getragen hat, vor dem Elfenhügel. Mit einem Mal stürmt ein Pulk kichernder Elfen aus einem Tor ins Freie und umringt sie. Die Elfen tanzen um sie herum und fangen an zu singen, und zwar eines von Heklas Liedern. Doch dann wird alles still. Eine Elfe mit dem Gesicht der Kartenlegerin tritt auf sie zu und spricht sie an. »Wie schön, dass du dich an mich erinnerst. Es tut mir leid, dass ich dich alleingelassen habe. Aber jetzt bin ich für dich da. Und ich sage dir, wohin die Reise geht. Und danach darfst du uns alle malen.«

Jetzt erst nimmt Unnur wahr, dass die Elfen ganz unterschiedlich aussehen. Aber jede hat etwas Besonderes an sich, als würde jede für eine andere Emotion stehen. Unnurs Blick schweift fasziniert von einer Elfe zur anderen. Es sind mit der Kartenlegerin sieben Elfen. Und plötzlich sieht Unnur sie mit Kohle gezeichnet vor sich, und unter den Bildern stehen ihre

Namen: die Liebe, die Trauer, die Freude, die Überraschung, die Furcht, der Stolz und die Kartenlegerin …

»Wer ist für mich bestimmt?«, fragt Unnur.

»Du wirst ihn erkennen«, erwidert die Elfe mit den Zügen der Kartenlegerin mit sanfter Stimme.

»Aber woran?«

Die Elfe deutet auf ihr Herz. »Damit wirst du ihn sehen!«

»Aber verrate mir doch wenigstens seinen Namen.«

Die Elfe schüttelt so energisch den Kopf, dass ihre wirren roten Haare durch die Luft fliegen.

»Es ist Max, oder?«

Die Elfe hebt die Schultern und deutet in die Ferne. »Er wartet auf dich. Lauf zu ihm. Schnell!«

»Aber wohin?«

»Nur ein Weg ist richtig«, erwidert die Elfe und verschwindet zusammen mit den anderen. Sie haben sich einfach in Luft aufgelöst. Unnur blickt sich suchend um, schwankt, ob sie den Weg zurück nach Hause laufen soll oder weiter zum Helgafell. Sie entscheidet sich für den Berg, aber nach ein paar Metern spürt sie den Verfolger im Nacken. Sie dreht sich nicht um, sondern läuft immer schneller, weil sie spürt, dass ihr große Gefahr droht. Dann bleibt sie stehen und dreht sich doch um. Ihr Verfolger ist ein gesichtsloser Riese. Vor Schreck erstarrt kann sie sich nicht mehr rühren, während der Gesichtslose immer näher kommt …

Wie gut, dass ich rechtzeitig aufgewacht bin, dachte Unnur erleichtert und ließ sich zurück in ihre Kissen gleiten. Ein Blick auf ihren Wecker verriet, dass es viel zu früh zum Aufstehen war. Sie grübelte noch einmal über ihren Traum nach, und als sie die Elfen noch einmal in aller Deutlichkeit vor ihrem inneren Auge auftauchen sah, wusste sie mit einem Mal, was sie zu tun hatte. Sie sprang auf, zog sich einen Bademantel über und eilte in ihr Atelier, um die sieben Elfen aus ihrem Traum zu zeichnen. Wie berauscht begann sie mit der Arbeit und wie von Zauberhand entstand als Erstes das Bildnis der Kartenleger-Elfe.

Erst als sie hörte, dass es im Haus rumorte, legte sie den Stift beiseite und betrachtete beseelt ihr Werk. In diesem Augenblick wusste sie, dass sie es schaffen würde, ihre restlichen Zeichnungen rechtzeitig fertigzustellen. Wie in Trance verließ sie ihr Atelier, duschte sich, zog sich an und eilte in die Küche. Zu ihrer großen Verwunderung war sie an diesem Morgen die Erste. Die Frage, warum Hekla noch nicht auf war, ließ ihr keine Ruhe, und sie beschloss, nach ihr zu sehen, doch schon, als sie auf ihrem Gang über den Hof die offene Garage sah, begriff sie, dass ihre Schwester entweder schon losgefahren oder gar nicht nach Hause gekommen war. Da gab es nur zwei Möglichkeiten: Sie hatte sich mit Henrik versöhnt oder ihr war etwas passiert, denn noch niemals war Hekla eine Nacht fortgeblieben. Zurück im Haus wählte sie hektisch Heklas Nummer. Es dauerte ein Weilchen, bis sich ihre Schwester verschlafen meldete.

»Wo steckst du?«, fragte Unnur aufgeregt.

»Ich habe bei Viktoría und Eric übernachtet. Wir haben bis in die tiefe Nacht gearbeitet, und Eric wollte mich nicht mehr fahren lassen.«

»Aha, ich dachte schon …«

»Was dachtest du?«

»Ach nichts«, murmelte Unnur, denn so wie sie ihre Schwester kannte, würde sie unwirsch darauf reagieren, wenn sie ihr gestand, dass sie für einen Moment gehofft hatte, sie wäre mit Henrik zusammen.

»Raus mit der Sprache. Was hast du gedacht?«

»Dass du dich vielleicht mit Henrik getroffen hast und ihr euch wieder versöhnt habt …«

»Woher weißt du von unserem Streit?«

»Er hat es gestern angedeutet, wollte mir aber nichts Näheres mitteilen.«

»Ist er weg?«

»Leider, denn er liebt dich, falls dich das interessiert!«

»Unnur, hör auf mit deinen rosaroten Kleinmädchenfantasien. Ich brauche keinen Mann. Daran hat sich nichts geändert. Wir reden heute Abend, okay?«

Unnur atmete ein paarmal tief durch. Normalerweise wäre sie nach so einer verletzenden Äußerung ihrer Schwester zu Tode betrübt gewesen, aber an diesem Morgen konnte ihr auch das nicht die Laune verderben. Denn das Gefühl, dass die Elfen ihr im Traum geholfen hatten, an der Werkschau teilzunehmen, überstrahlte alles, selbst den Augenblick der Panik, der sie hatte aufwachen lassen. Gerade als Hekla das Gespräch beenden wollte, fiel Unnurs Blick auf den Umschlag, den ihr Birta für ihre Schwester gegeben hatte.

»Warte, Birta hat mir einen Brief für dich gegeben.«

»Aha, und was steht drin?«

»Das weiß ich doch nicht. Ich würde doch nie deine Post lesen«, gab Unnur voller Empörung zurück.

»Natürlich nicht, aber vielleicht hat sie dir gegenüber etwas angedeutet.«

»Gar nichts. Ich habe keine Ahnung, was sie von dir will.«

»Dann mach den Brief doch mal auf und lies ihn mir vor.«

Das ließ sich Unnur nicht zweimal sagen. Schon hatte sie den Umschlag gegriffen und ihn ungeduldig aufgerissen.

»Also, sie schreibt: Liebe Hekla, könntest du mir einen Gefallen tun? Sagst du bitte dem Herrn vom Straßenbauamt, dass ich nicht zu dieser Anhörung kommen werde, weil ich im Norden wichtige spirituelle Aufgaben zu erledigen habe. Und es wäre nett, wenn du ihm außerdem mitteilen würdest, dass ich mich nicht mehr um die Angelegenheit der Elfen am Hügel kümmern kann. Ich bin mir inzwischen auch nicht mehr ganz sicher, ob sie überhaupt am Hügel Kontakt zu mir aufgenommen haben. Was diese Straße angeht, bin ich raus …« Unnur schnappte empört nach Luft. »Also doch. Magnus hatte recht.

Sie hat sich nur wichtiggemacht. Wahrscheinlich hat sie noch niemals mit den Elfen gesprochen …«

»Mist!«, schimpfte Hekla. »So ein Mist!«

»Wieso? Du hattest doch immer Zweifel an ihrer Aufrichtigkeit.«

»Schon, aber das passt uns jetzt gar nicht ins Konzept. Eric und ich brauchen noch ein paar Tage, um doch noch eine Sage zu finden, die dort spielt. Wir fahren heute Abend zu einer alten Dame im Süden, die behauptet, sie hätte mehrere Märchen und Legenden gesammelt, die vom Huldufólk am Helgafell handeln. Am besten, du lässt den Brief verschwinden und schweigst.«

»Ich darf also keinem verraten, dass Birta eine Hochstaplerin ist?«

»Auf keinen Fall. Ich erkläre dir heute Abend alles in Ruhe. Okay?«

»Okay«, seufzte Unnur, und erst in diesem Augenblick machte das Entsetzen über Birtas Angeberei einer klammheimlichen Freude Platz. Sie hatte sich also völlig umsonst darüber gegrämt, dass die Elfen sie nicht kontaktiert hatten, denn heute Nacht hatte sich das Blatt gewendet. Und wenn es nur im Traum geschehen war, aber zu ihr hatten sie gesprochen. Dieser Gedanke erfüllte sie mit großer Freude.

In beinahe euphorischer Stimmung bereitete Unnur das Frühstück vor. Als ihr Blick auf die leeren Schuhe im Fenstersims fiel, dachte sie daran, dass sie ihr heutiges Geschenk bereits bekommen hatte, wenn es auch nicht im Schuh gewesen war. Sie bekam eine eigene Ausstellung! Dann schweiften ihre Gedanken zu Magnus und der Tatsache ab, dass sie ihn gestern plötzlich mit anderen Augen gesehen hatte. Und sie musste unwillkürlich an die unerfreuliche Begegnung mit seiner Flamme denken, die gestern Nachmittag in der Álfadrottning eingecheckt hatte und die sie so grässlich fand, dass allein der Gedanke an diese Person ihre gute Laune dämpfte.

Solveigh war völlig anders, als Unnur sie sich vorgestellt hatte. Schon allein vom Äußeren her. Die Dame war nämlich ausgesprochen attraktiv. Groß und schlank, aber mit weiblichen Rundungen an den richtigen Stellen. Und das schien dieser Frau auch durchaus bewusst zu sein. Sie war in der Pension mit einem geradezu donnernden Selbstbewusstsein aufgetreten und hatte Unnur wie eine Angestellte behandelt. Dass diese Person nicht Modell für sie sitzen würde, war jedenfalls auf den ersten Blick sonnenklar gewesen. Unnur hatte Solveigh also nur kurz das Zimmer gezeigt, das die Diva wortwörtlich als Kammer und die wunderschönen Blumen von Magnus als Gestrüpp bezeichnet hatte. Dann war Unnur auch noch unfreiwillig Zeugin eines Telefonats zwischen Solveigh und Magnus geworden, weil Solveigh von ihr verlangt hatte, das Bettzeug zu wechseln, da sie gemusterte Bezüge hasste. Offenbar hatte Magnus ihr mitgeteilt, dass er erst in der Nacht von der Geschäftsreise zurückkehren könne und sie gleich morgen früh in der Pension zu einem gemeinsamen Ausflug abholen werde. Daraufhin hatte sie dem armen Magnus angedroht, sie würde jetzt sofort nach Reykjavík zurückfahren. Unnur hatte insgeheim gehofft, dass sie das in die Tat umsetzen würde, doch zu ihrem Bedauern war die Frau geblieben. Aber zum Glück, ohne zum Abendessen aufzutauchen.

Unnur sinnierte immer noch über die zickige Dame, als deren leibhaftes Erscheinen in der Küche sie aus ihren Gedanken riss. Grußlos setzte sich Solveigh an den gedeckten Tisch und beäugte alles mit kritischem Blick.

»Könnte ich vielleicht eine Obstmischung bekommen? Gern Weintrauben, Mango, Papaya und Ananas«, verlangte sie in einem hochnäsigen Ton, der Unnur wahnsinnig aufgeregt hätte, wenn sie nicht in dieser milden Grundstimmung gewesen wäre.

»Ich kann Bananen, Orangen und Äpfel anbieten«, erwiderte sie mit einem freundlichen Lächeln.

»Danke, verzichte. Aber einen Cappuccino hätte ich gern.«

»Sorry, bei uns gibt es nur Kaffee, aber ich könnte dir ein bisschen Milch aufschäumen«, bot Unnur an.

»Lass mal. Ich werde Magnus nachher bitten, mir ein anderes Hotel zu suchen.«

»Das wird schwierig, wenn du in seiner Nähe sein willst. Wir sind die einzige Pension weit und breit, aber was hindert dich eigentlich daran, direkt bei Magnus einzuziehen? Der liest dir sicherlich jeden Wunsch von den Augen ab«, sagte sie mit einem spöttischen Unterton.

»Stil ist eben nicht das Ende des Besens«, entgegnete Solveigh schnippisch. »Ich finde es absolut daneben, im Haus eines Mannes zu übernachten, den ich gerade zweimal gesehen habe. Ich muss mir doch erst ein Bild von ihm machen.«

»Verliebt hört sich das ja gerade nicht an!«, bemerkte Unnur provozierend, aber Solveigh musterte sie nur abschätzig.

»Das ist für mich kein Kriterium, um eine Beziehung einzugehen. Ich suche einen seriösen Mann, der wirtschaftlich auf eigenen Füßen steht und mit dem ich zusammen leben und eventuell auch eine Familie gründen könnte.«

»Du, sein Haus ist ein Traum. Und es ist riesig. Da hat eine ganze Kinderschar Platz. Magnus hat aus der Hütte seiner Eltern echt was Tolles gezaubert, und finanziell steht er auch gut da«, spottete Unnur.

Bei dem Wort ›Hütte‹ verzog sich Solveighs Miene, als hätte sie auf eine Zitrone gebissen. »Also hier in die Walachei werde ich bestimmt nicht ziehen. Ich denke da eher an eine große Wohnung mit Hafenblick in Reykjavík.«

Unnur musterte die Lady zweifelnd. »Du weißt schon, dass Magnus auf seinem Hof einen eigenen Betrieb hat, oder?«

Solveigh zuckte die Achseln. »Soll er doch. Er wird dann wohl hin- und herfahren müssen. Ich brauche nicht mehr viel von dieser Gegend zu sehen, um zu wissen, dass das ganz sicher nicht der Ort ist, an dem ich leben will. Hier ist alles schon sehr, mit Verlaub, sehr simpel.«

»Und du glaubst, dass er alles stehen und liegen lässt, um mit dir in einem der hypermodernen Wohntürme am Hafen zu hausen? Magnus ist ein Naturbursche, der das freie Land braucht, um atmen zu können«, ereiferte sich Unnur und wunderte sich selbst über die Leidenschaft, mit der sie diese Frau über ihren alten Freund aufzuklären versuchte.

»Ganz ehrlich? Wenn er das nicht für mich tut, ist er eh nicht der Richtige.«

Unnur schockte die Kaltschnäuzigkeit, mit der diese Dame an die Liebe heranging. Sie konnte sich partout nicht vorstellen, dass Magnus wirklich auf so eine gefühlskalte Person stand. Er besaß doch so viel Herzenswärme und … Unnur unterbrach ihren Gedankengang erschrocken. War das wirklich sie, die so über Magnus dachte? Sie, die nicht mit kleinen Gehässigkeiten über ihn gegeizt hatte?

Bevor sie sich eine Antwort auf ihre Fragen geben konnte, betrat Gunnar die Küche. Erstaunt musterte er Solveigh, doch dann schien er zu begreifen, wer da an seinem Tisch saß, und seine Miene erhellte sich, obwohl sie sich auf Helgas Stuhl gesetzt hatte, den eigentlich keiner benutzen durfte.

»Sie müssen Solveigh sein«, sagte er in einem derart freundlichen Ton, dass Unnur ihren eigenen Vater kaum wiedererkannte, denn er hatte sogar so etwas wie ein Lächeln aufgesetzt.

»Und wer sind Sie, wenn ich fragen darf?« Das klang nicht gerade freundlich.

Gunnars zugewandte Züge entgleisten angesichts dieser eiskalten Abfuhr. Trotzdem streckte er ihr die Hand entgegen. »Ich bin Gunnar, ein guter Freund von Magnus. Außerdem ist das auch meine Pension.«

Solveigh ignorierte seine Hand. »Sind Sie für das Frühstück hier im Haus verantwortlich?«

Gunnar starrte Solveigh ungläubig an. Ihr unverschämtes Auftreten, und das in seiner eigenen Küche, hatte ihm schier die Sprache verschlagen.

»Wenn ja, dann sorgen Sie doch bitte dafür, dass es Papaya und Ananas gibt. Außerdem sollten Sie sich um eine Espressomaschine kümmern. So etwas …«, sie deutete auf die alte Kaffeemaschine, »… gehört ins Museum.«

Gunnar warf Unnur einen fassungslosen Blick zu. Er tat ihr jetzt fast ein bisschen leid. Nun hatte er einmal sein Sonntagsgesicht gezeigt, weil die Lady die Freundin von Magnus war, und wurde dermaßen abgebügelt. Sie sah sich förmlich genötigt, die Ehre der Pension zu retten.

»Hör mal, Solveigh, du musst hier nicht wohnen! Wenn dir unsere Pension nicht zusagt, dann haben wir vollstes Verständnis dafür, dass du deine Koffer packst«, sagte sie freundlich, aber bestimmt, was ihr einen anerkennenden Blick vonseiten ihres immer noch sprachlosen Vaters einbrachte. Lange hatte Unnur sich nicht mehr so verbunden mit ihm gefühlt wie in diesem Augenblick. Sie zwinkerte ihm übermütig zu, woraufhin sich seine Miene sichtlich erhellte.

»Meine Tochter hat recht. Sie müssen nicht bei uns wohnen. Soll ich Ihnen die Koffer zum Wagen tragen? Und außerdem darf ich Sie bitten, den Stuhl frei zu machen. Da sitzt meine Frau.«

Solveigh blickte sichtlich irritiert zwischen Vater und Tochter hin und her. Bevor sie ihre Sprache wiederfand, klopfte es an der Küchentür, und Magnus trat ein.

Meine Güte, wie er strahlt, schoss es Unnur durch den Kopf. Auch mit Solveigh ging eine unfassbare Verwandlung vor sich. Sie sprang auf und warf sich dem verblüfften Magnus an den Hals. »Wie gut, dass du kommst. Hier bleibe ich keinen Tag länger. Diese Leute haben offenbar noch nie was vom Servicegedanken gehört.«

Magnus ließ die überschwängliche Begrüßung stoisch über sich ergehen, während ihm der klagende Auftritt seiner neuen Freundin ganz offensichtlich peinlich war. »Ich, äh, also, das sind meine Freunde, und ich habe noch niemals zuvor einen unzufriedenen Gast in der Álfadrottning erlebt. Alle schätzen die familiäre Atmosphäre.«

»Dann schau dir das Frühstück an. Aber nichts liegt mir ferner als mich über deine Freunde zu beklagen. Ich bin ja so froh, dass du endlich da bist. Gut siehst du aus.«

Unnur rollten sich förmlich die Fußnägel auf bei der Erkenntnis, dass die Frau eine falsche Schlange war. Hatte sie Unnur eben noch ohne Schnörkel gestanden, wie berechnend sie an diese Beziehung heranging, machte sie jetzt auf verliebtes Frauchen.

Magnus ließ seinen Blick über den ungewöhnlich üppig gedeckten Frühstückstisch gleiten. »Tja, was soll ich sagen? Da bekomme ich glatt Appetit. Ich habe nämlich noch nicht gefrühstückt, weil ich keine Zeit verlieren wollte, um dich wiederzusehen.«

»Ach, wie süß von dir«, flötete sie. Unnur wurde beinahe schlecht angesichts dieser Heuchelei.

»Setz dich, mein Junge«, sagte Gunnar und deutete auf den leeren Platz an seiner Seite.

»Was ist denn bloß vorgefallen? Ich verstehe das nicht. Ihr macht alle so betretene Gesichter.«

»Ach, deine Liebste verlangte nach Ananas, Papaya und Cappuccino, und das konnten wir leider nicht herzaubern«, zwitscherte Unnur. »Wir haben nur Äpfel und Orangen.«

»Aber wo ist das Problem? Das ist doch gesund«, erwiderte Magnus.

»Du hast ja recht, mein Schatz, ich bin das nur von zu Hause zum Frühstück gewohnt, und natürlich kann ich akzeptieren, dass die Uhren hier in der Einöde etwas anders ticken.«

»Das ist aber wahnsinnig tolerant von dir«, spottete Unnur, was ihr einen strafenden Blick von Magnus bescherte.

»Was hältst du davon, wenn ich dir nach dem Frühstück meinen Betrieb zeige, und danach könnten wir, wenn du Lust hast, in die Blaue Lagune fahren.«

»Gern, aber könnten wir nicht erst mal in die Lagune fahren? Ich habe uns da nämlich zur Massage angemeldet, ich meine, dein Betrieb läuft uns ja nicht weg.« Sie lächelte ihn gewinnend an.

»Jetzt gleich?«

»Ich dachte, das würde dir Freude machen.«

»Wie du meinst, aber ich dachte, du möchtest erst mein Haus sehen?«, bemerkte Magnus enttäuscht.

»Gut, wenn dir so viel daran liegt, dann machen wir das zuerst. Ich kann die Massage ja auch auf morgen verschieben.«

»Guten Morgen allerseits«, ertönte nun Max' verschlafene Stimme.

Unnur blickte ihn erstaunt an. Er kam sonst nie zum Frühstück. »Bist du aus dem Bett gefallen?«, fragte sie ihn.

»Du hast den frühen Termin doch angesetzt.«

»Ich? Welchen Termin?«

»Den Fototermin am Elfenhügel. Schon vergessen?«

In der Tat hatte Unnur nicht mehr daran gedacht. Es war so viel geschehen, dass alles andere ihr plötzlich nicht mehr so wichtig erschien. Unnur beobachtete, wie sich Max neben Magnus setzte, und ertappte sich bei dem Gedanken, dass sie ihren Schwarm längst nicht mehr so aufregend fand wie noch am Tag zuvor. Und vor allem, dass Magnus im Vergleich zu ihm gar nicht so schlecht abschnitt.

»Okay, aber dazu müsste ich mich erst umziehen«, seufzte Unnur.

»Wieso? Du siehst doch zauberhaft aus«, sagte Magnus, woraufhin ihm Solveigh einen vernichtenden Blick zuwarf.

»Tja, wenn man auf Folklore steht«, stichelte sie.

Max musterte Solveigh interessiert. »Man hat uns noch gar nicht vorgestellt. Darf ich fragen, ob Sie auch Gast in der Pension sind? Mein Name ist Max.«

»Und ich bin Solveigh, ja, ich wohne zurzeit hier. Woher kommen Sie, und was treibt Sie in dieses abgelegene Tal?«

»Ich bin Journalist aus Hamburg und recherchiere über Land und Leute. Vielleicht könnte ich Sie auch einmal interviewen. Was machen Sie denn beruflich?«

»Ich bin Anwältin und bewahre unsere Banker-Elite davor, im Gefängnis zu landen.«

Unnur sah, wie ihrem Vater alle Farbe aus dem Gesicht wich. Er hatte einen Großteil seines Vermögens wegen eines Bankers, der den Hals nicht vollkriegen konnte, verloren. Diese Kerle waren ihm bis heute ein rotes Tuch, und er wünschte sie allesamt hinter Gitter.

Magnus, der Gunnars Haltung zu ›den gierigen Kraken‹, wie er sie stets nannte, zur Genüge kannte, war dieses Thema sichtlich unangenehm. »Du bist doch aber hauptsächlich im Vertragsrecht tätig«, brachte er zu ihrer Entschuldigung vor.

»Das ist wirklich spannend. Können Sie mich mal mit zu einem Prozess nehmen?«, hakte Max nach und bemerkte in seinem Rechercheeifer nicht, dass Unnur ihm hektische Zeichen machte, seinen Mund zu halten. Sie kannte ihren Vater und die Warnsignale, wenn er kurz vorm Platzen stand, vor allem die zusammengekniffenen Augen. Diese bedeuteten allerhöchste Alarmstufe.

»Gern, aber sind Sie im neuen Jahr noch im Land? Da habe ich ein paar interessante Prozesse. Ich sage nur Katla-Bank …«

Statt dem Ganzen weiter zuzuhören, sprang Gunnar so heftig von seinem Stuhl auf, dass der polternd umkippte, und verließ wild fluchend die Küche.

»Habe ich etwas Falsches gesagt?«, fragte Solveigh mit unschuldiger Miene.

»Das kann man wohl sagen«, erwiderte Unnur wütend. »Die Katla-Bank hat meinen Vater beinahe in den Ruin getrieben!«

»Ja, aber das konnte Solveigh doch nicht wissen«, versuchte Magnus für seine Freundin in die Bresche zu springen.

»Wann hätten Sie denn mal Zeit für ein Interview?«, fragte

Max, so als würde die angespannte Stimmung im Raum komplett an ihm abprallen.

»Das können wir gern später erledigen. Ich melde mich bei Ihnen, sobald wir von der Blauen Lagune zurück sind. Welche Zimmernummer haben Sie denn?« Unnur meinte bei der Frage nach dem Zimmer einen lasziven Unterton herauszuhören.

»Solveigh, wollen wir langsam aufbrechen?« Ohne ihre Antwort abzuwarten, stand Magnus auf.

»Meinetwegen«, seufzte sie und erhob sich ebenfalls. Unnur entging keinesfalls Max' verzückter Blick, als Solveigh in ihrer ganzen Schönheit vor ihm stand. Aber was sie daran noch mehr verwunderte, als dass er seine Begeisterung für die Anwältin so offen zur Schau stellte, war die Tatsache, dass keinerlei Eifersucht in ihr aufkam. Ihr tat nur Magnus leid, der mit ansehen musste, wie Max seine Freundin unverhohlen anflirtete.

Dann trafen sich Magnus' und Unnurs Blicke. Aus seinen Augen sprach seine alte Zuneigung. Genauso innig hatte er sie schon damals in der Schule angesehen. Und zum ersten Mal, seit sie ihn kannte, ging ihr das nicht auf die Nerven. Ja, sie spürte sogar, wie sich ihr Herzschlag beschleunigte. Doch dieser winzige vertraute Moment zwischen Magnus und ihr war nicht unbeobachtet geblieben. Solveigh warf Unnur einen vernichtenden Blick zu, hakte sich demonstrativ bei Magnus unter und zog ihn hinaus auf den Flur.

Max starrte ihnen wie gebannt hinterher. »Und die beiden sind wirklich ein Paar?«, fragte er.

»Noch nicht, denn Magnus befindet sich noch auf dem Prüfstand, aber wenn seine Kontoauszüge das halten, was sie sich verspricht, könnte er den Test erfolgreich bestehen«, entgegnete Unnur in spitzem Ton.

»Ich mag das, wenn du deine Krallen zeigst«, lachte Max und nahm Unnur in den Arm. »Nur keine Eifersucht. Mir wäre die Lady eine Nummer zu groß. Und mein Journalistengehalt für sie eine Nummer zu klein. Aber ich stehe sowieso auf zarte Elfenmädchen.«

Wie lange hatte Unnur darauf gehofft, dass Max endlich mal die Initiative ergreifen würde, und nun, da er sie fest im Arm hielt, spürte sie nichts, rein gar nichts. Auch nicht, als sich seine Lippen ihrem Mund näherten und er sie küsste. Unnur erwiderte seinen Kuss zwar, aber in Gedanken war sie immer noch bei Magnus und diesem vertrauten, zärtlichen Blick, den er ihr eben zum Abschied zugeworfen hatte.

20

Die Sagensammlerin

Hekla wartete vor ihrem Wagen ungeduldig auf Eric. Er war am Morgen nicht mit ihr in die Universität gekommen, weil er noch einen Kater hatte.

Hoffentlich hat er unseren Termin nicht vergessen, dachte sie mit einem kritischen Blick zum Himmel. Es sah nach Schnee aus, und ein kräftiger, kalter Wind pfiff so heftig über den Parkplatz, dass sie die Kapuze ihrer Winterjacke aufsetzte. Keine guten Wetteraussichten, um sich auf den Weg nach Vík í Mýrdal zu machen, dachte Hekla, denn es war nur noch eine Frage der Zeit, wann der Schneesturm, vor dem der Wetterdienst bereits in den Frühnachrichten gewarnt hatte, losbrechen würde.

Doch bevor sie sich in ihre Bedenken hineinsteigern konnte, sah sie Eric mit seinem Wagen kommen. Er fuhr einen richtigen Geländewagen, der noch winterfester als ihr Auto war, sodass sie beschlossen hatten, mit seinem zu fahren.

Hekla hatte im Institut lediglich Liv verraten, warum sie an diesem Tag nur bis mittags arbeitete und erst am nächsten Tag zurück im Büro sein würde. Vík lag fast zweihundert Kilometer entfernt auf der Ringstraße und nahm hin und zurück selbst bei besserem Wetter eine knappe Tagesreise in Anspruch.

Wenn sie ehrlich war, ging sie nicht allzu optimistisch an diese Recherche heran. Es müsste schon ein großer Zufall sein, wenn sie ausgerechnet bei einer Privatperson die passende Sage finden würden.

Eric sah schlimm aus. Seine Augenlider waren schwer verquollen und seine Haut ungesund gerötet.

»Sag nichts«, begrüßte er sie knurrend. »Ich weiß, dass ich zu viel trinke, und ich habe meiner Frau versprechen müssen, nichts mehr anzurühren.«

Hekla setzte sich seufzend auf den Beifahrersitz. »Dir auch einen schönen Tag. Ich hoffe, dass der Sturm erst später losbricht.« Sie deutete zum Himmel.

»Es soll erst gegen Abend heftig zu schneien beginnen und danke, dass du Viktoría so viel Mut gemacht hast, was ihren Suffkopp angeht.«

»Ich habe nur gesagt, dass du dringend einen neuen Job brauchst und dass sich dein Problem dann erledigen wird, sobald du wieder eine Aufgabe hast«, seufzte sie.

»Jetzt bin ich erst mal sehr gespannt, wie die Anhörung der selbst ernannten Elfenflüsterin Birta heute ausgeht«, murmelte Eric, nachdem sie die Hauptstadt hinter sich gelassen hatten und nun Richtung Keflavík fuhren.

»Birta wird der Einladung nicht folgen«, verriet sie ihm.

»Wieso? Sie hat doch sonst einen überbordenden Selbstdarstellungstrieb, besonders wenn die Presse in der Nähe ist ...«

»Wenn du mich fragst, hat sie Angst, jemand könne dahinterkommen, dass dieses Gespräch zwischen den Elfen und ihr gar nicht stattgefunden hat. Sie hat sich jedenfalls aus der Schusslinie gebracht und über die Festtage in den Norden abgesetzt.«

»Und woher weißt du das?«

»Sie hat mir über meine Schwester einen Brief zukommen lassen und mir die Aufgabe übertragen, Kristian und den anderen Herren mitzuteilen, dass sie aus der Elfensache raus ist.«

»Dann können wir ja gleich umkehren. Wenn die wissen, dass Birta einen Rückzug macht, werden die kein Gutachten mehr in Auftrag geben, sondern der Baufirma grünes Licht geben«, stöhnte er.

»Du hast völlig recht. Wenn ich ihnen das mitgeteilt hätte, dann wäre unser kleiner Ausflug überflüssig geworden«, pflichtete ihm Hekla grinsend bei.

»Heißt das, du hast Kristian den Inhalt des Briefes unterschlagen?«

»Brief, welcher Brief?«

»Dann ist das unsere allerletzte Chance«, murmelte Eric.

»Genau so ist es. Wenn wir bei der Dame … sag mal, wie heißt sie eigentlich, und woher kennst du sie?«

»Ihr Name ist Gudrún, und ich kenne sie von Kindesbeinen an. Ich bin ja in Vík aufgewachsen. In unserem kleinen verschlafenen Ort war sie als weise Frau bekannt, wenn du so willst, auch als eine Art Elfenflüsterin. Sie hat die Legenden und Sagen, die schon von ihren weiblichen Vorfahrinnen ungeordnet gesammelt worden waren, zusammengestellt und sie den Kindern im Ort vorgelesen.«

»Und warum haben wir ihre Sammlung nicht in unserem Archiv?«

»Gudrún hat niemals viel Aufhebens um ihre einzigartige Sammlung gemacht.«

»Und du glaubst, wir finden etwas zu unserem Hügel?«

Eric zuckte die Schultern. »Ich hoffe es.«

Als sie auf der Küstenstraße gerade die Abzweigung zur Strandarkirkja passiert hatten, begann es zu schneien, und zwar heftig. Die Scheibenwischer von Erics Wagen schafften es kaum, der sich durch den starken Wind wild herumwirbelnden Schneeflocken Herr zu werden.

»Wenn dir das zu heftig ist, können wir auch noch umkehren«, schlug Hekla halbherzig vor.

»Das wäre doch wohl gelacht, wenn ich nicht mit den paar Flöckchen fertigwerden würde. Früher hatten wir jedes Jahr einen richtigen Winter, und er hat nicht nur ein kleines Gastspiel gegeben. Da sind wir Burschen Samstagmorgen mit unseren uralten Kisten in die Hauptstadt gefahren, um uns dort zu amüsieren, und früh am Sonntag dann die ganze Strecke zurück.«

»Aber was, wenn es noch schlimmer wird?«

»Kein Problem, unterwegs gibt es überall Unterkünfte. Aber dann wäre meine Cousine Embla enttäuscht. Sie betreibt nebenher eine kleine Pension, die nur in der Sommersaison geöffnet hat, und sie hat uns für die Nacht zwei Zimmer hergerichtet.«

»Dieses Mal darf ich aber nicht vergessen, meine Schwester anzurufen. Sonst fantasiert sie sich wieder was mit Henrik und mir zusammen.«

»Und das wäre dir dann furchtbar unangenehm«, scherzte Eric.

»Es ist Blödsinn. Wir hatten unsere Chance, und ich bin ganz froh, dass nicht mehr daraus geworden ist. Langsam komme ich wieder zu mir und schalte meinen Verstand ein, anstatt mich von meinen Emotionen beherrschen zu lassen und irgendwelchen Träumen nachzuhängen.«

Eric stieß einen tiefen Seufzer aus. »Wenn ich dich nicht so gut kennen würde, bekäme ich Frostbeulen schon allein vom Zuhören. Du magst diesen Burschen doch. Warum schließt du derart rigoros aus, dass ihr euch wieder vertragt? Es sieht doch alles danach aus, als hätte er gar nichts mit Kristians Machenschaften zu tun.«

»Eric, der Mann lebt in Dänemark«, entgegnete Hekla trotzig.

»Na und? Mädchen, wovor hast du Angst?«

Hekla musste schwer schlucken. »Wie kommst du denn darauf, dass ich Angst habe?«, fragte sie mit belegter Stimme, um Zeit zu gewinnen, denn sie kannte ihren alten Freund und befürchtete, dass er nicht lockerließ, bis sie ihm ihre wahren Gefühle offenbart hatte.

»Erinnere dich an gestern. Hat es dir nicht gutgetan, dein Herz auszuschütten?«, fragte er schmeichelnd.

»Ich verzichte lieber auf einen Mann, bevor mich noch einer so brutal verlassen kann«, stieß Hekla nun stockend hervor.

»Aber Kindchen, ich verstehe doch, dass du in dieser Hinsicht sensibel bist, aber das mit Dagur war eine bedauerliche Ausnahme. Ich kenne keinen, der seinen Partner so unglücklich und so früh verloren hat wie du …«

»Ich aber. Henriks Frau und seine Tochter sind bei einem Flugzeugabsturz umgekommen. Damit wären wir schon zwei.«

»Das ist entsetzlich, aber umso unwahrscheinlicher ist, dass euch beiden erneut so etwas zustößt.«

»Ich glaube ja auch gar nicht, dass er stirbt, aber er lebt in Kopenhagen. Das sind Welten zwischen uns. Da kann man sich nicht mal eben auf eine Wochenendbeziehung einlassen wie zwischen Reykjavík und Hafnarfjörður. Verstehst du, er muss ja nicht gleich sterben, aber er wird schneller wieder fort sein, als ich denken kann.«

»Ach, Hekla, es gibt für alles Lösungen. Das ist kein Grund, ihn dir aus dem Herzen zu reißen.«

»Ich finde, über zweitausend Kilometer Distanz und eine Menge Meer dazwischen sind unschlagbare Argumente, keine Beziehung einzugehen, deren sicheres Ende einem das Herz brechen würde«, gab Hekla zurück.

»Nicht, dass ich dir den Dänen aufschwatzen möchte. Vor allem nicht, bevor endgültig geklärt ist, dass er nicht doch am Schmiergeldkuchen genascht hat«, erwiderte Eric, doch dann erstarb ihr Gespräch, denn das Schneetreiben wurde immer heftiger, sodass er sich auf die Straße konzentrieren musste.

Hekla hing derweil ihren Gedanken nach. Sie konnte nicht gerade behaupten, dass ihre Sturheit sie glücklich machte, aber sie redete sich zumindest ein, dass sie auf dem besten Weg war, ohne größere Blessuren in den Schutz ihres vertrauten Schneckenhauses zurückzukehren. Sie kuschelte sich tiefer in ihren Sitz hinein, nachdem sie sich vergewissert hatte, dass Eric das Fahren durch das Schneetreiben konzentriert meisterte. Übermüdet wie sie war, schlief sie schließlich ein.

Hekla erwachte mit einem Lächeln auf den Lippen. Sie hatte etwas Angenehmes geträumt, erinnerte sich aber im ersten Augenblick nicht an Details, bis sie Henriks weiche Lippen förmlich auf ihrem Mund spürte. Energisch schüttelte sie die Spuren des Kusstraums ab und fragte Eric, ob sie ihn vielleicht am Steuer ablösen sollte.

»Wir sind gleich da, Kindchen, du hast die letzten zwei Stunden fest geschlafen, und wenn ich dir sage, was du im Traum gestöhnt hast, dann wirst du mich der Lüge bezichtigen.«

Hekla schwante Übles. »Behalte es lieber für dich«, doch da hörte sie Eric schon schadenfroh seufzen: »Küss mich, ja, küss mich!«

»Wenn es die Wetterverhältnisse erlauben würden, hätte ich dir jetzt einen Stoß in die Rippen verpasst, mein Lieber. Jede Wette, dass du dir das nur ausgedacht hast.«

»Nein, ich schwöre, das schallte voller Leidenschaft aus deinem Mund«, lachte er, als sie gerade das Ortsschild von Vík í Mýrdal passierten. »Ich hoffe, ich finde Gudrúns Haus auf Anhieb. Es muss das erste auf dem Weg zum schwarzen Strand sein.«

Plötzlich hörte der Schneefall auf, und sie hatten einen freien Blick in Richtung Meer. »Ist das schön hier«, stieß Hekla begeistert hervor, obwohl über dem Wasser dicke graue Wolken hingen, die weiteren Schnee ankündigten. Ganz am Ende des Feldwegs, der zum Strand führte, tauchte ein windschiefes Häuschen auf, das von außen notdürftig mit Wellblech verkleidet war, was ihm Schutz gegen die permanente Feuchtigkeit und die salzhaltige Luft bot.

»Ich hoffe nur, Gudrún ist zu Hause, denn sie hat immer noch kein Telefon. Embla hatte zwar versprochen, rüberzufahren und ihr unseren Besuch anzukündigen, aber bei dem Wetter?«, gab Eric zu bedenken, während sie aus dem Wagen stiegen.

Doch kaum hatte er an die Haustür geklopft, öffnete ihnen

eine alte Frau mit einem faltigen Gesicht und funkelnden braunen Knopfaugen die Tür.

»Der kleine Eric«, lachte sie. »Du bist aber groß geworden. Und wen hast du da mitgebracht?«

»Das ist Hekla. Dürfen wir reinkommen? Ich erkläre dir alles im Warmen«, bat Eric.

»Aber natürlich. Kinder, kommt nur in die gute Stube. Ich denke, da draußen kommt gleich noch ordentlich was runter.«

Im Haus roch es nach Kräutern. Hekla nahm einen tiefen Atemzug. »Es riecht gut bei Ihnen«, bemerkte sie.

»Ich bin gerade dabei, eine Kräutermischung für meine morschen Knochen herzustellen«, sagte die alte Dame und führte die beiden in ein Zimmer, das mehr einem Museum als einem Wohnraum ähnelte. Bis in den letzten Winkel war alles vollgestellt mit Steinfiguren, Gefäßen und sonstigem Nippes. Auch an der Wand gab es keinen Millimeter, den nicht ein gerahmtes Bild oder eine Fotopostkarte zierte.

Hekla warf Eric einen zweifelnden Blick zu, denn sie konnte sich kaum vorstellen, dass die alte Dame in diesem heillosen Chaos ihre Sagen-Sammlung finden würde.

»Ich mache euch erst einmal einen Kaffee«, sagte Gudrún und schaffte es, mit einem geschickten Handgriff den Esstisch, der über und über mit alten Zeitungen bedeckt war, leer zu fegen.

»Und sie hat keine Ahnung, warum wir sie besuchen?«, raunte Hekla Eric zu.

»Nein, wahrscheinlich denkt sie, ich will mir etwas vorlesen lassen.«

Gudrún kehrte mit einem Tablett zurück und servierte ihnen drei Tassen mit schwarzem Kaffee und vielen Zuckerstückchen auf der Untertasse, dazu Laufabrauð mit einem Muster, das an Schneeflocken erinnerte.

Als Hekla den ersten Bissen des Gebäcks gekostet hatte, verdrehte sie verzückt die Augen. »Das ist köstlich!«

»Willst du etwas davon mitnehmen? Ich backe jedes Jahr viel zu viel. Dabei kommen meine Kinder gar nicht mehr, sondern holen mich an Weihnachten zu sich auf ihren Hof bei Skógar, und meine Tochter kauft das lieber im Supermarkt. Nur meine Enkelin liebt es, aber ihre Mutter mag nicht, wenn ich ihr zu viel davon mitbringe, obwohl Herdis schon Ende zwanzig ist.« Ohne eine Antwort abzuwarten, kehrte sie mit einer Riesentüte voller Laufabrauð zurück und drückte sie Hekla in die Hand.

»Wissen Sie, wie toll das schmeckt«, sagte sie voller Rührung. »Meine Mutter ist letztes Jahr am St. Thorlakur's Tag ums Leben gekommen. Sie konnte leckeres Laufabrauð zubereiten, und meine Schwester hat sich dieses Jahr daran versucht. Leider hat sie den Zucker mit dem Salz verwechselt. Und jetzt kann ich so einen wunderbaren Ersatz beisteuern.«

Eric zog allein bei der Erwähnung dieses Missgeschicks den Mund angewidert zusammen.

»Bekomme ich auch welche?«, fragte er und biss genüsslich in einen hinein.

»Natürlich, die hast du schon als Junge bei mir gekriegt«, sagte sie. »Aber ihr seid doch nicht gekommen, um mein Laufabrauð zu ergattern, oder?«

»Nein, wir sind wegen deiner Helgafell-Sagen gekommen …« Eric schilderte Gudrún, worum es genau ging. Und dass sie dringend eine Sage benötigten, die am Hügel spielte.

Kaum hatte Eric seinen Bericht beendet, steuerte die alte Dame zielstrebig auf einen Schrank zu und zog eine Mappe hervor, die einen verschlissenen Eindruck machte.

»Das sind die Sagen, die meine Urgroßmutter gesammelt hat. Ihr Vater besaß einen einsamen Hof am Fuße des Helgafells. Ihr Alltag war wahnsinnig beschwerlich. Die zehn Kinder mussten mitarbeiten, bis auf das Nesthäkchen, meine Urgroßmutter. Ihr brachte ein Pastor das Schreiben und Lesen bei, doch anstatt die Bibel zu studieren, entwickelte sie ein brennendes Interesse am Huldufólk und sammelte Sagen und verfasste sogar eigene.«

»Und darf ich fragen, warum diese Dokumente niemals den Weg in das Institut für Ethnologie gefunden haben?«, erkundigte sich Hekla interessiert.

»Meine Urgroßmutter war mit einem strengen Lehrer aus Vík verheiratet, der nicht wollte, dass seine Frau eine Geschichtenschreiberin war. Ja, er hat sogar von ihr verlangt, die Sammlung zu vernichten. Aber sie hat sie versteckt, und zusammen mit ihrem Tagebuch wurde die Kiste, in der sie verwahrt war, achtlos von Generation zu Generation weitergegeben. Bis ich sie in die Hände bekam. Und ich hatte so eine Eingebung, sie zu öffnen. Tja, und dann entdeckte ich diese Schätze.«

»Und können Sie sich vorstellen, sie später einmal unserem Institut zur Verfügung zu stellen?«, fragte Hekla aufgeregt.

»Du, mein Kind, du musst mich nicht siezen, auch wenn ich schon so steinalt bin. Dann fühle ich mich nur noch älter. Ich weiß nicht, ob sie da in guten Händen sind«, erklärte sie zweifelnd.

»Wenn, dann kämen diese Geschichten in meine Obhut, und ich würde persönlich Sorge für sie tragen«, versprach Hekla.

»Und du bist eine gute Freundin von Eric, ja? Gut, dann werde ich verfügen, dass sie nach meinem Ableben dir übergeben werden. Nicht auszudenken, sie würden in die Hände meines Schwiegersohns geraten. Der wäre nur daran interessiert, Geld rauszuschlagen, wenn er überhaupt den Wert erkennt und sie nicht mit all meinen übrigen Schätzen entsorgt.« Der Ton der freundlichen alten Dame wurde bitter.

»Aber nein, um Himmels willen, das sollte hier ein Heimatmuseum werden und nicht auf den Müll«, erklärte Hekla aufgebracht. »Aber daran solltest du gar nicht denken. Du bist fitter als manch junger Mensch.«

»Das ist nett von dir, aber es ist doch nur noch eine Frage der

Zeit. Und mich erfüllt es mit Dankbarkeit, zu wissen, dass die Sammlung bei dir in guten Händen wäre. Meinst du, mein Haus könnte wirklich ein Museum werden, wenn ich es in meinem Testament verfüge?«, fragte sie lauernd.

»Versprechen kann ich das natürlich nicht, aber ich könnte ein entsprechendes Dokument an die nationale Kulturbehörde weiterleiten.«

Gudrúns Augen leuchteten bei der Aussicht, dass ihre Sammlungen vielleicht doch nicht auf dem Müll landen würden. »Ich verfasse meinen Letzten Willen gleich, und das Dokument nehmt ihr mit, ja?«

»Du kannst es auch schicken«, bemerkte Eric, aber die alte Dame schüttelte energisch den Kopf. »Nein, ich möchte euch mein Testament heute noch geben! Nun aber werft doch endlich einen Blick in die Mappe. Ich hoffe, ihr könnt die Geschichten lesen.«

»Ich denke schon. Ich kann auch Altisländisch«, sagte Hekla und klappte die vergilbte Mappe auf, um das erste Blatt ganz vorsichtig in die Hand zu nehmen. Und tatsächlich, es war eine Sage, die unterhalb des Berges Helgafell spielte.

»Wahnsinn«, murmelte Hekla ergriffen.

»Na, habe ich dir zu viel versprochen?«, erkundigte sich Eric. Draußen war bereits die Dämmerung eingebrochen, und der Schneesturm hatte wieder eingesetzt.

»Dürfen wir dir die Sammlung bis morgen entführen?«, fragte er Gudrún. »Dann könnten wir sie in Emblas Pension studieren und herausfinden, ob eine Geschichte für unseren Zweck dabei ist.«

»Meinetwegen nehmt die Mappe mit.« Zur Bekräftigung schob die alte Dame sie Hekla zu.

»Aber wenn ich schon einmal hier bin, hätte ich eine große Bitte, Gudrún«, sagte Eric in ungewohnt schüchternem Ton. »Könntest du uns eine Geschichte vorlesen? Ich meine, wenn Hekla nichts dagegen hat.«

Hekla nickte eifrig. Eric hatte sie so neugierig auf die Vortragskünste der alten Dame gemacht, dass sie große Lust verspürte, in den Genuss einer Kostprobe zu kommen.

Und er hatte nicht zu viel versprochen. Gudrún zog sie mit ihrer faszinierenden Stimme sofort in den Bann. Doch der Inhalt der Geschichte versetzte Hekla in eine melancholische Stimmung, denn sie handelte von einer unmöglichen Liebe zwischen einem jungen Mann und einer jungen Elfenfrau, die es nicht schafften, ihre Welten zu vereinen und schließlich für immer Abschied nehmen mussten.

Hekla erschrak, als sie einen tiefen Seufzer vernahm und feststellen musste, dass er aus ihrem Mund gekommen war. Sie hätte Gudrún noch stundenlang zuhören können, wenn sie nicht die Fülle an Dokumenten daran erinnert hätte, was für ein Haufen Arbeit vor ihnen lag.

Als sie bereits bei der Haustür angekommen waren, fiel Gudrún ein, dass sie ihnen ihr Testament mitgeben wollte.

»Es dauert nicht lange«, sagte sie. Hekla und Eric warteten im Flur auf sie und vertieften sich in die Schwarz-Weiß-Postkarten, die die vergilbten Wände zierten. Hekla war fasziniert von dieser Sammlung, denn so viele historische Abbildungen der Gegend hatte sie noch nie zuvor gesehen. Das stimmte sie sehr zuversichtlich, dass die Kulturbehörde ein großes Interesse daran haben dürfte, diese Schätze in einem kleinen Museum auszustellen. Die Touristen liebten solche historischen Orte über alles.

Nachdem Gudrún Hekla verschwörerisch ihren Letzten Willen zugesteckt hatte, bat sie die beiden um einen kleinen Gefallen. »Sollte mir was zustoßen, bevor ihr die Mappe zurückgebracht habt, nehmt sie bitte mit und händigt sie in keinem Fall meinem Schwiegersohn oder meiner Tochter aus«, flüsterte sie.

Hekla und Eric warfen sich einen irritierten Blick zu.

»Aber Gudrún, wir sind spätestens morgen Vormittag wieder mit der Mappe zurück«, versprach Eric und umarmte die alte Frau. Auch Hekla verabschiedete sich von Gudrùn so herzlich wie von einer alten Bekannten.

Draußen schneite es heftig, und Windböen jagten die dicken Flocken förmlich vor sich her.

»Die Geschichte war sehr traurig und doch wunderschön«, seufzte Hekla.

»Tja, aber es bleibt eine Geschichte, falls du sie auf dich übertragen wolltest, denn die Entfernung zwischen Kopenhagen und Reykjavík scheint mir nicht ganz so unüberwindlich wie die zwischen Menschen und Elfen.«

»Du hast schon recht.« Hekla holte ihr Handy hervor, als sie in das Auto stieg. Sie wollte schnell zu Hause Bescheid geben, dass es ihr gut ging und sie auswärts übernachtete.

Unnurs Stimme klang merkwürdig.

»Was ist denn bei dir passiert?«, fragte Hekla erschrocken.

»Erzähle ich dir nachher«, versprach Unnur.

»Das wollte ich dir gerade sagen. Ich bin mit Eric wegen der Elfengeschichte bei einer alten Dame in Vík. Und sie hat uns tatsächlich eine dicke Mappe mit unveröffentlichten Elfengeschichten mitgegeben, die in unserer Gegend spielen. Wir übernachten vor Ort, um sie zu sichten.«

»Tja, dann reden wir morgen.«

»Ist wirklich alles in Ordnung? Und ich bringe dir was Schönes mit.«

»Alles gut, was denn?«

»So viel Laufabrauð, dass es für die Weihnachtstage reicht. Das hat Gudrún gebacken, und es schmeckt herrlich.«

»Ich habe schon verstanden. Ich soll nicht noch mal das Salzfass in den Teig kippen«, stöhnte Unnur.

»Na ja, wir wissen ja beide, was das bedeutet, wenn die Köchin das Essen ungenießbar versalzen hat«, versuchte Hekla ihre Schwester aufzuheitern.

»Sehr witzig«, entgegnete Unnur in schroffem Ton.

Eric hielt jetzt vor einem einladend rot gestrichenen Blockhaus, was Hekla zum Anlass nahm, das Telefonat mit ihrer Schwester hastig zu beenden. So wie sie ihre Schwester kannte, konnte deren schlechte Laune nur Indiz für Liebeskummer sein. Ob sie begriffen hatte, dass Max mit Sicherheit nicht der prophezeite Traummann war, auf den sie so sehnsüchtig wartete? Vielleicht ist es gar nicht so verkehrt, wenn nun doch alles beim Alten blieb, fügte sie in Gedanken mit einem Anflug von Resignation hinzu: Sie selbst würde weiterhin völlig immun gegen jegliche männliche Avancen sein, und Unnur würde sich wieder alle naselang unsterblich in einen Prinzen vergucken, der sich dann früher oder später als Frosch entpuppte. Und dann würden sie zusammen alt und grau werden und irgendwann nur noch in der Vergangenheit leben. Nein, unterbrach Hekla erschrocken ihre Gedanken, so sollte die Zukunft ganz bestimmt nicht aussehen. Zumindest Unnur wünschte sie von Herzen, dass ihr doch noch der ersehnte Traummann begegnete, der ihre Werte erkannte und für immer bei ihr blieb.

21

Nicht verliebt, aber verlobt ...

Unnur blickte gedankenverloren aus dem Fenster ihres Ateliers, das vor Sauberkeit nur so strahlte. Mit Max' Hilfe waren die überflüssigen Möbel auf den Dachboden gelandet, nachdem ihr gemeinsames Fotoshooting dem plötzlich einsetzenden Schneefall zum Opfer gefallen war. Nachdem Unnur beim Kuss ihres vermeintlichen Märchenprinzen innerlich so kalt wie ein Fisch geblieben war, war ihr Interesse, sich vor dem Angebeteten in Position zu bringen, ohnehin geschwunden.

Nun skizzierte sie bereits seit Stunden an ihren Traumelfen herum und hatte außer der Kartenlegerin bereits zwei weitere aus dem Gedächtnis gezeichnet. Sie wunderte sich selbst, dass sich ihr die Elfengesichter derart intensiv eingeprägt hatten, dass sie immer noch jede Einzelheit zu Papier bringen konnte. Zum Glück hatte Max sich bald zurückgezogen, allerdings nicht, ohne Unnur vorher regelrecht zu löchern, woher sie die Inspiration für diese ausdrucksstarken Elfenportraits bekam. Unnur hatte mit sich gekämpft, ob sie ihm die Quelle wirklich preisgeben sollte, aber er stellte so geschickte Fragen, dass sie schließlich ausplauderte, dass sie von den Elfen geträumt hatte. Natürlich unterschlug sie ihm die übrigen Details ihres Traums, die seine Person betrafen. Es war wie verhext. Obwohl Max ihr gegenüber äußerst zugewandt war, schlich sich immer wieder Magnus' Blick in ihre Gedanken. Wie zärtlich und sehnsuchtsvoll zugleich er sie zum Abschied angesehen hatte. Mit traumwandlerischer Sicherheit fing sie nun an, mit ein paar Strichen sein Gesicht zu zeichnen. Als sie feststellte, wie treffend sie ihn portraitierte, setzte sie ihr Werk fieberhaft fort, bis sie es vollendet hatte. Sie fand, dass sie sich selbst übertroffen hatte. In seinem Ausdruck lagen unterschiedliche Emotionen. Er wirkte ernst, kraftvoll, verletzlich und zärtlich in einem.

Unnur dachte kurz über ihr Telefonat mit Hekla nach und bedauerte ein wenig, dass sie ihre gedrückte Stimmung nicht besser vor ihr verborgen hatte. Sie kannte ihre Schwester und war sich sicher, dass Hekla sich jetzt Sorgen machen würde. Und vor allem verstand sie selbst nicht, warum sie so melancholisch war, seit Magnus Arm in Arm mit Solveigh ihr Haus verlassen hatte. Selbst die Euphorie über ihren Elfentraum und sogar die Vorfreude auf die Ausstellung waren danach gedämpft.

Plötzlich vernahm sie ein Räuspern hinter sich und wandte sich um. Dort stand etwas verlegen ihr Vater in der Tür. »Darf ich reinkommen?«, fragte er höflich. Unnur blickte ihn verblüfft an. Noch niemals hatte Gunnar um Erlaubnis gefragt, ihren Raum betreten zu dürfen. Für gewöhnlich polterte er unangemeldet herein, wenn er überhaupt einmal den Weg in ihr Atelier fand.

»Natürlich«, erwiderte sie. »Setz dich.« Sie bot ihm eifrig den Stuhl an, auf dem sonst ihre Modelle saßen.

Gunnar aber blieb stehen und blickte sich scheu um. »Das ist aber schön geworden«, bemerkte er schließlich bewundernd.

»Du hättest das heute Morgen sehen sollen. Es erinnerte eher an eine Rumpelkammer, bevor ich es mit Max' Hilfe aufgeräumt habe. Aber was führt dich her?«, erkundigte sie sich zaghaft. So ganz traute Unnur dem Frieden noch nicht. Ein Besuch ihres Vaters bedeutete in der Regel nichts Gutes. Meistens nörgelte er, doch seit sie einander in Sachen Solveigh so einig wie selten gewesen waren, war die Stimmung irgendwie anders. Gunnar wirkte so vorsichtig und respektvoll ihr gegenüber, wie sie es gar nicht von ihm kannte.

»Ich hätte jetzt Zeit. Du hattest mich doch gebeten, ob ich nicht vielleicht …«

»Du willst mir freiwillig Modell sitzen?«

Er zuckte mit den Schultern. »Na ja, ich habe es dir doch versprochen.«

Unnur lächelte in sich hinein. Das Versprechen hatte er ihr zwar schon am Vortag gegeben und war trotzdem nicht gekommen. Aber wie schön, dass er jetzt hier war!

»Gern, Vater. Könntest du deinen Kopf ein wenig schräg legen?«, bat sie ihn, doch er hörte ihr gar nicht zu, sondern starrte die Zeichnung von Magnus, die noch auf der Staffelei stand, wie ein Weltwunder an.

»Das ist der Wahnsinn«, murmelte er immerzu, bevor er seine Tochter erstaunt musterte, als würde er sie zum ersten Mal sehen. »Du bist ja wirklich eine Künstlerin.«

Dieses Lob aus dem Mund ihres Vaters machte Unnur verlegen. Dass er so freundlich und zugewandt ihr gegenüber war, grenzte schon an ein Wunder, aber dass er ihr ein Kompliment machte, hätte sie sich in ihren kühnsten Träumen nicht vorstellen können. Ohne groß zu überlegen, berichtete sie ihm von dem Besuch des Galeristen und der Ausstellung, für die sie noch einige Portraits liefern musste.

»Und du meinst, du könntest ein Bild von einem alten Brummbären in deiner Sammlung gebrauchen?«, fragte er befangen.

»Und ob. Was meinst du, wie Sindrison die Zeichnung von Amma Martha gefallen hat? Charakterköpfe imponieren ihm ganz besonders.«

Unnur suchte die Zeichnung von ihrer Großmutter heraus und reichte sie dem Vater.

»Sehr gelungen«, schwärmte er.

»Danke«, murmelte Unnur und gab ihm Anordnungen, wie er sich hinsetzen sollte. Und tatsächlich, ihr sonst so sturer Vater folgte lammfromm den Befehlen seiner Tochter.

Mit Feuereifer machte sich Unnur an sein Portrait. Jede gelebte Falte nahm sie auf, denn das zerfurchte Gesicht, in dem man wie auf einer Landkarte lesen konnte, was dieser Mann in seinem Leben geschaffen und wie viel Mühe und Kraft ihn das gekostet hatte, war sein charakteristisches Merkmal. Sie wollte kein Abbild ihres Vaters schaffen, wie er auf alten Fotos ausgesehen hatte. Helga hatte ihr manchmal gezeigt, was für ein schöner Mann Gunnar einst gewesen war. Als Unnur fertig war, betrachtete sie ihr Werk mit einem Anflug von Zärtlichkeit. Diese Emotion hatte sie noch nie zuvor für ihn gehegt. Nicht einmal als Kind, weil er ihr stets groß und mächtig vorgekommen war. Aber in dieser Zeichnung war es ihr gelungen, auch seine weiche Seite einzufangen.

»Darf ich es sehen?«, fragte Gunnar.

Unnur bat ihn, neben sie an die Staffelei zu kommen, was er sich nicht zweimal sagen ließ. »Das bin wirklich ich? Das ist Zauberei«, stieß er begeistert aus.

Das machte Unnur wiederum äußerst verlegen. Noch mehr Lob aus dem Mund ihres Vaters würde sie vorerst nicht verkraften. Innerlich zählte sie deshalb lieber die noch ausstehenden Zeichnungen für die Ausstellung durch. Neben den drei neuen Elfenbildern gab es bereits ein altes Elfenportrait, und darüber hinaus Zeichnungen von ihrer Großmutter, ihrem Vater, Max, Henrik und, nicht zu vergessen, ihr Meisterwerk: Magnus. Das waren zu diesem Zeitpunkt bereits neun Bilder. Fehlten noch elf ..., wobei die restlichen Elfen bereits in ihrem Kopf herumspukten, und auch Hekla hatte sich schon bereit erklärt, ihr Modell zu sitzen.

Plötzlich hörte sie Magnus' Stimme von unten rufen: »Ist jemand zu Hause?«

Gunnar und Unnur sahen einander fragend an. »Sie werden

von ihrem Ausflug zurück sein«, bemerkte sie nicht gerade begeistert.

»Hoffentlich fällt er nicht auf diese Frau rein«, knurrte Gunnar.

»Tja, sie ist bestimmt nicht die Richtige für ihn«, erwiderte Unnur bemüht, sich nicht anmerken zu lassen, dass ihr ganz andere Dinge auf der Zunge lagen als diese moderate Äußerung.

Unwillig verließen Tochter und Vater das Atelier und trafen unten im Flur auf einen reichlich aufgedrehten Magnus mit einer Flasche Sekt in der Hand.

»Ich wollte mit euch anstoßen«, stieß er atemlos hervor.

Weil du die schöne Solveigh losgeworden bist, ging es Unnur beschwingt durch den Kopf, aber sie hatte sich zu früh gefreut, als sie hinter Magnus ihren blonden Schopf auftauchen sah.

»Was gibt es denn zu feiern?«, fragte Gunnar nicht gerade begeistert. Unnur schwante das Schlimmste. Magnus war kein Mann, der am späten Nachmittag grundlos mit einer Sektflasche wedelte.

»Das möchten wir euch gleich in aller Ruhe sagen«, verkündete Magnus und legte den Arm um Solveigh. Es gab für Unnur keinen Zweifel mehr, was das zu bedeuten hatte. Höflich bat sie die Gäste in die Küche und bemerkte im letzten Augenblick, dass ihr Vater die Flucht ergreifen wollte. Er hielt bereits die Klinke der Haustür in der Hand, doch sie legte ihre Hand auf seine und blickte ihn bittend an. Gunnar verstand und folgte in die Küche.

Unnur holte vier Sektgläser aus dem Schrank. Magnus ließ den Korken knallen und schenkte ihnen ein. Unnur stellte fest, dass es gar kein Sekt war, sondern Champagner, und sie wusste zufällig, dass der Moët & Chandon in der Vínbúðin, dem staatlichen Alkoholgeschäft, ein kleines Vermögen kostete.

Sie erhoben die Gläser.

»Vielleicht sollten wir deinen Freunden den Anlass nennen, bevor wir anstoßen«, zwitscherte Solveigh.

»Also, es ist so. Solveigh und ich haben auf unserem Ausflug gemerkt, dass wir, äh …, also wirklich gut zusammenpassen, und warum sollen wir dann nicht gleich Nägel mit Köpfen machen, ich meine, wir suchen ja beide eine … also … etwas Ernsthaftes, also warum nicht? Solveigh hat ganz recht, wenn sie sagt, dass man das nicht unnötig verschieben sollte«, stammelte er, so als ob er es selber nicht so recht glauben konnte was er da von sich gab.

»Genau, wir haben beschlossen, uns zu verloben«, ergänzte Solveigh und himmelte Magnus dabei so übertrieben an, dass Unnur sich kurz abwenden musste. Was war bloß in diese Person gefahren, die noch vor wenigen Stunden davon gesprochen hatte, dass sie Magnus erst einmal auf seine Partnertauglichkeit testen müsste?

Der triumphierende Blick, den Solveigh ihr in diesem Moment zuwarf, gab ihr einen entscheidenden Hinweis, warum sie plötzlich ein derartiges Tempo vorlegte. Die Dame hatte ganz offensichtlich Sorge, dass Magnus sich doch noch ihr zuwenden könnte. Dessen war sich Unnur sicher. Dabei hatte Magnus doch nicht die geringste Ahnung, dass sie ihn ganz plötzlich in einem völlig anderen Licht sah. Solveighs blinder Aktionismus, um Magnus an sich zu binden, machte Unnur diese Frau nicht gerade sympathischer. Sie nahm sich fest vor, sich ihren Unmut nicht anmerken zu lassen, doch da hörte sie sich bereits süffisant sagen: »Liebste Solveigh, dann wünsche ich euch viel Glück. Hast du inzwischen seine Kontoauszüge gesehen, denn heute Vormittag warst du doch noch sehr am Zweifeln, ob Magnus deinen Ehetauglichkeitstest bestehen würde?«

Solveigh ließ wutschnaubend das Glas sinken. »Ich habe es nicht nötig, mich so behandeln zu lassen.« Sie nahm Magnus ungefragt das Glas aus der Hand. »Ich denke, du solltest jetzt nach Hause gehen, damit du morgen alles fertig hast, was ich dir aufgetragen habe.«

»Aber ich wollte gern noch mit Gunnar und Unnur anstoßen«, widersprach Magnus ihr energisch.

»Hast du denn nicht gehört, was deine Sandkastenfreundin da eben von sich gegeben hat?« Solveigh funkelte Unnur angriffslustig an.

»Doch, aber ich kenne ihren Humor. Der ist manchmal etwas speziell, aber sie wollte dich ganz bestimmt nicht verletzen, oder, Unnur?« Magnus musterte sie eindringlich nach dem Motto: Sag bloß nichts Falsches!

»Richtig, das hättest du doch erkennen müssen, dass das ein Scherz war, denn du gehörst sicher nicht zu den berechnenden Frauen, bei denen die Höhe des Bankkontos über die Liebe entscheidet, nicht wahr?« Unnur grinste die Anwältin frech an.

»Ja, meine Tochter hat wirklich Humor«, pflichtete Gunnar ihr trocken bei. »Solche Frauen würden sich doch niemals in unser abgelegenes Tal verirren. Die schmeißen sich an einen Banker ran und nicht an unseren Magnus.«

Unnur hatte Mühe, nicht laut loszulachen, weil es Solveigh regelrecht anzumerken war, wie sie kochte. Außerdem war es äußerst komisch, ihren Vater derart spöttisch zu erleben. Das schien auch Magnus aufzufallen, denn er musterte seinen Nachbarn und Freund irritiert.

»Du solltest dich bei Solveigh entschuldigen«, seufzte Magnus und warf Unnur einen flehenden Blick zu.

»Tut mir leid, meine Liebe«, heuchelte Unnur. Mit Genugtuung stellte sie fest, dass sie bei ihm zumindest eine gewisse Skepsis bezüglich der Absichten seiner frischgebackenen Verlobten geweckt hatte. Er wirkte schwer verunsichert.

»Tja, vielleicht haben wir euch wirklich mit dieser Neuigkeit überfallen, aber lasst uns doch das eine Glas zusammen trinken. Auf die alte Freundschaft und unsere Verlobung!«, stieß er schließlich fast entschuldigend hervor. Er griff sich sein Glas, Solveigh tat es ihm widerwillig nach.

Kaum hatte Magnus das Glas geleert, verkündete er, dass Solveigh noch eine Nacht in der Pension bleiben würde, weil er für ihren Aufenthalt bei ihm zu Hause noch einiges würde vorbereiten müssen.

»Wieso? Warum kommt sie nicht einfach mit, jetzt, wo ihr ganz offiziell ein Paar seid?«, erkundigte sich Unnur.

»Es ist im Haus noch nicht alles so aufgeräumt, wie es für die Frau meines Herzens sein sollte. Wir sind vorhin kurz drüben gewesen, und es ist doch recht unordentlich«, erwiderte Magnus verlegen.

»Genau, eine versiffte Junggesellenbude«, pflichtete ihm Solveigh eifrig bei.

»Das hast du aber nett gesagt«, spottete Unnur.

»Tja, Karolina war zwar erst letzte Woche da, aber Männer haben da wohl tatsächlich ein anderes Empfinden«, versuchte Magnus das Benehmen seiner Verlobten zu entschuldigen, wobei er nicht verbergen konnte, dass er sie zumindest in diesem Punkt für komplett überspannt hielt.

»Und willst du ihm nicht wenigstens ein wenig zur Hand gehen, oder willst du das alles seiner Haushaltshilfe überlassen?« Unnur weidete sich an der Zornesfalte, die sich während ihrer Worte zwischen Solveighs Augen tief eingrub.

»Nein, nein, ich kann schon verstehen, dass Solveigh sich an meinem Junggesellenhaushalt stört. Und Karolina freut sich auf Extraweihnachtsgeld. Aber morgen ist alles schön«, sagte Magnus sichtlich betroffen und trank sein Glas in einem Zug aus. »Ich gehe dann mal. Und bitte vertragt euch.« Er warf Unnur einen warnenden Blick zu.

»Ich ziehe mich auch in mein Zimmer zurück. Ich freue mich auf dich, Schatz!« Sie umarmte Magnus und küsste ihn auf den Mund. Offenbar erwartete sie, dass er ihren Kuss erwiderte, aber das schien ihm vor Zeugen wohl unangemessen.

Er wandte sich hastig zur Seite und strich seiner Verlobten zum Abschied nur flüchtig über das Haar.

Als die beiden endlich aus der Tür waren, verteilte Unnur den Rest aus der teuren Flasche zwischen ihrem Glas und dem ihres Vaters.

»Prost. Die Frau ist ein Albtraum«, stöhnte sie, während sie ihr Glas erhob.

»Hat sie wirklich gesagt, sie wolle erst den Kontostand überprüfen?«, fragte Gunnar lauernd.

»So direkt wohl eher nicht, aber sie hat kein Blatt vor den Mund genommen, dass der zukünftige Gatte was auf der hohen Kante haben sollte. Jedenfalls kannst du mir nicht weismachen, dass die Tusse auch nur für eine Krone in ihn verknallt ist.«

»Ich weiß nur das eine. Du hast den Fehler deines Lebens gemacht, ihn einer solchen Furie zu überlassen«, schimpfte Gunnar.

Natürlich störte es Unnur, dass ihr Vater bei diesem Thema wieder zum alten Brummbären wurde, aber sie war andererseits auch erleichtert darüber, dass man ihr offenbar nicht im Geringsten anmerkte, dass sie ihre Meinung in Sachen Magnus um hundertachtzig Grad geändert hatte. Längst vermochte sie sich vorzustellen, dass eine Frau Magnus von Herzen lieben könnte. Ja, sie hatte auch schon so eine dumpfe Ahnung, wer diese Frau wohl sein könnte … Doch was auch immer in ihr vor sich ging, es war zu spät! Diese Solveigh hatte den guten alten Magnus nach allen Regeln der Kunst umgarnt, und er war mit Sicherheit überglücklich, dass seine Gefühle dieses Mal erwidert wurden. Jedenfalls spielte Solveigh ihm genau das vor. Aber war er denn überhaupt ernsthaft verliebt in diese Frau? Er hatte Solveigh jedenfalls kein einziges Mal so sehnsüchtig angesehen, wie er sie jahrelang betrachtet hatte. Solch ein Blick wäre Unnur kaum entgangen.

»Wenn ich es nicht besser wüsste, müsste ich vermuten,

dass dir Magnus doch etwas bedeutet, so verträumt, wie du gerade guckst«, sinnierte Gunnar. »Oder bist du in Gedanken bei diesem deutschen Journalisten?«

Tja, was sollte sie darauf antworten? Vor ein paar Tagen hätte sie ihn wohl mit der Nachricht überrascht, dass Max der Mann ihres Lebens war. Und nun spürte sie nichts mehr von dem Feuer. Auch nicht, als sie daran dachte, dass sie für heute Abend verabredet waren. Er hatte sie nach Reykjavík zum Essengehen eingeladen. Insgeheim hoffte sie, dass bei diesem Date ihre ursprüngliche Begeisterung für den attraktiven Journalisten zurückkehren würde …

»Ich bin heute Abend mit Max verabredet. Essen ist im Kühlschrank, falls ein Gast danach verlangt. Hekla bleibt übrigens beruflich über Nacht in Vík.«

»Wird das was mit dir und diesem Deutschen?«

Unnur zuckte die Achseln. »Ich weiß es wirklich nicht«, stöhnte sie.

»Du würdest gern ausziehen und nicht länger mit deinem griesgrämigen Vater unter einem Dach leben, oder?«, fragte er wie aus heiterem Himmel.

Unnur musterte ihn entgeistert. Selbstkritik aus seinem Mund war ihr völlig fremd. »Ja, darüber habe ich in letzter Zeit wohl manchmal nachgedacht«, gab sie zögernd zu.

»Das kann ich gut verstehen. Weißt du, ich habe dich vom ersten Augenblick an geliebt, aber du warst mir so, wie soll ich sagen, ja, fremd. Du warst immer mehr Helgas Tochter, so sensibel und zerbrechlich. Hekla war mir schon als Kind näher, weil sie manchmal wie ein Junge denkt. Als ich dich heute im Atelier erlebt habe, habe ich dich zum ersten Mal mit anderen Augen gesehen. Da kenne ich dich dein ganzes Leben lang, und plötzlich sehe ich dich auf eine bestimmte Weise, sehe dein wahres Wesen. Verstehst du?«

»Und ob«, erwiderte Unnur aus vollem Herzen.

»Verzeih mir, wenn ich manchmal zu hart zu dir war«, fuhr

der Vater fort. »Kunst war nie meine Baustelle. Dabei hat deine Großmutter stets versucht, meine Augen für Kultur und Stil zu schärfen, aber ich wollte wie mein Vater werden. Er war ein alter Haudegen, obwohl er meine Mutter auf Händen getragen hat, aber ich sah immer nur die deutschen Wurzeln in ihr und habe ihm insgeheim übel genommen, dass er keine Isländerin geheiratet hat …«

»Ich bin Isländerin mit ganzer Seele, mein Sohn«, ertönte eine klare Stimme aus dem Hintergrund, und Amma gab ihrem Sohn einen mütterlichen Kuss auf die Wange.

Unnur beobachtete diese Annäherung voller Spannung, denn noch nie zuvor hatte Amma Martha es gewagt, ihrem Vater so nahezukommen. Doch statt diese zärtliche Geste abzuwehren, strich Gunnar versonnen über den Arm seiner Mutter.

Und Unnur fing diese Szene mit ein paar Strichen für die Ewigkeit ein. Dieses Bild würde sie ›Versöhnung‹ nennen und nicht verschenken, sondern selbst behalten.

22

Sage vom entführten Elfenmädchen

Hekla und Eric hatten das Pensionszimmer, in dem Hekla übernachtete, zu einem Büro umfunktioniert. Der Tisch war über und über mit den vergilbten Blättern übersät. Schon seit einigen Stunden studierten sie die Sagen, die Gudrúns Urgroßmutter gesammelt und verfasst hatte. Embla, Erics Cousine, verwöhnte sie zwischendurch immer wieder mit Leckereien.

Am frühen Abend dröhnte Hekla der Schädel so sehr, dass sie vorschlug, gemeinsam die Nachrichten zu sehen und danach eine Pause einzulegen. Lieber würde sie am nächsten Morgen in aller Frühe weitermachen. Inzwischen hatte sich der Stapel der Geschichten auch so dezimiert, dass sie nicht mehr allzu lange brauchen würden. Dementsprechend niedergeschlagen war Hekla, als sie den Fernseher anschaltete. Ihre Hoffnung, noch fündig zu werden, war mit jeder Elfensage, die nicht am Hügel spielte, gesunken.

Nach den internationalen Nachrichten wollte Hekla gleich wieder ausschalten, doch dann erkannte sie Kristian auf dem Bildschirm.

»Warte, ich glaube, die haben heute Nachmittag noch eine Pressekonferenz gegeben«, rief sie aufgeregt und schaltete den Ton lauter. Und tatsächlich, vor den Journalisten präsentierten sich Kristian, Frodo und … Heklas Herz klopfte bis zum Hals … Henrik.

Kristian ergriff als Erster das Wort und klang überaus selbstsicher, als er verkündete, dass die Straße am Fuße des Helgafells nun beschlossene Sache sei und sich herausgestellt hatte, dass die vermeintliche Elfenbehausung nur ein bedeutungsloser Lavahaufen gewesen war. Zum Beweis, dass es sich nicht um isländisches Kulturgut handelte, gab er das Wort weiter an Frodo, der sich in seiner Rolle allerdings deutlich unwohl fühlte. Er hatte eine vor Schweiß glänzende Stirn und kam ins Stocken, als er versicherte, keine Sagen oder Legenden im Archiv des Völkerkundeinstituts gefunden zu haben, die mit diesem Hügel in Verbindung standen.

»Der schwitzt ja wie ein Schwein«, bemerkte Eric abfällig. »Den haben sie auch gekauft. Jede Wette. Das schlechte Gewissen steht ihm auf die Stirn geschrieben.«

»Psst«, ermahnte ihn Hekla, denn nun deutete Kristian auf Henrik, während er siegessicher verkündete, dass dessen Firma gleich im neuen Jahr mit dem Bau der Straße beginnen werde. Hekla ballte die Fäuste. Es schmerzte, ihn so vereint mit Kristian zu erleben.

Henrik sah allerdings noch schlechter aus als Frodo. Er war übernächtigt, trug einen Dreitagebart und rang sichtlich um Fassung, als Kristian ihm das Wort erteilte. Er öffnete den Mund und schloss ihn gleich wieder, als könnte er sich nicht aufraffen, in die Kamera zu sprechen. Erst als Kristian aus dem Hintergrund zischte, »Mannomann, brauchst du eine Extraeinladung?«, näherte er sich dem Mikrofon.

»Meine Damen und Herren von der Presse. Ich bin heute nur hierhergekommen, um Ihnen mitzuteilen, dass meine Firma die Straße nicht bauen wird …«

Hekla hielt den Atem an. Warum tat Henrik das in aller Öffentlichkeit?

Nach seinem überraschenden Statement herrschte große Aufregung unter den Journalisten. Alle wollten den Grund erfahren, warum seine Firma den Auftrag nicht ausführen wollte.

»Für meine Entscheidung gibt es einerseits private Gründe,

andererseits ist mir erst vor Ort klar geworden, dass diese Verbindungsstraße verkehrsbedingt völlig überflüssig ist …«

»Das zu beurteilen überlasse mal besser den Fachleuten«, fauchte Kristian, doch es interessierte im Augenblick keinen, was der Leiter des Straßenbauamts zu sagen hatte.

»Was meinen Sie damit?«, fragte eine Journalistin eifrig nach.

»Der Bau der Straße zerstört eine bislang unberührte Natur und ich kann nicht verantworten, dass meine Firma das ausführt.«

»Und die Elfen? Haben sie etwas mit Ihrer Entscheidung zu tun?«, hakte die Journalistin nach.

»Ich bin Däne«, sagte Henrik und rang sich zu einem Lächeln durch. »Aber jetzt entschuldigen Sie mich bitte, ich muss los. Ich möchte meinen Flug nach Kopenhagen nicht verpassen.«

Hekla starrte wie betäubt auf den Bildschirm. Sein überraschender Auftritt vor der Presse trieb ihr die Tränen in die Augen. Wie hatte sie nur jemals an ihm zweifeln können, und wie hatte sie sich überhaupt einreden können, dass es in Ordnung wäre, wenn er wieder in seine Heimat zurückkehren würde? Nein, das war ganz und gar nicht in Ordnung. Es tat furchtbar weh, und über diesen Schmerz half ihr dieses Mal auch die Stimme der Vernunft nicht hinweg.

Eric strich ihr tröstend über den Handrücken. »Jetzt kannst du dir ganz sicher sein, dass dein Henrik nichts von der Bestechung geahnt hat. Guck doch nur mal, unser Freund vom Bauamt hat Schaum vor dem Mund.«

Kristian schien vor Wut zu platzen, vor allem als ihn die Journalisten mit der Frage löcherten, ob er denn gar nicht gewusst habe, dass die Straßenbaufirma aussteigen würde. »Nein, das kommt ganz plötzlich, und es wird ein Nachspiel haben! Wir haben Verträge. Ich habe keine Ahnung, was in Henrik Nielsen gefahren ist, aber er verhält sich absolut unprofessionell …«

»Aber wie stehen Sie inhaltlich zu seinen Einwänden, der Bau der Straße wäre überflüssig und würde unberührte Natur zerstören?«

»Das ist Unsinn, und mal ehrlich, woher will das denn ein dänischer Bauunternehmer wissen? Vergessen Sie den Mann. Wir werden uns umgehend mit einer großen Firma aus Reykjavík in Verbindung setzen und den Auftrag neu vergeben. Anfang Januar geht es los.«

»Aber hat nicht schon eine isländische Firma aufgegeben, weil es an der Baustelle merkwürdige Vorfälle gegeben hat?«, fragte ein Journalist.

»Ja und? Jemanden, der kneift, weil sich ein Baufahrzeug selbstständig macht, bei dem man wahrscheinlich vergessen hat, die Bremse anzuziehen, kann ich nicht ernst nehmen«, knurrte Kristian.

»Sagen Sie, wo ist eigentlich der Bürgermeister von Hafnarfjörður? Der gehört doch auch in diese Runde. An den hätte ich nämlich auch noch ein paar Fragen«, wollte ein anderer Journalist wissen.

»Sigurður lässt sich entschuldigen. Er ist krank«, erwiderte Kristian unwirsch.

»Der lügt doch, wenn er den Mund aufmacht. Wahrscheinlich hat der Mann Bedenken geäußert, und sie haben ihm mit Kohle den Mund gestopft«, echauffierte sich Eric, doch Hekla hatte große Mühe, dem weiteren Geschehen auf dem Bildschirm zu folgen. Ihre Gedanken kreisten allein um Henrik und seinen mutigen Auftritt.

»Wahrscheinlich haben sie Frodo auch etwas bezahlt, damit er diese Nummer mitmacht«, mutmaßte Eric, nachdem die Pressekonferenz beendet war und er das Gerät ausgeschaltet hatte. Das hatte Hekla nicht einmal bemerkt. Er warf ihr einen mitfühlenden Blick zu. »Du bereust, dass du deinen Henrik vorverurteilt hast, oder?«

Hekla nickte stumm.

»Du legst dich jetzt am besten ins Bett und überlässt mir die restlichen Recherchen.« Eric machte sich, ohne eine Antwort abzuwarten, daran, die verbleibenden Blätter zusammenzusammeln.

»Nein, lass es uns gemeinsam zu Ende bringen, auch wenn ich nicht mehr glaube, dass wir fündig werden«, stöhnte Hekla. »Ich könnte jetzt eh nicht schlafen.«

»Wir werden sehen. Noch gebe ich die Hoffnung nicht auf, unter den verbleibenden Geschichten die passende zu finden«, entgegnete Eric entschlossen.

»Okay, du diese fünf, ich die anderen.« Hekla griff sich die oberen Blätter und hockte sich damit auf ihr Bett.

Wie erwartet spielten weder die erste noch alle weiteren Geschichten am westlichen Fuß des Helgafells. Doch dann beschleunigte sich Heklas Herzschlag, als sie die dritte Sage mit dem Titel ›Das entführte Elfenmädchen‹ zu lesen begann:

Auf einem einsamen Gehöft am Fuße südwestlich des Berges Helgafell wohnte ein Bauer mit seiner jungen Frau. Das Leben auf den Lavafeldern war nicht einfach. Aber das junge Paar brachte es zu bescheidenem Wohlstand und war glücklich, bis auf die Tatsache, dass sich der ersehnte Nachwuchs nicht einstellen wollte, sosehr sie sich auch bemühten. Esther, die junge Frau, wurde von Jahr zu Jahr schwermütiger, weil sie sich nichts sehnlicher wünschte als Kinder. Ihr Mann Reik wusste nicht mehr, was er tun sollte, um seiner Frau den Lebensmut zurückzugeben. Doch dann kam er eines Tages an einem Hügel vorbei, an dessen einer Seite ein kleiner Bach vorbeifloss, aus dessen Mitte ein Stein emporragte …

Hekla hielt den Atem an. Die Beschreibung passte genau auf ihren Elfenhügel!

»Eric, ich glaube, ich habe etwas«, sagte sie aufgeregt. Sie las ihm die Geschichte von Anfang an vor und fuhr dann an der Stelle, bis zu der sie bereits gekommen war, fort.

»… und Reik sah am Ufer des Baches eine Horde Elfenkinder spielen. Ihm fiel dabei ganz besonders ein bildhübsches Mädchen auf. Sie war die Einzige, die ihn wahrnahm und arglos auf ihn zugelaufen kam. ›Suchst du jemanden?‹, fragte sie.

Reik aber starrte sie wie ein Wunder an. So wie sie hatte er sich sein Kind vorgestellt. ›Sind das alles deine Geschwister?‹, fragte er, nachdem er die Sprache wiedergefunden hatte.

Das Elfenmädchen nickte. ›Ja, ich bin die Jüngste. Und du, wie viele Kinder hast du?‹

›Ich habe noch keine Kinder‹, erwiderte er traurig, und in dem Augenblick fasste er den folgenschweren Entschluss, für seine Frau ein Kind zu stehlen, und zwar dieses zauberhafte Geschöpf.

›Begleitest du mich zu meinem Hof? Meine Frau würde dich gern kennenlernen. Und wir haben leckere Milch‹, lockte er sie.

Die Kleine zögerte, aber dann siegte ihre Neugier. ›Aber du musst mich zurückbringen. Ich kenne den Weg nicht, und ich darf eigentlich nicht mit Menschen mitgehen. Dann bin ich verloren, sagt meine Mutter.‹

Reik versprach es ihr hoch und heilig. Vertrauensvoll ließ sich das Elfenkind von ihm an die Hand nehmen, und sie wanderten gemeinsam zum Hof.

Esther sah die beiden schon von Weitem und kam ihnen entgegengerannt. ›Wer bist du?‹, fragte sie verzückt. Das Elfenmädchen schwieg, denn Reik hatte ihr auf dem Weg weisgemacht, dass seine Frau lieber nicht erfahren solle, wo sie lebte, weil sie Angst vor Elfen hatte. Er brachte es nicht übers Herz, seiner Frau zu verraten, dass er das schöne Kind seiner Familie fortgenommen hatte und behauptete, sie wäre ein Findelkind.

Esther überhäufte die Kleine mit schönen Dingen und Kleidern, sodass das Mädchen zunächst vergaß, dass sie eigentlich nach Hause zurückwollte. Doch dann bekam sie Heimweh, aber Reik vertröstete sie, bis sie vor Kummer krank wurde und starb. Panisch verriet Reik seiner Frau, dass sie ein Elfenkind gewesen war. Dass er sie geraubt hatte, behielt er allerdings für sich. Esther und Reik trauerten um das Kind, als wäre es ihr eigenes gewesen. Doch dann wendete sich das Schicksal zum Guten, und Esther wurde schwanger. Die beiden waren so glücklich, dass sie kaum mehr an das arme Elfenkind dachten. Erst als ihre Tochter Ala fünf Jahre alt wurde und zu einem wunderschönen Mädchen herangereift war, konnten sie die Augen nicht länger verschließen: Sie war dem Elfenmädchen wie aus dem Gesicht geschnitten.

Seit dem Tag der Entführung hatte Reik einen großen Bogen um den Elfenhügel gemacht und den Berg Helgafell gemieden. Er hatte Angst, die Elfen könnten sich an ihm rächen. Sie waren nämlich als rachsüchtig bekannt, und deshalb wollte er sich auf keinen Fall in der Nähe des Hügels sehen lassen. Doch Ala wünschte sich zu ihrem sechsten Geburtstag nichts sehnlicher als einmal auf den Berg zu wandern. Also ritten sie eines Tages zu dritt zum Fuße des Berges, aber Ala, die ein eigenes Pferd besaß, musste auf Geheiß des Vaters ein rotes Kopftuch tragen, damit man sie überall gleich sehen konnte, sollten sie einander verlieren. An diesem Tag war der Himmel so blau, dass ihn kein Wölkchen trübte.

Auf dem Rückweg schlug das Wetter in Höhe des Elfenhügels plötzlich um, und sie gerieten in eine Nebelwand. Reik rief verzweifelt nach seiner Tochter, aber er bekam keine Antwort.

Er fiel vor Dankbarkeit auf die Knie, als er seine Frau wiederfand, doch Ala war verschwunden. Die Eltern waren außer sich vor Sorge und suchten von diesem Tag an jeden Tag nach ihrem Kind. Aber es gab keine Spur von Ala.

Reik vernachlässigte seinen Hof, und Esther wurde sehr krank. Er befürchtete, sie würde an gebrochenem Herzen sterben. Schließlich wusste er sich keinen Rat mehr und sagte ihr die Wahrheit. Esther verlangte daraufhin von ihm, die Elfen um Verzeihung zu bitten und sie anzuflehen, ihnen Ala wiederzugeben. Er tat, was sie verlangte, aber nichts geschah.

Esther überlebte ihre schwere Krankheit, aber sie sprach fortan kein Wort mehr mit ihrem Mann, dem sie die Schuld an dem Verlust ihrer einzigen Tochter gab. Reik war vor Kummer nicht mehr in der Lage, den Hof zu bewirtschaften, und so verarmten die Eheleute.

Eines Tages kam eine junge Frau von außerirdischer Schönheit auf ihren Hof. Esther erkannte in ihr sofort die Tochter und war so glücklich, dass sie wieder mit Reik zu reden begann. Sie wollten nun wissen, wie es ihrem geliebten Kind ergangen war. Ala hatte ein unbeschwertes Leben bei der Elfenfamilie geführt und konnte sich lange nicht daran erinnern, dass sie einer Menschenfamilie geraubt worden war. Aber dann hatte sie immer mehr Interesse an den Menschen gezeigt, was ihre Elfenmutter nicht gutgeheißen hatte. Doch da sie das Menschenkind über alles liebte, offenbarte sie ihm schließlich die Wahrheit. Die Elfenmutter stellte ihr frei, zu ihren menschlichen Eltern zurückzukehren. Doch, so warnte sie das Mädchen, werde es dann ein Opfer für ihre Freiheit geben. Welches, verriet sie Ala nicht, in der stillen Hoffnung, nun würde sie sich nicht mehr trauen, in die Menschenwelt zu gehen. Doch das Heimweh des Mädchens war so groß, dass sie es riskierte.

Kaum hatte Ala ihren Eltern diese Geschichte zu Ende erzählt, da tat sich die Erde auf, und ihr Vater verschwand in einer Schwefelblase. Hinter ihm schloss sich die Erde, als wäre nichts geschehen. Nun wusste Ala, was die Elfenmutter gemeint hatte.

Nachdem Mutter und Tochter um ihren Vater viele Wochen und Monate getrauert hatten, kehrten sie zu ihrem Tagwerk zurück. Schließlich gelang es ihnen mit vereinter Kraft, aus dem heruntergekommenen Gehöft wieder einen blühenden Hof zu machen. Ala bekam mit ihrem Mann Hilmar eine Tochter namens Inga, die ihr eines Tages aufgeregt berichtete, sie hätte mit Elfenkindern gespielt. Das missfiel Esther außerordentlich, weil sie Angst hatte, dass die Elfen noch immer nach Rache sannen, doch da gab Inga ihrer Großmutter das rote Tuch, das Ala an dem Tag ihres Verschwindens um den Hals getragen hatte, und Esther wusste, dass die Elfen ihrer Familie endgültig verziehen hatten.«

Hekla hatte Tränen in den Augen, als das letzte Wort verklungen war.

»Wow, das ist unsere Geschichte. Das ist ja Wahnsinn«, murmelte Eric.

»Aber wie sollen wir vorgehen, nachdem Frodo behauptet hat, es gäbe keine Geschichte? Macht das nicht einen merkwürdigen Eindruck, wenn ausgerechnet ich jetzt eine unveröffentlichte Legende aus der Versenkung hervorhole? Kristian würde glauben, wir hätten sie erfunden.«

»Tja, das wäre in der Tat nicht besonders geschickt«, pflichtete Eric ihr bei, während er seine Stirn in grüblerische Falten legte.

Auch Hekla dachte fieberhaft über eine Lösung nach. »Frodo«, sagte sie plötzlich. »Frodo muss die Geschichte entdecken.«

»Wie bitte? Er hat doch gerade erst verbreitet, sie hätten nichts Einschlägiges gefunden.«

Hekla aber war hellauf begeistert von ihrem Einfall, Frodo vor ihren Karren zu spannen, und sie hatte da auch schon einen Plan, wie sie ihn dazu bringen konnte.

»Lass mich mal machen. Ich glaube, der ist heilfroh, wenn

ich ihm einen Hinterausgang öffne, den er nehmen kann, ohne Blessuren aus dieser Geschichte davonzutragen.«

»Gut, dann bringen wir Gudrún den Rest morgen zurück.« Eric nahm mitfühlend ihre Hand. »Und was macht dein Herz? Kann ich dich allein lassen?«

Hekla nickte eifrig. »Geh nur. Ich komme schon zurecht.«

Eric schüttelte den Kopf. »Gut, das war die Version fürs Protokoll. Und wie sieht es wirklich da drinnen aus?«

»Ich hätte nicht gedacht, dass mir der Abschied von einem Mann noch jemals solchen Kummer bereiten würde.«

»Und wenn du ihn anrufst und bittest, nach Island zurückzukehren?«, schlug Eric vor.

»Ich habe nicht mal seine Telefonnummer. Und das würde alles doch noch viel schlimmer machen. Dann müsste ich mich danach gleich noch einmal von ihm trennen. Nein, ich muss einen Weg finden, damit klarzukommen. Soll er ruhig denken, dass ich ihn für ein korruptes Arschloch halte. Dann muss er wenigstens nicht leiden und ist froh, dass er mit dieser Furie nichts angefangen hat.«

»Na ja, das zu beurteilen solltest du vielleicht lieber ihm überlassen. Ich finde das nicht okay, dass du ihm gar keine Chance zur Versöhnung gibst. Vor allem darfst du dich nicht noch weiter zurückziehen. Du bist eine junge attraktive Frau, kein Eremit. Hekla, du musst wieder am Leben teilnehmen statt dich abzuschotten.«

»Du hast ja recht, aber ich kann nicht einfach einen Schalter umlegen und auf einer Bühne auftreten, so wie Unnur sich das vorstellt.«

»Wie kommt sie auf Bühne?«, lachte er.

»Unnur meint das mit der Bühne ganz ernst. Sie hat mich bei einem Songwriterwettbewerb angemeldet, und stell dir vor, die Jury hat mich eingeladen.«

Eric starrte Hekla ungläubig an. »Du kannst singen?«

»… und Songtexte schreiben und Lieder komponieren,

wenn du es genau wissen willst. Denn sie nehmen nur Bewerber, die ein eigenes Repertoire haben.«

»Das ist ja der Hammer. Na, da will ich aber Karten haben. Wann ist das denn?«

»Am zweiten Weihnachtstag«, stöhnte Hekla.

»Super, wir kommen.«

»Eric, da gehe ich doch nicht hin.«

»Wieso nicht?«

»Du stellst Fragen. Ich will das eben nicht.«

»Das ist kein Argument.« Er stockte und schien nachzudenken. »Meinst du, du kannst aus dieser Sage gleich einen Song machen? Ich meine, das wäre wunderbar.«

Hekla zuckte die Schultern. »Warum nicht?«

»Ich bin begeistert. Bitte mach mit. Wir applaudieren dir, wir feuern dich an, wir …«

»Erst einmal lass mich einfach schlafen. Ich bin fix und fertig.«

»Hopp, hopp, ins Bett. Wir reden morgen weiter!«

»Raus!«

Eric umarmte sie und verließ gut gelaunt ihr Zimmer. Hekla blieb nachdenklich allein zurück. Sie grübelte noch lange Zeit hin und her, bis sie ihre Augen nicht mehr länger aufhalten konnte.

Einmal in der Nacht wachte sie mit einem Glücksgefühl auf, nachdem Henrik und sie sich geküsst hatten. Es dauerte recht lange, bis Hekla begriff, dass dies nur in ihrem Traum geschehen war.

23

Unschöne Entdeckungen

Auf dem Weg zu Max' Zimmer kreisten Unnurs Gedanken ausschließlich um Magnus und diese unmögliche Person. Sie fand den Kontrast zwischen Solveighs herzlosen Sprüchen über die Liebe und der Tatsache, dass es ihr mit Magnus jetzt gar nicht schnell genug gehen konnte, ziemlich heftig.

Erstaunt blieb sie vor Max' Tür stehen. Sie war nur angelehnt. Unnur rief nach ihm, doch sie bekam keine Antwort. Vorsichtig betrat sie sein Zimmer. So ein Chaos hatte sie selten gesehen. Seine Kleidung lag verstreut auf dem Boden, und das einzige Ordentliche schien sein Laptop zu sein, der auf dem Schreibtisch stand. Sie näherte sich dem Bildschirm und blickte auf einen Text, der in deutscher Sprache verfasst war. Dass der noch sichtbar auf dem Bildschirm prangte, sprach dafür, dass Max nur kurz das Zimmer verlassen hatte. Unnur wollte gerade im Bad nach ihm sehen, als sie das Foto einer ihrer bunten Elfenzeichnungen auf dem Bildschirm bemerkte. Was hatte das zu bedeuten, und warum bildete er so ein Foto ab, ohne sie um Erlaubnis zu fragen? Leider konnte sie kein Deutsch, sodass sie keinen Schimmer hatte, was er da geschrieben hatte. Doch eines konnte sie sehr wohl erkennen. Mit pochendem Herzen scrollte sie weiter im Text. Die gesamte Familie schien in seinem Artikel vorzukommen: Hekla, Amma Martha … und noch ein Wort erregte ihre Aufmerksamkeit. Dieses Wort hatte ihre Großmutter einmal benutzt, als Unnur noch ein Kind gewesen war. Da es höchst selten vorgekommen war, dass Amma Martha eine isländische Vokabel vergessen hatte, war ihr das noch im Gedächtnis geblieben.

»Was ist das? *Naiv*, Amma?«, hatte Unnur ihre Großmutter damals gefragt. In dem Augenblick war Amma Martha die isländische Übersetzung wieder eingefallen: *Einfaldur.*

Unnur schwante Böses. Ob er sie in dem Artikel womöglich als einfältige Person darstellte? Aber warum sollte er das tun? Das wollte sie unbedingt herausbekommen, nur wie? Ratlos starrte sie auf den Text, doch sosehr sie sich auch bemühte, sie konnte ihn nicht annähernd verstehen. Sie brauchte jemanden, der ihn ihr übersetzte. Amma Martha, wer sonst?, dachte Unnur und rieb sich die Hände. Nur wie sollte sie ihrer Großmutter den Artikel zukommen lassen, fragte sie sich, da fiel ihr bereits eine Lösung ein. Sie musste sich das Dokument ja nur selbst zumailen. Dann hatte sie es auf ihrem Rechner. Unnur speicherte den Text also auf dem Desktop und schickte ihn als Anhang an ihre eigene E-Mail-Adresse. Um ihre Spuren zu verwischen, löschte sie die E-Mail, nachdem diese an sie rausgegangen war, ebenso wie das Dokument. Sie wollte es gerade wieder öffnen, damit Max es auf seinem Schreibtisch so vorfand, wie er es verlassen hatte, da blieb ihr Blick an einem Ordner auf dem Schreibtisch des Laptops hängen. *Recherche Solveigh* hieß der Ordner. Ich sollte auf keinen Fall darin herumschnüffeln, dachte Unnur noch, als sie bereits auf ›Öffnen‹ geklickt hatte.

Enttäuscht stellte sie fest, dass es überhaupt nur ein einziges Dokument über Solveigh gab, hatte sie doch insgeheim gehofft, dass die Frau hinter ihrer aalglatten Fassade irgendwelche dunklen Geheimnisse verbarg. Trotzdem wollte sie einen kurzen Blick hineinwerfen und dann schnellstens verschwinden, denn weit konnte Max ja nicht sein. Es war ein Artikel aus dem Internet. Er war in englischer Sprache verfasst und aus dem Jahr 2013. *Sie alle bekamen den Hals nicht voll!*, lautete die reißerische Überschrift. Es folgten Fotos von Bankern, Millionären und anderen Personen, die sich während der Bankenkrise in Island bereichert hatten. Unnur musste zweimal hingucken, um Solveigh auf einem der Fotos zu erkennen. Sie sah sehr seriös aus, trug eine Brille und hochgestecktes Haar. Und sie war noch verdammt jung. Es wurde in knappen Sätzen berichtet, dass die Anwältin Rakel S. Steinunndóttir ihre zahlungskräftigen Mandanten noch im Jahr 2011 wider besseres Wissen gegen ein sattes Entgeld weiter an die Katla-Bank vermittelt habe. Doch schließlich waren ihre kleinen Betrügereien aufgeflogen, und ihr Vater, ein Staranwalt, hatte sie aus seiner Kanzlei geworfen, nachdem man ihr die Zulassung entzogen hatte. Dass man ihr keinen Prozess gemacht hatte, war allein den guten Beziehungen ihres Vaters zu verdanken, der das getan hatte, um den Ruf der Familie zu retten. Seine Tochter aber hatte er enterbt und sich privat von ihr distanziert. Angeblich hatte sich die junge Frau aus feinem Hause durch ihre Gier ins gesellschaftliche Aus befördert und musste nun von Gelegenheitsjobs leben.

Unnur konnte kaum glauben, was dort über Magnus' Verlobte geschrieben stand, einmal abgesehen davon, dass sie gar nicht Solveigh hieß, sondern Rakel S. Steinunndóttir. Also doch! Magnus war auf eine Hochstaplerin reingefallen. Nun konnte sie endlich verstehen, warum diese Frau es überaus eilig hatte, Magnus an sich zu binden. Wahrscheinlich hoffte sie, dass er ihr, wenn er sich erst einmal unsterblich in sie verliebt hatte, die kleinen Schwindeleien verzeihen würde. Denn daran, dass Rakel S.' wahre Identität früher oder später ans Tageslicht kommen würde, hegte Unnur nicht den geringsten Zweifel. Aber zu dem Zeitpunkt wollte die Dame zumindest einen Trauring am Finger haben. Deshalb hatte sie sich auch Magnus ausgesucht, mutmaßte Unnur, weil er so ein feiner Mensch war, der sie deshalb nicht auf die Straße setzen würde, wenn sie erst seine Ehefrau wäre … Und ihr fiel noch ein weiterer Grund ein, warum sie sich Magnus gegriffen hatte: Jemand aus ihren eigenen gesellschaftlichen Kreisen in Reykjavík würde wahrscheinlich gleich wissen, mit wem er es zu tun hatte. Ich muss ihn warnen, ging es Unnur durch den Kopf, während ihr Herzschlag sich merklich beschleunigte. Aber nicht am Telefon! Lieber persönlich, beschloss sie. Sie sollte ihn gleich morgen früh abfangen und die falsche Schlange in seiner Gegenwart zur Rede stellen.

Hastig verfuhr sie mit diesem Artikel genauso wie mit seinem Text und mailte sich auch dies zu, bevor sie ihn wieder im Ordner verschwinden ließ.

Erst als sie das Zimmer auf Zehenspitzen verlassen wollte, merkte sie, wie ihr der Schweiß auf der Stirn stand. Es war mit Sicherheit die Anspannung, verbunden mit der Sorge, von Max an seinem Computer überrascht zu werden.

Unnur war erleichtert, nachdem sie sein Zimmer verlassen und die Tür leise hinter sich zugezogen hatte. Um sich nicht auf dem Flur erwischen zu lassen, ging sie schnellen Schrittes zum Ausgang, denn die Lust auf ein Abendessen mit Max war ihr gründlich vergangen. Erst wollte sie erfahren, was er über sie geschrieben hatte, und dann musste sie einen Plan austüfteln, wie sie Magnus die Sache schonend beibringen konnte. Auf keinen Fall sollte er glauben, sie wäre insgeheim erleichtert darüber, wenn die frische Verlobung mit einem lauten Knall platzen würde …

Als sie an Solveighs Zimmertür vorbeieilte, vernahm sie merkwürdige Geräusche. Sie brauchte nicht lange, um zu begreifen, dass es sich um Gestöhne handelte. Keine Frage, im Zimmer der falschen Solveigh ging es hoch her. Unnur erstarrte bei der Vorstellung, es könnten Solveigh und Magnus sein, die sich da in ihrem Zimmer hemmungslos miteinander vergnügten. Das Stöhnen und Keuchen wurde immer lauter. Unnur stand wie angewurzelt vor der verschlossenen Tür und kämpfte mit sich, ob sie weitergehen oder sich vergewissern sollte, wer da mit wem Sex hatte. Sie rang sich zu der Entscheidung durch, einen Blick hineinzuwerfen.

Unnurs Herz klopfte bis zum Hals, als sie die Tür vorsichtig einen Spaltbreit öffnete. Das Erste, was sie sah, war Max' nackter Hintern, der rhythmische Bewegungen machte. Rakel S. stieß bei jedem seiner Stöße kleine spitze Schreie aus.

Hastig schloss Unnur die Tür hinter sich und atmete ein paarmal tief durch, bevor sie fluchtartig die Pension verließ. Draußen angekommen, blieb sie regungslos in der schneidend kalten Luft stehen, und nicht einmal die feuchten Schneeflocken, die vor ihrem Gesicht wahre Tänze aufführten, störten sie.

Fieberhaft überlegte sie, was sie mit diesem Wissen anstellen sollte. Merkwürdigerweise galten ihre Gedanken allein Magnus und der Frage, wie er das wohl aufnehmen würde, wenn er erfahren musste, dass sich die Dame nicht nur unter falschen Vorzeichen bei ihm eingeschmeichelt hatte, sondern noch am Tag der Verlobung mit einem anderen Mann ins Bett gestiegen war.

Tief in Gedanken versunken betrat sie die Küche und nahm mit gemischten Gefühlen wahr, dass Gunnar gerade dabei war, sich das Salzfleisch vom Vorabend aufzuwärmen. Er stellte sich entsetzlich ungeschickt an, es zischte gefährlich in der Pfanne, und es roch bereits etwas angebrannt.

»Gib schon her«, sagte sie genervt und nahm ihm die Pfanne vom Herd.

»Ich denke, du gehst mit dem Journalisten aus«, warf er ein, schien aber nicht besonders traurig darüber zu sein, dass Unnur ihm die Arbeit abnahm.

»Das hat sich erledigt«, erwiderte sie.

»Ziehst du deshalb so ein langes Gesicht?«

Unnur stieß einen tiefen Seufzer aus. Einerseits fand sie es ja rührend, wie interessiert sich ihr Vater plötzlich an ihrem Leben zeigte, aber auf der anderen Seite setzte sie das auch ein wenig unter Zugzwang. Vorher wäre sie im Traum nicht darauf gekommen, ihren Vater in diese Geschichte einzuweihen, aber seit ihrer verbindenden Antipathie gegenüber Solveigh oder

Rakel, wie sie ja offenbar mit erstem Namen hieß, war sie doch versucht, dieses Wissen mit ihm zu teilen.

»Max ist beschäftigt. Er vergnügt sich gerade mit Magnus' Verlobter im Bett«, verkündete sie nun ungerührt. »Willst du das deinem Freund schonend beibringen oder soll ich?«

Gunnar verschlug es schier die Sprache. Ungläubig starrte er seine Tochter an.

»Aber das ist noch nicht alles. Solveigh heißt in Wirklichkeit Rakel S Punkt und arbeitet gar nicht als Anwältin, weil sie ihre Zulassung verloren hat, nachdem sie Mandanten abgezockt hat. Ich schätze mal, der Lady steht das Wasser bis zum Hals, und sie sucht jetzt einen Sponsor.«

»Gott, der arme Junge. Dass der aber auch immer so ein Pech haben muss. Erst mit dir und dann mit dieser Frau …«

»Vater! Du willst mich doch nicht etwa mit dieser Trulla in einen Topf werfen? Ich bin weder kriminell noch habe ich Magnus je etwas vorgegaukelt!«, entgegnete Unnur in scharfem Ton.

Er hob abwehrend die Hände. »Schon gut. So habe ich das ja auch nicht gemeint«, brummte er, während er zum Telefon schlurfte.

»Was hast du vor?«

»Na, ihm reinen Wein einschenken und dann die Betrügerin achtkantig rauswerfen. Und ihren Liebhaber gleich mit!«

Unnur dachte kurz nach. »Nein, das wird Magnus das Herz brechen. Ich werde es ihm schonend beibringen. Gleich morgen früh. Ich werde ihn auf dem Hof abfangen. Aber weißt du was? Das mit dem Max muss er gar nicht erfahren. Ich denke, ihre Lügen von wegen guter Job, teure Wohnung werden völlig ausreichen, damit Magnus die Verlobung löst. Und Max soll auch nicht erfahren, dass wir Bescheid wissen. Er muss nämlich noch ein bisschen hierbleiben, weil ich noch etwas mit ihm zu klären habe. Im Übrigen sind wir auf seine Buchung angewiesen.«

Gunnar legte erwartungsvoll den Kopf schief. »Was gibt es denn mit dem Kerl noch zu klären? Mir war er gleich suspekt, weil er sich selbst an Mutter rangeschmissen hat«, schnaubte Gunnar.

»Das ist nun wirklich übertrieben. Das war Amma Marthas Initiative, die ihn immer mal wieder für einen Offizier gehalten hat, der mit ihr auf dem Filmball tanzen sollte«, widersprach Unnur.

»Was? Und warum sagt mir das keiner?«, beschwerte er sich.

»Weil du das deiner armen Mutter schwer übel genommen hättest, obwohl sie das nicht mit Absicht macht«, erwiderte Unnur.

»Bin ich wirklich so ein bärbeißiger Zeitgenosse?«

»Sagen wir mal so. Das warst du jedenfalls bis heute Morgen noch. Aber so freundlich gefällst du mir wesentlich besser. Lass mich das bitte mit Magnus erledigen. Und lass dir Max gegenüber nichts anmerken.«

»Da ich ihm gegenüber bislang immer nur brummig war, wird er keine Veränderung bemerken«, lachte Gunnar.

Unnur hatte während des Gesprächs den Salzbraten schmackhaft zubereitet und tat ihrem Vater und sich auf.

Während des Essens hingen Vater und Tochter stumm ihren Gedanken nach. Erst als Unnurs Blick flüchtig die Schuhe in der Fensterbank streifte, suchte sie erneut das Gespräch, denn in diesem Augenblick wurde ihr schlagartig bewusst, dass sie sich mit dieser strikten Vorgabe, das Weihnachtsfest genau so zu begehen, wie es ihre Mutter gewollt hätte, unter enormen Stress setzte. Und nicht nur sich. Dass Hekla keine allzu große Lust verspürte, ihr jeden Abend im Namen eines Weihnachtskerls Präsente in den Schuh zu stecken, war Unnur keinesfalls entgangen. Und mit den Geschenken von Pottaskefill hatte es doch bereits einen wirklich aufrichtigen und berührenden Höhepunkt der Kindertradition gegeben. Es war allerhöchste Zeit, damit aufzuhören. Und der Spaß an den Weihnachtskerlen lebte hoffentlich dann wieder auf, wenn sie eigene Kinder hatten.

Entschieden stand Unnur auf und nahm die Schuhe vom Sims. »Vater, ich hätte da noch etwas auf dem Herzen«, seufzte sie.

Gunnar musterte sie interessiert.

»Es macht Mutter auch nicht wieder lebendig, wenn wir ihre Weihnachtstraditionen fortsetzen. Ich glaube, wir sollten einfach mal klären, was sich jeder von uns von dem Fest erhofft. Wir sind doch keine Kinder mehr.«

»Und das aus deinem Mund«, sagte Gunnar erstaunt. »Ich habe manchmal schon befürchtet, du würdest nie erwachsen werden. Allein dieser Unsinn mit dem Mann, der vom Himmel fällt.«

Unnur wunderte sich selbst darüber, dass sie nicht beleidigt auf seine Worte reagierte. Im Gegenteil, sie musste irritiert zugeben, dass sie selbst nicht mehr recht daran glaubte. Und dass sie überhaupt nur noch für einen einzigen Mann ein warmes Gefühl hegte. Und das war Magnus! Und immer, wenn sie an ihn dachte, zog es ihr nicht den Boden unter den Füßen weg, dann überkam sie nicht gleich das Bedürfnis, ihn mit einem Liebesouting zu überraschen. Nein, es fühlte sich an wie das angenehme Eintauchen in einen Hot Pot, wenn sich das warme Wasser langsam um den ganzen Körper schmiegte und in einem wohligen und behaglichen Empfinden gipfelte. Nicht, dass sie Magnus mit einer Thermalquelle vergleichen wollte, aber statt von überdrehter Nervosität getrieben, war sie bei dem Gedanken an ihn von einer beinahe magischen inneren Ruhe erfüllt.

»Da muss ich dich enttäuschen, ich glaube immer noch daran, dass es den einen Mann gibt, der für mich bestimmt ist«, sagte sie leise, aber bestimmt.

»Das will ich doch hoffen, denn dass Hekla mir Enkelkinder schenkt, das bezweifele ich sehr.«

»Wir werden sehen«, erwiderte Unnur ausweichend, denn so vertrauensvoll auch ihr neuer Umgang mit dem Vater war, sie konnte ihm unmöglich verraten, dass Hekla gerade unglücklich verliebt war, was diese ohnehin hartnäckig leugnen würde. Und noch weniger, wie intensiv sich Magnus in ihr Herz geschlichen hatte.

»Du hast ja recht. Wir sollten Weihnachten an Helga denken, aber nicht so tun, als wäre sie noch unter uns. Ich hätte da schon einen Wunsch, aber ich weiß nicht, ob ihr dem etwas abgewinnen könnt«, sagte er versonnen.

»Was wünschst du dir denn?«

»Dass wir am Heiligabend statt in die Kirche, wie es Mutter immer gewollt hat, gemeinsam auf den Friedhof gehen.«

Unnur, die bemerkte, wie ihr Vater bei diesen Worten um Fassung rang, drückte zärtlich seine Hand. »Eine schöne Idee.«

»Und du? Was wünschst du dir?«

Unnur dachte nach. Wenn sie ehrlich war, hatte sie drei Wünsche: dass Magnus mit ihnen feierte, dass Hekla die Einladung zum Wettbewerb annahm und dass die ganze Familie am frühen Heiligabend, solange es noch hell draußen war, eine Wanderung auf den Helgafell unternahm.

»Ich möchte mit euch zusammen auf den Berg gehen«, raunte sie.

»Also ich bin dabei«, entgegnete er. »Aber ich bin nicht einverstanden damit, dass wir diese Frau noch eine Nacht länger unter unserem Dach beherbergen. Mir wäre es sehr lieb, dass sie bereits weit fort ist, wenn Magnus morgen früh erfahren muss, was er sich da an Land gezogen hat. Und dann nehmen wir ihn in unsere Mitte und trösten ihn.«

Unnur überlegte kurz. Wenn sie ehrlich war, hatte sie auch ein merkwürdiges Gefühl bei dem Gedanken, dass Rakel S. noch eine weitere Nacht unter ihrem Dach verbrachte. »Vielleicht hast du recht. Ich werde gleich zu ihr rübergehen und ihr verraten, dass ich alles über das unwürdige Ende ihrer Anwaltskarriere weiß und es morgen früh Magnus weitergeben werde, sofern sie nicht freiwillig das Feld räumt. Ich werde ihr nahelegen, unsere Pension auf schnellstem Weg zu verlassen, im Gegenzug würden wir sogar auf die Begleichung der Rechnung verzichten, denn sie besitzt doch eh keine Krone.«

»Wie du meinst«, schnaubte Gunnar. »Ich würde sie nicht mit Samthandschuhen anfassen, sondern am Schlafittchen packen und an die Luft setzen!«

»Das haben wir gar nicht nötig. Vater, es ist energetisch viel besser, wenn wir ihr die Chance geben, sich aus dem Staub zu machen. Gewalt oder Drohungen könnten sie nur unberechenbar werden lassen. Du weißt doch, wie Tiere um sich beißen, die in eine Falle getappt sind.«

»Ja, ja, du machst das schon richtig.«

»Genau, und kein Wort zu Magnus wegen dieser Max-Geschichte. Ich finde, das muss er nicht erfahren. Das würde ihn bloß unnötig verletzen.«

»Du machst dir aber mächtig Gedanken um Magnus' Seelenleben. Wenn ich es nicht besser wüsste …«

»Lieber nicht weiterdenken«, lachte Unnur. »Drück mir mal die Daumen, dass die Lady mir nicht die Augen auskratzt!«

»Soll ich mitkommen?«

»Lieber nicht. Ich bin schon groß.« Mit diesen Worten verließ Unnur die Küche.

Vor der Tür zum Pensionsgebäude blieb sie noch einmal kurz stehen und atmete tief durch. Sie hoffte, dass sie Rakel S. allein in ihrem Zimmer vorfinden würde. Gerade als sie an Max' Zimmer vorbeiging, flog die Tür auf und ein sichtlich gut gelaunter Max kam heraus. Er stutzte und fasste sich dann theatralisch an den Kopf.

»Ach, Unnur, ich habe so intensiv gearbeitet, dass ich unser Date ganz vergessen habe. Sorry, aber wenn wir uns beeilen, schaffen wir es noch, oder? Ich müsste nur eben noch kurz was erledigen.«

Sie schüttelte den Kopf. »Mir ist eingefallen, dass ich heute Abend schon verabredet bin. Ich glaube, das müssen wir verschieben.« Ganz schön dreist von ihm, dachte sie, mit der Frau ins Bett zu steigen, über die er derart belastendes Material zusammengestellt hatte, aber ansonsten fühlte sie rein gar nichts. Nicht einmal eine Spur von Eifersucht machte sich bemerkbar Im Gegenteil, sie war ihm nicht einmal wirklich böse, sondern sah mit einem Mal völlig klar: Max würde für eine gute Story sogar seine Großmutter verkaufen. Überdies war er ein charmanter Frauenheld, der offenbar alles mitnahm, was sich ihm in Sachen Frauen so anbot. Und die Nächste, die er auf der Liste hatte, wäre zweifelsohne sie gewesen.

»Schade, ich hätte das mit dem Kuss gern wiederholt«, säuselte er und zog sie an sich heran. Unnur wehrte sich nicht, sondern drehte lediglich den Kopf zur Seite, als er sie küssen wollte.

»Wir verschieben unser Date«, stöhnte sie und befreite sich aus der Umarmung.

»Wirklich jammerschade«, sagte er und zog sich in sein Zimmer zurück.

Unnur steuerte nun zielstrebig auf Rakel S.' Zimmer zu und klopfte. Der süße Ton, in dem die Ex-Anwältin »Herein!« rief, ließ keinen Zweifel daran, dass sie Herrenbesuch erwartete. Ach, deshalb war ihr Max auf dem Flur begegnet, mutmaßte sie, aber im Grunde genommen war ihr das auch völlig gleichgültig. Hauptsache, er platzte nicht in ihre Aussprache hinein.

Solveighs Gesichtszüge entgleisten, als Unnur eintrat.

»Du? Was willst du?«

»Mit dir reden«, erwiderte Unnur.

»Worüber?«

»Über deinen Auszug aus der Pension!«

»Was willst du denn noch? Morgen früh holt mich Magnus ab, wir fahren in sein Haus, und dann bist du mich los. Muss ja auch echt hart für dich sein, wenn der Mann, in den du vergeblich verliebt bist, eine andere liebt.«

Durch diese Bemerkung ließ Unnur sich mitnichten provozieren. »Ja, das ist wirklich nicht zum Aushalten«, bemerkte sie spöttisch. »Und deshalb wäre es das Beste für uns alle, wenn du auf der Stelle deine Sachen packst und verschwindest.«

Solveigh tippte sich an die Stirn. »Hast du sie nicht mehr alle? Ich gehe morgen früh mit Magnus, aber keine Sorge, in diese Absteige setze ich mit Sicherheit keinen Fuß mehr.«

»Das kannst du dir auch gar nicht leisten«, konterte Unnur grinsend.

»Bitte?«, schnaubte Solveigh.

»Ich denke, du wirst uns nun freiwillig verlassen, oder möchtest du Magnus morgen früh begegnen, nachdem ich ihm deine ganze Geschichte erzählt habe, Rakel S.?«

Solveigh wurde leichenblass bei Unnurs Worten.

»Woher weißt du ...?«

»Dass du Rakel heißt oder dass du schon lange keine Zulassung mehr als Anwältin hast?«

»Woher?«

Unnur wunderte sich, dass Solveigh gar nicht erst versuchte, alles zu leugnen.

»Ich habe es aus einer alten Zeitung.«

»Du hast mir also nachspioniert, weil du Magnus für dich haben willst. Gib es doch zu.«

»Nein, es war reiner Zufall, dass ich darauf gestoßen bin, und ich habe mich entschlossen, dir die Chance zu geben, dich von dir aus zurückzuziehen und nicht darauf zu warten, dass Magnus dich in die Wüste schickt. Und jetzt pack bitte deine Sachen. Ich möchte Magnus ersparen, dich noch einmal sehen zu müssen.«

Solveigh hatte nun wieder Farbe im Gesicht bekommen und wirkte erstaunlich entspannt, gemessen an dem, womit Unnur sie gerade konfrontiert hatte.

»Danke, das hätte ich dir gar nicht zugetraut, dass du mir eine Aussprache mit Magnus ersparen willst.«

»Und du musst auch deine Hotelrechnung nicht begleichen«, fügte Unnur, die in diesem Moment glaubte, die Frau ohne großen Stress losgeworden zu sein, erleichtert hinzu. So einfach hatte sie sich diese Aussprache jedenfalls nicht vorgestellt. Solveigh begann nun damit, Kleidungsstücke in ihren Koffer zu packen. Unter diesem Aspekt schien es Unnur völlig überflüssig, auch noch auf Max zu sprechen zu kommen. Rakel S. schien vernünftig genug zu sein, das Feld zu räumen, ohne weiteres Porzellan zu zerschlagen.

»Soll ich dich irgendwo hinbringen?«, fragte Unnur.

Solveigh schüttelte den Kopf. »Ich habe doch meinen … Nein, das ist natürlich der Wagen einer Freundin, weil ich mir keinen eigenen mehr leisten kann. Geh nur. Ich bin gleich weg.«

»Ja dann, mach's gut«, murmelte Unnur und verließ befreit das Zimmer, doch schon auf dem Weg zurück zum Wohnhaus machte sich ein ungutes Gefühl in ihr breit. Sie konnte sich nicht helfen, aber sie traute der Frau nicht. Nur, was sollte sie schon Schlimmes anrichten?

Um sich abzulenken, beschloss Unnur, sich Max' Artikel von Amma Martha übersetzen zu lassen. Mit ihrem Laptop unterm Arm suchte sie ihre Großmutter auf, die in einem geräumigen Zimmer wohnte.

»Ich brauche deine Hilfe«, sagte Unnur ohne Umschweife und setzte sich neben ihre Großmutter an den Tisch, an dem sich Amma Martha gerade eine Patience gelegt hatte, doch sie schob die Karten beiseite, um für den Rechner Platz zu machen.

»Ich habe hier einen deutschen Text, den ich gern ins Isländische übersetzt hätte.«

»Gut, das ist ja nicht schwer. Willst du warten? Oder genügt es dir, wenn ich dir das morgen gebe?«

»Am liebsten wäre es mir, wenn du das sofort übersetzt und ich mitschreibe. Schaffst du das?«

»Kein Problem.« Amma Martha setzte ihre Lesebrille auf und sagte Unnur, wo sie einen Stift und einen Zettel finden konnte.

Dann vertiefte sich Amma Martha in den Text, und ihre Gesichtszüge entgleisten zunehmend. »Das ist ja unerhört«, schimpfte sie lauthals.

»Amma, was steht da?«

»Unverfroren. Na warte, Bürschchen!«, schnaubte sie, bevor sie ihre Enkelin erbost ansah. »Das ist doch das Werk des jungen deutschen Journalisten, oder?«

Unnur nickte. »Ja, das ist offenbar einer der Artikel, die Max an deutsche Zeitschriften verkaufen will.«

»Nur über meine Leiche!«, rief Amma Martha aus.

Unnur platzte schier vor Neugierde. »Nun spann mich doch nicht länger auf die Folter. Was schreibt er?«

»Allein die Überschrift. Eine Frechheit. Wenn das dein Vater erfährt«, schimpfte Amma Martha.

»Amma, bitte, kannst du das endlich übersetzen?«

Ihre Großmutter holte einmal tief Luft, bevor sie Unnur Max' Artikel so übersetzte, dass sie mitschreiben konnte.

»*Elfenhype in der Pension Álfadrottning – Gunnar und seine Dóttirs*«

»Wie bescheuert ist das denn?«, stieß Unnur grimmig hervor.

»Es kommt noch besser«, knurrte Amma Martha. »Aber nun lass mich bitte in Ruhe übersetzen, wenn du immerzu dazwischenredest, kriege ich das nicht hin, denn alle Wörter kenne ich auch nicht mehr auf Deutsch. Ich muss mich konzentrieren. Also:

Álfadrottning heißt übersetzt so viel wie ›Elfenkönigin‹. Und das ist der Name einer Pension, die in einem abgelegenen Tal südöstlich von Reykjavík liegt und zu Hafnarfjörður, der Elfenhochburg überhaupt, gehört.

In diesem kleinen Hafenstädtchen bekommt man im Kulturamt sogar eine

Karte, auf der eingezeichnet ist, wo Vertreter des Huldufólks, des verborgenen Volkes, wohnen. Dabei handelt es sich nicht nur um Elfen, sondern auch um ganze Trollfamilien. Sogar einen Schutzengel gibt es, der über dem Ort thront. Gezeichnet wurde diese Karte von der legendären, inzwischen verstorbenen ›Elfenbeauftragten‹ Erla Stefánsdóttir.

Dass es aber in Island gar keine offizielle Elfenbeauftragte gibt, erfuhr ich aus dem Mund einer Mitarbeiterin des Instituts für Völkerkunde. Doktor Hekla Gunnarsdóttir ist eine herbe junge Wissenschaftlerin, die sich sehr bedeckt hält bei der Frage, ob sie persönlich an Elfen glaubt, die aber einräumt, dass es Bauvorhaben gibt, bei denen man durchaus prüfen müsse, ob ein isländisches Kulturgut verletzt würde, wenn man beispielsweise einen angeblichen Elfenhügel für den Bau einer neuen Straße aus dem Wege räume.

Hekla ist der Typ der modernen isländischen jungen Frau, die sich bei dem Thema Elfen diplomatisch gibt und das Ergebnis einer statistischen Untersuchung vorlegt, wonach achtzig Prozent der Isländer zu diesem Thema keine Stellung beziehen. Es kann sein, es kann nicht sein … Ganz anders ihre jüngere Schwester Unnur, die schon optisch einer lustigen Elfe gleicht und am liebsten schrille, kitschige Elfenbilder malt.«

Unnur ballte die Fäuste. »Na warte, mein Lieber«, zischte sie. Doch es sollte noch schlimmer kommen.

»Sie ist entzückend, liebenswert, mit ihren fast dreißig Jahren mehr ein versponnenes Mädchen als eine erwachsene Frau, die vergeblich davon träumt, eine große Künstlerin zu werden, während sie in der Pension ihres Vaters fremden Leuten die Betten herrichtet. Meine Güte, schreibt der lange Sätze«, schnaubte Amma Martha, bevor sie mit ihrer Übersetzung fortfuhr.

»Ihre Inspirationen für die knallbunten Elfenbilder bekäme sie, so erzählt Unnur ganz offen, von den Elfen, die ihr im Traum erscheinen. Dabei wäre ihr größter Wunsch, die Elfen tatsächlich zu sehen oder mit ihnen sprechen zu können. Wenn man Unnur treffen will, muss man nur zum Elfenhügel am Fuße des Helgafells gehen, der neuerdings durch alle Medien geistert, nachdem Birta Johannsdóttir, eine ›Elfenflüsterin‹, wie sie sich selbst nennt, behauptet, die Elfen würden durch den Bau einer neuen Straße aus ihrem Zuhause vertrieben. Unnur neidet ihrer Freundin sehr, dass sie mit den Elfen sprechen kann, was ihr selbst nicht vergönnt ist.«

Amma Martha stockte. »Hier ist Platz für Fotos gelassen«, brummte sie. »Die Bildunterschrift lautet: *Die verhinderte Elfenflüsterin sucht den Kontakt zum Huldufólk.*«

»Das Shooting kann er sich an den Hut stecken! Wie konnte ich nur so blöd sein, in diesem Kerl meinen Traummann zu sehen?«, schimpfte Unnur.

Amma Martha machte eine wegwerfende Handbewegung. »Das ist ja nicht das erste Mal, dass sich deine Männer als Kröten entpuppen, aber was der über mich schreibt, das schlägt dem Fass den Boden aus. Er ist ein bösartiger Mensch«, zischte sie. »*Vielleicht hat Unnur diesen Hang zum Träumen bis hin zum Realitätsverlust von ihrer Großmutter, die von den Enkelinnen Hekla und Unnur liebevoll ›Amma Martha‹ genannt wird. Die Erinnerung der alten Dame, die erst im Jahr 1949 mit einem Schiff aus Deutschland nach Island kam, um bei einem Bauern auf dessen Hof zu arbeiten, ist im Jahr 1944 stecken geblieben, als sie als junge Schauspielschülerin zu einem Filmball eingeladen worden war. Jeder Deutsch sprechende junge Mann wird dann in ihrer Fantasie zu einem flotten deutschen Offizier, mit dem sie kokett ein Tänzchen wagen will. Ich konnte mich ihrem Charme jedenfalls kaum entziehen …*«

»Hör auf. Ich will gar nichts mehr hören. Am besten, ich lösche das sofort«, stieß Unnur empört aus.

Amma Martha musterte ihre Enkelin irritiert. »Aber das ist doch keine Lösung. Wir müssen verhindern, dass er den Artikel zu Ende schreibt und eine Zeitung ihn womöglich druckt. Der Mann lügt doch. Das können wir nicht zulassen. Als würde ich jemals einen jungen Mann ansprechen und ihn für einen Offizier halten. Der stellt mich ja so dar, als hätte ich …« Amma Martha tippte sich gegen die Stirn.

»Und wie sollen wir das verhindern? Der lässt sich doch von uns nicht vorschreiben, was für einen Müll er da verfasst.«

»Der Artikel muss verschwinden«, raunte Amma Martha verschwörerisch.

»Wie verschwinden?«

»Von seinem Computer.«

»Aha, und wie?«

»Das weiß ich doch nicht. Ich kenne mich da nicht aus mit diesem neumodischen technischen Kram, aber man kann das bestimmt wegmachen.«

Unnur stieß einen tiefen Seufzer aus.

»Aber wie?« Sie dachte fieberhaft nach. Wenn, dann könnte man die Datei auf seinem Rechner löschen, aber dazu müsste sie sich noch einmal in sein Zimmer schleichen.

»Amma Martha, natürlich, ich könnte die Datei auf seinem Computer löschen, aber wahrscheinlich arbeitet er gerade daran, wenn er nicht bei …« Unnur konnte sich gerade noch rechtzeitig verkneifen, die Großmutter in Max' kleines Sexabenteuer einzuweihen.

»Und wenn ich ihn rüberlocke zu mir?«

»Ach, Großmutter, wie willst du das denn anstellen?«

»Ruf ihn auf dem Zimmertelefon an!«

»Ja, aber …«

»Ruf ihn von meinem Telefon an und gib mir den Hörer«, befahl ihre Großmutter mit vor Aufregung geröteten Wangen.

»Ich weiß nicht …«

»Nun mach schon, oder willst du, dass das in einer Zeitung erscheint? Was sollen denn die Leute von uns denken. Die Isländer, alles Spinner und Verrückte?«

Zögernd tat Unnur, was Amma Martha von ihr verlangte. Zu ihrer großen Überraschung meldete sich Max sofort, woraufhin Unnur ihrer Großmutter den Hörer reichte.

»Herr Max, sind Sie es?«, fragte Amma Martha kokett. »Ob Sie mal kurz ins Haupthaus kommen könnten? Ich habe eine Überraschung für Sie …«

Unnur biss vor lauter Aufregung auf ihrem Daumennagel herum, aber sie konnte nicht verstehen, was Max antwortete.

»Bitte, nur für einen Augenblick, sie spielen gleich den Walzer, den ich so liebe. Und wenn Sie nicht kommen, dann besuche ich Sie auf Ihrem Zimmer. Ich weiß, wo Sie sind …«

Amma Martha warf Unnur einen triumphierenden Blick zu. »Das ist bezaubernd von Ihnen, ich habe auch schon mein schönstes Tanzkleid an. Bis gleich!« Die Großmutter drehte sich um, legte auf und strahlte ihre Enkelin an. »Wie war ich?«

»Großartig«, lachte Unnur.

Amma Marthas Miene verdüsterte sich. »Sag mal, das stimmt doch nicht etwa, was der junge Mann da behauptet? Ich bin doch nicht so bekloppt und fordere ihn zum Tanzen auf, oder?«

Unnur nahm Amma Martha in den Arm. »Weißt du, das passiert ganz selten mal, dass du die Orientierung verlierst. Du findest ganz schnell wieder zurück in die Realität.«

»Jetzt redest du genauso einen Unsinn wie deine Schwester. Ich und verrückt? Ihr habt doch einen Vogel.« Sie tippte sich an die Stirn, während sie sich ihren Frisierumhang wie eine Stola um die Schultern drapierte.

»Wenn ich schon verrückt bin, dann aber richtig«, kicherte sie und schwebte leichtfüßig aus dem Zimmer.

Als Unnur ins Freie trat, sah sie, wie die Tür der Pension aufging und konnte gerade noch hinter dem Haus in Deckung gehen. Doch als sie um die Ecke linste, erkannte sie, dass es Solveigh war, die in Begleitung von Max, der ihren Koffer trug, zu ihrem Auto eilte. Der Abschied der beiden fiel nicht besonders herzlich aus. Kein Kuss, keine Umarmung. Im Gegenteil, Solveigh machte sogar eine drohende Geste in seine Richtung und riss ihm den Koffer aus der Hand. Unnur wartete, bis sie vom Hof gefahren und Max ins Haus gegangen war.

Hektisch öffnete sie wenig später mit dem Generalschlüssel Max' Zimmer und schlüpfte hinein. Das Dokument war immer noch geöffnet. Unnur schloss es und löschte den Artikel, sowohl auf dem Desktop als auch im Papierkorb, nicht ohne ein wenig Schadenfreude zu empfinden. Dass es dennoch diverse Möglichkeiten gab, das Dokument wiederherzustellen, war ihr durchaus bewusst, aber sie hielt Max nicht unbedingt für einen Computerfreak, der sich besonders gut damit auskannte. Unnur ging davon aus, dass er keine Möglichkeit sah, wieder an das Dokument zu gelangen. Und selbst wenn er so fachkundig war, zu wissen, dass ein gespeichertes Dokument nicht durch einen bloßen Stromausfall würde spurlos von seinem Rechner verschwinden können, der Verdacht würde sich garantiert nicht gegen sie richten. Dass die naive Unnur ihre Hände im Spiel hatte, darauf würde Max im Leben nicht kommen. Er würde wahrscheinlich erst einmal an sich selbst zweifeln und vermuten, dass ihm ein Fehler unterlaufen war. Nach getaner Arbeit eilte Unnur zum Sicherungskasten und schaltete in der Pension sämtlichen Strom ab. Unnur hatte zwar ein leicht schlechtes Gewissen, denn so etwas Gemeines hatte sie noch nie zuvor fertiggebracht, aber sie konnte nicht leugnen, dass sie auch eine klammheimliche Freude spürte bei dem Gedanken, wie die naive Träumerin dem hartgesottenen Journalisten Paroli bot.

24

Song für Gudrún

Kaum hatte sich Hekla an diesem Morgen etwas verspätet an Emblas liebevoll gedeckten Frühstückstisch gesetzt, musterte Eric sie erwartungsvoll.

»Na, hast du es dir überlegt?«, fragte er statt einer Begrüßung.

Da Hekla seit dem frühen Morgen grübelnd wach gelegen hatte und immer wieder an Henrik dachte, meinte sie, dass seine Frage darauf abzielte, ob sie nicht doch versuchen wollte, Kontakt mit ihm aufzunehmen.

»Nein, ich werde Henrik nicht in Kopenhagen anrufen. Nicht dass ich dann die Wunden erst richtig aufreiße. So konnte er doch mit dem Gefühl nach Hause zurückkehren, dass ich ihn ungerecht und böse behandelt habe …«

»Was ja in gewisser Weise auch den Tatsachen entspricht«, sinnierte Eric.

»Ja, ja, ich weiß, aber was nützt es, wenn ich ihn um Verzeihung bitte und dann vor Kummer in die Kissen weine? Die räumliche Entfernung bleibt.«

»Wenn du damit glücklicher bist, dann musst du ihn vergessen. Aber meine Frage betraf auch gar nicht dein Herzeleid, sondern den Songwriterwettbewerb. Hast du dir überlegt, ob du mitmachst?«

»Darüber habe ich gar nicht mehr nachgedacht. Immerhin habe ich kurz vor dem Einschlafen einen Song auf das entführte Mädchen vom Helgafell begonnen, aber nur im Kopf.«

»Lass hören!«

Hekla machte eine abwehrende Handbewegung. »Ist nichts Dolles. Ich habe ja auch meine Gitarre nicht dabei. Das ist reine Improvisation.«

»Ich bin gespannt.«

»Hier?«

Eric drehte sich theatralisch nach allen Seiten um. Der Frühstücksraum war bis auf ihren Tisch völlig verwaist.

»Okay.« So leise sie konnte, präsentierte sie ihm die erste Strophe. Kaum war sie verstummt, als Eric ihr begeisterten Beifall spendete.

»Wenn sich bei dir Improvisation so anhört, bin ich gespannt auf deine fertigen Werke. Mal ganz im Ernst, Hekla, du bist großartig, du musst bei dem Wettbewerb mitmachen!«

Hekla stieß einen tiefen Seufzer aus. »Auf jeden Fall würde mich das von meinem Liebeskummer ablenken.«

»Du machst also mit?«, hakte Eric begeistert nach.

»Ja, nein, okay, ich mache euch die Freude, aber …« Sie warf einen Blick auf ihre Uhr. »Es ist zwar erst neun Uhr und noch stockduster, aber ich würde gern los. Ich habe so ein merkwürdiges Gefühl.« Sie wusste auch nicht genau, warum sie einen inneren Druck verspürte, zeitig aufzubrechen. Sie mutmaßte, dass sie unbedingt in Reykjavík sein wollte, solange im Institut noch gearbeitet wurde, denn sie konnte es kaum erwarten, Frodo mit ihrem Plan zu überraschen, wie er ihnen helfen und zugleich seinen Kopf aus der Schlinge ziehen könnte.

»Gut, dann lass uns doch ein Brot für die Fahrt mitnehmen, und wenn ich den Kaffee ausgetrunken habe, können wir starten. Die Rechnung übernehme ich.«

»Nein, das kann ich nicht annehmen, du hilfst mir schon so viel …«

»Nichts ist umsonst. Natürlich will ich was dafür«, sagte er grinsend. »Zwei Eintrittskarten für den Songwettbewerb.«

»Jetzt habe ich ja gar keine Wahl mehr, als teilzunehmen«, sagte Hekla lächelnd.

Wenig später saßen sie in Erics Wagen und fuhren durch die Dunkelheit den Feldweg in Richtung Strand entlang. Als sie sich Gudrúns Haus näherten, fiel ihnen ein Transporter ins Auge, der vor der Haustür geparkt hatte. Sie blickten einander zweifelnd an.

»Wer mag das so früh sein?«, fragte Eric.

»Das wüsste ich auch gern«, entgegnete Hekla und sprang aus dem Wagen, kaum dass Eric ihn angehalten hatte. Als sie einen großen breitschultrigen Mann Möbel aus dem Haus tragen sah, schwante ihr das Schlimmste.

»Was tun Sie hier?«, fragte sie ihn.

Der Hüne wandte sich irritiert zu ihr um. »Wonach sieht es denn aus? Wir räumen die Hütte aus.«

»Wo ist Gudrún?«

»In Vík, aber ich wüsste nicht, was dich das angeht.«

»Was wird das denn?«, fragte nun auch Eric. Er trug die Mappe mit den Legenden bei sich.

Der Hüne stemmte seine Arme in die Hüften. »Sagt mal, was wollt ihr beiden von mir, und wer seid ihr?«

»Ich bin Hekla, und das ist Eric, wir haben beruflich mit Gudrún zu tun.«

»Beruflich?«, lachte er. »Ich wüsste nicht, was meine Schwiegermutter gearbeitet haben sollte.«

»Wir würden gern zu ihr«, sagte Eric nachdrücklich.

»Dann müsst ihr zur Leichenhalle nach Vík fahren. Sie ist gestern Abend gestorben. Eine Freundin, die ihr ein warmes Essen bringen wollte, hat sie entdeckt. Sie saß leblos in ihrem Lieblingssessel und hatte wohl gerade alte Postkarten sortiert.«

Hekla signalisierte Eric mit einem warnenden Blick, dem Kerl auf keinen Fall die Mappe zu zeigen.

»Dann stell mal bitte alles wieder ins Haus zurück, was du

ausgeräumt hast«, sagte Eric in scharfem Ton. »Deine Schwiegermutter hat das Haus, so wie es ist, der nationalen Kulturförderung vermacht …«

Eric hatte den Satz noch gar nicht zu Ende gesprochen, da war der Hüne schon in dröhnendes Gelächter ausgebrochen. »Ich weiß ja immer noch nicht, wer ihr beiden seid und was ihr im Schilde führt, aber der Müll aus dem Haus wird entsorgt, die Hütte abgerissen und durch ein Gästehaus ersetzt. Der Strand ist bei Touristen äußerst beliebt.«

»Das ist kein Müll«, widersprach Hekla wütend. »Das sind alles Kulturschätze!«

Eric rollte mit den Augen, und Hekla begriff in demselben Augenblick, dass sie einen Fehler gemacht hatte. Der Schwiegersohn hatte beim Wort »Schätze« aufgemerkt. »Aha, ihr meint also, der Schrott lässt sich zu Geld machen?«

»Gudrún hat ein Testament hinterlassen. Das alles wird die Kulturbehörde verwalten. Also holt euch persönliche Erinnerungsstücke, und den Rest lasst ihr genauso stehen.«

Der Hüne tippte sich an die Stirn und rief laut: »Sigrid, komm mal!«

Eine verhärmt aussehende Frau um die fünfzig kam aus dem Haus geeilt. Sie hatte eine entfernte Ähnlichkeit mit Gudrún, wobei sie nicht annähernd jene Weisheit und Lebensfreude ausstrahlte, die sie an der alten Dame so fasziniert hatte, ging es Hekla durch den Kopf, während sie den Schrieb aus der Handtasche zog und dem Mann reichte.

Die Miene des Hünen verdüsterte sich, als er den Text las. »Das ist ja von gestern. Da war sie doch schon tot«, murmelte er.

»Das hat sie nachmittags geschrieben, als sie noch quicklebendig war!«, widersprach ihm Hekla heftig.

»Das behauptet ihr«, bemerkte der Mann abfällig und reichte das Schreiben stumm weiter an seine Frau, die nach der Lektüre erschüttert zwischen Hekla und Eric hin- und hersah.

»Heißt das, meine Mutter hat mich enterbt? Hier steht nämlich schwarz auf weiß: Ich bin lediglich befugt, ein paar persönliche Dinge meiner Wahl mitzunehmen. Nur Herdis darf sich vorher aussuchen, was auch immer sie behalten möchte. Der Rest geht an die Kulturbehörde.«

Hekla, die das Testament zwar noch gar nicht gelesen hatte, nickte. »Mein Name ist Hekla, erst einmal möchte ich euch mein Beileid aussprechen. Gudrúns Wunsch war es, dass dieses Haus zu einem Heimatmuseum wird, und ich habe ihr versprochen, dass ich ihr Testament der Leiterin der Kulturbehörde übergebe. Wenn die das Erbe annehmen, gehören euch in der Tat nur ein paar Dinge. Wenn nicht, dann könnt ihr damit machen, was ihr wollt.«

»Das kommt doch gar nicht infrage«, polterte der Hüne. »Der Wisch interessiert uns nicht. Und jetzt geht.«

Er musterte Hekla und Eric angriffslustig. Sein Blick blieb an der Mappe mit den Sagen, die Eric nun halb versteckt hinter dem Rücken hielt, hängen. »Was hast du da? Das Zeug gehört doch sicher auch meiner Schwiegermutter. Das ist doch diese Mappe, um die sie stets so ein Getue macht.« Er streckte die Hand nach der Mappe aus, aber Eric machte keine Anstalten, ihm die Geschichten auszuhändigen.

»Sei vernünftig und akzeptiere Gudrúns Letzten Willen. Und wenn nicht, dann sind wir leider gezwungen, die Polizei zu rufen und die Sache einem Anwalt zu übergeben. Und diese Mappe gebe ich nicht her!«, zischte Eric.

Die Augen des Hünen funkelten vor Zorn, als er einen Schritt auf Eric zumachte. Der war alles andere als ein schmächtiger Mann, aber gegen Gudrúns Schwiegersohn hatte er keine Chance. In dem Augenblick trat eine junge Frau aus dem Haus. Sie war von einer herben Schönheit und strahlte Durchsetzungskraft aus. Hekla schätzte, dass Gudrún als junge Frau so ähnlich ausgesehen haben musste. Das war zweifelsohne ihre Enkelin.

»Die Leute wollen uns das Erbe deiner Großmutter streitig machen«, fauchte ihr Vater.

Die Enkelin sah fragend von einem zum anderen, bis Hekla beherzt einen Schritt auf sie zuging und ihr die Hand reichte. »Du musst Herdis sein. Deine Großmutter hat gestern von dir gesprochen. Ich bin wissenschaftliche Mitarbeiterin des Völkerkundeinstituts in Reykjavík, und wir haben in der Sammlung deiner Großmutter eine bestimmte Sage gesucht. Sie war so freundlich, uns die Mappe auszuhändigen, und sagte uns im Fall ihres Ablebens zu, dass wir die Sammlung bei uns archivieren dürfen.«

»Ja, das steht hier auch«, raunte Gudrúns Tochter und deutete auf eine Passage in dem Testament.

»Großmutter wollte das Museum immer schon, und ich hatte ihr versprochen, dass ich mich darum kümmere, aber dass es nun so schnell geht …« Herdis hatte Tränen in den Augen, was Hekla anrührte, weil nun endlich einmal jemand seine Trauer ausdrückte. In dem Augenblick drehte sich Hekla zu Eric um und stellte ergriffen fest, dass sich der alte Haudegen auch gerade eine Träne aus dem Auge wischte.

»Wenn Mutter das so gewollt hat, dann sollten wir die Sachen zurückstellen und abwarten«, schlug Gudrúns Tochter verhalten vor.

»Seid ihr denn alle verrückt geworden? Und was ist mit unseren Plänen, hier ein Ferienhaus zu bauen?«, schimpfte der Hüne.

»Das dürfen wir nicht tun. Ich finde es gespenstisch, dass sie euch das Testament gestern erst ausgehändigt hat«, sagte Herdis versonnen.

»Wohl wahr«, pflichtete Eric ihr bei. »Im Nachhinein könnte man meinen, dass sie so eine Ahnung gehabt hat.«

»Und nun?«, schnaubte der Hüne.

»Wir bringen alles zurück ins Haus, suchen uns ein paar persönliche Dinge aus und verschließen es. Die Kulturbehörde wird sich sicher bald melden. Am besten, die wenden sich an mich«, schlug Herdis vor, kritzelte ihre Adresse auf einen Zettel und reichte ihn Hekla.

»Oh, du lebst ja auch in Reykjavík«, stellte Hekla mit einem Blick auf die Adresse zugewandt fest.

»Ja, ich studiere dort im Moment Landwirtschaft, aber ich würde wahnsinnig gern mal bei den Ethnologen reinschnuppern.«

»Gar kein Problem. Melde dich im neuen Jahr bei mir, wenn die Vorlesungen wieder losgehen.« Sie reichte Herdis ihre Visitenkarte. »Und dann bekommst du eine gebundene Fassung der Sagen, die deine Großmutter aus dem Erbe ihrer Ahnin gerettet hat.«

»Das wäre großartig«, freute sich Herdis. »Ich würde auch gern das Museum mit aufbauen.«

Der Abschied endete in friedlicher Stimmung, und Hekla versprach Herdis, sie als Enkelin der Verstorbenen auf jeden Fall in das zuständige Team zu vermitteln.

Mit gemischten Gefühlen kehrten Hekla und Eric zum Wagen zurück. Eric konnte immer noch nicht fassen, dass die alte Dame, die ihm schon als kleinem Jungen vorgelesen hatte, gestorben war, nachdem er sie noch einmal besucht hatte.

Für Hekla war das wieder einmal ein Beweis, dass alles schneller vorbei sein konnte, als sie es sich vor Dagurs Tod überhaupt jemals hatte vorstellen können. Hatte sie sich damals noch in einer jugendlichen Sicherheit von Unsterblichkeit gewähnt, war sie über Nacht geradewegs in der Hölle gelandet. Und jetzt wurde es allerhöchste Zeit, jeden Tag zu leben, als wäre er der letzte. Sie verspürte mit einem Mal ein unbändiges Bedürfnis, Henrik in Kopenhagen anzurufen. Zumindest entschuldigen sollte ich mich bei ihm, dachte sie entschieden. Schon allein bei der Vorstellung, noch einmal seine Stimme zu hören, beschleunigte sich ihr Herzschlag, und sie nahm sich fest vor, ihren Entschluss am Abend, sobald sie zurück in ihrer Wohnung war, in die Tat umzusetzen.

Die Fahrt nach Reykjavík schenkte ihnen magische Ausblicke. Allein die Lichtstimmungen in der Dämmerung waren unbeschreiblich. Die Rottöne, die sich am Himmel zeigten, strahlten einen derart geheimnisvollen Zauber aus, dass Hekla in einem fort Begeisterungsschreie ausstieß.

»Hekla? Tust du mir einen Gefallen?«, fragte Eric gerade, als das Tageslicht über die Dämmerung siegte, was dem Zauber der Lichtstimmungen allerdings keinen Abbruch tat. Nur dass die Töne jetzt heller und feiner waren, so als wären sie mit Pastellfarben gemalt. Dazu kam die festgefahrene Schneedecke, die mit ihrem in der Sonne glitzernden Weiß für ganz besonders mystische Effekte sorgte. Hekla konnte den Blick kaum von diesem Naturschauspiel abwenden.

»Ja, was kann ich für dich tun?«

»Könntest du einen Song auf die alte Gudrún schreiben? Ich hätte da schon eine Idee für einen Refrain. *Gudrún, sie las den Kindern vor aus alten Sagen, alten Zeiten, sie kamen von nah und fern, um zu hören die Mär ...*« Er stockte und fing an zu lachen. »Ich denke, im Dichten liegt nicht meine größte Stärke, aber du weißt, was ich meine, oder?«

»Ich glaub schon. Okay, wenn du den Rest der Strecke nicht von mir unterhalten werden willst, versuche ich mein Glück.« Hekla holte einen Schreibblock und einen Stift aus ihrer Tasche und dachte nach, doch nach kürzester Zeit schrieb sie los, während sie leise vor sich hin summte. Damit sie die Melodie nicht wieder vergaß, nahm sie den Song schließlich mit ihrem Handy auf.

25

Böse Überraschung

Unnur hatte sehr schlecht geschlafen und konnte sich an diesem Morgen nicht mehr an ihre Träume erinnern, was sie bedauerte, denn vor dem Einschlafen hatte sie den Elfen noch ein paar entscheidende Fragen gestellt. Doch wenn sie es so recht überlegte, konnte sie sich die Antworten auf diese Fragen inzwischen selbst am besten geben. So verrückt es auch war, ihr Herz schlug so eindeutig für Magnus, dass sie gedanklich immer wieder innehielt und sich fragte, wie so etwas angehen konnte. War es die Tatsache, dass ihn beinahe eine andere Frau geschnappt hätte, er keinen Vollbart mehr trug oder dass er abgenommen hatte? Nein, natürlich ging es um weit mehr als bloße Äußerlichkeiten, weshalb sie sich in ihn verliebt hatte.

Diese Gedanken gingen Unnur durch den Kopf, während sie das Frühstück zubereitete. Es hatte aufgehört zu schneien. Ein Blick in den sternenklaren Himmel verriet ihr, dass es ein schöner Tag werden würde. Aber jetzt stand ihr erst einmal bevor, Magnus mit der Nachricht zu empfangen, dass seine Freundin das Weite gesucht hatte.

Sie hätte sich gern mit Hekla beraten, wie sie sich taktisch am besten verhalten sollte, aber die hatte ja die Nacht in Vík verbracht. Unnur vermisste ihre Schwester und konnte es gar nicht erwarten, ihr heute Abend alles haarklein zu berichten. Und außerdem musste sie ihr unbedingt ins Gewissen reden, was ihren Henrik anbetraf. Der Mann war es wert, dass Hekla für ihn kämpfte. Was würde Unnur darum geben, wenn er tatsächlich zu Heklas Auftritt kommen würde! Sein gestriger mutiger Fernsehauftritt hatte ihn in ihrer Achtung nur noch weiter steigen lassen. Sie war sich ganz sicher: Er war der richtige Mann für ihre Schwester! Kurz entschlossen schickte sie ihm eine Nachricht: Gut gebrüllt, Löwe. Nicht nur die Elfen danken. Und bleibt es dabei? Wenn sie singt, wirst du kommen?

Beim gemeinsamen Frühstück mit Amma und Gunnar drehte sich an diesem Morgen alles um die letzten Vorbereitungen für das Weihnachtsfest. Gunnar versprach, einen Baum zu besorgen. Amma erklärte sich bereit, ihn zu schmücken.

»Aber du kletterst nicht auf die Leiter!«, befahl Gunnar, doch die Großmutter winkte ab. »Ich verspreche euch, dass ich nicht runterfalle.«

Nachdem der Vater die Küche verlassen hatte, fragte Amma ihre Enkelin aufgeregt, wie denn Max auf das Verschwinden seines Artikels reagiert hatte. Er hätte jedenfalls mit ihr einen flotten Walzer getanzt und wäre danach wieder in sein Zimmer gegangen.

Unnur zuckte die Schultern. »Noch gar nicht. Natürlich ist er wegen des Stromausfalls rübergekommen. Ich habe dann so getan, als würde ich den Fehler beheben, aber ich habe nichts mehr von ihm gehört, obwohl ich bis tief in die Nacht gezeichnet habe.«

Unnur hatte den Satz gerade beendet, als die Tür aufflog und Max aufgeregt in die Küche trat.

»Ich, äh, dieser Stromausfall, das gibt es doch nicht, mein Artikel ist weg. Das ist doch technisch gar nicht möglich, oder?«

Fast tat er Unnur ein wenig leid, denn er sah wirklich schrecklich aus. Das schwarze Haar stand ihm wild vom Kopf ab, er war unrasiert und trug eine verwaschene Jogginghose.

»Moment, du meinst, der Stromausfall hat ein Dokument auf deinem Rechner gelöscht?«, hakte sie scheinheilig nach.

Er nickte betroffen.

»Das ist ja ein Ding. Ich dachte, wenn man alles gesichert hat, geht nichts verloren«, heuchelte Unnur.

»Ja, das dachte ich auch, aber nachher hatte ich das gar nicht gesichert. Ich kann mich nicht mehr genau erinnern, ob ich das Dokument noch offen hatte. Und eine Datensicherung habe ich auf dem Gerät auch nicht«, murmelte er.

»Und du hast wirklich alles durchsucht? Ich meine, vielleicht guckst du mal im Papierkorb nach.«

»Habe ich doch. Mein Artikel ist futsch. Jetzt kann ich noch mal von vorn anfangen.« Er fuhr nervös mit seinen Händen durch sein Haar. Unnur fragte sich in diesem Augenblick, was sie bloß jemals an ihm gefunden hatte, wenngleich sie eine gewisse Empathie nicht leugnen konnte. Trotzdem durfte sie auf keinen Fall aus der Rolle fallen.

»Was war das denn für ein Dokument?«, erkundigte sie sich interessiert.

»Das war mein Artikel über die Isländer eben, so wie ich sie erlebe.«

»Kommen wir auch darin vor?«, mischte sich Amma Martha ein.

»Ja natürlich, ich beschreibe darin ausgeprägte isländische Charaktere, und da ich bei euch wohne, erwähne ich euch auch.«

»Und was schreibst du über mich?«, fragte Amma Martha, was ihr einen warnenden Blick ihrer Enkelin einbrachte, der besagte, es nicht zu übertreiben.

Max zuckte die Schultern. »Dass du aus Deutschland stammst und 1949 nach Island ausgewandert bist.«

»Die Fakten zu meiner Auswanderung kann ich dir gern erzählen, wenn dir das etwas hilft«, bot sie ihm an. Offenbar verspürte selbst die streitbare alte Dame einen Hauch von schlechtem Gewissen, vermutete Unnur und ließ sie gewähren.

»O ja, das wäre in der Tat eine große Hilfe.« Max bat Unnur

um ein Blatt Papier und einen Stift, um mitschreiben zu können.

»Erzählst du es mir auf Deutsch?«, bat er sie.

»Also gut. Wir waren an die zweihundert junge Frauen, teils Flüchtlinge aus Ostpreußen oder Vollwaisen und folgten einer Inserat-Aufforderung, wonach weibliche Arbeitskräfte gesucht wurden. Wir glaubten damals, nur einen kurzen Arbeitsaufenthalt vor uns zu haben, aber für die meisten wurde es ein Aufenthalt für immer. Die isländischen Beamten hatten das nämlich insgeheim als eine Art Heiratsmarkt organisiert. Nach dem Krieg gab es einen enormen Frauenmangel, weil viele amerikanische Männer Isländerinnen von der Insel weggeheiratet hatten. Als die *Esra*, unser Schiff, in den Hafen von Reykjavík einlief, befürchtete ich, am Ende der Welt gelandet zu sein. Allein das Wetter und die Landschaft. Es war kalt und ein Regensturm der Stärke neun pfiff über Lavahügel und Vulkankrater. Aber immer noch besser, als die zerbombte Stadt Berlin ohne Eltern. Und ich hatte großes Glück, denn ich kam auf den Hof von Gunnars Vater, und es war Liebe auf den ersten Blick. Nicht jede meiner damaligen Freundinnen hatte das Privileg, einen solch wunderbaren Mann zu treffen. Wenn er nicht gewesen wäre, hätte ich großes Heimweh bekommen, aber so lernte ich meine neue Heimat lieben, lernte die Sprache und wurde eine waschechte Isländerin …«

»Aber manchmal erinnerst du dich noch an Deutschland, oder?«, hakte Max listig nach, und es war Amma Martha völlig klar, worauf er anspielte.

Sie schüttelte energisch den Kopf. »Nein, das ist zu lange her. Und ich möchte auf keinen Fall, dass du über meine Erinnerungen schreibst. Halte dich an die Fakten, mein Junge.« Das klang so streng, dass Max förmlich zusammenzuckte.

»Okay, okay, ich schreibe nur das, was du mir eben geschildert hast«, versprach Max.

»Er schreibt nur, was ich ihm diktiert habe«, sagte Amma

Martha auf Isländisch zu ihrer Enkelin. »Du solltest ihm auch soufflieren, was er über dich schreiben darf«, fügte sie grinsend hinzu.

»Soll ich dir vielleicht auch etwas über mich erzählen?«, fragte daraufhin Unnur.

»Das wäre wunderbar, wobei …« Er überlegte. »Das, was ich über dich verfasst habe, bekomme ich eventuell aus dem Kopf wieder hin.«

»Ach ja? Aber ich habe dir doch noch gar nicht erzählt, dass ich im Januar eine Ausstellung mit meinen Kohlezeichnungen habe. Wenn du magst, kannst du gern eine als Bilddokument abfotografieren. Aber bitte erwähne auf keinen Fall meine knallbunten Elfen, die ich vorher gemalt habe. Der Galerist steht auf meine Kohlezeichnungen. Und bitte schreib kein Wort über mein Verhältnis zu Elfen. Schon gar nicht, was ich dir da alles im Vertrauen verraten habe, dass ich von ihnen geträumt habe und so. Und auch nichts von dem, was du bei uns alles aufgeschnappt hast. Ich möchte ja nicht als durchgeknallte Spinnerin dastehen.«

»Das würde ich doch nie tun, wenn du es nicht willst. Ich möchte es mir doch keinesfalls mit dir verscherzen«, erklärte er mit treuherzigem Blick.

Wenn Unnur es nicht besser wüsste und erst gestern seinen nackten Hintern in Solveighs Bett hätte wippen sehen, würde sie sich womöglich einbilden, dass sie ihm tatsächlich etwas bedeutete.

»Wenn du willst, dann könnte ich deinen Text auch gegenlesen, bevor du ihn anbietest?«, schlug ihm Unnur nun vor.

»Äh, ja, äh, gute Idee«, stammelte er.

»Und wirst du auch was über Solveigh schreiben?«, hörte sich Unnur plötzlich fragen. Da war ihr Mundwerk mal wieder schneller gewesen als ihr Verstand. Diese Frage war auf jeden Fall dazu geeignet, ihn misstrauisch zu machen, doch Max schien daran nichts Verdächtiges bemerkt zu haben.

»Ich weiß es noch nicht«, murmelte er ausweichend. »Unnur, wollen wir vielleicht unser gestriges Date heute Abend nachholen?«

»Nein, heute Abend bin ich mit meiner Schwester verabredet«, entgegnete sie, während sie unruhig auf die Uhr sah. Es war schon fast halb zehn, und Magnus war immer noch nicht gekommen, um Solveigh abzuholen.

Nachdem Max die Küche verlassen hatte, fragte sie Amma Martha, ob sie nicht mal bei Magnus anrufen sollte, weil er immer noch nicht da wäre. Ihre Großmutter fand den Gedanken vernünftig.

»Sag mal, Unnur-Kind, du bist zwar ziemlich blind, was Männer angeht, aber dass du gar nichts merkst, das erschüttert mich wirklich.«

Unnur schreckte aus ihren Gedanken und blickte die Großmutter verwundert an.

»Wovon sprichst du?«

»Von der Art und Weise, wie innig dich unser Journalist anschmachtet. Ich vermute, wir haben den Text über dich falsch interpretiert. Das sollte eine Liebeserklärung sein.«

»Unsinn, dann hätte er doch nicht gestern mit Solveigh gevö…« Unnur unterbrach sich hastig. Dieses intime Detail wollte sie ihrer Großmutter ganz sicher nicht verraten. Man konnte nie wissen, ob sie das nicht womöglich in einem ihrer dementen Schübe ungefiltert ausplaudern würde.

»Sorry, ich habe mich eben versprochen«, fügte Unnur hinzu, doch ihre Großmutter grinste wissend.

Aber Unnur hatte jetzt auch ganz andere Sorgen. Warum war Magnus immer noch nicht aufgetaucht? Entschieden griff sie zum Telefon und wählte seine Nummer. Es klingelte eine ganze Weile, sodass sie bereits aufgeben wollte, doch dann meldete sich schließlich eine Frauenstimme, die Unnur sofort erkannte. Es war Karolina, Magnus' polnische Haushaltshilfe. Sie schien hocherfreut, Unnurs Stimme zu hören, denn die beiden

Frauen verband eine lockere Bekanntschaft. Unnur hatte die junge Polin nämlich vermittelt. Sie hatten sich vor ein paar Jahren beim Tanzen in Reykjavík kennengelernt. Damals war Karolina gerade von ihrem Ehemann sitzen gelassen worden. Natürlich hätte die junge Polin in ihre Heimat zurückgehen können, aber sie hatte sich äußerst wohlgefühlt in Island und wollte unbedingt bleiben. Und nach dem Tod seiner Eltern hatte Magnus dringend eine Haushaltshilfe gesucht. Karolina hatte den Job sofort bekommen. Unnur hatte ganz am Anfang versucht, die beiden zu verkuppeln. Diesem Plan hätte Karolina nicht einmal negativ gegenübergestanden, wenn sie nicht der festen Überzeugung gewesen wäre, dass Magnus nur eine Frau liebte, nämlich Unnur. »Ich würde gern Magnus sprechen. Ist der zu Hause?«

»Nein, die beiden sind schon ganz früh am Morgen aus dem Haus. Das soll mal einer verstehen. Eine unmögliche Person ist das …«, plapperte Karolina in ihrem gebrochenen Isländisch drauflos.

»Moment mal, die *beiden*? Mit wem ist er zusammen?«

»Na, mit dieser blöden Blondine, die sich bereits aufspielt, als würde ihr das Haus gehören. Das eine sage ich dir: Wenn die hier einzieht, dann kündige ich …«

»Halt, stopp. Sprichst du von dieser Solveigh?« Unnurs Herz klopfte ihr bis zum Hals, denn sie befürchtete das Schlimmste, während Karolina weiterplapperte.

»Von wem denn sonst? Die kam gestern mit ihrem Koffer reingeschneit, und dann habe ich die beiden kaum mehr gesehen. Nur Magnus habe ich ein paarmal gehört, er war die ganze Zeit hektisch am Telefonieren …«

»Sie ist bei ihm im *Haus*?«, schrie Unnur.

»Was ist denn los? Warum brüllst du so?«

»Weil diese Person unsere Pension verlassen hat, um auf Nimmerwiedersehen nach Reykjavík zurückzukehren!« Unnurs Stimme überschlug sich beinahe vor Empörung.

»Magnus wirkte reichlich übernächtigt und auch irgendwie unglücklich. Kein Wunder, denn so eine Blitzhochzeit ist ja nun gar nicht sein Ding.«

Unnur ließ sich vor Schreck auf einen Stuhl fallen. »Blitzhochzeit?«, wiederholte sie fassungslos.

»Ja, das war zwar nicht für meine Ohren bestimmt, aber ich kam zufällig ins Wohnzimmer, als er mit dem Veranstalter der Gletschertouren telefoniert hat. Da habe ich *Eishöhle*, *Hochzeit* und *Abholen in Húsafell* aufgeschnappt und konnte mir den Rest zusammenreimen. Denn seit es dort im Gletscher eine künstliche Höhle mit Hochzeitszimmer gibt, war für mich eines klar: Wenn, dann werde ich eines Tages dort heiraten, und zwar einen Isländer.«

»Und du bist sicher, dass sie genau das vorhaben?«, fragte Unnur entsetzt.

»Magnus ist noch einmal ins Haus zurückgekommen, als die Trulla schon im Wagen saß, und hat es mir selbst erzählt. Sie werden in der Eishöhle heiraten und über die Festtage im Hotel Húsafell bleiben.«

Jetzt war wirklich alles zu spät. Natürlich konnte Unnur versuchen, Magnus auf dem Mobiltelefon zu erreichen, doch wie sie Rakel S. einschätzte, hatte sie schon dafür gesorgt, dass er das inzwischen ausgeschaltet hatte. Und selbst wenn sie ihn erwischte, das raffinierte Luder hatte ihm sicherlich inzwischen ein fettes Märchen aufgetischt, und welche Rolle sie darin spielte, war Unnur sonnenklar. Die böse Hexe. Nein, sie musste akzeptieren, dass sie Magnus verloren hatte, ohne ihm jemals offenbaren zu können, dass sie seine Gefühle nach so vielen Jahren doch noch erwiderte …

Nachdem sie das Gespräch beendet hatte, starrte sie stumm vor sich hin.

»Kann es sein, dass du ihn doch liebst?«, hörte sie aus der Ferne ihre Großmutter voller Mitgefühl fragen.

Unnur hatte nicht die Kraft, es zu leugnen, sondern warf

sich Amma Martha an die Brust und begann hemmungslos zu schluchzen.

Das Geräusch einer eingehenden Nachricht auf ihrem Telefon ließ sie aufhorchen. Sie hoffte von ganzem Herzen, dass sie von Magnus war, der ihr schrieb, dass er Solveigh nicht heiraten könnte, weil er doch nur sie liebte, doch es war eine Nachricht von Henrik.

> Ich halte meinen Teil der Vereinbarung: Wenn Hekla singt, werde ich da sein!

26

Ein bestechender Plan

Es war bereits später Nachmittag, als Hekla und Eric die Vororte von Reykjavík erreichten. Die Stadt erstrahlte trotz der Dämmerung einladend im vorweihnachtlichen Lichterglanz. Auf der Strecke hatte es ein paar kleinere Unfälle gegeben, weil ungeübte Fahrer in ihren Mietwagen die festgefahrene Schneedecke und die damit verbundenen Gefahren nicht richtig eingeschätzt hatten. Hekla hatte ihre aufkommende Nervosität mit dem Schreiben des neuen Songs betäubt, und nun war ein weiteres Lied fertig. Eric wollte Heklas frisch komponierten Song am liebsten sofort hören, aber sie winkte ab, versprach ihm aber, dass sie das Lied am zweiten Weihnachtstag beim Wettbewerb präsentieren würde.

»Kommst du noch mit ins Büro?«, fragte sie ihn, als sie den Parkplatz auf dem Campus erreichten.

»Natürlich, ich bin doch sehr gespannt, was du mit Frodo vorhast.«

»Gut, aber ob du erst einmal ein paar Kopien der Geschichte machen könntest? Nicht dass der kleine Frodo unser Original vor lauter Panik zerreißt, weil er die Sache damit aus der Welt zu schaffen glaubt.«

»Jawohl, Chef«, lachte er und hakte sich bei ihr unter.

Auf dem Flur kam ihnen bereits eine aufgeregte Liv entgegen.

»Und? Hattet ihr Erfolg?«

Die beiden deuteten auf die Mappe und nickten synchron. Liv wandte sich an Hekla.

»Dein Freund war übrigens gestern hier, kurz nachdem ihr losgefahren seid. Er wollte dich dringend sprechen.«

»Ich gehe dann schon mal vor«, sagte Eric und verschwand in Heklas Büro.

Hekla konnte sich gerade noch beherrschen, Liv scheinheilig zu fragen, wen sie meinte. Es konnte sich nur um Henrik handeln. Allein die Tatsache, dass er versucht hatte, noch vor der Pressekonferenz mit ihr zu reden, ließ ihr Herz höherschlagen.

»Und was wollte er?«, fragte sie und versuchte möglichst sachlich zu klingen, während ihre belegte Stimme die innere Anspannung bereits verraten hatte.

»Ich habe mich sehr angeregt mit ihm unterhalten«, flötete Liv.

»Du hast meine Frage nicht beantwortet. Was wollte er?«

»Er wollte dir mitteilen, dass er gleich zu einer Pressekonferenz gehen und aus dem Projekt aussteigen wird, und zwar vor laufender Kamera, weil er sich davon mehr Resonanz verspricht.«

»Was meinte er damit?«

Liv legte den Kopf schief. »Er meinte, wenn er im Fernsehen auf die Zerstörungen der Natur durch die Straße verweist, wird das unter Umständen einschlägigen Politikern zu Ohren kommen.«

»Und weiter?«

»Er hat seinen Schwager auf den Deal mit den Chinesen angesprochen, aber der hat alles geleugnet. Dann wollte er wissen, ob du handfeste Beweise für die Bestechungsvorwürfe hast. Da habe ich ihm haarklein von meiner heißen Begegnung mit Mister Xiang berichtet. Er war mir äußerst dankbar, dass ich kein Blatt vor den Mund genommen habe. Und er hat uns geraten, das Ganze nicht auf sich beruhen zu lassen, sondern weiterhin dagegen vorzugehen.«

»Tja, so weit bin ich auch schon«, murmelte Hekla. »Und dann ist er direkt nach der Pressekonferenz einfach in den Flieger nach Kopenhagen gestiegen. Ganz ohne Abschied«, fügte sie resigniert hinzu.

»Wenn du mich fragst, macht er nicht den Eindruck, dass er sich für alle Ewigkeit aus dem Staub machen will, denn er hat mir das hier für dich gegeben. Von wegen ohne Abschied …« Liv überreichte Hekla eine CD von Björk. In der durchsichtigen Hülle steckte eine Karte mit nur vier Wörtern: *Trau dich. Bitte sing!*

Hekla war so überwältigt, dass ihre Knie leicht zu zittern begannen und sie sich gegen die Wand lehnen musste. Doch dann nahm sie erst wahr, welcher Titel auf dieser CD war. ›Possibly Maybe‹. Sie trat einen Schritt vor und kam so ins Wanken, dass sie gefallen wäre, wenn Liv sie nicht im letzten Augenblick gestützt hätte. Hekla spürte, wie in diesem Augenblick alle Dämme brachen. Sie schluchzte hemmungslos auf und merkte nicht einmal, dass Liv sie in ihr Büro schob und dort auf einen Stuhl setzte. Nein, Hekla registrierte nichts mehr von dem, was um sie herum geschah. Weder die vielsagenden Blicke, die Liv und Eric einander zuwarfen noch die Packung Taschentücher, die ihre Kollegin ihr hinhielt.

Erst das Läuten ihres Bürotelefons holte Hekla in die Realität zurück, und sie wollte das Gespräch schon annehmen, doch Liv kam ihr zuvor.

»Gut, ich werde mal schauen, ob sie überhaupt am Platz ist«, sagte sie und machte Hekla ein Zeichen, dass sie in ihrem Zustand bitte nicht ans Telefon gehen möge, doch da hatte Hekla Liv den Hörer bereits aus der Hand genommen.

Am anderen Ende war Herdis, die sich noch einmal herzlich für die Unterstützung bei ihr bedankte. Ohne sie, versicherte die junge Frau, wäre der Letzte Wille ihrer Großmutter wohl unter einem profitablen Ferienhaus beerdigt worden. Hekla gelang es, ihren aufgewühlten Zustand zu überspielen.

Nachdem Hekla aufgelegt hatte, schnaubte sie sich noch

einmal energisch die Nase und verkündete, jetzt werde sie zur Tat schreiten und Frodo für ihre gemeinsame Sache arbeiten lassen.

»Und du willst dich nicht erst ausruhen?«, erkundigte sich Eric skeptisch.

»Nein, ich möchte die Sache so schnell wie möglich hinter mich bringen und von der neuen Straße nichts mehr hören oder sehen«, verkündete Hekla energisch.

Liv drückte ihr die Daumen, während Eric ihr eine Kopie des einschlägigen Dokuments mitgab. Siegessicher betrat sie kurz darauf Frodos Büro. Er war gar nicht erfreut, sie zu sehen, und versuchte sie mit einem Hinweis auf die Arbeit, die er noch zu erledigen hätte, abzuwimmeln.

»Es geht um deinen Job. Das dürfte dich interessieren«, sagte sie und reichte ihm die Kopie der Helgafell-Sage. »Lies erst mal in Ruhe, dann reden wir.«

Unwillig nahm Frodo das Blatt entgegen und wurde beim Lesen sichtlich blasser.

»Na und? Das kommt doch sicher nicht aus unserem Archiv. Hast du es selbst verfasst?«, fragte er und versuchte dabei cool zu klingen.

»Nein, die Geschichte stammt aus einer privaten Sammlung, die aber inzwischen in unseren Besitz übergegangen ist.«

»Hekla, die Sache ist abgeschlossen.«

»Im Gegenteil, mein Lieber. Denn du wirst diese Sage öffentlich machen und ein Gutachten erstellen, in dem der Hügel als schützenswertes Kulturgut ausgewiesen wird.«

»Aber das geht nicht, das kann ich nicht machen, das kannst du nicht von mir verlangen«, stammelte Frodo.

»Du hast recht, solltest du bereits Geld angenommen haben, dann gibt es kein Zurück mehr. Dann hängst du mit drin.«

Frodos bleiche Gesichtsfarbe bekam einen leicht grünlichen Schimmer, so als ob er sich gleich übergeben müsste.

»Wie, wie, ich meine, wie kannst du es wagen …«

»Sind bereits Yuan auf deinem Konto eingegangen? Ja oder nein?«

»Natürlich nicht!«, fauchte er wie ein Raubtier, das in eine Falle geraten war.

»Gut, dann ist das deine letzte Chance, heil aus der Sache rauszukommen. Wir rufen jetzt Ingvar an, und du teilst ihm mit, dass sich durch den Fund der Sage unsererseits große Bedenken ergeben hätten, den Elfenhügel für die neue Straße zu beseitigen. Und du bittest ihn, Kristian davon in Kenntnis zu setzen …«

»Aber wir können doch jetzt nicht in Sydney anrufen …«

Hekla warf einen Blick auf ihre Armbanduhr. »So, wie ich Ingvar kenne, hat er seinen Laptop neben dem Bett stehen und wird hocherfreut darüber sein, dass wir unsere Arbeit gewissenhaft erledigen. Und dass wir ihn nicht übergehen. Auch nicht um fünf Uhr morgens«, erwiderte Hekla grinsend. »Aber das ist noch nicht alles. Morgen wirst du die Behörden darüber informieren, dass man versucht hat, dich und den Bürgermeister von Hafnarfjörður zu bestech-« Sie stockte. »Oder hat der Bürgermeister die Gelder etwa angenommen?«

»Nein, er hat sich geweigert, aber sie haben ihn eingeschüchtert, sich ja nicht gegen den Bau der Straße auszusprechen. Deshalb ist er nicht zur Pressekonferenz erschienen.«

»Okay, dann wirst du diese ganze Schweinerei gemeinsam mit ihm anzeigen.«

»Aber Hekla, du weißt gar nicht, mit wem du dich da anlegst. Die sind zu allem fähig.«

»Das hat Kristian behauptet, oder?«

Frodo kaute nervös auf seiner Unterlippe herum, anstatt ihr zu antworten, aber sie wertete das als Zustimmung.

»Die Chinesen werden garantiert nicht gefährlich. Jedenfalls nicht für dich, den Bürgermeister oder für mich. Im Gegenteil, sie werden unverrichteter Dinge abziehen und von Kristian das Schmiergeld zurückfordern. Und zwar ganz schnell, sobald sie

Wind davon bekommen, dass der Deal geplatzt ist. Und dafür werde ich sorgen!«

Und schon hatte sie sich Frodos Telefon geschnappt und die Büronummer von Sigurður rausgesucht.

»Hier ist Hekla Gunnarsdóttir. Ich würde dich gern in einer Stunde im Pallett Kaffikompaní in der Strandgata treffen. Es ist dringend.«

Sie wunderte sich selbst darüber, dass er keine Fragen stellte, sondern ohne Wenn und Aber zusagte. Nachdem Hekla aufgelegt hatte, rieb sie sich befriedigt die Hände.

»Und nun ruf unseren Chef an.«

Er zögerte und sah sie mit großen Augen an. »Aber warum tust du das? Das wäre doch eine Supergelegenheit, mich bei ihm in die Pfanne zu hauen. Ich meine, warum schützt du mich sogar noch?«

Hekla grinste breit. »So ein guter Mensch bin ich dann auch nicht. Der Freundschaftsdienst kostet natürlich eine Kleinigkeit. Du wirst unseren Chef gleich darum bitten, dass du ihm in Zukunft gern bei seinem Edda-Projekt zuarbeiten würdest, weil deine liebste Kollegin doch so intensiv mit der Göttertochter beschäftigt ist und überdies ein kleines Buch zu Ehren der Sammlerin herausgeben wird, die uns diese wunderschöne Geschichte überlassen hat.«

Frodos Miene versteinerte, aber er hütete sich davor, ihr zu widersprechen.

»Prima, dann überbring unserem Chef mal die gute Nachricht.«

Widerwillig betätigte Frodo das Skype-Programm und wählte seinen Chef an. Wie Hekla richtig vermutet hatte, nahm Ingvar den Anruf tatsächlich an. Sie hatte sich außer Sicht der Kamera platziert und beobachtete das Geschehen aufmerksam. Es läuft doch alles wie geschmiert, freute sie sich, und trotzdem verspürte sie das dringende Bedürfnis, sich endlich um ihre Privatangelegenheiten zu kümmern.

»Sorry, Ingvar, dass ich dich so früh störe.«

»Ich war schon joggen. Was gibt es?«

Stockend berichtete Frodo seinem Chef von dem überraschenden Auftauchen einer Sage, die an dem Elfenhügel spielte. Und die er für so wichtig hielt, dass er den Hügel offiziell zum isländischen Kulturgut erklären würde.

»Aha, und wo kommt die Geschichte so plötzlich her? Aus unserem Archiv?«

»Nein, die ist, also, nein, die war, äh, bei einer Sammlerin, und, äh, ja ...«

Ingvar hörte sich das Gestammel kurz an, bevor er ihn in schroffem Ton aufforderte, Hekla vor die Kamera zu holen.

»Äh, Hekla?« Frodo versuchte, sich dumm zu stellen, aber Ingvar ließ sich nicht beirren. »Das trägt ihre Handschrift. Und wie ich sie kenne, lauert sie im Hintergrund.«

»Schon gut.« Hekla kam aus der Deckung. Ohne Vorrede berichtete sie ihrem Chef von diesem unsagbar interessanten Fund und der Tatsache, dass die Sammlung jetzt im Besitz des Instituts wäre.

»Diese Sage würde ein Gutachten rechtfertigen, das sich dagegen ausspricht, den Hügel in irgendeiner Weise anzutasten. Wir denken, es wäre sinnvoll, wenn du Kristian davon in Kenntnis setzt, dass es unsererseits Einwände gegen den Bau der Straße gibt«, sagte sie mit Nachdruck.

»Wenn ich es nicht besser wüsste, müsste ich glatt vermuten, dass du die Sage selbst verfasst hast. Bist du jetzt zufrieden, nachdem du deinen Willen bekommen hast?«, knurrte er, aber aus seinem Blick sprach überwiegend Bewunderung für seine Mitarbeiterin. »Und wenn er trotz des Gutachtens weiterbauen lässt?«, gab er zu bedenken.

»Dazu wird es nicht kommen. Im Moment hat er nicht einmal eine Baufirma zur Hand, weil die Dänen ihm die Zusammenarbeit aufgekündigt haben.«

»Okay, ich werde ihm umgehend eine Nachricht zukommen lassen, dass wir zu dem Entschluss gekommen sind, dass es sich bei dem Hügel um isländisches Kulturgut handele.«

»Danke, Ingvar«, sagte Hekla. »Aber ich glaube, Frodo wollte dir noch etwas mitteilen.«

Amüsiert schob sie ihren Kollegen erneut vor die Kamera. Frodo sagte genau das, was Hekla ihm vorgegeben hatte. Dass er ihm gern bei der Recherche für sein Edda-Projekt behilflich sein würde, weil Hekla anderweitig beschäftigt wäre.

»Sag mal deiner Souffleuse, dass das in Ordnung geht«, bemerkte Ingvar grinsend.

Da trat Hekla noch einmal vor die Kamera. »Ach so, bevor ich es vergesse. Ich habe ab heute Weihnachtsurlaub. Frodo hält die Stellung bis zu den Festtagen und zwischen den Jahren …« Ohne Ingvars Antwort abzuwarten, beendete sie das Gespräch.

Frodo wirkte sehr mitgenommen, aber Hekla klopfte ihm freundschaftlich auf die Schulter, bevor sie sein Büro verließ. »Ich denke, der Bürgermeister wird sich morgen mit dir in Verbindung setzen und besprechen, bei wem ihr die Sache zur Anzeige bringt. Und keine Angst vor Kristian. Ich denke mal, ihm bleibt nur noch das Auswandern, denn seinen Job hat er die längste Zeit gehabt. Und wenn es Probleme gibt, du hast ja meine Mobilnummer, aber es wird bestimmt ruhig die nächsten Tage, weil alle anderen bereits in den Weihnachtsferien sind!«, rief sie ihm gut gelaunt zu.

Wenn doch alles so gut klappen würde wie das, ging es Hekla wehmütig durch den Kopf, als sie in ihr Büro zurückkehrte. Sie wusste selbst nicht, woher sie die Chuzpe genommen hatte, sich so spontan Urlaub zu nehmen, zumal sie in den vergangenen zehn Jahren stets diejenige gewesen war, die bis zum Heiligabend eisern die Stellung im Institut gehalten hatte, während alle Kollegen bereits bei ihren Familien gewesen waren. Aber wenn sie wirklich beim Wettbewerb öffentlich auftreten wollte, dann musste sie noch einiges dafür tun. In diesem Punkt konnte Hekla nämlich nicht über ihren Schatten springen. Wenn sie etwas anging, dann musste das gut vorbereitet sein.

Eric und Liv waren sehr gespannt, was sie zu berichten hatte. In knappen Worten erzählte sie ihnen von ihrem Erfolg.

»Könntest du noch einmal in deinen Minirock schlüpfen?«, fragte sie Liv schließlich.

Die nickte eifrig. »Ich weiß schon, was du willst. Ich soll den armen Mister Xiang warnen, dass die Mauscheleien von dem geplanten Resort ans Tageslicht gekommen sind und das Projekt damit wohl erledigt sei, oder?«

»Das wäre traumhaft. Du machst das schon, und ich treffe jetzt den Bürgermeister, und dann habe ich Urlaub.«

»Urlaub?«, fragten Liv und Eric aus einem Munde mit ungläubigem Staunen.

»Ja, ich muss jetzt proben. Und wenn du Lust hast, Liv, dann komm doch am zweiten Weihnachtstag zu meinem Auftritt. Ich schicke euch noch eine Nachricht, in welchem Club ich auftrete. Da muss ich erst meine Agentin fragen«, flötete sie, nahm ihre Sachen und war schon aus der Tür.

Das anschließende Gespräch mit dem Bürgermeister verlief noch besser, als Hekla sich erhofft hatte. Sigurður war überaus erleichtert, dass sie die Sache in die Hand genommen hatte. Er versprach, am nächsten Tag alles Erforderliche in die Wege zu leiten, um Kristian aus dem Amt zu befördern. Sie brachte daraufhin Eric ins Spiel. Natürlich, so versicherte er ihr, hatte er auch schon daran gedacht, Eric für den Posten zu empfehlen. Er berichtete ihr außerdem, dass er seinerseits bereits recherchiert und herausgefunden hatte, dass die geplante Straße in einem Naturschutzgebiet lag, für das niemals auf legalem Weg eine Bauerlaubnis hätte erteilt werden können.

Als Hekla endlich das hell erleuchtete Gehöft in der Ferne auftauchen sah, war sie nur noch von dem einen Gedanken beseelt: Henriks Stimme zu hören und ihn um Verzeihung zu bitten. Als sie aus ihrem Wagen ausstieg, kam ihr bereits Unnur entgegen.

»Ich habe auf dich gewartet«, stieß sie atemlos hervor. »Ich muss dir so viel erzählen«, fügte sie in verzweifeltem Ton hinzu.

Die Schwestern umarmten einander daraufhin fest. Natürlich wollte Hekla wissen, was Unnur Schlimmes widerfahren war, aber erst einmal musste sie dringend bei ihrer eigenen verkorksten Geschichte noch retten, was zu retten war.

»Ich werde an dem Wettbewerb teilnehmen, aber das erzähle ich dir alles später in Ruhe, weil ich vorher noch etwas Wichtiges zu erledigen habe«, raunte Hekla ihrer Schwester zu, während sie sich sanft aus der Umarmung befreite. »Komm einfach in einer halben Stunde rüber«, fügte sie hinzu, bevor sie zu ihrer Wohnung eilte.

Dort suchte sie zielstrebig auf ihrem Rechner im Telefonbuch von Kopenhagen nach der Telefonnummer von Henrik Nielsen, doch ihre Euphorie sank auf den Nullpunkt, als sich ihr seitenweise Einträge mit diesem Namen öffneten. Doch dann entdeckte sie die Nummer von Henriks Baufirma. Mit zitternden Fingern wählte sie diese. Auf dem Anrufbeantworter erklang eine fremde Stimme, die etwas auf Dänisch sagte. Hekla verstand nicht jedes Wort, aber der Sinn erschloss sich ihr zumindest: Die Firma hatte bis zum zweiten Januar geschlossen.

Zu spät, dachte Hekla und ließ sich ermattet und schluchzend auf ihre Überdecke fallen. Sie weinte sich in einen tiefen Schlaf und merkte nicht einmal, dass ihre Schwester an ihr Bett trat, leise ihren Namen rief, ihr die Schuhe auszog und sie zärtlich zudeckte, bevor sie auf Zehenspitzen das Zimmer verließ. Und vor allem entging ihr, was Unnur ihr zum Abschied zuflüsterte: »Du wirst dein Happy End bekommen, große Schwester! Dafür sorge ich.«

27

Gleðileg jól

Die altmodische Girlande mit der Aufschrift ›Frohe Weihachten‹ hatte Gunnar aus den Tiefen seines Heimwerkerraums hervorgekramt und sie in den Türrahmen zwischen Küche und Wohnzimmer gehängt. Sie stammte noch von seinen Großeltern. Helga hatte sie nicht leiden können, sich jedoch nicht getraut, das gute Stück wegzuwerfen und es stattdessen in einer Kiste verstaut. Hekla und Unnur waren zwar nicht begeistert von dem Weihnachtsschmuck, den ihr Vater da ausgegraben hatte, aber sie ließen ihn gewähren. Offenbar nahm er das Motto ›Wir feiern unsere Weihnachten nach unseren Bedürfnissen‹ ein wenig zu genau. Sosehr die Töchter ihre Mutter auch geliebt hatten, sie konnten im Nachhinein nicht schönreden, dass Helga in ihren Ansichten recht stur gewesen war und nur das geduldet hatte, was ihrem Geschmack entsprochen hatte. Doch als Gunnar statt mit einem Weihnachtsbaum mit einem alten Holzgestell voller grün angemalter Bretter angekommen war, hatten Unnur und Hekla heftig dagegen protestiert. Da nützte es alles nichts, dass er auf die lange Geschichte dieses selbst gebauten Tannenbaums verwies. Sein Großvater hätte das Ding mit eigener Hände Arbeit gebastelt, zu Zeiten, in denen es noch kaum einen Baum auf Island gegeben hätte und man gar nicht auf den Gedanken gekommen wäre, teure Weihnachtsbäume zu importieren. Gunnar war so verliebt in diesen Baum, dass er sogar Amma Martha von seinen Weihnachtserinnerungen unter dieser Attrappe vorgeschwärmt hatte, doch die Großmutter hatte ihren Sohn ohne Pardon losgeschickt, um einen echten Baum zu besorgen. Überhaupt hatte Amma Martha ganz still und leise die Führung bei den Weihnachtsplanungen übernommen. Sie war zeitlebens klug genug gewesen, sich bei ihren Enkelinnen niemals über die Dominanz ihrer Schwiegertochter zu beklagen, aber nun war ihre Chance gekommen, wieder die erste Geige im Haushalt zu spielen. Sie blühte regelrecht auf, weil man sie schalten und walten ließ. Unnur und Hekla waren froh, dass Amma Martha sich für das Fest engagierte, weil die beiden voll und ganz mit ihren künstlerischen Ambitionen beschäftigt waren. Hekla probte von morgens bis abends ihre Lieder, und Unnur zeichnete ihre restlichen Elfenportraits. Natürlich hatten sie einander inzwischen ihre Herzen ausgeschüttet. Hekla fand es wunderbar, dass Unnur endlich Magnus' Qualitäten zu schätzen wusste, und überaus tragisch, dass der nun die falsche Frau heiratete. Unnur fiel es schwer, Hekla ihren Kummer nicht einfach zu nehmen, indem sie ihr von ihrem Deal mit Henrik berichtete, aber er selbst hatte sie in seiner letzten Nachricht eindringlich aufgefordert, Hekla auf keinen Fall einzuweihen.

Das Kaminzimmer glänzte am Morgen des Heiligen Abends vor Sauberkeit. Amma Martha hatte es sich nicht nehmen lassen, es festlich herzurichten. Vom Küchentisch aus, an dem sie an diesem Morgen gemeinsam frühstückten, warf jeder einmal einen verstohlenen Blick durch die offene Schiebetür in den Salon. Der Raum, den sie ein ganzes Jahr gemieden hatten, hatte nicht nur seinen Schrecken verloren, sondern wirkte anheimelnd und einladend.

In der Planung des heutigen Tages waren sie sich alle einig: Nach dem Frühstück würden sie Helgas Grab auf dem Friedhof von Reykjavík besuchen, dann eine Suppe zu Mittag essen, und um fünfzehn Uhr, bevor in Island das Weihnachtsfest eingeläutet wurde, die Wanderung auf den Helgafell beginnen.

Gunnar hatte vorgeschlagen, dass sie den Aufstieg mit Fackeln in der Hand machten, um die Magie nicht durch das kalte Licht ihrer Taschenlampen zu zerstören. Danach würde es das Festessen und später die Geschenke geben. Nur eine Kleinigkeit. Auch darauf hatten sie sich geeinigt.

Über Max wurde etwas kontrovers diskutiert. Gunnar war völlig dagegen, dass er überhaupt am Familienfest teilnahm, Amma Martha und Unnur fanden, dass man ihn nicht allein in seinem Pensionszimmer sitzen lassen durfte, und Hekla hatte der Familie einen Kompromissvorschlag unterbreitet: Max ab dem Festessen mitfeiern zu lassen, denn schließlich wäre Weihnachten auch das Fest der Nächstenliebe … Gunnar hatte noch ein wenig dagegen aufbegehrt, aber schließlich hatten sie ihn überredet und gebeten, sich dem deutschen Journalisten gegenüber von der besten Seite zu zeigen.

Hekla war an diesem Morgen in einer merkwürdigen Stimmung. Einerseits freute sie sich über die Harmonie, die in der Familie herrschte, und ganz besonders über die Aufgeschlossenheit ihres Vaters. Zum ersten Mal hatte sie das Gefühl, dass sie mit ihm wirklich reden konnte. Sie dachte an das Gespräch, das sie gestern Abend beim Schmücken des Weihnachtszimmers geführt hatten. Er hatte lachend zugegeben, Helga hätte es stets verstanden, ihm das Gefühl zu geben, dass er der Herr im Hause wäre, obwohl sie in Wirklichkeit stets die Hosen angehabt hatte … Auf der anderen Seite erfüllte sie der Gedanke an Weihnachten ohne ihre Mutter und auch ohne Henrik mit tiefer Melancholie. Was würde sie darum geben, wenn sie noch eine Chance bekäme, ihm ihr Vertrauen auszusprechen.

Die Blicke der Schwestern trafen sich. Hekla nahm den traurigen Schatten in Unnurs Gesicht wahr. Wahrscheinlich vermisste sie Magnus, der jedes Jahr seit dem Tod seiner Eltern mit ihnen den Heiligen Abend verbracht hatte. Selbst Hekla fehlte er, und sie konnte sich nur schwerlich vorstellen, dass er inzwischen vielleicht schon mit dieser Frau verheiratet war.

Es war schon ein merkwürdiger Tag, dieser 24. Dezember. Und es war überhaupt auch eine besonders turbulente Vorweihnachtszeit gewesen, ging es Hekla durch den Kopf, denn seit der Karte in ihrem Schuh mit der Vorhersage, dass ein Wunder geschehen würde, war wirklich so einiges passiert.

Nach dem Frühstück fuhren sie in der Dämmerung gemeinsam zum Friedhof. Sie hatten ein paar Tannenzweige dabei, um sie Helga auf das Grab zu legen, und Hekla hatte eine rote Rose für Dagur mitgenommen. Es war das erste Mal, dass sie seit seiner Beerdigung überhaupt zu seinem Grab ging. Das hatte sie die ganzen Jahre nicht über sich gebracht, und nun fühlte sie sich bereit, endgültig loszulassen.

Und sie wollte es allein hinter sich bringen. Nur Unnur wusste, warum sich Hekla unauffällig zurückzog, nachdem sie sich um Helgas Grab geschart hatten. Dagurs letzte Ruhestätte befand sich nur zwei Reihen entfernt. Mit klopfendem Herzen ging Hekla über den bunt erleuchteten Friedhof. Zur Weihnachtszeit waren alle Farben vertreten: gelb, grün, rot, was dem Ort des Todes eine überaus lebendige Atmosphäre verlieh.

Beinahe wäre Hekla an Dagurs Grab vorbeigelaufen, aber im letzten Moment sah sie seinen Namen in den Stein gemeißelt. Sie blieb stehen, atmete ein paarmal tief durch, bevor sie stumm mit ihm zu reden begann. *Liebster, ich vermisse dich unendlich. Ich habe jemanden kennengelernt, bei dem ich alles falsch gemacht habe. Er ist weit fort, und ich weiß jetzt, dass ich wieder leben werde. Mit dir ist ein Stück gegangen, doch für mich ist es an der Zeit, wieder hinaus in die Welt zu gehen. Stell dir vor, ich werde bei einem Wettbewerb singen und auch ein Abschiedslied vortragen, das ich einst für dich geschrieben habe.* Danach legte sie ihm die Rose auf das Grab. Gerade als sie sich wieder aufgerichtet hatte, sah sie in der benachbarten Reihe hinter einem Baum einen Schatten auftauchen, der auf den ersten Blick Henrik ähnelte, so wie er ihr auf der Straße als Schneemann begegnet war. Mit pochendem Herzen blickte sie hinüber und hatte keinen Zweifel mehr: Das war keine Fata Morgana, das war Henrik.

Sie wollte seinen Namen rufen, aber sie brachte keinen Ton heraus. Ohne zu überlegen, rannte sie los, aber sie konnte ja schlecht quer über die Gräber laufen, und die Strecke bis zum Hauptweg, von dem die einzelnen kleinen Wege abgingen, schien ihr unendlich lang. Außer Atem kam sie schließlich an der Stelle an, wo sie ihn eben gesehen zu haben glaubte, doch dort war weit und breit kein Mensch. Jetzt fange ich auch schon an, Geister zu sehen, dachte sie bekümmert, als ihr Blick auf einen Grabstein fiel und ihr Herzschlag auszusetzen drohte. Zwei Namen waren dort eingemeißelt: *Jule und Salkia Nielsen.*

Hekla zweifelte an ihrem Verstand. Wenn er wirklich am Grab seiner Familie gewesen war, hätte er sich doch kaum in Luft auflösen können. Am liebsten wäre sie Richtung Ausgang gerannt, um nachzusehen, ob er dort war, aber dann fiel ihr ihre eigene Familie ein.

»Hast du ein Gespenst gesehen?«, flüsterte ihr die Schwester zu, nachdem sie zu Helgas Grab zurückgekehrt war. »Du bist total weiß um die Nase.«

»Ich glaubte, ich hätte Henrik gesehen, denn stell dir vor, ich stand plötzlich vor dem Grab seiner Familie. Doch er kann gar nicht dort gewesen sein, denn er ist doch längst in Kopenhagen.« Das klang verzweifelt.

Unnur kämpfte mit sich, ob sie ihrer Schwester nicht wenigstens einen kleinen Hinweis geben sollte, dass es gar nicht so unwahrscheinlich war, dass sich Henrik bereits in Reykjavík aufhielt und das Grab seiner Lieben besuchte, aber dann würde Hekla natürlich wissen wollen, wie sie auf so einen Gedanken käme. Also schwieg sie schweren Herzens dazu.

Hekla blieb noch einen Augenblick am Grab ihrer Mutter stehen und spürte in aller Intensität, wie sehr sie den anderen und ihr fehlte, aber sie nahm auch wahr, wie stark ihre Familie aus diesem Verlust hervorgegangen war. Amma Martha sah aus wie das blühende Leben. Gunnar war gründlich rasiert und trug eine neue Hose.

Als sie nach Hause zurückfuhren, war es hell geworden, und der Wintertag zeigte sich von seiner sonnigsten Seite. Es war immer noch sehr kalt, sodass der Schnee liegen geblieben war.

Unnur wurde auf dem Rückweg sehr traurig, während sie intensiv die Schönheit der vorbeiziehenden Natur wahrnahm. Sie stellte sich nämlich vor, dass Magnus inzwischen verheiratet war. Ach, wenn sie das Rad doch bloß einmal zurückdrehen dürfte, sie würde Magnus in die Arme fallen und ihm versichern, dass sie ihn von Herzen liebte.

Nach dem Mittagessen, bei dem es nur einen Teller Suppe gab, damit genügend Platz blieb, um am Abend Amma Marthas Lammkeule mit Blaubeeren zu genießen, zogen sich alle in ihre Zimmer zurück. Unnur war etwas skeptisch, was die gehobenen Kochkünste ihrer Großmutter betraf, zumal sie diese noch nie zuvor unter Beweis hatte stellen können. Jedenfalls hatte sie noch nie ein ganzes Weihnachtsmenü gezaubert, aber Unnur hütete sich davor, sich ihrer Großmutter gegenüber diese Zweifel anmerken zu lassen. Stattdessen ließ sie Amma Martha, die auch jegliche Hilfe beim Kochen weit von sich wies, allein in der Küche zurück, begab sich in ihr Atelier und machte sich an ihr vorletztes Bild. Es stellte ihre Mutter dar, so wie Unnur Helga in Erinnerung hatte. Das Bild war für ihren Vater bestimmt. Wie geplant würde sie jedem eine Kohlezeichnung schenken, allerdings mit der Maßgabe, ihr die Zeichnungen für die Ausstellung zu leihen.

Unnur fand, dass sie ihre Mutter hervorragend getroffen hatte, wenngleich auch dieses Bild nicht allzu naturalistisch geraten war, sondern kunstvoll die Charakteristika herausstellte. Bei Helga waren es die funkelnden Augen. Unnur war sich sicher, dass Gunnar das Bild sehr mögen würde.

Ihre Gedanken wanderten wieder zu Magnus, und sie wurde schlagartig bedrückter. Es war wirklich nicht so einfach für sie, zu akzeptieren, dass sie ihre Chance gehabt und verspielt hatte.

Sie hatte gerade den letzten Strich auf dem Bild gezogen, da erklang die Haustürklingel. Ein seltenes Geräusch, weil die Tür ja stets offen stand. Sie fragte sich, wer überhaupt am Heiligabend um diese Zeit zu stören wagte. Es war Tradition, dass die Familien unter sich blieben, weil sie am frühen Nachmittag die letzten Vorbereitungen für das Fest zu erledigen hatten.

Unnur hoffte, dass jemand anderes aufmachen würde, aber offensichtlich hatten sich ihre Großmutter als auch ihr Vater zu einem Mittagsschlaf zurückgezogen. Als es noch einmal klingelte, wenngleich zaghafter, so als wäre sich der Besucher nicht ganz sicher, ob es wirklich der richtige Zeitpunkt für einen Besuch war, erbarmte sich Unnur, ging zur Tür und öffnete sie.

»Du?« Unnur war froh, dass sie überhaupt ein Wort herausbrachte.

»Darf ich reinkommen?«, fragte Magnus, der abgekämpft und erschöpft wirkte.

Unnur taxierte prüfend seine Hände, aber nach einem Ring suchte sie vergeblich.

Sie bat ihn höflich in die Küche und nahm sich fest vor, ihn weder mit neugierigen Fragen zu löchern noch mit ihren überbordenden Gefühlen zu überfallen, wenngleich es sie große Überwindung kostete, sich ihm nicht einfach in die Arme zu werfen.

»Ich wollte auf keinen Fall stören und mich auch nicht selbst einladen, aber ich konnte es eben nicht über mich bringen, an eurem Hof vorbeizufahren, ohne Bescheid zu sagen, dass ich zurück bin.«

Erst in diesem Augenblick kam Unnur der furchtbare Verdacht, dass Solveigh womöglich draußen im Wagen auf ihn wartete.

»Ist deine, ich meine, deine, äh… ist deine Frau auch mitgekommen?«

Magnus blickte sie verstört an. »Frau? Du weißt also von unseren Plänen? Ich wollte mich gerade entschuldigen, dass ich einfach, ohne mich von euch zu verabschieden, nach Húsafell aufgebrochen bin, aber Solveigh hatte mich regelrecht überfallen und mir gesagt, sie könne nicht länger bei euch bleiben, weil sie deine Eifersucht nicht aushalten würde …« Ein Grinsen huschte über seine eben noch verkrampften Züge. »Ich habe ihr geschworen, dass das ein Irrtum sein muss, weil du mich ganz bestimmt nicht willst …« Er lächelte sie unbeholfen an.

»Was für ein ausgemachter Unsinn«, schimpfte Unnur, während sie fieberhaft darüber nachdachte, wie sie ihm den Umschwung ihrer Gefühle möglichst schonend beibringen sollte. Natürlich konnte sie seine Hand nehmen, ihm tief in die Augen blicken und einfach die Wahrheit sagen: »Ich liebe dich«, aber irgendwie schien ihr das nicht der richtige Zeitpunkt. Erst einmal musste sie herausbekommen, warum er so fertig aussah und wo sich Rakel S. in diesem Augenblick befand. Nachher war er auch ohne Ring am Finger mit der Dame verheiratet, und dann konnte so ein verspätetes Geständnis eher peinlich werden.

»Jedenfalls hatte sie plötzlich die Idee, dass wir sofort heiraten. Ich fühlte mich etwas überrumpelt, aber dann habe ich sogar noch einen Termin für eine Trauung in der Eishöhle bekommen. Na ja, dann sind wir losgefahren …«

Unnurs Herz pochte ihr bis zum Hals, denn sie befürchtete, dass er es wirklich getan hatte, doch wo war seine Frau, und was wollte er hier?

»Und darf man gratulieren?«, fragte sie schärfer als beabsichtigt.

»Nein, ich konnte nicht«, sagte er nun und blickte sie dabei treuherzig an.

»Wie darf ich das verstehen?« Unnurs Herzschlag beschleunigte sich merklich.

»Wir waren schon im Hotel, und dann wurde unser Termin

wegen heftigen Schneefalls dort oben in den Bergen bis nach den Feiertagen verschoben. Nun waren wir mit einem Mal rund um die Uhr zusammen, und da wurde mir klar, ach Unnur, ich kann nicht mit einer Frau zusammen sein, die ständig das Personal schikaniert. *Ich möchte bitte ein Dinkelkissen,* und *nein, die Gemälde an der Wand gefallen mir nicht* und *oh Schreck, oh Graus, es gibt keine Papayas, so ein Saftladen* …«

Unnur brach in lautes Gelächter aus, weil Magnus Solveighs nölige Stimme perfekt imitierte.

»Jedenfalls habe ich dann eine Entscheidung getroffen: Dass wir uns trennen und es ihr auch gleich mitgeteilt. Und dass ich diese Blitzhochzeit nicht für angebracht halte und dass ich mir ein Zusammenleben mit ihr auch gar nicht vorstellen kann …« Er unterbrach sich und stieß einen tiefen Seufzer aus. »Na ja, da hättest du sie mal erleben sollen. Sie ist auf mich los, hat mich geboxt. Kannst du dir so etwas vorstellen?«

Das konnte sich Unnur allerdings lebhaft vorstellen, wie Rakel S. darauf reagiert hatte, dass ihr die Felle davonschwammen. Sie atmete ein paarmal tief durch. Vielleicht sollte sie ihm endlich einen Hinweis darauf geben, wie dramatisch sich ihre Gefühle ihm gegenüber geändert hatten. Doch mitten in diese Gedanken platzte Gunnar, der Magnus erst völlig irritiert musterte, bevor er ihn herzlich umarmte.

»Alter Junge, was machst du hier? Wir hatten schon befürchtet, Weihnachten ohne dich zu verbringen.« Offenbar war für ihren Vater sonnenklar, dass Magnus allein gekommen war und keine Ehefrau im Wagen auf ihn wartete.

»Na ja, ich wollte mich jetzt gar nicht aufdrängen. Ich kann auch zu Hause alleine feiern«, erwiderte Magnus verlegen.

»Das kommt gar nicht infrage. Hast du Lust, gleich mit uns auf den Helgafell zu wandern und danach mit uns zu feiern?«

Magnus nickte beglückt. »Und es macht dir nichts aus, dass ich euch so überfalle?«, fragte er nach einer Weile Unnur.

»Im Gegenteil, du gehörst doch dazu«, erwiderte sie in gefasstem Ton, während ihr das Herz aufging bei der Vorstellung, dass Magnus sie auf den Wunschberg begleiten würde. Sie beschloss, ihm spätestens dort oben endlich zu offenbaren, was sie wirklich fühlte.

28

Diese Nummer ist nicht vergeben

So fest sich Unnur auch vorgenommen hatte, Magnus ihre Gefühle zu gestehen, sie hatte sich nicht getraut. Dabei war es ein unfassbar romantisches Erlebnis gewesen, im Schein der Fackeln den Berg zu besteigen. Sie hatten sich nur zu viert auf die Wanderung gemacht, weil Amma Martha ihren Braten nicht unbeobachtet im Herd lassen wollte. Als sie endlich auf dem Gipfel angekommen waren, hatte jeder seiner Wünsche in aller Stille gedacht. Selbst Hekla hatte sich ruhig verhalten und offenbar auch an etwas Schönes gedacht, denn wie Unnur mit einem flüchtigen Blick auf die Schwester registriert hatte, hatte diese ein verträumtes Lächeln auf den Lippen. Unnur hatte sich jedenfalls von Herzen gewünscht, dass Magnus vielleicht ohne viele Worte begreifen würde, dass sie ihn liebte, aber er hatte ihre Nähe eher gemieden und war stets bei Gunnar geblieben.

Nun waren sie zurück im Haus, ohne dass ein Wunder geschehen war, und Unnur staunte nicht schlecht, was für ein Festessen ihre Großmutter gezaubert hatte. Max war inzwischen dazugekommen, und er wurde nicht müde, Unnur mit Komplimenten zu überhäufen, die allesamt an ihr abprallten. Sie nahm stattdessen aus den Augenwinkeln wahr, was für sehnsüchtige Blicke Magnus ihr zuwarf. Fast wie früher, nur mit dem Unterschied, dass sie ihr nicht auf die Nerven gingen, sondern sie jeden einzelnen in vollen Zügen genoss. Seine schüchterne Bewunderung gab ihr allerdings die Gewissheit, dass er es bestimmt nicht noch einmal wagen würde, sich bei ihr einen Korb zu holen, und dass wohl oder übel sie die Initiative ergreifen musste. Sie verstand selbst nicht, warum sie ihm nicht einfach ungeschminkt mitteilen konnte, was sie für ihn empfand, zumal sie anderen Männern gegenüber niemals so zurückhaltend mit ihren Gefühlsäußerungen gewesen war.

»Nun sag es ihm doch endlich«, flüsterte Hekla ihrer Schwester in einem unbeobachteten Moment zu.

»Wie denn?«, raunte Unnur ratlos zurück. »Ich muss Großmutter beim Aufdecken helfen.«

»Nein, das erledige ich«, widersprach Hekla heftig. »Du schnappst dir jetzt Magnus und redest Tacheles«, fügte sie im Befehlston hinzu.

Unnur holte tief Luft und warf Magnus, der mit ihrem Vater in ein angeregtes Gespräch vertieft auf dem Sofa vor dem Weihnachtsbaum saß, einen langen, intensiven Blick zu. Sie nahm all ihren Mut zusammen, näherte sich ihm und bat ihn leise, ihr zu folgen. Das tat er nur allzu bereitwillig.

Als die beiden draußen im Hof angekommen waren und Unnur gerade loslegen wollte, zog eine Erscheinung ihre ganze Aufmerksamkeit auf sich. Am Himmel erstrahlte ein grünliches Licht mit einem roten Kranz, ein Polarlicht, wie Unnur es noch niemals zuvor gesehen hatte.

»Siehst du das?«, fragte Magnus ergriffen und deutete fasziniert nach oben. »Ein Nordlicht, in dem es rot schimmert. Das ist absolut ungewöhnlich.«

»Wahnsinn«, seufzte Unnur und verrenkte sich den Hals, um die Erscheinung am Himmel auf sich wirken zu lassen.

»Ob das eine Bedeutung hat?«, hörte sie Magnus nach einer halben Ewigkeit fragen.

»Ich denke schon, denn warum sehen das nur wir beide? Es hat sicher eine Bedeu-« Unnur hatte ihren Satz noch nicht zu Ende gesprochen, als Magnus' Mund sich plötzlich ihrem näherte. Unnur öffnete ihre Lippen und ließ sich von ihm küssen.

Doch dann hielt er plötzlich inne und zog sich erschrocken zurück. »Ich wollte dir wirklich nicht zu nahe treten«, stöhnte er. »Aber nur deinetwegen habe ich Solveigh in Húsafell sitzen gelassen. Ich musste plötzlich daran denken, dass ich nur dich liebe und wie es wohl wäre, wenn du meine Küsse von Herzen erwidern würdest …«

»Und wie ist das für dich?«, fragte Unnur kokett und bot ihm erneut ihre Lippen zum Kuss.

»Heißt das, du erwiderst meine Gefühle?«, fragte er verunsichert, doch Unnur antwortete ihm nicht, sondern küsste ihn einfach noch einmal. Der Kuss war leidenschaftlich und intensiv. Unnur hatte schon etliche Männer geküsst, aber das, was sie in diesem Moment empfand, hatte sie noch niemals zuvor erlebt. Ihr Körper schrie förmlich nach mehr Nähe.

Als sich ihre Lippen schließlich voneinander lösten, sahen sie sich verzaubert an.

»Unnur, spielst du mit mir?« Er blickte sie mit einer Mischung aus Erstaunen und Verlangen an.

»Ich will dich wirklich«, erwiderte sie und strich ihm zärtlich über den Nacken.

»Ich glaube, ich träume, denn das habe ich mir gerade eben auf dem Berg gewünscht.«

»Ich auch«, raunte sie, und sie küssten sich erneut mit einer Leidenschaft, die Unnur heiße Schauer durch den Körper rieseln ließ.

Als sie sich nach einer halben Ewigkeit voneinander gelöst hatten, blickten sie beide noch einmal gen Himmel. Wo eben das Nordlicht noch grün mit einem leichten rötlichen Kranz geschimmert hatte, schien es jetzt vollends rot zu flimmern.

Magnus nahm Unnur in den Arm. »Ich liebe dich«, flüsterte er ergriffen.

»Ich dich auch«, erwiderte sie und fühlte sich in seinen Armen so geborgen wie niemals zuvor im Arm eines Mannes. Und sie wollte ihn mit ganzem Herzen, doch noch war nicht der richtige Zeitpunkt, einander alles zu geben. Erst einmal wollte Unnur dieses besondere Weihnachtsfest mit ihrer Familie begehen. Sie nahm zärtlich seine Hand.

»Komm, wir feiern den Heiligen Abend«, flüsterte sie ihm heiser zu, und sie kehrten eng umschlungen ins Haus zurück.

In der Küche am festlich gedeckten Esstisch wurden die beiden schon sehnsüchtig erwartet. Keiner kommentierte das neue Glück, obwohl die beiden so strahlten, als wäre in dieser Nacht die Sonne aufgegangen.

»Wir haben ein rotes Nordlicht dort draußen gesehen. Wenn ihr das auch sehen wollt, dann müsst ihr schnell rausgehen«, verkündete Unnur mit einem Strahlen in den Augen und rot glühenden Wangen.

Das ließ sich Max nicht zweimal sagen. Er sprang vom Tisch auf und rannte nach draußen.

»Genau, ich habe so etwas noch nie zuvor gesehen«, pflichtete Magnus Unnur eifrig bei.

»Dann solltet ihr mir aber eure rosarote Brille leihen«, lachte Hekla. »Unsere Nordlichter sind nämlich grün, und sie stammen von Sauerstoffteilchen, die mit anderen Sauerstoffteilchen kollidieren. Das passiert in etwa einhundert Kilometer Höhe. Wenn es in zweihundert Kilometer Höhe geschieht und sie ausnahmsweise nicht aneinanderknallen, sondern sie rotes Licht ab, was aber eher in Richtung Nordpol passiert.«

Gunnar grinste seine ältere Tochter breit an.

Noch vor gar nicht langer Zeit hätte Unnur äußerst beleidigt auf Heklas Worte reagiert, aber stattdessen tat sie so, als würde sie ihr eine Brille leihen. »Nimm die rosarote Brille mit, und schau es dir an. Es lohnt sich.«

»Aber beeilt euch. Das Essen ist gleich fertig«, mischte sich Amma Martha ein, die nicht das geringste Interesse am Polarlicht zeigte.

»Überredet«, sagte Hekla und machte sich ebenfalls nach draußen auf, um das Phänomen zu entzaubern, doch als sie vor die Tür trat und zum Himmel hinaufblickte, wollte sie ihren Augen nicht trauen. Das Nordlicht schimmerte tatsächlich in roten Farbtönen. Staunend betrachtete sie dieses Wunder. Wie gern hätte sie das rote Licht zusammen mit Henrik betrachtet …

Auch Max kam aus dem Staunen nicht heraus. »Was meinst du, soll ich bei deiner Schwester dranbleiben?«, fragte er verunsichert.

»Keine Chance«, erwiderte Hekla mit gespieltem Bedauern. »Du musst dich wohl anderweitig umsehen.«

»Vielleicht muss ich gar nicht so weit suchen.« Er trat einen Schritt auf Hekla zu und legte den Arm um ihre Schultern.

»Sorry, mein Herz ist vergeben«, raunte sie.

Max zog sie nur noch fester an sich. »Aber das hast du doch schon bei unserer ersten Begegnung behauptet, und das stimmte gar nicht.«

»Tja, wie sich die Zeiten ändern«, lachte sie und entwand sich seiner Umarmung. »Gib's auf, Casanova.«

»Du bist gemein«, maulte er.

»Ach was. Um dich mache ich mir keine Sorgen. Du findest immer eine D–«

»Wolltest du Dumme sagen?«

»Nein, Dame. Dame wollte ich sagen. Und jetzt komm!« Sie hakte sich freundschaftlich bei ihm unter und kehrte mit ihm ins Haus zurück.

Als die beiden wieder am Tisch saßen, fragte Unnur neugierig: »Na? Was sagt ihr nun?«

»Es ist wirklich ein Wunder. Ich denke mal, das hat jemand extra für euch angeknipst«, seufzte Hekla.

»Und für dich«, raunte Unnur ihrer Schwester zu. »Du wirst sehen, ein Wunder kommt selten allein.«

Hekla rührte es, wie sehr Unnur bemüht war, ihr Mut zu machen, aber sie war immer noch zu vernünftig, als dass sie an Wunder glaubte.

Amma Martha trug nun voller Stolz die Köstlichkeiten auf. Das lenkte die Familie für einen Augenblick von Wundern, roten Polarlichtern und der Tatsache ab, dass Unnur und Magnus sich doch noch gefunden hatten. Die Großmutter hatte alle Erwartungen übertroffen. Nicht nur ihre Lammkeule mit Blaubeeren war ein Genuss, sondern auch ihre karamellisierten Kartoffeln.

Amma Martha strahlte vor Glück und genoss das Lob in vollen Zügen. Als sie dann zum Nachtisch auch noch einen Napfkuchen mit Rum auf den Tisch brachte, spendete ihr die Familie sogar Applaus.

Nach dem Essen wollte Unnur der Großmutter beim Saubermachen der Küche helfen, aber Amma Martha schickte sie energisch zu den anderen ins Wohnzimmer.

Als sie sich setzte, tätschelte Gunnar den Arm seiner jüngeren Tochter zum Zeichen, wie glücklich er über ihre Männerwahl war, während Max, der einsehen musste, dass Unnur sich anderweitig entschieden hatte, nun Hekla mit Komplimenten überschüttete. Die war mit ihren Gedanken immer noch bei Henrik, was sie allerdings in diesem Augenblick nicht glücklicher machte, sondern zunehmend melancholischer.

Als Unnur den traurigen Schatten auf Heklas Gesicht bemerkte, kämpfte sie erneut mit sich, ob sie ihrer Schwester nicht doch einen kleinen Hinweis geben sollte, aber sie wollte nichts falsch machen. Also beschloss sie, Henrik anzurufen und ihm unter dem Vorwand, ein frohes Fest wünschen zu wollen, zu berichten, wie intensiv Hekla unter seiner Abwesenheit litt. Sie entschuldigte sich bei den anderen und eilte in ihr Zimmer. Hastig tippte sie seine Nummer ein und hoffte, dass sie nicht zu sehr störte, doch es ertönten nur drei Pieptöne und eine Ansage auf Dänisch, die sich anhörte wie: *Diese Nummer ist nicht vergeben.* Erschrocken drückte Unnur die Ansage weg und versuchte es noch einmal, aber es geschah genau dasselbe, und ein unangenehmer Verdacht überfiel sie. Was, wenn er ihr etwas vorgegaukelt hatte und gar nicht daran dachte, am zweiten Weihnachtstag zum Wettbewerb zu kommen? Schließlich versuchte sie es ein drittes Mal. Wieder vergebens.

Als sie schließlich zurück zu den anderen ging, nahm sie sich fest vor, sich nichts anmerken zu lassen, um Hekla nicht unnötig nervös zu machen. In diesem Fall war es Unnurs Ansicht nach nämlich besser, dass ihre Schwester nichts von ihrer Vereinbarung mit Henrik erfuhr. Dann konnte sie wenigstens nicht enttäuscht werden, sollte er tatsächlich absichtlich alle Verbindungen gekappt haben.

Magnus aber schien Unnurs Anspannung zu bemerken, denn er nahm mitfühlend ihre Hand und drückte sie zärtlich.

»Wollen wir mal schauen, was uns Kertasníkir gebracht hat?«, schlug Unnur vor, um sich abzulenken von all den potenziellen Gründen für Henriks Unerreichbarkeit.

Amma Martha klatschte vor lauter Vorfreude in die Hände. »Willst du die Geschenke verteilen? Du bist doch die Kleine«, kicherte sie.

»Genau, die Kleinste macht das«, lachte Magnus, was ihm einen liebevollen Schubs in die Seite einbrachte, bevor Unnur aufstand und zum Tannenbaum ging, an dem in diesem Jahr zum ersten Mal echte Kerzen brannten. Helga war das stets zu gefährlich gewesen mit dem Feuer, sodass sie den Baum nur mit bunten Lichterketten geschmückt hatte. Sehr zu Amma Marthas Kummer, denn sie fand einen Weihnachtsbaum ohne echte Kerzen höchst unweihnachtlich. Unnur und Hekla hatten ihr beigepflichtet, dass der Baum mit echten Kerzen auf jeden Fall festlicher aussah.

Zuerst zog Unnur das Bild für die Großmutter aus dem Geschenkestapel unter dem Baum und reichte es ihr. Amma Martha riss ungeduldig das Papier auf und stieß einen Freudenschrei aus, als sie ihr Portrait in einem hübschen Rahmen in der Hand hielt.

»Falls noch jemand von euch ein Bild von sich bekommen

sollte, möchte ich vorsichtshalber ankündigen, dass die Sache einen Haken hat: Ich muss alle Geschenke wieder einsammeln, weil ich die Bilder für meine Ausstellung benötige.«

Nun bekamen auch die anderen ihre Zeichnungen, was keinen besonders überraschte, auch nicht Hekla, die Unnur als Letzte beschenkte, jedenfalls nicht, als sie ihr das verpackte Bild in die Hand drückte, denn sie hatte ihrer Schwester inzwischen auch Modell gesessen. Erst als sie feststellte, dass die Zeichnung gar nicht sie selbst abbildete, sondern Henrik, machte sie große Augen.

Unnur war sich in diesem Augenblick nicht mehr ganz sicher, ob das so eine blendende Idee gewesen war, ihre Schwester mit einem Bild von Henrik zu überraschen. Wenn er wirklich nicht zu Heklas Auftritt kam, konnte das nach hinten losgehen.

Max beugte sich neugierig über das Bild und rümpfte die Nase. »Ich bin dem Mann ja nie in echt begegnet, aber er hat etwas Überhebliches in seinen Zügen.«

Hekla aber ignorierte diese kleine Gemeinheit, und ihre Augen nahmen jedes noch so kleine Detail begierig auf.

»Danke, das ist ein wunderbares Geschenk«, sagte Hekla gerührt und umarmte ihre Schwester. »So bleibt mir wenigstens meine Erinnerung an den Schneemann«, fügte sie leise hinzu.

Unnur gab ihr einen stürmischen Kuss auf die Wange. »Man soll die Hoffnung nie aufgeben, Schwesterchen«, raunte sie ihr ins Ohr. »Ich sage nur Wunder, denn wer hätte gedacht, dass mein Herz jemals für diesen Bauernburschen schlagen würde?«

Magnus drohte Unnur spielerisch mit dem Finger. »Das habe ich genau gehört. So hast du also über mich geredet.«

»Wenn du wüsstest, wie ich sonst über dich gelästert habe, du würdest mich nicht nehmen«, lachte Unnur, während sie auf ihn zusteuerte, um ihm einen Kuss zu geben.

»Ich finde ja auch, dass ich besser zu Unnur gepasst hätte«, stöhnte Max.

Das sollte ein Scherz sein, aber Amma Martha nahm das sehr ernst. »Nein, mein lieber Junge, bestimmt nicht, nachdem du es mit dieser Solveigh getrieben hast, dieser Betrügerin, die gar keine Anwältin ist!«

Mit einem Mal waren alle Augen auf Max gerichtet.

»Du hast mit Solveigh geschlafen?«, fragte Magnus fassungslos.

Unnur machte eine abwehrende Handbewegung. »Blödsinn, Großmutter hat manchmal kleine demente Schübe, da bildet sie sich allerhand ein. Das ist kompletter Unsinn«, verkündete sie mit einem warnenden Blick in Richtung Amma Martha.

Die Großmutter knurrte unwirsch in sich hinein, widersprach ihrer Enkelin aber nicht.

»Wenn ich eh spinne, singe ich jetzt *Stille Nacht*«, verkündete sie trotzig.

»Genau, lasst uns nun *Heims um ból* singen«, versuchte Unnur einzulenken.

»Nein, ich bin ja verrückt, also singe ich *Stille Nacht*«, entgegnete Amma Martha verärgert, um dann doch gemeinsam mit den anderen das Weihnachtslied auf Isländisch anzustimmen.

29

Der große Auftritt

Hekla hatte schon am Morgen des zweiten Weihnachtstages schlimmes Lampenfieber, etwas, das ihr sonst völlig fremd war. Sie, die ihre Vorlesungen vor über hundert Studenten mit einer spielerischen Leichtigkeit hielt, geriet schier in Panik bei der Vorstellung, vor den ungefähr fünfzig Zuschauern zu singen.

Unnur hatte noch vor Weihnachten in ihrem Job als Agentin ganze Arbeit geleistet. Sie hatte den Club besichtigt, Flyer verteilt und an alle Interessenten, die Hekla ihr mittels einer Liste übergeben hatte, Einladungen verschickt. Außerdem hatte sie ein paarmal bei den Proben zugesehen und Hekla versichert, wie gelungen die Auswahl der Songs war. Besonders angetan war sie von der Tatsache, dass nur ein Lied aus dem alten Repertoire ihrer Schwester stammte und die neuen so wunderschön geworden waren, dass ihr die Tränen kamen. Ihr persönlich gefiel natürlich der Song von dem entführten Elfenmädchen am besten.

Hekla hatte also gar nichts zu befürchten, und dennoch wurden ihr schon allein bei dem Gedanken, heute Abend auf der Bühne zu singen, die Hände feucht und der Magen fing grässlich zu grummeln an.

Das hatte sich im Laufe des Tages nur noch verschlimmert. Zwei Stunden waren es nur noch, bis sie aufbrechen musste, um rechtzeitig zur technischen Probe im Club zu sein, und sie fühlte sich mittlerweile wie ein nervöses Wrack. Unnur aber wich ihr nicht von der Seite und versicherte ihr immer wieder, dass doch alles nur ein Spiel war. Nicht nur, um für ihre Schwester da zu sein, war sie nicht gleich in der ersten Nacht mit Magnus nach Hause gegangen, sondern auch, weil sie alles etwas langsamer angehen wollte. Dass Magnus ungefähr jede Stunde vorbeikam, um sich einen Kuss seiner Liebsten abzuholen, stand auf einem anderen Blatt.

Dass dieser Auftritt einfach nur Spaß machen sollte, wusste Hekla natürlich auch, und dennoch fragte sie sich, warum sie sich diesen Stress überhaupt antat, im Rahmen eines Wettbewerbs aufzutreten und diesen Fremden ihre Gefühle preiszugeben. Vor allem das Liebeslied für Henrik machte ihr zu schaffen. Bis zuletzt hatte sie mit dem Gedanken gespielt, es gegen ein anderes Lied auszutauschen, aber ihre Schwester plädierte streng dafür, es auf jeden Fall vorzutragen.

Nachdem Unnur Hekla genötigt hatte, einen Baldriantee zu trinken, entspannte sie sich ein wenig. Als sie sich schließlich von Amma Martha, Gunnar und Max verabschiedete, die natürlich alle drei zu ihrem Auftritt kommen würden, war Heklas innere Anspannung einer gewissen Gelassenheit gewichen. Die bohrenden Gedanken, was alles schiefgehen könnte, hatten der Sicherheit Platz gemacht, dass sie nichts zu verlieren hatte.

Im Club wurden die Künstlerin und ihre Agentin herzlich von Emma, einer Frau mit aubergine gefärbtem Kurzhaar und der rauchigsten Stimme, die Hekla jemals gehört hatte, empfangen. Sie stellte sich als Mitveranstalterin vor und brachte die beiden zur Garderobe. Dort offenbarte sie Hekla, dass sie die letzte Künstlerin an diesem Abend wäre, was Hekla äußerst missfiel. »Wann ist das denn ungefähr?«

Emma dachte nach. »Na ja, wir haben fünf Vortragende, die jeweils zwanzig Minuten Zeit haben, macht gute anderthalb Stunden. Wir machen keine Pause, aber unserer Erfahrung nach wird sich nicht jeder an das Zeitlimit halten. Wir holen die Kollegen, die völlig überziehen, zwar nicht von der Bühne, aber die Jury sieht das gar nicht gern. Das gibt zumindest keine Pluspunkte. Und du kannst dich so lange unter die Zuschauer mischen oder hier in der Garderobe warten.«

»Ich bleibe während der Auftritte lieber hier hinten. Das macht mich nur unnötig nervös, die anderen auftreten zu sehen«, seufzte Hekla und folgte Emma auf die Bühne. Hekla setzte sich auf den Barhocker, den man den Vortragenden vor den Mikros platziert hatte und sang das neue Lied von der Sagensammlerin, damit die Technik den Ton richtig abnehmen konnte.

»Wow!«, rief Emma begeistert aus. »Du bist der Hammer.«

Das Kompliment der Veranstalterin machte Hekla ein wenig verlegen. Zurück in der Garderobe bat Hekla ihre Schwester, sich lieber entspannt in den Club zu setzen und etwas zu trinken, weil sie beim Umziehen keine Hilfe brauchte und außerdem allein sein wollte. Die Kleidung für den Auftritt hatten sie gemeinsam ausgesucht. Hekla wäre am liebsten in Jeans und mit einem ihrer alten Pullover aufgetreten, aber das hatte ihre Agentin verboten. Unnur hatte ihr zu dem neuen Rock geraten, und zwar in einer Art, die keinen Widerspruch duldete. »Deine Songs sind so gefühlvoll, da passt dieses derbe Outfit nicht«, hatte Unnur bestimmt, die ihrer Meinung nach passenden Kleidungsstücke aus dem Schrank gesucht und ihrer Schwester über einen Stuhl gehängt.

Als Unnur gerade die Garderobe verließ, traf eine andere Sängerin ein, die Hekla herzlich begrüßte. An Alleinsein war also nicht zu denken.

»Ich habe schon gehört, die Konkurrenz schläft nicht«, lachte die dunkelblonde zierliche Frau in Heklas Alter. Damit war das Eis gebrochen, und die beiden kamen problemlos ins Gespräch. Ronja war Verkäuferin und hatte eine Wette verloren. Ihr Einsatz war die Teilnahme an dem Wettbewerb, aber sie betonte, dass es ihr ausschließlich um den Spaßfaktor ging. Um das zu unterstreichen, zauberte sie zwei eiskalte Bierflaschen aus ihrer Tasche und bot eine davon Hekla an, die erst zögerte, dann aber beherzt zugriff. Es gesellte sich noch eine dritte Teilnehmerin dazu, die allerdings entsetzlich ehrgeizig zu sein schien und die beiden Konkurrentinnen weitgehend ignorierte und mit grausamen Stimmübungen nervte.

Nachdem Hekla sich umgezogen und geschminkt hatte, blickte sie versonnen in den Spiegel. Sie konnte es nicht leugnen: Ihre Gesichtszüge waren weicher geworden, und mit dem hochgesteckten Haar hatte sie eine Frisur gewählt, die sie mädchenhafter als sonst aussehen ließ.

Nach dem Genuss des Biers war die letzte Anspannung von Hekla gewichen und das Einzige, was sie noch störte, war die Tatsache, dass sie als Letzte singen würde. Inzwischen hatte der Wettbewerb begonnen, und ein Mann schmetterte auf der Bühne fetzigen Rock. Dann wurde die Frau, die sich Hekla und Ronja nicht einmal mit Namen vorgestellt hatte, auf die Bühne gebeten. Nach den ersten Tönen warfen sich die beiden Frauen wissende Blicke zu. Nach dem Motto, dass es schwer werden könnte, ihren Vortrag zu übertreffen, da die Stimme ihrer Konkurrentin wirklich außerordentlich hell und klar klang.

»Es geht ja nicht um den Sieg, sondern um den Spaß«, murmelte Ronja tapfer, wobei nun auch ihr eine gewisse Anspannung anzumerken war.

Ronja war direkt vor Hekla an der Reihe, und Hekla wünschte ihr von Herzen einen donnernden Erfolg. Auch Ronjas Stimme klang ansprechend, und nun stieg auch bei Hekla erneut die Aufregung, weil sie fand, dass alle anderen über echtes Talent verfügten, während sie … Die innere Unruhe ließ sie aufspringen und in der Garderobe auf- und abwandern.

Dann wurde Hekla angekündigt, und sie dachte an nichts mehr außer an die bange Frage, ob ihre Gitarre, die sie fest umklammert hielt, gestimmt war, als sie ins Scheinwerferlicht trat. Sie versuchte gar nicht erst, ihre Familie in der ersten Reihe zu entdecken, sondern konzentrierte sich auf Emmas launige Moderation.

»Bist du aufgeregt?«, fragte sie.

»Ein bisschen«, erwiderte Hekla lächelnd.

»Das kann man sich gar nicht vorstellen, denn unsere letzte Interpretin hält sonst auch Vorlesungen an der Háskóli.«

»Gut, da hören alle auf mein Wort, ganz gleich, was ich erzähle, aber heute Abend muss ich euch erst einmal davon überzeugen, dass ihr mir zuhört.«

Diese Bemerkung wurde sofort mit wohlwollendem Beifall bedacht, und Hekla fühlte sich mit einem Mal so sicher auf der Bühne wie damals in der Karaoke-Bar. Sie setzte sich auf den Hocker, schloss kurz die Augen und begann mit dem Song von Gudrún, der Sagensammlerin. Als der letzte Ton verklungen war, blieb es so still im Raum, dass man eine Stecknadel hätte fallen hören können. Hekla befürchtete schon, dass sie mit ihrem Folklorestil nicht den richtigen Ton für das Publikum getroffen hatte, doch dann brach der Applaus los. Er war so frenetisch, dass Hekla schließlich die Hand hob und um Ruhe bat. »Das geht von meiner Zeit ab«, lachte sie. »Ich hätte da noch ein paar Songs.«

Das Lied von dem entführten Elfenmädchen wurde noch heftiger beklatscht als der erste Song. Zum Glück hatte sie nur vier Lieder eingeplant, um nicht unter Zeitdruck zu geraten.

Nach dem Ende des Abschiedslieds für Dagur gab es erneut begeisterten Applaus, aber sie hörte auch das eine oder andere Schluchzen im Publikum. Eigentlich hatte sie diesen Song nicht kommentieren wollen, aber nun platzten die Worte nur so aus ihr heraus. Sie sagte, dass sie diesen Song für ihren verstorbenen Mann, ihre erste große Liebe, geschrieben hatte, den sie niemals vergessen würde. Und ohne groß zu überlegen, kündigte sie zum Abschluss ein Lied an, das einer anderen verlorenen Liebe gewidmet war und das ›Der Schneemann‹ hieß.

Zum ersten Mal, seit sie auf die Bühne getreten war, blickte sie bewusst ins Publikum und ließ ihren Blick entlang der ersten Reihe, in der ihre Familie saß, schweifen. Unnur liefen dicke Tränen über die Wangen, und sogar in den Augen ihres Vaters schimmerte es feucht, während Amma Martha die Hand von Max fest umklammert hielt. Es rührte Hekla zutiefst, dass sie alle gekommen waren, doch dann blieb ihr Blick an einem Blondschopf hängen, der alle anderen im Sitzen überragte, und ihr Herzschlag drohte auszusetzen, als er ihr verschwörerisch zuzwinkerte. Zunächst befürchtete sie, keinen einzigen Ton herauszubringen vor lauter Aufregung.

»Leute, ich muss mich entschuldigen, falls der nächste Song heiser rüberkommt, denn ich habe eben gerade überraschend den leibhaftigen Schneemann im Publikum entdeckt.« Doch dann legte sie los, wobei von Heiserkeit partout nichts zu hören war.

Wie beim ersten Lied folgte der Beifall nach einem Augenblick ergriffener Stille und dafür umso enthusiastischer. Die Leute wollten gar nicht mehr aufhören, doch dann beendete Emma den Jubel und teilte mit, dass die Jury in etwa fünfzehn Minuten den Sieger verkünden würde.

Wie auf Wolken schwebte Hekla zurück in die Garderobe. Dabei waren ihre Mitstreiter alle nach ihren Auftritten im Zuschauerraum geblieben, aber das konnte Hekla in diesem Augenblick nicht tun. Sie musste erst einmal begreifen, dass dort unten tatsächlich Henrik saß. Sie ließ sich auf ihren Garderobenstuhl fallen und hätte sich am liebsten gekniffen, weil sie nicht so recht wusste, ob sie nicht doch träumte. Sie war derart abgedriftet, dass sie den Lärm, der aus dem Saal drang, ausblendete. Erst das Auftauchen Emmas riss sie aus ihren Gedanken. »Hier hast du dich verkrochen. Komm!« Sie zerrte Hekla hektisch von ihrem Stuhl und zog sie in Richtung Bühne.

»Habe ich etwa gewonnen?«, raunte Hekla erstaunt.

»Hast du das etwa nicht mitbekommen? Sie lieben dich alle«, erwiderte Emma euphorisch und schob sie durch den Vorhang. Hekla wurde jubelnd empfangen. Ein Mann, der wie ein alter Rockstar aussah, kam auf sie zu und gratulierte ihr.

»Deine Texte haben uns umgehauen, um das mal etwas jovial auszudrücken. Die Melodien sind einfach, aber besonders. Allesamt höchst hitverdächtig. Und dazu deine Wahnsinnsstimme. Aber ausschlaggebend war, dass deine Gefühle echt und nicht gekünstelt rüberkommen. Du bist ausgesprochen authentisch.« Nach seiner Lobrede überreichte er ihr einen Blumenstrauß und bat sie, zum Abschluss des Abends eines ihrer Lieder noch einmal als Zugabe zu präsentieren. Sie entschied sich ganz spontan für ›Dagurs Song‹.

Sie traute sich kaum, Henriks Blick zu suchen, vor lauter Angst, es könnte sich vorhin um eine Erscheinung gehandelt haben und der Platz wäre leer. Doch dann wagte sie es und sah ihm wie hypnotisiert in seine magischen grünen Augen, um deren Iris der braune Kranz strahlte. In diesem Augenblick wünschte sie sich, dass er den Song mit ihr im Duett singen würde. So wie er es in ihrer Wohnung spontan getan hatte. Ganz leise begann Hekla noch einmal, diese Ballade vorzutragen. Als könnte Henrik ihre Gedanken lesen, erhob er sich wie in Zeitlupe von seinem Platz, ohne den Blick von ihr zu lassen und kam auf die Bühne.

Berauscht beobachtete Hekla, wie er ein zerknittertes Blatt Papier aus der Hosentasche hervorholte. Er hat den Text dabei, dachte Hekla, und schon stimmte Henrik ein, erst verhalten, dann mit voller Kraft. Hekla lief eine Gänsehaut über den Unterarm, als sich ihre beiden Stimmen in völliger Harmonie vereinten.

Dieses Mal brauste entfesselter Beifall auf, kaum dass der letzte Ton verklungen war. Die Zuschauer spendeten dem zauberhaften Duo frenetischen Applaus, der, als Henrik Hekla sanft in den Arm nahm und sie küsste, in Standing Ovations überging, denn mit dieser Einlage hatten sie die Menschen im Publikum endgültig von ihren Stühlen gerissen.

Hekla fühlte sich wie in einem Rausch und erwiderte Henriks Kuss so innig, als würde es ihr letzter sein.

30

Fünf vor zwölf

Max fügte sich tapfer in sein Schicksal. Heftiger Schneefall am Nachmittag des 31. Dezembers hatte seinen Plan, zum Jahreswechsel in einer Bar Reykjavíks eine Frau für diese letzte Nacht im Jahr abzuschleppen, zunichtegemacht, denn mit seinem Mietwagen, der nicht besonders winterfest war, wagte er sich nicht in die dunkle kalte Nacht hinaus. Deshalb hatte er Amma Marthas und Gunnars Einladung angenommen, mit ihnen ganz beschaulich zu feiern.

Amma Martha servierte einen Braten mit leckerem Kartoffelsalat. Nach dem Essen zündete Gunnar draußen ein traditionelles Feuer an und schoss mit kindlicher Freude Böller ab. Doch um zweiundzwanzig Uhr eilten sie auf sein Kommando zurück ins Haus, um im Fernsehen eine Comedyshow mit dem Jahresrückblick zu sehen. Amma Martha war so nett, Max die besten Gags zu übersetzen. Dazu spendierte Gunnar eine große Flasche Brennivín, einen isländischen Schnaps, der es in sich hatte und den Max wie Wasser hinunterschüttete, obwohl er nach dem ersten Schluck befürchtete, sein Rachen würde Feuer fangen.

Als die Show vorüber war, gab es für Gunnar kein Halten mehr. Wieder griff er in die Kiste mit seinen knallenden Schätzen und verschwand gut gelaunt nach draußen. Max wollte ihm eigentlich folgen, aber er schaffte es nicht, sich vom Sofa zu erheben, so betrunken fühlte er sich. Deshalb konnte er auch später nicht mehr sagen, ob er das, was ihm nun widerfuhr, lediglich geträumt hatte oder ob es wirklich passiert war, denn mit einem Mal schwebte eine zierliche Frau in einem taubenblauen Ballkleid auf ihn zu und zog ihn an der Hand hoch, während im Hintergrund ein Walzer spielte. »Kommen Sie, junger Mann«, raunte die Dame verführerisch. »Tanzen Sie wenigstens ein Mal mit mir, bevor Sie wieder an die Front zurückmüssen.« Und schon hatte sie ihn gepackt und zu den Klängen des Kaiserwalzers über das Parkett geschoben …

Von dem festlich gedeckten Tisch des Panoramasaals Björtuloft im obersten Stock des Konzerthauses Harpa bot sich eine atemberaubende Aussicht auf Reykjavík, den alten Hafen und den Hausberg Esja.

Magnus hatte Unnur vorher nicht verraten, wohin er sie am frühen Nachmittag dieses Silvestertages entführen wollte. Sie war immer noch wie berauscht von dieser gelungenen Überraschung. Nicht nur der Aperitif, das Drei-Gänge-Menü mit isländischen Spezialitäten und der edle Wein waren unbeschreiblich, nein, auch das Silvesterkonzert des isländischen Symphonieorchesters, das sie zuvor in der Konzerthalle genossen hatten, war ein Erlebnis gewesen, das sie niemals vergessen würde. Alles für sich genommen war derart zauberhaft, dass Unnur sich zwischendurch immer wieder fragte, ob sie wohl träumte. Ob der attraktive Mann in seinem festlichen Anzug, der ihr strahlend gegenübersaß, wirklich jener Magnus war, der ihr seit Urzeiten den Hof machte und von dem sie stets geglaubt hatte, er wäre der letzte Mann auf Erden, der für sie bestimmt wäre? Und nun konnte sie sich keinen anderen mehr an ihrer Seite vorstellen!

Unnur strich versonnen über seine Hand, die sie früher manches Mal abfällig als Riesenpranke bezeichnet hatte. Nein, sie konnte und wollte sich nicht mehr vorstellen, wie überheblich sie gewesen war und wie dumm, weil sie mit diesem wunderbarsten Mann der Welt längst die Familie hätte haben können, nach der sie sich manchmal so verzweifelt gesehnt hatte.

Magnus warf einen Blick auf seine Armbanduhr, zog lächelnd ein liebevoll eingepacktes Geschenk aus der Innentasche seiner Anzugjacke und legte es vor sich auf den Tisch. Unnurs Herz klopfte bis zum Hals, als sie erkannte, dass das Päckchen von dem besten Juwelier in Reykjavík stammte. Sie wollte schon ungeduldig zugreifen, als ein ohrenbetäubender Lärm sie davon zurückschrecken ließ. Das gigantische Silvesterfeuerwerk, das dort draußen mit einem lauten Knall eröffnet wurde, lenkte Unnur von ihrer brennenden Neugier ab, was Magnus ihr wohl zum Geburtstag schenken würde …

»Heute komme ich mit zu dir«, raunte sie ihm verliebt zu.

»Übermorgen«, erwiderte er verschmitzt. »Heute Nacht haben ich eine Suite im Borg für uns reserviert.«

»Im Borg?«, entfuhr es ihr so laut, dass einige der anderen Gäste in ihre Richtung starrten statt auf die gigantischen Feuerwerksformationen, die über dem Hafen verführerische Pirouetten drehten. Magnus nahm zärtlich ihre Hand und nickte ihr zu, bevor er begeistert nach draußen deutete, denn in diesem Augenblick wurden rote Herzen an den Himmel der Hauptstadt geschossen.

Südlich von Reykjavík, auf dem Weg zur legendären Strandarkirkja, lagen verstreut einige Wochenendhäuser, die zum Jahreswechsel unbewohnt waren. Bis auf eines, ein dunkelrotes Holzhaus mit einer Veranda davor. Das war hell erleuchtet, und dort brannten Kerzen in den Fenstern.

Hekla lag auf dem Sofa, ihren Kopf in Henriks Schoß gekuschelt. Seit ihrem gemeinsamen Auftritt schien ihr das Leben wie ein Traum aus weißen Wolken. Immerhin hatte Henrik auf ihr hartnäckiges Nachfragen hin zugeben müssen, dass Unnur diese ganze Sache eingefädelt hatte. Trotz ihres Liebesrausches war der vernünftigen Hekla durchaus bewusst, dass eine Wochenendbeziehung zwischen Kopenhagen und Reykjavík problematisch werden könnte, und sie suchte nach einem geeigneten Augenblick, mit Henrik über dieses Problem zu sprechen. Schließlich fasste sie sich ein Herz.

»Meinst du wirklich, dass das auf Dauer funktioniert, dass wir uns hin und wieder in diesem Ferienhaus treffen?«

»Nein, die Entfernung ist faktisch nicht machbar«, erwiderte Henrik, woraufhin Hekla aus ihrer gemütlichen Position hochschreckte und aufrecht vor ihm saß.

»Du meinst also, wir sollten das beenden?«, fuhr sie ihn entgeistert an.

»Nein, auf keinen Fall«, entgegnete er und strich ihr liebevoll über die erhitzten Wangen.

»Und wie stellst du dir das vor?«, fragte sie aufgebracht.

Als Antwort küsste er sie, und Hekla liefen heiße Schauer durch den Körper.

»Wie?«, hakte sie nach, nachdem sich ihre Lippen voneinander gelöst hatten.

Henrik nahm ihr Gesicht in beide Hände und sah sie mit einem liebevollen Blick an.

»Was würdest du davon halten, wenn ich Geschäftsführer einer isländischen Baufirma würde?« Henrik küsste sie erneut. Hekla erwiderte den Kuss, aber dann beendete sie diese Zärtlichkeit und blickte ihn immer noch irritiert an.

»Du würdest wirklich bleiben?«

»Wenn du das möchtest.« Henrik musterte Hekla durchdringend.

»Ist das dein Ernst?«, fragte sie skeptisch.

Henrik nickte. »Wollen wir zum Jahreswechsel ein Stück in die Natur gehen?«, fragte er sie mit heiserer Stimme.

»Gern«, erwiderte Hekla verzückt und entwand sich seiner Umarmung.

Nachdem sie sich wenig später in der rauen Luft der Silvesternacht mit Blick auf das bewegte Meer erneut geküsst hatten, meinte Hekla hinter einem Felsen ein leises Kichern vernommen zu haben.

»Hast du das gehört?«, fragte sie und blickte sich suchend um.

»Ob das eine Elfe war?«, fragte er beseelt.

»Vielleicht!«, raunte Hekla verträumt.

Ég þakka ykkur fyrir hjálpina …

Ich bedanke mich für die Unterstützung bei …

… meiner Agentin Dr. Petra Eggers und dem Piper-Team, das meinen Islandroman ›Nordlichtherzen‹ ermöglicht hat, besonders bei Isabell Spanier.

… meinem Mann Hinrik, der mich nicht nur auf die Recherchereise nach Island begleitet und sicher über Glatteis kutschiert hat, sondern auch wunderbare Fotos gemacht und mit mir die vielen schönen Orte gefunden hat, die im Roman eine Rolle spielen. Und dafür, dass er verstanden hat, warum mein Herz für Island schlägt.

… der in Hafnarfjörður lebenden Autorin Brigitta Bjarnason, die mir vor Ort nicht nur einen erhellenden Einblick in den Umgang der Isländer mit dem Huldofólk sowie in manche Tücke des isländischen Alltags gegeben hat, sondern deren Sagensammlung ›Auf den Spuren von Elfen und Trollen in Island‹ mich dazu ermutigt hat, für die ›Nordlichtherzen‹ eine eigene Elfensage zu verfassen.

Wer mehr über die Recherchereise erfahren möchte, kann dies unter www.svea-linn-eklund.com tun.

Die drei

Maja von Vogel

Die drei !!!

Gefahr im Fitness-Studio

KOSMOS
bei CARLSEN

Außerdem in der Reihe Die drei !!! im Carlsen Verlag lieferbar:
Die drei !!! – Gefährlicher Chat / Betrug beim Casting
Die drei !!! – Geheimnis der alten Villa

FSC
www.fsc.org
MIX
Papier aus verantwortungsvollen Quellen
FSC® C014496

Veröffentlicht im Carlsen Verlag
April 2015
Mit freundlicher Genehmigung des Franckh-Kosmos Verlages

Umschlagbild: Anike Hage
Umschlaggestaltung: formlabor
Corporate Design Taschenbuch: bell étage
Druck und Bindung: GGP Media GmbH, Pößneck
ISBN 978-3-551-31401-7
Printed in Germany

Die drei !!!

Gefahr im Fitness-Studio

Schneeballschlacht und Weihnachtsspeck

»Tschüss, Mama!«, rief Kim und wickelte sich ihren extralangen Wollschal dreimal um den Hals. »Ich bin dann weg!«

Kim hatte die Türklinke schon in der Hand, als sie Schritte im ersten Stock hörte und der Kopf ihrer Mutter über dem Treppengeländer erschien.

»Wo gehst du denn hin?«, fragte Frau Jülich und runzelte die Stirn. »Willst du nicht lieber erst deine Hausaufgaben machen?«

Kim verdrehte genervt die Augen. »Mensch, Mama! Am ersten Schultag nach den Weihnachtsferien bekommt man doch noch nichts auf. Das solltest du eigentlich wissen!«

Frau Jülich arbeitete als Grundschullehrerin und organisierte in ihrer Freizeit Wohltätigkeitsbasare. Manchmal fand Kim es ganz schön anstrengend, eine Lehrerin in der Familie zu haben. Für ihre Mutter war die Schule stets das Thema Nummer eins. Gute Noten waren ihr superwichtig, und wenn es bei Kim oder ihren Brüdern, den Zwillingen Ben und Lukas, mal nicht so gut lief, brach sie gleich in Panik aus.

Ein Glück, dass wenigstens Kims Vater immer die Ruhe bewahrte. Wenn er nicht gerade als Uhrmacher in einem Juweliergeschäft in der Innenstadt arbeitete, saß er meistens in seiner Hobbywerkstatt im Gartenschuppen und ging seiner Lieblingsbeschäftigung nach: Kuckucksuhren basteln. Da-

bei verdrückte er gerne jede Menge Schokolade oder Gummibärchen. Kims Vater stand total auf Süßigkeiten – eine Vorliebe, die Kim eindeutig von ihm geerbt hatte.
»Wir waren uns doch einig, dass du dich in Zukunft wieder ein bisschen mehr auf die Schule konzentrieren willst«, erinnerte Frau Jülich ihre Tochter. »Schließlich stehen bald die Halbjahreszeugnisse an, und wenn du deinen Notendurchschnitt halten willst, musst du dich bis dahin noch ordentlich ins Zeug legen. Bei den letzten Klassenarbeiten bist du deutlich unter deinem üblichen Leistungsniveau geblieben.«
Kim seufzte. Warum musste ihre Mutter eigentlich immer diese blöde Lehrersprache benutzen? »Notendurchschnitt« und »Leistungsniveau« waren ihre absoluten Lieblingswörter. Kim wusste selbst, dass sie bei den letzten Arbeiten nicht so gut abgeschnitten hatte wie sonst. Aber sie verstand einfach nicht, warum es so ein furchtbares Drama sein sollte, wenn sie mal ein paar Dreien und vielleicht auch die eine oder andere Vier auf dem Zeugnis hatte. Wen interessierte das schon? Abgesehen von ihrer Mutter natürlich.
Früher hatte sich Kim nachmittags meistens in ihrem Zimmer verschanzt und für die Schule gelernt. Aber seit sie vor einiger Zeit ihren eigenen Detektivclub, *Die drei !!!*, gegründet hatte, war das anders geworden. Gemeinsam mit den beiden anderen Clubmitgliedern Franziska Winkler und Marie Grevenbroich hatte sie schon einige aufregende – und nicht ganz ungefährliche – Fälle gelöst. Erst hatten die drei !!! einen skrupellosen Handy-Erpresser überführt, dann einen dreisten Bestechungsversuch beim Casting einer Mäd-

chenband vereitelt und schließlich kriminelle Machenschaften bei einem Internet-Chat aufgedeckt.
Die Ermittlungen hatten Kim jedes Mal voll in Anspruch genommen, so dass sie einfach nicht mehr so viel Zeit gehabt hatte, für die Schule zu lernen. Aber das konnte sie ihrer Mutter natürlich nicht erzählen. Die drei !!! hatten beschlossen, dass der Detektivclub erst einmal ihr Geheimnis bleiben sollte, damit sich ihre Eltern nicht unnötig Sorgen machten. Das gestaltete sich allerdings immer schwieriger, je erfolgreicher sie wurden. Sowohl Kims als auch Franzis Mutter hatten bereits unangenehme Fragen gestellt, weil ihre Töchter immer wieder in Kriminalfälle verwickelt wurden. Aber bisher hatten die drei !!! ihre Eltern noch jedes Mal davon überzeugen können, dass das reiner Zufall war und sie nur eine ganz normale Mädchenclique waren.
»Wann steht denn die nächste Klassenarbeit an?«, hakte Frau Jülich nach.
»Erst Ende der Woche«, antwortete Kim widerwillig. »Englisch. Aber bis dahin ist noch ewig Zeit.« Sie drückte die Türklinke hinunter. »Sorry, aber ich muss jetzt echt los, Mama. Franzi und Marie warten bestimmt schon auf mich. Wir wollten uns um drei im *Café Lomo* treffen. Ich lerne später noch ein bisschen, okay? Versprochen!«
Ehe Frau Jülich antworten konnte, schlüpfte Kim aus der Tür und atmete erleichtert auf. Geschafft! Sie war den bohrenden Fragen ihrer Mutter fürs Erste entkommen.
Draußen wurde Kim von klirrend kalter Winterluft empfangen. Die Kälte prickelte auf ihren Wangen und ihr Atem bildete kleine, weiße Wölkchen. Kim zog sich den warmen

Wollschal über Mund und Nase und angelte in ihrer Jackentasche nach den Handschuhen, während sie durch den verschneiten Vorgarten stapfte. Hoffentlich machte ihre Mutter jetzt nicht jedes Mal so ein Theater, wenn sie sich nachmittags mit ihren Freundinnen treffen wollte. Das könnte echt anstrengend werden …

Zack! Plötzlich sauste ein Schneeball auf Kim zu und traf sie an der Schulter. Ein zweiter verfehlte sie knapp, dafür landete der dritte mitten in ihrem Gesicht. Kim prustete und schüttelte sich. Der Schnee war eiskalt und klebte an ihren Haaren, Wimpern und Augenbrauen. Schnell wischte sie sich mit einer behandschuhten Hand über die Augen, um wieder klare Sicht zu bekommen.

Da tauchten Ben und Lukas mit grinsenden Gesichtern hinter der Hecke auf.

»Volltreffer!«, rief Ben und reckte die Faust in die Luft.

Lukas knetete in Windeseile einen neuen Schneeball. »Attacke!«, krähte er und feuerte das Geschoss auf seine Schwester ab.

Kim ging schnell hinter den Mülltonnen in Deckung. Ihre beiden kleinen Brüder waren manchmal eine echte Plage. Genau genommen nicht nur manchmal, sondern eigentlich immer. Wenn sie nicht gerade irgendeinen Unsinn ausheckten, nervten sie mit ihren neugierigen Fragen oder gingen ohne Erlaubnis in Kims Zimmer und wühlten in ihren Sachen herum.

»Na wartet!«, murmelte Kim mit zusammengebissenen Zähnen und wischte eine Handvoll Schnee vom Deckel der Mülltonne. »Euch werde ich's zeigen!«

Seit der erste Schnee liegen geblieben war, konnte man keinen Fuß mehr vor das Haus setzen, ohne von Ben und Lukas mit Schneebällen bombardiert zu werden.
Kim formte den Schnee schnell zu einer runden, festen Kugel, zielte auf Bens rote Wollmütze, holte weit aus und warf. Treffer! Der Ball knallte gegen Bens Stirn. Während er sich noch verdutzt den Schnee aus den Augen wischte, legte Kim sofort nach und schoss noch zwei Schneebälle auf ihre Brüder ab.
»Feuer einstellen!«, rief Lukas und winkte Kim zu.
Doch kaum war Kim hinter den Mülltonnen hervorgekommen, warf er einen weiteren Schneeball nach ihr, der sie jedoch knapp verfehlte.
»Ihr kleinen Mistkröten!«, rief Kim und sprintete zur Gartenpforte. »Ihr habt Glück, dass ich so spät dran bin, sonst würde ich euch jetzt richtig einseifen!«
»Vorsicht, fette Planschkuh im Anmarsch!«, johlte Ben und Lukas rief: »Dazu müsstest du uns erst mal kriegen! Wetten, dass wir tausendmal schneller sind als du? Du keuchst ja schon, wenn du nur die Treppe raufgehst!«
»Haltet die Klappe!«, rief Kim und warf wütend die Gartenpforte hinter sich zu. »Mit euch Zwergen kann ich es immer noch jederzeit aufnehmen!«
Kim ging schnell die Straße hinunter. Auch wenn sie es sich nicht eingestehen wollte – Ben und Lukas hatten sie mal wieder zielsicher an ihrer empfindlichsten Stelle getroffen. Die »fette Planschkuh« hatte echt wehgetan. Kim seufzte. Bedauerlicherweise hatten ihre Brüder damit nicht ganz Unrecht. Ihre Vorliebe für Süßigkeiten hatte dazu geführt, dass

sie inzwischen kaum noch in ihre Lieblingsjeans hineinpasste. Und dass sie nicht besonders sportlich war, stimmte leider auch. Bei der letzten Verfolgungsjagd mit den drei !!! war sie hoffnungslos hinterhergehechelt …
Bevor Kim weiter diesen trüben Gedanken nachhängen konnte, kam zum Glück das *Café Lomo* in Sicht. Drinnen standen Kerzen in den Fenstern, deren flackerndes Licht auf den schneebedeckten Bürgersteig fiel. Das sah richtig einladend aus und Kim ging schnell hinein. Als sie das Café betrat, schlug ihr warme und verbrauchte Luft entgegen. Kim zog die nassen Handschuhe aus und massierte sich die vor Kälte erstarrten Finger. Das *Café Lomo* war bei diesem frostigen Wetter gut besucht. An den Tischen und an der Theke saßen dicht gedrängt jede Menge Schüler und Studenten. Das Café war bekannt für seine »Die drei ???«-Hörspiel-Lounges, bei denen sich Fans der drei berühmten Detektive aus Rocky Beach trafen, gemeinsam die Abenteuer anhörten und über Justus, Peter und Bob fachsimpelten. Außerdem gab es im *Lomo* den *Kakao Spezial* – köstliche heiße Schokolade mit Vanillearoma und einer extragroßen Portion Sahne. Deshalb war das Café nicht nur bei den drei !!! ein beliebter Treffpunkt.
»Hallo, Kim, hier sind wir!«, rief plötzlich jemand über das allgemeine Stimmengewirr hinweg.
Kim entdeckte Franzi und Marie in der Sofaecke. Sie grinste, während sie sich zwischen Tischen hindurchschlängelte. War ja klar, dass sich die beiden mal wieder die besten Plätze gesichert hatten. Die Sofaecke im *Café Lomo* war einfach supergemütlich.

»Hallo«, begrüßte sie ihre Freundinnen, schälte sich aus ihrer Daunenjacke und ließ sich in einen der weichen Sessel sinken. »Tut mir leid, dass ich zu spät komme, aber ich musste mir erst noch eine kleine Schneeballschlacht mit Ben und Lukas liefern.«
»Du Ärmste«, sagte Franzi. »Mit den Zwillingen bist du ganz schön gestraft, was?«
Kim nickte. »Das kannst du laut sagen. Kleine Geschwister sind echt die Pest.«
»Große Geschwister sind aber auch kein Zuckerschlecken«, stellte Franzi klar und verzog das Gesicht. »Chrissie hat jede Woche eine neue Macke. Im Moment ist sie total im Fitnesswahn und rennt ständig zum Training ins Studio. Gut, dass wenigstens Stefan noch halbwegs normal geblieben ist. Seit er mit dieser Sonja zusammen ist, hat er allerdings auch manchmal den einen oder anderen Aussetzer …«
»Wir haben schon mal bestellt«, sagte Marie schnell und zeigte auf zwei große Schalen mit dampfendem Kakao. »Möchtest du auch einen *Kakao Spezial*?«
Marie war plötzlich blass geworden und Kim hätte Franzi am liebsten gegen das Schienbein getreten. Manchmal benahm sie sich wirklich wie ein Elefant im Porzellanladen. Sie wusste doch genauso gut wie Kim, dass Marie unsterblich in Stefan verliebt war. Marie war gerade erst halbwegs darüber hinweggekommen, dass ihr großer Schwarm seit einiger Zeit eine Freundin hatte. Vor lauter Liebeskummer hatte sie bestimmt ein oder zwei Kilo abgenommen, obwohl sie es am allerwenigsten nötig hatte. Kim seufzte. Manchmal war die Welt wirklich ungerecht …

Leichter Vanillegeruch stieg Kim in die Nase und sie betrachtete sehnsüchtig die im Kakao treibenden Sahnehauben. Sie kämpfte kurz mit sich, dann sagte sie: »Nein danke, für mich nur ein Mineralwasser.«
Franzi runzelte die Stirn. »Was ist denn mit dir los? Sonst trinkst du doch immer einen *Kakao Spezial* nach dem anderen. Geht's dir nicht gut?«
»Doch, doch, alles in Ordnung«, sagte Kim. »Ich will bloß ein bisschen auf mein Gewicht achten. Über Weihnachten hab ich leider zwei Kilo zugenommen. Mamas Zimtsterne waren einfach zu lecker. Und den Schokoweihnachtsmann von Oma hab ich natürlich auch gleich geköpft. Bei Süßigkeiten kann ich eben einfach nicht widerstehen …«
Franzi zuckte mit den Schultern. »Na und? Man muss sich schließlich auch mal was gönnen im Leben.«
»Ja, aber wenn ich so weiterfuttere, passt mir bald keine einzige Hose mehr«, gab Kim zu bedenken.
»Dann kaufst du dir eben eine neue«, sagte Franzi. »Wo liegt das Problem?«
Kim seufzte. Kein Wunder, dass Franzi sie nicht verstand. Sie selbst war ja auch superschlank und drahtig. Ein total sportlicher Typ. Außerdem konnte sie essen, was sie wollte, ohne ein Gramm zuzunehmen. Dabei machte sie sich überhaupt nichts aus ihrem Aussehen.
»Lass Kim doch«, mischte sich Marie ein und strich sich ihre langen, blonden Haare hinter das Ohr. »Ist doch okay, wenn sie ein bisschen abnehmen will. Ein oder zwei Kilo weniger haben schließlich noch niemandem geschadet.«
»Heißt das, du findest mich zu dick?«, fragte Kim alarmiert.

Marie rollte mit ihren violett getuschten Augen. Sie war wie immer perfekt geschminkt – natürlich in den aktuellen Modefarben der Saison. Im Gegensatz zu Franzi legte sie sehr viel Wert auf ihr Aussehen.
»Quatsch!«, antwortete Marie. »Das hab ich doch gar nicht gesagt. Aber wenn du dich mit deinem Gewicht unwohl fühlst, solltest du etwas dagegen unternehmen.«
»Können wir jetzt vielleicht über etwas anderes reden? Es gibt schließlich noch wichtigere Dinge als Kims Idealgewicht«, beendete Franzi das Thema – was Kim nicht ganz unrecht war. Von dem ganzen Gerede über ihre überflüssigen Pfunde bekam sie nur schlechte Laune.
»Genau«, stimmte sie zu. »Zum Beispiel unseren Detektivclub. Wir brauchen dringend einen neuen Fall.«
Marie nickte. »Über Weihnachten war es ja ganz schön, mal ein bisschen relaxen zu können. Aber jetzt könnte es von mir aus wieder losgehen.«
»Stimmt, wir haben uns lange genug ausgeruht«, sagte Franzi. »Leider ist mir während der Feiertage überhaupt nichts Verdächtiges aufgefallen. War bei euch irgendetwas los? Vielleicht ein kleiner Einbruch in der Nachbarschaft? Oder ein gestohlenes Auto? Das wäre immerhin ein Anfang …«
»Nichts dergleichen«, sagte Marie bedauernd. »Tut mir leid.«
Kim schüttelte ebenfalls den Kopf. »Bei uns war auch alles ruhig.«
»Vielleicht sollten wir mal die Zeitung durchforsten«, schlug Franzi vor. »Mit etwas Glück stoßen wir dabei auf etwas In-

teressantes.« Sie nahm genießerisch einen großen Schluck von ihrem Kakao.
Kim beobachtete sie neidisch. »Gute Idee. Am besten macht das jede von uns in aller Ruhe zu Hause.« Sie riss den Blick von Franzis dampfender Kakao-Schale los. »Und was stellen wir jetzt mit dem angebrochenen Nachmittag an?«
»Wie wär's mit einer kleinen Shoppingtour?«, schlug Marie vor. »Ich brauche unbedingt einen neuen Wintermantel. Mit meinem kann ich mich echt nicht mehr blickenlassen.«
»Warum denn nicht?«, fragte Franzi und warf einen Blick auf Maries dunkelroten Kamelhaarmantel, den diese achtlos über die Sofalehne geworfen hatte. »Der Mantel ist doch noch völlig in Ordnung.«
»Natürlich ist er das, er hat ja auch einen Haufen Geld gekostet. Aber er ist nun mal vom letzten Jahr, als Bordeaux *die* Farbe der Saison war«, erklärte Marie. »Diesen Winter trägt man Petrol.«
Kim musste grinsen. Das war mal wieder typisch Marie! Sie liebte es, sich neue Klamotten zu kaufen, und legte großen Wert darauf, stets nach der neuesten Mode gekleidet zu sein. Zum Glück war ihr Vater ein erfolgreicher Schauspieler und verdiente mit seiner Rolle als Hauptkommissar Brockmeier in der bekannten Vorabendserie *Vorstadtwache* das nötige Kleingeld, um seiner Tochter jeden Wunsch von den Augen abzulesen.
Franzi schüttelte ungläubig den Kopf. »Heißt das, du kaufst dir jeden Winter einen neuen Mantel, bloß weil die Farbe nicht mehr in ist? Das ist doch total verrückt!«

»Finde ich nicht«, sagte Marie. »Ich nenne das modebewusst. Also was ist, kommt ihr mit? Erst bummeln wir ein bisschen und dann holen wir uns eine leckere Waffel mit heißen Kirschen, okay?«

»Überredet«, sagte Franzi sofort. »Ich stehe total auf Waffeln mit heißen Kirschen. Dafür gehe ich sogar mit dir bummeln.«

Kim stand auf. »Dann nichts wie los. Alles ist besser, als zu Hause zu sitzen und todlangweilige englische Vokabeln zu lernen.«

Ein Los mit Folgen

Die Fußgängerzone war trotz des winterlichen Wetters gut besucht. Nachdem sich Kim, Franzi und Marie eine Stunde lang durch überfüllte Einkaufspassagen und völlig überheizte Klamottengeschäfte gekämpft hatten, landeten sie schließlich bei der Waffelbude am Marktplatz.

»Puh, jetzt brauche ich aber dringend eine Stärkung«, sagte Franzi und gab ihre Bestellung auf.

Kim lehnte sich erschöpft gegen einen der Stehtische vor der Waffelbude. »Ich wusste gar nicht, dass bummeln so anstrengend sein kann«, stöhnte sie. »Mir tun schon richtig die Füße weh!«

Marie machte eine wegwerfende Handbewegung. »Ach, das war doch noch gar nichts. Normalerweise bin ich immer den ganzen Nachmittag unterwegs, wenn ich etwas Neues zum Anziehen brauche.«

»Na, das ist uns ja heute zum Glück erspart geblieben. Gut, dass du gleich im dritten Laden einen Mantel gefunden hast«, sagte Franzi grinsend und nahm eine riesengroße Waffel mit dampfenden Kirschen und einer ordentlichen Portion Sahne in Empfang.

Kim lief bei dem Anblick das Wasser im Mund zusammen und ihr Magen begann vorwurfsvoll zu knurren. Seit dem Mittagessen waren immerhin schon einige Stunden vergangen und sie hatte seitdem – ganz entgegen ihrer sonstigen Gewohnheit – nichts mehr gegessen. Normalerweise naschte sie zwischendurch immer einen Schokoriegel oder eine

Handvoll Gummibärchen, aber heute war sie standhaft geblieben. Bis jetzt.

»Was meint ihr, wie viele Kalorien wir wohl gerade beim Bummeln verbraucht haben?«, überlegte sie laut. »Immerhin sind wir ganz schön lange durch die Gegend gelaufen. Das waren doch bestimmt ein paar Kilometer, oder?«

»Auf jeden Fall«, nuschelte Franzi mit vollem Mund. »Meine Füße fühlen sich jedenfalls so an.«

»Prima«, sagte Kim und kramte in ihrer Jackentasche nach Kleingeld. »Dann kann ich mir jetzt ja bestimmt eine klitzekleine Waffel leisten, ohne dass es gleich ansetzt.« An die Waffelverkäuferin gewandt fügte sie hinzu: »Aber bitte ohne Kirschen und Sahne. Nur mit einem Hauch Puderzucker.«

Kaum hielt Kim ihre Waffel in der Hand, biss sie auch schon hinein und kaute genüsslich. »Hmmm!« Sie verdrehte schwärmerisch die Augen. »Göttlich.«

Da ertönte plötzlich eine Stimme hinter Kim. »Hallo, ihr drei! Darf ich auch mal abbeißen?«

Kim fuhr herum und sah direkt in Michis blaugrüne Augen. Ihr Herz machte einen Sprung und ihr Mund verzog sich automatisch zu einem breiten Grinsen.

Michi Millbrandt war ein guter Freund der drei !!!. Sie hatten ihn bei den Ermittlungen zu ihrem ersten Fall kennengelernt und seitdem hatte er ihnen schon mehrmals in brenzligen Situationen geholfen. Kim hatte sich gleich bei ihrer ersten Begegnung rettungslos in Michi verliebt – bloß dass ihr das damals noch nicht klar gewesen war. Inzwischen war sie sich jedoch hundertprozentig sicher, dass Michi ihr absoluter Traumtyp war. Nur Michi wusste das noch nicht, und das sollte vorerst auch so bleiben.

»Hallo, Michi«, sagte sie und hielt ihm die Waffel hin. »Hier, bedien dich!«

Michi nahm Kim die Waffel aus der Hand und biss ein großes Stück ab. »Danke«, sagte er und gab ihr die Waffel zurück. »Schmeckt prima!«

»Kim teilt ihre Waffel bestimmt gerne mit dir«, sagte Franzi und zerknüllte ihre Papierserviette. »Sie ist froh über jede Kalorie, die sie nicht selbst essen muss.«

»Warum denn das?«, fragte Michi erstaunt. »Willst du etwa abnehmen?«

Kim warf Franzi einen wütenden Blick zu. Ihre Gewichtsprobleme waren so ziemlich das letzte Thema, über das sie mit Michi reden wollte.

»Äh … na ja …«, stammelte sie. »So ein oder zwei Pfund vielleicht. Hab über Weihnachten ein bisschen zu viele Süßigkeiten gegessen …«

»Das kenne ich«, sagte Michi und nickte wissend. »Ich hab am ersten Feiertag meinen neuen Chemiebaukasten ausprobiert und dabei meinen ganzen Weihnachtsteller auf einmal verputzt: Zimtsterne, Dominosteine, Spekulatius, Nussplätzchen … Hinterher war mir richtig schlecht.«

Kim kicherte. Sie konnte sich Michi und seinen leer gefutterten Weihnachtsteller lebhaft vorstellen. Und dass er auch so gerne Zimtsterne aß, genau wie sie, war eindeutig ein weiteres Zeichen für ihre Seelenverwandtschaft.

»Aber du hast es doch gar nicht nötig abzunehmen«, sagte Michi und musterte Kim von oben bis unten. »Ich finde, es steht dir richtig gut, dass du ein bisschen zugelegt hast. Du siehst wenigstens nicht so verhungert aus wie die meisten Mädchen.«

Er lächelte Kim zu, aber Kim lächelte nicht zurück. Am liebsten wäre sie auf der Stelle tot umgefallen. Wenn sogar Michi gleich sah, dass sie zugenommen hatte, musste sie wirklich ganz schön dick geworden sein. Ihr war bis jetzt gar nicht klar gewesen, dass die zwei zusätzlichen Kilo *so* sehr auffielen …

»Was hast du denn?«, fragte Michi besorgt. »Du bist ja auf einmal ganz blass. Alles in Ordnung?«

Kim nickte stumm. Sie war so deprimiert, dass sie keinen Ton herausbrachte. Marie legte ihr tröstend den Arm um die Schultern. Sie hatte natürlich sofort begriffen, was los war. Im Gegensatz zu Franzi, die manchmal ziemlich unsensibel war, konnte sich Marie sehr gut in andere Menschen hineinversetzen.

»Mensch, Michi, du bist ein richtiges Trampeltier«, stellte Marie fest. »Was den Umgang mit Frauen angeht, musst du noch viel lernen.«

Michi sah ratlos von Marie zu Kim. »Wieso? Hab ich was Falsches gesagt? Dann tut es mir natürlich leid …«

Kim räusperte sich. »Ist schon gut«, sagte sie und versuchte so locker wie möglich zu klingen. »Mach dir keine Gedanken. Mir geht's prima.«

Michi sah sie unsicher an. »Bist du sicher? Ich weiß immer noch nicht, was eigentlich los ist …«

»Gar nichts«, sagte Kim bestimmt. »Alles bestens.«

Ein unangenehmes Schweigen breitete sich aus. Kim be-

trachtete deprimiert ihre halb aufgegessene Waffel, während Marie mitfühlend ihren Arm drückte. Michi trat nervös von einem Fuß auf den anderen. Franzi runzelte die Stirn und sah in die Runde.
»Tja, dann will ich mal wieder los«, sagte er schließlich und hob kurz die Hand. »War nett, euch mal wieder zu treffen. Bis dann.«
»Tschüss, Michi!« Franzi war die Einzige, die ihm zum Abschied zulächelte. Kaum war Michi hinter der Waffelbude verschwunden, schüttelte sie ratlos den Kopf und sagte: »Jetzt kapier ich überhaupt nichts mehr. Was war denn eben los?«
»Gar nichts«, sagte Kim und drückte Franzi die angebissene Waffel in die Hand. »Hier, schenke ich dir.«
Die Rathausuhr schlug sechs und Marie zuckte zusammen. »Mist, so spät schon? Ich muss los, sonst schaffe ich es nicht mehr pünktlich zu meiner Aerobicstunde.«
Marie wollte Sängerin oder Schauspielerin werden. Darum nahm sie bereits seit Jahren Gesangsunterricht, spielte in der Theater-AG mit und ging regelmäßig zur Dance-Aerobic.
»Ich muss auch nach Hause«, sagte Kim und seufzte. »Englisch lernen. Hab ich meiner Mutter versprochen, sonst hätte sie mich vorhin nicht weggelassen. Und das am ersten Schultag nach den Ferien!«
Franzi sah auf ihre Armbanduhr. »Dann nehme ich den nächsten Bus. Wenn ich mich beeile, müsste ich ihn noch kriegen.« Sie stopfte sich die Reste von Kims Waffel in den Mund.
Die drei !!! marschierten durch die sich allmählich leerende Fußgängerzone zur Bushaltestelle hinter dem Rathaus.

Schneeflocken wirbelten vom schwarzen Winterhimmel und tanzten über den vor Nässe glänzenden Dächern. Kim zog sich ihren Schal fester um den Hals.

Kurz vor der Bushaltestelle trat ihnen ein Mädchen in den Weg. Sie trug eine schwarze Jacke, auf der in auffälligen, knallroten Buchstaben *Rita's Gym* stand, und ein schwarzes Basecap mit derselben Aufschrift. Ihre Nase war vor Kälte knallrot.

»Hallo, habt ihr einen Moment Zeit?«, fragte sie und lächelte Kim, Franzi und Marie zu. »Dann könnt ihr bei der Tombola von *Rita's Gym* mitmachen. Es gibt tolle Preise zu gewinnen!«

»*Rita's Gym?*«, fragte Marie. »Das ist doch das große Fitness-Studio am Bahnhof, oder?«

Das Mädchen nickte. »Genau. Zum einjährigen Jubiläum veranstaltet *Rita's Gym* diese Woche eine große Geburtstagstombola. Ein Los kostet nur fünfzig Cent. Und jedes Los gewinnt!«

»Sorry, aber ich muss zum Bus«, sagte Franzi. »Tschüss, Leute. Wir telefonieren, okay?« Sie winkte Kim und Marie kurz zu und verschwand in Richtung Bushaltestelle.

»Ich hab auch kein Interesse, tut mir leid«, sagte Kim und wollte mit Marie weitergehen, aber das Mädchen hielt sie zurück.

»Wartet!«, rief sie und hielt ihnen eine große Dose hin, die noch fast randvoll mit Losen war. »Könnt ihr mir nicht wenigstens ein oder zwei Lose abkaufen? Ich muss die Dinger bis Ende der Woche loswerden und hab heute kaum etwas verkauft.«

Jetzt tat sie Kim beinahe leid. »Ganz schön ätzend, bei dem Wetter den ganzen Nachmittag draußen herumzulaufen, oder?«, fragte sie. »Wird das wenigstens anständig bezahlt?«
»Geht so«, antwortete das Mädchen und rieb sich ihre rot gefrorene Nase. »Aber im Moment sind Schülerjobs schwer zu kriegen. Wenn man nicht auf Babysitting steht, hat man keine große Auswahl.«
Marie zückte ihr Portemonnaie und winkte mit einem Fünf-Euro-Schein. »Also gut, ich kauf dir zehn Lose ab.«
Die Miene des Mädchens hellte sich auf. »Echt? Super! Vielen Dank!« Sie hielt Marie die Dose hin. »Bitte, bedien dich.«
Marie griff in die Dose und fischte zehn Lose heraus.
»Vielleicht hast du ja den Hauptgewinn gezogen«, sagte das Mädchen und steckte den Geldschein weg. »Ein Wellness-Wochenende auf Sylt im Wert von fünfhundert Euro.«
Marie grinste. »Das wäre natürlich cool.« Das Mädchen wollte gerade weitergehen, als Marie noch etwas einfiel: »Wo kann ich mir den Hauptgewinn denn abholen?«
»Bei *Rita's Gym* natürlich«, antwortete das Mädchen. »Bahnhofsstraße 25.« Dann verschwand sie in der Dunkelheit.
Kim sah ihr nach. »*Rita's Gym* – was für ein bescheuerter Name. Da laufen bestimmt nur Idioten rum. Ich verstehe sowieso nicht, wie man sich freiwillig jeden Tag an irgendwelchen Foltergeräten abquälen kann und dafür auch noch jede Menge Geld bezahlt. Das ist doch total krank!«
»Das Studio soll gar nicht so schlecht sein. Ein paar Mädels aus meiner Klasse gehen dahin. Sie schwärmen immer von dem großen Wellness-Bereich und dem tollen Service«, er-

zählte Marie, während sie ein Los nach dem anderen auseinanderfaltete.
»Und? Hast du das Wochenende auf Sylt gewonnen?«, fragte Kim.
Marie schüttelte den Kopf und drückte Kim ein paar ungeöffnete Lose in die Hand. »Hier, hilf mir mal. Bis jetzt waren nur Gutscheine für Fitness-Riegel oder Vitamin-Shakes dabei.«
Kim begann die restlichen Lose zu öffnen. »Noch ein Fitness-Riegel-Gutschein«, sagte sie und kicherte. »Hoffentlich macht dein Magen das mit.« Dann war sie beim letzten Los angelangt und stutzte. »Na, so was. Sieh mal, hier!« Sie hielt Marie das Los hin.
»Gutschein über drei Monate kostenloses Training inklusive Fitness-Rucksack und -Begrüßungspaket«, las Marie laut vor. Sie machte ein enttäuschtes Gesicht. »Mist, das Wellness-Wochenende auf Sylt wäre mir lieber gewesen.«
»Stimmt«, gab Kim zu. »Aber immerhin kannst du jetzt drei Monate umsonst bei *Rita's Gym* trainieren. Du hast doch gerade selbst gesagt, dass das Studio gar nicht so schlecht sein soll.«
»Ja, klar, aber ich bin eigentlich schon ganz gut ausgelastet, was Sport angeht. Ein- bis zweimal pro Woche Dance-Aerobic und mein regelmäßiges Schwimm- oder Lauftraining. Außerdem haben wir ja zu Hause unseren eigenen Fitnessraum. Wenn ich Muskeln aufbauen will, brauche ich nur in den Keller zu gehen. Warum sollte ich mich da extra aufs Fahrrad schwingen und zum Bahnhof radeln?«
Kim zuckte mit den Schultern. »Weiß ich auch nicht. Tja,

dann hast du wohl gerade fünf Euro zum Fenster rausgeschmissen. Es sei denn, du willst dich in der nächsten Zeit ausschließlich von Fitness-Riegeln ernähren.«
Marie betrachtete nachdenklich das Los in Kims Hand. Plötzlich hellte sich ihre Miene auf. »Weißt du was? Ich schenk dir das Los! Wäre doch schade, wenn das kostenlose Training verfällt, oder?!«
Kim zog eine Grimasse. »Du meinst, *ich* soll in ein Fitness-Studio gehen?«
»Na klar, warum denn nicht? Du wolltest doch sowieso ein bisschen abnehmen. Dann ist Sport genau das Richtige.«
»Ich weiß nicht …« Kim steckte das Los langsam in ihre Jackentasche. »Ich glaube nicht, dass das was für mich ist.«
»Jetzt stell dich nicht so an«, sagte Marie, hakte sich bei Kim unter und ging neben ihr über den verschneiten Bürgersteig. »Wenn du dich erst mal an das Training gewöhnt hast, findest du es bestimmt total prima. Und bei der nächsten Verfolgungsjagd hängst du Franzi und mich dann locker ab.«
Kim lächelte schwach. Das konnte sie sich nun wirklich nicht vorstellen – auch wenn der Gedanke durchaus etwas Verlockendes hatte …

Detektivtagebuch von Kim Jülich
Montag, 21:09 Uhr

Sitzungsprotokoll:
Erstes Clubtreffen nach den Weihnachtsferien im Café Lomo

Anwesende: Franziska Winkler, Marie Grevenbroich, Kim Jülich

Stimmung: gut

Wegen der extrem winterlichen Temperaturen fand das heutige Treffen nicht in unserem Hauptquartier, sondern im Café Lomo *statt. In Franzis Pferdeschuppen ist es momentan einfach zu kalt, zumal letzte Woche auch noch der kleine Bollerofen seinen Geist aufgegeben hat, den wir sonst immer zum Heizen benutzt haben. Stefan will versuchen ihn zu reparieren, was echt nett von ihm ist. Hoffentlich kommt er bald dazu. Seit er mit dieser Sonja zusammen ist, kriegt man ihn ja kaum noch zu Gesicht, was vor allem Marie sehr zu schaffen macht – auch wenn sie das natürlich nie zugeben würde.*

Die Stimmung bei den Detektivinnen war aber trotzdem prima. Wir sind voll motiviert und strotzen nach der Weihnachtspause nur so vor Energie und Tatendrang. Jetzt fehlt uns nur noch eins: ein neuer Fall. Bislang ist leider noch keiner in Sicht, aber das wird sich hoffentlich bald ändern.

Um für die nächsten Ermittlungen in optimaler körperlicher Verfassung zu sein, werde ich mich in der Zwischenzeit einem anderen Projekt widmen. Codename: »Rita's Gym«. Klingt ziemlich bescheuert, ich weiß. Aber so heißt nun mal das Fitness-Studio, in dem ich demnächst trainieren werde. Ja, du hast richtig gehört, liebes Detektivtagebuch: Ich, Kim Jülich, Sporthasserin und Bewegungsmuffel, werde mich in den nächsten drei Monaten in ein drahtiges, durchtrainiertes Muskelpaket verwandeln. Zumindest hoffe ich das. Als Marie mir heute Nachmittag den Gutschein für die kostenlose Mitgliedschaft geschenkt hat, war ich erst ziemlich skeptisch. Aber inzwischen habe ich nachgedacht und bin mir sicher, dass das ein Wink des Schicksals ist. Schließlich habe ich mich in letzter Zeit oft genug darüber geärgert, dass ich so unfit bin – von meinen überflüssigen Pfunden ganz zu schweigen. Jetzt habe ich die einmalige Gelegenheit, meine Gewohnheiten – und meinen schwabbeligen Körper – zu ändern. Und diese Gelegenheit werde ich nutzen! Ich tue es für die drei !!! und für meine Zukunft als knallharte Detektivin. Bald entkommt mir kein Verbrecher mehr! Bin fest entschlossen, mich gleich morgen für ein Probetraining anzumelden.

Geheimes Tagebuch von Kim Jülich
Montag, 21:30 Uhr
Warnung: Lesen für Unbefugte (alle außer Kim Jülich) streng verboten!
Verliebt zu sein ist echt die Hölle! Befinde mich in einem ständigen Wechselbad der Gefühle. Als ich heute Nachmittag mit Marie und Franzi an der Waffelbude stand, tauchte Michi plötzlich auf. Habe mich erst super gefreut. Sein Lächeln hat mich mal wieder fast umgehauen. Es sollte verboten werden, dass Jungs so süß lächeln können!
Dann hat er von meiner Waffel abgebissen. Dabei haben sich unsere Hände kurz berührt und ich konnte die Wärme seiner Haut sogar durch meinen Handschuh spüren. Ich war total happy – und dann kam die kalte Dusche. Jetzt weiß ich, warum Michi mich bisher nicht so richtig beachtet hat. Er findet mich zu dick!!!
So direkt hat er es natürlich nicht gesagt, dafür ist er viel zu nett. Aber die Botschaft war eindeutig. Mann, das hat gesessen. Ich war fix und fertig und habe keinen Ton mehr rausbekommen. Total peinlich! Michi war ganz durcheinander und ist

bald wieder abgezischt. Der Arme wusste gar nicht, was los war.
Kein Wunder, dass er nie auf den Brief geantwortet hat, den ich ihm vor den Ferien geschrieben habe. Wer will schon mit einer fetten Planschkuh zusammen sein? Darum steht mein Vorsatz fürs neue Jahr jetzt fest: Keine Süßigkeiten mehr, kein Kakao Spezial *und keine Waffeln mit heißen Kirschen. Stattdessen viel Bewegung und eine ausgewogene Ernährung. Dann bin ich meinen Weihnachtsspeck in null Komma nichts wieder los und Michi wird endlich merken, dass er ohne mich nicht leben kann. Er wird mir seine Liebe gestehen und ich werde glücklich in seine Arme sinken …*
Seufz! Wie schööööön!

Willkommen im Club

»Und das hier ist der Bereich fürs Ausdauertraining«, erklärte Rita, die Club-Managerin von *Rita's Gym*, und zeigte auf eine Reihe von Fitnessgeräten, an denen eifrig trainiert wurde. »Die Geräte für den Muskelaufbau befinden sich im ersten Stock. Es gibt verschiedene Möglichkeiten, wie man ein optimales Training entwickeln kann ...«

Kim seufzte und betrachtete skeptisch die verschiedenen Geräte. Von den meisten kannte sie noch nicht einmal den Namen. Irgendwie erinnerte sie der Trainingsraum stark an eine Folterkammer. Nur mit dem Unterschied, dass hier Fernseher von der Decke hingen, so dass man wenigstens unterhalten wurde, während man sich auf den Foltergeräten abquälte.

Kim fiel auf, dass die Frauen, die auf den Bildschirmen herumhüpften und offenbar Werbung für irgendein neues Diät-Getränk machten, mindestens genauso schlank waren wie die Frauen und Mädchen, die an den Geräten trainierten. Die meisten sahen total durchtrainiert aus und präsentierten ihre straffen Körper in eng anliegenden Fitness-Pants und ärmellosen Tops, die ihre muskulösen Arme gut zur Geltung brachten.

Kim zupfte an ihrem ausgeleierten T-Shirt herum und fühlte sich in ihrer alten Jogginghose plötzlich alles andere als wohl. Gut, dass wenigstens Marie als moralische Unterstützung zum Probetraining mitgekommen war. So fühlte sich Kim zwischen all diesen Fitness-Göttinnen nicht ganz so verloren.

Aber dann bemerkte Kim, dass sie doch nicht die Einzige war, die hier keine Modelfigur hatte. Gerade betrat ein rundliches Mädchen in schwarzem T-Shirt mit rotem *Rita's Gym*-Aufdruck den Trainingsraum. Sie war mit einer Sprühflasche und einem Lappen bewaffnet und begann lustlos, die Geräte zu säubern. Vermutlich jobbte sie hier, um ihr Taschengeld ein bisschen aufzubessern. Als das Mädchen kurz in ihre Richtung blickte, lächelte Kim ihr zu. Doch das Mädchen lächelte nicht zurück. Sie fixierte Rita und ihre Augen blitzten zornig. Kim runzelte die Stirn. Ob das Mädchen Ärger mit Rita hatte? So unmotiviert, wie sie beim Arbeiten wirkte, wäre das eigentlich kein Wunder. Und die Club-Chefin konnte bestimmt ganz schön unangenehm werden, wenn ihre Angestellten nicht spurten …

»Gibt es auch einen extra Cardio-Raum?«, erkundigte sich Marie gerade. »Und was bieten Sie im Wellness-Bereich an?«

Die Club-Managerin lächelte. Sie hatte sich Kim und Marie gleich als Rita vorgestellt und sie mit warmen Worten im Club willkommen geheißen, bevor sie mit der Führung durch die Räumlichkeiten begonnen hatte. Rita war eine große, schlanke Frau um die dreißig mit einem perfekt frisierten, blonden Pagenkopf. Kim überlegte, wie viel Haarspray sie wohl jeden Morgen verbrauchte, damit die Frisur so gut hielt. Auch mit den aktuellen Modefarben schien sich Rita gut auszukennen, denn sie trug ein petrolfarbenes Kostüm und farblich dazu passende Pumps. Trotz ihrer freundlichen Art war Rita Kim irgendwie unsympathisch. Vielleicht weil ihr Lächeln einen Hauch zu professionell aussah.

»Der Cardio-Raum befindet sich ebenfalls im ersten Stock«, antwortete Rita auf Maries Frage. »Aber jetzt zeige ich euch erst mal unseren Wellness-Bereich. Er ist unser ganzer Stolz, ihr werdet begeistert sein …«

Sie schob Marie und Kim einen zitronengelb gestrichenen Gang hinunter und führte sie durch einen hellen, geräumigen Umkleideraum in den Wellness-Bereich.

»Wir haben ein Dampfbad, ein Sanarium, fünf verschiedene Saunen und natürlich einen großen Ruheraum mit bequemen Liegen und Entspannungsmusik«, erklärte Rita. »Es gibt jeden Tag unterschiedliche Aufgüsse. Außerdem bieten wir Massagen, Aromatherapie, Kosmetikbehandlungen und sogar kleinere kosmetische Eingriffe an. Ihr könnt hier also auf jede nur erdenkliche Weise etwas für euer Aussehen und euer körperliches und seelisches Wohlbefinden tun.«

»Wow«, sagte Marie und sah sich beeindruckt um. »Nicht schlecht. Was meinst du, Kim?«

Kim nickte zögernd. »Hört sich ganz gut an.«

Der Wellness-Bereich war auf jeden Fall wesentlich mehr nach ihrem Geschmack als der Trainingsraum. Böden und Wände waren in dezentem Altrosa gekachelt und die Räumlichkeiten sahen sauber und einladend aus. Hier konnte man bestimmt prima entspannen. Kim nahm sich vor, auf jeden Fall ausgedehnte Saunabesuche in ihren Fitnessplan zu integrieren.

»Dann wollen wir mal mit dem Probetraining loslegen«, sagte Rita gut gelaunt. Als sie Kims gequältes Gesicht sah, fügte sie lächelnd hinzu: »Keine Angst, es tut nicht weh.«

Kim hatte trotzdem ein mulmiges Gefühl im Bauch, als sie

hinter Rita und Marie zurück in den Trainingsbereich schlurfte. Hoffentlich blamierte sie sich gleich nicht total. Wahrscheinlich lachte Rita sich schlapp, wenn sie mitbekam, wie unsportlich Kim war.
»Wir machen erst mal einen kleinen Belastungstest«, erklärte Rita und führte Kim und Marie an den voll besetzten Fitnessgeräten vorbei in die hintere Ecke des Ausdauer-Trainingsbereichs. Hier stand neben einem kleinen Schreibtisch und zwei großen Aktenschränken ein Sportgerät, das sogar Kim kannte.
»Ein Trimmrad!«, rief sie erleichtert. »Soll ich mich da draufsetzen?«
Rita nickte. »Genau. Wir nennen das hier übrigens Cycling-Rad. Ich verkabele dich jetzt ein bisschen und dann radelst du einfach zehn Minuten in lockerem Tempo.« Sie zeigte auf ein in den Fahrradlenker integriertes Display. »Der Computer zeichnet dabei deinen Puls, die Herzfrequenz, den Kalorienverbrauch und einige andere Werte auf. Aus den Daten erstellen wir dann dein persönliches Leistungsprofil, mit dem wir wiederum deinen individuellen Trainingsplan konfigurieren können.«
»Aha«, sagte Kim etwas verwirrt, während sie auf das Cycling-Rad kletterte. Das klang alles ziemlich kompliziert. Aber zehn Minuten Radeln konnte ja eigentlich nicht so schwer sein – das machte sie schließlich jeden Tag, wenn sie zur Schule fuhr.
Rita befestigte einen Clip an Kims Ohr. Von diesen führte ein Kabel zu dem Computer am Lenker. »Dann leg mal los«, forderte die Club-Managerin Kim auf und drückte ein paar

Knöpfe auf dem Display. »Ist die Sattelhöhe so in Ordnung?«
»Ich glaube schon.« Kim schlüpfte in die an den Pedalen befestigten Schlaufen. Dann begann sie zu treten. Es ging ganz leicht und Kim legte noch einen Zahn zu. Dieser Rita würde sie es zeigen! Und all den anderen durchtrainierten Tussis auch. So ein bisschen Radfahren schaffte sie doch mit links!
»Fang lieber langsam an«, sagte Marie warnend. »Sonst geht dir nachher die Puste aus. Zehn Minuten können ganz schön lang werden.«
Kim winkte ab. »Ach was, das Tempo kann ich locker halten.«
Sie trat kräftig in die Pedale und sah sich dabei verstohlen um. Auf den anderen Rädern trainierten ein paar Mädchen, die alle wesentlich langsamer fuhren als sie. Kim grinste. Vielleicht war sie ja doch nicht so unsportlich, wie sie gedacht hatte.
Nach einer Weile begannen sich kleine Schweißtropfen auf ihrer Stirn zu sammeln und ihr Atem ging schneller. Sie wischte sich mit der Hand über das Gesicht, ohne das Tempo zu verlangsamen. Schließlich wollte sie sich vor all den Supersportlerinnen keine Blöße geben. Die zehn Minuten mussten jetzt sowieso bald rum sein. Kim warf einen schnellen Blick auf das Display – und traute ihren Augen kaum. Es waren erst drei Minuten vergangen!
Um sich abzulenken, sah Kim zu dem Fernsehbildschirm hinüber, der vor ihr von der Decke hing. Schon wieder hüpfte ein superschlankes Mädchen im eng anliegenden Body durch

das Bild und hielt einen Diät-Drink in die Kamera. Der Name des Produkts prangte in großen Buchstaben auf dem grellbunten Plastik-Shaker. Zeigten die hier eigentlich auch noch etwas anderes als diese blöde Werbung? Kim seufzte. Wenn sie doch bloß auch schon so schlank wäre …

Noch nie waren Kim zehn Minuten so lang vorgekommen. Als die Zeit endlich um war, war sie schweißgebadet und ihre Beine zitterten. Beim Absteigen fiel sie fast vom Rad. Zum Glück war Marie sofort zur Stelle und stützte sie.

»Du siehst ganz schön fertig aus«, stellte Marie besorgt fest. »Alles in Ordnung?«

Kim nickte und ließ sich auf einen Stuhl vor dem Schreibtisch plumpsen. Sie wartete, bis sich ihr Herzschlag wieder etwas normalisiert hatte. »Mannomann!«, schnaufte sie. »Ich hätte nicht gedacht, dass Fahrradfahren so anstrengend sein kann.«

Rita las Kims Werte vom Display ab und trug sie in einen Bewertungsbogen ein. Dann setzte sie sich hinter den Schreibtisch. Ihr Gesicht war ernst. »Die schlechte Nachricht zuerst: Deine Werte sehen leider nicht besonders gut aus. Puls und Herzfrequenz waren während der Belastung fast durchgängig zu hoch, deine Ausdauerkapazität ist für dein Alter hingegen viel zu niedrig. Kurz gesagt: Du bist zwar dreizehn, deine Fitnesswerte sind aber die einer Dreißigjährigen.«

Kim merkte, wie sie knallrot anlief. »Du meine Güte«, murmelte sie. »Das hört sich ja nicht so gut an.« Sie warf einen schnellen Blick zu den Mädchen an den Trainingsgeräten hinüber. Hoffentlich hatten sie Ritas Einschätzung nicht ge-

hört. Es musste schließlich nicht gleich das ganze Studio mitbekommen, dass Kim beim Fitnesstest total versagt hatte. Das wäre wirklich oberpeinlich!
»Sind Sie sicher, dass die Werte stimmen?«, hakte Marie nach, die neben Kim Platz genommen hatte. »So unfit ist Kim nun auch wieder nicht. Vielleicht hat Ihr Computer da etwas durcheinandergebracht.«
Auf Ritas Stirn erschien eine steile Falte und ihre Stimme klang plötzlich kühl. »Der Computer bringt nie etwas durcheinander. Die Werte sind hundertprozentig verlässlich.« Dann wandte sie sich an Kim und war wieder die Freundlichkeit in Person. »Aber es gibt auch eine gute Nachricht: Es ist nie zu spät, sein Leben zu ändern und ein sportlicher Mensch zu werden. Durch regelmäßiges Training kannst du deine Werte innerhalb von wenigen Wochen erheblich verbessern – und überflüssige Fettpolster durch Muskeln ersetzen. Zu diesem Zweck erstellen wir nun gemeinsam deinen individuellen Trainingsplan. Um dich nicht zu überlasten, beginnst du am besten mit einem leichten Ausdauertraining …«

Eine Stunde später trat Kim erschöpft aus der Umkleidekabine. Nachdem Marie zu einer Probe mit ihrer Theater-AG abgedüst war, hatte Kim gemeinsam mit Rita ihren Trainingsplan fertiggestellt. Er bestand aus regelmäßigem Kraft- und Ausdauertraining sowie einem Cycling- und einem Bodystyling-Kurs und wurde durch Sauna- und Wellness-Einheiten ergänzt.
Dann hatte Rita ihr gezeigt, wie die verschiedenen Geräte

funktionierten und welche Einstellungen für Kim optimal waren. Jetzt schwirrte ihr der Kopf von all den neuen Informationen. Außerdem merkte sie die ungewohnte körperliche Beanspruchung in jedem einzelnen Muskel. Wahrscheinlich würde sie morgen vor lauter Muskelkater nicht mehr laufen können …

Rita erwartete sie bereits am Empfang. »So, jetzt musst du nur noch das Anmeldeformular unterschreiben«, sagte sie und hielt Kim ein Blatt hin. »Dann erhältst du deine persönliche Chipkarte und natürlich unser tolles Begrüßungspaket.« Kim unterschrieb das Formular und Rita lächelte ihr zu. »Prima! Willkommen im Club, Kim. Alles Weitere wird Mareike mit dir regeln. Ich habe leider gleich den nächsten Termin und muss mich darum jetzt verabschieden.«

Rita schüttelte Kim zum Abschied die Hand und widmete sich dann der nächsten Neukundin, einer Frau mittleren Alters, die bereits auf einem großen Ledersofa in der Eingangshalle wartete.

Mareike war die grimmig blickende Angestellte, die Kim vorhin schon im Trainingsraum aufgefallen war. Im Kopf notierte sie sich automatisch die Personenbeschreibung: weiblich, 16 bis 17 Jahre alt, circa ein Meter fünfundsechzig groß, vollschlank, Stupsnase, blaue Augen, braune Haare, Pferdeschwanz, insgesamt eher unauffällige Erscheinung.

Mareike reichte Kim mit mürrischem Gesicht eine Plastikkarte. »Mit der Chipkarte kommst du durch das Drehkreuz am Eingang und kannst die Schließfächer im Umkleideraum benutzen.« Dann bückte sie sich und wühlte eine Weile hinter dem Empfangstresen herum. Als sie wieder auf-

tauchte, hielt sie einen schwarzen Rucksack in der Hand, der mit dem knallroten Club-Logo bedruckt war. »Und hier ist dein Begrüßungspaket.«
»Vielen Dank.« Kim griff nach dem Rucksack. Er war ziemlich schwer. »Was ist denn dadrin?«
»Drei verschiedene Fitness-Riegel, eine Probepackung Diät-Shake, ein Sportsdrink und ein *Rita's Gym*-Handtuch«, zählte Mareike gelangweilt auf.
Kim grinste. »Na, das hört sich ja richtig vielversprechend an. Wie schmecken diese Fitness-Riegel denn so?«
»Scheußlich«, antwortete Mareike, ohne mit der Wimper zu zucken. »Wie schon mal gegessen und verdaut.« Sie sah sich schnell nach Rita um, aber die war außer Hörweite und gerade voll und ganz mit der neuen Kundin beschäftigt. »An deiner Stelle würde ich die Dinger sofort in den Müll schmeißen. Dieses ganze Fitness-Futter bringt überhaupt nichts und ist außerdem sauteuer. Damit wollen sie dir hier nur das Geld aus der Tasche ziehen.«
Kim sah Mareike überrascht an. »Tatsächlich? Na ja, aber immerhin hab ich die Riegel ja geschenkt bekommen. Von Geld aus der Tasche ziehen kann da wohl kaum die Rede sein …«
»Das ist ein Trick«, raunte Mareike ihr verschwörerisch zu. »Damit wollen sie dich ködern, damit du das Zeug hinterher selbst kaufst. Du solltest dich am besten gar nicht erst auf diesen Fitness-Quatsch einlassen. Wenn du Sport machen willst, geh lieber woandershin. Hier wirst du nur ausgenommen wie eine Weihnachtsgans. Oder noch Schlimmeres …«

Kim runzelte die Stirn. »Was meinst du mit ›noch Schlimmeres‹? Und warum arbeitest du überhaupt hier, wenn du alles so furchtbar findest?«
Doch ehe Mareike antworten konnte, tauchte Rita hinter ihr auf. Sie warf ihrer Angestellten einen strengen Blick zu. »Wie lange brauchst du denn noch, Mareike? Wenn du hier fertig bist, bring Frau Müller-Maihoff und mir bitte einen Kaffee. Und dann machst du mit dem Reinigen der Geräte weiter. Wie oft soll ich dir noch sagen, dass du nicht fürs Herumtrödeln bezahlt wirst?« Den letzten Satz zischte sie so leise, dass Kim Mühe hatte, ihn zu verstehen.
Mareike wurde rot vor Ärger und schien Rita am liebsten an die Gurgel springen zu wollen. Doch Rita sah sie nur kühl an, bis Mareike schließlich den Blick senkte, sich auf dem Absatz umdrehte und wütend davonstürmte. Kim entging nicht das zufriedene Lächeln, das um Ritas Lippen spielte, als sie zu ihrer neuen Kundin zurückkehrte.
Nachdenklich verließ Kim das Studio. Mareike schien sich wirklich nicht besonders gut mit Rita zu verstehen. Warum wohl? Und was hatte ihre merkwürdige Warnung zu bedeuten?
Kim hatte das sichere Gefühl, dass bei *Rita's Gym* etwas ganz und gar nicht stimmte …

Mareike macht sich verdächtig

Detektivtagebuch von Kim Jülich
Mittwoch, 19:21 Uhr

Nun trainiere ich schon seit zwei Wochen regelmäßig im Studio – und so langsam zeigen sich die ersten Erfolge. Hatte heute meinen ersten Zwischen-Check-up mit Rita und sie meinte, meine Fitnesswerte seien schon wesentlich besser geworden. Hurra! Ich bin auf dem besten Weg, eine richtige Sportskanone zu werden. Wer hätte das gedacht. Bin total stolz!
Habe leider wegen des Termins mit Rita das letzte Clubtreffen versäumt und kann deswegen diesmal kein Sitzungsprotokoll schreiben. Franzi und Marie haben sich im Café Lomo *getroffen – die Heizung im Hauptquartier funktioniert immer noch nicht. Ich glaube, Franzi war etwas sauer, weil ich heute keine Zeit für das Clubtreffen hatte. Vor allem, als ich ihr gesagt habe, dass ich stattdessen ins Studio gehe. Sie hat mich richtig angezischt: »Du bist ja schon fast so schlimm wie Chrissie! Ihr seid beide total im Fitnesswahn!«*
Chrissie ist auch Mitglied bei »Rita's Gym«. Sie geht fast jeden Tag ins Studio – was ich eigentlich ziemlich bewundernswert finde.
So oft schaffe ich es nicht. Darum hat Chrissie auch schon zwei Kilo abgenommen und ich erst ein halbes. Aber immerhin, ich bin auf dem richtigen Weg. Das sagt Rita auch. Sie hat mich heute sehr gelobt und meinte, so eine hoch motivierte Neukundin wie mich hätte sie lange nicht mehr erlebt.
Ich finde es total ungerecht, dass Franzi mich so angeblafft hat –

bloß weil ich ein Mal nicht zum Clubtreffen kommen kann. Wie oft hat sie denn schon gefehlt, weil sie sich unbedingt um ihr geliebtes Pony Tinka kümmern musste? Von Marie und ihren tausend Terminen gar nicht zu reden. Die beiden erwarten immer von mir, dass ich für alles Verständnis habe und den Club am Laufen halte. Aber wenn ich ausnahmsweise einmal etwas anderes vorhabe, werde ich gleich angeschnauzt. Echt fies! Außerdem kann man ja wohl noch lange nicht von Fitnesswahn reden, nur weil ich ein bisschen trainiere und etwas für meinen Körper tue, oder?
Doch vielleicht war Franzi ja auch deshalb so genervt, weil wir immer noch keinen neuen Fall haben. Und ein Detektivclub ohne Fall ist wie eine Suppe ohne Salz: einfach nur langweilig. Aber ehrlich gesagt kommt mir unsere Auftragsflaute im Moment ganz gelegen, weil ich mich so ganz auf mein Training konzentrieren kann. Rita meint, wenn ich weiter so regelmäßig trainiere, kann ich meine Ausdauerleistungen noch erheblich steigern. Inzwischen finde ich sie eigentlich richtig nett. Sie motiviert mich ständig und gibt mir jede Menge Tipps. Zum Beispiel, dass das Training viel effektiver wird, wenn man eine halbe Stunde vorher einen Fitness-Riegel isst. Weil man dann einfach mehr Power hat und jede Menge Kalorien abgebaut werden. Ich hab das gleich mal ausprobiert und hatte wirklich das Gefühl, dass das Training mehr gebracht hat. Klasse, oder?!
Leider haben die Fitness-Riegel aus meinem Begrüßungspaket nicht besonders lange gereicht. Darum habe ich mir gestern ein Zehnerpack gekauft – und bin fast in Ohnmacht gefallen, als es ans Bezahlen ging. Die Dinger sind wirklich irre teuer! Mein

gesamtes Taschengeld ist dafür draufgegangen. Aber was soll's, das ist es mir wert. Besser, als das Geld für Gummibärchen, Kakao Spezial *oder andere Kalorienbomben auszugeben.*
Als ich die Fitness-Riegel gestern bei Mareike bezahlt habe, hat sie mich richtig angefaucht: »Kaufst du jetzt etwa auch diesen Schrott? Lass dir doch nicht jeden Mist aufschwatzen!«
Da bin ich echt sauer geworden. Was bildet sich die dumme Kuh eigentlich ein? Ist doch meine Sache, wofür ich mein Geld ausgebe. Das habe ich ihr auch gesagt. Und dass ich mich bei Rita beschweren werde, wenn sie mich noch mal so blöd von der Seite anmacht.
Da ist sie richtig schnippisch geworden. »Ist mir doch egal, was Rita von mir denkt. Ich lass mich jedenfalls nicht von ihr und ihrem freundlichen Getue einwickeln, so wie alle anderen. Ich kenne nämlich ihr wahres Gesicht …«
Natürlich wurde ich sofort hellhörig und fragte: »Was willst du denn damit sagen?«
Da tat Mareike auf einmal ganz harmlos. »Gar nichts. Du würdest mir ja sowieso nicht glauben, so toll, wie du Rita findest. Aber eins sag ich dir, die wird noch ihr blaues Wunder erleben …«
In dem Moment kam leider eine andere Kundin herein, so dass ich nicht noch einmal nachhaken konnte. Mareike scheint wirklich einen richtigen Hass auf Rita zu haben. Aber ob sie tatsächlich etwas gegen sie plant? Oder war das nur eine leere Drohung? Offenbar übertreibt Mareike gerne ein bisschen. An ihrer düsteren Warnung vom ersten Tag war schließlich auch nichts dran.
Ich glaube, die gute Mareike spinnt ein bisschen. Aber ich werde

sie in nächster Zeit trotzdem im Auge behalten. Man kann nie wissen …

Zwei Tage später verließ Kim nach dem Training mit feuchten Haaren die Umkleidekabine und stürmte den Flur entlang in Richtung Ausgang. Sie war spät dran. Wegen des für heute anberaumten Clubtreffens hatte sie extra ihr Training etwas verkürzt und auf den Cycling-Kurs verzichtet, den sie sonst immer am Freitagnachmittag besuchte. Eigentlich passte es ihr gar nicht, dass ihr Trainingsplan wegen des Clubtreffens durcheinandergeriet. Aber sie hatte schließlich schon das letzte Treffen geschwänzt, da konnte sie heute nicht schon wieder fehlen.

Kim überlegte gerade, ob sie nachher eine Runde joggen gehen sollte, um die verlorene Trainingszeit wieder aufzuholen, als sie an Ritas Büro vorbeikam. Die Tür war nur angelehnt. Kim blieb stehen und zögerte kurz. Eigentlich musste sie so schnell wie möglich los, Marie und Franzi warteten bestimmt schon auf sie. Aber Kim wollte Rita unbedingt noch nach den Diät-Shakes fragen, von denen sie ihr bei ihrem letzten Gespräch erzählt hatte. Die sollten in Verbindung mit regelmäßigem Training wahre Wunder bewirken und die Kilos nur so wegschmelzen lassen. Natürlich war das Getränkepulver nicht ganz billig. Aber Kim hatte keine Lust mehr, wochenlang auf ihre Idealfigur zu warten. Bisher hatte sie trotz eifrigen Trainings leider nicht so viel abgenommen, wie sie gehofft hatte. Das war ganz schön frustrierend. Und warum sollte man nicht ein bisschen nachhelfen, wenn es die Möglichkeit dazu gab?

Entschlossen ging Kim auf Ritas Büro zu. Marie und Franzi würden es bestimmt überleben, wenn sie fünf Minuten später kam. Kim stieß die Tür auf – und blieb vor Überraschung wie erstarrt stehen. Rita war nirgendwo zu sehen. Stattdessen stand Mareike hinter dem Schreibtisch und hielt verschiedene Papiere in der Hand. Als sie Kim erblickte, lief sie knallrot an.
»Was machst du denn hier?«, fragte Kim verdutzt. »Weiß Rita, dass du in ihren Sachen herumwühlst?«
Mareike ging sofort in Verteidigungshaltung. »Ich wühle nicht in Ritas Sachen herum! Ich soll ihr Büro sauber machen und räume gerade den Schreibtisch ab, damit ich besser Staub wischen kann.«
Kim runzelte die Stirn. »Und warum hast du dann keinen Putzeimer dabei? Oder wenigstens ein Staubtuch?«
Mareike warf Kim einen ärgerlichen Blick zu. »Was geht dich das an? Wird das jetzt etwa ein Verhör, oder was?!«
»Keineswegs.« Kim blieb ganz ruhig. »Ich frage mich nur, wie du ohne Putzzeug das Büro sauber machen willst.«
»Wenn du es genau wissen willst: Ich wollte das Putzzeug gerade holen«, behauptete Mareike und kam auf Kim zu, die immer noch in der Tür stand. »Lässt du mich jetzt durch oder willst du mich noch länger von der Arbeit abhalten?«
»Bitte sehr«, sagte Kim übertrieben höflich und trat einen Schritt zur Seite. Mareike stürmte an ihr vorbei, verschwand im Putzraum und knallte die Tür hinter sich zu.

»Und was ist dann passiert?«, fragte Franzi gespannt, als Kim ihr und Marie eine halbe Stunde später von Mareikes merkwürdigem Verhalten erzählte.
Kim zuckte mit den Schultern. »Nichts. Dann habe ich mich auf mein Fahrrad gesetzt und bin hierher zu Marie gedüst, um noch halbwegs pünktlich zu kommen.«
»Du warst aber trotzdem zwanzig Minuten zu spät«, stellte Marie fest. »Wenn du so weitermachst, hast du mich und Franzi in Sachen Unpünktlichkeit bald um Längen geschlagen. Seit du ins Fitness-Studio gehst, kommst du ständig zu spät. Dabei warst du doch sonst immer die Pünktlichkeit in Person!«
»Diesmal konnte ich wirklich nichts dafür«, verteidigte sich Kim und nahm einen Schluck von ihrem Mineralwasser. »Schließlich war ich mit Ermittlungen beschäftigt.«
»Kim hat Recht«, sagte Franzi und griff in die Keksschale, die Marie auf den Wohnzimmertisch gestellt hatte. Sie angelte sich einen Schokoladenkeks und steckte ihn sich in den Mund. »Warum hast du eigentlich nicht gleich dieser Rita Bescheid gesagt?«
Kim zuckte erneut mit den Schultern. »Keine Ahnung. Ich war mir nicht sicher, ob Mareike nicht vielleicht doch die Wahrheit sagt. Könnte doch sein, dass sie wirklich nur das Büro putzen wollte.«
Franzi schüttelte den Kopf. »Das glaubst du doch selbst nicht! Diese Mareike hat in Ritas Büro herumgeschnüffelt, ganz klar.«
»Der Meinung bin ich auch«, stimmte Marie zu und goss

sich und Franzi Cola nach. »Die Frage ist nur, was sie dort gesucht hat.«

»Vielleicht Geld«, überlegte Franzi laut. »Als Aushilfe wird sie bestimmt nicht besonders gut bezahlt. Da hat sie die Gelegenheit genutzt, um ihren Stundenlohn ein bisschen aufzubessern.«

»Ich glaube eher, dass Mareike Rita irgendetwas anhängen will«, sagte Kim. »Sie hasst ihre Chefin regelrecht. Vielleicht hat sie nach belastendem Material oder etwas in der Art gesucht.«

»Aber das hieße ja, dass Rita oder das Studio irgendwelchen Dreck am Stecken haben«, kombinierte Marie. »Sonst gäbe es schließlich kein belastendes Material.«

»Stimmt«, sagte Franzi. »Das würde mich überhaupt nicht wundern. Ich hatte die ganze Zeit schon ein komisches Gefühl bei diesem Laden. Seit Chrissie da andauernd hinrennt, hat sie sich total verändert. Sie ist noch unausstehlicher geworden und redet nur noch von ihrer Figur und ihrem Aussehen. Jetzt will sie sich sogar wegen ihrer Stirnfalte behandeln lassen, weil sie damit angeblich völlig unmöglich aussieht. Ehrlich gesagt ist mir diese Falte noch nie aufgefallen, bevor sie davon angefangen hat. Aber unsere Eltern erlauben das natürlich sowieso nicht.«

»Mannomann, ganz schön durchgeknallt«, sagte Kim und schüttelte ungläubig den Kopf.

»Musst du gerade sagen! Du bist doch auch total im Fitnesswahn, seit du in dieses blöde Studio gehst«, sagte Franzi vorwurfsvoll. »Trinkst keine Cola mehr, lässt ständig unsere Clubtreffen sausen und hast nur noch dein Training

und deine Idealfigur im Kopf. Das ist doch nicht normal!«
»Jetzt mach aber mal einen Punkt«, sagte Kim. Sie merkte, wie die Wut in ihr hochstieg. »Bloß weil ich mich nicht mehr ständig mit Cola volllaufen lasse und regelmäßig Sport mache, bin ich noch lange nicht im Fitnesswahn. Und ich habe bisher nur ein einziges Clubtreffen versäumt, weil ich da einen wichtigen Termin mit Rita hatte. Willst du mir das jetzt etwa die nächsten hundert Jahre vorhalten?«
Franzi wollte etwas erwidern, aber Marie hob beschwichtigend die Hände. »Hört auf zu streiten, Mädels! Das bringt doch nichts.«
»Ich versuche nur, Kim wieder zur Vernunft zu bringen«, murmelte Franzi. »Immer nur Sport, Mineralwasser und Fitness-Riegel – was ist denn das für ein Leben?«
»Das lass mal meine Sorge sein«, sagte Kim. »Ob du's glaubst oder nicht – ich fühle mich viel wohler, seit ich nicht mehr so viel Süßes esse und regelmäßig Sport mache.«
Leider knurrte in diesem Moment Kims Magen. Sie hatte zum Mittagessen nur ein bisschen Salat gegessen, um sich vor dem Training nicht unnötig zu belasten. Nun bekam Kim plötzlich einen Bärenhunger und warf einen sehnsüchtigen Blick zur Keksschale hinüber. Aber sie blieb hart. Statt sich einen ihrer Lieblingsschokoladenkekse zu nehmen, holte sie einen Fitness-Riegel aus ihrem Rucksack. Rita hatte ihr erklärt, dass das die optimale Zwischenmahlzeit war: Ein Riegel hatte nur 135 Kalorien, enthielt wichtige Vitamine und Aminosäuren und gab für Stunden neue Power.
»Dass du dieses eklige Zeug überhaupt runterkriegst!« Franzi

verzog das Gesicht. »Igitt!« Dann angelte sie sich noch einen Schokokeks.

Kim tat so, als hätte sie Franzis Bemerkung nicht gehört, und biss in den Riegel. Wenn sie ganz ehrlich sein sollte, hätte sie jetzt auch lieber einen Keks gegessen, aber das behielt sie für sich. Genauso wie die Tatsache, dass sie vorhatte, demnächst den einen oder anderen Diät-Shake in ihren Speiseplan einzubauen.

Im Moment war sie leider absolut pleite. Ihr gesamtes Taschengeld war ja für die Zehnerpackung Fitness-Riegel draufgegangen. Ob Marie ihr vielleicht etwas leihen konnte? Sie bekam ungefähr dreimal so viel Taschengeld, wie sie ausgeben konnte. Und sie hatte wesentlich mehr Verständnis für Kims Wunsch nach einer Idealfigur als Franzi. Kim beschloss, Marie bei der nächsten Gelegenheit zu fragen – unter vier Augen natürlich.

»Also, ich finde, Kim sollte diese Mareike unbedingt im Auge behalten«, sagte Marie und kam damit wieder auf das eigentliche Thema der Clubsitzung zurück. »Da ist eindeutig etwas faul.«

Franzi nickte. »Bin ganz deiner Meinung. Bei *Rita's Gym* stimmt was nicht. Und wir sollten herauskriegen, was es ist.«

»Ich glaube eher, mit dieser Mareike stimmt was nicht«, sagte Kim. »Am besten knöpfe ich sie mir morgen noch mal vor und fühle ihr ein bisschen auf den Zahn.«

»Heißt das, wir haben einen neuen Fall?«, fragte Marie.

Kim nickte. »Sieht ganz so aus.«

»Das wurde aber auch Zeit!« Franzi seufzte erleichtert. »Ich dachte schon, wir bleiben ewig arbeitslos.« Sie hob ihr Glas und prostete Kim und Marie zu. »Auf unseren neuen Fall!«

Zwei Colagläser und ein Wasserglas klirrten gegeneinander, als Franzi, Marie und Kim miteinander anstießen. Für einen kurzen Moment waren sie wieder ein Herz und eine Seele.

Geheimaktion im Schillerpark

Kim sah es sofort, als sie am Samstagnachmittag vor dem Studio vom Fahrrad stieg. An der Außenfassade prangten zwei riesige Graffiti-Schriftzüge. *Nieder mit dem Schlankheitswahn!* und *Hier wird nur dein Geldbeutel schlanker!*, stand in großen, knallroten Buchstaben an der Wand direkt neben dem Haupteingang.
Als Kim die Empfangshalle betrat, stand Rita mit wütendem Gesicht hinter dem Tresen und bellte ins Telefon: »Woher soll ich das wissen? Es ist schließlich Ihr Job, das herauszufinden. Ich will, dass diese Schmierfinken gefunden und zur Rechenschaft gezogen werden. Sachbeschädigung und Rufmord sind schließlich keine Kavaliersdelikte. Wissen Sie, was für ein Schaden unserem Studio entstehen kann, wenn durch diese Schweinerei potenzielle Neukunden abgeschreckt werden? Und Sie sagen mir, dass die Polizei nicht viel tun kann! Das ist wirklich unglaublich …«
Im Gegensatz zu Rita machte Mareike einen ausgesprochen gut gelaunten Eindruck. Sie begrüßte Kim mit einem fröhlichen »Hallo!«, ganz so, als hätte Kim sie nie beim Herumschnüffeln in Ritas Büro erwischt.
»Was ist denn hier los?«, fragte Kim, während sie in ihrer Sporttasche nach der Chipkarte suchte.
»Irgendwer hat letzte Nacht die Fassade beschmiert«, erzählte Mareike. »Rita hat Anzeige gegen unbekannt erstattet, aber die Polizei glaubt nicht, dass sie den Täter bald schnappen. Darum macht sie denen jetzt die Hölle heiß.« Mareike

nickte in die Richtung von Rita, die immer noch wütend in den Telefonhörer sprach.
»Kann ich verstehen«, sagte Kim und schüttelte den Kopf. »Ist doch echt das Letzte, einfach die Wand zu beschmieren. Wer macht denn so was?«
Mareike zuckte mit den Schultern. »Keine Ahnung. Woher soll ich das wissen?«
»Ich kenne eigentlich nur eine Person, die nicht gut auf *Rita's Gym* zu sprechen ist«, sagte Kim und sah Mareike scharf an. »Dich.«
Mareike schien für einen Moment beinahe die Fassung zu verlieren, doch dann begann sie zu lachen. »Ich? Du spinnst doch! Warum sollte ich denn so was machen? Immerhin arbeite ich hier.«
Ehe Kim das Thema vertiefen konnte, knallte Rita den Hörer auf das Telefon und zischte: »Na warte, wenn ich diese Schmierfinken erwische! Die können was erleben …« Dann wandte sie sich an Mareike. »Du schnappst dir jetzt einen Eimer und einen Lappen und machst die Fassade sauber. Diese Schmierereien müssen so schnell wie möglich verschwinden.«
»Die Mühe kann ich mir sparen«, sagte Mareike seelenruhig. »Das ist wasserfeste Sprühfarbe. Die lässt sich nicht so einfach abwaschen.«
»Ach, und woher weißt du das?«, fragte Kim sofort.
Rita runzelte die Stirn und warf Mareike einen prüfenden Blick zu. »Das würde mich allerdings auch interessieren.«
Mareike wurde rot und murmelte: »Das weiß doch jeder.

Stand neulich in der Zeitung, in einem Artikel über Graffiti.«

»Wie dem auch sei«, sagte Rita. »Dann gehst du jetzt eben in die Stadt und besorgst irgendetwas, womit man das Zeug abbekommt. Und zwar ein bisschen plötzlich!«

Mareike verließ widerwillig ihren Posten hinter dem Empfangstresen. Kim hatte endlich ihre Chipkarte gefunden, ging durch das Drehkreuz und machte sich auf den Weg zum Umkleideraum. In ihrem Kopf fuhren die Gedanken Karussell. Wer hatte es auf das Fitness-Studio abgesehen? Ob Mareike hinter den Schmierereien steckte? Immerhin hatte sie sich ziemlich verdächtig benommen. Kim beschloss, ihr nachher noch einmal auf den Zahn zu fühlen. Aber jetzt war erst einmal verschärftes Training angesagt. Kim hatte sich vorgenommen, bis Ende nächster Woche mindestens ein hartnäckiges Kilo überflüssigen Hüftspeck loszuwerden.

Als Kim den Umkleideraum betrat, stieß sie fast mit Chrissie zusammen, die gerade in einem hautengen Gymnastikanzug aus der Tür stürmte.

»Kannst du nicht aufpassen?«, schimpfte Chrissie. »Ich hab's eilig, gleich fängt die Bodystyling-Stunde an.«

»Sorry, hab dich nicht gesehen«, entschuldigte sich Kim. Chrissie war heute noch unerträglicher als sonst. Normalerweise ignorierte sie Kim einfach, wenn sie ihr im Studio begegnete. Wahrscheinlich fand sie es unter ihrer Würde, mit der Freundin ihrer jüngeren Schwester zu reden. Aber Kim wusste, wie sie Chrissie ihr arrogantes Getue heimzahlen konnte.

»Gegen deine Stirnfalte hilft aber auch der beste Bodystyling-Kurs nichts«, sagte sie spitz. »Dass du dich damit überhaupt noch auf die Straße traust …«
Chrissie warf ihr einen wütenden Blick zu und zog sich schnell ein paar Ponyfransen in die Stirn. »Ihr werdet euch alle noch wundern!«, zischte sie. »Wenn ich die blöde Falte erst mal los bin, starte ich endlich meine Model-Karriere!«
»Da musst du wohl noch ein bisschen warten«, stellte Kim fest. »Oder haben dir deine Eltern inzwischen erlaubt, zum Schönheitschirurgen zu gehen?«
»Nein«, gab Chrissie zu. »Aber ich finde schon noch einen Weg, verlass dich drauf!« Sie warf Kim einen triumphierenden Blick zu und ließ sie dann einfach stehen. Kim sah ihr kopfschüttelnd nach. Mit der Schwester war Franzi wirklich gestraft!
Als Kim nach dem Training aus dem Studio kam, leuchteten die Schmierereien immer noch knallrot auf der grauen Außenfassade. Offenbar hatte Mareike mit ihren Säuberungsversuchen keinen großen Erfolg gehabt. Wenn sie es überhaupt ernsthaft versucht hatte. Kim hatte das sichere Gefühl, dass ihr nicht besonders viel daran gelegen war, die Schriftzüge möglichst schnell zu entfernen – eher im Gegenteil. Ob Mareike die Wand besprüht hatte, um Rita eins auswischen? Aber weswegen? Und wie konnte man ihr das nachweisen?
Während Kim vor dem Studio stand und grübelnd die beschmierte Fassade betrachtete, hörte sie plötzlich jemanden hinter der Hausecke leise sprechen. Die Stimme kam ihr bekannt vor und Kim spitzte die Ohren.

»Es ist wirklich sehr wichtig! Ich habe Informationen, die Sie bestimmt interessieren werden … Ja, genau, es geht um das Fitness-Studio *Rita's Gym* … Das kann ich am Handy nicht sagen. Könnten wir uns nicht persönlich treffen? … Prima! Wie wär's um sechs Uhr im Schillerpark? Am Osttor? … Alles klar, dann bis gleich.«

Zwei Sekunden später schlenderte Mareike hinter der Hausecke hervor. Sie steckte gerade ihr Handy weg und zuckte erschrocken zusammen, als sie Kim erblickte.

»Was machst du denn hier?«, fragte sie und warf Kim einen misstrauischen Blick zu.

Kim versuchte ein harmloses Gesicht zu machen. »Nichts, wieso? Ich bin gerade erst aus der Tür gekommen.« Sie nickte zur Außenfassade hinüber. »Die Farbe ist ganz schön hartnäckig, was?«

»Allerdings. Die geht nicht so schnell wieder ab.« Mareike konnte ein winziges zufriedenes Lächeln nicht ganz verbergen. Sie warf einen Blick auf ihre Armbanduhr. »Sorry, aber ich muss los, bin noch verabredet.«

»Ich auch.« Kim ging zu ihrem Fahrrad und klemmte die Sporttasche auf den Gepäckträger. »Tschüss dann!«

»Tschüss«, antwortete Mareike zerstreut und verschwand im Studio.

Kim stieg auf ihr Rad und fuhr los. Sobald sie sicher war, dass man sie vom Studio aus nicht mehr sehen konnte, hielt sie an und holte ihr Handy heraus. Sie musste so schnell wie möglich Franzi und Marie alarmieren. Jetzt war sich Kim ganz sicher, dass Mareike hinter den Schmierereien steckte. Und offenbar hatte sie noch mehr geplant. Mit wem sie sich wohl gerade verabredet hatte? Es gab nur eine Möglichkeit, das herauszufinden: Die drei !!! mussten um sechs Uhr ebenfalls beim Schillerpark sein und das geheime Treffen beobachten.

Zum Glück erreichte Kim Marie und Franzi sofort. Es dauerte nur wenige Minuten, ihnen von den neuesten Entwicklungen zu berichten und sie zum Schillerpark zu bestellen. Als Kim anschließend weiterradelte, klopfte ihr Herz vor Aufregung. Endlich waren die drei !!! wieder im Einsatz!

Zehn Minuten später hatten sich die drei Detektivinnen hinter einem Gebüsch im Park verschanzt und ließen das Osttor nicht aus den Augen.

»Hoffentlich kommt Mareike pünktlich«, murmelte Kim und rieb sich die erstarrten Finger. »Wenn ich noch lange hier in der Kälte hocke, verwandele ich mich garantiert in einen Eisklotz.«

Sie hatten Glück. Um Schlag sechs bog Mareike auf ihrem Fahrrad um die Ecke. Sie bremste direkt vor dem Osttor, sprang vom Rad und sah sich suchend um.

»Runter!«, zischte Kim und duckte sich. Gut, dass es schon dunkel war, sonst hätte Mareike sie hinter dem kahlen Busch wahrscheinlich sofort entdeckt.

»Mann, die hat sich ja richtig vermummt«, stellte Marie fest und beobachtete, wie sich Mareike ihre dunkle Wollmütze noch tiefer ins Gesicht zog. Mund und Nase waren hinter einem grauen Schal versteckt.

»Stimmt. Offenbar will sie nicht erkannt werden«, sagte Franzi.

»Vielleicht hat sie ja Angst, dass Rita zufällig vorbeikommt und sie bei ihrem konspirativen Treffen überrascht«, flüsterte Kim. »Ich wüsste zu gerne, was Mareike vorhat!«
»Das werden wir gleich erfahren«, sagte Marie und nickte zu der belebten Geschäftsstraße hinüber, die zum Park führte.
Ein Mann überquerte die Straße und ging zielstrebig auf Mareike zu. Kim fertigte im Kopf sofort eine Personenbeschreibung an, um sie später in ihr Detektivtagebuch übertragen zu können: männliche Person, 50 bis 60 Jahre alt, klein und dick, langer, schwarzer Mantel, Glatze, schwarze Aktentasche.
Mehr konnte Kim leider nicht erkennen, weil Mareike und ihr Gesprächspartner zu weit weg waren. Sie unterhielten sich eine Weile, dann gingen sie durch das Osttor ein Stück in den Park hinein, der um diese Uhrzeit einsam und verlassen in der Dunkelheit lag. Offenbar wollten sie nicht zusammen gesehen werden. Direkt vor dem Busch, hinter dem die drei Detektivinnen hockten, blieben sie stehen.
»Auf keinen Fall!«, zischte der Mann gerade. »Das kommt gar nicht in Frage!«
»Aber warum denn nicht?«, fragte Mareike. Ihre Stimme hatte einen verzweifelten Unterton. »Bitte, Herr Seibold! Ich hab Ihnen doch schon gesagt, dass ...«
»Es interessiert mich nicht, was du zu sagen hast«, unterbrach sie Herr Seibold. »Du verschwendest meine Zeit. Ich frage mich wirklich, warum ich mich überhaupt auf dieses Treffen eingelassen habe ...« Er schüttelte ärgerlich den Kopf.

In diesem Moment spürte Kim, dass ihr rechter Fuß eingeschlafen war. So ein Mist! Ausgerechnet jetzt! Sie versuchte stillzuhalten, aber es kribbelte wie verrückt. Schließlich verlagerte Kim ihr Gewicht vorsichtig auf das andere Bein. Dabei trat sie versehentlich auf einen Zweig. Das Knacken klang in der Stille so laut wie ein Pistolenschuss. Herr Seibold zuckte zusammen und sah zu dem Busch hinüber, hinter dem sich die drei !!! versteckten. Kim bewegte keinen Muskel und hielt den Atem an. Ob Herr Seibold ihre Umrisse im Dunkeln erkennen konnte? Hoffentlich kam er nicht näher, um nachzusehen, was das Geräusch verursacht hatte.

Vielleicht war es das schlechte Wetter, das die drei Detektivinnen rettete. Denn in diesem Moment fuhr ein eisiger Windstoß durch den Park und leichter Schneeregen setzte ein. Herr Seibold schlug seinen Mantelkragen hoch und versenkte die Hände in den Taschen.

»Hiermit erkläre ich unser Gespräch für beendet«, sagte er entschieden. »Ich habe wirklich nicht die geringste Lust, bei diesem Mistwetter für nichts und wieder nichts draußen in der Kälte herumzustehen.«

Er ging mit schnellen Schritten zurück zum Osttor und verschwand um die Ecke, ohne sich von Mareike zu verabschieden. Mareike sah ihm mit hängenden Schultern nach. Dann verließ sie ebenfalls den Park, holte ihr Fahrrad und fuhr langsam davon.

»Puh, das war knapp!«, seufzte Franzi und kam hinter dem Busch hervor. »Ich dachte schon, dieser Seibold würde sich gleich auf uns stürzen.«

»Warum musstest du auch so herumzappeln?«, fragte Marie und warf Kim einen vorwurfsvollen Blick zu. »Sonst hast du doch auch keine Probleme mit dem Stillsitzen.«
»Kims Bewegungsdrang kommt bestimmt vom vielen Fitnesstraining.« Franzi kicherte. »Ihr Körper ist es einfach nicht mehr gewohnt, länger als fünf Minuten stillzuhalten.«
»Haha, sehr witzig. Wenn du's genau wissen willst: Mein Fuß ist eingeschlafen.« Kim kam ebenfalls hinter dem Busch hervor und warf Franzi einen ärgerlichen Blick zu. Warum musste sie sich eigentlich ständig über ihr Training lustig machen? Kim belastete vorsichtig das rechte Bein und verzog das Gesicht, als das Blut schmerzhaft in den Fuß zurückfloss.
»Ist ja gerade noch mal gut gegangen«, sagte Marie versöhnlich. »Aber viel schlauer sind wir jetzt immer noch nicht. Oder habt ihr kapiert, worum es bei dem Gespräch zwischen Mareike und diesem Herrn Seibold ging?«
Franzi schüttelte den Kopf. »Keine Ahnung. Aber dieser Seibold war ganz schön genervt. Was immer Mareike von ihm wollte, es hat ihm offenbar nicht gefallen.«
»Ich werde nachher mal ein bisschen im Internet recherchieren«, sagte Kim und hüpfte von einem Bein aufs andere, um ihren Fuß wieder aufzuwecken. »Vielleicht kriege ich ja heraus, wer dieser Herr Seibold ist. Und morgen treffen wir uns zu einer Lagebesprechung, okay?« Sie sah auf ihre Armbanduhr. »Mist, ich muss los. Wenn ich zu spät zum Abendbrot komme, meckert meine Mutter wieder ewig herum. Sie ist sowieso schon sauer, weil ich in der letzten Englischarbeit schon wieder nur eine Drei geschrieben habe.«
»Verstehe ich nicht.« Franzi schüttelte den Kopf, während

sie neben Kim und Marie über den schneebedeckten Asphaltweg zurück zum Osttor ging. »Meine Eltern wären froh, wenn ich in Englisch endlich mal eine Drei schreiben würde.«

»Deine Mutter ist ja auch keine Lehrerin.« Kim seufzte. »Jetzt will sie sogar jeden Tag meine Hausaufgaben kontrollieren und mich regelmäßig Vokabeln abfragen. Ist das nicht der Hammer? Schließlich gehe ich nicht mehr in die Grundschule!«

Marie sah Kim mitleidig an. »Vielleicht macht deine Mutter gerade eine schwierige Phase durch. Das gibt sich bestimmt wieder.«

»Na hoffentlich ...«, murmelte Kim.

Sie waren bei ihren Fahrrädern angelangt, die gut versteckt hinter einem Zeitungskiosk standen. Die Straße hatte sich inzwischen geleert. Als Kim gerade ihr Fahrrad aufschloss, fiel ihr Blick auf ein Pärchen, das trotz des immer stärker werdenden Schneeregens ganz gemächlich an den Büro- und Geschäftshäusern vorbeischlenderte. Das Mädchen trug eine auffällige, feuerrote Mütze, unter der sich blonde Locken hervorkringelten. Sie hatte sich bei dem Jungen eingehakt. Kim schluckte. Trotz der Dunkelheit und der Entfernung erkannte sie den Jungen sofort. Sie hätte ihn jederzeit und überall wiedererkannt.

»Hey, ist das da drüben nicht Michi?«, fragte Franzi.

Marie kniff kurz die Augen zusammen, dann nickte sie. »Stimmt. Aber wer ist denn dieses Mädchen neben ihm? Ich glaube nicht, dass ich die schon mal gesehen habe. Kennst du sie, Kim?«

Kim schüttelte den Kopf. Sagen konnte sie nichts, weil ein dicker Kloß in ihrem Hals saß. Sie starrte wie hypnotisiert zu Michi und dem Mädchen hinüber. Jetzt beugte sich das Mädchen zu ihm, murmelte etwas in sein Ohr und lachte. Michi lachte ebenfalls. Die beiden wirkten sehr vertraut miteinander und unterhielten sich angeregt. Das heißt, eigentlich redete nur das Mädchen und Michi hörte zu. Sie waren so in ihr Gespräch vertieft, dass sie Kim, Marie und Franzi gar nicht bemerkten. Kim fiel auf, dass das Mädchen ausgesprochen gut aussah. Sie war einen halben Kopf kleiner als Michi, trug modische Fellstiefel, einen mit Pailletten bestickten Jeansrock und einen taillierten Wollblazer, der ihre gute Figur betonte. Natürlich war sie gertenschlank. Kim seufzte. So perfekt würde sie nie aussehen. Nicht einmal, wenn sie Tag und Nacht im Fitness-Studio trainierte und literweise Diät-Shakes in sich hineinkippte.
Kim räusperte sich. »Keine Ahnung«, krächzte sie, als Michi mit seiner Begleiterin hinter der nächsten Straßenecke verschwunden war. »Ich hab die Tussi auch noch nie gesehen.« Ihre Stimme gehorchte ihr nicht richtig und sie spürte, wie Marie ihr einen aufmerksamen Blick zuwarf.
»Vielleicht war das ja eine Mitschülerin von ihm«, sagte Marie schnell. »Oder eine Verwandte. Ist bestimmt alles ganz harmlos.«
Franzi schüttelte den Kopf. »Das glaubst du doch selbst nicht! Hast du nicht gesehen, wie sie ihn angehimmelt hat? Das war garantiert seine Freundin.«
Franzis Worte trafen Kim wie Faustschläge in den Magen. Ihr wurde plötzlich schwindelig und sie hatte das Gefühl,

den Boden unter den Füßen zu verlieren. Sie kam sich vor wie in ihrem schlimmsten Albtraum. Bloß dass sie nicht aufwachen würde. Denn das hier war kein Traum, sondern Wirklichkeit. Michi hatte eine Freundin!
»Alles in Ordnung mit dir, Kim?«, fragte Marie besorgt.
Kim nickte. »Sorry, aber ich muss jetzt wirklich los!« Sie schnappte sich ihr Fahrrad und düste davon.
»Morgen Nachmittag um drei bei mir!«, rief Franzi ihr nach. »Okay?«
Aber Kim antwortete nicht. Sie trat wie eine Wilde in die Pedale. Bloß weg hier! Sie wollte jetzt niemanden sehen und mit niemandem sprechen. Während sie durch den Schneeregen nach Hause fuhr, vermischten sich auf ihren Wangen die kalten Schneeflocken mit heißen Tränen.

Ein klarer Fall?!

Geheimes Tagebuch von Kim Jülich
Samstag, 20:54 Uhr
Heute ist eindeutig der schlimmste Tag meines Lebens. Ich kann es immer noch nicht richtig glauben, dabei habe ich es doch mit eigenen Augen gesehen: Michi hat eine Freundin!
Ich bin vorhin fast in Ohnmacht gefallen, als er plötzlich die Straße entlanglief. Und an seinem Arm hing diese gut aussehende Blondine mit einer völlig peinlichen knallroten Mütze auf dem Kopf. Total aufgetakelt und superschlank. Die hatte bestimmt noch nie in ihrem Leben Gewichtsprobleme und kennt Süßigkeiten höchstens aus der Werbung. Wahrscheinlich ernährt sie sich nur von Luft und Liebe. Dass Michi ausgerechnet auf so eine abfährt, hätte ich wirklich nicht gedacht.
Vor lauter Frust habe ich mein Diät-Programm unterbrochen und mir gerade eine ganze Tüte Gummibärchen reingezogen. Das waren bestimmt mindestens tausend Kalorien. Mist! Wenn ich mich so wenig im Griff habe, ist es natürlich kein Wunder, dass ich nicht abnehme. Andererseits: Will ich das überhaupt? Wenn Michi sowieso schon vergeben ist, kann ich doch eigentlich auch als dicke Planschkuh durch die Gegend laufen, oder?
Nein, nein, nein! Ich darf gar nicht erst anfangen, so zu denken. Und ich darf mich wegen Michi nicht so hängenlassen. Schließlich will ich nicht nur seinetwegen abnehmen, sondern auch meinetwegen. Weil ich mich einfach besser fühle, wenn ich ein paar Kilo leichter bin. Zumindest hoffe ich das.

Außerdem – wer weiß, wie lange das mit Michi und diesem Rotkäppchen hält. Vielleicht ist in ein paar Tagen ja schon wieder Schluss. Obwohl Michi eigentlich nicht der Typ für eine flüchtige Affäre ist. Aber man kann nie wissen. Statt gleich beim ersten Rückschlag aufzugeben, sollte ich lieber um ihn kämpfen. Genau! Ich werde Michi zurückerobern! Und zwar mit einem Sechs-Punkte-Plan:
Punkt 1: *Noch mehr trainieren, um schlank und muskulös zu werden.*
Punkt 2: *Gleich morgen eine Vorratspackung Diät-Shake kaufen, die alle überflüssigen Pfunde im Nu zum Schmelzen bringt. (Vorher Geld auftreiben! Taschengeldvorschuss von Mama oder Marie fragen!)*
Punkt 3: *Keine Gummibärchen mehr!*
Punkt 4: *Schokolade sowieso nicht!*
Punkt 5: *Neue, trendige Klamotten kaufen, Schminken lernen (evtl. Stilberatung bei Marie!)*
Punkt 6: *Sobald Michi in der Nähe ist, distanziert und selbstbewusst wirken (das soll eine Frau interessant und begehrenswert machen, hab ich irgendwo gelesen …)*

»Wahnsinn, du bist ja endlich mal wieder pünktlich!«, begrüßte Franzi Kim, als sie ihr am Sonntagnachmittag die Tür öffnete. »Musst du heute gar nicht zum Training?«
»Bin schon fertig«, antwortete Kim knapp und stellte ihre Sporttasche im Flur ab.
Sie war gleich nach dem Mittagessen ins Studio gefahren und hatte sich zwei Stunden lang abgerackert, um sich die Gummibärchen von gestern wieder abzutrainieren. Dann

war sie trotz Schneetreibens und einer Außentemperatur von fünf Grad minus mit dem Fahrrad zu Franzi hinausgefahren. Busfahren war bis auf weiteres gestrichen. Jedes bisschen Bewegung verbrannte schließlich Kalorien. Jetzt war Kim allerdings völlig durchgefroren und hatte überhaupt keine Lust auf Franzis dumme Sprüche.
Zum Glück kam in diesem Moment Frau Winkler, Franzis Mutter, aus der Küche und lächelte Kim zu. »Hallo, Kim! Schön, dass du dich auch mal wieder bei uns blickenlässt. Möchtest du ein Stück Kuchen? Ich habe gerade Kirschkuchen gebacken, er ist noch warm.«
Kim schnupperte. Tatsächlich, es roch eindeutig nach frischem Kuchen. Frau Winkler konnte super backen und Kim lief das Wasser im Mund zusammen, als sie an ein großes Stück ofenwarmen Kirschkuchen dachte, auf dem die Sahne zerfloss …
Aber sie beherrschte sich. Es kam gar nicht in Frage, dass sie sich alle Kalorien, die sie sich gerade mühsam abtrainiert hatte, mit einem einzigen Stück Kuchen wieder anfraß.
»Nein danke«, sagte sie. »Ich hab gerade erst Mittag gegessen.«
Frau Winkler nickte ihr freundlich zu. »Wenn du später noch Appetit bekommst, bedien dich einfach. Der Kuchen steht in der Küche. Wollt ihr euch noch ein paar Kekse mit rübernehmen? Oder eine Kanne heißen Tee? Im Schuppen ist es doch bestimmt fürchterlich kalt. Ich verstehe wirklich nicht, warum ihr euch nicht lieber in dein Zimmer setzt, Franziska. Da ist es doch viel gemütlicher!«
Franzi verdrehte die Augen. »Wir wollen eben unsere Ruhe

haben, Mama. Außerdem ist es im Schuppen kein bisschen kalt. Stefan hat nämlich endlich den Ofen repariert und ich hab schon vorgeheizt.« Sie griff nach Kims Arm und zog sie zur Haustür. »Komm, wir gehen schon mal nach drüben. Marie kommt bestimmt gleich.«
Frau Winkler sah ihnen kopfschüttelnd nach. »Macht bloß keinen Unsinn! Ihr plant doch nicht wieder irgendwelche gefährlichen Aktionen, oder?«
»Keine Sorge!«, rief Franzi zurück. »Wir wollen nur ein bisschen quatschen!«
Kim betrat hinter Franzi den alten Pferdeschuppen und wurde von warmer, trockener Heizungsluft empfangen.
»Super, dass der Ofen wieder funktioniert!«, sagte sie und zog ihre Jacke aus.
Franzi nickte. »Ich weiß gar nicht, was Mama hat. Ist doch richtig gemütlich hier. Willst du eine Tasse Tee? Oder ist das auch gegen deine Diät-Vorschriften?«
»Nein, Tee ist in Ordnung«, sagte Kim ruhig. Sie hatte sich vorgenommen, sich nicht mehr von Franzi provozieren zu lassen. Am besten beachtete sie ihre dummen Sprüche gar nicht.
Kim setzte sich an den Tisch und sah sich im Schuppen um. Wegen der ausgefallenen Heizung und ihres täglichen Trainings war sie eine ganze Weile nicht mehr hier gewesen. Franzi hatte Recht, der Schuppen war wirklich gemütlich. Die drei Freundinnen hatten ihn in mühsamer Kleinarbeit entrümpelt, geputzt und hergerichtet. An den Fenstern hingen bunte Gardinen, auf dem Boden lag ein alter Flickenteppich und auf dem Tisch standen eine dampfende Tee-

kanne, drei Becher und eine Schale mit Keksen. An der linken Wand stand das Schmuckstück ihres Hauptquartiers, die alte Pferdekutsche, die sie blau angemalt und mit kleinen bunten Ausrufezeichen verziert hatten. Wenn sie etwas absolut Geheimes besprechen wollten, zogen sie sich in die Kutsche zurück und klappten das Verdeck hoch. So waren sie vor eventuellen Lauschangriffen geschützt.
Franzi goss gerade Tee in die Becher, als Marie hereinstürmte. Ihre Wangen leuchteten rot von der Kälte.
»Hallo, Leute, entschuldigt die Verspätung«, begrüßte sie ihre Freundinnen und ließ sich auf einen Stuhl fallen. »Ich war noch mit Papa essen und das hat etwas länger gedauert. Er hat heute seinen drehfreien Tag. Beim Italiener haben wir übrigens Kommissar Peters getroffen. Ich soll euch schön grüßen!«
Kommissar Peters war ein Freund von Maries Vater und hatte den drei !!! schon mehrmals bei der Auflösung verzwickter Kriminalfälle geholfen.
»Danke!« Franzi reichte die Keksschale herum. Kim gab sie sofort an Marie weiter, ohne sich zu bedienen.
»Ich hab Kommissar Peters gefragt, ob er schon etwas wegen der Schmierereien am Fitness-Club herausbekommen hat«, berichtete Marie. »Aber er meinte, dass er mit dem Fall nichts zu tun hat. Das macht ein Kollege von ihm.«
»Klar«, sagte Franzi. »Als Kommissar beschäftigt er sich natürlich nicht mit solchem Kleinkram.«
»Wie sollen wir denn jetzt weiter vorgehen?«, fragte Marie. »Hat jemand eine Idee?«
»Ich hab gestern Abend noch ein bisschen im Internet re-

cherchiert und ein paar sehr interessante Dinge über diesen Herrn Seibold herausbekommen«, erzählte Kim und nahm einen Schluck von ihrem Tee. »Ihr werdet es nicht glauben, aber Heinz Seibold gehört der Fitness-Club *To Be Fit!* in der Südstadt.«

»Na, so was!«, rief Marie. »Das kann ja nun wirklich kein Zufall sein, oder?«

Kim schüttelte den Kopf. »Das glaube ich auch nicht. Aber wartet erst mal ab, es kommt noch dicker. *To Be Fit!* scheint es finanziell nicht besonders gut zu gehen. Die Mitgliederzahlen sind in den letzten Jahren kontinuierlich zurückgegangen und auf der Homepage des Studios häufen sich die Beschwerde-Zuschriften von Clubmitgliedern.«

»Das ist ja interessant«, sagte Franzi. »Und worum geht es da?«

»Einer hat sich zum Beispiel beschwert, weil die Fitnessgeräte total veraltet sind und keine neuen angeschafft werden«, antwortete Kim. »Außerdem fallen ständig die Aerobic-Kurse aus, weil nicht genug Trainer da sind. Einmal ist offenbar sogar der Strom abgestellt worden, weil Herr Seibold die Stromrechnung nicht bezahlt hatte.«

»Also, wenn ihr mich fragt, klingt das ganz so, als würde *To Be Fit!* kurz vor der Pleite stehen«, folgerte Marie und blies in ihre dampfende Teetasse.

Kim nickte. »Den Eindruck hatte ich auch.«

»Und was heißt das jetzt für unseren Fall?«, fragte Franzi. »Ich hab immer noch keinen blassen Schimmer, was dieses geheime Treffen gestern zu bedeuten hatte. Ob Mareike Herrn Seibold nach einem Job gefragt hat? Immerhin scheint sie sich ja bei *Rita's Gym* nicht besonders wohlzufühlen. Aber Herr Seibold hat abgelehnt, weil er kein Geld hat, um neue Leute einzustellen. So könnte es doch gewesen sein, oder?«

Kim schüttelte den Kopf. »Das passt doch alles nicht zusammen. Warum hat sie dann am Handy von wichtigen Informationen geredet, die sie für Herrn Seibold hat?«

»Vielleicht müssen wir den Fall von einer ganz anderen Seite aufrollen«, sagte Marie. »Überlegt doch mal! Was würdet ihr machen, wenn euer Fitness-Studio kurz vor der Pleite steht und die Mitglieder zur Konkurrenz überlaufen?«

»Ich würde gar nicht erst auf die Idee kommen, mir ein Fitness-Studio zuzulegen«, murmelte Franzi.

Marie seufzte. »Darum geht's doch jetzt gar nicht. Du sollst es dir schließlich nur vorstellen!«

Kim dachte angestrengt nach. »Vielleicht würde ich versuchen die Konkurrenz auszuschalten, damit mein eigener Laden wieder besser läuft. Zum Beispiel mit gezielten Sabotageakten wie Graffitis an den Wänden.« Plötzlich begannen ihre Augen aufgeregt zu glitzern. »So langsam kapiere ich, was hier läuft. Mareike wollte keinen Job von Herrn Seibold – sie arbeitet bereits für ihn!«

»Du meinst, Mareike hat die Schmierereien im Auftrag von Herrn Seibold an die Fassade gesprüht?«, fragte Franzi ungläubig.

Kim nickte. »Na klar! Dieser Seibold macht sich mit so was bestimmt nicht selbst die Finger schmutzig. Darum hat er Mareike angeheuert, um die Drecksarbeit für ihn zu erledigen. Mit ihrer Hilfe will er die Konkurrenz ausschalten, um sein eigenes Studio zu retten. Die Frage ist nur, warum sich die beiden gestern gestritten haben.«

»Vielleicht ging es ja um Geld«, überlegte Marie laut und trank einen Schluck Tee.

Kim machte ein nachdenkliches Gesicht. »Gut möglich. Vielleicht wollte Mareike plötzlich mehr Geld, als vereinbart war. Sie hat irgendwann mal davon geredet, dass sie ständig pleite ist.«

»Das klingt zwar alles ganz plausibel, aber leider können wir Mareike und diesem Seibold nichts nachweisen«, stellte Franzi fest.

»Mist!«, schimpfte Kim. »Wir hätten das Gespräch im Park mit unserem Richtmikrofon aufnehmen sollen, dann hätten wir jetzt etwas gegen die beiden in der Hand.«

»Keine Panik«, sagte Marie. »Wir werden sie früher oder später auch so festnageln.«

»Am besten knöpfe ich mir Mareike gleich morgen vor und rede Klartext mit ihr«, beschloss Kim. »Dann soll sie entweder freiwillig zu Rita gehen und ihr alles beichten, oder ich werde Rita informieren. Wer weiß, was Mareike sonst noch anstellt. Wir dürfen kein Risiko eingehen.«

Franzi nickte langsam und machte ein nachdenkliches Gesicht. »Stimmt. Nachher manipuliert sie noch die Geräte und es wird jemand verletzt.«

»Dann ist es also beschlossene Sache«, sagte Marie. »Kim kümmert sich darum, dass Mareikes Tarnung auffliegt und sie bei *Rita's Gym* kein Unheil mehr anrichten kann.«

»Und wenn Mareike aufgeflogen ist, geht es diesem sauberen Herrn Seibold ebenfalls an den Kragen«, sagte Franzi zufrieden. »Ich hätte nicht gedacht, dass wir den Fall so schnell aufklären würden.«

»Wart's erst mal ab«, unkte Kim. »Noch ist es nicht so weit. Irgendwie werde ich das Gefühl nicht los, dass noch mehr hinter der Sache steckt …«

Streit im Studio

Am Montag wollte sich Kim sofort nach dem Mittagessen auf den Weg ins Studio machen. Sie musste unbedingt mit Mareike reden, ehe diese eine neue Sabotageaktion starten konnte.

»Willst du etwa schon wieder ins Fitness-Studio?«, fragte Frau Jülich, als Kim mit geschulterter Sporttasche die Treppe hinunterkam. »Du hast doch gestern erst trainiert. Ich finde, du übertreibst es ein bisschen. Du solltest lieber etwas mehr Zeit in die Schule investieren. Hast du deine Hausaufgaben schon gemacht?«

»Wir haben heute nichts auf«, antwortete Kim wahrheitsgetreu.

»Und was ist mit den Englisch-Vokabeln?«, wollte Frau Jülich wissen. »Ihr schreibt doch morgen einen Vokabeltest, wenn ich mich richtig erinnere.«

Kim seufzte. Wenn es um schulische Dinge ging, hatte ihre Mutter leider ein phänomenales Gedächtnis. »Die Vokabeln lerne ich nachher, okay?«, sagte sie. »Nach dem Sport kann ich mich sowieso viel besser konzentrieren.«

In diesem Moment schoss ein Fußball über das Treppengeländer im ersten Stock und flog nur ein paar Millimeter an Frau Jülichs Kopf vorbei. Kims Mutter zuckte zusammen.

»Ben! Lukas!«, rief sie ärgerlich. »Wie oft hab ich euch schon gesagt, dass ihr im Haus nicht Fußball spielen sollt?«

Sie schnappte sich den Ball und stürmte die Treppe hinauf, um den Zwillingen eine Standpauke zu halten. Kim nutzte die Ablenkung, um weiteren unangenehmen Fragen zu entgehen und unbemerkt zu verschwinden. Dabei grinste sie in sich hinein und bedankte sich im Stillen bei den Zwillingen für ihre unfreiwillige Hilfe. Manchmal waren kleine Brüder eben doch ganz nützlich!

Auf dem Weg zum Studio versuchte sie, sich innerlich auf das Gespräch mit Mareike vorzubereiten. Doch als sie den Club betrat, stand nicht Mareike hinter dem Empfangstresen, sondern eine andere Angestellte.

»Arbeitet Mareike heute gar nicht?«, fragte Kim.

»Doch, aber sie ist gerade bei der Chefin. Kann ich dir vielleicht weiterhelfen?« Die Angestellte lächelte ihr freundlich zu.

Kim schüttelte den Kopf und passierte mit ihrer Chipkarte das Drehkreuz. »Nein danke, nicht nötig.«

Auf dem Weg zum Umkleideraum kam Kim an Ritas Büro vorbei. Durch die angelehnte Tür konnte sie Ritas Stimme hören. Sie klang ungewöhnlich laut und aufgebracht. Kim blieb unwillkürlich stehen und spitzte die Ohren.

»Ich sollte dich auf der Stelle anzeigen! Wände mit verleumderischen Parolen zu beschmieren ist schließlich kein Kavaliersdelikt. Das ist Sachbeschädigung! Weißt du eigentlich, was dir für eine Strafe blüht, wenn ich dich der Polizei übergebe?«

Jetzt ertönte Mareikes Stimme. Sie war viel leiser als Ritas und zitterte. »Bitte zeigen Sie mich nicht an! Meine Eltern drehen durch, wenn ich Ärger mit der Polizei kriege. Ich komme auch für den Schaden auf, den ich angerichtet habe!«

»Ach ja? Und wie willst du das anstellen?«, fragte Rita höhnisch. »Du hast doch bereits jede Menge Schulden beim Studio.«
»Ich werde jeden Cent abarbeiten. Zur Not mache ich eben Doppelschichten.«
»Bei dem Schuldenberg brauchst du selbst mit Doppelschichten Jahre, um alles abzuarbeiten«, sagte Rita. »Ich denke, ich rufe jetzt doch besser die Polizei.«
»Nein! Nicht!«, rief Mareike. »Wenn Sie mich anzeigen, verrate ich der Polizei, womit hier im Studio das richtig große Geld verdient wird. Und dann sitzen Sie ganz schön in der Patsche.« Die letzten Worte zischte sie so leise, dass Kim sie kaum verstand. Mareikes Stimme hatte plötzlich einen bedrohlichen Unterton bekommen.
»Ich fasse es nicht! Versuchst du etwa gerade, mich zu erpressen?«, rief Rita wütend. »Ich warne dich, leg dich lieber nicht mit mir an! Außerdem hast du keinerlei Beweise.«
»Stimmt«, gab Mareike zu. »Aber wenn ich der Polizei einen Tipp gebe, wird es garantiert Nachforschungen geben. Und das wäre gar nicht gut für den Ruf den Studios.«
»Du kleines Miststück!«, schnauzte Rita Mareike an. »Was glaubst du eigentlich, wer du bist?« Sie hielt einen Moment inne, dann fuhr sie mit ruhigerer Stimme fort. »Na gut, diesmal werde ich Gnade vor Recht ergehen lassen und auf eine Anzeige verzichten. Aber wehe, du versuchst noch einmal, dem Studio zu schaden. Keine krummen Dinger mehr, klar? Und kein Sterbenswörtchen zu niemandem über das, was du hier gesehen hast. Sonst informiere ich sofort die Polizei. Hast du das verstanden?«

»Ja, alles klar«, murmelte Mareike widerwillig.
»Und jetzt gehst du nach draußen und entfernst endlich diese furchtbaren Schmierereien«, befahl Rita. »Du arbeitest heute so lange, bis auch der letzte Rest Farbe von der Mauer verschwunden ist.«
»Aber das schaffe ich nie an einem Nachmittag!«, beschwerte sich Mareike. »Außerdem muss ich um fünf weg.«
»Das hättest du dir vorher überlegen sollen«, sagte Rita kalt. »Na los, worauf wartest du noch? An die Arbeit – und zwar ein bisschen plötzlich.«
Kim hörte Schritte und konnte sich gerade noch rechtzeitig hinter dem Getränkeautomaten in Sicherheit bringen, bevor Mareike aus Ritas Büro schoss und wütend die Tür hinter sich zuschlug. Ihr Gesicht war knallrot und ihre Augen waren verquollen. Offenbar hatte sie geweint.
»So eine hundsgemeine Mistkuh!«, murmelte sie, als sie am Getränkeautomaten vorbei in Richtung Ausgang stapfte.
Kim sah ihr verwirrt hinterher. Sie überlegte gerade, ob sie Mareike folgen sollte, als sich die Tür noch einmal öffnete und Rita auf den Flur trat. Ihr Gesicht war undurchdringlich und zeigte nicht die geringste Spur von Wut oder Ärger. Wenn Kim das Gespräch nicht mit eigenen Ohren gehört hätte, wäre sie nie auf die Idee gekommen, dass Rita sich gerade heftig mit Mareike gestritten hatte.
Als Rita Kim erblickte, setzte sie ihr professionelles Kundenbetreuungslächeln auf und flötete: »Hallo, Kim! Du willst wohl den Preis als fleißigste Kundin des Monats gewinnen, was? Kann ich dir irgendwie helfen?«
Kim schüttelte den Kopf. »Nein, danke.« Sie zeigte auf

den Getränkeautomaten. »Ich wollte mir nur gerade einen Energy-Drink holen, aber ich hab leider nicht genug Kleingeld.«
»Kein Problem, ich wechsel dir was«, sagte Rita. »Komm mit zur Kasse, das haben wir gleich.«
Nachdenklich folgte Kim der Studio-Chefin zum Empfangstresen. Obwohl Rita jetzt wieder die Freundlichkeit in Person war, war Kim auf der Hut. Sie wusste nun, dass Rita auch noch ein ganz anderes, sehr viel unangenehmeres Gesicht hatte.

Detektivtagebuch von Kim Jülich
Montag, 17:15 Uhr
Jetzt ist es amtlich: Mareike hat die Parolen auf die Fassade des Fitness-Clubs gesprüht. Wir hatten also tatsächlich den richtigen Riecher. Aber deswegen ist der Fall noch lange nicht aufgeklärt. Im Gegenteil, im Moment ist alles undurchsichtiger denn je.
Komischerweise wusste Rita nämlich schon, dass Mareike die Täterin ist. Ich habe mitbekommen, wie sich die beiden heftig deswegen gestritten haben. Wie Rita wohl dahintergekommen ist?
Aber noch merkwürdiger ist, dass Rita Mareike nicht bei der Polizei angezeigt hat. Offenbar hat Mareike irgendetwas gegen das Studio in der Hand. Habe leider nicht mitbekommen, was. Doch ich bin mir ganz sicher, dass hier der Schlüssel zur Lösung des Falls liegt.
Außerdem hat Mareike offenbar Schulden beim Studio. Wir müssen unbedingt herauskriegen, weshalb. Das könnte aller-

dings ein hartes Stück Arbeit werden. Freiwillig erzählt uns Mareike bestimmt nichts. Ich wollte heute nach dem Training mit ihr reden, als sie gerade dabei war, die Schmierereien zu entfernen. Aber sie hat total abgeblockt. Hat nur wie eine Wilde an der Fassade herumgeschrubbt und ist überhaupt nicht auf meine Fragen eingegangen. Sie vertraut mir nicht, weil sie denkt, dass ich auf Ritas Seite bin. Ich habe keine Ahnung, wie ich an sie herankommen soll.

Aus Rita werde ich auch nicht richtig schlau. Den Kunden gegenüber ist sie immer wahnsinnig nett und zuvorkommend, aber beim Streit mit Mareike ist sie heute zu einer richtigen Furie geworden. Ich hätte nicht gedacht, dass sie so hart und gemein sein kann. Obwohl ich natürlich verstehen kann, dass sie wegen der Schmierereien sauer auf Mareike ist. Alles sehr merkwürdig.

Werde jetzt erst mal Franzi und Marie anrufen und sie über die neuesten Entwicklungen in unserem Fall informieren. Die werden sich wundern! Und dann muss ich die blöden Englisch-Vokabeln für den Test morgen lernen. Mama will mich nachher noch abfragen. Igitt!

Geheimes Tagebuch von Kim Jülich
Dienstag, 18:05 Uhr
Habe mit dem Sechs-Punkte-Plan begonnen und mir eine Wochenpackung Diät-Shakes gekauft. Allerdings kann ich noch keine großen Erfolge feststellen, obwohl ich mich nun schon seit drei Tagen fast ausschließlich von dem Zeug ernähre. Aber meine Jeans sitzen immer noch genauso eng wie vorher. Dabei steht auf der Packung, dass man in einer Woche garantiert min-

destens sechs Pfund abnimmt, wenn man viermal am Tag ein Glas trinkt. Mir hängt das Zeug jetzt schon zum Hals raus. Schmeckt wie eingeschlafene Füße. Dabei habe ich extra Erdbeergeschmack genommen, weil ich Erdbeeren eigentlich total gerne mag. Aber dieses Diät-Zeug schmeckt nur nach Chemie. Eigentlich eine Unverschämtheit, wenn man bedenkt, wie teuer es ist. Ich hab mir das Geld von Marie geliehen. Allerdings hab ich ihr nicht erzählt, wofür ich es brauche. Ich will nicht, dass sie auch noch anfängt, dumme Sprüche zu machen, so wie Franzi. Außerdem soll der Sechs-Punkte-Plan mein Geheimnis bleiben. Das geht niemanden etwas an, nicht einmal Franzi und Marie! Dann ist es auch nicht so schlimm, wenn der Plan nicht funktioniert und ich mich total lächerlich mache.

Zum Glück hat Marie keine Fragen gestellt. Sie hat einfach einen Fünfzig-Euro-Schein aus ihrem Portemonnaie geholt und ihn mir in die Hand gedrückt. Echt nett von ihr! Die Schulden muss ich jetzt von meinem Taschengeld abstottern. Ganz schön teuer, so eine Idealfigur!

Habe Marie außerdem gestern am Telefon ganz beiläufig gefragt, wie das mit dem Schminken so funktioniert. Sie hat mir ein paar super Tipps gegeben. Ich habe es sofort ausprobiert (mit Mamas Schminksachen, ich selbst hab gar keine). Sah leider nicht so toll aus. Die Wimperntusche ist total verschmiert und der Lidschatten war viel zu kräftig. Ich sah aus wie ein Papagei! Na ja, was soll's. Ich werde einfach so lange üben, bis ich es kann. Und dann fällt Michi glatt in Ohnmacht vor Begeisterung, wenn er mich sieht. Und die dumme Rotkäppchen-Tussi ist Vergangenheit. Ha!

Na dann prost!

»Endlich Freitag!«, seufzte Kim, als sie in der zweiten großen Pause mit Franzi auf dem Schulhof stand und an einer Mohrrübe knabberte. »Ich dachte schon, die Woche geht nie zu Ende!«

»Denk dran, dass wir heute Nachmittag Clubtreffen haben«, erinnerte sie Franzi. »Du kommst doch, oder?«

Kim nickte. »Klar. Ich muss aber vorher noch zum Training.«

»Hätte ich mir ja denken können.« Franzi verdrehte die Augen. »Aber wenn du sowieso schon im Studio bist, versuch doch noch mal, mit Mareike zu reden. Solange wir nicht wissen, was sie gegen Rita in der Hand hat, kommen wir keinen Schritt weiter.«

»Keine Chance«, sagte Kim bedauernd. »Aus der kriege ich nichts heraus. Spätestens seit ich letzte Woche die Diät-Shakes gekauft habe, bin ich bei ihr komplett unten durch.«

Franzi runzelte die Stirn. »Du hast Diät-Shakes gekauft? Warum das denn?«

Kim hätte sich am liebsten auf die Zunge gebissen. So ein Mist, jetzt hatte sie sich verplappert! »Ach, ich wollte nur mal ausprobieren, wie das Zeug schmeckt. Außerdem gab's das gerade im Sonderangebot«, antwortete sie nicht ganz wahrheitsgetreu.

Franzi schüttelte den Kopf. »Ich fass es nicht! Du entwickelst dich immer mehr zu einer zweiten Chrissie. Die trinkt auch ständig diese Shakes, obwohl sie es überhaupt nicht nötig hat abzunehmen – genau wie du übrigens. Aber das glaubst du mir ja sowieso nicht.« Franzi sah Kim eindringlich an. »Langsam mache ich mir ernsthafte Sorgen um dich. Es kommt mir fast so vor, als hätten sie dir im Fitness-Studio so eine Art Gehirnwäsche verpasst. Du bist in letzter Zeit nur noch auf deine Figur und aufs Abnehmen fixiert. Das ist doch nicht normal!«

»Quatsch«, sagte Kim. »Jetzt übertreibst du aber! Mach dir keine Sorgen, mit mir ist alles in Ordnung.«

Franzi sah nicht sonderlich überzeugt aus, aber zum Glück beendete die Pausenklingel in diesem Moment das Gespräch, so dass Kim sich nicht weiter rechtfertigen musste.

»Noch zwei Stunden, dann ist Wochenende«, freute sich Franzi, während sie neben Kim das Schulgebäude betrat.

Kim verzog das Gesicht. »Aber vorher hab ich leider noch eine Doppelstunde Englisch. Wir kriegen heute den Vokabeltest zurück. Mist, den hab ich bestimmt verhauen!«

Franzi klopfte ihr aufmunternd auf die Schulter. »Ach was, wird schon nicht so schlimm werden. Und selbst wenn – schließlich ist es nur ein blöder Vokabeltest.«

Kim seufzte. Sie wünschte, ihre Mutter würde das auch so locker sehen …

Als Kim nachmittags das Fitness-Studio betrat, stand Chrissie gerade am Empfangstresen und war in ein Gespräch mit Rita vertieft. Kaum kam Kim näher, verstummten die beiden.

»Sorry, ich wollte nicht stören«, sagte Kim. »Aber ich hab eine Frage wegen der Diät-Shakes.«

Rita lächelte. »Kein Problem. Wir waren sowieso gerade fertig.« Sie wandte sich an Chrissie. »Mach dir keine Sorgen, wir kriegen das schon hin. Ich sag dir Bescheid, sobald ich Genaueres weiß, okay?«

Chrissie strahlte Rita an. »Toll, vielen Dank, Rita! Das ist echt irre nett von dir!« Dann tänzelte sie zu den Laufbändern hinüber, ohne Kim eines Blickes zu würdigen. So gut gelaunt hatte Kim Franzis Schwester schon seit Wochen nicht mehr gesehen.

»Worum ging's denn gerade?«, fragte Kim neugierig.

Täuschte sie sich, oder wurde Ritas Lächeln plötzlich eine Spur kälter?

»Ach, nicht so wichtig«, antwortete Rita und winkte ab. »Chrissie hat sich nur nach einer besonderen Schönheitsbehandlung erkundigt, die nicht ganz billig ist. Aber wir geben unseren Stammkunden natürlich gerne Kredit. Das gehört bei uns zum Service.«

»Hat das Studio Mareike auch Kredit gegeben?«, rutschte es Kim heraus.

Rita sah sie scharf an. »Mareike? Wieso? Wie kommst du denn darauf?«

»War nur so eine Vermutung«, sagte Kim schnell, um ihren Fehler wieder auszubügeln. »Weil sie immer so viel hier arbeitet.«

»Mareike hat sich finanziell in der Tat etwas übernommen«, stellte Rita fest. »Ich kenne niemanden, der so viel Geld für Fitness-Riegel und Diät-Shakes ausgegeben hat wie sie. Und unsere Fitnessprodukte sind nun mal nicht ganz billig.«

»Mareike hat Fitnessprodukte gekauft?«, fragte Kim ungläu-

big. Damit hatte sie nach Mareikes abfälligen Bemerkungen nun wirklich nicht gerechnet.
»Tja, man sieht es ihr nicht an, stimmt's?« Ritas Mundwinkel kräuselten sich spöttisch. »Bei manchen Menschen liegt das Übergewicht eben in den Genen, da helfen selbst die besten Diät-Produkte nichts.« Als sie Kims bestürztes Gesicht sah, fügte sie schnell hinzu: »Aber bei dir ist das natürlich nicht so. Wie kommst du denn mit dem Erdbeer-Diät-Shake zurecht? Die Wochenpackung müsste ja inzwischen bald aufgebraucht sein. Möchtest du eine neue kaufen? Probier doch mal Banane, das trinke ich selbst auch immer. Ist wirklich sehr lecker!«
Kim schüttelte den Kopf. »Vielen Dank, aber mein Getränkepulver reicht noch für ein paar Tage. Außerdem hab ich im Moment kein Geld für eine neue Packung.«
»Aber das ist doch überhaupt kein Problem!« Rita schob Kim zur Sitzecke hinüber, drückte sie aufs Sofa und nahm neben ihr Platz. »Für solche Fälle haben wir schließlich unser spezielles Finanzierungsangebot für Schüler. Denn auch Schüler sollen in den Genuss eines schönen, schlanken Körpers kommen, in dem sie sich wohlfühlen.«
»Aha«, sagte Kim, die sich etwas überrumpelt fühlte. »Und wie funktioniert das?«
»Ganz einfach: Du bekommst so viel Diät-Shake-Pulver, wie du möchtest, und zahlst keinen Cent dafür«, erklärte Rita.
Kim machte ein skeptisches Gesicht. »Das klingt ja fast zu schön, um wahr zu sein. Und wo ist der Haken?«
Rita lächelte. »Es gibt keinen Haken! Natürlich musst du das

Geld später zurückzahlen, das ist ja klar. Aber weil wir wissen, dass Schüler normalerweise über keinen allzu großen finanziellen Spielraum verfügen, bieten wir auch noch eine andere Möglichkeit der Rückzahlung an. Du arbeitest einfach ab und zu hier im Studio, dann bist du deine Schulden in null Komma nichts wieder los.«

»So wie Mareike?«, fragte Kim. »Und die Mädchen, die die Lose für die Tombola in der Stadt verkauft haben?«

Rita nickte. »Ganz genau. Eine andere Möglichkeit der Schuldenreduzierung ist die Akquise von Neukunden. Für jedes neue Mitglied, das du anwirbst, werden dir dreißig Euro erlassen. Ist das nicht toll?«

Kim runzelte die Stirn. »Ich weiß nicht …«

»Ich will dich natürlich zu nichts drängen«, sagte Rita. Ihre Stimme klang zuckersüß. »Denk in Ruhe darüber nach. Aber ich finde, du solltest auf jeden Fall mit deiner Diät weitermachen. Gerade jetzt, wo erste Erfolge zu sehen sind, wäre es sehr schade, wenn du die Diät abbrichst, nur weil du einen kleinen finanziellen Engpass hast.«

»Aber das ist es ja gerade«, sagte Kim und seufzte. »Ich sehe leider überhaupt keinen Erfolg. Dabei tue ich wirklich alles, um abzunehmen: Ich gehe regelmäßig zum Training, esse keine Süßigkeiten mehr, ernähre mich so gesund wie möglich und trinke dreimal am Tag einen Diät-Shake. Kann es sein, dass das Pulver vielleicht bei manchen Menschen nicht richtig wirkt?«

Rita lächelte Kim aufmunternd zu. »Die Diät-Shakes wirken garantiert, verlass dich drauf. Auch bei dir. Du musst nur ein bisschen Geduld haben. Nach einer Woche kannst du wirklich noch keine Wunder erwarten. Aber warte erst mal ab, wie du in zwei bis drei Monaten aussiehst!«

»Zwei bis drei Monate?«, fragte Kim entsetzt. »Bis dahin bin ich ja bis über beide Ohren verschuldet!«

»Mach dir keine Sorgen«, sagte Rita. »Das kriegen wir schon hin.«

Kim fiel auf, dass sie die gleichen Worte eben schon bei Chrissie benutzt hatte. In was wollte Rita sie da hineinziehen?

Kim stand auf. »Vielen Dank für die Beratung. Ich werde es mir durch den Kopf gehen lassen.« Sie griff nach ihrer Sporttasche. »Ach ja, da fällt mir noch was ein. Ich hab mir mal die Inhaltsstoffe der Diät-Shakes angesehen. Auf der Packung steht, dass das Pulver auch Zucker enthält. Stimmt das?«

Rita gefror das Lächeln auf dem Gesicht, ihre Stimme blieb aber dennoch freundlich. »Natürlich enthält das Pulver auch Süßungsmittel, sonst wäre es nicht so wohlschmeckend.«

»Aber wenn man abnehmen will, sollte man doch eigentlich keinen Zucker zu sich nehmen, oder?«, hakte Kim nach. »Zucker macht schließlich dick.«

»Das kommt immer auf die Menge an«, erklärte Rita und stand ebenfalls auf. »Du solltest dir über die Inhaltsstoffe wirklich nicht den Kopf zerbrechen. Sie sind von führenden Wissenschaftlern sorgfältig zusammengestellt worden. Die Shakes enthalten alle wichtigen Nährstoffe. Wir beziehen die Produkte von unserem Mutterkonzern, dem auch *Rita's Gym*-Studio angehört. *Gym For You* ist Marktführer im Bereich der Fitness- und Diät-Produkte – und zwar schon seit Jahren.«

»Das ist ja alles gut und schön, aber ich würde trotzdem gerne wissen …«, fing Kim an, aber Rita unterbrach sie.

»Tut mir wirklich leid, aber ich sehe gerade, dass mein nächster Termin am Empfang schon auf mich wartet. Viel Spaß noch beim Training, Kim, und bleib weiterhin so fleißig!« Rita schenkte Kim noch ein ziemlich unterkühltes Lächeln, dann rauschte sie davon.

Kim machte sich langsam auf den Weg zum Umkleideraum. Warum hatte Rita auf ihre harmlose Frage zu den Inhaltsstoffen der Diät-Shakes so allergisch reagiert? Sie hatte Kim ja richtiggehend abgewürgt. Ob mit den Diät-Produkten irgendetwas nicht stimmte?

»Ich verstehe ja sowieso nicht, wie du das Zeug überhaupt kaufen konntest«, sagte Franzi und betrachtete mit angeekeltem Gesichtsausdruck den Erdbeerdrink, den Kim gerade in einem hohen Glas mit frischer Milch anrührte. »Guck dir doch nur mal die Farbe an! Schweinchenrosa – das ist doch reine Chemie!«

Die drei !!! hatten sich zum Clubtreffen in ihrem Hauptquartier versammelt und Kim hatte den anderen natürlich sofort von dem Gespräch mit Rita erzählt.

»Kann schon sein«, gab Kim zu. »Von den meisten Inhaltsstoffen, die auf der Packung angegeben sind, kann ich noch nicht einmal die Namen aussprechen. Aber so richtig misstrauisch bin ich erst geworden, als Rita so abweisend reagiert hat. Sie wollte eindeutig vermeiden, dass ich genauer nachfrage.« Sie reichte Franzi das Glas mit dem rosafarbenen Drink. »Bitte schön – zum Wohl.«

Franzi nahm einen kleinen Schluck und zog eine Grimasse. »Igitt! Das schmeckt ja ekelig! Total künstlich. Und ziemlich süß. Da ist garantiert jede Menge Zucker drin.«
»Lass mich auch mal probieren«, sagte Marie und schnappte sich das Glas. Sie schwenkte es fachmännisch wie eine Weinkennerin, hielt es prüfend gegen das Licht und trank schließlich ebenfalls einen Schluck. »Du hast Recht, schmeckt wirklich ganz schön süß für einen Diät-Drink.«
»So eine Gemeinheit!«, schimpfte Kim. »Das Pulver kostet ein Heidengeld – und dann ist es voller Zucker! Kein Wunder, dass ich nicht abgenommen habe!«
»Das ist Betrug, ganz klar«, stellte Franzi fest. »Damit ziehen sie den Clubmitgliedern systematisch das Geld aus der Tasche.«
»Manche Mitglieder verschulden sich sogar, um die teuren Diät-Produkte zu kaufen«, sagte Kim und erzählte von Ritas ominösem Kreditangebot. »Übrigens hab ich Rita und Chrissie heute bei einem sehr angeregten Gespräch gestört. Angeblich ging es um eine besondere Schönheitsbehandlung. Genaueres hab ich leider nicht mitgekriegt.«
Franzi runzelte die Stirn. »Hoffentlich hat sich Chrissie nicht auf irgendeinen Mist eingelassen. Sie ist momentan so verblendet von ihrem Schönheitswahn, dass ich ihr alles Mögliche zutrauen würde.«
»Bevor wir anfangen, wild herumzuspekulieren, sollten wir erst einmal die wichtigste Frage klären«, sagte Marie. »Wie können wir nachweisen, dass die Diät-Drinks reiner Betrug sind?«
»Wir müssten eine chemische Analyse der Inhaltsstoffe

durchführen«, überlegte Franzi laut. »Nur dann wissen wir wirklich, was die Drinks enthalten.«
»Also, ich bin eine totale Niete in Chemie«, gab Marie zu. »Wie sieht's bei euch aus?«
»Vergiss es«, sagte Franzi. »In der letzten Chemiearbeit hab ich eine glatte Fünf geschrieben.«
Kim schwieg. Ihr war gerade etwas eingefallen, aber sie war sich nicht sicher, ob ihr der Gedanke gefiel. »Ich wüsste vielleicht jemanden, der uns helfen könnte«, sagte sie langsam. »Obwohl …«
»Obwohl was?«, fragte Franzi. »Spuck's schon aus!«
»Na ja … Michi hat doch letztens erzählt, dass er einen Chemiebaukasten zu Weihnachten bekommen hat …« Kaum hatte Kim Michis Namen ausgesprochen, sah sie ihn auch schon wieder vor sich – mit dem blonden Rotkäppchen an seiner Seite. Sie schluckte. Vielleicht hätte sie Michi besser gar nicht erwähnt. Aber jetzt war es zu spät.
»Richtig!«, rief Franzi. »Das hatte ich ja komplett vergessen! Michi hilft uns bestimmt gerne. Am besten, wir rufen ihn gleich an.«
Franzi zückte ihr Handy. Kurze Zeit später hatte sie Michi an der Strippe und erklärte ihm, worum es ging.
»Du würdest uns wirklich sehr helfen, wenn du das Pulver analysierst«, sagte Franzi. »Wir sind nämlich alle drei totale Nieten in Chemie.« Sie lachte. »Ja, genau … Super, das ist echt nett von dir … Okay, dann bring ich dir das Pulver morgen vorbei …« Sie lachte wieder. »Ich freu mich auch. Also, bis dann!«
Kim merkte, wie es in ihr zu brodeln begann. Musste sich

Franzi denn gleich mit Michi verabreden? Und dann auch noch bei ihm zu Hause? Das passte ihr gar nicht …

Franzi grinste, während sie das Handy ausschaltete. »Michi ist echt ein netter Kerl«, stellte sie fest. »Und so was von hilfsbereit!«

»Vergiss nicht, dass er schon eine Freundin hat«, sagte Kim giftig. »Deine Flirtversuche sind also völlig nutzlos.«

Franzi zog eine Augenbraue hoch. »Flirtversuche?«, fragte sie überrascht. »Ich hab doch gar nicht mit Michi geflirtet!«

»Ach nein? Und warum hast du dann ständig so blöd gelacht? Und dich gleich bei ihm zu Hause eingeladen?«, fuhr Kim ihre Freundin an.

»Jetzt mach aber mal einen Punkt!«, sagte Franzi scharf. »Ich war nur freundlich, sonst nichts. Und dass ich ihm das Pulver vorbeibringe, ist ja wohl das Mindeste, wenn er schon so nett ist, uns zu helfen. Was ist eigentlich los mit dir?«

»Hey, keinen Streit, okay?« Marie hob beschwichtigend die Hände. »Kim hat es bestimmt nicht so gemeint. Stimmt's, Kim?«

Kim biss sich auf die Unterlippe. »Stimmt, tut mir leid. Ich hab wohl gerade etwas überreagiert.«

»Etwas ist gut!« Franzi klang immer noch empört. »Als ob ich was mit Michi anfangen würde! So ein Quatsch!«

»Na also, dann hätten wir das ja geklärt«, sagte Marie. »Jetzt warten wir erst mal ab, was Michi bei seiner Analyse herausfindet, und dann sehen wir weiter.«

Gefährliche Ermittlungen

Kim trat aus der Parfümerie, betrachtete ihr Gesicht in der Schaufensterscheibe und lächelte zufrieden. Die Kosmetikerin hatte wirklich ganze Arbeit geleistet. Das Make-up, das sie Kim aufgetragen hatte, wirkte völlig natürlich und betonte ihre braunen Augen. Erstaunlich, was ein bisschen Schminke alles bewirken konnte, wenn man richtig damit umzugehen wusste!

Kim hatte zufällig in der Zeitung von der kostenlosen Schmink-Aktion in der Parfümerie *Rose* gelesen und sofort beschlossen, diese Gelegenheit zu nutzen, um ihre katastrophalen Schminkkenntnisse ein bisschen zu verbessern. Ob sie das Make-up zu Hause auch so perfekt hinkriegen würde, war allerdings eine ganz andere Frage …

Kim wollte gerade weitergehen, als plötzlich jemand ihren Namen rief.

»Kim! Warte!«

Kim erstarrte und drehte sich dann langsam um. Vom anderen Ende der belebten Einkaufsstraße kam Michi auf sie zugerannt. Kims Herz schlug einen Purzelbaum und raste plötzlich los wie ein wild gewordenes Rennpferd. Zum Glück war Michi heute allein unterwegs. Kim hätte es nicht ertragen, ihn in trauter Zweisamkeit mit Rotkäppchen durch die Fußgängerzone schlendern zu sehen.

»Hallo, Kim!«, keuchte Michi und blieb vor ihr stehen. »Gut, dass ich dich treffe!«

Michi lächelte und Kim bekam sofort weiche Knie. Sie at-

mete einmal tief durch und rief sich den letzten Punkt ihres Sechs-Punkte-Plans ins Gedächtnis: *Sobald Michi in der Nähe ist, distanziert und selbstbewusst wirken.*
Sie musste jetzt ganz ruhig bleiben. Das neue Make-up gab ihr Selbstvertrauen und sie schaffte es, einen coolen Gesichtsausdruck aufzusetzen. Michi durfte auf keinen Fall merken, wie sehr sie sich freute, ihn zu sehen.
»Hi«, sagte Kim lässig und fuhr sich mit der Hand durch die Haare, die sie zum Glück heute früh noch gewaschen hatte. »Wie läuft's denn so?«
»Ich hab schon versucht Franzi zu erreichen, aber sie geht nicht an ihr Handy«, redete Michi drauflos. »Ich hab das Pulver analysiert, das Franzi mir vorbeigebracht hat.«
»Tatsächlich?« Kim zog eine Augenbraue hoch. »Na, das wurde aber auch Zeit.«
Michi stutzte. »Tut mir leid ... aber ich hatte ziemlich viel um die Ohren in letzter Zeit ...«
»Kann ich mir vorstellen.« Kim lächelte wissend. »Am Anfang will man ja immer jede Minute mit seiner Neuen verbringen, nicht wahr?«
Michi machte ein verwirrtes Gesicht. »Wovon redest du?«
»Leugnen ist zwecklos«, sagte Kim. »Ich hab euch neulich zusammen gesehen. Rot ist jetzt wohl deine neue Lieblingsfarbe, was?«
»Ach so, jetzt weiß ich, was du meinst!« Michi machte ein erleichtertes Gesicht. »Klar, Rot fand ich schon immer toll. Wie findest du sie denn? Hat sie dir gefallen?«
Kim merkte, wie sie wütend wurde. Wollte Michi jetzt tatsächlich von ihr wissen, wie sie seine Freundin fand?

»Geht so«, antwortete sie kühl. »Ein bisschen zu aufgedonnert für meinen Geschmack. Aber ehrlich gesagt hab ich sie mir gar nicht so genau angeschaut.«
»Also, ich finde sie einfach wunderschön!« Michis Augen bekamen einen schwärmerischen Ausdruck. »Als ich sie das erste Mal gesehen habe, wusste ich sofort: die oder keine!«
»Liebe auf den ersten Blick, was?«, fragte Kim und versuchte spöttisch zu klingen. Aber es gelang ihr nicht richtig.
Michi nickte. »Genau! Mann, ich bin so was von stolz! Hat ja auch lange genug gedauert, bis es so weit war. Willst du sie vielleicht mal sehen? Sie steht gleich hier um die Ecke.«
Kim schluckte. Michi schien tatsächlich richtig verliebt in diese blöde Rotkäppchen-Tussi zu sein! Das musste sie sich wirklich nicht länger anhören. Und persönlich kennenlernen wollte sie die dumme Kuh schon gar nicht.
»Dann lass deinen Schatz mal lieber nicht zu lange warten.« Kim versuchte ein undurchdringliches Gesicht zu machen. Michi sollte auf keinen Fall merken, wie sehr ihr seine Begeisterung zu schaffen machte. »Sorry, aber ich muss jetzt wirklich los. Hab gleich noch Training …«
Sie wandte sich zum Gehen, doch Michi hielt sie zurück. »Moment mal! Willst du denn gar nicht wissen, was bei der Analyse herausgekommen ist?«
Kim drehte sich noch einmal um. Den Fall hatte sie einen Moment lang komplett vergessen. »Doch, klar«, sagte sie schwach. »Schieß los!«
Michi zog ein Blatt Papier aus der Hosentasche und reichte es Kim. »Ich hab alle Inhaltsstoffe aufgeschrieben, die ich herausgefunden habe. Die meisten stimmen mit denen

überein, die auf der Packung angegeben sind. Auffällig sind jedoch die vielen Farbstoffe, der Geschmacksverstärker und der Traubenzucker. Für genaue Mengenangaben müsstet ihr das Pulver allerdings zur Analyse an ein richtiges Labor schicken, dafür reicht mein Chemiebaukasten nicht aus. Aber eins kann ich mit Sicherheit sagen: Besonders gesund ist das Zeug bestimmt nicht. Und für eine Diät ist es wegen des Traubenzuckers meiner Meinung nach auch nicht geeignet.«

»Na toll!«, murmelte Kim, während sie den Zettel faltete und in ihre Jackentasche steckte. »Dann hab ich mir das Zeug also für nichts und wieder nichts reingequält …«

»Sag bloß, du willst abnehmen!« Michi sah sie ungläubig an. »Das hast du doch gar nicht nötig!«

»Ach nein?«, fragte Kim spöttisch. »Erzähl mir bitte nicht, was ich nötig habe! Schließlich stehst du doch selbst auf den magersüchtigen Model-Typ!«

Dann drehte sie sich auf dem Absatz um und ließ Michi stehen, ohne sich von ihm zu verabschieden. So ein Heuchler! Warum gab er nicht wenigstens zu, dass er auf schlanke Mädchen stand? Während Kim mit gesenktem Kopf durch die Fußgängerzone eilte, blinzelte sie die Tränen weg. Ab sofort würde sie keinen Gedanken mehr an Michi verschwenden. Dieser Idiot war für sie gestorben. Sollte er doch mit seinem Rotkäppchen glücklich werden!

Als Kim ihr Fahrrad erreicht hatte, blieb sie stehen, holte ein Taschentuch heraus und putzte sich ausgiebig die Nase. Dann hob sie den Kopf und straffte die Schultern. Heulen brachte sie auch nicht weiter. Und wenn Michi auf Mädchen wie dieses Rotkäppchen abfuhr, war er sowieso keine einzige Träne wert. Am besten konzentrierte sie sich jetzt ganz auf den Fall. Das würde sie ablenken und die deprimierenden Gedanken an Michi verscheuchen. Immerhin wussten sie jetzt dank seiner Analyse, dass das Diät-Pulver tatsächlich nicht zum Abneh-men geeignet war. Aber Kim hatte das sichere Gefühl, dass das längst nicht alles war. Bei *Rita's Gym* war garantiert noch mehr faul. Und eine Person hielt offenbar alle Fäden in der Hand: Rita. Kim beschloss, sie in nächster Zeit genau im Auge zu behalten …

Als Kim wenig später ins Studio kam, war die Angestellte hinter dem Empfangstresen gerade mit Telefonieren beschäftigt.

»Tut mir leid, Rita ist nicht da … Das kann ich Ihnen leider nicht sagen, sie hat heute Nachmittag einen Außentermin … Versuchen Sie es doch einfach morgen noch mal …«

Kim passierte das Drehkreuz und ging in Richtung Umkleideraum. Als sie an Ritas Büro vorbeikam, blieb sie stehen. Wenn Rita heute einen Außentermin hatte, war das doch die ideale Gelegenheit, ihr Büro ein bisschen unter die Lupe zu nehmen, oder? Kim zögerte. Ihre Hände wurden plötzlich eiskalt und das Herz begann in ihrer Brust zu hämmern. Wenn sie entdeckt wurde, würde sie ganz schöne Schwierigkeiten bekommen. Sollte sie das Risiko wirklich eingehen?

Aber dann siegte Kims Jagdfieber über die Angst. Sie musste unbedingt herausfinden, was Rita im Schilde führte. Vielleicht hatte sie ja irgendwelche belastenden Unterlagen in ihrem Büro. Kim vergewisserte sich mit einem schnellen Blick, dass sie allein auf dem Flur war, und drückte die Türklinke hinunter. Ein Glück – die Tür war nicht abgeschlossen! Kim sah sich noch einmal um, dann schlüpfte sie in das Büro.

Trübes Winterlicht fiel in den Raum. Vor dem Fenster tanzten ein paar vereinzelte Schneeflocken. Kim sah sich um und dachte blitzschnell nach. Wo sollte sie zuerst suchen? Auf dem Schreibtisch lag ein Stapel mit säuberlich aufgeschichteten Papieren. An der Wand standen ein großer Schrank und ein Regal voller Akten.

Kim ging zum Regal, nahm einen Aktenordner heraus und blätterte ihn schnell durch. Nichts als langweilige Rechnungen. Sie stellte den Ordner wieder zurück und versuchte, den Schrank zu öffnen. Er war abgeschlossen.

Kim fluchte leise, ging zum Schreibtisch und begann den Papierstapel durchzusehen. Sie fand verschiedene Arbeitspläne, Kundenverträge und noch mehr Rechnungen. Seufzend legte sie die Papiere zurück. Das brachte sie keinen Schritt weiter.

Denk nach, Kim!, spornte sie sich an. *Wo würdest du belastendes Material verstecken? Doch bestimmt nicht mitten auf dem Schreibtisch, wo es jeder sehen kann, oder?*

Kim ging in die Hocke und öffnete nacheinander die Schreibtischschubladen. Die unterste war abgeschlossen. Kims Herz schlug noch etwas schneller und sie fuhr sich nervös mit der Zunge über die Lippen. Das war es! Hier hatte Rita ihre geheimen Unterlagen versteckt, da war sie sich ganz sicher. Aber wie sollte sie die Schublade aufbekommen?

Sie durchwühlte fieberhaft die anderen Schreibtischschubladen. In der obersten fand sie zwischen Büroklammern, Gummibändern und Hustenbonbons einen kleinen, silbernen Schlüssel. Mit zitternden Händen steckte sie ihn ins Schloss. Der Schlüssel passte!
Kim seufzte erleichtert, als die Schublade geräuschlos aufrollte und den Blick auf eine graue Aktenmappe freigab. Sie öffnete die Mappe und nahm einige Papiere heraus. Auf dem obersten Blatt prangte eine dicke Überschrift, die Kim sofort ins Auge fiel: **Die vier Stufen des Schlank-und-Schön-Programms von *Gym For You.***
Darunter stand in roten Buchstaben: »Streng vertraulich!«.
Kim runzelte die Stirn und begann zu lesen:

Erste Stufe: *Dem Kunden wird durch schlechte Werte beim Fitnesstest und indirekte Manipulation in Form von ständiger Berieselung mit TV-Werbung für Diät-Produkte suggeriert, dass er zu dick ist.*
Zweite Stufe: *Dem Kunden werden Fitness-Riegel und Energy-Drinks von Gym For You angeboten, die den Fettabbau beim Training beschleunigen sollen.*
Dritte Stufe: *Dem Kunden werden Diät-Produkte von Gym For You angeboten, um das Abnehmen zu erleichtern.*
Vierte Stufe: *Dem Kunden werden weitere hochpreisige Schönheitsbehandlungen von Gym For You wie das Wegspritzen von Falten, Fettabsaugen oder Lasertherapie angeboten.*

WICHTIG: Den Kunden immer wieder ermutigen und in seinen Bemühungen um einen schönen Körper bestärken, da-

mit er das Schlank-und-Schön-Programm nicht frustriert abbricht!

Kim starrte ungläubig auf das Blatt in ihrer Hand. Das konnte doch nicht wahr sein! Bei *Rita's Gym* wurden die Kunden offenbar systematisch manipuliert, um ihnen möglichst viel Geld aus der Tasche zu ziehen! Auf diese Weise hatte sich bestimmt auch Mareike beim Studio verschuldet. Und Kim war ebenfalls voll auf Rita und ihre freundliche Masche hereingefallen …

Plötzlich hörte Kim Schritte auf dem Flur und Ritas Stimme ertönte. »Am besten reden wir in meinem Büro weiter. Möchten Sie einen Kaffee?«

»Gerne«, antwortete eine tiefe Stimme, die Kim irgendwie bekannt vorkam. »Bei dem Mistwetter kann ich etwas Warmes wirklich vertragen.«

»Mareike!«, rief Rita. »Bring uns bitte zwei Kaffee in mein Büro!«

Schnell stopfte Kim die Papiere in die Aktenmappe zurück und schloss die Schublade. Dann sprang sie auf und sah sich panisch um. Sie musste sich verstecken – aber wo? Der Schrank war abgeschlossen und unter dem Schreibtisch hatte sie nicht genug Platz. Da fiel ihr Blick auf eine kleine Tür zwischen Schrank und Regal, die sie im allmählich schwindenden Nachmittagslicht bisher noch gar nicht bemerkt hatte.

Kim flitzte durch das Zimmer und riss die Tür auf. Dahinter lag ein kleiner, fensterloser Raum, der mit Kisten und Kartons vollgestellt war. Offenbar wurden hier die Fitnesspro-

dukte und Diät-Shakes gelagert, die im Studio verkauft wurden. Kim schlüpfte in den Raum und quetschte sich zwischen zwei Kisten.
Gerade noch rechtzeitig! Kaum hatte Kim die Tür hinter sich geschlossen, betrat Rita das Büro. Kim beobachtete durch das Schlüsselloch, wie sie das Licht anknipste und zu ihrem Schreibtisch ging. Hinter ihr kam ein Mann herein. Kim schnappte nach Luft. Heinz Seibold! Er ließ sich auf einem Stuhl vor dem Schreibtisch nieder und nahm den Kaffee in Empfang, den Mareike gerade hereinbrachte.
»Tja, so sieht man sich wieder, junges Fräulein«, sagte er und grinste hämisch. »Es war wirklich Pech für dich, dass du ausgerechnet mich bei deinen schmutzigen Machenschaften um Hilfe gebeten hast.«
»Das sind keine schmutzigen Machenschaften!«, fauchte Mareike. »Ich versuche nur, die Kunden aufzuklären, damit ihnen nicht dasselbe passiert wie mir.«
Kim konnte nicht umhin, ihren Mut zu bewundern. Sie wusste nicht, ob sie sich getraut hätte, so mit diesem schmierigen Seibold zu reden.
Rita sah Mareike streng an. »Schluss jetzt, Mareike! Hör sofort auf, meinen Geschäftspartner zu beschimpfen.«
»Geschäftspartner?«, fragte Mareike überrascht. Dann schien ihr ein Licht aufzugehen. »Ach so, jetzt verstehe ich! *Sie* haben Rita gesteckt, dass ich die Fassade besprüht habe!«
Herr Seibold machte ein zufriedenes Gesicht. »Natürlich, was denkst du denn? Ich fand unser kleines Gespräch im Schillerpark wirklich sehr interessant. Und Rita auch. Tja,

du konntest natürlich nicht wissen, dass die *Gym For You*-Holding wenige Tage vor unserem Treffen mein Studio gekauft hatte. Zu einem wirklich guten Preis, wie ich sagen muss.«

Mareike biss sich auf die Unterlippe. »Und ich dachte, Sie würden mir helfen, diesen ganzen Fitness-Schwindel auffliegen zu lassen …«, murmelte sie.

Rita lächelte triumphierend. »Wie du siehst, waren deine Bemühungen, *Gym For You* zu schaden, völlig nutzlos. Bald wird unter der fachkundigen Leitung von Herrn Seibold ein weiteres Studio in der Stadt eröffnet, das viele neue Kunden anlocken und ihnen bei ihren Bemühungen um Schönheit und ewige Jugend tatkräftig zur Seite stehen wird.« Rita und Herr Seibold lachten, während Mareike sie mit wütenden Blicken durchbohrte.

Schließlich wedelte Rita mit der Hand, als wäre Mareike eine lästige Fliege. »Du kannst jetzt gehen. Ich rufe dich, falls wir noch etwas brauchen sollten.«

Mareike drehte sich auf dem Absatz um und stürmte aus dem Büro.

Herr Seibold grinste. »Ganz schön temperamentvoll, das junge Fräulein. Hoffentlich richtet sie nicht noch mehr Unheil an.«

»Keine Sorge, Mareike habe ich unter Kontrolle«, beruhigte ihn Rita. »Sie hat jede Menge Schulden beim Studio. Und durch ihre hirnrissige Sprayaktion hat sie sich endgültig ins Abseits manövriert. Sie weiß genau, dass ich der Polizei sofort einen heißen Tipp geben werde, falls sie irgendwelche Dummheiten macht.«

Herr Seibold nickte. »Sie scheinen wirklich alles im Griff zu haben. Ich denke, wir werden sehr gut zusammenarbeiten. Übrigens habe ich noch einmal mit Doktor Miesbach gesprochen. Er hat den Termin bestätigt. Soll die nächste Aktion denn trotz allem stattfinden? Oder sollen wir lieber warten, bis sich Ihre widerspenstige Mitarbeiterin wieder etwas beruhigt hat?«
Rita schüttelte den Kopf. »Mareike wird uns nicht noch einmal einen Strich durch die Rechnung machen. Es läuft alles wie geplant. Ich habe auch schon eine sehr interessierte Kundin, die ich ungerne enttäuschen würde.«
»Verstehe.« Herr Seibold trank seinen Kaffee aus und stand auf. »Ich denke, dann haben wir alles geklärt. Doktor Miesbach wird am Freitagabend um halb elf hier sein, um alles für die Aktion vorzubereiten.«
»Perfekt.« Rita stand ebenfalls auf und reichte Herrn Seibold die Hand. »Auf Wiedersehen.«
Herr Seibold drückte kurz Ritas Hand, bevor er nach seinem Mantel griff und das Büro verließ.
Kim presste ihr Ohr gegen die Tür und lauschte, aber es war nichts mehr zu hören. Durch das Schlüsselloch konnte sie Rita an ihrem Schreibtisch sitzen sehen. Sie trank einen Schluck Kaffee und lächelte zufrieden.
Kim wäre am liebsten auf der Stelle aus ihrem Versteck gestürmt und hätte Rita ordentlich die Meinung gesagt. So eine falsche Schlange! Tat immer superfreundlich, dabei nahm sie ihre Kunden in Wirklichkeit aus wie Weihnachtsgänse. Und was das Schlimmste war: Kim war ebenfalls auf sie hereingefallen. Wenn sie daran dachte, wie viel Geld sie

bereits in Fitness-Riegel und völlig nutzlose Diät-Shakes investiert hatte, hätte sie sich vor lauter Ärger am liebsten in den Hintern gebissen.
Rita blätterte ein paar Papiere auf ihrem Schreibtisch durch und Kim fragte sich, wie lange sie wohl noch in ihrem Versteck ausharren musste. Der Lagerraum hatte keine Heizung und es war eiskalt. Kim zitterte am ganzen Körper und versuchte möglichst leise mit den Zähnen zu klappern, damit Rita sie nicht hörte.
Nach einer endlos langen halben Stunde stand die Club-Managerin endlich auf, löschte das Licht und verließ das Büro. Kim atmete erleichtert auf. Sie hatte schon befürchtet, Rita würde Überstunden machen und den ganzen Abend im Club verbringen.
Kim blieb noch eine Weile regungslos im Lagerraum stehen und lauschte angestrengt. Als alles still blieb, öffnete sie mit vor Kälte steifen Fingern vorsichtig die Tür und stahl sich unbemerkt aus dem Büro. Draußen vor dem Club atmete sie erst einmal tief durch. Geschafft! Kims Hände zitterten immer noch vor Aufregung – oder vor Kälte? –, als sie ihren Schlüssel aus der Jackentasche fischte und ihr Fahrrad aufschloss. An Training war jetzt natürlich nicht mehr zu denken. Sie hatte wichtigere Dinge zu tun. Kim schwang sich auf den Sattel und machte sich auf den Weg zu Marie.

Jetzt wird's ernst …

»Du hast was?«, kreischte Franzi und verschluckte sich vor Schreck fast an dem Stück Schokolade, das sie sich gerade in den Mund gesteckt hatte.
Auch Marie schüttelte ungläubig den Kopf. »Das glaube ich einfach nicht!«, rief sie. »So eine gefährliche Aktion im Alleingang! Was hättest du denn gemacht, wenn Herr Seibold oder diese Rita dich entdeckt hätten?«
»Dann wäre ich ziemlich aufgeschmissen gewesen«, gab Kim zu. »Aber sie haben mich ja nicht entdeckt. Die Gelegenheit, Ritas Büro zu durchsuchen, hat sich ganz spontan ergeben. Darum konnte ich euch auch nicht vorher informieren.« Sie nieste dreimal hintereinander und kramte in ihrer Hosentasche nach einem Taschentuch. Hoffentlich hatte sie sich in dem eiskalten Lager nicht erkältet!
Während sich Kim die Nase putzte, schauten Franzi und Marie sie immer noch völlig entgeistert an. Die beiden hatten sich gerade die neueste Folge der *Vorstadtwache* angesehen, als Kim hereingeplatzt war, um ihnen von der unglaublichen Entdeckung in Ritas Büro zu berichten.
Kim lehnte sich in der bequemen Ledercouch zurück und nahm sich ein Stück Nussschokolade. Sofort meldete sich ihr schlechtes Gewissen, aber Kim achtete nicht darauf. Nach der ganzen Aufregung hatte sie sich eine kleine Belohnung wirklich verdient. Entschlossen steckte sie sich die Schokolade in den Mund und genoss den süßen Geschmack auf der Zunge. Es kam ihr vor, als hätte sie seit Ewigkeiten

keine Schokolade mehr gegessen. Wie hatte sie nur die ganze Zeit darauf verzichten können? Plötzlich kam ihr das alles völlig idiotisch vor.

»Ich hab doch gleich gewusst, dass mit diesem komischen Fitness-Studio etwas nicht stimmt!«, behauptete Franzi und machte ein triumphierendes Gesicht. »Hast du den Zettel aus Ritas Schreibtisch mitgenommen?«

Kim schüttelte den Kopf. »Leider nicht. Ich habe so einen Schreck gekriegt, als Rita und dieser Seibold plötzlich vor der Tür standen, dass ich gar nicht mehr klar denken konnte.«

»Vielleicht war das gar nicht so schlecht«, sagte Marie. »So kann Rita wenigstens keinen Verdacht schöpfen. Besser, sie weiß nicht, dass ihr jemand auf der Spur ist. Dann fühlt sie sich sicher und macht schneller einen Fehler.«

»Stimmt.« Franzi sah Kim und Marie nachdenklich an. »Ich frage mich, was das für eine ›Aktion‹ ist, von der Rita geredet hat. Das klingt eindeutig nach etwas Illegalem.«

»Es gibt nur eine Möglichkeit, das herauszufinden«, sagte Kim. »Und ich habe auch schon eine Idee, wie wir das anstellen können …«

Am Freitagabend duschte Kim nach dem Training ausgiebig, zog sich langsam an und föhnte sich in aller Ruhe die Haare. Währenddessen leerte sich das Studio allmählich. Um zehn vor zehn war Kim endlich allein im Umkleideraum. Sie überprüfte, ob sich wirklich niemand mehr in den Duschen oder den abgetrennten Umkleidekabinen aufhielt, dann räumte sie ihre Sporttasche in einen Spind und lächelte zufrieden. Um zehn Uhr würde das Studio schließen. Kim hoffte inständig, dass niemandem am Empfang auffiel, dass sie noch nicht gegangen war. Sie hatte beim Betreten des Studios extra so getan, als hätte sie ihre Chipkarte vergessen, damit sie das Drehkreuz umgehen konnte und der Computer ihre Anwesenheit nicht registrierte.

Kim horchte einen Moment lang auf den Flur hinaus, aber es war alles still. Offenbar war gerade niemand der Angestellten auf dem Weg in den Umkleideraum. Kim schlich auf Zehenspitzen in den Saunabereich, der durch eine Tür direkt mit dem Umkleideraum verbunden war. Die Sauna schloss bereits eine Stunde früher als das restliche Studio und lag verlassen und dunkel vor Kim. Kim durchquerte den Vorraum mit den Duschen und dem Tauchbecken und schlüpfte in den geräumigen Ruheraum, in dem es noch schwach nach Orange roch. Auf den Fensterbänken standen Duftlämpchen, die während der Öffnungszeiten angezündet wurden, um die Entspannung der Saunabesucher zu fördern.

Kim ging direkt in die rechte Ecke des Ruheraums, wo sich hinter einer großen künstlichen Palme der Notausgang befand. Kim hatte ihn zufällig während eines ihrer wöchentlichen Saunabesuche entdeckt. Jetzt öffnete sie die Tür und sah direkt in die verfrorenen Gesichter von Marie und Franzi.

»Wo warst du denn so lange?«, schimpfte Franzi und schlüpfte schnell in den Ruheraum. »Ich bin hier draußen schon fast zu einem Eiszapfen erstarrt.«

Marie folgte ihr. »Ist alles glattgegangen?«, fragte sie.

Kim nickte. »Es läuft alles nach Plan. Sorry, aber ich musste warten, bis niemand mehr im Umkleidraum war, bevor ich euch reinlassen konnte. Kommt mit!«
Sie führte Marie und Franzi durch den Ruheraum zur Damensauna und öffnete die Glastür. »Hereinspaziert! Das Versteck ist doch super, oder? Hier könnt ihr euch erst mal aufwärmen.«
Die Sauna war zwar abgeschaltet, aber noch nicht vollständig ausgekühlt, und die drei !!! wurden von angenehmer Wärme empfangen. Sie ließen sich auf einer der Holzbänke nieder und Franzi zog ihre Jacke aus.
»Bist du sicher, dass uns hier niemand entdeckt?«, fragte sie und warf einen ängstlichen Blick durch die Glastür nach draußen.
»Die Putzfrauen haben den Saunabereich schon vor einer Stunde gesäubert und Rita hat bereits ihren üblichen Kontrollgang gemacht«, erklärte Kim. »Ich glaube nicht, dass jetzt noch mal jemand herkommt. Rita hatte es ziemlich eilig, sie scheint heute unbedingt pünktlich Schluss machen zu wollen.«
»Kein Wunder«, sagte Marie. »Sie will bestimmt keine Zeugen für ihre ›Aktion‹.«
Kim sah auf ihre Armbanduhr. »Zehn Uhr! Jetzt müsste Rita den Haupteingang schließen. Die Putzfrauen gehen meistens etwas später, weil sie erst noch den Umkleideraum sauber machen. Ich schätze, in ungefähr zwanzig Minuten können wir uns aus unserem Versteck wagen.«
Sie lehnte sich zurück und versuchte es sich auf der harten Holzbank so bequem wie möglich zu machen. Die Minuten

zogen sich wie Kaugummi und Kims Zweifel wurden von Sekunde zu Sekunde größer. Die altbekannte Angst machte sich wieder in ihr breit. Was, wenn sie entdeckt wurden? Rita schien nicht gerade zimperlich mit Leuten umzugehen, die ihre Pläne durchkreuzen wollten. War es wirklich so eine gute Idee gewesen, sich heimlich im Studio einschließen zu lassen, um herauszufinden, was hier vor sich ging?
»Ich hab übrigens diesen mysteriösen Doktor Miesbach gestern mal im Internet gegoogelt«, erzählte Kim, um sich von ihren unangenehmen Gedanken abzulenken.
Franzi gähnte. Die Restwärme in der Sauna schien sie ein bisschen schläfrig zu machen. »Und? Hast du etwas herausgekriegt?«
»Doktor Miesbach ist Schönheitschirurg«, berichtete Kim. »Er hat eine gut gehende Praxis in der Innenstadt und eine sehr professionell gestaltete Internetseite. Wirkte eigentlich alles ziemlich seriös. Keine Ahnung, warum er bei Ritas krummen Geschäften mitmacht.«
Marie zuckte mit den Schultern. »Vielleicht kann er den Hals nicht voll kriegen. Oder er steht auf Rita.« Sie kicherte.
Kim kontrollierte noch einmal die Uhrzeit und sprang auf. »Es ist so weit, Leute! Wenn wir die geheimnisvolle Aktion nicht verpassen wollen, sollten wir uns allmählich auf die Socken machen.«
»Moment mal, nicht so schnell«, hielt Franzi sie zurück. »Du hast unser Club-Ritual vergessen.«
Franzi, Kim und Marie stellten sich im Kreis auf, streckten die Arme aus und legten die Hände übereinander. Im

Chor sagten sie: »Die drei !!!«, Kim flüsterte: »Eins!« Dann Franziska: »Zwei!« Schließlich Marie: »Drei!« Zum Schluss hoben sie gleichzeitig die Hände in die Luft und riefen: »Power!!!«
»Seid ihr bereit?«, fragte Kim und ging zur Tür. Als Marie und Franzi nickten, drückte sie die Klinke herunter und die drei !!! verließen leise die Sauna. Kim merkte, wie das Adrenalin durch ihren Körper gepumpt wurde. Jetzt gab es kein Zurück mehr. Der Einsatz hatte begonnen!

Da sich Kim am besten im Studio auskannte, übernahm sie automatisch die Führung. Auf Zehenspitzen liefen die drei !!! durch den Saunabereich, den Damen-Umkleideraum und den langen Flur, der zum Ausgang führte. Überall war es dunkel und still.
Nur aus Ritas Büro drang etwas Licht und Kim hörte das leise Rascheln von Papier. Ihr Herz klopfte wie verrückt, als sie an der angelehnten Tür vorbeischlichen. Hoffentlich tauchte Rita nicht gleich vor ihnen auf! Aber alles blieb ruhig und die drei Detektivinnen gelangten ungehindert in die Eingangshalle. Auch hier herrschte gähnende Leere und nächtliche Stille.
Kim winkte Franzi und Marie zu und zeigte auf das große Sofa, das in einer Ecke der Halle stand. Nacheinander krochen sie hinter die hohe Rückenlehne und duckten sich in die dunklen Schatten. Tagsüber hätte man sie hier wahrscheinlich schnell entdeckt, aber Kim hoffte, dass ihnen die nächtliche Dunkelheit genügend Schutz bot.
Pünktlich um halb elf klopfte es an der Eingangstür. Kurz

darauf klapperten hohe Absätze über die Fliesen und Rita erschien in der Eingangshalle. Sie öffnete die Tür und ließ einen hochgewachsenen, schlanken Mann herein, der einen großen Arztkoffer in der Hand hielt.

»Guten Abend, Herr Doktor Miesbach«, begrüßte ihn Rita freundlich. »Schön, dass es mit dem Termin heute geklappt hat.«

»Freut mich auch«, sagte der Doktor und knöpfte seinen Mantel auf. »Wie viele Damen kommen denn zu unserer Party heute Abend?«

»Nur eine«, informierte ihn Rita. »Hat Herr Seibold Ihnen nicht gesagt, dass es sich diesmal um einen Einzeltermin handelt? Manche Damen möchten lieber individuell behandelt werden. Ohne Zuschauer, wenn Sie verstehen, was ich meine.« Rita blinzelte ihm verschwörerisch zu.

Herr Miesbach runzelte die Stirn. »Ich verstehe nicht so ganz, was Sie meinen, wenn ich ehrlich sein soll. Für eine einzelne Behandlung lohnt es sich für mich kaum, hierherzukommen.«

»Machen Sie sich keine Sorgen, für Individualbehandlungen bekommen Sie natürlich ein Extra-Honorar«, beruhigte ihn Rita.

In diesem Moment klopfte es wieder an der Tür. »Ah, das ist sicher schon Ihre Patientin«, sagte Rita und ging zur Tür. Bevor sie sie öffnete, drehte sie sich noch einmal zu Doktor Miesbach um. »Die junge Dame ist ziemlich aufgeregt wegen des Eingriffs. Vielleicht wäre es gut, ihr vorher ein leichtes Beruhigungsmittel zu geben.«

»Diese Entscheidung müssen Sie schon mir überlassen«,

sagte Herr Miesbach. Sein Tonfall klang leicht verärgert. »Ich mache das schließlich nicht zum ersten Mal.«

»Natürlich nicht«, sagte Rita beschwichtigend. »Genau darum schätzt *Gym For You* die Zusammenarbeit mit Ihnen ja auch so.«

Rita öffnete die Tür und ließ ein Mädchen herein. Plötzlich krallte Franzi ihre Finger so heftig in Kims Arm, dass Kim vor Schmerz fast laut aufgeschrien hätte.

»Bin ich zu spät?«, fragte das Mädchen atemlos und nahm die Mütze ab.

Jetzt erkannte Kim sie auch und schnappte nach Luft. Chrissie!

»Was macht denn deine Schwester hier?«, hauchte sie Franzi kaum hörbar ins Ohr.

Franzi zuckte mit den Schultern. »Keine Ahnung«, flüsterte sie zurück. »Zu Hause hat sie erzählt, dass sie heute und morgen bei ihrer Freundin Katja übernachtet. Angeblich, weil sie dort eine Klassenparty feiern und Chrissie bei den Vorbereitungen helfen will.«

»Keine Sorge, du bist genau pünktlich«, sagte Rita. »Darf ich vorstellen? Das ist Herr Doktor Miesbach, der die Behandlung vornehmen wird. Und das ist Christiane Winkler, Ihre Patientin.«

Chrissie schüttelte Herrn Miesbach die Hand und schenkte ihm ein strahlendes Lächeln. »Sie glauben gar nicht, wie froh ich bin, wenn ich die blöde Stirnfalte endlich los bin. Ich traue mich ohne Mütze schon gar nicht mehr aus dem Haus.« Sie strich sich die Haare aus der Stirn. »Schauen Sie mal, sieht das nicht furchtbar aus?«

Der Arzt warf nur einen flüchtigen Blick auf Chrissies Stirn. »Das sehe ich mir gleich lieber in Ruhe an.« Er wandte sich an Rita. »Ist der Behandlungsraum bereit?«
Rita nickte. »Natürlich. Ich habe wieder einen unserer Kosmetikräume vorbereitet. Es ist derselbe, in dem Sie schon während unserer letzten Botox-Party praktiziert haben. Bitte hier entlang.«
Sie ging durch die Eingangshalle und eilte den Flur hinunter. Chrissie und Doktor Miesbach folgten ihr. Als sie an der Sitzecke vorbeikamen, spürte Kim einen leichten Luftzug. Sie hielt den Atem an und kauerte sich noch tiefer in den Schatten des Sofas. Ihr Herz klopfte so laut, dass sie Angst hatte, Rita könnte es hören. Aber es passierte nichts. Rita ging einfach weiter und verschwand mit Chrissie und dem Arzt in einem der Kosmetikräume. Kim atmete auf.
Neben ihr flüsterte Franzi aufgeregt: »Habt ihr kapiert, was hier vor sich geht? Was zum Teufel macht Chrissie hier? Und von was für einer Party hat diese Rita gefaselt?«
»Von einer Botox-Party«, sagte Marie leise.
»Botox? Das Wort hab ich irgendwo schon mal gelesen …« Kim zog die Stirn kraus, während sie angestrengt nachdachte. »Genau! Auf der Homepage von diesem Doktor Miesbach! Da stand etwas von Botox-Behandlungen. Leider weiß ich nicht mehr so genau, was es damit auf sich hat.«
»Aber ich«, flüsterte Marie. »Botox ist seit ein paar Jahren der absolute Renner, um unliebsame Falten schnell loszuwerden. Es gibt regelrechte Botox-Partys, auf denen sich Frauen treffen, um sich ihre Falten wegspritzen zu lassen. Als

ich mit meinem Vater auf der Weihnachtsfeier der *Vorstadtwachen*-Crew war, habe ich zufällig mitbekommen, wie sich ein paar seiner Kolleginnen darüber unterhalten haben. Sie hatten alle schon mindestens eine Botox-Behandlung hinter sich und waren total begeistert von den Ergebnissen.«

Franzi wurde blass. »Dann will sich Chrissie bestimmt ihre Stirnfalte wegspritzen lassen!«, hauchte sie. »Schließlich jammert sie schon seit Wochen deswegen herum. Ich fass es nicht! Dabei haben Mama und Papa ihr das ausdrücklich verboten …«

»Darum macht sie es jetzt offenbar heimlich«, folgerte Kim. »Also darüber hat Chrissie letztens mit Rita geredet! Kein Wunder, dass die beiden sofort verstummt sind, als ich dazugekommen bin.«

Marie machte ein nachdenkliches Gesicht. »Ich frage mich nur, wo Chrissie das Geld herhat. Soviel ich weiß, ist so eine Botox-Behandlung nicht gerade billig.«

Franzi zuckte mit den Schultern. »Vielleicht hat sie ihr Sparbuch geplündert.«

»Oder sie ist auf Ritas ominöses Kreditangebot eingegangen«, flüsterte Kim. »Dann kann sie die nächsten Jahre hier im Studio schuften und sich von Rita herumkommandieren lassen – so wie Mareike.«

»O nein!«, stöhnte Franzi. »Worauf hat sich Chrissie da bloß eingelassen? So blöd kann doch kein Mensch sein!« Sie sprang auf. »Wir müssen sofort etwas unternehmen – ehe es zu spät ist!«

Doch Kim hielt sie zurück. »Wir dürfen nichts überstürzen. Eine voreilige Aktion kann uns in Teufels Küche bringen.

Was glaubst du, was Rita mit uns macht, wenn sie uns hier entdeckt?«

»Das ist mir egal!«, flüsterte Franzi. »Ich werde jedenfalls nicht tatenlos dabei zusehen, wie meine Schwester die größte Dummheit ihres Lebens begeht. Wer weiß, was dieser Kurpfuscher alles mit ihr anstellt! Vielleicht hat dieses Zeug ja auch Nebenwirkungen!«

»Keine Panik«, beruhigte sie Marie. »Doktor Miesbach scheint doch ein anerkannter Experte auf seinem Gebiet zu sein. Ehe wir eingreifen, sollten wir versuchen, so viel wie möglich über diese Botox-Behandlungen hier im Fitness-Studio herauszufinden.«

»Dann nichts wie los!«, flüsterte Franzi und verließ das Versteck hinter dem Sofa. »Wenn wir noch lange weiterquatschen, ist gleich schon alles gelaufen!«

Franzi sieht rot

Hintereinander schlichen die drei Detektivinnen über den dunklen Flur, der nur schwach von einer Notbeleuchtung erhellt wurde. Auf der rechten Seite gingen die Türen zu den Kosmetikräumen und den Solarien ab.
Unter der Tür zu Kosmetikraum Nummer drei drang ein Lichtschein hindurch und Kim konnte Chrissies Stimme hören. Leider war nicht zu verstehen, worüber geredet wurde.
Kim öffnete die Tür zum benachbarten Kosmetikraum und winkte Marie und Franzi zu. Nacheinander schlüpften die drei !!! in das dunkle Zimmer. Hier gab es eine Verbindungstür zum Nebenraum, die zum Glück nur angelehnt war. Jetzt waren Chrissies Worte klar und deutlich zu verstehen.
»Wie lange dauert denn die Behandlung?«, fragte sie. »Wird es sehr wehtun? Wie wirkt dieses Botox eigentlich genau? Und gibt es irgendwelche Nebenwirkungen?« Ihre Stimme klang aufgeregt und ein bisschen ängstlich.
Doktor Miesbach antwortete ruhig und geduldig. »Botox ist ein Lähmungsgift. Es heißt eigentlich ›Botulinumtoxin‹ und wird aus dem Bakterium Clostridium botulinum gewonnen.«
»Ein Lähmungsgift?« Chrissie klang jetzt noch ängstlicher. »Ist das nicht gefährlich?«
»Nur wenn man an einen unerfahrenen Arzt gerät«, erklärte Herr Miesbach. »Das Botox wird in kleinen Mengen in einen bestimmten Muskel gespritzt, der dann vorübergehend ge-

schwächt oder gelähmt wird. Ein Arzt, der sich nicht gut mit der Substanz auskennt, kann durch falsch gesetzte Spritzen unerwünschte Nebenwirkungen wie vorübergehende Lähmungen hervorrufen. Aber bei erfahrenen Medizinern ist die Behandlung absolut ungefährlich.«

»Und wie lange hält die Wirkung an?«, wollte Chrissie wissen.

»Das hängt vom Patienten ab. Normalerweise verschwinden die Falten für drei bis sieben Monate. Danach muss die Behandlung wiederholt werden. Nach mehreren Behandlungen sind die Falten dann häufig sogar für Jahre verschwunden.«

Chrissie seufzte sehnsüchtig. »Das wäre mein Traum … Also los, worauf warten wir noch? Legen Sie los, Doc!«

»Bist du dir denn wirklich sicher, dass du die Behandlung willst?«, fragte Doktor Miesbach. »Deine Stirnfalte ist längst nicht so stark ausgeprägt wie bei meinen anderen Patientinnen. Willst du das Geld für die Botox-Behandlung nicht vielleicht doch lieber für etwas anderes ausgeben?«

»Auf keinen Fall!«, sagte Chrissie entschieden. »Ich habe lange über die Sache nachgedacht und es ist mein größter Wunsch, diese schreckliche Falte endlich loszuwerden. Ich will nämlich Karriere als Model machen, wenn ich mit der Schule fertig bin …«

Kim sah durch den Türspalt, wie Doktor Miesbach die Stirn runzelte. »Sag mal, wie alt bist du eigentlich?«, fragte er. »Du weißt ja bestimmt, dass Minderjährige kosmetische Eingriffe nur mit Zustimmung ihrer Eltern vornehmen lassen dürfen, oder?«

Jetzt schaltete sich Rita ein, die bisher geschwiegen hatte. »Christiane ist letzten Monat achtzehn geworden.«
»Tatsächlich?« Doktor Miesbach sah Chrissie prüfend an. Chrissie senkte den Blick und wurde rot. »Du siehst aber wesentlich jünger aus.«
»Tja, das sagen alle«, erwiderte Chrissie. Sie hatte sich schnell wieder gefangen und grinste dem Arzt kokett zu. »Besser als umgekehrt, oder?«
Doktor Miesbach lachte. »Das stimmt allerdings. Na gut, wenn du dir wirklich sicher bist, dann lass uns loslegen.«
Franzi schüttelte entrüstet den Kopf und raunte Kim zu: »Ich glaub's einfach nicht! Chrissie und diese Rita lügen ja wie gedruckt! Chrissie ist letzten Monat gerade mal sechzehn geworden!«
»Was hier passiert, ist eindeutig illegal«, flüsterte Kim zurück. »Wir sollten die Polizei einschalten.«
Marie nickte. »Finde ich auch. Kommissar Peters ist bestimmt sofort zur Stelle, wenn er hört, was hier los ist.«
»Bis dahin ist es vielleicht schon zu spät!«, zischte Franzi. »Wir müssen jetzt sofort eingreifen – ehe der Arzt Chrissie dieses Lähmungsgift spritzt!«
»Keine Panik«, flüsterte Kim. »Es wird schon nichts …«
Aber Franzi hörte nicht auf sie. Als Chrissie sich auf dem Behandlungsstuhl niederließ und Doktor Miesbach seine Instrumente aus dem Koffer holte, sprang sie plötzlich auf. Marie packte sie geistesgegenwärtig an der Jacke und hielt sie fest, aber Franzi schlug wie wild um sich und verpasste ihrer Freundin dabei versehentlich einen kräftigen Schlag gegen die Nase. Marie schrie vor Schmerz laut auf und ließ

Franzi so plötzlich los, dass diese wie ein Pfeil nach vorne schoss und durch die angelehnte Tür ins Nebenzimmer stolperte. Marie verlor ebenfalls das Gleichgewicht und landete direkt neben Franzi und dem verblüfften Doktor Miesbach der Länge nach auf dem Fußboden.

»Nanu«, sagte der Arzt. »Wo kommt ihr denn plötzlich her?«

Ritas Gesicht wurde rot vor Wut. »Wer seid ihr?«, rief sie. »Was habt ihr hier zu suchen? Und wie seid ihr hier hereingekommen?«

Ehe Marie oder Franzi antworten konnten, ging Rita mit raschen Schritten zur Verbindungstür, knipste das Licht im Nebenzimmer an und sah sich prüfend um. Kim, die im ersten Moment vor Schreck wie gelähmt gewesen war, konnte gerade noch rechtzeitig zur Tür hechten und sich dahinter verstecken. Sie wagte kaum zu atmen. Vor Angst wurde ihr richtig übel. Nur die dünne Holztür trennte sie von Rita. Die Club-Managerin stand so dicht neben ihr, dass Kim ihr aufdringlich süßes Parfüm riechen konnte. Es kitzelte in ihrer Nase.

Guck bitte nicht hinter die Tür!, flehte Kim in Gedanken und biss die Zähne zusammen, um nicht loszuniesen.

Zum Glück begnügte sich Rita mit einem schnellen Blick in den Raum. Dann machte sie das Licht wieder aus und schloss die Tür. Kim atmete erleichtert auf und entspannte sich wieder ein bisschen. Sie hockte sich vor das Schlüsselloch und sah, wie sich Franzi und Marie langsam vom Boden aufrappelten. Marie hielt sich stöhnend die Nase und warf Franzi einen wütenden Blick zu. Im nächsten Moment redeten alle gleichzeitig.

»Spinnst du jetzt total, oder was?!«, schnauzte Marie Franzi an. »Mit dem Schlag hättest du mir locker das Nasenbein brechen können!«
»Hast du dir wehgetan?«, fragte Doktor Miesbach. »Zeig mal her!«
»Finger weg, Sie Quacksalber!«, schrie Franzi. »Wissen Sie eigentlich, dass meine Schwester erst sechzehn ist?«
»Halt die Klappe, du blöde Kuh!«, rief Chrissie. »Was willst du überhaupt hier? Hör auf, dich in meine Angelegenheiten zu mischen!«
»Aha, ihr seid also Schwestern«, sagte Doktor Miesbach und sah von Franzi zu Marie.
»Quatsch! Marie ist meine Freundin«, stellte Franzi richtig. »Chrissie ist meine Schwester. Und Sie dürfen ihr kein Gift spritzen, weil sie erst sechzehn ist. Unsere Eltern wissen gar nicht, dass sie hier ist.«
Jetzt stürzte sich Chrissie auf Franzi und versuchte ihr den Mund zuzuhalten. »Sei endlich still!«, zischte sie. »Was ich hier mache, ist allein meine Sache! Das geht dich gar nichts an!«
»Lass mich los!«, rief Franzi und versuchte verzweifelt ihre Schwester abzuschütteln. »Ich will dir doch nur helfen, du dumme Nuss!«
»Ich will deine Hilfe aber nicht!«, keifte Chrissie. »Zieh endlich Leine!«
»Ich denke ja gar nicht dran!«, keifte Franzi zurück.
»Ruhe!«, brüllte Rita. Sie hatte sich mit in die Hüfte gestützten Händen neben Franzi und Chrissie aufgebaut und blitzte die beiden Streithähne ärgerlich an. »Was glaubt ihr

eigentlich, wo ihr hier seid? Kloppt euch gefälligst woanders!«

»Bist du wirklich erst sechzehn?«, fragte Doktor Miesbach und sah Chrissie streng an. »Zeig mir doch bitte mal deinen Ausweis.«

»Den hab ich gerade nicht dabei«, murmelte Chrissie und sah zu Boden.

»Ich versichere Ihnen, dass Fräulein Winkler volljährig ist«, sagte Rita und setzte ihr charmantestes Lächeln auf. »Entschuldigen Sie bitte diesen kleinen Zwischenfall, ich werde die Störenfriede natürlich sofort entfernen.« Sie warf Marie und Franzi einen eiskalten Blick zu. »Mal sehen, was eure Eltern dazu sagen, dass ihr hier nachts eingebrochen seid.«

»Wir sind doch nicht eingebrochen!«, rief Franzi entrüstet und sah Hilfe suchend zu ihrer Schwester. »Jetzt sag doch auch mal was, Chrissie.«

Aber Chrissie machte ein undurchdringliches Gesicht. »Ich kenne diese Person überhaupt nicht«, behauptete sie mit einem Blick auf Franzi kühl. »Ich habe sie noch nie in meinem Leben gesehen.« Dann wandte sie sich an Herrn Miesbach.

»Könnten wir jetzt bitte endlich anfangen, Herr Doktor?«

»Ich weiß nicht ...« Der Arzt schüttelte nachdenklich den Kopf. »Mir kommt die ganze Angelegenheit ziemlich merkwürdig vor. Was haben denn diese beiden Mädchen hier zu suchen?«

»Das lassen Sie mal meine Sorge sein.« Rita warf Marie und Franzi einen scharfen Blick zu. »Ich kümmere mich um die beiden Damen. Und Sie machen in aller Ruhe mit der Behandlung weiter, okay?«

Rita bedeutete Franzi und Marie, ihr zu folgen. Als sie nicht sofort reagierten, griff sie nach Franzis Oberarm und bugsierte sie zur Tür.

»He, lassen Sie mich los!«, rief Franzi entrüstet. »Sie haben kein Recht, mich hier festzuhalten! Ich will sofort mit Ihrem Chef sprechen!«

»*Ich* bin hier der Chef«, informierte sie Rita. »Und über deine Rechte kannst du dich gleich mit der Polizei unterhalten.«

Rita verließ den Kosmetikraum und ging mit Franzi und Marie zu ihrem Büro hinüber. Kim folgte ihnen so leise wie möglich. Das Herz klopfte ihr bis zum Hals. Was hatte Rita mit ihren Freundinnen vor? Eins war klar: Die Polizei würde sie bestimmt nicht einschalten. Das Risiko, dass ihre illegalen Machenschaften dann aufflogen, war ihr bestimmt zu groß.

Kim versteckte sich wieder hinter dem Getränkeautomaten im Flur und beobachtete, wie Rita Franzi und Marie in ihr Büro führte. Dort öffnete sie die Tür zu dem kleinen Lagerraum, den Kim bereits kannte. Ehe Franzi und Marie wussten, wie ihnen geschah, hatte Rita sie auch schon mit zwei kräftigen Stößen ins Lager befördert. Dann knallte sie die Tür zu und drehte blitzschnell den Schlüssel herum. Kim schluckte. Schlimmer hätte es kaum kommen können. Jetzt waren Marie und Franzi Ritas Gefangene.

Abgeführt!

»Dadrinnen könnt ihr euch erst mal ein bisschen abkühlen«, rief Rita durch die Tür und rieb sich zufrieden die Hände. »Aber keine Bange, ich kümmere mich schon noch um euch. Sobald die heutige Aktion erfolgreich über die Bühne gegangen ist und ich mir überlegt habe, was ich mit euch beiden anstelle, unterhalten wir uns in aller Ruhe ein bisschen. Es wird euch noch leidtun, dass ihr eure kleinen, neugierigen Nasen in Dinge gesteckt habt, die euch nichts angehen …«
Kim hörte, wie ihre Freundinnen wütend gegen die Tür hämmerten.
»Machen Sie sofort die Tür auf!«, scholl Franzis Stimme dumpf aus dem Lager. »Das ist Freiheitsberaubung!«
Aber Rita kümmerte sich nicht um das Protestgeschrei ihrer Gefangenen. Sie ließ sich hinter dem Schreibtisch nieder und blätterte ein paar Papiere durch. Kim hockte wie auf heißen Kohlen hinter dem Getränkeautomat. Sie musste Franzi und Marie unbedingt befreien. Warum ging Rita nicht endlich zurück in den Kosmetikraum? Aber Rita machte keinerlei Anstalten, das Büro zu verlassen. Offenbar vertraute sie darauf, dass Doktor Miesbach und Chrissie ohne sie klarkamen.
Kim fluchte im Stillen. Was sollte sie tun? Sie musste so schnell wie möglich etwas unternehmen, sonst sah es schlecht aus für Franzi und Marie.
Kim versuchte nachzudenken, aber in ihrem Kopf herrschte

ein riesengroßes Chaos. Die Aktion war total schiefgelaufen – und das war ganz allein ihre Schuld. Schließlich war es ihre Idee gewesen, sich heimlich im Fitness-Studio einschließen zu lassen. Warum hatte sie sich bloß auf so einen riskanten Plan eingelassen? Sie hätte doch wissen müssen, dass mit Rita nicht zu spaßen war. Und jetzt saßen Marie und Franzi ganz schön in der Patsche. Wer konnte schon wissen, was Rita mit ihnen vorhatte …

Plötzlich blitzte ein Gedanke in Kims Kopf auf wie das Licht am Ende eines langen Tunnels. Kommissar Peters! Das war die Rettung! Kim musste so schnell wie möglich den Kommissar verständigen. Der Fall war eindeutig eine Nummer zu groß für sie geworden, mit Rita wurden sie alleine nicht mehr fertig. Aber der Kommissar würde ihnen bestimmt helfen.

Mit zitternden Knien verließ Kim ihr Versteck und sauste auf Zehenspitzen an Ritas Büro vorbei. Zum Glück war die Club-Managerin so mit ihren eigenen Gedanken beschäftigt, dass sie nicht auf den lautlosen Schatten achtete, der direkt vor ihrer Nase über den Flur huschte.

Kim schaffte es trotz der lähmenden Angst, die sich wie schleichendes Gift in ihr ausgebreitet hatte, unbemerkt bis in die Eingangshalle zu gelangen. Dort verschanzte sie sich hinter dem Empfangstresen und holte ihr Handy heraus. Kommissar Peters hatte den drei !!! bei einem ihrer letzten Treffen seine Handynummer für eventuelle Notfälle gegeben und Kim hatte sie glücklicherweise sofort in ihrem Telefonbuch gespeichert. Nun musste sie lediglich zwei Tasten drücken, um den Kommissar zu erreichen.

Als sie das Handy an ihr Ohr hielt, stockte ihr für den Bruchteil einer Sekunde der Atem. Hoffentlich hatte der Kommissar sein Handy am Wochenende nicht abgeschaltet! Aber dann wurde die Verbindung hergestellt und Kim atmete erleichtert auf.

Der Kommissar meldete sich gleich nach dem ersten Klingelton. »Hallo, Peters hier.«

Kim war so froh, seine dunkle, vertraute Stimme zu hören, dass es ihr für einen Moment die Sprache verschlug.

»Wer ist denn da?«, hakte der Kommissar nach. Seine Stimme klang ein wenig ungeduldig. Im Hintergrund konnte Kim Stimmen und Lachen hören. Klang wie eine Party.

Sie räusperte sich und flüsterte: »Ich bin's, Kim.«

»Hallo, Kim!«, rief der Kommissar über die Hintergrundgeräusche hinweg. »Kannst du nicht ein bisschen lauter sprechen? Ich versteh dich so schlecht. Ich sitze gerade mit ein paar Freunden in der Kneipe. Was gibt's denn?«

»Wir stecken in der Patsche«, flüsterte Kim. »Sie müssen uns helfen!« Dann versuchte sie, so zusammenhängend wie möglich von den Ereignissen im Fitness-Studio zu berichten. Das war gar nicht so einfach, weil sie ständig befürchtete, Ritas klappernde Absätze auf dem Flur zu hören. Aber alles blieb ruhig und Kim konnte ihren Bericht ungestört beenden.

»Hab ich das richtig verstanden?«, rief der Kommissar ins Telefon. »Ihr treibt euch zu nachtschlafender Zeit heimlich in einem Fitness-Studio herum? Und diese Club-Managerin hat Marie und Franzi eingesperrt, weil ihr ihren illegal

durchgeführten Schönheitsoperationen auf die Schliche gekommen seid?«
»So ungefähr«, bestätigte Kim. Sie fühlte sich nicht besonders wohl in ihrer Haut. Hoffentlich hielt Kommissar Peters ihr jetzt keine stundenlange Standpauke darüber, dass sie sich leichtsinnig in Gefahr begeben hatten. Schließlich hatte er ihnen schon mehr als einmal gepredigt, dass sie ihn unbedingt verständigen sollten, bevor sie sich auf irgendwelche gefährlichen Ermittlungen einließen. Was, wenn er jetzt so verärgert über ihr Verhalten war, dass er sie einfach hängenließ?
Der Kommissar seufzte. »Worauf habt ihr euch da nur wieder eingelassen? Und das ausgerechnet an meinem freien Abend!«
Kim schluckte. »Tut mir leid«, flüsterte sie. »Kommen Sie trotzdem vorbei?«
»Natürlich«, antwortete der Kommissar, ohne zu zögern. »Rühr dich nicht vom Fleck und mach bloß keine Dummheiten. Ich bin in spätestens zehn Minuten bei dir.«
Kim schaltete erleichtert ihr Handy aus. Dann kauerte sie sich hinter dem Empfangstresen zusammen und wartete. Bereits nach siebeneinhalb Minuten hörte sie, wie ein Auto vor dem Haupteingang hielt. Vorsichtig schlich Kim zum Eingang und spähte durch die Glastür nach draußen. Sie erkannte sofort den Wagen des Kommissars. Kommissar Peters und sein Kollege Polizeimeister Conrad stiegen gerade aus und Kim öffnete ihnen schnell die Tür.
»Alles in Ordnung, Kim?«, fragte der Kommissar.

Kim nickte. »Mir geht's gut.« Sie seufzte erleichtert. »Mann, bin ich froh, dass Sie da sind.«
»Dann wollen wir mal!« Der Kommissar nickte zu seinem Kollegen hinüber. »Ich habe Polizeimeister Conrad als Verstärkung mitgebracht. Zuerst sollten wir uns um deine Freundinnen kümmern. Wo sind sie denn eingesperrt?«
»In einem kleinen Lagerraum in Ritas Büro«, erklärte Kim. »Kommen Sie mit, ich zeige Ihnen, wo es ist.«
Sie winkte den beiden Polizisten, ihr zu folgen. Auf leisen Sohlen durchquerten sie die Eingangshalle. Es war kein Laut zu hören. Kim grinste in sich hinein. Rita würde gleich garantiert aus allen Wolken fallen! Sie hatte ja keine Ahnung, dass ihr eine der drei Detektivinnen durch die Lappen gegangen war.
Vor Ritas Büro blieb Kim stehen und deutete auf die halb geöffnete Tür. Der Kommissar legte einen Finger an die Lippen und gab seinem Kollegen ein Zeichen. Während Polizeimeister Conrad die Tür sicherte, um Rita den Fluchtweg abzuschneiden, betrat der Kommissar forschen Schrittes das Büro, zückte seinen Dienstausweis und hielt ihn der völlig überrumpelten Rita vor die Nase.
»Guten Abend, Frau Beckmann«, sagte er höflich. »Kommissar Peters, Kriminalpolizei.« Er deutete auf seinen Kollegen. »Und das ist Polizeimeister Conrad. Es liegt eine Anzeige wegen Freiheitsberaubung gegen Sie vor. Ist es richtig, dass Sie hier zwei junge Mädchen eingesperrt haben?«
Rita machte ein unschuldiges Gesicht. »Wie bitte? Tut mir

leid, aber ich weiß überhaupt nicht, wovon Sie reden. Wie sind Sie überhaupt hereingekommen?«

Bevor Kommissar Peters antworten konnte, begannen Franzi und Marie, von innen gegen die Tür des Lagerraums zu trommeln und laut zu rufen. Mit einem Satz war Kim bei der Tür und drehte den Schlüssel herum. Die Tür sprang auf und Marie und Franzi taumelten ins Freie. Nach dem Aufenthalt in dem ungeheizten Raum sahen sie ziemlich durchgefroren aus. Franzi klapperte mit den Zähnen und Marie hatte vor Kälte eine rote Nase.

Franzi seufzte erleichtert, als sie den Kommissar erblickte. »Kommissar Peters! Gut, dass Sie da sind! Sie müssen diese Frau sofort festnehmen!« Sie zeigte anklagend auf Rita. »Sie hat Marie und mich einfach in diesen Kühlschrank eingesperrt!«

»Ganz davon abgesehen, dass sie illegale Schönheitsoperationen hier im Fitness-Studio durchführen lässt«, fügte Marie hinzu, bevor sie zweimal kräftig niesen musste.

»Gesundheit!«, sagte Kim und grinste. »Ganz schön kalt dadrinnen, was? Die Erfahrung musste ich auch schon machen.«

»Hast du Kommissar Peters gerufen?«, fragte Franzi.

Kim nickte. »Na klar, was denkst du denn? Ich lass euch hier doch nicht verrotten.«

Rita runzelte die Stirn. »Was machst du denn hier, Kim? Sag bloß, du kennst diese beiden Eindringlinge.«

»Allerdings.« Kim holte eine Visitenkarte aus ihrer Hosentasche und reichte sie Rita.

Die drei !!! Detektivinnen

Kim Jülich
Franziska Winkler
Marie Grevenbroich

Wir lösen jeden Fall!

Kontakt: siehe Rückseite

»Gestatten: Wir sind die drei !!!, Detektivinnen aus Leidenschaft. Wir haben Ihr Studio schon eine ganze Weile im Auge. Es ist wirklich das Letzte, wie Sie Ihre Kunden manipulieren und ihnen das Geld aus der Tasche ziehen.« Kim erzählte Kommissar Peters von dem Schlank-und-Schön-Programm, das sie in Ritas Schreibtisch gefunden hatte.
»Das ist doch alles erstunken und erlogen!«, fauchte Rita und verschränkte die Arme vor der Brust. »Verlassen Sie auf der Stelle mein Studio! Diesen Unsinn muss ich mir wirklich nicht länger anhören!«
»Das ist kein Unsinn!«, rief Kim wütend. »Ich hab den Zettel mit eigenen Augen gesehen. Außerdem bin ich schließlich selbst ein Opfer des Programms geworden. Wenn ich nur an diesen schrecklichen Fitnesstest denke – ich war wirklich davon überzeugt, total unfit zu sein!«
Rita grinste hämisch. »Soll ich dir was verraten? Deine Werte waren so schlecht, dass ich sie kaum manipulieren musste.«
»Ha! Jetzt haben Sie sich verplappert!«, rief Franzi. »Sie ha-

ben die Werte Ihrer Mitglieder also tatsächlich manipuliert! Und was ist mit den Fitness-Riegeln und den Diät-Shakes? Wir haben herausgefunden, dass das Getränkepulver jede Menge Zucker enthält und überhaupt nicht zum Abnehmen geeignet ist.«

Rita runzelte ärgerlich die Stirn. »Ich sage kein Wort mehr ohne meinen Anwalt.«

»Das ist Ihr gutes Recht«, sagte Kommissar Peters. »Am besten kommen Sie gleich mit aufs Präsidium, damit wir uns in Ruhe über alles unterhalten können. Mir scheint, hier liegt wirklich einiges im Argen.«

In diesem Moment öffnete sich die Tür zum Kosmetikraum und Chrissie stürmte heraus.

»Ich will sofort meine hundert Euro Anzahlung zurück!«, rief sie und baute sich wutentbrannt vor Ritas Schreibtisch auf. »Dieser blöde Arzt weigert sich, mich zu behandeln! Bloß weil ich noch nicht achtzehn bin! Dabei haben Sie mir doch versichert, dass ich die Botox-Behandlung auch ohne Einverständniserklärung meiner Eltern kriege!«

Herr Doktor Miesbach kam nun ebenfalls dazu. Er schüttelte ärgerlich den Kopf. »Das war das letzte Mal, dass ich mit Ihnen zusammengearbeitet habe, Frau Beckmann. Mir eine minderjährige Schülerin unterzujubeln ist wirklich das Letzte. Wissen Sie eigentlich, in was für Schwierigkeiten ich dadurch geraten kann? So etwas kann mich meine Zulassung kosten!« Erst jetzt bemerkte er die beiden Polizisten und sah sie verwirrt an. »Nanu, was machen Sie denn hier? Sind Sie etwa auch wegen der Botox-Party gekommen?«

Bei der Vorstellung musste Kim kichern. Auch Kommissar

Peters schmunzelte. Er zückte noch einmal seinen Dienstausweis und stellte sich vor.

»Ich bin völlig unschuldig in diese Sache hineingerutscht«, beteuerte der Arzt. »Ich konnte schließlich nicht wissen, dass die junge Dame minderjährig ist.« Er nickte zu Chrissie hinüber, die schmollend vor Ritas Schreibtisch stand.

»Das wird sich noch herausstellen«, sagte Kommissar Peters. »Wir fahren jetzt alle zusammen aufs Präsidium, dort können Sie dann Ihre Aussage machen. Wenn ich bitten darf?« Er hielt Rita und Doktor Miesbach höflich die Tür auf. Rita würdigte den Kommissar keines Blickes, während sie an ihm vorbei auf den Flur trat. Sie sah stinksauer aus.

»Puh, das ist ja gerade noch mal gut gegangen«, seufzte Kim, während die drei Detektivinnen dem Kommissar zu seinem Wagen folgten. »Als Rita euch erwischt hat, dachte ich, jetzt ist alles aus.«

»Ich auch«, gab Marie zu. »Ich hab ganz schön Angst gehabt, als wir in diesem winzigen Kabuff festsaßen.«

»Tut mir leid, dass ich beinahe alles vermasselt hätte«, sagte Franzi kleinlaut. »Wenn ich nicht die Nerven verloren hätte, wären wir bestimmt nicht eingesperrt worden. Aber ich wollte unbedingt Chrissie helfen. Dabei hat sie mich eiskalt verleugnet. Mich – ihre eigene Schwester!« Sie warf Chrissie einen wütenden Blick zu. »Das war das letzte Mal, dass ich versucht habe dir zu helfen, du undankbare Ziege! Das nächste Mal kannst du dir von mir aus das ganze Gesicht wegoperieren lassen. Dein Gehirn haben sie dir ja offensichtlich schon amputiert!«

»Auf deine Hilfe kann ich verzichten!«, zischte Chrissie und zog sich ihre Mütze tief in die Stirn. »Wegen dir muss ich jetzt noch bis zu meinem achtzehnten Geburtstag mit dieser furchtbaren Falte herumlaufen. Mal ganz davon abgesehen, dass ich tierischen Ärger mit Mama und Papa bekomme, wenn die Sache rauskommt. Genauso wie du übrigens.« Bei dem Gedanken grinste Chrissie hämisch.

Kim sah, dass Franzi mal wieder kurz davor war, sich auf ihre Schwester zu stürzen, und sagte beschwichtigend: »Lass sie doch reden. Ich find's gut, dass du deiner Schwester helfen wolltest. Und die Hauptsache ist doch, dass alles gut ausgegangen ist.«

Marie nieste. »Abgesehen davon, dass wir uns in diesem eiskalten Lagerraum wahrscheinlich alle drei die Erkältung unseres Lebens geholt haben.«

Franzi grinste. »So ist das nun mal, wenn man ein erfolgreiches Detektiv-Team ist. Der Einsatz erfolgt immer auf eigene Gefahr.«

In diesem Moment musste sie ebenfalls niesen und kurz darauf folgte ein lauter Nieser von Kim. Die drei Mädchen sahen sich an und prusteten dann alle drei gleichzeitig los.

Chrissie verdrehte genervt die Augen und murmelte: »Kinder!«

Auf Wolke Nummer sieben

Detektivtagebuch von Kim Jülich
Mittwoch, 14:33 Uhr
Du wirst es kaum für möglich halten, liebes Tagebuch, aber die drei !!! haben wieder einen Fall gelöst! Ich bin wirklich stolz auf uns. Wenn wir so weitermachen, werden wir noch die erfolgreichsten Detektivinnen aller Zeiten. Diesmal haben wir bei den Ermittlungen sogar unsere Gesundheit riskiert. Marie hatte leider Recht mit ihrer Befürchtung: Wir haben uns nach dem Aufenthalt in Ritas eiskaltem Lagerraum alle drei eine dicke Erkältung geholt. Mich hat's am schlimmsten erwischt. Ich musste die letzten fünf Tage im Bett verbringen: Husten, Schnupfen, Fieber – die ganze Palette. Echt ärgerlich! Und das alles nur, weil die blöde Rita in ihrem Lagerraum keine Heizung hat!
Darum konnten wir unseren Erfolg auch noch gar nicht so richtig auskosten. Aber heute wird gefeiert, dass die Schwarte kracht! Um drei Uhr treffen wir uns zur Siegesfeier im Café Lomo. *Ich kann's kaum erwarten, die anderen endlich wiederzusehen!*
Mir ging's schon am Freitagabend auf der Fahrt zum Polizeipräsidium ein bisschen komisch. Ich hab mich gefühlt, als wäre ich in Watte gepackt. Alles ist irgendwie an mir vorbeigerauscht. Kommissar Peters hat Rita und Doktor Miesbach in verschiedene Räume gebracht, um sie getrennt voneinander zu verhören. Aber zuerst hat er unsere Aussagen aufgenommen. Er war sehr interessiert, als er hörte, was wir alles herausgefunden ha-

ben, aber auch ein bisschen sauer, weil wir ihn nicht früher eingeweiht haben.
Leider konnten wir ihn nicht von der völlig überflüssigen Idee abbringen, unsere Eltern zu informieren. Franzi und ich wollten eigentlich bei Marie übernachten. Ihr Vater war mal wieder übers Wochenende bei einem Außen-Dreh, darum hätte normalerweise keine Menschenseele etwas von unserer nächtlichen Ermittlungsaktion mitbekommen. Aber der Kommissar blieb hart. Er faselte irgendetwas von Verantwortung und gewissen Regeln, die eingehalten werden müssen. Ich hab das nicht so genau mitgekriegt, weil sich da schon alles in meinem Kopf gedreht hat.
Unsere Eltern waren natürlich alles andere als begeistert, als sie uns schon wieder mitten in der Nacht bei der Polizei abholen mussten. Wenigstens kannten sie sich inzwischen, so dass längere Vorstellungsrunden entfielen. Kommissar Peters schüttelte allen die Hand, als wären sie alte Bekannte. Netterweise hat er auch meine Mutter ein bisschen beruhigt, die schon wieder kurz vorm Ausflippen war.
Franzis Eltern haben die Angelegenheit wesentlich gelassener genommen – wie immer. Sie waren hauptsächlich sauer auf Chrissie, als sie hörten, dass sie sich wegen ihrer dämlichen Stirnfalte fast unters Messer gelegt hatte. Oder besser gesagt unter die Spritze. Warum sind meine Eltern eigentlich nicht so cool?
Marie wurde vom Kommissar höchstpersönlich nach Hause gebracht, nachdem er mit ihrem Vater telefoniert hatte. Was für ein Service!
Mama wollte mir gleich eine Standpauke halten, als wir zu

Hause angekommen sind. Aber ich war so müde, dass ich kaum noch die Augen aufhalten konnte. Da hat selbst meine Mutter gemerkt, dass mit mir etwas nicht stimmt, und mich ins Bett verfrachtet.
Tja, und da habe ich dann die letzten fünf Tage verbracht. Ganz schön unangenehm, so eine Grippe. Aber die Sache hatte auch einen Vorteil: Die Standpauke ist ausgefallen! Mama hat sich solche Sorgen gemacht, als ich plötzlich krank wurde, dass sie glatt vergessen hat sauer auf mich zu sein. Stattdessen hat sie mir ständig frisches Obst und die neusten Zeitschriften ans Bett gebracht. Da könnte ich mich glatt dran gewöhnen!
Außerdem hab ich die Mathearbeit am Montag verpasst, die ich sonst garantiert wieder verhauen hätte. In letzter Zeit habe ich die Schule wirklich ganz schön vernachlässigt. Vor lauter Fitnesstraining und Detektivarbeit bin ich zu nichts anderem mehr gekommen. An meinem Kriminalroman habe ich auch seit Ewigkeiten nicht mehr weitergeschrieben. So wird das nie was mit meiner Karriere als berühmte und steinreiche Krimiautorin!
Aber das wird sich jetzt ändern. Ich habe mir fest vorgenommen, in Zukunft etwas regelmäßiger an meinem Krimi zu arbeiten – und wieder mehr für die Schule zu tun. Schließlich will ich mir nicht mein Zeugnis versauen. Außerdem ist Franzi in unserem Club für die schlechten Noten zuständig, und den Posten will ich ihr nicht streitig machen.
Mist, schon kurz vor drei. Ich muss los! Die Siegesfeier ruft!

»Auf unseren vierten gelösten Fall«, sagte Marie und hob ihre Kakaotasse.

»Auf natürliche Schönheit ohne Diät-Shakes und Fitnesswahn«, fügte Franzi hinzu.
»Und auf den leckersten Kakao der ganzen Stadt«, sagte Kim und stieß mit ihren Freundinnen an. Sie trank einen Schluck Kakao und leckte sich danach genießerisch die Sahne von den Lippen.
»Mann, hab ich das vermisst!«, seufzte sie. »Ich frage mich wirklich, wie ich es so lange geschafft habe, auf *Kakao Spezial* zu verzichten.«
Franzi grinste. »Wurde aber auch höchste Zeit, dass du wieder zur Vernunft kommst. Heißt das, dein Diät-Programm ist jetzt beendet?«
Kim nickte. »Von Diät-Shakes und Fitness-Riegeln habe ich erst mal die Nase voll. Ich esse jetzt wieder alles, was mir schmeckt. Aber vielleicht versuche ich mich in Zukunft ein bisschen gesünder zu ernähren und auf die eine oder andere Tüte Gummibärchen zu verzichten. Schließlich will ich mein neues Idealgewicht so lange wie möglich halten.«
»Heißt das, du hast mit den *Gym For You*-Produkten doch abgenommen?«, fragte Marie.
»Nein, das war wirklich rausgeschmissenes Geld.« Kim nahm noch einen großen Schluck Kakao. »Aber die blöde Grippe hat's gebracht. Ich hab in den letzten fünf Tagen ganze drei Kilo verloren.«
Franzi lachte. »Ich fass es nicht! Da rackerst du dich wochenlang ab, um abzunehmen, und schaffst es schließlich mit Hilfe einer stinknormalen Grippe.«
»Die neue Grippe-Diät – mit Husten, Schnupfen und Hei-

serkeit zum Idealgewicht!«, witzelte Marie. »Vielleicht solltest du dich mit deinen Erfahrungen an eine Frauenzeitschrift wenden, dann wird die Grippe-Diät bestimmt der neueste Trend.«

»Danke für den Tipp, ich denk drüber nach.« Kim grinste. »Sagt mal, was haltet ihr eigentlich davon, wenn wir demnächst mal zusammen joggen gehen? Ich glaube, inzwischen kann ich halbwegs mit euch Sportskanonen mithalten.«

Franzi stöhnte. »Sag bloß, du bist doch noch im Fitnesswahn! So wie Chrissie, die dumme Kuh. Nachdem *Rita's Gym* kurzfristig schließen musste, hat sie sich sofort in einem anderen Studio angemeldet. Da rennt sie jetzt wieder jeden Tag hin und arbeitet an ihrem perfekten Körper.«

»Keine Sorge, den Fitnesswahn habe ich überwunden«, sagte Kim. »Ich hab das mit dem Training einfach viel zu verbissen gesehen. Aber ich bin in den letzten Wochen trotzdem wesentlich fitter geworden. Inzwischen macht mir Sport sogar richtig Spaß.«

»Kim hat ihre Begeisterung für körperliche Ertüchtigung entdeckt – wer hätte das gedacht«, frotzelte Marie. Aber dann wurde sie ernst. »Also, ich find's prima, dass du jetzt regelmäßig Sport machen willst. Wir könnten uns ja einmal pro Woche zum Joggen verabreden. Und hinterher machen wir noch ein bisschen Krafttraining in unserem Fitnessraum. Dann können wir es bald mit jedem Verbrecher aufnehmen. Und du sparst die Gebühren für ein teures Studio.«

Kim nickte. »Super Idee, ich bin dabei.«

»Ich auch«, sagte Franzi. »Sonst hängt ihr mich bei der nächsten Verfolgungsjagd noch ab. Aber ich mache nur mit, wenn ich mich nach dem Training bei einem ausgedehnten Saunabesuch in Maries Privatsauna entspannen kann.«
»Kein Problem«, sagte Marie. »Das lässt sich einrichten. Papa freut sich bestimmt, wenn unsere Sauna mal wieder regelmäßig genutzt wird.«
»Prima, dann hätten wir das ja geregelt«, sagte Kim und trank ihren Kakao aus. »Und weil wir in Zukunft so wahnsinnig viele Kalorien beim Sport verbrennen werden, kann ich mir ja jetzt glatt noch einen *Kakao Spezial* gönnen.« Sie winkte die Bedienung an ihren Tisch, eine Studentin mit lila gefärbten Haaren.
Da ertönte eine Stimme hinter Kim. »Die nächste Runde übernehme ich! Vier *Kakao Spezial* und viermal Kirschkuchen mit Sahne bitte.«
Die Bedienung nickte. »Kommt sofort!«
Kim drehte sich überrascht um und sah direkt in das Gesicht von Kommissar Peters. Er grinste. »Hab ich mir doch gedacht, dass ich euch hier finde. Na, seid ihr alle wieder fit?«
Kim, Franzi und Marie nickten. Der Kommissar ließ sich neben Kim auf dem Sofa nieder. »Ich wollte euch nur kurz vom aktuellen Stand der Ermittlungen berichten. Ich dachte, das interessiert euch vielleicht.« Er zwinkerte den Mädchen zu.
Franzi grinste. »Und ob!«
»Was gibt's denn Neues?«, fragte Marie. »Hat Rita gestanden?«

Kommissar Peters nickte. »Die Beweislast war einfach zu erdrückend, es blieb ihr gar nichts anderes übrig. Chrissie und Doktor Miesbach haben beide gegen sie ausgesagt. Außerdem haben wir in ihrem Büro belastendes Material gefunden. Daraus geht hervor, dass sie die Kunden des Studios bewusst manipuliert hat, um ihnen das Geld aus der Tasche zu ziehen. Außerdem war Chrissie offenbar nicht die erste Schülerin, der sie ohne Wissen der Eltern zu einem kosmetischen Eingriff verholfen hat. Und diese ›Dienstleistung‹ hat sie sich von den Mädchen teuer bezahlen lassen.«

»Bleibt das Studio jetzt geschlossen?«, fragte Kim.

Der Kommissar nickte. »Vorerst ja. Vielleicht findet sich ja bald ein anderer Betreiber, der einen seriösen Fitness-Club daraus macht. Denn eigentlich ist es ja eine gute Sache, sich in einem Sportstudio fit zu halten. Ich war selbst jahrelang Mitglied in einem Fitness-Club. Leider fehlt mir momentan die Zeit für regelmäßiges Training. Dabei müsste ich mich dringend ein bisschen mehr bewegen …«

»Sie können gerne bei unseren Joggingtreffs mitmachen, die wir demnächst regelmäßig veranstalten«, sagte Kim.

Kommissar Peters lächelte. »Danke, das ist sehr nett. Aber ich fürchte, mit euch Sportskanonen kann ich nicht mithalten. Übrigens habe ich im Zuge der Ermittlungen auch mit einer gewissen Mareike Schulte gesprochen. Sie hat im Fitness-Studio gearbeitet und ist offenbar für die Schmierereien an der Außenfassade verantwortlich. Kennt ihr das Mädchen?«

Kim nickte. »Mareike ist auch auf Ritas Schlank-und-

Schön-Programm hereingefallen. Sie hat sich total verschuldet und musste ihre Schulden dann beim Studio abarbeiten. Darum hat sie einen richtigen Hass auf Rita entwickelt und alles darangesetzt, ihre illegalen Machenschaften auffliegen zu lassen. Bekommt sie jetzt Ärger wegen der Graffitis?«

Der Kommissar wiegte den Kopf hin und her. »Schon möglich. Sachbeschädigung ist schließlich strafbar. Andererseits ist das Mädchen eigentlich schon genug gestraft. Ich werde sehen, was ich für sie tun kann.«

Die Bedienung trat an den Tisch und servierte Kakao und Kuchen. Beim Anblick des riesengroßen Stücks Kirschkuchen auf ihrem Teller lief Kim das Wasser im Mund zusammen.

»Vielen Dank für die Einladung, Herr Kommissar«, sagte sie, bevor sie sich einen ordentlichen Bissen Kirschkuchen mit Sahne in den Mund schob und genüsslich kaute.

Kommissar Peters nickte ihr zu. »Keine Ursache. Den Kuchen habt ihr euch wirklich verdient. Ohne eure Hilfe wären wir vielleicht nie hinter die kriminellen Machenschaften von *Rita's Gym* gekommen. Ihr habt da einiges ins Rollen gebracht.« Der Kommissar griff nach seiner Gabel und aß ebenfalls ein Stück von seinem Kirschkuchen.

»Was denn?«, fragte Franzi neugierig.

»Hinter *Rita's Gym* steht ein großer Konzern, *Gym For You*«, erklärte der Kommissar. »Die Firma stellt alle möglichen Schlankheits- und Fitnessprodukte her. Deren Qualität lässt allerdings ziemlich zu wünschen übrig, wie Analysen in unserem Labor ergeben haben. Die Inhaltsstoffe entsprechen nicht der gesetzlichen Vorschrift für Diät-Produkte. Es fehlen einige wichtige Nährstoffe, stattdessen enthält das Pulver jede Menge Traubenzucker, der natürlich nicht gerade schlank macht. Außerdem wird auf der Packung mit dem Versprechen geworben, dass man in einer Woche sechs Pfund abnimmt, was natürlich völliger Humbug ist.« Der Kommissar schob sich noch eine Gabel mit Kirschkuchen in den Mund, bevor er fortfuhr. »Offenbar ist es die Strategie des Unternehmens, die minderwertigen Fitnessprodukte in den konzerneigenen Studios für teures Geld zu verkaufen. Zu diesem Zweck wurde ein ausgeklügelter Plan entwickelt, wie man die Mitglieder am besten manipulieren kann, damit sie möglichst viel Geld für ihre schlanke Linie ausgeben.«

»Ganz schön dreist«, stellte Marie fest. »Wird den Konzernbossen jetzt wenigstens das Handwerk gelegt?«

»Das will ich doch stark hoffen«, antwortete der Kommissar. »Bis jetzt weist die Geschäftsleitung allerdings jede Schuld von sich. Sie macht Rita für die Manipulationen verantwortlich. Angeblich hat sie ganz allein gehandelt. Aber das glaube ich nicht. Ich werde alles daransetzen, die Hintermänner zu überführen.« Er nahm einen Schluck von seinem Kakao und stand auf. »Ich würde gerne noch etwas mit euch plaudern, aber ich muss leider los. Die Pflicht ruft.«

»Schade«, sagte Marie. »Aber wir sehen uns ja bestimmt bald wieder.«

»Davon gehe ich aus.« Der Kommissar grinste. »Ihr könnt eure Finger ja doch nicht von den Verbrechern lassen. Aber das nächste Mal informiert ihr mich früher, wenn ihr etwas

Verdächtiges entdeckt, okay? Die Aktion am Freitagabend hätte nämlich auch ganz schön ins Auge gehen können.«

»Klar, machen wir«, sagte Franzi großzügig. »Wir halten Sie auf dem Laufenden.«

»Dann bin ich ja beruhigt.« Der Kommissar winkte ihnen zum Abschied zu und verschwand in Richtung Ausgang.

Marie sah ihm versonnen nach. »Kommissar Peters ist wirklich nett. Eigentlich sieht er auch gar nicht schlecht aus, oder? Schade, dass er nicht ein paar Jahre jünger ist …«

Franzi kicherte. »Ich hör wohl nicht richtig! Sag bloß, du hast dich in den Kommissar verknallt!«

»Quatsch!« Marie wurde rot. »Ich bin überzeugte Single, das solltest du eigentlich wissen.«

»Tatsächlich?« Franzi grinste. »Ach ja, wo wir gerade von Singles reden: Stefan ist übrigens nicht mehr mit dieser Sonja zusammen. Die beiden haben sich vor ein paar Tagen getrennt.«

»Was?« Marie riss überrascht die Augen auf. »Und das erzählst du mir erst jetzt?«

»Wieso?« Franzi machte ein unschuldiges Gesicht. »Ich dachte, du bist überzeugte Single. Da kann es dir doch völlig egal sein, ob Stefan eine Freundin hat oder nicht.«

Kim kicherte. Manchmal konnte Franzi ganz schön fies sein. Sie schob sich das letzte Stück Kirschkuchen in den Mund. In diesem Moment fiel ihr Blick zufällig auf die Eingangstür und der Bissen blieb ihr beinahe im Hals stecken. Michi! Er hatte soeben das *Café Lomo* betreten und kam zielstrebig auf die Sofaecke zu.

»Seht mal, da ist ja Michi!«, sagte Franzi, die ihren gemeinsamen Freund ebenfalls entdeckt hatte, und winkte ihm zu. »Hey, Michi, willst du auch einen Kakao? Wir feiern gerade unseren neuesten Ermittlungserfolg!«

Michi ließ sich neben Kim auf das Sofa fallen und öffnete den Reißverschluss seiner Winterjacke. »Super, da komme ich ja genau richtig! Ich wollte euch nämlich zum gelösten Fall gratulieren. Dann hat euch meine Analyse also tatsächlich weitergeholfen?«

Marie nickte. »Und wie! Ohne deine Ergebnisse wären wir Rita nie auf die Spur gekommen. Vielen Dank noch mal!«

»Gern geschehen.« Michi lächelte und Kim merkte, wie sie weiche Knie bekam. Gut, dass sie auf dem Sofa saß, so konnte sie wenigstens nicht umkippen.

»Wie man hört, bist du ja in letzter Zeit ziemlich beschäftigt«, sagte Franzi und grinste anzüglich. Kim warf ihr einen warnenden Blick zu. Sie hatte nicht die geringste Lust, noch mehr Rotkäppchen-Schwärmereien über sich ergehen lassen zu müssen. Aber Franzi achtete nicht auf Kim, sondern plauderte munter weiter. »Willst du uns deine neue Freundin nicht mal vorstellen? Man könnte fast meinen, du versteckst sie vor uns. Dabei sind wir doch alle schon so neugierig!«

Kim stöhnte innerlich. Franzi kapierte mal wieder überhaupt nichts. Warum musste sie unbedingt auf dem Thema herumreiten?

Michi machte ein erstauntes Gesicht. »Wie bitte? Was für eine Freundin meinst du? Ich habe ehrlich gesagt keine Ahnung, wovon du redest!«

»Na, von dem Mädchen mit der roten Mütze, mit der du

letztens durch die Gegend gelaufen bist.« Franzi zwinkerte ihm zu. »Sie sah ganz schön gut aus. So ein superschlanker Model-Typ mit ziemlich auffälligen Klamotten.«
»Ach so, jetzt weiß ich, wen du meinst!« Michi lachte. »Das war nicht meine Freundin, sondern meine Cousine Katja.«
»Deine *Cousine*?«, entfuhr es Kim und sie starrte Michi ungläubig an.
Michi nickte. »Sie war letzte Woche mit meiner Tante zu Besuch. Ich sag's euch, das war der totale Horror! Katja hat ständig nur von den neuesten Klamotten-Trends, Schminktipps und Ideal-Diäten geredet. Also, wenn ihr etwas über diese Themen wissen wollt, fragt einfach mich, ich bin jetzt der absolute Experte.«
Marie und Franzi lachten. Kim war noch nicht nach Lachen zu Mute. Diese Neuigkeiten musste sie erst mal verdauen.
»Außerdem hat sie einen richtigen Abnehmtick und zählt jede Kalorie, die sie zu sich nimmt«, fuhr Michi fort. »Da kann einem echt der Appetit vergehen. Dabei ist sie sowieso schon so ein dürres Klappergestell und sieht total verhungert aus. Ich frage mich wirklich, was daran schön sein soll!«
»Tja, jedem das Seine«, sagte Franzi philosophisch.
Inzwischen hatte sich Kim wieder einigermaßen gefangen. Sie schüttelte verwirrt den Kopf. »Aber von wem hast du mir denn dann neulich in der Stadt vorgeschwärmt?«
»Von meinem neuen Mofa natürlich«, sagte Michi und sah Kim überrascht an. »Was hast du denn gedacht?«
Kim hatte es erst einmal die Sprache verschlagen. Sie wusste

nicht, ob sie lachen oder weinen sollte. Michi hatte also die ganze Zeit nur von seinem Mofa geschwärmt! Und sie hatte gedacht, er würde von seiner neuen Freundin reden! Das war wirklich oberpeinlich. Wie hatte sie nur so blöd sein können?

Zum Glück wandte sich Michi jetzt an Franzi und Marie, so dass ihm Kims Verwirrung nicht weiter auffiel. »Ich hab's nämlich endlich geschafft, genug Geld für eine gebrauchte Maschine zusammenzusparen«, erzählte er stolz. »Eigentlich wollte ich ja Stefans altes Mofa kaufen, aber das war leider zu teuer. Jetzt hab ich eins über eine Zeitungsannonce gefunden. Es ist knallrot und schnell wie der Blitz.«

»Toll, herzlichen Glückwunsch!«, sagte Marie. »Das hört sich ja echt gut an.«

Michi stupste Kim mit dem Ellbogen in die Seite. »Hast du Lust, mal eine Runde mitzufahren? Mein neues Mofa steht direkt vor der Tür.«

Kims Herz schaltete sofort auf Turbogang. Obwohl in ihrem Bauch jede Menge Schmetterlinge herumflatterten, versuchte sie möglichst gelassen zu klingen. »Klar, warum nicht?«

Michi sprang auf und strahlte Kim an. »Prima! Dann nichts wie los!«

Kim griff nach ihrer Jacke. »Ist es okay, wenn ich mit Michi eine Runde um den Block drehe?«, fragte sie Franzi und Marie. »Bin gleich wieder da.«

»Kein Problem, lass dir Zeit«, antwortete Franzi großzügig. »Wir kommen schon klar.«

Marie grinste und zwinkerte Kim zu. »Viel Spaß!«

Kim merkte, wie sie rot wurde, und drehte sich schnell um. Während sie hinter Michi zum Ausgang lief, fühlte sie sich plötzlich ganz leicht. Michi und sie hatten also immer noch eine Chance! Kim lächelte. So glücklich war sie schon lange nicht mehr gewesen.